W0414206

HEYNE BÜCHER

SCIENCE FICTION

Herausgegeben
von Wolfgang Jeschke

Von **SHADOWRUN™** erschienen in der Reihe
HEYNE SCIENCE FICTION & FANTASY:

1. Jordan K. Weisman (Hrsg.): *Der Weg in die Schatten* · 06/4844

TRILOGIE GEHEIMNISSE DER MACHT

2. Robert N. Charrette: *Laß ab von Drachen* · 06/4845
3. Robert N. Charrette: *Wähl deine Feinde mit Bedacht* · 06/4846
4. Robert N. Charrette: *Such deine eigene Wahrheit* · 06/4847

5. Nigel Findley: *2 X S* · 06/4983
6. Chris Kubasik: *Der Wechselbalg* · 06/4984
7. Robert N. Charrette: *Trau keinem Elf* · 06/4985
8. Nigel Findley: *Schattenspiele* · 06/5068
9. Carl Sargent: *Blutige Straßen* · 06/5087

TRILOGIE DEUTSCHLAND IN DEN SCHATTEN

10. Hans Joachim Alpers: *Das zerrissene Land* · 06/5104
11. Hans Joachim Alpers: *Die Augen des Riggers* · 06/5105
12. Hans Joachim Alpers: *Die graue Eminenz* · 06/5106

13. Tom Dowd: *Spielball der Nacht* · 06/5186
14. Nyx Smith: *Die Attentäterin* · 06/5294
15. Nigel Findley: *Der Einzelgänger* · 06/5305
16. Nyx Smith: *In die Dunkelheit* · 06/5324
17. Carl Sargent/Marc Gascoigne: *Nosferatu 2055* · 06/5343
18. Tom Dowd: *Nuke City* · 06/5354
19. Nyx Smith: *Jäger und Gejagte* · 06/5384 (in Vorb.)
20. Nigel Findley: *Haus der Sonne* · 06/5411

Liebe Leser,
um Rückfragen zu vermeiden und Ihnen Enttäuschungen zu ersparen: Bei dieser Titelliste handelt es sich um eine Bibliographie und NICHT UM EIN VERZEICHNIS LIEFERBARER BÜCHER. Es ist leider unmöglich, alle Titel ständig lieferbar zu halten. Bitte fordern Sie bei Ihrer Buchhandlung oder beim Verlag ein Verzeichnis der lieferbaren Heyne-Bücher an. Wir bitten um Verständnis.

Wilhelm Heyne Verlag GmbH & Co. KG, Türkenstraße 5–7.
Postanschrift: 80323 München 2, Abteilung Vertrieb

NIGEL FINDLEY

HAUS DER SONNE

Zwanzigster Band
des
SHADOWRUN™-ZYKLUS

Deutsche Erstausgabe

WILHELM HEYNE VERLAG
MÜNCHEN

HEYNE SCIENCE FICTION & FANTASY
Band 06/5411

Titel der Originalausgabe
HOUSE OF THE SUN
Übersetzung aus dem Amerikanischen von
CHRISTIAN JENTZSCH

Redaktion: Ulrich Petzold

Erstausgabe bei ROC, Penguin Group, New York

Printed in Germany 1996
Umschlagbild: FASA Corporation
Umschlaggestaltung: Atelier Ingrid Schütz, München
Technische Betreuung: M. Spinola
Satz: Schaber Satz- und Datentechnik, Wels
Druck und Bindung: Elsnerdruck, Berlin

ISBN 3-453-09463-8

Zum Gedenken an Nigel Findley
(22. Juli 1959 – 19. Februar 1995)

Nigel war im letzten Stadium der Korrektur dieses Romans, als er am 19. Februar 1995 starb. Wie alle anderen Romane, die er geschrieben hat, ist auch dieser ein Beispiel für seine unglaubliche kreative Fähigkeit, das Unbekannte zu nehmen und daraus etwas Glaubhaftes und Erfreuliches zu schaffen. *Haus der Sonne* hat eine besondere Bedeutung für Nigels Leben, weil Dirk Montgomery seine Lieblingsromanfigur und Hawaii sein Lieblingsort war. Dirk wieder ins Getümmel zu werfen war eine Herausforderung, die Nigel mit dem ihm eigenen Talent und unbändiger Phantasie anging. Da ich weiß, wieviel Spaß ihm das Schreiben dieses Romans gemacht hat, widme ich ihn seiner unglaublichen schriftstellerischen Begabung, seiner Lebenslust und dem wunderbaren Mann, der er war.

Holly Langland, Freundin und Partnerin

1

Ihr Name – zumindest der, den sie mir nannte – war Sharon Young. Nicht unbedingt schön, aber attraktiv. Ausdrucksstarkes Gesicht mit einem netten, vollen Mund. Scharfe Augen, die Art, denen nicht viel entgeht, in einem umwerfenden Grün. Lange, glatte, schwarze Haare. Und trotz ihrer, wie mir schien, kräftigen Sonnenbräune war sie ein Shadowrunner.

Natürlich sagte sie mir das nicht. Das gehört zu den Dingen, die man nur denjenigen Leuten auf die Nase bindet, zu denen man absolutes Vertrauen hat. Aber die guten Shadowrunner müssen es auch niemandem auf die Nase binden – sie haben etwas an sich, eine Art zu gehen, eine Art, alle Vorgänge in ihrer Umgebung zu registrieren –, und sie gehörte zu den guten. Sie trug eine locker sitzende Jacke, vermutlich gepanzert, die offenstand, und es dauerte nicht lange, da spielte ich wieder das alte Spiel ›Wo ist die Flak‹. Ich gab es jedoch rasch wieder auf. Unter dieser Jacke war genug Platz, um darin von einer kleinen Hold-Out bis zu einer zurechtgestutzten MP alles unterzubringen. Sie nahm einen Schluck von dem Bier, das sie sich gerade gekauft hatte, und ich sah ein leichtes Stirnrunzeln des Abscheus. Das beförderte sie auf der Montgomery-Skala des Sinns für Ästhetik eine Stufe nach oben. Das einzige, was das Bier in der Buffalo-Jump-Bar davon abhielt, grün auszusehen, war die ungesunde Mischung aus Konservierungsstoffen, künstlichem Farbstoff und Geschmacksverstärkern, die es enthielt.

Sie stellte das Glas ab. Zeit fürs Geschäft, dachte ich.

»Mr. Montgomery«, begann sie.

»Derek«, korrigierte ich. »Oder Dirk.«

Sie neigte den Kopf und bedachte mich mit einem knappen Lächeln. »Dirk.« Dann hielt sie wieder inne, wohl um ihre Gedanken zu ordnen und sich darüber klarzuwerden, wieviel sie mir erzählen mußte und womit sie anfangen sollte.

Unterdessen schaute ich weg – ein Anflug von Höflichkeit, der mir außerdem Gelegenheit gab, mich meiner eigenen Paranoia hinzugeben. Mit einem raschem Rundumblick vergewisserte ich mich, daß uns niemand in der Bar ungebührliche Aufmerksamkeit widmete. Es war ungefähr fünfzehn Uhr – mitten am Nachmittag und in dem Loch zwischen dem Mittagspausengedränge und dem Nachfeierabendansturm. Nach meinem Umzug vor einem Jahr nach Cheyenne hatte ich mit gelinder Überraschung festgestellt, daß die Leute in der Sioux Nation dieselben Bürozeiten hatten wie die in Seattle, nämlich von neun bis siebzehn Uhr. Ich weiß eigentlich nicht, was für Unterschiede ich erwartet hatte... aber ich *hatte* welche erwartet. Mittlerweile habe ich aber begriffen, daß Städte eben Städte sind – *Sararimänner* bleiben *Sararimänner,* ob sie Asiaten, UCAS-Amerikaner oder Amerindianer sind.

Die Salatshow auf der kleinen Bühne war in vollem Gange. Zwei minderjährige Blondinen, die kosmetische Veränderungen erfahren hatten, um wie eineiige Zwillinge auszusehen, trugen auf eine beeindruckend oberflächliche Art zur Kriminalisierung eines Gemüses bei. Niemand schien sich sonderlich dafür zu interessieren, auch nicht die Gäste in der ›Gynäkologenreihe‹ direkt vor der Bühne. Bei der Musikbegleitung – zweitklassiger Glam-Rock, der seit zehn Jahren aus der Mode war – hätte es sich, der Aufmerksamkeit nach zu urteilen, die ihr entgegengebracht wurde, auch um statisches Rauschen handeln können. Die DAT-Aufnahme war schon so oft abgedudelt und abgenudelt worden, daß die häufigen digitalen Aussetzer die Stücke bis zur Unkenntlichkeit verstümmelten. Plötzlich hatte ich eines dieser *Déjà vu*-Erlebnisse. Für einen Augenblick war ich nicht mehr im Buffalo Jump, sondern an einem beinahe identischen Ort tausend Kilometer entfernt – im Superdad in den Redmond Barrens …

Ich schüttelte die Erinnerungen ab und drängte sie wieder in den schwarzen Sumpf meines Unterbewußtseins zurück, wohin sie auch gehörten. Ich war nicht bereit, über Seattle nachzudenken, noch nicht. Mit einiger Anstrengung konzentrierte ich meine Aufmerksamkeit wieder auf Sharon Young.

Mittlerweile hatte sich die attraktive Shadowrunnerin überlegt, wie sie ihr Anliegen vorbringen wollte. Mit betonter Bedächtigkeit – um bei ihrem eventuell nervösen Kontakt, das heißt mir, kein Mißtrauen aufkommen zu lassen – griff sie in ihre Tasche und holte zwei kleine Gegenstände heraus, die sie vor mich auf den Tisch legte. Bei dem einen handelte es sich um einen Speicherchip in einer Schutzhülle, bei dem anderen um einen silbernen, beglaubigten Kredstab. Wiederum hielt sie inne, als warte sie darauf, daß ich nach Chip und Kredstab griff – ein Test, um festzustellen, ob ich die Straßenetikette brechen würde. Meine Hände lagen auf der zerkratzten Tischoberfläche und rührten sich keinen Millimeter.

Dann lächelte sie, eine flüchtige Angelegenheit wie das Aufblitzen eines Stroboskops. Ich wußte, es war ein Test, sie wußte, daß ich es wußte, ich wußte, daß sie wußte, daß ich wußte, und so weiter. »Ich brauche eine Hintergrundüberprüfung«, sagte sie leise. »Eine *vertrauliche* Hintergrundüberprüfung.«

»In einer Einstellungssache?«

»Wenn Sie so wollen.«

»Dann gehe ich davon aus, daß in erster Linie aktuelle Informationen gefragt sind.«

Wieder dieses Aufblitzen eines Lächelns, diesmal begleitet von einem angedeuteten Nicken.

Wir verstanden einander. Sie wollte Informationen über jemanden – augenblicklicher Aufenthaltsort, gegenwärtige Aktivitäten, diese Art von Drek. Und sie wollte nicht, daß die betreffende Person von meinen

Nachforschungen erfuhr. Ein normaler Kontrakt, die Art von relativ risikolosem Schnüffelkram, die ich seit meinem Umzug nach Cheyenne ständig übernahm.

»Sie haben einen Namen, nehme ich an?«

Ihre grünen Augen waren unergründlich. »Dann übernehmen sie den Kontrakt?«

Ein weiterer Test – sie war vorsichtig. »Das hängt von den Bedingungen ab«, konterte ich.

»Sie werden sich nur minimal exponieren müssen«, sagte sie gelassen. »Die betreffende Person befindet sich im Moment außer Landes.«

Ich hob eine Augenbraue. Wenn sie wußte, daß sich die Person nicht in Cheyenne befand, hinter welchen Informationen war sie dann her? Ich versuchte meine Überraschung zu verbergen, indem ich mit dem Zeigefinger leicht über den Rand meines Bierglases strich.

Mit dem *linken* Zeigefinger. Es war eine Konzentrationsübung. Ich wurde durch die Feststellung belohnt, daß der Finger kein Zittern, keine Instabilität erkennen ließ. Vielleicht gehörten die Aussetzer in meinem Cyberarm jetzt tatsächlich der Vergangenheit an.

»Es handelt sich tatsächlich um eine Hintergrundüberprüfung«, fuhr sie nach ein paar Sekunden fort. »Jedes Gerücht, das Sie über gegenwärtige Aktivitäten aufschnappen können, ist wichtig, verstehen Sie mich nicht falsch – Motive, Connections, Enthüllungen... Aber in erster Linie interessiert mich der eigentliche Hintergrund – warum ist er dort, wo er jetzt ist, und wie ist es dazu gekommen.«

Okay, das machte mehr Sinn. Sie wußte, daß die betreffende Person außer Landes war, aber sie wollte, daß ich in Erfahrung brachte, was sie tat und was zu der Reise geführt hatte. Ich nickte. »Sind Sie der Auftraggeber?« unterzog ich sie nun selbst einem kleinen Test.

Sie bedachte mich lediglich mit einem weiteren Grinsen – mit Auszeichnung bestanden. »Die betreffende Person heißt Jonathan Bridge«, sagte sie schließlich. »Ork. Sioux. Geboren und aufgewachsen in Cheyenne.«

»Persönlicher Hintergrund?«

Sie tippte mit einem Fingernagel gegen den Speicherchip. »Standardtarif«, sagte sie mit einem Blick auf den Kredstab. »Die Hälfte im voraus, der Rest bei Lieferung. Letzter Liefertermin in sechsundneunzig Stunden, zehn Prozent für vierundzwanzig, zwanzig für zwölf.« Das bedeutete, zehn Prozent Bonus für jeden vollen Tag, den ich vor Ablauf des Termins lieferte, und zwanzig Prozent Abzug für jeden angebrochenen halben Tag, den ich mich verspätete. »Die üblichen Spesen.«

»Was ist mit ungewöhnlichen Auslagen?«

»Darüber reden wir.«

Ich nickte. Wie sie gesagt hatte: Standardbedingungen. Ich hatte genug Aufträge dieser Art in Cheyenne übernommen, um die gängigen Tarife zu kennen. Blieb nur noch eine Sache … »Sollte ich direkt exponiert werden, bin ich draußen«, sagte ich entschieden.

Jetzt war es an ihr zu nicken. »Ich verstehe«, erwiderte sie … und ich konnte mich des Gefühls nicht erwehren, daß sie tatsächlich verstand. Wieviel mehr als das, was in meiner ›Ruhmesliste‹ stand, die ich über die Schattenkanäle von Cheyenne verbreitet hatte, wußte sie über mich?

»Alle Kontaktinformationen befinden sich auf dem Chip«, sagte sie, wobei sie sich geschmeidig erhob.

Ich stand ebenfalls auf – bot ihr jedoch ebensowenig meine Hand an, wie sie mir ihre anbot. »Ich melde mich.«

»Davon bin ich überzeugt«, sagte sie ruhig. Sie wandte sich ab und ging. Ich wartete, bis sie die Bar verlassen hatte, bevor ich Chip und Kredstab an mich nahm – wiederum und wie immer die Etikette. Ich setzte mich wieder und richtete meinen Blick auf die Pseudo-Zwillinge, während ich aus dem Augenwinkel nach etwaigen Reaktionen auf ihren Abgang Ausschau hielt. Nichts, kein Schatten, der ihr zum Ausgang folgte – nicht, daß ich irgend etwas in dieser Art erwartet hätte. Profi bleibt Profi, und man entwickelt ein Gespür dafür … Zumindest tut man das, wenn man in diesem Geschäft bleiben will.

2

Ich parkte meinen Americar neben dem Müllcontainer in einer Gasse in der Nähe der Randall Avenue, zog meine Magnetkarte durch das Schloß an der Hintertür und erklomm die schmale Treppe zum ersten Stock. Ich ging zur Tür mit der Nummer 5 und überprüfte die Warnzeichen, die ich bei meinem Weggang zurückgelassen hatte. Alle befanden sich noch dort, wo sie sein sollten. Wiederum schwang ich meine Magnetkarte, dann drückte ich den Daumen (natürlich den *rechten*) auf die Vertiefung des zweiten Schlosses, das ich am Tag nach meinem Einzug angebracht hatte. Die Schaltkreise summten einen Augenblick, in dem sie sich darüber klar wurden, ob ich ich war. Dann klickte das Schloß, und die Tür schwang auf.

Kaum hatte sich die Tür hinter mir geschlossen, als ich mich aus meinem Duster schälte und ihn über den nächsten Stuhl warf. Der Hochsommer in Cheyenne ist heißer als die Hölle (aber es ist eine *trockene* Hitze) – viel zu heiß, um mehr als Hemdsärmel zu rechtfertigen, geschweige denn einen gepanzerten Mantel. Aber ich bin lieber schweißnaß als blutüberströmt. Nennen Sie es einen Charakterfehler. Seit ich Seattle verlassen hatte, machte ich es mir mit einer an Besessenheit grenzenden Ausschließlichkeit zur Regel, niemals meine Wohnung zu verlassen, ohne zumindest ein wenig Panzerung zwischen mir und etwaigen auf mich gezielten Hochgeschwindigkeitsgeschossen zu haben.

Ich ging in mein ›Büro‹ – ein kleiner Schreibtisch, der in eine Ecke der winzigen Zweizimmerwohnung gequetscht war – und ließ mich auf einen Drehstuhl sinken, der wahrscheinlich älter war als ich. Ich schaltete mein Telekom von Bereitschaft auf Betrieb und wartete dann, bis das dämliche Ding geschnallt hatte, was von ihm verlangt wurde.

Schließlich erwachte das uralte System widerwillig zum Leben. Ich legte den Kredstab ein, den Sharon Young mir gegeben hatte, und überprüfte den Kontostand – eher der Vollständigkeit halber als aus der Erwartung heraus, betrogen worden zu sein. Es bringt nichts, jemanden bei der Vorauszahlung zu betrügen. Die Summe entsprach der, mit der ich gerechnet hatte: 4000 Nuyen. Ich drückte ein paar Tasten, und mein Telekom transferierte die Kreds bereitwillig vom Mikrochip des Stäbchens auf mein Konto bei der Cheyenne Interface Bank. Damit belief sich mein Kontostand auf ... nun, annähernd 4000 Nuyen, wenn man es genau nahm. Davon merkte ich 800 ¥ für die Miete vor, die von meinem Konto abgebucht würden, sobald mein Vermieter sich danach erkundigte. (Ich hatte bereits den Fehler begangen, eine Überweisung an ihn platzen zu lassen. Den *Riesen*fehler. Mein Vermieter war ein großer, gemeiner, kahlköpfiger Ork mit einer sonnenverbrannten Plätte, die so zerknittert aussah, als habe sie jemand in Falten gelegt und dann versucht, sie wieder auszubügeln. Alle nannten ihn ›Mutter‹ und beließen es dabei – wahrscheinlich deshalb, weil jeder, der noch etwas anzuhängen versuchte, zu sehr damit beschäftigt sein würde, Zähne zu spucken, um zu Ende zu reden.)

Damit waren die Bankgeschäfte erledigt, und ich drückte ein paar Tasten, um mir meine Post anzeigen zu lassen. Eine Nachricht in meinem elektronischen Briefkasten, und zwar in demjenigen, den ich für Geschäftszwecke benutze. Ich glaubte zu wissen, worum es sich handelte, besonders als ich den Cheyenner Matrixcode des Absenders sah. Zwei Nachrichten in meinem privaten Briefkasten. Da nur drei Personen den Zugangscode kannten, war es auch nicht weiter schwierig, eine Vermutung über die Absender dieser Nachrichten anzustellen.

Leider kam erst die Arbeit und dann das Vergnügen. Noch ein paar Tasten gedrückt, und auf dem Schirm erschien die geschäftliche Nachricht. Ich erkannte die digitalisierte Stimme sofort. Sie hieß Jenny, war ein Troll und stolz darauf. Amerindianerin und darauf noch stolzer. Eigentlich war sie kein Schieber, aber gelegentlich vermittelte sie Leuten, die sie mochte, Kontrakte. Aus irgendeinem Grund, den ich noch nicht ganz verstanden hatte, mochte sie mich *echt*.

Ich ließ die Aufzeichnung mit doppelter Geschwindigkeit ablaufen und meine Gedanken abschweifen, während Jenny ihre Nachricht herunterleierte. Ich wußte, worum es sich handelte: um einen Kontrakt, den sie mir vor einer Woche als Gefälligkeit vermittelt hatte, um mir dabei zu helfen, das Geld für meine Miete aufzubringen. Alles hatte sich so entwickelt, wie es sich der Auftraggeber vorgestellt hatte, und Jenny ließ ein paar Lobeshymnen vom Stapel. Ich schaltete wieder auf normale Geschwindigkeit, als es den Anschein hatte, daß Jenny zur Sache kam.

»... Und wenn du noch ein paar Takte darüber reden willst, komm mich doch einfach besuchen«, sagte sie mit einem Schlafzimmerlächeln, das kleinen Kindern Angst eingejagt hätte. »Morgen regeln unsere Freunde den Kredtransfer.« Ihr Lächeln wurde breiter, bis ich dachte, sie würde ihre Ohren verschlingen. »Bis später, Bernard.« Und der Schirm wurde dunkel.

Ich konnte mir ein Kichern nicht verbeißen. »Bernard.« Ich weiß nicht, wer damit angefangen hatte, aber der Ausdruck hatte in den letzten Wochen die Runde durch den Schattenuntergrund der Sioux Nation gemacht und war so etwas wie ein modischer Ersatz für ›Chummer‹ oder das japanische ›*Omae*‹. Bis jetzt gehörte er nicht zum allgemeinen Sprachgebrauch – noch nicht –, aber die hiesigen Shadowrunner und Möchtegerns hatten sich förmlich darauf gestürzt und betrachteten ihn als eine Art Familienerkennungssignal.

Shadowrunner. Es war zum Lachen. Jenny würde sich in die Hose machen, wenn sie je einem *echten* Shadowrunner begegnete. (Jesus, *ich* hätte es fast beim erstenmal getan.) Die Geschäfte, die sie vermittelte, mochten als ›Schattenkontrakte‹ durchgehen, wenn man die Wortbedeutung ein wenig streckte, aber nur, weil sie sich im Bereich der Illegalität oder vielleicht knapp außerhalb der Legalität bewegten. Alle waren unendlich weit von der von den Medien verbreiteten Vorstellung von absoluten Härtetypen entfernt, die den Megakonzernen in den Hintern kniffen, während sie einem Kugelhagel auswichen. Ich war dort. Hab's getan. Zu heftig. Geschenkt.

Lassen Sie mich von dem ›Run‹ erzählen, den ich gerade für Jenny erledigt hatte. Es ging um einen Mittelklasse-Wohnblock mit Eigentumswohnungen am Rande des Cheyenner Innenstadtkerns – dem Avalon –, der Probleme mit Chip-Dealern hatte, die ihr Geschäft aus einer Penthouse-Wohnung des Blocks betrieben. Aktivitäten rund um die Uhr, ein ständiges Kommen und Gehen anrüchiger Typen, Chipheads in der Lobby, der ganze Drek. Die Eigentümerversammlung hatte versucht, die Chip-Dealer zur Räumung zu zwingen ... und hatte daraufhin in klaren Worten zu hören bekommen, daß ihre Knie, Ellbogen und gewisse andere Körperteile Bekanntschaft mit stumpfen Gegenständen in den Händen angeworbener Knochenbrecher machen würden, falls sie die erforderlichen Papiere ausfüllten. Die Cops konnten nicht gegen die Dealer vorgehen, weil es schlicht und einfach keine Beweise gab. Die Eigentümer *wußten*, was lief, aber sie konnten den Abgrund zwischen Wissen und Beweisen nicht überwinden.

Auftritt Dirk Montgomery, linke Bühnenseite, auf einem weißen Hengst. Mein Kontrakt – mein ›Shadowrun‹, wenn Sie so wollen – sah vor, den Chip-Dealern Feuer unterm Hintern zu machen und sie zur Räumung des Wohnung zu veranlassen. Keine Auflagen, wie ich die Sache anzugehen hatte, keine Fragen. Nur das Resultat zählte.

Ich glaube, Jenny rechnete damit, daß ich mich den Dealern frontal nähern würde, wahrscheinlich über das Korn einer riesigen Kanone. (Gott weiß, woher sie diese übertriebene, schwärmerische Vorstellung von mir hat...) In den alten Zeiten hätte sie vielleicht recht behalten. Vielleicht hätte ich tatsächlich den direkten Weg gewählt. Aber die Dinge haben sich geändert. Heutzutage ziehe ich es vor ›angewandte Sozialwissenschaft‹ zu betreiben, anstatt mich aus dem Fenster zu lehnen.

Wie bin ich also mit den Chip-Dealern fertiggeworden? Ganz einfach. Ich kundschaftete das Haus aus und identifizierte die Hauptkunden der Dealer – in erster Linie Kleinverteiler und nicht etwa ausgebrannte Süchtige. Sobald ich über die meisten Bescheid wußte, schickte ich jedem per E-Mail eine persönliche Nachricht, die sie höflich davon in Kenntnis setzte, daß ich Grund zu der Vermutung hätte, die Person, welche sie regelmäßig im Avalon besuchten, sei in illegalen Chiphandel verwickelt – natürlich alles nur ›in Ihrem eigenen Interesse‹. Der Clou war, daß ich von jeder Nachricht eine Kopie an das Cheyenner Drogendezernat schickte!

Fazit? Die Kleinverteiler stellten ihre Besuche ein, und ein paar Tage später waren die Dealer ausgezogen. ›Shadowrun‹ beendet, null persönliche Bloßstellung – also ganz so, wie es mir neuerdings gefiel.

Wie bitte? Keine Kanonen? Keine Hetzjagden mit Konzernsicherheitstruppen? Keine lockeren Schießereien mit Lone-Star-Cops?

Nun... *nein*. Absichtlich nicht. Jetzt könnten Sie sagen, ich werde alt und trete kürzer. Ich würde sagen, ich werde *klug* und lebe länger. Raffinesse hat eine Menge für sich.

Ich hatte noch nie das Bedürfnis zu beweisen, daß ich der gemeinste, härteste Drekskerl bin, der je unterwegs war. Nicht nur hatte ein Bekannter von mir – vielleicht ein Freund, je nach Definition – diesen Titel meiner voreingenommenen Ansicht nach für sich gepachtet, sondern meine Erfahrung sagte mir auch, daß zu viele Leute, die diesen Weg beschritten, ins Gras bissen. Besser eine lebendige Ratte als ein totes Schwergewicht war schon immer mein Motto.

Und überhaupt, man brauchte Asse im Ärmel, um sich auf die Straße zu wagen. Mumm, Schneid, Feuer, wie immer Sie es nennen wollen. Man mußte sich auskennen und brauchte die Instinkte … und wenn der Drek zu dampfen anfing, mußte man diesen Instinkten *vertrauen*. Besaß ich diese Instinkte noch? Im vergangenen Jahr hatte ich ihnen nicht genug vertraut, um es herauszufinden. Und dort draußen in den Schatten hätte mich das zu einer wandelnden Zielscheibe gemacht.

Schön, zugegeben. Da war immer noch der Adrenalinstoß, der damit verbunden war, wenn man seinen Arsch riskierte, diese transzendente Freude, die man auf andere Weise nicht erleben konnte, ohne das Großhirn mit BTL-Signalen zu füttern. Aber alles hatte seinen Preis, und ich hatte immer etwas an der Hand, das mich daran erinnerte – an der *linken* Hand.

Sollte Jenny also denken, was sie wollte. Sollte sie ihre Shadowrunner-Spielchen spielen. Sollte sie sich ruhig einbilden, daß sie sich am Rande der Schatten-›Oberliga‹ bewegte. Ich gönne jedem seine Illusionen und Hirngespinste. Ich hatte einmal in dieser Oberliga gespielt – nur einmal, nur für eine Nacht –, und ich wußte, daß ich das, was ich brauchte, um ein zweites Spiel zu überleben, nicht besaß.

Ich spürte den Ansturm der Erinnerungen, hielt sie jedoch an der Schwelle zum Bewußtsein zurück. Das war damals, dies war jetzt – um Gautama (falsch) zu zitieren … oder war es Michael Nesmith? Ich löschte Jennys Glückwünsche und rief die Nachrichten aus meiner persönlichen Mailbox auf.

Die Absendeadresse der ersten Nachricht kannte ich nicht, aber als das Bild auf dem Schirm auftauchte, wußte ich, daß sie als Gast irgendeines automatischen Systems irgendwo abgeschickt worden sein mußte. Ein Schopf schmutzigblonder, kurzgeschnittener und stacheliger Haare. Eine schlanke, ein wenig längliche Gesichtsform – eher attraktiv als im klassischen Sinne schön. Braune Augen in einem blassen, ein wenig sommersprossigen Gesicht.

»Hoi, Bruderherz«, sagte meine Schwester Theresa.

Ich drückte eine Taste, um die Aufzeichnung anzuhalten, während ich das Standbild studierte. Sie hatte dunkle Ringe unter den Augen. Diese Augen hatten einmal aus schierer Lebensfreude gestrahlt. Jetzt erinnerten sie mich an Dokumentarfilme über Soldaten, die aus dem Wahnsinn der EuroKriege zurückgekehrt waren. Ihre Wangen waren ein wenig hohl, und ich schätzte, daß sie immer noch fast zehn Kilo Untergewicht hatte.

Aber mir fielen auch bemerkenswerte Fortschritte auf. Ihre Augen hatten immer noch diesen Kriegsneurose-Blick, aber zumindest schauten sie nicht mehr so *verletzt* drein. Ihre Lippen hatten sich zur Andeutung eines Lächelns verzogen, ein gewaltiger Unterschied zu den alten Zeiten, als ihr Lächeln meine ganze finstere, schmierige Bude erhellt hatte, aber im Vergleich mit ihrem Aussehen von vor ein paar Monaten trotzdem ein riesiger Fortschritt. Das Leid war immer noch da – das Leid, das ihr die Wahl auferlegte, die wiederum den Verlauf ihres Lebens bestimmt hatte. Und das Leid, das diese Wahl ihr bereitet hatte. Das Leid würde vermutlich *niemals* vergehen, wurde mir mit einiger Trauer klar. Aber es war auch eine Veränderung zum Besseren eingetreten. Jetzt empfand sie das Leid. Vorher *war* sie Leid ... und das ist ein verdammt großer Unterschied. Mittlerweile konnte ich ihr in die Augen sehen, ohne zusammenzuzucken.

Sie kam wieder – endlich konnte ich es erkennen und

dieser Erkenntnis auch vertrauen. Es hatte fast vier Jahre gedauert – achtzehn harte Monate der Entgiftung, Analyse, Psycho-Rehabilitation und Chemo- und Elektrotherapie, gefolgt von achtundzwanzig Monaten, in denen sie lernen mußte, wieder einen Bezug zur realen Welt aufzubauen. Doch die Zeit trug langsam Früchte. Ich schüttelte den Kopf. Es war schlicht umwerfend, was der menschliche Körper – und, wichtiger, der menschliche *Geist* – ertragen konnte, ohne zusammenzubrechen.

Ich spulte die Aufzeichnung kurz zurück und ließ sie dann noch einmal von Anfang an ablaufen.

»Hoi, Bruderherz«, sagte meine Schwester Theresa. »Schöne Grüße aus Denver. Tut mir leid, daß ich dich verpaßt habe, aber in ein paar Tagen versuche ich's noch mal.

Denver ist echt Sahne, noch mehr schizo als Seattle, wenn du das glauben kannst. Bist du eigentlich mal hier gewesen? Ich kann mich nicht erinnern.

Jedenfalls, meine nächste Station ist San Francisco, glaube ich, wenn ich mit dem Datenwust fertig werde. Vielleicht fahre ich dann durch Cheyenne zurück, und du kannst mich zum Essen ausführen.«

Ihr schwaches Lächeln wurde breiter, und für einen Augenblick konnte ich die alte Theresa Montgomery sehen. Im Geiste hörte ich wieder ihre Ausrufe plötzlicher Begeisterung und ihr unschuldiges Lachen. »Hier draußen haut mich immer noch alles um, Bruderherz«, fuhr sie fort. »Die Welt ist so groß und wunderbar. Ach, und falls du dich fragst ...« Mit einer schlanken Hand strich sie eine blonde Haarsträhne zurück, so daß ihre Datenbuchse sichtbar wurde. Der Buchsenstecker saß noch an Ort und Stelle, und das Polymer-Siegel war unverletzt und mit dem Logo des Entgiftungssanatoriums gekennzeichnet.

»Ich bin immer noch clean«, prahlte sie. »Über vierzig Monate, toi, toi, toi.

Wir sehen uns, Derek.« Ihr Bild streckte die Hand aus, um die Verbindung zu unterbrechen.

Wiederum hielt ich die Aufzeichnung an. Ich streckte die linke Hand aus und berührte das Gesicht meiner Schwester – synthetisches Fleisch, das ein synthetisches Abbild berührte.

Sie schaffte es, sie schaffte den langen Schlauch zurück tatsächlich. Als mir die Therapeuten des Sanatoriums erzählt hatten, daß sie davon gesprochen hätte, ein Wanderjahr – einen ausgedehnten Reiseurlaub – einzulegen, hatte ich mir vor Angst fast in die Hose gemacht. Sie war viel zu anfällig, hatte ich mich verrückt gemacht, noch nicht weit genug vom Abgrund der Drogen und Chips (und Schlimmerem!) entfernt, der sie fast verschlungen hätte. Sie würde nicht die Kraft haben, den unzähligen Versuchungen zu widerstehen, die sich in der realen Welt boten.

Diese Therapeuten hatten tatsächlich gewußt, was sie taten – das mußte ich jetzt zugeben. Sie hatten gewußt, wie meine Reaktion auf diese Neuigkeit ausfallen würde. Anstatt mich auf meine Schwester loszulassen, anstatt mich sie so lange bearbeiten zu lassen, bis sie ihr Vorhaben aufgab, hatten sie mich nicht einmal mit ihr reden lassen, bis ich mich nicht selbst einer kleinen Therapie unterzogen hatte. Ich war kein leichter Fall gewesen, aber schließlich hatte ich begriffen. Ich hätte Theresa gar nicht davon abbringen können, ein Wanderjahr einzulegen, wenn es das war, was sie wollte. Sicher, es war ein Risiko – das war auch den Therapeuten und Entgiftungsärzten klar. Aber der Schaden für ihr Selbstwertgefühl, wenn sie oder ich ihr verboten hätten, ihren Weg zu gehen, wäre viel schlimmer und vor allem absolut unausweichlich gewesen. Es war eine schwere Geburt gewesen, aber ich hatte schließlich akzeptiert, daß das die endgültige Therapie für Theresa war: die endgültige Bestätigung, daß sie die *Kontrolle* über ihr Leben und über die Richtung hatte, die es nahm.

Es war ein Glücksspiel gewesen, aber der Einsatz hatte sich gelohnt. Über vierzig Monate clean und nüchtern. Was auf eine vierjährige Erfahrung der Welt so, wie sie war, hinauslief, ohne das Beruhigungsmittel SimSinn, BTL oder 2XS. Meine Schwester war auf dem Weg zurück vom Abgrund.

Und ich konnte das Abhören der zweiten Nachricht nicht mehr länger aufschieben. Ich löschte Theresas Bild vom Schirm und wählte die andere Nachricht an.

Noch ein Frauengesicht, fast so vertraut wie das meiner Schwester. Kurze, glatte, kupferfarbene Haare. Graue Augen. Klasse und Kultiviertheit kübelweise. Jocasta Yzerman, die Schwester der toten Lolita Yzerman – die ich als Lolly gekannt hatte – und eine Hauptfigur bei den … den *Ereignissen* … die meinem Umzug nach Cheyenne vorausgegangen waren. Wunderschöne Jocasta. In meiner Brust war plötzlich ein Schmerz, von dem ich wünschte, ich hätte ihn als Magenverstimmung abtun können.

Manchmal will man emotionale Qualen bis zur Neige ausleben. Bei anderen Gelegenheiten will man sie so schnell wie möglich hinter sich bringen. Ich schaltete das Telekom auf doppelte Wiedergabegeschwindigkeit.

Sogar bei diesem Tempo hatte ihre Stimme den perfekt modulierten, samtweichen Klang des geübten Profis. (Ich fragte mich kurz, ob sie immer noch ihre Trideoshow bei KCPS in Seattle hatte.) Ich überhörte die Worte, die sie sagte – nicht weiter schwierig, die Nachricht war kaum mehr als eine verbale Postkarte: »Hey, lange her, wie geht's?«, so in der Art –, und ich konzentrierte mich ganz auf die Stimme. Ich erinnerte mich an unsere erste Begegnung vor vier Jahren: eine schlanke, hochgewachsene Gestalt, gespannt wie eine Bogensehne in ihrer maßgeschneiderten rauchgrauen Lederkleidung, die ganz ruhig mit einer Pistole auf einen Punkt zwischen meinen Augen zielte …

Die Nachricht endete mit den üblichen nichtssagenden Floskeln und guten Wünschen für meine Gesundheit, und dann war Jocasta verschwunden. Ich starrte den leeren Telekomschirm noch eine ganze Weile an. Ms. Jocasta Yzerman – nein, inzwischen Mrs. Jocasta Brock, nicht wahr? – hatte das Gewitter unglaublich gut überstanden. Keine körperlichen Narben, und wenn es seelische gab, hielt sie sie gut verborgen. War sie wirklich so stark, so widerstandsfähig? Oder hatte sie während unserer kurzen gemeinsamen Zeit etwas von mir gelernt – die Fähigkeit, sich zu belügen und seelische Qualen total zu unterdrücken –, während ich diese Fähigkeit ironischerweise zur gleichen Zeit *ver*lernte? Wie sahen ihre Träume in jenen einsamen Nachtstunden aus, in denen die Schutzmauern am dünnsten sind? Wahrscheinlich würde ich das nie erfahren, jetzt nicht mehr.

Ein paar Sekunden erwog ich, ihr eine Antwort zu schicken – gleich jetzt, spontan und aus dem Stegreif, ohne alles vorzuformulieren. Ich brauchte nicht lange, um den Gedanken als schlechte Idee abzutun. Wenigstens in diesem Augenblick, wo ich nach der langen gedanklichen Beschäftigung mit Theresa emotional offen und verwundbar war. Drek, vielleicht ging ich sogar so weit und redete davon, was ich tatsächlich empfand, und wer wußte schon, wo *das* hinführen mochte...?

Mein linker Arm fing leise an zu summen. Ich haßte es, wenn er das tat, wenn er irgendeiner Selbstdiagnose-Routine folgte, wenn sein Hauptprozessor der Ansicht war, er hätte gerade die Zeit. (Nur die Geister wußten, was das Ding tat, während ich nachts schlief.) Das Geräusch war sehr leise, aus zwei Metern Entfernung wahrscheinlich unhörbar, aber ich reagierte darauf immer, als fange direkt neben meinem Ohr ein Wecker an zu klingeln. Ich ballte ein paarmal meine linke Faust, und das Summen hörte auf.

Im stillen dankte ich den Leuten von Wiremaster Incorporated. Das Summen in meinem Arm – sie nannten es vielleicht diagnostische Routine; *ich* nannte es einen Weckruf, eine Mahnung, daß ich in der realen Welt lebte. Ich seufzte.

Nun, da ich das Telekom schon mal eingeschaltet hatte, konnte ich mich ebensogut gleich an die Arbeit machen. Ich nahm den Chip, den Sharon Young mir im Buffalo Jump gegeben hatte, legte ihn ins Telekom ein und rief die Daten auf.

Ein *Haufen* Daten, wurde mir klar, als sie rasch über den Schirm huschten. Ich stoppte den sinnlosen Datendurchlauf, gab eine vernünftigere Durchlaufgeschwindigkeit ein und drückte erneut die Anzeigetaste.

Jonathan Bridge, das ist dein Leben. Sofort verstand ich besser, warum Sharon Young mich auf ihn angesetzt hatte. Sie hatte hier einen Haufen Hintergrundmaterial gesammelt – Geburtsdatum, Familiengeschichte, die Nummer seines Sioux-Ausweises, einen Teil seiner SIN, sogar Zusammenfassungen seiner Grundschularbeiten. Stichproben seiner Finanzsituation, die über zehn Jahre zurückreichten – fast ein Drittel seines Lebens. Das volle Programm. Offensichtlich wußte jemand mit dem armen, vertrauensvollen Computer im zentralen Einwohnermeldeamt der Sioux umzugehen. Ich ging die Daten noch einmal durch. Profiarbeit, kein Zweifel. Mindestens eine Woche Wühlarbeit, vorausgesetzt, man warf Hallo-Wachs wie Bonbons ein. Vielleicht – wenn mir die Großen Geister der Datenverarbeitung hold waren – hätte ich diese persönlichen Daten ebenfalls aus dem System holen können.

Aber das war auch alles: Daten, nur Daten. Zahlen, Fakten, Info, Bytes. Man sollte meinen, daß die Leute damit in unserer von Computern beherrschten Welt zurechtkommen würden, aber nicht viele tun das. Daten sind keine *Informationen,* Daten sind Fakten. Die Informationen verbergen sich in den Verbindungen, den *Beziehungen* zwischen Fakten. Als setze man die *Tatsache,* daß Wasser bei 100 Grad Celsius zu kochen anfängt, und die *Tatsache*, daß Natrium bei 98 Grad schmilzt, zu der *Information* zusammen, daß Natrium kein gutes Material zur Herstellung von Teekesseln ist.

Offenbar erwartete Young von mir, daß ich die *Fakten* hernahm, die irgendein anderer Schnüffler – der viel besser auf dieser Ebene war als ich – aufgestöbert hatte, und mit ihrer Hilfe ein Gesamtbild von Freund Jonathan entwarf. Das beinhaltete ein Sortieren der Datenberge auf dem Chip mit dem Ziel, Korrelationen – in der Zeit, im Raum und in vielen anderen theoretischeren ›Achsen‹ (wie ›finanzielle Zahlungsfähigkeit‹) – und Widersprüche aufzuspüren. Mit anderen Worten, die Beziehungen zwischen den Zahlen. Ein Beispiel: Mr. Bridge war im Juni 2050 völlig pleite, verließ Cheyenne und kehrte im August zurück, um einen ziemlich hohen Bankkredit mit einer einzigen Überweisung abzuzahlen. Schlußfolgerung? Seine Geschäftsreise hatte sich offenbar ziemlich gelohnt. Solche Dinge eben.

In den Schlechten Alten Zeiten hätte ich die Knochenarbeit zum größten Teil selbst erledigen müssen ... oder, wenn ich dem Archetypus des abgebrühten Privatschnüfflers hätte treu bleiben wollen, eine langbeinige Brünette mit einer spitzen Zunge und einem weichen Herz engagiert, um sie für mich zu erledigen. Heutzutage können Smartframes und Suchdämonen diese Arbeit schneller erledigen als jede vorlaute Sekretärin, wobei sie den fehlenden Sex-Appeal durch Effektivität wettmachen. Ein Fortschritt? Sagen *Sie* mir das.

Ich lehnte mich zurück und streckte mich. Meine Schultern waren verkrampft, und über meinem linken Auge hatte sich ein pochender Kopfschmerz eingenistet. Ich schob den Drehstuhl zurück und sah auf die Uhr.

Dreiundzwanzig Uhr plus minus. Das bedeutete, ich hatte vier solide Stunden an dem Gerät gearbeitet und die Smartframes und Suchroutinen programmiert, die ich sehr bald auf Jonathan Bridge loslassen würde. Ich schüttelte den Kopf – und hörte sofort auf, als die Kopfschmerzen ihr Mißfallen kundtaten.

Ich fragte mich, was mein Vater wohl dächte, wenn er sähe, welchen Nutzen ich aus meiner abgebrochenen Universitätsausbildung zog. Nichts Gutes, davon war ich überzeugt. Ich seufzte. Eine Menge hatte sich verändert, seit ich den Studiengang Computerwissenschaften an der U-Dub geschmissen hatte – die Entwicklung bleibt nicht stehen –, aber zumindest verstand ich ein paar grundlegende Dinge, eine durchaus stabile Basis, auf der ich aufbauen konnte.

Und aufgebaut hatte ich, seit ich Seattle verlassen hatte. Ich war kein ›Hobel‹ – keiner dieser rasiermesserscharfen Konsolen-Cowboys, die sich nur um des bloßen Kicks willen mit Schwarzem Ice anlegen –, aber ich hatte mich zu einem ziemlich brauchbaren Code-Jockey gemacht. Ich jagte keinen Daten als solchen hinterher. Sollten doch die Hobel ihre Neuronen gegen die Konzern-Gletscher antreten lassen, wenn das ihre Vorstellung von Spaß war. Im Gegensatz dazu erarbeitete ich mir gerade einen guten Ruf als jemand, der die groben Daten, die andere sammelten, in brauchbare Informationen umzuwandeln wußte. Ich hatte gelernt, welche Ressourcen dort draußen in der Matrix zur Verfügung standen – entweder allen Interessierten oder nur minimal gesichert – und wie man sie sich am besten zunutze machte. Auch das war nur eine Ableitung der Regel, nach der ich seit meiner Ankunft in Seattle lebte: Minimale Bloßstellung.

Eine Menge hatte ich mir selbst beigebracht, indem ich Texte, digitale Zeitschriften und sogar akademische Arbeiten aus der Matrix herabgeladen und durchgearbeitet hatte. Als das nicht mehr reichte, hatte ich einige der *Grauen Eminenzen* aus Cheyennes ›virtueller Sippschaft‹ aufgesucht – alternde Decker, die nicht mehr die Reflexe hatten, um es mit Ice aufzunehmen, die aber in theoretischer Hinsicht auf dem laufenden waren, weil das alles war, was ihnen noch blieb. Ich schätze, einige meiner Professoren hatten ein gewisses Potential in mir gewittert, weil sie mich überreden wollten, mich unter den Laser zu legen und mir eine Datenbuchse implantieren zu lassen. Okay, zugegeben, ihre Argumentation war einleuchtend: Mit einer Datenbuchse hätte ich sogar die Art von Datenschieberei, die ich heute abend erledigte, wesentlich schneller bewältigen können. Finger auf einer Tastatur können sich nun mal nicht mit direkten neuralen Verbindungen messen.

Aber ich konnte es nicht. Nicht etwa deshalb, weil ich das große Zittern vor der Operation hatte, was wohl ihre Interpretation war. Meine Vorbehalte waren viel konkreterer Natur, obwohl ich niemandem davon erzählen konnte: Ich traute mir einfach nicht genug. Obwohl ich versucht hatte, mich von dieser Facette der Schatten fernzuhalten, hatte ich schon früh erfahren, daß einige Chip-Dealer in Cheyenne in 2XS-Chips machten. Eine Quelle für 2XS-Chips *und* eine Direktleitung zu meinem Hirn? Ich war immer stolz auf meinen starken Willen, Chummer, aber *so* stark bin ich nun auch wieder nicht...

Wiederum schüttelte ich den Kopf, und zum Teufel mit den Kopfschmerzen. Das schien mein Abend für morbide Gedanken zu sein. Ich ging meine Code-Schöpfung noch einmal durch, ließ sie auf die Matrix los und gab das elektronische Äquivalent für ›Faß!‹ ein.

Und damit war der erste Teil meines Kontrakts mit Sharon Young erledigt. Ich konnte nicht viel tun, bis mein Smartframe – das ich aus verschiedenen persönlichen Gründen Naomi getauft hatte – mit den Korrelationen zurückkam, die es hergestellt hatte. Das würde vielleicht eine Stunde dauern, schätzte ich – was für Nichtprogrammierer vermutlich lächerlich klang: vier Stunden für das Schreiben eines Programms, das eine Stunde läuft und das ich nie wieder benutzen würde. Normalerweise würde ich zustimmen. Eine Mahlzeit, deren Zubereitung länger dauert als ihr Verzehr, habe ich schon immer für eine schlechte Verteilung von Ressourcen gehalten. Diesmal war es jedoch der einzig sinnvolle Weg. Dieselbe Suche manuell auszuführen hätte ein Vielfaches dieser fünf Stunden – vier für das Codieren, eine für das Warten – gedauert, die ich in das Smartframe investierte. Arbeiten Sie nicht härter, wie mich einer meiner alten Profs an der U-Dub einmal angeschrien hatte, arbeiten Sie *cleverer*.

Ein guter Rat. Ich ging ins Bett.

3

Gottverdammt, es war wieder *Der Traum* – ›lichtes Träumen‹, ich glaube, das ist der Fachausdruck, wenn man tatsächlich *weiß*, daß man träumt, aber trotzdem nichts dagegen tun kann.

Ich dachte, ich hätte Den Traum überwunden. Ich dachte, ich sei so weit weggezogen, daß mein Unterbewußtsein nicht mehr die Notwendigkeit verspürte, alte Ängste und Leiden hochzuspülen. Falsch gedacht. Zugegeben, ich erlebte Den Traum nicht mehr so häufig und regelmäßig wie in den Schlechten Alten Zeiten. In den ersten Monaten, nachdem ich meinen Cyberarm erhalten hatte, war Der Traum ein regelmäßiger Besucher meines Schlafs. *In jeder verdammten Nacht* kam er wieder wie ein Geist, um mich zu verfolgen.

Vielleicht wäre ich leichter damit zurechtgekommen, wenn Der Traum immer gleich gewesen wäre – wenn mich die ständige Wiederholung abgestumpft hätte –, aber er war es nicht. Der generelle Ablauf der Ereignisse war in jeder Nacht gleich. Aber die Details änderten sich – in erster Linie unwichtige Dinge, wie zum Beispiel die Reihenfolge, in der die Leute umgebracht wurden, oder der Zeitpunkt, an dem gewisse Ereignisse eintraten –, so daß ich nie wußte, was ich zu erwarten hatte.

Mit der Zeit, als der Grad des Stresses in meinem System abnahm, trat Der Traum immer seltener auf: jede dritte Nacht, einmal in der Woche, zweimal im Monat... Dann wurden die Abstände immer größer. Vor heute nacht hatte mich der Traum zum letztenmal vor drei Monaten heimgesucht, und ich hatte gedacht, meine angegriffene Psyche hätte sich endlich selbst geheilt. Wie ich schon sagte, falsch gedacht.

Der Schauplatz war wie immer derselbe: der geheime

Laborkomplex unter dem Gebäude E von Yamatetsus Forschungsanlage für Integrierte Systemprodukte in Fort Lewis. Hawk hatte die beiden Höllenhunde vertrieben, die die Anlage bewachten, Toshi hatte das Magnetschloß an der Haupttür geknackt, und Rodney war neben mir, während wir langsam über die breite spiralförmig gewundene Rampe gingen, die abwärts in die Eingeweide des Komplexes führte. Die Trauer war ein dumpfer Schmerz in meiner Brust und meiner Kehle, als ich die stummen Gestalten musterte, die sich durch die Traumlandschaft bewegten. Alle waren sie tot: Hawk der Schamane, Toshi der Samurai und Rodney Greybriar der Magier ... Tot, weil ich sie in etwas hineingezogen hatte, das ich nicht verstand, etwas, das viel zu groß für mich war. Ich hatte ›irreguläres Personal‹ angeworben, ich war zum Johnson für ein Team von Shadowrunnern geworden. Ich dachte, ich hätte alle Eventualitäten eingeplant, dachte, ich wüßte, womit wir es zu tun hatten. Mein übersteigertes Selbstvertrauen hatte mich meinen linken Arm, Hawk, Toshi und Rodney jedoch viel, viel mehr gekostet.

Lautlos wie Geister waren die Gestalten um mich herum, als sie die Spiralrampe hinabgingen. Ich nahm den seltsamen, vage biologischen Geruch wahr – so ähnlich wie Hefe, aber doch nicht ganz –, der später so vertraut werden sollte. Wir gingen weiter durch das gedämpfte, unbestimmbare Licht, das ungefähr der Dämmerung entsprach, aber von intensiverem Rot als das Sonnenlicht war.

Ich wußte, was uns am Fuß der Rampe erwartete. Ich *wußte* es ... Das war es ja gerade, was Den Traum zu einem Alptraum machte. Ich *wußte* es, aber ich konnte mein Wissen niemandem mitteilen. Hawk, Toshi und Greybriar hatten sich bereit erklärt, mich bei diesem Job zu begleiten, da sie glaubten, daß sie eine Verbindung zwischen Yamatetsus Abteilung für Integrierte Systemprodukte und der neuen Traumchip-Geißel der Straße,

2XS, entdecken würden. Schlimmstenfalls rechneten sie damit, es mit Konzernsicherheitstruppen und vielleicht Chip-Dealern zu tun zu bekommen. Ich wußte es besser.

Wir erreichten das Ende der Rampe und sahen die Tür vor uns, von der ich gewußt hatte, daß sie sich dort befand. Ich wußte nur allzu gut, was wir auf der anderen Seite der Tür vorfinden würden, und ich konnte es nicht mehr ertragen. Ich versuchte zu sprechen, Hawk und die anderen zu warnen, aber ich bekam die Worte einfach nicht heraus. Als Toshi das Magnetschloß knackte, konnte ich nicht mehr tun, als mich abzuwenden.

Ich konnte das alles nicht noch einmal durchmachen. Trotz der langen Zeit, die inzwischen vergangen war – obwohl ich meine Schwester Theresa lebendig, clean und nüchtern gesehen hatte –, konnte ich es nicht ertragen. Es würde mich zerfetzen, all die seelischen Wunden in meinem Innern wieder aufreißen, die *fast* verheilt waren. Ich konnte nicht in diesen Raum mit den leicht gewölbten Wänden blicken und Theresa dort liegen sehen, deren komatöser Körper durch eine widerlich gelbe Nabelschnur mit der Wand des Raumes verbunden war …

Der Traum überraschte mich mit einem Schnitt, und ohne das Gefühl zu haben, daß eine Versetzung stattgefunden hatte, fand ich mich in dem vertrauten gewundenen Tunnel wieder, der Toshi und die anderen in den Tod führen würde. Wiederum konnte ich mich noch so sehr bemühen, ich bekam einfach keine Warnung heraus. Und, schlimmer noch, ich konnte nicht einmal meinen Körper kontrollieren. Ich *wußte*, was mich hinter einer dieser Biegungen erwartete, aber ich war nur Passagier in meinem eigenen Schädel und konnte mich nicht daran hindern weiterzugehen. Ich spürte, wie meine Hände den Remington Roomsweeper zärtlich hielten, als sei er ein Baby. Die Kanone würde mir eine Menge nützen.

Wir bogen um die Ecke, und da war sie, wie ich es vorher gewußt hatte: die Wespengeisterkönigin. Der Insektengeist, der von dem wahnsinnigen Schamanen Adrian Skyhill beschworen worden war. Die Wespenkönigin lag dort in der Dunkelheit vor uns, eine massige, verzerrte Gestalt im unsauberen Weiß einer Made. Ihr gewaltiger Unterleib war segmentiert, ihr Oberkörper der ausgemergelte Torso der Menschenfrau, die sie einmal gewesen war. Ihr langes blondes Haar war ihr büschelweise ausgefallen, ihre Haut war aufgequollen und von Blasen und Pusteln übersät. Dünne Lippen spannten sich über gelbe Zähne, zu einem Ausdruck, den man fast als Lächeln hätte deuten können.

Ich versuchte mich zur Seite zu werfen, als der magische Energiestrahl ihre Hand verließ, aber ich reagierte wie immer zu spät. Das blauweiße Feuer zuckte über meine linke Körperhälfte und hüllte meinen Arm ein, und ich *schrie.* Auch in Dem Traum waren die Schmerzen überwältigend, allumfassend. Ich brach auf dem weichen, nach Hefe riechenden Boden zusammen, während Hawk und die anderen der Königin entgegenliefen und dabei schossen, was das Zeug hielt.

Diesmal war Hawk der erste, den es erwischte, als er sich in einen zuckenden, flammenden Feuerball verwandelte. Dann kam Toshi an die Reihe, der von einer Feuerwand verschlungen wurde und im Tod wie ein Derwisch tanzte. Ich hörte einen Schrei hinter mir, einen schrillen durchdringenden Schrei, der nicht enden wollte …

Und plötzlich war ich wach, mein Puls hämmerte mir einen wahnsinnigen Rhythmus ins Ohr, und meine Brust arbeitete wie ein Blasebalg. Mein ganzer Körper kribbelte, von den Zehen- bis zu den Haarspitzen, als hätte jemand versucht, mich in einem Niedervolt-Stromkreis als Widerstand zu benutzen. Ich rollte einen Moment lang wild mit den Augen, während die Realität um mich herum langsam Gestalt annahm.

Ja. Ich lag in meiner Bude auf der Randall Avenue im Bett und starrte auf die Lichtmuster, die die Scheinwerfer vorbeifahrender Autos auf die Zimmerdecke zeichneten. Ich war noch voll bekleidet, und meine Sachen waren klatschnaß von kaltem Schweiß. Sehr bequem. Ich versuchte meinen Atem zu beruhigen, während ich die tröstliche Normalität in mich einsickern und das Gift der Angst vertreiben ließ.

Es dauerte einen Augenblick, bis ich begriff, daß das schrille Kreischen immer noch in meinen Ohren gellte, als sei mir der Schrei aus Dem Traum in den Wachzustand gefolgt. Ich blinzelte und schüttelte den Kopf, und das Geräusch ging – fast wie bei einem digitalen Soundeffekt – von einem halbmenschlichen Kreischen in einen vertrauteren elektronischen Ton über. Mit einem unterdrückten Fluch richtete ich mich auf und starrte auf mein Telekom.

Ein Anruf, mehr war es nicht. Der Klingelton hatte mich im Schlaf erreicht, und mein Unterbewußtsein hatte ihn freudig aufgenommen und in das Gefüge meines Traums eingearbeitet. Genau das, was mir gerade noch gefehlt hatte.

Der Ton verstummte, als die Telekomsoftware zu dem Schluß kam, daß ich den Anruf nicht persönlich entgegennehmen würde und auf Anrufbeantworter umschaltete. Laut Anzeige in der Bildschirmecke war der Anruf an meine geschäftliche und nicht an meine private Mailbox gerichtet, also sah ich keinen Grund, mich aufzurappeln und mich persönlich zu melden. Während das Uralt-Telekom den Vorgang der einleitenden Begrüßung durchlief, warf ich einen Blick auf die Uhr. Beinahe halb vier. Es sah so aus, als hätte ich mein beabsichtiges einstündiges Nickerchen ein wenig ausgedehnt. Ich fragte mich träge, ob Naomi, das Smartframe, bereits mit den Korrelationen zurückgekommen war oder ob ihr irgendwelche elektronischen Ablenkungen am Wegesrand aufgelauert hatten.

Der Telekomschirm blinkte, und ein Bild erschien... und plötzlich waren meine Gedanken alles andere als träge. Ich erkannte das Gesicht sofort. Ein Mann mittleren Alters: ein starkes Gesicht, eine gebieterische Adlernase und kalte Augen. Sein Haar war immer noch kurzgeschnitten und ein klein wenig stachelig, so daß die verchromte Datenbuchse in seiner rechten Schläfe zu sehen war. Als ich ihn zuletzt gesehen hatte, war sein Haar Pfeffer-und-Salz-farben gewesen, wobei der Pfeffer dominiert hatte. Jetzt war sein Haar fast gänzlich grauweiß, und nur mitten auf dem Kopf waren noch ein paar schwarze Strähnen geblieben. Sein Gesicht sah ebenfalls älter als vor vier Jahren aus – ein gutes Jahrzehnt älter. Die Haut war blaß und ein wenig schlaff, und unter seinen Augen waren dunkle Tränensäcke. Ich mußte an das letzte Mal denken, als wir miteinander geredet hatten. Er hatte sich an einem Ultra-Gym-Gerät die Seele aus dem Leib geschuftet, wobei das Computersystem auf einer Skala, die bis zwanzig reichte, auf Stufe achtzehn arbeitete. Dennoch hatte er ein Gespräch führen können, ohne zu keuchen oder sein Frühstück von sich zu geben. Würde er jetzt auch nur mit Stufe *eins* fertigwerden? Ich bezweifelte es.

Er hieß Jacques Barnard. Als ich das letztemal Geschäfte mit ihm gemacht hatte – falls das die richtige Bezeichnung dafür ist –, war er einer der Vizepräsidenten des Yamatetsu-Konzerns und mit der Leitung des Seattler Unternehmenszweiges betraut. Hätte mein Buchmacher Quoten dafür festgelegt, ich hätte ihn als sichere Wette für eine absolute Führungskraft betrachtet, der ultimative Konzernkrieger, der sich durch kein Hindernis von seinem Weg abbringen ließ.

Und jetzt? Ich hätte versucht, diese hypothetische Wette zurückzukaufen. Mr. Barnard sah wie ein alter Mann aus, verbraucht und gebeugt. Nicht so sehr von der Zeit, sondern vielmehr vom *Wissen*. Die Augen, die sich fast durch meinen Telekomschirm brannten, sahen wie die eines Mannes aus, der viele Dinge erfahren hatte, die er gar nicht wissen wollte. (Und Tatsache war, daß ich mir denken konnte, worum es sich bei einigen dieser ›Dinge‹ handelte …)

»Mr. Montgomery, guten Tag.« Barnards Stimme hatte nichts von ihrem volltönenden Klang und ihrem irgendwie einschüchternd wirkenden Selbstvertrauen verloren. »Oder vielleicht ist ›guten Abend‹ angemessener. Es ist schade, daß ich Sie nicht antreffe, aber« – er lächelte trocken und zuckte die Achseln – »ich kann mir nicht vorstellen, daß unser Tagesablauf übereinstimmt.

Es gibt einige Dinge, die ich gerne mit Ihnen besprechen würde, Mr. Montgomery«, fuhr Barnard fort. »Ich versichere Ihnen, daß diese Besprechung von gegenseitigem Nutzen sein wird.

Ich schicke Ihnen jetzt einen sicheren Umschaltcode – ein ›kaltes Relais‹, wie, glaube ich, die augenblickliche Bezeichnung auf der Straße lautet.« In einer Ecke des Schirms blinkte ein Empfangs-Icon, und das Telekom kicherte leise in sich hinein, als es die digitale Zeichenkette in seinem Permanentspeicher ablegte. »Bitte setzen Sie sich mit mir in Verbindung, sobald es Ihnen möglich ist«, schloß Barnard. »Ich freue mich auf die neuerliche Gelegenheit zu einer Unterhaltung mit Ihnen.« Mit einem leisen melodischen *Bink* endete der Anruf.

Ich weiß nicht, wie lange ich den leeren Schirm anstarrte. Als ich mich schließlich aus meinem selbstversunkenen Bammel riß, waren meine Augen so trocken, daß sie sich wie Sandpapier anfühlten.

Es ist komisch, wie die Dinge sich entwickeln … oder es könnte komisch sein, wenn man nicht persönlich darin verwickelt wäre. Von meiner Warte aus betrachtet fehlte dem Ganzen irgendwie der Witz. Dieser leise melodische Ton hatte mehr angezeigt als das Ende von Barnards Anruf, oder? Er war zugleich die Totenglocke für das Leben, das ich hier in Cheyenne lebte. Ein simples *Bink*, und alles ändert sich.

Ich schüttelte den Kopf und seufzte. Wie groß waren die Chancen für ein Zusammentreffen *Des Traums* mit Barnards Anruf? Schon ein ziemlicher Zufall.

Natürlich würden einige Leute das anders sehen. Dieser Freund von Jocasta Yzerman zum Beispiel, der mit ihr an der Universität unterrichtete. Wie war noch gleich sein Name? Harold Geh-im-Schatten oder so ähnlich. Der alte Harold hätte mir auf seine salbungsvolle Art gesagt, daß es so etwas wie Zufall nicht gibt und alles geschieht, weil es der Wille der großen Geister ist. Ja, klar. Wenn das stimmt, dann haben die Großen Geister einen ziemlich verdrehten Sinn für Humor.

Der Anruf ... Ich seufzte wiederum, ein tiefempfundener Laut, der von Herzen kam. Es hatte so kommen müssen – das hatte ich von Anfang an gewußt. Als die Dinge in jener Nacht unterhalb von Fort Lewis den Bach hinuntergegangen waren – als es Hawk, Rodney und die anderen erwischt hatte –, waren es Jacques Barnards Kreds gewesen, die alles wieder gerichtet hatten. Er hatte die ›Wrecking Crew‹ bezahlt – das Team von Shadowrunnern, das ich angeworben hatte –, und zwar einschließlich der Prämien für den Tod von Toshi und Hawk. Er hatte meinen ›Tod‹ arrangiert, zumindest für die Leute von Lone Star, die ein Interesse daran gehabt hätten, mich aufzuspüren. Und schließlich hatte er auch noch für den kybernetischen Ersatz für meinen Arm bezahlt, den der Königinnengeist weggebrannt hatte.

Er hatte die Angelegenheit nie mit mir besprochen. Als ich in dem Krankenhaus aufgewacht war – in einem exorbitant teuren Privatzimmer, wiederum auf Kosten von Mr. Barnard –, war bereits alles geregelt gewesen. Er hatte die Zahlung nie mit Bedingungen verbunden, nie irgendwelche Zugeständnisse von mir verlangt.

Natürlich war das auch gar nicht nötig. Wir wußten beide, wie der Hase läuft. Konzerne und Konzernspitzen machen keine Geschenke. Sie tätigen Investitionen. Barnard hatte in mich investiert, und wir wußten beide, daß er irgendwann nach Zinsen Ausschau halten würde. In den inzwischen vergangenen vier Jahren hatte er die Sache nie erwähnt. Teufel, ich hatte in dieser Zeit nie auch nur das geringste mit Yamatetsu zu tun gehabt, und so gefiel es mir auch am besten. Aber er hatte es auch nicht erwähnen oder mich daran erinnern müssen. Die Megakonzerne dieser Welt haben einen Haufen Ideen der alten japanischen Weltsicht verinnerlicht. Wenn jemand in deiner Schuld steht, ist es *seine* Sache, sie nicht zu vergessen, und nicht deine, ihn daran zu erinnern.

Jetzt war also die Zeit gekommen, die Schuld einzufordern. Genau das hatte der Anruf zu bedeuten. Ich schuldete ihm etwas für meinen Arm und für meinen Lebensunterhalt – Drek, für mein *Leben*, wenn man es genau nahm –, und er würde kassieren.

Schwerfällig ging ich zum Telekom und drückte ohne allzuviel Interesse ein paar Tasten. Das Smartframe war tatsächlich wieder zurück und hatte einige Dateien mit ein paar Megapulsen an Daten über Jonathan Bridge gefüllt. Diese Dateien enthielten wahrscheinlich alles, was ich brauchte, um meinen Kontrakt mit Sharon Young zu erfüllen und mir ein paar dringend notwendige Kreds zu verdienen.

Dennoch konnte ich einfach nicht die rechte Begeisterung dafür aufbringen, die Dateien zu öffnen. Was spielten sie noch für eine Rolle? Ich konnte mir nicht denken, was Barnard von mir wollte, aber andererseits konnte ich mir auch nicht vorstellen, daß die Abzahlung meiner Schulden keinerlei Einfluß auf mein Leben haben würde.

Ich rief Barnard nicht sofort zurück.

Aber ich konnte es auch nicht *zu* lange hinauszögern. Er hatte meine LTG-Nummer in Cheyenne aufgespürt, also wußte er mit ziemlicher Sicherheit auch, daß ich in der Stadt war. Wenn ich seinen Anruf nicht innerhalb einer vernünftigen Zeitspanne erwiderte, mochte er sich fragen, ob ich meine Verpflichtung vergessen hatte oder – schlimmer – sogar erwog, mich davor zu drükken. Wie würde ein hohes Konzern-Tier wie Barnard auf diese Art von Verantwortungslosigkeit reagieren? Ich mußte an die beiden Knochenbrecher im Geschäftsanzug denken, die mich vor vier Jahren zu Barnards Enklave im Madison Park eskortiert hatten, und ich hatte nicht den Wunsch, sie unter weniger vornehmen Bedingungen wiederzusehen.

Trotzdem schob ich den Anruf so lange vor mich her, wie es mir politisch ratsam erschien… und dann noch etwas länger. Schließlich konnte ich mich so lange, wie ich nicht tatsächlich anrief, selbst belügen, indem ich mir sagte, daß ich selbständig und unabhängig war.

Einen Teil meiner Zeit verbrachte ich damit, ein paar Nachforschungen über Jacques Barnard anzustellen (lerne deine Feinde kennen, falls sich deine Freunde als Schweinehunde erweisen, und so weiter). Ich hatte angenommen, daß Barnard immer noch zur Seattler Zweigstelle von Yamatetsu gehörte – die Tatsache, daß die Nummer des ›kalten Relais‹, die er mir gegeben hatte, zu einem Seattler Knoten gehörte, unterstützte diese Vorstellung noch –, aber das stellte sich als völlig daneben heraus. Yamatetsu Seattle war jetzt der Wirkungsbereich irgendeiner Schnalle namens Mary Luce, während Barnard die Leiter hinaufgefallen und geschäftsführender Leiter von Yamatetsu Nordamerika geworden war. Die Beförderung hatte eine Versetzung ins strahlende Herz der Yamatetsu-Welt mit sich gebracht – nach Kyoto, Japan.

Also hatte Jacques Barnard den Staub des Sprawls von seinen Tausend-Nuyen-Schuhen abgeschüttelt. Was bedeutete das aber für mich?

Das Unvermeidliche aufzuschieben ist ein Idiotenspiel. Schließlich biß ich in den sauren Apfel und rief an: siebzehn Uhr meiner Zeit, neun Uhr in Kyoto. Ich sah zu, wie die Icons über den unteren Teil des Schirms blitzten und flackerten, als mein Telekom die LTG-Nummer wählte, die Barnard mir gegeben hatte, und die Verbindung herstellte. Mein System synchronisierte sich mit dem Seattler Knoten und schüttelte ihm die Hände, dann wurde der Anruf von der weit entfernten Station ausgesetzt – im wesentlichen auf Eis gelegt. Auf meinem Schirm war zu sehen, daß der Anruf nach Denver weitergeleitet wurde... um dort wiederum auf Eis gelegt zu werden. Dieser Vorgang wiederholte sich noch dreimal – wenn Barnard sagte, daß ein Relais kalt war, bedeutete das offenbar, daß man es für kryogenische Forschungen verwenden konnte –, bevor schließlich das normale Klingelzeichen aufblinkte.

Ich runzelte die Stirn, während das Telekom auf Antwort wartete. In was, zum Teufel, wurde ich hier hineingezogen? Wenn Barnard der Ansicht war, er brauche ein Fünf-Knoten-Relais, um mit mir zu reden, hatte ich das dumpfe Gefühl, daß wir uns nicht über das Wetter unterhalten würden...

Das Telekom jaulte einmal auf, dann füllte sich der Schirm mit einem Bild von Barnard persönlich. Er saß an einem Schreibtisch, wie ich erwartet hatte, aber nicht in einem Büro. Oder zumindest in einem, wie ich noch nie eines gesehen hatte. Der Hintergrund war ein wenig unscharf, aber ich konnte immerhin weiße Marmorwände, riesige Fenster und eine offene Tür zu einem Säulengang erkennen, der wiederum in einen Ziergarten führte. Lebensgroße Statuen im klassischen Stil standen in unbequem wirkenden Posen zwischen den blühenden Büschen.

Barnard sah auf von dem, was er tat – etwas, das sich außerhalb des Erfassungsbereichs seines Telekoms befand –, und lächelte, als er mein Gesicht sah. »Mr. Montgomery.« In seiner Stimme lag echte Wärme – oder zumindest eine beeindruckende Nachahmung. »Ich bin froh, daß ich Sie erreichen konnte.«

Es war komisch, aber in diesem Augenblick war ich

ebenfalls froh. Bis jetzt hatte ich es nicht gewußt, aber dieser Augenblick verfolgte mich seit vier Jahren. Genau so, wie man sich an Zahnschmerzen gewöhnen und vergessen kann, daß sie da sind, hatte ich mich an den chronischen Streß gewöhnt, mich ständig zu fragen, wann der Anruf kommen, wann sich der Kreis schließen würde. Aber das bedeutete nicht, daß der Streß nicht dagewesen, nicht wirklich vorhanden gewesen war. Jetzt, wo Barnard mich vom Schirm meines Telekoms anlächelte, hatte ich ein seltsames, zittriges Gefühl im Magen ... und mit einiger Verblüffung wurde mir klar, daß es vier Jahre Anspannung waren, die sich endlich lösten.

»Mr. Barnard«, sagte ich unverbindlich. »Es ist lange her.«

Sein Lächeln – das aufrichtiger war, als ich seinen Verstellungskünsten zugetraut hätte – wurde breiter, und er lehnte sich auf seinem Stuhl zurück. Die Videokamera seines Telekoms regulierte die Schärfe, und ich konnte die Statuen jenseits des Säulengangs sehen. »Wie gefällt Ihnen die Sonne in Cheyenne, Mr. Montgomery?« fragte er unbeschwert. »Eine angenehme Abwechslung von Seattle, kann ich mir vorstellen.«

Ich schüttelte den Kopf, momentan wie vom Donner gerührt. Er redete tatsächlich über das verdammte Wetter. Mit einiger Mühe brachte ich meine Gedanken wieder unter Kontrolle. »Eine Veränderung ist ebenso gut wie ein Urlaub, zumindest sagt man das.« Ich wandte den Blick von ihm ab und sah an ihm vorbei. »Finden Sie nicht auch?«

Er kicherte. »Mit einer hohen Stellung in einem Konzern sind einige bedeutende ... *Vergünstigungen* verbunden«, räumte er ein. »Mir gefällt Kyoto sehr. Hatten Sie jemals das Vergnügen?«

»Ich hatte nie die Zeit.«

»Schade.« Er spitzte kurz die Lippen. »Aber Sie reisen vermutlich gerne?«

»Nur, wenn ich mir die Anschlußflüge merken kann,

die man mir nennt«, sagte ich trocken. »Hören Sie, Mr. Barnard, ungeachtet des äußeren Scheins nehme ich doch an, daß dies *kein* Höflichkeitsanruf ist.«

Er blinzelte, und sein Gesichtsausdruck änderte sich. Einen Moment lang hätte ich fast glauben können, daß seine Augen Enttäuschung verrieten. Eine Mikrosekunde später war der Ausdruck verschwunden und sein Gesicht wieder die kühle Maske des erfahrenen Verhandlungspartners. »Wie Sie wünschen, Mr. Montgomery.« Er hielt inne, wie um seine Gedanken zu ordnen. »Wie Sie sich vielleicht schon gedacht haben, gibt es da eine … eine *Angelegenheit*, könnte man sagen … bei der Sie mir helfen können. Haben Sie einen Paß? Natürlich nicht unter Ihrem Namen« – er kicherte leise –, »wenn man bedenkt, daß Derek Montgomery offiziell im Jahre zwanzig-zweiundfünfzig gestorben ist. Aber einen Paß, der einer Inspektion standhält?«

Ich nickte.

»Gut. Dann habe ich eine Bitte an Sie. Es gibt eine Botschaft, die einem … einem *Kollegen* von mir überbracht werden muß. Ich möchte, daß Sie sie für mich abliefern, Mr. Montgomery.«

Ich schnaubte. »Ich soll den Botenjungen spielen?«

»So würde ich es nicht gerade formulieren«, wich Barnard aus.

»Aber es trifft den Kern der Sache.«

Er zuckte die Achseln. »Wenn Sie meinen.«

»Warum können Sie es nicht auf elektronischem Weg erledigen?« fragte ich. »Oder auf virtuellem, über die Matrix?«

Barnards Blick verhärtete sich, und ich spürte, wie meine Körpertemperatur um ein paar Grad sank. »Ich habe meine Gründe, das versichere ich Ihnen«, sagte er kalt. Doch dann entspannte sich seine Haltung um ein Iota. »In dieser Situation ist ein persönlicher Kontakt erforderlich, Mr. Montgomery. Die Umstände lassen nichts anderes zu.«

Er versuchte mich durch Vernunft für sich zu gewinnen, indem er tatsächlich *erklärte* – bis zu einem gewissen Grad jedenfalls. Aber so leicht ließ ich mich nicht einwickeln. »Warum schicken Sie dann nicht einfach einen Ihrer Lakaien aus Kyoto?« konterte ich. »Da muß es doch Hunderte von Eifrigen geben, die sich dafür umbringen würden« – *Ihnen in den Arsch zu kriechen,* wollte ich sagen, überlegte es mir aber im letzten Augenblick anders –, »dem geschäftsführenden Leiter einen persönlichen Gefallen zu tun. *Neh?*«

Barnard runzelte die Stirn. »Vielleicht. Aber in diesem Fall wäre das ... *unangemessen.*«

»Warum?«

»Weil der Kontakt nicht zurückverfolgbar sein darf, Mr. Montgomery. Ich brauche jemanden, den ich verleugnen kann.«

»Sie meinen doch, Sie brauchen jemanden, der *entbehrlich* ist, nicht wahr?«

Barnard seufzte ein wenig frustriert. »Nicht in diesem Fall, Mr. Montgomery.« Er lächelte schief. »Unter anderen Umständen« – er zuckte die Achseln –, »wer weiß? Aber nicht in diesem Fall, das versichere ich Ihnen.«

»*Warum* nicht?« fragte ich sarkastisch. »Sie würden also jemanden anders in den Regen stellen, aber nicht mich. Zweifellos wegen meiner gewinnenden Persönlichkeit, oder was?« schnaubte ich erneut. »Hören Sie, Mr. Barnard, ich bin durchaus bereit mitzuspielen, weil ich Ihnen für den Arm was schuldig bin, und ich zahle meine Schulden lieber, als mich von Yamatetsus Eintreibern jagen zu lassen. Aber beleidigen Sie bitte nicht das, was ich gerne als meine Intelligenz betrachte, *so ka?*«

Einen Moment lang dachte ich, ich sei einen Schritt zu weit gegangen. Barnard starrte mich fast zehn Sekunden über den Telekomschirm an, und seine Augen waren wie Ziellaser. Dann beugte er sich vor, und wiederum regulierte die Videokamera die Schärfe, so daß die Statuen wieder unscharf wurden. »Hören Sie mir gut zu«, sagte er, »ich werde Ihnen das nur einmal sagen und auch nur deshalb, weil ich will, daß Sie mich verstehen. Ich treibe keine Schulden ein, Mr. Montgomery. Den Arm haben Sie längst bezahlt, und mehr.« Er lächelte schwach und beschrieb eine Geste mit der Hand, die sein Büro einschloß. »Glauben Sie, ich säße hier in diesem Büro, wenn Adrian Skyhill mich immer noch bei jeder Gelegenheit beim Vorstand schlechtmachen würde?« Das Lächeln verblaßte, und einen Moment lang sah der Exec noch älter aus als zuvor. »Und selbstverständlich spielen bei Ihrer Schuld noch andere Dinge eine Rolle, aber darüber möchte ich selbst über ein kaltes Relais nicht reden.«

Ich nickte zögernd. Er meinte natürlich die Insektengeister.

»So, wie ich die Sache sehe, Mr. Montgomery«, fuhr Barnard fort, »steht Yamatetsu für Ihre Dienste in *Ihrer* Schuld.« In einer Geste, die entwaffnende Aufrichtigkeit signalisieren sollte, breitete er die Arme aus. »Das hier gehört zur Rückzahlung. Mir ist zu Ohren gekommen, daß Sie die Arbeit und die Kreds brauchen.«

Ich rang mir ein Lachen ab. »Mr. Barnard, Sie sollten Ihren Informanten einen gezielten Tritt verpassen. Ich habe Kontrakte bis zum Abwinken. Ich habe keine Zeit, einen besseren Botenjungen für Sie zu spielen, und ...«

Seine Stimme war nicht lauter geworden, aber der schneidende Unterton schnitt mir das Wort ab wie Pistolenschuß. »Nein, Mr. Montgomery, Sie haben nicht Kontrakte, wie Sie sagen, ›bis zum Abwinken‹. Die einzige Angelegenheit, mit der Sie sich im Augenblick befassen – da Sie die Geschichte mit dem Avalon für eine gewisse Jennifer Arnequist so rasch und glatt erledigt haben –, ist ein unbedeutender Kontrakt mit Sharon Young.« Er lächelte – es machte ihm auch noch Spaß, diesem Drekskerl. »Und wie es der Zufall will, hängt die Angelegenheit, mit der Ms. Young an Sie herangetreten ist, direkt mit meiner Bitte zusammen, so daß es nicht einmal in dieser Hinsicht zu einem Konflikt kommt.«

Ich seufzte. Konzernleute. Ich hätte nicht so dumm sein sollen, es mit einem Bluff zu versuchen. Ich hob die Hände in einer Geste gespielter Kapitulation. »Okay, okay, Sie haben mich.«

Barnard hielt inne. Dann sagte er leise. »Wissen Sie, es wäre mir wirklich lieber, wenn Sie diesen Auftrag freiwillig übernähmen.«

»Warum?«

Barnard hielt wiederum inne – länger diesmal. »Wollen Sie die Wahrheit hören, Mr. Montgomery?«

»Wenn das nicht zu anstrengend für Sie ist.«

Seine Miene veränderte sich. Nicht ganz zu einem Lächeln, aber doch zu etwas, das dem sehr nahe kam. »Weil ich Sie *respektiere*, Mr. Montgomery. Und darüber hinaus *mag* ich Sie.«

Er wartete, als rechne er mit einer kaltschnäuzigen Bemerkung meinerseits. Es gefällt mir, unberechenbar zu sein, also hielt ich den Mund. Schließlich lächelte er wieder sein ›Geschäftslächeln‹. »Wissen Sie, Mr. Montgomery, Sie haben noch gar nicht die entscheidende Frage gestellt.«

Es machte ihm tatsächlich Spaß. »Okay, Barnard«, sagte ich müde. »Wohin soll ich?«

Er kicherte. »Waren Sie schon einmal im Königreich Hawai'i, Mr. Montgomery?«

Ich verlor wohl langsam meinen verdammten Verstand ...

Ich lehnte mich zurück und starrte auf den Telekomschirm. Das Videobild war erloschen, aber die Datenanzeige leuchtete immer noch. Den Daten auf dem Schirm zufolge hatte ich ein Ticket für den Global-Airways-Suborbitalflug von Casper zum wunderschönen Honolulu, und zwar von jetzt an gerechnet in zwölf Stunden. Es war ein Konzern-Blankoticket ohne Namen, dafür aber mit so vielen Unbedenklichkeitsvermerken darauf, daß

Ticketkontrolleure, Zollbeamte und ähnliche Personen meiner vorgeblichen Identität nicht allzu tief auf den Grund gehen würden. Dem Datenwust zufolge, den ich auf meinen Kredstab kopieren konnte, wann immer mir danach war, würde ich unter der Schirmherrschaft eines Ladens namens Nebula Enterprises reisen, bei dem es sich zweifellos um eine unbedeutende Tochter Yamatetsus handelte... oder bei näherer Betrachtung vielleicht auch nicht, wenn Barnard so versessen darauf war, daß sich diese ganze Geschichte nicht zu ihm zurückverfolgen ließ. Vielleicht war Nebula ein unabhängiges Unternehmen, das Yamatetsu im allgemeinen oder Barnard im besonderen etwas schuldig war, oder vielleicht hatte Chummer Jacques den Laden ja auch unter seiner Konzernfuchtel.

Abgesehen von dem Ticket verriet mir die Anzeige, daß sich mein Kontostand bei der Sioux Interface Bank soeben mehr als verfünffacht hatte, da eine Einzahlung von 22 K Nuyen ›Notreserve‹ erfolgt war.

Schließlich gab es noch – ebenfalls zum Kopieren auf meinen Kredstab vorgesehen – ein ›elektronisches Paßwort‹ – diese Bezeichnung trifft es vielleicht am besten. Die Botschaft, die ich Barnards ›Kollege‹ in Hawai'i überbringen sollte, war keine, die ich mir merken und dann herunterleiern konnte – natürlich nicht, denn das hätte bedeutet, daß ich gewußt hätte, wie die Botschaft lautete. Statt dessen würde ich sie auf einem Chip erhalten – zweifellos verschlüsselt und mit genug Ice versehen, um einen anständigen See aus Synth-Scotch zu kühlen –, wenn ich auf dem internationalen Flughafen von Casper eintraf. Mit dem elektronischen Paßwort würde ich mich vor dem Überbringer identifizieren.

Ich starrte auf die Datenanzeige des Schirms und machte mir Sorgen. Nicht deshalb, weil mein behagliches kleines Leben umgekrempelt und wie ein Mülleimer ausgeleert wurde – nun zumindest nicht *nur* deshalb. Nein, was mir am meisten Kopfzerbrechen bereitete, waren meine eigenen Reaktionen. Noch vor ein paar Stunden hatte ich gedacht, ich hätte nicht mehr die Instinkte, um in den Schatten überleben zu können (falls ich sie überhaupt je hatte ...), und nun hatte ich den Beweis.

Den Beweis? Jawoll.

Ich stellte fest, daß ich Jacques Barnard vertrauen wollte, glauben wollte, daß er mir die reine Wahrheit über den Ausflug nach Hawai'i erzählt hatte. Und darüber, daß er mich nicht als dem Konzern verpflichtet betrachtete. Daß er mich für den Botengang ausgewählt hatte, weil er mich respektierte und – vielleicht – sogar mochte. Schlimmer, ich stellte fest, daß ich ihn auch mögen wollte.

Ihm vertrauen? Ihn *mögen?* Komm verdammt noch mal zu dir. Barnard war der Johnson aller Johnsons – das hatte ich vor vier Jahren am eigenen Leib erfahren, oder nicht? Wenn ich glaubte, er würde – oder *könnte* – einem nützlichen Werkzeug wie mir aufrichtige menschliche Gefühle entgegenbringen, war ich bestenfalls naiv und schlimmstenfalls schizophren. Und die Tatsache, daß ich den Drang verspürte, diese nicht vorhandenen Gefühle zu erwidern ... nun ja, vielleicht war es an der Zeit, den alten Trenchcoat samt Flachmann in den Schrank zu hängen und mir einen netten, sicheren Job als Glückwunschkartenverkäufer oder ähnlichen Drek zu besorgen.

Mit einem wütenden Knurren schob ich meinen Kredstab in den Schlitz des Telekoms und drückte auf Herabladen. Während das System die Daten kopierte – Ticket, Operationskapital und Paßwort –, zwang ich mich dazu, die Situation kalt und logisch zu durchdenken.

Okay, wie höflich und freundlich die Worte auch sein mochten, in die Barnard seine ›Bitte‹ kleidete, Tatsache war, daß mir kaum eine andere Wahl geblieben war, als mitzuspielen. Schulden sind Schulden, und Megakonzerne gehen noch härter gegen Zahlungsunwillige oder -unfähige vor als Kredithaie. Ich würde nach Hawai'i fliegen, und zwar mit einer Botschaft, die ich nicht lesen konnte, für eine Person, die ich nicht kannte, unter Bedingungen, die nicht meiner Kontrolle unterlagen. Hatte ich irgendwas übersehen? Ach ja – mit potentieller Opposition, die ich weder analysieren noch einschätzen konnte. Toll, es wurde immer besser. Mit anderen Worten, diese Situation war das genaue Gegenteil der ›Shadowruns‹, die ich mir normalerweise aussuche, dachte ich trübsinnig. Ein Maximum an Bloßstellung, ein Minimum an Kontrolle, und wahrscheinlich null Rückendeckung. Blind und dumm hinein.

Nun, zumindest konnte ich *einige* Nachforschungen anstellen. Ich stöhnte bei dem Gedanken, die nächsten vier oder fünf Stunden damit zu verbringen, ein weiteres Smartframe wie Naomi zusammenzuschustern, um alle Verbindungen aufzuspüren, die Yamatetsu als Konzern und Barnard als Individuum mit dem unabhängigen Königreich Hawai'i unterhielten. Nun, Drek, ich würde wohl auch im Flugzeug schlafen können.

Augenblick mal – vielleicht gab es noch eine andere Möglichkeit. Mir stand noch eine andere Quelle offen, die mir vielleicht etwas dazu sagen konnte. Diese Quelle schien ein fast enzyklopädisches Gedächtnis für Fakten, Fäktchen und skurrile Gerüchte über Konzerne der ganzen Welt und hochrangige Execs zu haben. Unter Berücksichtigung der Tatsache, daß sie bereits persönlich mit Yamatetsu und Barnard zu tun gehabt hatte – wenngleich indirekt durch Vermittlung eines gewissen Dirk Montgomery –, konnte sie vielleicht ein wenig Licht in das Dunkel bringen, auf das ich mich einließ.

Ich beugte mich vor und hämmerte auf die Telekomtastatur ein, dann wartete ich, während es eine LTG-Nummer des Freistaats Kalifornien wählte. Zum zweitenmal heute nacht – offenbar war dies meine Zeit für kalte Relais – sah ich den blinkenden Icons zu, als mein

Anruf über eine Reihe von Mittlerknoten geleitet wurde. Endlich blinkte das Klingelzeichen.

Jemand antwortete sofort – nur audio, was hieß, daß der Bildschirm leer blieb –, eine dünne, irgendwie asthmatische Stimme, bei der ich mir einen wieselgesichtigen Punk vorstellte. *»Do desu ka?«*

»Ich will Argent sprechen«, sagte ich zu dem leeren Schirm.

Das Wiesel hielt inne. »Und wer, zum Teufel, bist du?« wollte er wissen.

»Die Tatsache, daß ich dieses Relais kenne, bedeutet, daß ich diese Frage nicht beantworten muß, oder?« stellte ich fest.

»Paß auf, *Priyatel*«, knurrte das Wiesel, »wenn du irgendwelche dämlichen Spielchen spielen willst, spiel sie woanders, *neh?*«

Ich stellte mir vor, wie er mit einem schmutzigen Zeigefinger Anstalten machte, die Verbindung zu unterbrechen, und zuckte die Achseln. »Okay, *Omae*«, sagte ich, »wir spielen's auf deine Art.« Es spielte ohnehin keine Rolle. »Sag Argent, daß Dirk Montgomery mit ihm reden will, okay?«

»Montgomery?« Die Stimme des Wiesels veränderte sich, und die gewohnheitsmäßige Feindseligkeit verschwand. »Hey, er hat von dir geredet, *Priyatel,* und mir ein paar Geschichten erzählt. Wir haben was gemeinsam, weißt du das?« Ich wollte eigentlich nicht darüber nachdenken, was das sein mochte, aber das Wiesel fuhr fort: »Wir haben uns beide vom Star abgesetzt. Na, wie ist das? Die Welt ist verdammt klein, *neh?*«

»Ja«, sagte ich, einen Seufzer unterdrückend. »Die Welt ist verdammt klein. Und du bist …?«

»Du kannst mich Wolf nennen.«

»Aha.« Ich versuchte es noch einmal. »Ich muß mit Argent reden, Wolf.«

»Ist nicht drin, *Priyatel,* er ist auf der anderen Seite der Mauer und nicht im Sprawl. Geschäftlich unterwegs.«

»Wann wird er zurückerwartet?«

Wolf/Wiesel kicherte dünn. »Hast du auf diese Frage schon mal 'ne direkte Antwort von Argent bekommen?« Er hielt inne, um dann ernsthafter fortzufahren: »Ich kann ihm sagen, er soll dich anrufen, wenn er zurückkommt, mehr kann ich nicht für dich tun. Hast du eine Nummer?«

Ich gab Wolf die LTG-Nummer eines kleinen E-Mail-Dienstes in Cheyenne. Natürlich nicht annähernd so sicher wie ein echtes kaltes Relais, aber da die Mailbox von einem Toten gemietet war, würde sie interessierte Parteien nicht *direkt* zu mir führen. Ich wechselte noch ein paar leere Höflichkeitsfloskeln mit Wolf/Wiesel und beendete das Gespräch bei der ersten guten Gelegenheit.

Ich seufzte wieder und sah auf die Uhr. Kurz vor achtzehn Uhr. Alles in allem waren die letzten Tage ziemlich ausgefüllt gewesen, und es sah nicht so aus, als würde sich diese Gangart in den nächsten Tagen verlangsamen. Ich überflog noch einmal die Daten auf meinem Suborbital-Ticket: Abflug sechs Uhr, einchecken mindestens eine Stunde vor dem Start. Kein Problem ... auf den ersten Blick. Doch leider befindet sich der einzige Flughafen in der Sioux Nation, der Suborbitalflugzeuge abfertigen kann, in Casper, *nicht* in Cheyenne – und fast dreihundert Kilometer entfernt. Was bedeutete, ich mußte einen Kurzstrecken-›Skybus‹ nehmen, der von der Cheyenner Innenstadt aus flog. Was wiederum bedeutete, daß ich von meiner Bude bis zum Skybus-Bahnhof ein Taxi nehmen mußte, wenn ich mich für die Parkgebühren nicht dumm und dämlich bezahlen wollte. Was bedeutete ...

Ich seufzte noch einmal. Es war wohl besser, wenn ich anfing zu packen.

4

Die Magazine und Datenfaxe wissen traditionell nichts Gutes über die vielen Kurzstreckenflugzeuge in der Sioux Nation zu berichten. Zu viele Fluggesellschaften, zu wenig Inspektionen, zu viele Fälle von Pilotenversagen, zu wenig ernsthafte Unfalluntersuchungen, drekcetera. Als ich also den Federated-Boeing Commuter in seinem Sioux-Skybus-Outfit bestieg und mich auf einem Fensterplatz anschnallte, rechnete ich mit einem haarigen Flug.

Fehlanzeige, Chummer, alles lief so glatt wie Kunstseide. Okay, es stimmt, ich konnte an dem etwas zu kleinen Vorhang vorbei und in die Pilotenkanzel sehen, und es störte mich tatsächlich ein wenig, Pilot und Copilot – die per Glasfaserkabel in das Flugsystem eingestöpselt waren – dabei zu beobachten, wie sie eine Partie Cribbage während des Steigflugs spielten. Aber ansonsten gab es keine Probleme.

Wir landeten um vier Uhr fünfundvierzig auf dem Kurzstreckenterminal des Internationalen Flughafens von Casper, so daß mir fünfzehn Minuten blieben, um mein Gepäck einzusammeln und zum internationalen Terminal zu wechseln. Den Schildern zufolge gab es einen automatischen Rollsteig, der die Passagiere den Kilometer vom einen Terminal zum anderen beförderte. Doch anderen – hastig mit der Hand geschriebenen – Schildern zufolge war der Rollsteig wegen Wartungsarbeiten gesperrt und hätte seit drei Tagen wieder in Betrieb sein sollen, vielen Dank für Ihre Geduld. Es gab auch Shuttle-Busse, aber derjenige, den ich zu erwischen versuchte, war voll – jedenfalls sagte mir das der große, stämmige amerindianische Fahrer, obwohl ich ein Dutzend leere Plätze sah – und rollte fast über meine Zehen, als er losfuhr. Nun, es war sowieso ein netter Morgen für einen kleinen Spaziergang.

Ich bekam nicht nur etwas Bewegung, sondern auch einen guten Blick auf das internationale Terminal, der mir auf dem unterirdischen Rollsteig entgangen wäre. Es bietet einen Anblick, den ich mir um nichts in der Welt hätte entgehen lassen wollen… *Null!* In der Dunkelheit der Dämmerung sah es im grellen Licht der Bogenlampen wie ein überwachsener Raketenbunker aus: Fertig-Stahlbeton mit weniger ästhetischer Anziehungskraft als ein Ziegelstein.

Mit den Suborbitalflugzeugen verhielt es sich jedoch ganz anders. Während ich über den Zufahrtsweg latschte – und dabei lauthals die beiden Shuttle-Busse verfluchte, die an mir vorbeirauschten, ohne auch nur langsamer zu werden –, konnte ich drei dieser Dinger auf dem Rollfeld jenseits des Terminalgebäudes sehen. Glänzend weiß im Licht der Bogenlampen, waren sie wunderschön – geometrisch exakt, als sei die kristalline Reinheit der Mathematik irgendwie Gestalt geworden. Okay, ich gebe es zu, den letzten Vergleich habe ich von einem Trideo-Quatschkopf übernommen. Aber er hatte recht. Die Suborbitalflugzeuge waren umwerfend, auf eine herzbewegende Art unglaublich schön. *Sie gehören nicht hierher auf den Boden* – das ist der Gedanke, der mir unwillkürlich kam. *Die Zeit, die sie hier unten im Drek verbringen, ist reine Wartezeit, bloße Zeitschinderei, bis sie wieder in das Element eintauchen, für das sie geboren wurden…*

Das herzerwärmende Gefühl der Ehrfurcht hielt an, bis ich das internationale Terminal betrat, und verschwand exakt eine Mikrosekunde, nachdem ich die Zollbeamten und Sicherheitsinspektoren erblickt hatte, die mich am Ausgang erwarteten. Seufz. Man sollte meinen, die Tatsache, daß ich im Besitz eines Konzerntickets war, würde mir einen Vorteil bei den Inspektoren verschaffen, mir irgendeine Sonderbehandlung garantieren, oder nicht? Pech gehabt, Chummer. (Oder vielleicht –

und das war ein schauerlicher Gedanke – *war* das, was ich durchmachte, die Sonderbehandlung...) Jedenfalls, während ein Haufen Techniker meine Tasche durchsuchte, durchleuchtete, magisch abtastete und sondierte, taten ein paar Trolle mit hartem Blick und hornigen Händen in zu kleinen Uniformen dasselbe mit mir. Metalldetektoren, um die Zusammensetzung meiner Zahnfüllungen zu analysieren. Chemoschnüffler, um zu überprüfen, ob ich saubere Unterwäsche trug. Magische Untersuchungen, um ganz sicherzugehen, daß ich kein Feuerelementar war, der sie an der Nase herumführen wollte. Die volle Prozedur. Schließlich – und erst, nachdem die uniformierten Herren eine detaillierte Liste jedes Stäubchens und jeder Fussel in meinem Besitz angelegt hatten – wurde ich durchgewinkt.

Dann kam die Einwanderungskontrolle oder Auswanderungskontrolle, oder wie, zum Henker, die Sioux-Regierung das jetzt nennt. Wiederum sah ich zu einigen uniformierten amerindianischen Trollen auf, während ihr Computer surrte und klickte und zu entscheiden versuchte, ob ihm die Paßdaten auf meinem Kredstab gefielen oder nicht. Und ich versuchte nicht zu schwitzen. Angeblich handelte es sich um die besten Falschdaten, die man für (viel) Geld kaufen konnte, aber man weiß immer erst, wie gut derartiger Drek ist, wenn er einem ernsthaften Test unterzogen wird. Mein Schließmuskel krampfte sich zusammen, als der Computer scharf knackte. Doch die Trolle gaben mir wortlos meinen Kredstab zurück und winkten mich durch. Schilder wiesen mir den Weg zum Flugsteig, also folgte ich ihnen.

Und hätte fast einen kindischen Unfall gehabt, als eine schwere Hand auf meiner Schulter landete. Ich fuhr herum, und ich *glaube,* ich konnte mich gerade noch beherrschen, laut aufzuschreien. Ich sah auf, da ich einen weiteren Troll erwartete... und dann rasch nach unten, als sich der Bursche, der mich angehalten hatte, rasselnd räusperte. Er war ein Zwerg, noch stämmiger und mürrischer als die meisten seines Metatyps, der immer noch auf den Zehenspitzen stand, nachdem er sich hochgereckt hatte, um mir die Hand auf die Schulter zu legen. Er trug den unauffälligen schwarzen Anzug, den ich mittlerweile mit Regierungsagenten assoziierte, und eine kalte Faust krampfte sich um meinen Magen. Irgendwie schaffte ich es, ein wohlmeinendes Lächeln auf meine Lippen zu zaubern. »Gibt es irgendein Problem?« fragte ich freundlich.

»Sind Sie Brian Tozer?«

Ich nickte. So lautete der Name in meinem gefälschten Datenwust. »Das bin ich ... äh ... Sir. Gibt es ein Problem mit meinem Ticket?«

»Folgen Sie mir bitte.« Und er machte kehrt und ging weg, ohne sich umzusehen. Offenbar erwartete er, daß ich ihm blindlings folgte.

Was ich natürlich auch tat – nicht, daß ich eine Wahl gehabt hätte. Ich folgte ihm durch eine Tür ohne Aufschrift in einen kleinen, kahlen Raum und wappnete mich gegen eine Durchsuchung meiner Körperöffnungen oder Schlimmeres.

Der Zwerg sagte nichts, nachdem er die Tür hinter mir geschlossen hatte. Er fixierte mich lediglich mit dunklen Augen, die sich unter buschigen Brauen verengten. Wenn er nichts sagte, ich würde es gewiß nicht tun. Falls wir das alte Abwartespiel ›Wer spricht zuerst‹ spielten, würde irgendwann in ein paar Jahren ein Flughafenangestellter die Tür öffnen und in diesem kahlen Raum zwei vertrocknete Leichen finden, die sich immer noch anstarrten.

Schließlich runzelte er die Stirn, und seine Brauen verschmolzen zu etwas, das wie ein überfahrenes Eichhörnchen aussah. »Sie *sind* Brian Tozer?« fragte er.

Und da begriff ich. Ich zog meinen Kredstab – den mit dem digitalen Paßwort darauf – und hielt ihn ihm hin. Er grinste höhnisch – *»Dämlicher Penner«*, konnte ich ihn denken hören – und schob ihn in die übergroße Chipbuchse am Schädelansatz. Er verdrehte kurz die Augen. Dann zog er den Kredstab heraus, gab ihn mir zurück und hielt mir etwas hin. Einen Chip: ein winziger Splitter aus unreinem Silikon von der Größe einer Bleistiftspitze in einem Chipetui von der Größe meines Daumennagels.

»Das ist die Ware für unseren gemeinsamen Freund«, grunzte er, indem er sich bereits abwandte.

»Augenblick«, sagte ich rasch. Er drehte sich wieder um, und eine seiner Augenbrauen versuchte in seinen Haaransatz zu kriechen. »Hören Sie«, sagte ich zu ihm, »ich habe nicht die geringste Ahnung, wohin ich gehe, wem ich die Ware geben soll und wann das geschehen soll. Glauben Sie nicht, es würde meinen Job etwas vereinfachen, wenn …«

Er schnitt mir mit einem schneidenden »Man wird Sie in Empfang nehmen« das Wort ab. Und wiederum drehte er mir den Rücken zu und trollte sich. Diesmal ließ ich ihn gehen. Ich warf einen Blick auf das Chipetui in meiner Hand, und einen Moment lang verspürte ich den Drang, es zu Boden zu werfen, den Chip unter dem Absatz zu zerquetschen und dann einfach *zu rennen wie der Teufel*. Diese angenehme Vorstellung hielt jedoch nicht lange an. Ich seufzte, öffnete die Tür und befand mich wieder auf einem Gang innerhalb des Terminals.

Während ich dem Zwerg gefolgt war, hatte ich meinen Flugsteig aus den Augen verloren. Glücklicherweise fiel einem Flughafenangestellten – einem nach Öffentlichkeitsarbeit aussehenden Burschen mit krebsiger Sonnenbräune und Plastiklächeln – auf, daß ich ziemlich verloren dreinschaute. Tatsächlich war er sogar *freundlich* zu mir – ein Novum für den heutigen Tag – und führte mich direkt zur Abfluglounge von Global Airways.

An dieser Stelle hellten sich die Dinge ein wenig auf. Ich hatte mit dem üblichen, trostlos und steril aussehenden Pferch mit seinen Plastiksitzen gerechnet, die speziell so konstruiert worden sind, daß es kategorisch unmöglich ist, eine bequeme Sitzposition auf ihnen einzunehmen. Den üblichen fleckigen bürograuen Teppich. Die üblichen Zusteige-Abflug-Durchsagen, die nach allem, was sie an Sinn vermitteln, auch in Urdu vorgetragen werden könnten. Das übliche Gedränge von (Meta-)Menschen, in dem man zu vermeiden versuchte, daß einem jemand auf die Zehen trat, während man das alte Spiel ›Erkenne den Flugzeugentführer‹ spielte.

Aber genau hier kam das Konzernticket ins Spiel, und zwar gewaltig. Der sonnengebräunte Bursche mit dem Plastiklächeln führte mich direkt durch den Pferch, in dem der Pöbel untergebracht war, an einem bewaffneten Sicherheitsposten vorbei, der sich tatsächlich an die Mütze tippte, als ich vorbeiging, und durch eine Doppeltür, die möglicherweise tatsächlich aus echtem Mahagoni war. Als wir hindurchgingen, mein sonnengebräunter Schatten und ich, sah ich ein ganzes Arsenal winziger LED-Anzeigen zu beiden Seiten der Tür aufleuchten. *Noch* ein Waffendetektor. Ich gratulierte mir ein weiteres Mal zu dem Entschluß, abgesehen von meinem messerscharfen Verstand unbewaffnet zu reisen.

Die Global Airlines Wartelounge für Passagiere der Vorzugsklasse – so lautete die Bezeichnung auf dem Schild an der Tür – sah wie eine Kreuzung aus einem Herrenclub im edwardianischen London (oder zumindest wie dessen BBC-Wiedergabe) und dem Ausstellungsraum eines vornehmen Computerhändlers aus. Massive Holzvertäfelung, weinrote Plüschteppiche, hochlehnige Ledersessel, Kristallkaraffen auf Mahagonischränkchen … und überall Pinkel, die auf Palmtop-Computern herumhämmerten, in Mobiltelekoms plapperten oder mit spinnwebdünnen Glasfaserkabeln in den Schläfen ins Leere starrten. Von den etwa fünfzehn Leuten in der Lounge waren die einzigen, die nicht mit einem elektronischen oder verbalen Austausch beschäftigt waren, ich, der Sonnengebräunte – der sich nach einer letzten öligen Bemerkung rar machte – und eine besonders wohlgeformte Bardame, deren Lächeln ahnen ließ, daß sie mich *wirklich* als Kunden brauchte, um ihr den Tag zu versüßen. Aus reiner Herzensgüte gehorchte ich ihr und verbrachte die nächsten zehn Minuten damit, den besten von allen möglichen Single-Malt Scotch Whiskys zu genießen – kostenlosen Single-Malt Scotch Whisky.

Schließlich kam der Aufruf zum Besteigen des Flugzeugs – und zwar in Gestalt einer wohlgeformten und eindeutig zur Gattung der Säugetiere gehörenden Stewardeß –, und wir gingen durch die Einstiegröhre der Vorzugsklasse. Dabei handelte es sich um einen Transpex-Zylinder – so sauber geschrubbt, daß man die Wände nur daran erkennen konnte, wie sie das von außen einfallende Licht brachen –, der sich vom Terminalgebäude bis zur Erster-Klasse-Passagiertür des Suborbitals erstreckte. Zwanzig Meter weiter befand sich eine ähnliche Röhre – die mich plötzlich an jene ›Wohnkäfige‹ erinnerten, in denen Kinder ihre Hamster einzusperren pflegen – für die *Déclassé,* die am Pferch der Billigklasse ihren Anfang nahm.

Ich ging ein paar Schritte in den Wohnkäfig und blieb dann abrupt stehen, womit ich mir einen bösen Blick von dem *Shaikujin* einhandelte, der mir – immer noch in seinen tragbaren Comp eingestöpselt – in die Hacken trat und gegen meinen Rücken prallte. Ich konnte es nicht ändern. Ich hatte noch nie Gelegenheit gehabt, ein Suborbitalflugzeug aus dieser Nähe zu betrachten, und ich würde sie ganz sicher nicht verstreichen lassen, damit er ein paar Sekunden eher zu seinem Gratis-Gin-Tonic vor dem Start kam.

Das Ding war *gewaltig,* viel größer, als ich erwartet hatte. Drek, Suborbitalflugzeuge befördern nur ungefähr 150 Personen. Wieviel Platz braucht man dafür? Aber natürlich ist viel mehr an einem Suborbitalflugzeug als nur die Passagierkabine. Da ist zunächst der ganze Kram, den jedes zivile Transportflugzeug hat: Düsentriebwerke, Treibstoff, Fahrgestell, Navigationsdrek, Frachträume und der Platz vorne, wo Mannschaft und Stewardessen ihre Parties feiern. Und dann ist da noch der *Extra*kram, den man braucht, wenn man in einer Höhe von 23 Kilometern und mit Geschwindigkeiten von Mach 20+ fliegt. SCRAMdüsen, um das Flugzeug auf Flughöhe und Reisegeschwindigkeit zu bringen. Treibstoff für die SCRAMdüsen ... und zwar haufenweise (SCRAMdüsen sind nicht für ihren sparsamen Verbrauch berühmt). Kühlsysteme, die den Rumpf davor bewahren, daß er unter der Reibungshitze schmilzt. Und so weiter und so fort. Alles in allem war das Flugzeug länger als ein Fußballfeld, ein großer, Auftrieb erzeugender, einheitlicher Körper mit winzigen Stummelflügeln, die scheinbar nachträglich angeflanscht worden waren. Die Linien des Rumpfes folgten irgendeinem komplexen – und sehr schönen – Vielfachkrümmungsmuster, so daß das Ding an der Nase breit und hoch, nach hinten aber schmaler und dünner wurde: vielleicht so etwas wie ein asymmetrischer Tropfen.

Schließlich wurde der Druck des *Shaikujin* hinter mir zu stark, um ihn noch länger zu ignorieren, und ich mußte weitergehen. Einmal im Innern, hätte ich mich ebensogut auch in jedem beliebigen Flugzeug befinden können – Reihen um Reihen von Sitzen in einer Drei-Mittelgang-Drei-Anordnung –, wenn man von einem winzigen Detail absah: keine Fenster. Das an der Rückenlehne des Sitzes vor mir angebrachte Unterhaltungsarsenal entschädigte für diesen Mangel, entschied ich rasch, als ich meinen Platz gefunden hatte. Abgesehen von der üblichen Auswahl hirnloser Filme und noch hirnloserer ›klassischer Tri-V‹-Wiederholungen, boten mehrere der angebotenen Programme Bilder von verschiedenen, am Rumpf befestigten Mikrokameras.

Während die Stewardessen kostenlose Getränke und geschmacklose Imbisse verteilten – nur an die Passagiere der ersten Klasse, nicht an die große ungewaschene Flugvieh-Klasse, die eine Reihe hinter meinem Sitz begann –, fand ich großen Gefallen daran, den Gepäck-Kulis zuzusehen, die die Koffer der Leute harten Belastungstests unterzogen, da sie sie an Bord warfen.

Dann wurde uns die übliche Sicherheitsvorlesung gehalten – was man in einem Notfall zu tun hatte wie zum Beispiel, wenn der Kombüse die Bloody-Mary-Mischung ausging –, dann rollten wir an, und dann hoben wir ab. Auf dem Bildschirm in der Rückenlehne vor mir sah ich den Boden unter uns zurückfallen, zu einem maßstabsgetreuen Modell und schließlich zu einer Konturenkarte werden. Geschwindigkeit und Steigwinkel kamen mir – zumindest bei meiner geringen Erfahrung – ziemlich extrem vor. Aber dann setzten die SCRAMdüsen ein – tatsächlich warnte uns der Pilot sogar, bevor er sie zündete –, und ich bekam eine Vorstellung davon, was ›schnell‹ und ›steil‹ tatsächlich heißt. Lächerlich kurze Zeit später kam eine Stimme über Interkom, die uns mitteilte, daß wir unsere Flughöhe von 23 000 Metern erreicht hatten und mit der irrwitzigen Geschwindigkeit von 29 000 Stundenkilometern flogen.

»Wir sind auf Kurs und pünktlich«, verkündete die freundliche Stimme, »und dürften gegen vier Uhr fünfzig örtlicher Zeit in Awalani landen. Ich wünsche Ihnen einen angenehmen Flug.« Ich sah auf die Uhr, die ich bereits auf Hawai'ier Zeit eingestellt hatte: ein paar Minuten nach vier. Damit belief sich die Gesamtflugzeit Casper–Honolulu einschließlich Start und Landung auf weniger als eine Stunde. Ist der Fortschritt nicht wunderbar?

Mit einigem Bedauern schaltete ich den Blick nach draußen – ein entfernter Horizont, der eine eindeutige Krümmung aufwies – auf dem Bildschirm in der Rükkenlehne vor mir ab und versuchte mich aufs Geschäft zu konzentrieren. Ich war noch nie zuvor im Königreich Hawai'i gewesen und wußte praktisch nichts darüber (mit Ausnahme dessen, was ich in Trid-Actionserien wie *Tropische Hitze* gesehen hatte). Klar, ein paar von den Möchtegern-Runnern, die in zwielichtigen Bars herumhängen und sich Gott weiß was einbilden, erzählen einem, daß die Schatten überall auf der Welt gleich sind. Aber das habe ich noch nie geglaubt. Drek, aus meiner eigenen bescheidenen Erfahrung *weiß* ich, daß es nicht so ist.

Die Schatten von Cheyenne sind *ganz* anders als der schäbige Unterleib des Seattler Sprawls. Vielleicht nicht, wenn die Betrachtungsweise *abstrakt* genug ist. Wenn man grundsätzliche Strukturen vergleicht, gibt es vieles, das sich ähnelt. Das Sex-Geschäft und die Chip/Drogen-Industrie. Das organisierte Verbrechen und bilderstürmende Eigenbrötler/Freischaffende. Gangs in allen Farben und Schattierungen. Abkocher und Betrüger, die die Abgekochten und Betrogenen belauern.

Aber wenn man die ganze Sache von einem persönlichen Standpunkt aus betrachtet – also nicht in akademischer, sondern in praktischer Hinsicht –, gibt es Unterschiede wie Tag und Nacht. Auf der grundsätzlichen Ebene sind die Gefahren gleich: die Cops, die Konzerne, die Konkurrenz. Auf der persönlichen Ebene haben sie andere und unbekannte Gesichter. In den Schatten kann man das Spiel – wie es auch gerade aussehen mag – manchmal nur gewinnen, indem man betrügt. Das ist viel schwieriger, wenn man nicht alle Regeln kennt und daher auch nicht weiß, wann man sie beugen oder brechen muß.

Mit meinem Umzug von Seattle nach Cheyenne hatte ich vertrautes Gelände verlassen. Ich hatte mein Kontaktnetz und viele meiner Hilfsquellen zurückgelassen. Ich hatte mein persönliches Wissen über die Funktionsweise des Unterleibs der Stadt zurückgelassen – wo man ein Schießeisen kaufen kann, welche Gassen man nachts besser meidet, welche Barmänner doppelt und dreifach beschwören, daß sie einen seit Wochen nicht mehr gesehen haben, während man sich hinter dem Bierkühlschrank versteckt. Jetzt stand ein erneuter Wechsel der Umgebung bevor, und dabei fühlte ich mich *sehr* unbehaglich.

Ich entfaltete die Membranen-Tastatur der Unterhaltungseinheit in der Rückenlehne vor mir und nahm mir die Datenbeschaffungsfunktion des Systems vor. Nicht schlecht für eine mobile Einheit. Irgendwo tief in den elektronischen Eingeweiden des Flugzeugs enthielt ein Chip die letzten Ausgaben der *Columbia Hypermedien-Enzyklopädie* und den *Weltalmanach* und das *Buch der Tatsachen* sowie ein paar knackige Suchalgorithmen. Und all das zum Nutzen von Global Airways hochgeschätzten Passagieren (und zu ihrer Beschäftigung, damit sie nicht zuviel tranken und die Stewardessen belästigten). Während das Suborbitalflugzeug fünfmal so schnell wie eine Gewehrkugel seinem Ziel entgegenschoß, machte ich mich daran, ein paar Suchstrings auszuarbeiten.

Als ich schließlich getan hatte, was ich konnte, befanden wir uns längst im Sinkflug, und die Stewardeß hatte mich bereits dreimal aufgefordert, meinen Sitz in die aufrechteste und unbequemste Position zurückzustellen. Ich hatte viel Stoff zum Nachdenken, als ich die Tastatur wieder zusammenfaltete und versuchte meinen Magen unten zu behalten, während das Suborbitalflugzeug in einen noch steileren Sturzflug überging.

Das Bordinformationssystem hatte mir *einiges* an Hintergrund geliefert, aber ich war sehr rasch zu dem Schluß gekommen, daß die *Columbia Hypermedien-Enzyklopädie* für Grundschulkinder zusammengestellt worden zu sein schien, die wesentlich naiver waren, als ich es in diesem Alter gewesen war. Schön, sie war eine zuverlässige Quelle für Daten über die Bevölkerungszahl des Königreichs (vier Millionen und ein paar), seine Hauptstadt (Honolulu, wer hätte das gedacht), das durchschnittliche Jahreseinkommen (20000 Nuyen) und anderen oberflächlichen Drek, den ein Kind für einen Aufsatz abschreiben würde. Aber mir wurde rasch klar, daß ich mir für die wesentlichen Informationen Quellen mit einer etwas reiferen Weltsicht würde suchen müssen.

Glücklicherweise bot das System in der Rückenlehne Zugang zum Kommunikationssystem des Flugzeugs und von dort aus eine Verbindung zum Amethyst-System der erdnahen Kommunikationssatelliten. Über das Amethyst-Gitter konnte ich mich in Renrakus Daten-PFAD-System einschalten und mir somit Zugang zu den öffentlichen Datenbanken verschaffen, die mir von Seattle her vertraut waren. Drek, die Rückkehr in meine alten elektronischen Jagdgründe war aus einem Flugzeug 23000 Meter über dem Pazifik leichter – nachdem ich mich mit dem Zugangsprotokoll zum System des Flugzeugs vertraut gemacht hatte –, als das RTG-System der Sioux dazu zu bewegen, dieselben Knoten anzuwählen. (Natürlich war es auch um *einiges* teurer. Als ich schließlich abschaltete und das System die Gebühren nannte, wurde ich ziemlich blaß, bevor ich den guten Leuten von Yamatetsu – in Abwesenheit – dankte, daß sie die Rechnung zahlten.) Das einzige, was mir das System nicht geben konnte, war Zugang zu einem Shadowland-Knoten. (Nun, vielleicht doch, aber die Verbindungsnachweise und Belege, die in den Eingeweiden des großen Flugzeugs gespeichert wurden, wären wie grelle Leuchtanzeigen mit der Aufschrift ›Shadowrunner an Bord‹ gewesen.)

Hier ist also eine Zusammenfassung dessen, was ich über das unabhängige Königreich Hawai'i ausgraben konnte, vorgetragen im unverwechselbaren Dirk-Montgomery-Stil. (Ach ja, rasch noch eines nebenbei: Festlandbewohner sind es wahrscheinlich nicht gewöhnt,

Hawai'i mit Apostroph geschrieben zu sehen. In den verrückten alten Zeiten, als die Inseln noch ein Staat der mittlerweile nicht mehr existenten Vereinigten Staaten von Amerika waren, hatte man den Namen *Hawaii* geschrieben. Jetzt nicht mehr, Chummer. Eine sichere Methode, einen Inselbewohner auf die Palme zu bringen, ist die, den Namen seines Landes ohne Apostroph zu schreiben. Eine *sicherere* Methode ist offenbar die, ihn falsch auszusprechen: Der Name sollte wie *Ha-WAI-i* ausgesprochen werden, also mit einer deutlichen Pause vor der letzten Silbe. Auf den ersten Blick kam mir diese Fixierung auf die richtige Aussprache albern vor, aber dann überlegte ich mir, was ich von jemandem halten würde, der meine Geburtsstadt wie *SI-tal* aussprach.)

Okay, jeder, der in den Vereinigten Kanadischen und Amerikanischen Staaten eine Grundschule besucht hat, wird wissen, daß Hawai'i früher der fünfzigste Bundesstaat der Union war. Was ich nicht gewußt hatte, war, daß dies ursprünglich nicht auf dem Verhandlungsweg erreicht worden war, sondern tatsächlich durch die Aktionen eines amerikanischen Marineoffiziers, der sein Kanonenboot ein paar amerikanischen Raubrittern zur Verfügung gestellt hatte, die die amtierende nationale Regierung als Geschäftshindernis betrachteten. (Wer hat gesagt, die Geschichte wiederhole sich nicht? Ein Konzern, der im Prinzip einen souveränen Staat übernimmt? Das klingt doch nach dem frühen einundzwanzigsten Jahrhundert, *neh?*) Kaum war der regierende Herrscher, König Kamehameha III., abgesetzt, als sich ein gewisser Sanford B. Dole – ein hohes Konzerntier, der sein Vermögen mit Ananas oder irgendeinem anderen Drek gemacht hatte – zum Herrscher über die gesamte Inselgruppe erklärte.

Das war im Jahre 1893. Fünf Jahre später kamen die guten alten USA zu dem Schluß, daß es nichts Gutes war, einen Konzernpinkel als Staatsoberhaupt zu haben. Also griffen sie an und annektierten die Inseln von den Raubrittern, die sie zuvor von den eingeborenen Hawai'iern annektiert hatten...

Und pflasterten die Inseln mit Militärbasen voll – Marine, Luftwaffe, etcetera, drekcetera. 1959 beschloß die US-Regierung, diese Zwangsheirat von einer Annexion zu legitimieren, und erklärte die Inseln zum fünfzigsten Staat. Wiederum – zumindest den historischen Aufzeichnungen zu Folge, zu denen ich Zugang hatte – machte sich niemand die Mühe, die Eingeborenen nach ihrer Meinung zu dieser Veränderung zu befragen. (Hey, sie waren doch nur primitive Polynesier, nicht wahr? Und sie konnten nicht einmal wählen...)

Fünfzig Jahre lang blieben die Dinge mehr oder weniger unverändert. Gut, es gab gelegentliche Ausbrüche nationalistischer Bestrebungen und eine ›Hawai'i den Hawai'iern‹-Bewegung – deren bemerkenswerteste Vertreter eine Gruppe war, die sich *Na Kama'aina* (›Die Landkinder‹) nannte –, aber bis zur ersten Dekade des einundzwanzigsten Jahrhunderts passierte nicht viel.

Auf dem Festland braute sich etwas zusammen. Die amerikanische Regierung – und in erster Linie das amerikanische Militär – sah das Menetekel und wußte, daß das ›indianische Problem‹ sehr bald einen häßlichen, gewalttätigen Höhepunkt erreichen würde. Plötzlich wurden die Militärbasen auf Hawai'i noch wichtiger als zuvor. Dort gab es Basen und Einrichtungen, die die SAIM-›Terroristen‹ nicht so leicht sabotieren oder infiltrieren konnten. (Für ein paar militante Sioux-Krieger mußte es viel schwieriger sein, Pearl Harbor in die Luft zu jagen, als Colorado Springs zu terrorisieren – so lautete zumindest die Begründung.) Immer mehr bedeutende Projekte und Anlagen des Militärs wurden auf die Inseln verlegt, ›aus der Schußlinie‹ gebracht.

Hah und nochmals *hah! Na Kama'aina* und radikalere Splittergruppen wie die sich launig ALOHA (*A*rmy for the *L*iberation *O*f *HA*wai'i – Hawai'ianische Befreiungsarmee) nennende fingen an, die Hitzköpfe der SAIM als

Vorbilder zu betrachten. Hey, wenn die Ureinwohner des Festlands den Anglos in den Hintern treten konnten, warum dann nicht auch sie?

Zwischen 2011 und 2013 liefen ALOHA und ihre bombenlegenden Genossen Amok und sprengten Regierungsgebäude, Armeekasernen und Militäreinrichtungen mit Autobomben und ähnlichen Nettigkeiten. Während dieser Zweijahresherrschaft des Terrors nahm ALOHA für sich in Anspruch, ungefähr 150 ›legitime‹ Zielpersonen beseitigt zu haben. (Ihre Anführer hatten nicht viel zu den über dreihundert Unschuldigen zu sagen, die als ›Begleiterscheinung‹ dabei draufgegangen waren.)

Wie vorauszusehen, erhitzte das die Gemüter. Auf Ersuchen der Landesregierung schickte der Bund ein Bataillon Truppen zur Marinekorps-Luftwaffenbasis Kaneohe Bay, nannte die Kampftruppen in ›Bürgerwehr‹ um und machte sich daran, Köpfe einzuschlagen. Meinen Nachforschungen zufolge wurde eine überraschend hohe Anzahl mutmaßlicher ALOHA-Sympathisanten ›getötet, während sie sich der Verhaftung widersetzten‹ oder ›auf der Flucht erschossen‹. Wer hätte das gedacht? (Ja, genau.)

Die Gemüter erhitzten sich weiter, und *Na Kama'aina*, ALOHA und ihre Anhänger verschwanden aus dem Blickpunkt der öffentlichen Aufmerksamkeit. Zumindest für eine Weile. Um Shakespeare (falsch) zu zitieren: die Bürgerwehr hatte die Schlange verwundet, aber nicht getötet. Die Brüder und Schwestern von ALOHA arbeiteten weiter, aber jetzt eher im Schatten als unter der hellen tropischen Sonne.

Irgendein heller Kopf kam zu dem Schluß, daß ein Propaganda-Coup erforderlich war, also hielten ALOHA und die anderen nach einem echten Abkömmlimg von König Kamehameha I. Ausschau, dem *Ali'i* (›König‹), der die Inseln ursprünglich vereint und einen Haufen kleiner Felsen und Vulkangestein in eine

Nation verwandelt hatte. Und, welche Überraschung, sie *fanden* einen. (*Natürlich*: Wenn man intensiv genug nach etwas sucht, wird man es auch finden... ob es tatsächlich existiert oder nicht.) Anscheinend war ein gewisser Danforth Ho – ein vierundzwanzigjähriger Managementberater auf der Insel Maui, der zufällig zu einem Viertel polynesischer Abstammung war – tatsächlich ein direkter Abkömmling von König Kam I.... und daher der Wahre und Rechtmäßige König der Inseln. Nun, da ALOHA und Gefolgschaft einen ›rechtmäßigen König im Exil‹ präsentieren – oder zumindest darüber *reden* – konnten, schwenkten immer mehr Inselbewohner zu ihnen über. (Die Tatsache, daß die Bürgerwehr nicht unbedingt darauf achtete, wessen Köpfe sie einschlug, kann nicht geschadet haben.)

Nun dachten *Na Kama'aina* und ALOHA offenbar, daß ihr ›*Ali'i*‹ im Exil nur eine Marionette sei, ein Sprachrohr, das sie benutzen konnten, um sich in den Reihen der Bevölkerung Unterstützung zu sichern. Und zuerst schien das auch zuzutreffen. Danforth Ho war nicht unbedingt aus dem Holz geschnitzt, aus dem man Könige macht. In dieser Beziehung waren sich Ho und seine Hintermänner einig. Doch als er sah, daß die Leute ihm wirklich folgten, an ihn *glaubten*, erlebte Danforth so etwas wie einen Sinneswandel. Er lernte und informierte sich über sein wahres Erbe und darüber, was sein Urahn für die Bevölkerung von Hawai'i tatsächlich getan hatte. Und ihm wurde klar, daß er in seiner Situation ebenfalls etwas tun konnte. Ohne Wissen seiner Hintermänner wurde er zu einem ›*Ali'i* im Exil‹, nicht nur zu einer Galionsfigur. Aus eigenem Antrieb begann er mit verschiedenen Megakonzernen auf den Inseln zwecks Unterstützung zu verhandeln. (Wollen Sie einfach mal raten, wie einer der Schlüsselkonzerne hieß, mit denen er sich auseinandersetzte? Drei Versuche, und die ersten beiden zählen nicht. Noch ein Tip: Der Name des Konzerns beginnt mit einem Y...)

Im Jahre 2016 traf Ho die ersten Privatabmachungen. Und erst 2017 – als verschiedene Megakonzerne anfingen, die Pläne der *Na Kama'aina* mit ihren eigenen Hilfsmitteln zu unterstützen – erkannten Danforths Hintermänner, was geschehen war. Offenbar standen einige Hitzköpfe kurz davor, Ho auf der Stelle umzulegen – wahrscheinlich durch das Arrangieren eines ›tragischen Unfalls‹ –, so daß sie die Zügel in den eigenen gewinnsüchtigen Händen behalten konnten. Doch die Klügeren, denen klar war, daß sie, nun, da sie Danforth Ho zum Wahren und Rechtmäßigen König und alledem erklärt hatten, auch an ihm festhalten mußten, behielten die Oberhand. Und mittlerweile folgten die Leute längst Ho und nicht mehr der Führung der *Na Kama'aina* ...

Während die Anführer der *Na Kama'aina* versuchten, Ho wieder an die Kette zu legen, stellten sie zu ihrem unsagbaren Entsetzen fest, daß er einen Handel mit der örtlichen Yakuza abgeschlossen hatte, und zwar nach denselben Richtlinien, denen seine Abschlüsse mit den Konzernen folgten. (Also, das hat mich doch ein wenig überrascht. Ich war davon ausgegangen, daß es auf Hawai'i nicht viel Yakuza-Aktivität gibt. Aber ich hätte es besser wissen müssen: Wo der Bevölkerungsanteil der Japaner einigermaßen hoch ist, findet man auch Yakuza.) Jetzt spürte die *Na Kama'aina*, daß ihr die Kontrolle *wirklich* entglitt.

Im Spätsommer 2017 mobilisierte die Bundesregierung ihre bewaffneten Streitkräfte auf dem Festland und machte sich daran, das Entschließungsgesetz von 2016 – mit anderen Worten, die ›Ausrottungskampagne‹ gegen die amerikanischen Ureinwohner in die Tat umzusetzen. Wir wissen alle, was gleich darauf geschah: Unter dem Einfluß der Geistertänzer kam es zu mehreren Vulkanausbrüchen, und das war das Ende der Ausrottungskampagne. Als auf den Inseln die Nachricht eintraf, was soeben stattgefunden hatte, kam Danforth Ho zu dem Schluß, daß *der Tag* endlich gekommen war. Er erteilte der Armee von Anhängern, die er um sich geschart hatte, seine Befehle.

Ganze Angriffsteams von *Kahunas* – hiesige Schamanen, glaube ich – gingen gegen die Bürgerwehr vor und machten sie fertig. Wo der Widerstand besonders groß war, wurden die *Kahunas* von Geistern unterstützt. Gleichzeitig mobilisierte die Yakuza eine ›zivile Armee‹, die, ergänzt durch schwer bewaffnete Sicherheitstruppen der Megakonzerne, praktisch alle Kommunikationsverbindungen des Militärs und der Regierung lahmlegte und verschiedene Schlüsselgebäude der Regierung belagerte.

In der Zwischenzeit marschierte Danforth Ho – unterstützt durch die Straßenkämpfer der *Na Kama'aina* (die schließlich erkannt hatte, auf welcher Seite das Brot gebuttert war) und durch Tausende von ergebenen Zivilisten – zum Kapitolgebäude neben dem alten Iolani-Palast in der Honoluluer Innenstadt. Der Mob schlug die Türen ein, vertrieb die Regierungsbeamten und setzte Danforth Ho als *Ali'i* ein. Am 22. August 2017 erklärte König Kamehameha IV. – Geburtsname Danforth Ho – offiziell Hawai'is Unabhängigkeit.

Wie vorauszusehen, nahm es die amerikanische Regierung auf dem Festland nicht sonderlich erfreut auf, daß ein Haufen durchgedrehter Ananaspflücker – die von einem *Managementberater* geführt wurden, um Gottes willen! – ihr militärisches Hauptaufmarschgebiet für den Pazifik übernahm. Wie es scheint, war der Großteil der Pazifikflotte in der zweiten Augusthälfte 2017 nicht in Pearl Harbor. Tatsächlich wurde die Flotte gerade an die Westküste der Vereinigten Staaten verlegt, um vermutlich, falls nötig, die mißlungene Ausrottungskampagne zu unterstützen. (Und Sie können darauf wetten, daß Danforth Ho alias König Kam IV. davon wußte und seine Planung darauf abgestellt hatte. Ansonsten hätten sich die Dinge in den Straßen Honolulus möglicherweise *ganz* anders entwickelt.) Als die Nachricht von der Unabhängigkeitserklärung Hawai'is in Washington eintraf, wurden über Militärsatellit verschlüsselte Botschaften an das Flaggschiff der Pazifikflotte geschickt – zweifellos das militärische Äquivalent zu »Bewegt eure traurigen Ärsche dorthin *zurück* und räumt den Drek auf«.

Während der neue König Kam seine Stellung zu Hause konsolidierte, blieben seine neuen Verbündeten nicht untätig. Eine Delegation der Megakonzerne – die anscheinend von Yamatetsu angeführt wurde – übte bereits Druck auf Washington aus, Hawai'i als souveränen Staat anzuerkennen. Die Regierung sagte den Konzernen ganz genau, wohin sie sich diese Idee stecken konnten, und befahlen der Pazifikflotte volle Kraft voraus.

Ich wünschte, ich hätte den nächsten Akt des Dramas miterlebt – es muß eine ziemlich tolle Schau gewesen sein. Ein paar Minuten nachdem Washington den ›höflichen Vorschlag‹ der Megakonzerne abgelehnt hatte, wurde der Flugzeugträger *USS Enterprise,* das Flaggschiff der Pazifikflotte, nur ganz knapp von einer Salve ›Thorhämmer‹ verfehlt.

(»Augenblick mal«, höre ich Sie sagen. »Was um alles in der Welt ist ein ›Thorhammer‹?« Ich dachte schon, Sie würden nie danach fragen.

Das Projekt Thor reicht weit zurück – sehr weit zurück, offenbar bis in die Mitte des letzten Jahrhunderts oder so –, aber ihm liegt eine Idee zugrunde, deren Zeit jetzt gekommen war. Die Idee war, eine ganze Wagenladung ›halbintelligenter‹ Projektile in eine niedrige Erdumlaufbahn zu befördern, die mit wenig mehr als einem Raketenantrieb, ein paar Steuerdüsen und einem Computer-Suchkopf in der Spitze ausgerüstet waren. Kein Sprengkopf, weil man keinen braucht. Im wesentlichen handelt es sich um ›schlaue Brecheisen‹. Wenn man jemandem eine unverblümte Botschaft übermitteln will, braucht man nur die entsprechenden Befehle an ein paar Dutzend Thor-Projektile zu schicken. Sie zünden

den Antrieb, um sich aus dem Orbit zu lösen, dann stürzen sie mit horrender Geschwindigkeit dem Boden entgegen. Ihre Suchköpfe suchen jetzt nach einem angemessenen Ziel, das von der Programmierung abhängt – ein Panzer vielleicht, oder die Kuppel eines Regierungssitzes … oder etwas, das wie ein Flugzeugträger aussieht. Dann schießen sie abwärts, vollgepackt mit wer weiß wieviel kinetischer Energie, und was sie treffen, löst sich einfach auf … wahrscheinlich in einem netten Feuerwerk. Im wesentlich sind Thorhämmer also nur gelenkte Meteoriten. Elegante Idee, *neh?*

Das war die Idee, aber soweit man wußte – zumindest bis 2017 –, hatte niemand Projekt Thor tatsächlich in die Tat umgesetzt. Bis zum heutigen Tag weiß niemand *genau,* wer die Projektile losgeschickt hat, die ein paar Tonnen Meerwasser vor dem Bug der *Enterprise* verdampften.

Aber ich kann eine ziemlich genaue Vermutung anstellen, die auf einigen interessanten Zufällen beruht. Zufällig war 2017 das Jahr, in dem Ares Macrotechnology die alte Raumstation *Freedom* übernahm, die schließlich umgebaut und in Zürich-Orbital umbenannt wurde. Ebenso zufällig war Ares der einzige Megakonzern mit Einrichtungen in der Umlaufbahn, die sich in der Gegend des richtigen ›Fensters‹ für den Abschuß eines Thorhammers in den mittleren Pazifik befanden. Und Ares war – natürlich ebenfalls zufällig – einer der Megakonzerne, mit denen unser Freund Danforth Ho lange und ausgedehnte Privatgespräche geführt hatte … *Quelle chance …*

Ende des Exkurses.)

Das war es also. Aegis-Kreuzer hin oder her, es gab einfach keine Möglichkeit für einen Flugzeugträgerverband, Thorhämmer abzufangen oder sie zu überleben, falls sie trafen. Wiederum änderte der Verband den Kurs und dampfte entmutigt nach San Diego. Die Regierung erkannte Hawai'is Unabhängigkeit an, und König Kham

IV. wurde das Haupt einer konstitutionellen Monarchie, die auch heute noch existiert. Und danach lebten alle glücklich und zufrieden bis an ihr Lebensende...

Null! Wie ich schon sagte, Megakonzerne machen keine Geschenke. Sie tätigen Investitionen. Nun gingen sie zu König Kam, um sich ihre Investitionen verzinsen zu lassen. Wie zum Beispiel durch besondere Handelsvereinbarungen, Extraterritorialität und grundsätzlich praktisch völlige Freiheit, die Geschäfte auf den Inseln so zu führen, wie sie wollten.

Den Bewohnern Hawai'is gefiel die Vorstellung der Unabhängigkeit von den Vereinigten Staaten, und sie waren nicht überzeugt, daß es so eine gute Idee war, diese Unabhängigkeit sofort wieder zugunsten der Megakonzerne aufzugeben. Die Führung der *Na Kama'aina* – jawoll, es gab sie immer noch – kam zu dem Schluß, daß dies der perfekte Aufhänger war, um König Kams Unterstützung aus dem Volk zu beschneiden (und im Idealfall ihre eigene Galionsfigur – diesmal eine *echte* – auf den Thron zu hieven). Mit einer Kampagne auf der Grundlage der Beschneidung der Freiheiten der Megakonzerne gewannen die Politiker der *Na Kama'aina* eine bedeutende Anzahl von Sitzen in der gesetzgebenden Versammlung. König Kam sah sich plötzlich mit einer starken Fraktion innerhalb seiner Regierung konfrontiert, die fest entschlossen war, ihn aus seinem Amt zu verdrängen. Es gelang ihm, die Kontrolle über die Mehrheit der Sitze zu behalten, aber es ging ziemlich knapp zu.

König Kam starb 2045 – nein, die *Na Kama'aina* hat ihn nicht aus dem Weg geräumt... glaube ich – und die Regierungsfraktion, die ihn unterstützt hatte, behielt *gerade* genug Einfluß, um den von ihm designierten Nachfolger auf den Thron zu setzen: seinen Sohn Gordon Ho. Im Alter von fünfundzwanzig Jahren wurde aus Gordon König Kamehameha V., und er trägt immer noch den flotten gelbgefiederten Kopfschmuck des *Ali'i*.

Ich grübelte gerade noch über all die Fakten, die ich aufgenommen hatte, und versuchte schlau aus ihnen zu werden, als das Suborbitalflugzeug in Awalani – ›Himmelshafen‹ – aufsetzte.

»Willkommen auf Hawai'i«, verkündete eine Stewardeß.

5

Nennen Sie es Montgomerys Prinzip Inverser Beziehungen. Je schneller man irgendwohin gelangt, desto länger die Wartezeit am Zoll. Honolulus Awalani-Flughafen lieferte in dieser Beziehung einen netten dicken Punkt für meinen fiktiven Graphen.

Ich stoppte die Zeit. Nachdem es nur etwas über vierzig Minuten gedauert hatte, um sechstausend Kilometer zurückzulegen, brauchte ich jetzt mehr als *sechzig* Minuten, um die fünfzehn Meter vom Ende der Zoll/Einwanderungs-Schlange bis zur Freiheit in der Flughafenlobby zu überwinden.

Der einzige Unterschied zwischen den hawai'ianischen Zollbeamten und denen, die mich in Casper schikaniert hatten, war die Sonnenbräune. Ansonsten waren es dieselben Trolle in zu kleinen Uniformen, die zusahen, während mir humorlose Dronen Fragen der Art stellten, ob ich Fleischprodukte in meinem Gepäck einführte. (Bei dieser Frage habe ich immer die perverse Lust, die Zolldrone zu fragen, ob eine enthauptete Leiche in meinem Koffer unter die Rubrik ›Fleischprodukte‹ fällt ...)

Während ich in der Schlange ›Ausländische Besucher‹ wartete, registrierte ich mit mürrischer Verbitterung die Schnelligkeit, mit der heimkehrende *Kama'ainas* – Einheimische, hawai'ianische Bürger – durchgewunken wurden. Keine forschenden Fragen über Fleischprodukte, aber Lächeln und ›Aloha‹-Begrüßungen für sie anstelle der kalten Aufforderung: »Die Pässe, bitte.«

Doch schließlich war ich durch und befand mich in einer angenehm geräumigen und luftigen Lobby, in der sich, wie mir plötzlich auffiel, überproportional viele Trolle und Orks aufhielten – zumindest im Vergleich zu Cheyenne und sogar Seattle. Jetzt, wo ich darüber nachdachte, fiel mir ein, daß die unbedarfte *Columbia Hypermedien-Enzyklopädie* den Anteil von Orks und Trollen an der hawai'ianischen Bevölkerung mit *dreiunddreißig Prozent* angegeben hatte. Wie hoch war dieser Anteil in Seattle? Um die einundzwanzig Prozent, glaubte ich mich zu erinnern. Nun, ich hatte schon öfter gehört, daß die Hawai'ianer große Kinder zur Welt brachten.

Nachdem ich endlich den Unsinn am Zoll hinter mir hatte, mußte ich an mein nächstes Problem denken. Nämlich, *wohin, zum Teufel, mußte ich gehen, um was zu tun?* Man würde mich in Empfang nehmen – das hatte mir der Zwerg mit den Augenbrauen wie ein überfahrenes Eichhörnchen in Casper gesagt. Aber wer, das war die Frage.

Eine Frage, die praktisch sofort beantwortet wurde. Während ich mit einem vagen Ausdruck der Verlorenheit dastand und wartete, löste sich eine Gestalt aus einer Gruppe von mit Kameras behängten japanischen Touristen und kam auf mich zu. Eine *große* Gestalt – ein Ork mit erstaunlich breiten Schultern und kleinen Hauern, die vor dem Hintergrund seiner sonnengebräunten Haut unglaublich weiß aussahen – in einem gut geschnittenen Geschäftsanzug. In seinen riesigen Händen hielt er ein kleines lasergedrucktes Schild, auf dem ›Tozer‹ stand. Diesmal hatte ich keine Probleme, mich daran zu erinnern, daß ich das sein sollte, also winkte ich ihn zu mir.

Er bedachte mich mit einem breiten Grinsen, das ohne diese Fänge wesentlich freundlicher gewirkt hätte. »Mr. Brian Tozer?« fragte er mich mit einer Stimme wie Mitternacht und Samt.

Ich nickte. »Das bin ich.« Ich griff in die Tasche, zog meinen Kredstab heraus – denjenigen mit dem digitalen Paßwort im Speicher – und hielt ihn ihm hin.

Er kicherte – ein Geräusch wie eine Steinlawine – und winkte ab. »Ich weiß, daß Sie Sie sind, Mr. Tozer«, sagte er. »Wissen Sie, in Fleisch und Blut sehen Sie viel gesünder aus.«

Wahrscheinlich hatte er mein Führerschein-Holo oder etwas in der Art gesehen. (Wenn Sie jemals so aussehen wie auf ihrem Führerschein-Holo, sind Sie zu krank, um zu fahren …) Ich zuckte die Achseln. »Wie Sie wollen …« Ich zögerte, da ich nicht wußte, wie ich ihn anreden sollte.

»Scott«, sagte er. »Sie können mich Scott nennen, Mr. Tozer.«

»Dirk«, erwiderte ich automatisch, um dann rasch hinzuzufügen: »Eigentlich heiße ich Brian, aber alle nennen mich Dirk.« Drek, ich mußte unter der Zeitverschiebung leiden oder irgendwas.

Scotts große braune Augen zwinkerten. »Dirk ist cool«, sagte er. »Dann wollen wir mal Ihr Gepäck holen.«

Das Gepäck der Erster-Klasse-Passagiere kam über ein eigenes Gepäckband, und die meisten von ihnen hatten ihres bereits eingesammelt und waren verschwunden, bevor auch nur die erste Tasche für die Vieh-Klasse aufgetaucht war. Ich zeigte auf meine Tasche, die Scott aufnahm, als wiege sie nichts, und dann auf einen kleinen automatischen Gepäck-Karren warf, der ihm wie ein treuer Spaniel folgte. Wir führten den Spaniel-Karren aus dem Terminalgebäude hinaus und auf die Straße.

Die Hitze traf mich wie ein Schlag. Drek, es war erst kurz nach sechs, aber ich schätzte, daß die Temperatur bereits siebenundzwanzig Grad betrug, und die Luftfeuchtigkeit war entsetzlich. Sekunden später spürte ich, wie mir das Hemd auf dem Rücken klebte. Scott mußte mein Unbehagen gespürt haben, weil er wiederum kicherte und verkündete: »Wird wieder 'ne nette Hitze heute. Am Nachmittag werden wir wohl auf einunddreißig, zweiunddreißig Grad kommen.« Er deutete auf mein schwarzes Hemd. »Ich hoffe, Sie haben sich was

Praktischeres zum Anziehen mitgebracht, Bruder.« Ich betrachtete ostentativ seinen Anzug, aber er lächelte nur. »Ja klar, aber ich werde dafür *bezahlt*, mich unbehaglich zu fühlen.«

Es war immer noch dunkel – ja klar, wir waren in den Tropen, nicht wahr? Der Tag brach später und abrupter an, als ich es von Cheyenne gewöhnt war – aber die Natriumlampen brannten fast taghell. In ihrem gelben Schein sah ich, wohin Scott mich führte: zu einer metallic-grauen Limousine, einem Rolls-Royce Phaeton oder einem engen Verwandten. Ein riesiges niedriges Ding, das nach Mach 2 aussah, obwohl es noch am Straßenrand parkte. Ich stieß einen langgezogenen leisen Pfiff aus, um zu zeigen, daß ich beeindruckt war.

Scott zuckte seine mächtigen Achseln. »Ja«, bestätigte er. »So ist mir manchmal auch noch zumute.« Er zog eine kleine Fernbedienung aus der Tasche und drückte auf einen Knopf. Mit einem seidenweichen Heulen wie von einer Hochgeschwindigkeitsturbine sprang der Motor an, und einen Augenblick später öffnete sich lautlos eine der übergroßen hinteren Türen. Während der Ork-Chauffeur meine Tasche von dem Spaniel-Karren nahm und sie in einen Kofferraum warf, der groß genug für eine Partie Urban Brawl war, stieg ich hinten in den Phaeton ein.

Geistige Notiz: Ich *muß* mir irgendwann einen dieser Schlitten anschaffen. Nicht, um damit zu fahren. Um darin zu *wohnen*.

Der Fond sah größer aus als ein paar von den Buden, in denen ich schon gehaust hatte. Wo man die Rücksitzbank erwartete, befand sich ein riesiges, viel zu weich gepolstertes Sofa. Nein, korrigierte ich mich sofort, es war kein Sofa … es sei denn, man betrachtete Vierpunkt-Sicherheitsgurte als Standardausrüstung für das Wohnzimmermobiliar. Ich setzte mich und spürte, wie sich die opulenten Polster liebevoll um mein Hinterteil schmiegten. (Sollte die Limousine vielleicht auch noch eine Vorrichtung – zum Beispiel einen Kran – haben, um Passagiere aus der tiefen Polsterung wieder herauszuhieven?) Einer Eingebung folgend, zog ich meine Schuhe aus und krallte die Zehen in den flauschigen Teppich. (In einem meiner Lieblings-2D-Filme aus dem letzten Jahrhundert wird das als Rezept gegen die Zeitverschiebung vorgeschlagen, und wer bin ich, daß ich dem widersprechen könnte?)

Von außen waren die großen Rundumfenster undurchsichtig gewesen, staubgrau verspiegelt, so daß sie zum Karosserielack paßten. Von innen schienen sie völlig zu verschwinden … abgesehen von der Tatsache, daß eine subtile Polarisierung den Natriumlaternen den grellen Glanz nahm. Zwischen mir und dem Fahrerabteil befand sich eine Vorrichtung, die wie eine hüfthohe Unterhaltungseinheit aussah: Trideo, verschiedene optische Abspielgeräte, eine Stereoanlage, die meinem technophilen Freund Quincy für den Rest seines Lebens feuchte Träume beschert hätte, und etwas, das nach einer Kommunikationseinheit mit Satellitenverbindung aussah. Ach ja, und ein kleines Arrangement mit Flaschenschrank/Bar. Über der Unterhaltungseinheit befand sich eine transparente Kevlarplex-Trennscheibe. Durch sie sah ich Scott auf den Fahrersitz gleiten, eine Haarsträhne zurückstreichen und ein Fahrzeugkontrollkabel in seine Datenbuchse einstöpseln. Er drehte sich um und grinste mich durch den Zentimeter verstärktes Kevlarplex an. »Fertig, Mr. Dirk?« Seine Stimme kam aus einem verborgenen Lautsprecher irgendwo hinter meinem linken Ohr.

»Nur, wenn Sie dafür sorgen, daß dieses Ding verschwindet«, sagte ich zu ihm, indem ich mich vorbeugte, um gegen die kugelsichere Trennscheibe zu klopfen. »Ich komme mir vor wie in einem Aquarium.«

Sein Kichern kam laut und deutlich aus den verborgenen Lautsprechern, während die Scheibe im oberen Teil der Unterhaltungseinheit verschwand. »Besser so?«

»Viel besser.« Als Scott den Fahrgang einlegte und der Phaeton zügig losrollte, versanken noch ein paar Zentimeter meiner Anatomie in der Polsterung. »Scott«, sagte ich nach einem Augenblick, »was meinen Sie? Brauche ich den Vierpunktgurt?«

»Hey, ich weiß, daß einige Touristen sogar dafür *bezahlen,* sich festschnallen zu lassen.« Ich sah ihn seinen großen Kopf schütteln. »Sie kommen auch mit dem Beckengurt aus, wenn Sie wollen, aber *etwas* werden Sie brauchen, um nicht quer durch den Wagen zu fliegen, wenn ich ein paar harte Fluchtmanöver fahren muß.«

Während ich den Beckengurt anlegte, stellte ich die nächste logische Frage. »Ist das wahrscheinlich? Fluchtmanöver, meine ich.«

Mein Chauffeur zuckte die Achseln. »Wahrscheinlich? Nein. Möglich? Ja.« Er schnaubte. »Wir haben dieses Jahr schon ein paar Anschläge auf hohe Konzerntiere erlebt, und die Schützen machen sich vielleicht nicht die Mühe, herauszufinden, wer sich im Wagen befindet, bevor sie losballern, wenn Sie wissen, was ich meine.«

»Wer steckt hinter diesen Anschlägen?«

»ALOHA, wer sonst?«

Ich blinzelte. »ALOHA? Die gibt es immer noch?«

»Die wird es *immer* geben, Bruder. Manche Leute sind nie zufrieden mit dem, was sie erreicht haben. Yankees raus, Japse raus, *Haoles* raus ...«

Ich unterbrach ihn. »Howlies?«

»*Haoles.*« Er buchstabierte das Wort. »Anglos, Bruder. Weiße. Ausländer ... wie Sie, okay?« Das Lächeln, das ich in seiner Stimme hörte, nahm seinen Worten den beleidigenden Beiklang. Dann fuhr er fort. »Wie ich schon sagte, Haoles raus, Konzerne raus ...« Er schnaubte wieder, um mir zu zeigen, was er von dieser Einstellung hielt.

Wir verließen das Flughafengelände und fuhren auf eine moderne sechsspurige Autobahn. Scott gab Gas, und die Turbine des Phaeton sang. Ich warf einen Blick auf die Bar, dachte kurz darüber nach – zum Teufel damit, warum nicht? –, öffnete sie und suchte inmitten der Miniflaschen darin nach einem Scotch. Glenmorangie, fünfundzwanzig Jahre alter Single-Malt – nun, *das* Zeug reichte gewiß für meine Ansprüche. Die aktive Radaufhängung der Limousine fraß alle Unebenheiten und Vibrationen der Straße, so daß ich keine Schwierigkeiten hatte, mir einen guten Schluck in ein massives Kristallglas zu gießen und einen Spritzer Wasser hinzuzufügen. Ich prostete schweigend Scotts Hinterkopf zu, und im Rückspiegel sah ich die kleinen Fältchen um seine Augen, als er lächelte. Ich nippte und ließ die Magie des Scotches wirken.

»Scott«, sagte ich nach ein paar Minuten, »Sie wissen, wer ich bin, stimmt's?«

Er stutzte, und ich wußte, daß er darüber nachdachte, welche Antwort er mir geben sollte. »Natürlich, Mr. Tozer«, sagte er schließlich.

Ich lächelte. »Nennen Sie mich Dirk«, erinnerte ich ihn gelassen.

Er lächelte wieder und gab zu: »Okay, ja, ich weiß, wer Sie sind.«

»Und Jacques Barnard hat Ihnen auch gesagt, warum ich hier bin?«

»Ich kenne keinen Jacques Barnard«, log er mit fester Stimme. »Mein Boß ist Elsie Vogel bei Nebula.« Er hielt inne. »Aber ich weiß, daß Sie hier sind, um eine Botschaft zu überbringen, und ich weiß auch, wem Sie sie überbringen werden.«

»Sagen Sie es mir.«

Er schüttelte den Kopf. »Das brauchen Sie noch nicht zu wissen«, sagte er, und zum erstenmal hörte ich eine Spur Stahl unter seiner Freundlichkeit. Dieser gut gekleidete Ork war nicht irgendein Konzern-Lakai, wurde mir klar, er hatte mehr drauf. »Ich fahre Sie dorthin, wenn die Zeit gekommen ist«, fuhr er fort, und seine

Stimme war wieder die Freundlichkeit in Person. »Machen Sie sich deswegen keine Sorgen.«

»Wann?«

»Wahrscheinlich morgen. Der Mann, den Sie treffen werden – er ist heute auf einer der äußeren Inseln –, wird erst spät in der Nacht oder morgen früh zurückkehren. Irgendein dringender Notfall oder so.« Er drehte sich kurz zu mir um und grinste mich über die Schulter an. »Was bedeutet, Sie haben den ganzen Tag und die ganze Nacht, um sich die Sehenswürdigkeiten anzusehen, Bruder. Und mich zu Ihrer Verfügung.« Er deutete mit einem riesigen Daumen auf seine Brust. »Der Reiseführer Numero eins, das bin nämlich ich.«

Ich seufzte und ließ mir das bei einem weiteren Schluck Glenmorangie durch den Kopf gehen. Ich wollte es eigentlich nicht zugeben, aber ich fühlte mich wohl. Irgendwie mochte ich Scott – obwohl ich wußte, daß er Konzern-Stahl unter seiner Alter-Junge-Schale hatte –, und mir gefiel die Vorstellung eine Limousine mit Chauffeur zur Verfügung zu haben. Aber ...

Aber ich mußte meine Paranoia wachhalten. Trotz aller Ausschmückungen handelte es sich hier nicht um einen Urlaub, sondern ums Geschäft. Und, was noch schlimmer war, ich tappte hinsichtlich der meisten Details, die dieses Geschäft beinhaltete, im dunkeln. Ich wußte nicht, wen ich treffen sollte und warum. Ich wußte nicht, wie es danach weitergehen sollte. Und ich wußte nicht, wer oder was ein Interesse daran hatte, sich zwischen mich und den Zweck des ganzen Unternehmens zu stellen. Ich befand mich nicht auf meinem gewohnten Territorium – das mußte ich mir immer wieder einschärfen – und spielte auf dem Hof anderer Leute und außerhalb meiner Sicherheitszone. Wer weiß: Vielleicht würde alles so glatt abgewickelt wie Kunstseide. Ich liefere die Botschaft ab, erhalte vielleicht noch eine Antwort, dann kutschiert mich Scott zum Flughafen zurück, und ich fliege nach Cheyenne zurück. Aber wenn nicht und ich mich plötzlich als Leiche wiederfand, weil ich keine Vorsichtsmaßnahmen ergriffen hatte, war mir nicht mal die Genugtuung vergönnt, Barnard bis in alle Ewigkeit als Geist heimzusuchen. Es wäre meine Schuld, nicht seine. Ich *war* exponiert – das durfte ich nicht eine Sekunde lang vergessen. Und ich mußte tun, was ich konnte, um diesen Zustand zu minimieren. Was mich daran erinnerte …

»Scott.«

»Ja, Mr. Dirk?«

»Ich war gezwungen, einige … *persönliche* Besitztümer … auf dem Festland zurückzulassen, wenn Sie wissen, was ich meine.« Sein Nacken legte sich in Falten, und ich wußte, daß er wie ein Bandit grinste. »Ich will dieses Problem aus der Welt schaffen. Können Sie mir helfen?«

»Sie brauchen das wirklich nicht, wissen Sie?« Er klopfte mit dem Knöchel gegen sein Seitenfenster. »Haben Sie eine Ahnung, was nötig ist, um dieses Zeug hier zu durchschlagen?«

So leicht würde ich mich nicht abwimmeln lassen. »Trotzdem. Nennen Sie es einen Glücksbringer … wie ein Hasenpfote. Ich würde mich ohne einfach nicht wohl fühlen.«

Daraufhin lachte er laut auf. »Ja, eine Neun-Millimeter-Hasenpfote, möchte ich wetten.« Er beruhigte sich schnell wieder. »Okay. Null Problemo, Bruder, ich kann Ihnen helfen.« Er sah sich wieder kurz zu mir um. »Und ich beschaffe Ihnen auch ein paar passende Klamotten. Okay?«

»Ich hatte schon immer eine besondere Vorliebe für Kevlar«, sagte ich zu ihm, »wenn Sie es in einer meiner Farben bekommen können.«

Vor uns, vor dem Hintergrund der Schwärze des Himmels, konnte ich die erleuchteten Zikkurats der Wolkenkratzer erkennen. Plötzlich erlebte ich einen dieser Augenblicke der Desorientierung. Ich hätte ebensogut über den Highway 5 in Richtung Seattler Innenstadt wie über die Hawai'ier Route 1 fahren können. Im Dunkeln sehen die meisten Städte gleich aus.

Wiederum schien Scott meinen unausgesprochenen Gedanken zu erraten. »Schade, daß Sie den Nachtflug nehmen mußten. Das ist eigentlich ein ganz netter Ausblick von hier aus – man bekommt einen guten Eindruck von der Stadt, wenn Sie wissen, was ich meine.«

»Wie ist denn Honolulu?« fragte ich ihn. »Schließlich leben Sie in der Stadt, oder nicht?«

»Ja, ich wohne im Nebula-Komplex.« Er zuckte die Achseln. »Es ist eben eine Stadt. Sie hat ihre guten Seiten, und sie hat ihre schlechten Seiten. Gegenden, die Sie sich nicht entgehen lassen sollten, und Gegenden, in denen Sie nicht begraben sein wollen. Sie hat ihre Pinkel, sie hat ihre *Burakumin*« – er benutzte den japanischen Ausdruck für die Heimat- oder Besitzlosen, ein beleidigendes Wort, das unter Pinkeln immer häufiger als Bezeichnung für Leute ohne Konzernzugehörigkeit benutzt wurde –, »und sie hat ihre Touristen.« Er lachte. »*Bruder,* und wie sie ihre Touristen hat.«

»Hochrangige Konzerntypen?«

»Die meisten, ja. Ganze Schwärme, die aus Asien rüberkommen, und einige aus Europa. Aber es gibt auch noch die Mama-und-Papa-Typen, die jahrelang gespart haben, um einmal herzukommen und eine Zeitlang mit dem Geld herumzuschmeißen.«

»Das fördert doch die Wirtschaft, oder nicht? Der Tourismus?«

»Das behaupten jedenfalls die Reiseführer auf dem Festland«, stimmte er zu. »Aber zum größten Teil wird die Wirtschaft von den Konzernen gefördert, echt. Hey, immerhin ist Hawai'i der größte Konzern-Freihafen überhaupt. Was glauben Sie wohl, woher das Geld kommt?«

Das ließ ich mir eine Zeitlang durch den Kopf gehen, während sich um uns herum die Wolkenkratzer erhoben, Konstellationen elektrischer Sterne am Firmament. »Aha. Und was sind die schlechten Seiten dieser Stadt?« fragte ich schließlich.

»Die Politiker«, erwiderte Scott sofort mit einem humorlosen Grinsen. »Ich weiß nicht, wie sie dort sind, wo Sie herkommen, Bruder, aber hier sind alle nur Gauner, die die Hand aufhalten.«

Der Wagen wurde langsamer, und er bog um eine scharfe Kurve. Wir hielten an, und er stellte den Motor ab. »Wir sind da«, verkündete er unnötigerweise.

»Wo ist ›da‹?« fragte ich ihn einen Augenblick später, während ich ihm zusah, wie er meine Tasche aus dem Hangar-großen Kofferraum der Limousine holte. Ich betrachtete das Gebäude, das vor mir aufragte: so weiß, wie es nur künstlicher Marmor sein kann, viele geschwungene Linien, die dem Haus im schwachen Rosa des Morgengrauens einen Anflug von Bewegung zu verleihen schienen.

»Das Diamond Head Hotel«, sagte er, »direkt neben – richtig geraten – Diamond Head selbst.«

»Ist es ein öffentliches Hotel?«

»Machen Sie Witze, Bruder?« trompetete der Ork. »Selbst *meine* Connections reichen nicht, um hier abzusteigen. Sie wissen es vielleicht nicht, aber Sie haben eine Menge im Rücken.«

Ich nickte, als ich ihm über die Auffahrt zur Eingangshalle folgte. In Seattle gab es Konzernabsteigen – Läden, die nur Konzernmitarbeitern ab einem gewissen Rang offenstanden, und zwar unabhängig von ihrer eigentlichen Konzernzugehörigkeit –, aber die Idee hatte sich dort noch nicht richtig durchgesetzt. (Und in Cheyenne? Vielleicht ist dieses Hinterwäldlernest in einem Jahrzehnt so weit, Chummer.) Offenbar mögen die ranghohen Pinkel diese Absteigen, weil sie noch mehr zur Trennung zwischen ihnen und den *Burakumin* beitragen… eine Klasse, die mich einschloß, was der ganzen Sache einen netten Anflug von Ironie verlieh, nicht wahr?

Wir spazierten direkt durch die Halle. Scott warf nicht einmal einen flüchtigen Blick auf den glattgesichtigen Burschen hinter dem Empfangstresen, also tat ich es auch nicht. Wir nahmen den Fahrstuhl – mir fiel auf, daß der Ork eine Magnetkarte vor der Kontrolltafel schwenken mußte, bevor sich die Türen öffneten, und noch einmal, bevor sich der Fahrstuhl in Bewegung setzte – und fuhren in den siebzehnten Stock. Das Hotel – Konzernabsteige hin oder her – vermittelte dasselbe Gefühl und Ambiente wie alle modernen Hotels überall auf der Welt, da ihnen jegliche Individualität und jeder Charakter fehlen. Ich hätte mich ebensogut im Sheraton in Seattle befinden können.

Ich folgte Scott den Flur entlang bis zu dessen Ende und wartete, während er vor der Tür wiederum die Magnetkarte schwenkte. Das Magnetschloß klickte, und er stieß die Tür mit dem Fuß auf und machte mir Platz, um mich zuerst eintreten zu lassen.

Tja, okay, das war *nicht* wie das Sheraton... zumindest nicht wie die Zimmer, die ich dort bisher zu Gesicht bekommen hatte (aus beruflichen Gründen natürlich). Bei genauerem Hinsehen handelte es sich im Prinzip um das unbewegliche Gegenstück zum Fond des Phaeton: ähnlich tiefgepolsterte Sofas, ähnliche Unterhaltungseinheit, ähnliche Bar. Schierer, kompakter hedonistischer Luxus. Scott, der leise über meine Reaktion lachte – wahrscheinlich die ziemlich gute Imitation eines nach Luft schnappenden Fisches –, trug meine Tasche ins Schlafzimmer der Suite und legte sie auf ein Bett, das groß genug für eine Riesenparty war. Als er wieder zu mir zurückkam, verspürte ich vorübergehend den Drang, ihm ein Trinkgeld zuzustecken.

»Wollen Sie 'ne Mütze voll Schlaf nehmen?« fragte er.

Ich dachte darüber nach, warf einen Blick auf das Bett und dachte noch einmal darüber nach. »Keine schlechte Idee«, mußte ich zugeben.

»Kein Problem.« Er sah auf seine Armbanduhr, eine

ziemlich kostspielige Quasar (noch ein Beweis, falls ich ihn noch gebraucht hätte, daß er mehr war als nur ein einfacher Chauffeur). »Wie wär's, wenn ich in drei Stunden wieder vorbeikäme?«

»Sagen wir lieber vier. Und ...«

Er brachte mich mit einem Grinsen zum verstummen. »Keine Sorge, Mr. Dirk, ich bringe Ihnen Ihre Hasenpfote. *Und* ein paar richtige Klamotten.«

Wie üblich – es ist immer dasselbe, wenn ich das Gefühl habe, wirklich Schlaf zu brauchen – glitt ich erst eine Viertelstunde bevor der Wecker klingelte, in die tiefste und erholsamste Phase des Schlafs. Also waren meine Augen ziemlich verklebt und meine Gedanken ein wenig vernebelt, als ich mich aus dem Party-Bett wälzte.

Sonnenlicht fiel durch das Fenster, und der Ausblick nahm mich fast eine ganze Minute, in der ich nackt in der Mitte des Schlafzimmers stand, gefangen. Ich blickte auf Diamond Head – zumindest nehme ich das an –, eine gewaltige Erhebung aus verwittertem Gestein. Aus diesem Blickwinkel sah es weniger wie ein Diamant, sondern mehr wie ein leicht gekrümmter Amboß aus, aber im Augenblick war mir das völlig egal. Es war unglaublich schön, der Fuß war in üppiges Blattwerk gehüllt und von noch üppigeren Anwesen umgeben, und das alles vor einem Himmel, dessen Blau klarer und reiner war, als ich es je zuvor gesehen hatte. Wenn sich irgendwelcher Drek in der Atmosphäre befand – Staubpartikel, NO_X und die üblichen Widerlichkeiten –, war es jedenfalls nicht genug, um die Klarheit des Ausblicks zu trüben. Nicht so, wie in Seattle – absolut nicht – oder auch in Cheyenne. Das war wohl einer der Vorteile, sich auf einer Insel mitten im Pazifik zu befinden, während ich zusah, wie der Wind durch die Kokospalmen am Strand fuhr: Der Wind bläst die gesamte Luftverschmutzung aufs Meer hinaus. Kein schlechtes System, wenn es sich arrangieren läßt.

Ich schüttelte meine Faszination ab und ging ins Badezimmer, um mich neben anderen Dingen dem Pelz zu widmen, der sich auf meinen Zähnen gebildet hatte. Ich hatte mir einen Bademantel übergeworfen und erwog gerade, etwas Drastisches mit meinem Haar zu unternehmen – Gel oder vielleicht (noch besser) Lack –, als die Türklingel summte.

Wissen Sie, wodurch man ein *echtes* Luxushotel von einem Möchtegern unterscheidet? Durch die Sprechanlage im Badezimmer, die sich sowohl aus der Badewanne als auch von der Kloschüssel mühelos erreichen läßt. Das Diamond Head Hotel gehörte eindeutig zur ersten Kategorie. Ich beugte mich vor und drückte auf den Knopf der Sprechanlage. »Ja?«

Der zwei Zentimeter durchmessende Bildschirm erhellte sich, und ich sah Scotts grinsendes Gesicht. »Sind Sie wach, Mr. Dirk?«

»Mehr oder weniger. Kommen Sie rein, und fühlen Sie sich wie zu Hause. Ich bin gleich da.« Ich drückte auf den Knopf mit der Aufschrift »Tür öffnen«.

Als ich kurze Zeit später ins Wohnzimmer ging, stand der große Ork da und starrte aus dem Fenster, offensichtlich von demselben Ausblick fasziniert, der mich vor ein paar Stunden in Beschlag genommen hatte. Er war in Zivil. In seinem maßgeschneiderten Geschäftsanzug hatte er schon groß ausgesehen. Jetzt wurde der Eindruck überwältigender Massigkeit durch die Tatsache unterstützt, daß er ein Hawai'i-Hemd trug – ja, offenbar waren diese Dinger immer noch in Mode –, in dem er wie ein Strauß Dschungelblumen aussah, der beschlossen hatte, einen Spaziergang zu machen. Auf dem Sofa neben ihm lagen ein paar Päckchen.

Er drehte sich um, als ich aus dem Badezimmer kam. »Tut mir leid, daß Sie warten mußten«, sagte ich, indem ich mir mit den Händen durch die Haare fuhr, die an manchen Stellen immer noch wie Stacheln abstanden.

Scott kicherte und betatschte eine seiner eigenen widerspenstigen Locken. »Ich versteh' schon, Bruder.« Er deutete auf die Päckchen auf dem Sofa. »Ich hab' Ihnen ein paar Sachen gekauft. Wollen Sie sie anprobieren?«

»Haben Sie die Größe geraten?« Ich warf noch einen prüfenden Blick auf die mächtigen Schultern des Chauffeurs. Wie gut konnte er die Größe von jemandem mit einem normalen Körperbau schätzen?

»War gar nicht nötig, ich hab' einfach in Ihrer Akte nachgesehen. Größe einsfünfundachtzig, Gewicht neunundachtzig. Brustumfang hundertfünf, Taille vierundachtzig. Richtig?«

»Nicht ganz.« Ich war perverserweise froh, daß zumindest eine Zahl falsch war. Jesus... wenn Barnard meine verdammten *Maße* in seiner Akte hatte, was hatte er dann sonst noch über mich? Eine genaue Liste meiner sexuellen Eroberungen? Eine Schätzung meiner täglichen Kalorienaufnahme? »An der Taille habe ich mittlerweile eher sechsundachtzig.«

Scott grinste triumphierend. »Ich dachte mir, daß die Zahlen überholt sein könnten, also habe ich mir die Freiheit genommen, die Sachen in der Taille etwas weiter zu kaufen. Probieren Sie sie an.«

Mit einem Seufzer nahm ich die Päckchen und ging ins Schlafzimmer, um mich umzuziehen.

Die Sachen paßten perfekt, und ich mußte zugeben, daß sie tatsächlich wesentlich praktischer waren als diejenigen, die ich mitgebracht hatte. Ein paar helle, sehr leichte Hosen – fünf Taschen, etwas ausgebeulte Beine und an den Knöcheln umgekrempelt. Ein paar Hawai'i-Hemden – Blumenmuster, aber wesentlich gedämpfter als Scotts Exemplar –, sehr weit, kurzärmelig und so geschnitten, daß sie über der Hose getragen werden konnten. Ein zweites Päckchen, das einen Körperpanzer von Ares Arms enthielt – natürlich kurzärmelig –, der mir wie angegossen paßte. Ich wählte eine knochenweiße Hose und ein mattblaues Hemd mit rotem Hibiskusblütenmuster. Solange ich das Hemd zugeknöpft trug, konnte man den Körperpanzer darunter nicht einmal ahnen.

Scott nickte beifällig, als ich wieder zum Vorschein kam. »Viel besser«, sagte er grinsend. »Sie sehen fast wie ein *Kama'aina* aus.«

»Was ist mit ...?«

»Ihrer Hasenpfote?« beendete er die Frage für mich. »Hier.« Er griff unter sein Hemd, zog etwas heraus und warf es mir zu.

Ich fing es instinktiv auf und betrachtete den Gegenstand. Eine kleinkalibrige Pistole, eine Seco LD-120, in einem kompakten Hüfthalfter. Ich holte die klobige schwarze Makroplastwaffe heraus, entfernte das Magazin und lud durch. Perfekter Zustand – wie ich erwartet hatte. Das Halfter hatte zwei Seitentaschen, in denen sich jeweils ein Reservemagazin befand – insgesamt verfügte ich also über sechsunddreißig Schuß. Die kleine Pistole hatte nicht annähernd die Durchschlagskraft meines guten alten Manhunter, aber wenn der Drek zu dampfen anfing, konnte ich einem Gegner zumindest *ein wenig* zu denken geben. Mit einem Nicken des Dankes schob ich das Halfter in den Hosenbund und befestigte die Klammer am Gürtel. Ich schaute in den Spiegel und sah, daß das locker sitzende Hemd die Waffe fast perfekt verbarg.

»Fühlen Sie sich jetzt besser?« fragte Scott.

Der erste Punkt auf der Tagesordnung war Essen. Die leichte Mahlzeit, die im Flugzeug serviert worden war, hatte ich nicht angerührt, also hatte ich das letztemal vor fast achtzehn Stunden gegessen. Mein Magen mußte wohl langsam den Verdacht hegen, daß man mir die Kehle durchgeschnitten hatte.

Scott führte mich nach unten ins Restaurant – opulent, wie ich erwartet hatte – und auf eine offene Terrasse, wo weißgekleidetes Personal und ein Frühstücksbuffet warteten. Einen Moment lang zweifelte ich an der Klugheit einer offenen Terrasse, doch dann fielen mir die kleinen Warnschilder auf, die im Abstand von drei Metern am Terrassengeländer angebracht waren – Achtung: Schutzmagie. Ich nickte verstehend. Vermutlich irgendeine physikalische Barriere, die durch einen Spruchzauber verstärkt wurde. Es konnte keine Manabarriere sein, weil die Vögel ungehindert zwischen der Terrasse und den Palmen in der Umgebung hin und her flogen.

Die Terrasse war leer, abgesehen von Scott und mir und dem Personal … und ungefähr einem Dutzend kleiner beiger Vögel, die wie Tauben aussahen. Der Ork führte mich zu einem Tisch am Geländer und fragte mich, was ich zum Frühstück wünschte.

Während er meine Bestellung aufgab – ich könnte mich an diese Art von Bedienung gewöhnen, schoß es mir durch den Kopf –, genoß ich die Aussicht. Von dieser Stelle wurde der Blick auf Diamond Head durch ein paar Häuser versperrt, aber der Blick nach Westen auf die Innenstadt von Honolulu, den Awalani-Flughafen und Pearl Harbor dahinter war frei. Auf dem glatten azurblauen Wasser der Bucht wimmelte es von Booten aller Art und aller Größen. Grellfarbene Spinnaker glitzerten in der Sonne, während hier und da Motorboote Gischtvorhänge aufwirbelten, wenn sie sich in eine enge Kurve legten. In der Ferne sah ich ein Hochgeschwindigkeitsboot, das schnell wie der Blitz war, aber praktisch kein Kielwasser erzeugte. Wahrscheinlich irgendein Tragflügelboot, möglicherweise eine Fähre, die zwischen den Inseln verkehrte.

Als Scott mit meinem übervollen Teller zurückkehrte – entweder hatte er meinen Appetit überschätzt oder seinen eigenen zum Maßstab genommen –, hörte ich ein entferntes Donnern. Ich schaute auf und nach Westen.

Zwei bösartig aussehende kleine Pfeile schossen durch die Luft und hinaus aufs freie Meer – zweifellos Kampfflugzeuge, die von Pearl Harbor aufgestiegen waren. Zwar wußte ich, daß sie nicht schneller waren als das Suborbitalflugzeug, in dem ich noch vor ein paar Stunden gesessen hatte – Drek, ihre Höchstgeschwindigkeit war vielleicht sogar geringer –, aber sie sahen viel schneller aus. Schiere, gewalttätige Energie, so kamen sie mir in dem Augenblick vor: lebhaft und offensichtlich bereit, jeden Augenblick ein schwindelerregendes Manöver zu fliegen oder mit Waffen von phantastischer Durchschlagskraft zuzuschlagen.

Nun, da ich zum Himmel schaute, fiel mir etwas anderes auf, das ich auf dem Festland bisher nur ein paarmal gesehen hatte. Es war der Kondensstreifen einer in sehr großer Höhe fliegenden Maschine, aber es handelte sich nicht um die geometrisch perfekte gerade Linie eines Hochgeschwindigkeits-Zivilflugzeugs. Nein, dieser Kondensstreifen sah aus wie Donuts auf einer Leine – ein Mittelstreifen, der in regelmäßigen Abständen von wulstigen Kringeln umgeben war. Nach allem, was ich von Luftfahrttechnologie wußte – nicht viel, nur den Drek, den man aus der Populärpresse aufschnappt –, war das einzige Triebwerk, das den charakteristischen Kringel-auf-einer-Schnur-Kondensstreifen erzeugte, ein Puls-Detonations-Antriebssystem. Soweit ich wußte, wurden Puls-Detonations-Triebwerke nur bei einer Art Flugzeug eingesetzt: bei Überschall-Spionageflugzeugen der Aurora-Klasse und darüber.

Ich runzelte nachdenklich die Stirn. Die Puls-Detonation ist eine verteufelt heiße Sache. Selbst jetzt, Jahrzehnte nach ihrer Einführung, war sie eine noch ziemlich heikle Angelegenheit. Jeder konnte ein normales Düsentriebwerk herstellen – Turbofan, Ramjet, sogar SCRAMjets –, aber nur wenige Ingenieure konnten einen Puls-Detonations-Antrieb entwerfen und bauen, der auch funktionierte, ohne sich und seine Umgebung in kleine Stücke zu sprengen. Ich hätte nicht gedacht, daß Hawai'i die Möglichkeiten sowohl finanzieller als auch personeller Art hatte, so etwas Kompliziertes zu entwickeln.

Andererseits hatte das Königreich vielleicht nicht bei Null anfangen müssen. Als Danforth Hos zivile Armee die Bürgerwehr erledigt und die Inseln praktisch übernommen hatte, mochte er sich ebensogut einen Haufen interessanter Tech angeeignet haben.

Und dieser Gedanke warf eine ganze Wagenladung anderer Fragen auf. Jetzt, wo ich darüber nachdachte, wurde mir klar, daß die Schilderungen, die ich über Danforth Hos Coup und die Abspaltung der Inseln von den Vereinigten Staaten gelesen hatte, in einigen wesentlichen Punkten ziemlich oberflächlich gewesen war. Die Geschichte mit der Pazifik-Flotte – die konnte ich verstehen. Der Kommandant eines Schiffsverbandes streitet nicht mit Thorhämmer. Aber was war mit den Waffen und Soldaten der Militärbasen auf den Inseln? Und mit den Basen selbst? Hätte die amerikanische Regierung sie so leicht aufgegeben, ohne Kampf? Oder hatte es einen Kampf gegeben, der in den offiziellen Darstellungen nur verschwiegen wurde?

Ich wandte mich an Scott. Er hatte sich ebenfalls einen Frühstücksteller geholt – der noch voller war als meiner – und bereits die Hälfte davon verzehrt. »Sie sind hier geboren, nicht wahr?« fragte ich ihn.

Er nickte. »Auf Oahu gezeugt und geboren«, bestätigte er, den Mund voller belgischer Waffeln.

»Dann erzählen Sie mir von der Abspaltung.«

Er kicherte und wischte sich Sirup und Schlagsahne – *echte* Schlagsahne, um Himmels willen – von den Lippen. »Was glauben Sie, wie alt ich bin, Bruder?« fragte er. »Das war damals, Siebzehn. Da war ich nicht mal ein Jucken in der Hose meines Vaters.«

»Aber Ihre Eltern haben Siebzehn doch gelebt, oder?« hakte ich nach. »Und Sie müssen einen Haufen Leute kennengelernt haben, die alles miterlebt haben, vielleicht sogar daran beteiligt waren. Und die Leute reden.«

Scott schüttelte den Kopf, während er eine weitere gewaltige Portion hinunterschluckte. »Das ist genau die Sache, Bruder – sie reden nicht, jedenfalls nicht über die Abspaltung. Ja, sicher, sie reden schon darüber – aber nur über den Kram, der dazu geführt hat, und über die Zeit danach. Was wirklich abgegangen ist, was die *Kahunas* mit der Bürgerwehr angestellt haben, über diesen *Kanike* – diesen Drek – redet niemand.«

»Warum nicht?«

Der Ork zuckte die Achseln. »Keine Ahnung, *Hoa*, echt nicht. Ich bin nur ein einfacher *Wikanikanaka*-Jungc.«

»Wikani ... was?«

»Sie müssen sich noch die Sprache hier aneignen, Bruder«, sagte der Ork lachend. »Hier spricht jeder eine Art Pidgin – haufenweise Ausdrücke, die dem Polynesischen entlehnt sind, okay? Wie *Hoa* – das bedeutet ›Freund‹ oder ›Chummer‹. *Kanike* – das ist das Geräusch von zwei Sachen, die zusammenknallen, aber es wird im Sinne von ›Drek‹ benutzt. Und *Wikanikanaka* – das heißt ›Ork‹. Sie werden sich daran gewöhnen.

Jedenfalls«, fuhr er fort, als er sich wieder auf das Thema besann, »wie ich schon sagte, niemand redet über die eigentliche Abspaltung.«

»Als gäbe es einiges, von dem sie nicht wollen, daß andere es erfahren?«

»Vielleicht. Oder vielleicht auch einiges, woran sie sich nicht erinnern wollen.«

»Wie zum Beispiel?«

Der Ork, dem offenbar ein wenig unbehaglich war, zuckte die Achseln. »Manchmal hört man Geschichten«, sagte er vage. »Alte Leute reden manchmal ... aber dann fragt man nach Einzelheiten, und sie verschließen sich.« Er hielt inne. »Wenn man mit genügend Leuten redet, hört man echt abgefahrenes Zeug. Von Drachen, zum Beispiel. Und gewaltigen Gewittern – unnatürlichen Gewittern –, die von Puowaina heraufgezogen sind. Das ist ein Krater im Norden der Stadt. Und von irren Sachen, die im Haleakala-Vulkan auf Maui abgelaufen sein sollen. Kukae, ein alter Penner, hat mir mal erzählt, er hätte was Großes – was *echt* Großes – im Wasser vor Pearl Harbor gesehen, direkt neben dem Denkmal für das alte Schlachtschiff *Arizona*. Er sagte, was es auch war, es wär' größer als das Schlachtschiff gewesen und hätte ihn mit Augen so groß wie Basketbälle angestarrt.« Er zuckte wiederum die Achseln. »Glauben Sie von dem *Kanike*, soviel sie wollen. Ich kenne die Antworten auch nicht.«

Er faltete seine Serviette und legte sie auf den Tisch. »Und jetzt essen Sie auf und lassen Sie uns abschwirren, *Hoa*, in Ordnung?«

6

Ich wartete in der Eingangshalle, während Scott den Phaeton aus dem unterirdischen Parkhaus holte. Der große Rolls hielt lautlos vor mir an, und die hintere Tür öffnete sich.

Ich bedeutete ihm ›nein‹, indem ich meine Handkanten kreuzte wie Karatekämpfer, die einander begegneten. Scotts Stimme ertönte aus einem Außenlautsprecher. »Probleme, Mr. Dirk?«

»Ich will nicht in dem Laufstall fahren«, erklärte ich – wobei ich mir ein wenig albern vorkam, weil ich mit einem Wagen redete, der sich so sichtlich abweisend gab. »Haben Sie irgendwas gegen Gesellschaft vorne einzuwenden?«

Ich hörte den Ork kichern, ein Geräusch, das über die Lautsprecher ein wenig blechern klang. »Ihre Entscheidung, Bruder, aber Sie sorgen noch dafür, daß ich vergesse, daß ich hier nur der Chauffeur bin.« Die hintere Tür schloß sich wieder, und die Vordertür klickte leise. Ich ging um den Wagen herum, stieg ein und gab mir alle Mühe, die Tür zu*knallen*, aber das Ergebnis war nur ein leises *Klick*. Wie erwartet, war die Fahrerkabine nichts im Vergleich zu dem Salon hinten, aber sie war immer noch komfortabler und besser eingerichtet als einige meiner früheren Behausungen.

Scott grinste mich an. Das haardünne Glasfaserkabel, das seine Datenbuchse mit der Steuereinheit verband, schien in der Sonne zu glühen. »Okay, Mr. Dirk, wollen Sie was Bestimmtes sehen?«

Ich zuckte die Achseln. »Sie sind der *Kama'aina*«, sagte ich. »Sie sagen mir, was ich sehen sollte.«

Sein Grinsen wurde breiter. »Schon begriffen, *Hoa*.« Auf ein geistiges Kommando des Orks setzte sich der

Rolls in Bewegung. »Irgendwelche Einwände gegen etwas Musik? Einheimisches Zeug.«

Ich zuckte die Achseln. »Solange es nicht ›Aloha Ohe‹ ist.«

Darüber mußte er lachen. »Nicht in *diesem* Wagen, darauf können Sie Gift nehmen. Haben Sie je traditionellen Slack-Key gehört?« Ich schüttelte den Kopf. »Dann können Sie das jetzt nachholen.« Während sich Scott gemütlich zurücklehnte und die Arme verschränkte, schaltete sich die Stereoanlage ein und das Wageninnere war plötzlich von Musik erfüllt.

Ich hatte schon immer eine Vorliebe für Musik – *echte* Musik, für die man eine Begabung braucht, Musikalität, nicht den Drek, den jeder mit einem Synthesizer herausleiern kann. Vorzugsweise für alten Blues und traditionellen Jazz, aber ich bin nicht festgelegt. Drek, gelegentlich höre ich sogar Country. Slack-Key war etwas Neues – akustische Gitarren, unterschiedlich gestimmt und mit virtuosem Fingerpicking gespielt. Von der Technik her so ähnlich wie Bluegrass, aber mit eigenem Sound und eigenem Feeling.

»Gefällt es Ihnen?«

»Es gefällt mir«, bestätigte ich. »Davon hätte ich gern etwas für meine Sammlung. Wer sind die Musiker?«

»Eine alte Gruppe. Sie haben die Scheibe schon vor der Jahrhundertwende aufgenommen. Kani-alu nennen sie sich. Keiner von ihnen ist noch am Leben. Sie sind alle an Altersschwäche oder an der VITAS gestorben. Über diese CD bin ich vor ein paar Tagen ganz zufällig gestolpert. Ein paar Burschen sind die alten Kataloge durchgegangen und haben einen Haufen dieses Zeugs neu abgemischt.« Er hielt inne. »Wenn Sie wollen, können Sie mein Exemplar bei Ihrer Abreise haben. Ich kaufe mir ein neues.«

»Danke. Das fände ich wirklich Sahne.« Begleitet von den üppigen Klängen längst verstorbener Musiker verließen wir das Grundstück des Diamond Head Hotels und fuhren in Richtung Stadt.

Scott war ein guter Reiseführer. Er wußte lustige und interessante Geschichten über fast alles zu erzählen, woran wir vorbeikamen. Wir fuhren nach Nordosten und bogen dann nach Nordwesten ab, um durch den Kapiolani-Park zu fahren, der im Schatten des Diamond Head lag. Dann landeten wir auf der Kalakaua Avenue (was haben die Hawai'ianer nur mit dem Buchstaben *K*?), die am Strand entlangführte.

Man konnte die Touristen mühelos von den Einheimischen unterscheiden, sowohl am Strand als auch im Wasser. Die Touristen waren bläßlich weiß – wie Maden unter einem Stein – oder rot gebrannt. (Ich machte mir meine Gedanken über Sonnenschutz und die dünner werdende Ozonschicht. Ich hatte ein Sonnenschutzmittel zum Aufsprühen mit Lichtschutzfaktor 45 mitgebracht, aber würde das reichen? Ich betrachtete meine Arme: so madenweiß wie die der anderen Neuankömmlinge.) Im Gegensatz dazu waren die Einheimischen – von denen es aus irgendwelchen Gründen gar nicht so viele gab – alle bronze- oder mahagonifarben und trugen dieselbe tiefe Sonnenbräune zur Schau, wie ich sie schon bei Sharon Young in Cheyenne gesehen hatte.

Die Brandung war nicht sehr stark – Wellen, die vielleicht einen Meter hoch waren. Ein paar bleiche Touristen versuchten mit Surfbrettern auf ihnen zu reiten, auf denen in grellen Schriftzügen der Name der Firma prangte, die sie verliehen hatte. Es sah nach schrecklich viel Arbeit aus, nur um naß zu werden. Während wir langsam weiterfuhren, sah ich einen Burschen – einen Elf mit ebenholzfarbenen Haaren und elfenbeinfarbener Haut – tatsächlich auf sein Surfbrett steigen und auf einer Welle reiten … für ganze zwei Sekunden, bevor die Nase des Bretts untertauchte und er ins Wasser fiel.

Dann erwischte jemand anders weiter draußen eine Welle perfekt und ritt einen Augenblick später darauf.

Es war ein Troll auf einem Brett, das größer war als alles, was ich jemals an Eßtischen besessen habe. Sein langes schwarzes Haar peitschte im Wind, als er sein Brett auf der Welle hielt und dabei den Köpfen der Schwimmer wie Torstangen bei einem Slalom auswich. Als sich die Welle aufgezehrt hatte, sprang er geschmeidig von seinem Brett herunter, hob es mit einer einzigen Bewegung – und deutlich hervortretenden Schulter- und Armmuskeln – auf, drehte es um und paddelte wieder hinaus. Ich beobachtete das Spiel der Muskeln unter der goldbraunen Haut seines Rückens.

Scott hatte sich dieselbe Schau angesehen. »Nicht schlecht«, sagte er beifällig.

»Machen Sie das auch?«

»Ja«, bestätigte er grinsend, »aber nicht hier in der Gegend. Wenn Sie mal Zeit haben, zeige ich Ihnen ein paar *richtige* Wellen, Bruder. Zehn Meter hoch und sie kommen eine nach der anderen. Ziemlich irre.«

Während ich nickte, wurde mir plötzlich etwas ziemlich Überraschendes klar. Der Anblick, den der Strand bot, hatte etwas Merkwürdiges, und es dauerte einen Moment bis ich daraus schlau wurde. Diese viele nackte Haut – *das* war es, was mich störte.

Verstehen Sie mich nicht falsch, ich bin nicht prüde. Nackte Haut ist toll. Unter den richtigen Umständen und insbesondere in der richtigen Begleitung liebe ich nackte Haut absolut und von ganzem Herzen. Aber ...

Nackte Haut bedeutet *keine Körperpanzer*. Ich betrachtete all die Touristen, die dort im Sand lagen und sich rösten ließen. Bei den meisten davon mußte es sich wohl um *Shaikujin* handeln – Angestellte des einen oder anderen Megakonzerns. Wo in Seattle würde man so viele *Shaikujin* sehen, die ohne den Schutz jeglicher Körperpanzerung in der Öffentlichkeit herumwanderten? Nirgendwo. Hier hätte ein entschlossener Heckenschütze, der noch eine Rechnung zu begleichen hatte, keine Probleme: Jeder Schuß ein Treffer. Entweder hatten die Touristen ein unglaubliches Vertrauen in die Sicherheitsvorkehrungen – ein *übermäßiges* Vertrauen, wenn Sie mich fragen –, oder die Tropensonne hatte ihnen den Selbsterhaltungstrieb aus ihren kleinen Schädeln gebrannt.

Ich gab meine Überlegungen an Scott weiter, und der nickte zögernd. »Wahrscheinlich ist es ein wenig von beidem«, antwortete er. »*Na Maka'i* – das sind die Cops, die Hawai'ianische Nationalpolizei oder HNP –, die hat in Waikiki alles ziemlich unter Kontrolle. Dieser Stadtteil ist kein guter Ort, um Ärger zu machen, *Hoa,* das können Sie mir glauben. Wenn man keinem Konzern angehört, ist man gar nicht hier, wenn Sie verstehen, was ich meine.«

»Sie meinen, ganz Waikiki ist eine Konzernenklave?«

»Mehr oder weniger, Bruder, mehr oder weniger.« Er nickte mit seinem großen Schädel. »Es ist mehr eine Sicherheitsfrage. Wenn man hier spazierengeht und nicht so aussieht, als ob man hier hergehört, hält einen die Na Maka'i an und stellt einem ein paar Fragen – echt höflich und alles, aber man sollte ihnen besser die richtigen Antworten geben und auch die richtigen Ausweise und Papiere haben, die zu den Antworten passen.«

Er zuckte die Achseln. »Aber strenge Sicherheitsvorkehrungen und stichprobenhafte Ausweiskontrollen auf den Straßen sind nicht alles, richtig? Die Sicherheit ist zwar gut in Waikiki, aber sie ist nicht *so* gut.« Er deutete durch das Fenster auf die knapp bekleideten Gestalten am Strand. »Wenn ich *wirklich* ein paar Pinkel erledigen wollte, könnte ich es auch ... *und* mich anschließend absetzen.«

Ich nickte zögernd. So stellte ich es mir im wesentlichen auch vor. »Was ist dann aber mit den Einheimischen?« fragte ich. Ich zeigte auf den surfenden Troll, der bereits auf einer neuen Welle ritt. »Man sollte meinen, daß *er* nicht so dumm ist, den Cops zu trauen. Aber er trägt auch keine Panzerung.«

Scott kicherte. »Nein, er *trägt* keine Panzerung, *Hoa,* er *ist* Panzerung. Raten Sie mal, was die zweitbeliebteste freiwillige medizinische Prozedur auf den Inseln ist, der sich die Leute unterziehen.«

»Dermalpanzerung«, tippte ich.

»Sie haben's erfaßt, Bruder. *Nui* Dermalpanzerung – Dermalpanzerung im *ganz* großen Stil. Zusammen mit kosmetischer Körpergestaltung, damit es gut aussieht ... oder so gut, wie es eben geht. Und jetzt sehen Sie sich mal den Burschen dort drüben an. Ein klassisches Beispiel.«

Ich sah dorthin, wohin er zeigte. Ein Ork spazierte den Strand entlang. Er trug nichts weiter als Shorts, die noch greller waren als Scotts Hemd. Seine Arme und Beine waren eher hager und knochig. Seine Schultern waren nicht sehr breit. Aber, um Himmels willen, was hatte der Bursche für Brust- und Rückenmuskeln – gewaltig und unglaublich klar in den Konturen, als seien sie aus einem anderen Material als Fleisch gemeißelt. Was sie in der Tat waren. Brust und Rücken wurden von ausreichend Dermalpanzerung geschützt, um eine Kugel aus einem Manhunter aufzuhalten. Die Seco an meiner Hüfte würde ihn kaum ankratzen.

»Wollen Sie wissen, was die *beliebteste* medizinische Prozedur ist?« fragte Scott.

»Sagen Sie es mir.«

»Sonnenschutz, Bruder. Genetische Behandlung der Haut, um die UV-Strahlen abzuhalten. Sie haben es zuerst mit verschiedenen chemischen Behandlungen versucht, aber man mußte sich ständig einer Auffrischung unterziehen, weil man die behandelte Haut schließlich irgendwann abstieß. Bei der genetischen Methode ist die neue Haut genauso widerstandsfähig wie die alte. Sehen Sie das?« Er streckte die Hand aus und nahm eine Hautfalte zwischen Daumen und Zeigefinger. »Das ist Lichtschutzfaktor fünfundachtzig, *Hoa*. Permanenter Sonnenschutz.

Meine Augen habe ich ebenfalls behandeln lassen –

modifizierte Iris und lichtempfindliche Chemikalien in der Pupille. Ich brauche keine Sonnenbrille, egal, wie hell die Sonne scheint.«

»Teuer, nehme ich an.«

»Die Augen, ja«, gab er zu. Dann kicherte er. »Ich bin froh, daß Nebula die Rechnung bezahlt hat.

Aber die Hautbehandlung? Nein, Bruder, die ist gar nicht so teuer. Die Kliniken haben sie so weit rationalisiert, daß es ein Fließbandverfahren ist, und man kann zwischen *nui* Arten wählen. Eine Komplettbehandlung kostet fünftausend Nuyen, und die reicht fürs Leben. Und viele Kliniken bieten spezielle Familienpakete an – Sie, Ihre Frau und die ganzen Bälger für sieben K.« Er zeigte auf meinen bleichen Unterarm. »Falls Sie sich entschließen hierzubleiben, sollten Sie es selbst in Erwägung ziehen.«

»Hey«, protestierte ich rasch. »Ich bleibe nicht hier. Ich erledige nur meinen Job, dann verschwinde ich wieder.«

Der Chauffeur zuckte die Achseln. »Das sagen alle. Am Anfang.«

Wir befanden uns immer noch auf der Kalakaua Avenue und rollten westwärts in die Innenstadt von Waikiki.

Ich wußte nicht, was ich von Waikiki erwarten sollte, glaubte aber, daß es irgendwie *anders* sein würde. Ich wurde enttäuscht. Es war nur eine Stadt wie jede andere, echt. Abgesehen von dem gebogenen Strand, dem dunkelblauen Meer und dem perfekten Wetter hätte es sich um jede beliebige Konzernenklave in jedem beliebigen Metroplex der Welt handeln können. Okay, es *war* sauberer als in den meisten Städten, die ich kannte. Aber abgesehen davon hätte es ebensogut das reiche Konzernviertel von Tokio oder Chiba sein können.

Warum ich zwei japanische Städte als Beispiel wählte? Die Leute auf den Bürgersteigen, Chummer, darum. Neun von zehn waren Japaner. Darüber wunderte ich mich eine Zeitlang, aber dann fiel mir etwas ein, das ich vor langer Zeit gelesen hatte. Offenbar war in den letzten Dekaden des vergangenen Jahrhunderts ein Haufen Japaner – und ein Haufen japanisches Geld – auf die Inseln gewandert. (Der Schlaumeier, der den Artikel geschrieben hatte, sagte so etwas wie: »Nachdem die Japaner Hawai'i im Zweiten Weltkrieg nicht erobern konnten, kamen sie hinterher einfach dorthin und *kauften* es.«) Fügte man zu dem großen Anteil der japanischstämmigen Bevölkerung die Touristenmassen von Angehörigen in Japan beheimateter Megakonzerne hinzu, hatte man die Erklärung.

Scott fuhr den Phaeton die breite, makellose Straße von Waikiki entlang und zeigte mir alles Wesentliche. Das Royal Hawai'ian Hotel – ›Pink Lady‹ nannte es Scott –, eine flamingofarbene Extravaganz in pseudomaurischem Architekturstil, die über hundert Jahre alt war, aber immer noch als eines der prächtigsten Hotels auf den Inseln galt. Der Internationale Marktplatz, ein Freiluft-Markt, auf dem Dutzende von Geschäften und Ständen unter den Zweigen eines Banyan-Baums ihre Waren anboten. (Scott erklärte, daß der ursprüngliche Internationale Marktplatz um die Jahrhundertwende in ein Versammlungszentrum umgewandelt worden sei, doch nachdem dieses im Jahre 2022 von einem Feuer zerstört worden sei, habe der Stadtrat angeordnet, einen neuen Banyan-Baum anzupflanzen, und der Marktplatz sei zu neuem Leben erwacht.) Und so weiter und so fort. Schließlich verschmolzen all die prächtig aussehenden Hotels zu einem einzigen, und meine Augen wurden langsam glasig.

Scott bemerkte es augenblicklich, fuhr den Wagen an den Straßenrand und sagte: »Sie langweilen sich, ist es das?«

Ich zuckte die Achseln. »Nennen Sie es Kulturschock.«

Der Ork schnaubte verächtlich. »Sie nennen *das* Kultur? Das ist Pomp, Bruder, schlicht und einfach.«

»Das meine ich ja«, antwortete ich. »Ich bin nicht daran gewöhnt, daß sich soviel Geld an einem Ort konzentriert.«

»Jetzt hab' ich's begriffen, Mr. Dirk.« Scott lachte. »Sie wollen die Kehrseite der Medaille sehen, richtig? Okay, sollen Sie haben.« Und er fuhr weiter.

Kaum waren wir aus der Waikiki-Enklave heraus und im *richtigen* Honolulu, fühlte ich mich sofort heimischer und auch wohler. (Irgendwie deprimierend, aber es ist nun mal so.) Scott zufolge liegt die offizielle Einwohnerzahl von Honolulu bei fast drei Millionen – und damit um nur hunderttausend niedriger als die Seattles. Natürlich handelt es sich in beiden Fällen nur um die *offizielle* Zahl. Wenn man in Seattle noch die SINlosen hinzunimmt – die Obdachlosen, die Bedürftigen, die Durchreisenden und die Shadowrunner –, steigt diese Zahl, je nachdem, welcher Schätzung man glauben soll, auf knapp vier bis über fünfeinviertel Millionen.

Bei der Einwohnerzahl Honolulus handelt es sich wahrscheinlich ebenfalls um eine zu niedrige Schätzung, aber nachdem wir eine Weile durch Straßen und Sträßchen gefahren waren, konnte ich nicht glauben, daß der Unterschied zwischen offizieller und tatsächlicher Bevölkerung so groß war. Verstehen Sie mich nicht falsch, ich sah durchaus Vagabunden und Obdachlose. (Ich sorgte dafür, daß Scott entsprechende Orte in unsere Rundreise einschloß.) Aber sie waren nicht annähernd so zahlreich wie in Seattle oder auch Cheyenne. Es gab ein paar ziemlich drekkige Armen-Wohngegenden und ein oder zwei uralte Wohnkomplexe, bei denen man unwillkürlich an Stadtsanierung vermittels Sprengstoff denken mußte, aber es gab nichts, das ich wirklich als Slum einstufen würde. Und es gab *mit Sicherheit* keine so verkommenen und nervtötenden Gegenden wie Hell's Kitchen, Glow City oder die Barrens in Seattle.

Das Interessanteste an Honolulu war für mich die relative Nähe der drekkigeren Stadtteile zum Konzernherzen der Stadt. Der finanzielle Mittelpunkt ist in etwa die Kreuzung King Street und Punchbowl Street, wo man ausschließlich unverdorbene, urtümliche Wolkenkratzer und Konzernangestellte auf der Straße sieht. Kaum einen halben Kilometer entfernt befindet sich die ›Lasterpromenade‹, das heißt die Hotel Street, auf der es von Sex-Shows, schmierigen Kaschemmen und Porno-Chip-Läden nur so wimmelt und die von abgewrackten Strichern aller vier Orientierungen (hetero- und homosexuelle Männer, hetero- und homosexuelle Frauen), von Chip- und Flash-Dealern und von dem Frischfleisch bevölkert wurde, das unterwegs war, um mit ihnen ins Geschäft zu kommen. Sogar Seattle hat es geschafft, diese beiden Facetten seines Wirtschaftslebens ein wenig stärker voneinander zu trennen.

Die Hotel Street war, Scott zufolge, das Herz Chinatowns, aber ich sah nicht allzu viele gebürtige Chinesen auf der Straße. Dafür haufenweise große Kerle und Schnallen, von denen ich vermutete, daß es sich um Polynesier handelte, und eine in etwa gleich große Anzahl von Leuten, die ich für Filipinos hielt. Wenn wir langsam vorbeifuhren, kam die Action – Kontraktverhandlungen verschiedenster schmutziger Art – vorübergehend zum Erliegen, wenn die Verhandlungspartner dem Rolls nachstarrten. Ich schloß daraus, daß es wahrscheinlich nicht so viele Rolls-Royces in dieser Gegend zu sehen gab. (Bei genauerem Nachdenken zeigte diese langsame Spazierfahrt noch einen weiteren Unterschied zwischen Honolulu und Seattle auf: Niemand gab auch nur einen ungezielten Schuß auf den Wagen ab.)

Von Chinatown fuhren wir wieder nach Westen, am Flughafen und an dem riesigen Sperrgebiet vorbei, bei dem es sich um die Militärbasis von Pearl Harbor handelte, und dann in das als Ewa bekannte Gebiet (*EH*-vah: Scott sorgte dafür, daß ich den Namen richtig aussprach). Noch vor dreißig Jahren, erzählte mir mein Reiseführer, sei Ewa eine eigene Stadt gewesen, zwar nahe bei Honolulu gelegen, aber eben doch eigenständig. Jetzt nicht mehr: Die größere Stadt hatte sich ausgebreitet und die kleinere schließlich geschluckt. (Ganz so wie Everett und Fort Lewis, wenn ich genauer darüber nachdachte.) Vom Wetter und der Reinheit der Luft abgesehen, konnte ich mir, während wir durch die Straßen von Ewa fuhren, mühelos vorstellen, daß ich mich in Renton befand.

Ich sah auf die Uhr. Wir düsten jetzt seit fast zwei Stunden herum, und mein Magen fing trotz des üppigen Frühstücks schon wieder an zu knurren. »Ich brauche einen Happen zu essen«, sagte ich Scott. »Und außerdem wird es langsam Zeit für ein Bier.«

»Die Bar hinten ist vollständig bestückt«, erwiderte der Ork. »und wenn Sie ganz unten in den Kühlschrank sehen, finden Sie da auch was zu essen …«

»Nein«, unterbrach ich ihn. »Ich will hier irgendwo anhalten. Betrachten Sie's als Teil der Besichtigungsfahrt.«

Daraufhin lächelte er. »Was schwebt Ihnen vor?«

Ich sagte es ihm, und sein Lächeln wurde noch breiter. »Klar, Bruder, das ist okay. Da weiß ich genau den richtigen Laden.«

Der Laden hieß ›Cheeseburger im Paradies‹, und er befand sich im finstersten Herzen von Ewa. Scott nannte mir den Namen, als sei er ein Witz, aber ich verstand ihn nicht. Er erzählte mir etwas über ein Stück von irgendeinem toten Country-Sänger namens Jimmy Buffet, von dem ich noch nie gehört hatte, und mittlerweile war es eigentlich nicht mehr komisch. Jedenfalls erklärte er, ›Cheeseburger im Paradies‹ sei ursprünglich eine Kette gewesen, die in den achtziger Jahren des letzten Jahrhunderts auf Maui begonnen und sich schließlich auch auf die anderen Inseln ausgebreitet hätte. In den Zwanzigern sei die Kette den Bach runtergegangen, und der Laden hier hätte den Namen als eine Art ironischen Kommentars aufgeschnappt. Als nenne sich irgendeine hinterletzte Absteige Hilton Hotel.

Ich fühlte mich heimisch, kaum daß ich die Tür geöffnet hatte. Unterschwellige Wogen mühsam gezügelter Anspannung, Intensität, Gefahr und Gewalt schlugen über mir zusammen. Im Halbdunkel der Kneipe konnte ich mir mühelos vorstellen, daß ich mich wieder im Blue Flame in Seattle oder auch im Buffalo Jump in Cheyenne befand.

Ich ging als erster hinein – Scott hatte vorangehen wollen, aber ich hatte darauf bestanden –, und ich *spürte* die Blicke auf mir ruhen, die mir aus düsteren Nischen und von ebensolchen Tischen zugeworfen wurden. Der Barmann, ein ergrauter Ork mit abgestoßenen Hauern, bedachte mich mit einem höhnischen Begrüßungslächeln. Aus der ungefähren Richtung der Bühne – die gegenwärtig leer war, obwohl die Scheinwerfer auf etwas glänzten, bei dem es sich um Öl auf dem abgewetzten Teppichboden handeln mochte – hörte ich eine gemurmelte Bemerkung, dem Tonfall nach zu urteilen etwas sehr Abfälliges, und ein rauhes Lachen. Jawoll, das war genau die Art Laden, die ich suchte.

Die Tür öffnete sich hinter mir, und ich spürte die Anwesenheit Scotts im Rücken. Augenblicklich veränderte sich die Atmosphäre im Laden – die merkwürdige Dynamik, die man immer spüren kann, wenn man auf seine Instinkte lauscht. Ich konnte nicht glauben, daß die Gäste des ›Cheeseburger im Paradies‹ Scott persönlich kannten, aber sie hatten gewiß erkannt, *was* er war, wenn auch nicht, wer: ein Leibwächter, und zwar ein ziemlich kompetenter. Ich konnte die Veränderung *spüren*, als die Anwesenden ihren Eindruck von mir rasch korrigierten.

Ich schlenderte zu einer Nische, wobei ich an die Kanone an meiner Hüfte dachte. Mehr ist gar nicht nötig, echt nicht – man braucht nur an die Flak zu *denken*, die man bei sich hat, und wo man sie trägt. Das verändert auf ganz subtile Weise den Gang und die Körperhaltung. Jeder mit Straßeninstinkten wird diese Veränderung bemerken und korrekt interpretieren. Auf eine Art, die weder auf Konfrontation angelegt war noch bedrohlich wirkte, hatte ich allen, auf die es ankam, unmißverständlich klar gemacht, daß ich nicht unbewaffnet war. Scott folgte mir, und wir glitten in die Nische und setzten uns nebeneinander und mit dem Rücken zur Wand.

Eine Kellnerin – eine hartgesichtige Frau, deren strohblonde Haare schwarze Ansätze aufwiesen – war eine Minute später bei uns. »Was kann ich euch bringen?«

»Mir nichts«, begann Scott, aber ich warf ihm einen mißbilligenden Blick zu. Er zögerte, dann strahlte er: »Dann bring mir ein Dog«, sagte er.

Ich hob fragend eine Augenbraue.

»Black-Dog-Bier«, erklärte Scott. »Es wird von einer winzigen Brauerei in Kailua gemacht. Echt gut, wenn man dunkles Bier mag.«

»Dann nehme ich auch ein Dog«, sagte ich zu der Kellnerin. Sie ging, ohne die Bestellung zu bestätigen, kehrte aber ein paar Minuten später mit zwei Halblitergläsern an unseren Tisch zurück, die bis zum Rand mit einer dunklen Flüssigkeit gefüllt waren.

Ich wollte bezahlen, aber Scott war zu schnell für mich. »Ich übernehme das«, sagte er, indem er der Kellnerin Geld – richtige Scheine, was mich überraschte – zuschob. »Sie haben schon das Frühstück bezahlt.«

»Habe ich das?«

Er kicherte. »Es ist Ihnen jedenfalls auf die Rechnung gesetzt worden.« Er sah auf sein Glas. »Das sollte ich nicht tun, nicht im Dienst, aber« – er grinste wie ein Bandit und hob sein Glas – *»okolemaluna!«*

Ich prostete ihm zu. »Was immer Sie gerade gesagt haben.« Das Bier hatte eine nette Schaumkrone und einen süßlichen, leicht nussigen Geschmack. Ich nahm einen zweiten Schluck und nickte beifällig. »Gut. Wie ist das Essen hier?«

Als wir unser Mittagessen – einen großen Soyburger mit Maui-Fritten für mich, zwei davon für Scott – beendet hatten, trudelte die Nachmittagskundschaft ein. Eine Reihe von Tänzerinnen – im großen und ganzen ziemlich hübsch, und manche konnten sogar tanzen – entkleidete sich und zog für das gleichgültige Publikum ihre Schau ab. Als die Gäste an der Bar und in den finsteren Nischen zahlreicher wurden, fühlte ich mich noch heimischer. Abgesehen von der Kleidung und dem Vorherrschen dunkler Sonnenbräune, waren diese Burschen ein ziemlich genaues Abbild der Kundschaft meiner bevorzugten Kneipen in Seattle und Cheyenne. Zähe Burschen, jedenfalls die meisten von ihnen – absolut zu Hause in der Realität der Straßen, wenn nicht sogar richtiggehende Bewohner der Schatten. Viele trugen Waffen – das sah ich an der Art, wie sie sich bewegten –, und diejenigen, die nicht bewaffnet waren, sahen aus, als könnten sie sich auch ohne Waffe ganz gut behaupten.

Ich nippte an meinem zweiten Bier. Scott war immer noch bei seinem ersten und lehnte mein Nachschub-Angebot ab. »Trinken und Fahren ist keine gute Kombination mit einem Fahrzeugkontrollrig«, sagte er entschlossen.

In der hintersten Ecke des Ladens redeten ein paar echte Härtefälle übers Geschäft. Makroplast funkelte für einen Augenblick im Licht, als ein Kredstab die Hände wechselte. Ich rückte ein wenig näher an Scott heran, nickte in Richtung der Unterhändler und fragte leise: »Wie sind denn hier so die Schatten?«

Er nahm einen Schluck Bier, um einen Augenblick Zeit zum nachdenken zu haben. »Ziemlich düster, Bruder«, sagte er schließlich. »Wenn die Sonne strahlt, können die Schatten verdammt düster sein.«

»Große Schattengemeinde?«

Er zuckte die Achseln. »Das hängt wohl davon ab, was Sie unter ›groß‹ verstehen. Es fällt einiges an Geschäften an, jedenfalls höre ich das.« Er grinste schief. »So, wie ich das sehe, liegt das daran, daß hier so viele Megakonzerne präsent sind.

Aber der harte Kern, die Profis?« Er zuckte wiederum die Achseln. »Wahrscheinlich gibt es davon nicht allzu viele. Wahrscheinlich weniger als da, wo Sie herkommen. Und auch weniger Möchtegerns.«

»Wie kommt das?«

Das Grinsen des Orks wirkte einen Moment lang raubtierhaft. »Das liegt in der Natur der Inseln, *Hoa*. Wir haben hier eine ziemlich kleine Gemeinde. Wenn man was verpfuscht, hat man keinen Platz, um wegzulaufen, und noch weniger, um sich zu verstecken. Nach allem, was ich gehört habe, ist man entweder gut … oder tot.«

Ich nickte zögernd. Das klang auf bestürzende Weise logisch. Als eine Art geistige Übung ging ich ein paar Notpläne zur Flucht von den Inseln durch, falls irgend etwas völlig danebenging … und erkannte rasch, wie wenig Möglichkeiten es eigentlich gab. Unangenehm. Ich habe immer gern etwas Bewegungsspielraum. »Wie groß ist denn der Umfang der Geschäfte eigentlich, die hier abgewickelt werden?« fragte ich nach einer Weile.

Scott hob die Augenbrauen. »Hey, Sie fragen den falschen *Wikanikanaka*, Bruder«, protestierte er gelinde. »Ich bin hier nur ein Chauffeur.«

Meine Miene verriet, was ich von dieser Bemerkung hielt. »Jetzt aber mal im Ernst, Chummer«, sagte ich. »Sie sind nicht unbeteiligt. Jemand wie Sie kann es sich gar nicht leisten, unbeteiligt zu sein. Richtig?«

Ich beobachtete seine Augen, während er sich überlegte, ob er zu seinem Bluff stehen sollte, aber schließlich entschied er sich dagegen. Er lächelte ein wenig verlegen. »Ja, okay, ich habe mein Ohr an der Wand. Ich höre Sachen.« Er hielt inne. »Hier und in anderen Läden wie diesem geht *einiges* an Geschäften ab. Aber die Schatten sind hier anders als sonstwo – zumindest habe ich das gehört. Auf dem Festland ist man im Geschäft, wenn man eine Ruhmesliste vorzuweisen hat. Wenn sich ein Schieber an jemanden wendet, geschieht das auf der Grundlage der Reputation, die der betreffende auf der Straße hat, ob er ihn kennt oder nicht. Richtig?«

»Manchmal«, räumte ich ein.

»So läuft das hier nicht, *Hoa*«, sagte er bestimmt. »Jedenfalls nicht nach allem, was ich gehört habe ... und vergessen Sie nicht, daß ich das alles nur aus zweiter Hand weiß. Ich bin Fahrer, kein Shadowrunner, okay?« Er hielt inne, um seine Gedanken zu ordnen. »Ich habe gehört, daß hier auf den Inseln persönliche Beziehungen wichtiger sind als Ruhmeslisten und sogar wichtiger als Straßenreputation. Die Leute geben sich nur mit Leuten ab, die sie persönlich kennen, Leuten, von denen sie wissen, daß sie ihnen trauen können. Wenn irgendein *Malihini* – ein Neuankömmling – mit einer Ruhmesliste so lang wie mein Bein auf die Inseln kommt – ›ich habe Fuchi-Ice geschmolzen, ich habe eine Division Azzies umgelegt, ich habe Dunkelzahn reingeleg‹ –, wird ihn niemand anfassen, weil er eine unbekannte Größe ist. Die *Kalepa* – die Schieber – halten sich an die Runner, die sie kennen, an diejenigen, mit denen sie schon persönlich zu tun hatten ... auch wenn das bedeutet, daß sie sich mit einem *Hawawa* begnügen müssen, der nicht so gut wie der Neuankömmling ist. Zumindest wissen die *Kalepa* ganz genau, was sie erwarten können.«

Ich nickte zögernd. Das ergab in einer geschlossenen Gemeinschaft mit wenig Bewegungsspielraum durchaus einen gewissen Sinn. Man wird nicht so bereitwillig auf eine unbekannte Größe setzen, weil man schnell selbst herausfinden könnte, daß es keine Fluchtmöglichkeiten gibt, wenn der Drek zu dampfen anfängt.

Eine Gruppe von Leuten – haufenweise schwarzes,

beschlagenes Kunstleder – kam hereingeschlendert und ging zur Bar. Ich konnte ihre Streitlust von meinem Platz aus beinahe *spüren*. Neben mir sah Scott auf und grinste. »Da ist jemand, den Sie vielleicht kennenlernen wollen, *Hoa*«, sagte er zu mir. Dann hob er die Stimme. »Te Purewa. *Hele mai*.«

Einer der schwarzgekleideten Neuankömmlinge drehte sich zu uns um. Ich spürte den Blick aus den Augen in einem Gesicht, das aus schwarzem Lavagestein hätte gemeißelt sein können, wie Laser auf mir ruhen. Adlernase, buschige Brauen, kurze schwarze Haare. Und überall im Gesicht Tätowierungen: Wirbel und geometrische Formen und Schnörkel um die Augen, so daß er wie ein Paisley-Halstuch aussah. Er lächelte – die Art von Ausdruck, die ich mit Gedanken daran assoziiere, jemandem den Kopf abzureißen – und kam an unseren Tisch. Ich sah, daß er ziemlich groß war, als er sich vor uns aufbaute. Groß und breit. Auf den Wülsten seiner Muskeln waren weitere Wülste zu sehen. »Wie geht's, Scotty?« knurrte er.

Scott zuckte die Achseln. »Geht so.« Er deutete in meine Richtung. »Ich wollte dich mit jemandem bekanntmachen, Te Purewa. Mit einem Bruder vom Festland, Dirk Tozer.«

Te Purewa – war das sein Name oder irgendein hawai'ianischer Ausdruck, den ich noch nicht verstanden hatte? – richtete seine brennenden dunklen Augen auf mich. *»Kia ora!«* bellte er mich an. Und dann schienen ihm fast die Augen aus dem Kopf zu quellen, und er streckte mir die Zunge heraus.

Meine natürliche Reaktion darauf bestand darin zu lachen. Und als ich die Wut in seinen Augen aufblitzen sah, wußte ich, daß ich einen Fehler gemacht hatte. Der große Kerl verzog das Gesicht, und seine Tätowierungen schienen sich zu winden. Dann wandte er sich ohne ein weiteres Wort ab und ging.

»O je«, sagte ich leise zu Scott.

»Gut erkannt, Bruder.« Der Ork schüttelte den Kopf. »Ich hätte Sie wohl warnen müssen. Te Purewa ...«

»Ist das sein Name?«

»Ja, es ist Maori, aus Aotearoa – das hieß früher mal Neuseeland.« Scott seufzte. »Jedesmal, wenn ich ihn sehe, ist er mehr Maori als zuvor. Im Grunde ist er ein guter Junge, aber manchmal geht er einfach zu weit, wissen Sie? Dieser ganze *Kanike* von wegen Herkunft und Abstammung ... Letztes Jahr waren es die Tätowierungen« – er zog imaginäre Linien über sein Gesicht –, »dann hat er sich vor ein paar Monaten eine Sprachsoft zugelegt, damit er Maori sprechen konnte. Und jetzt zieht er auch noch den traditionellen Begrüßungsschwachsinn ab. Was das mit der Zunge soll? Er sagt, Maoris sähen einen als Zeichen des Respekts grimmig an.« Er zuckte die Achseln. »Ich halte das für *Kanike,* wenn man mich fragt.«

»Und jetzt haßt er mich auf immer und ewig?«

Scott kicherte. »Wollen Sie's genau wissen? Te Purewa hat nicht das Merkvermögen, um einen Groll über lange Zeit zu hegen, *Hoa*. Wenn Sie ihn das nächstemal sehen, knurren Sie ihn an und sagen: ›*Kia ora!*‹, dann wird er sie wie einen lange vermißten Bruder behandeln.« Er hielt inne, und sein Lächeln verblaßte. »Ich dachte, Sie würden ihn gern kennenlernen, weil er von allen Leuten, die ich kenne, einem Shadowrunner noch am nächsten kommt. Te Purewa ist SINlos und hängt bei einigen von den *Kalepa* rum, bei denen immer was los ist. Ich weiß allerdings nicht, was er für Geschäfte für sie erledigt – und will es auch gar nicht wissen –, aber hier in der Gegend kommt er der Action noch am nächsten.«

Er sah auf die Uhr. »Noch ein Bier?«

Ich dachte darüber nach, dann schüttelte ich den Kopf. »Was liegt als nächstes an?«

Als nächstes kam der kulturelle/historische Teil, wie sich herausstellte. Scott fuhr den Phaeton zurück ins Finanzzentrum der Innenstadt von Honolulu und dann weiter nach Osten ins Regierungsviertel der Stadt. Die erste Station war ein relativ nichtssagendes zweistöckiges Gebäude, das so aussah, als bestünde es aus behauenem Lavagestein. Trotz der Tatsache, daß das Haus nichts Besonderes war, kam es mir irgendwie bekannt vor, als hätte ich es schon einmal gesehen. Es dauerte ein paar Sekunden, bis ich mich erinnerte. Das war es – eine alte 2D-Fernsehshow, die ich bei einer Retrospektive in Seattle gesehen hatte, irgendwas über Cops in Hawai'i. Bei dieser Gelegenheit hatte ich das Haus schon einmal gesehen.

Das sagte ich auch zu Scott, doch er zuckte nur die Achseln. »Davon weiß ich nichts, Bruder, aber ich denke, daß es wohl möglich ist. Das ist der Iolani-Palast. Ein altes Gemäuer, eineinhalb Jahrhunderte alt.«

»Aber was *ist* das?« fragte ich.

Der Ork sah mich an, als hätte ich gerade ein paar Dutzend Punkte meines IQ verlegt. »Das ist der Palast, *Hoa*. Das Kapitol, in dem der *Ali'i* wohnt und mit seinem *Kahuna* hofhält.«

»Mit seinem Schamanen?«

Scott schüttelte den Kopf. »Nein. Tja, vielleicht, aber ... In unserer Sprache gibt es Worte, die einen ganzen Haufen Bedeutungen haben. Nehmen Sie zum Beispiel *aloha* – das bedeutet ›hallo‹, richtig? Aber es bedeutet auch ›Liebe‹, ›Gnade‹, ›Mitgefühl‹, ›Mitleid‹ und vielleicht noch ein halbes Dutzend andere Sachen.

Und *Kahuna?* Schamane, klar. Priester. Aber es bedeutet auch ›Ratgeber‹, insbesondere dann, wenn man über den *Ali'i* und seinen *Kahuna* redet.« Scott kicherte. »Es ist auch eine Bezeichnung für jemanden, der etwas *nui* gut kann, okay? Erinnern Sie sich noch an den Burschen auf dem Surfbrett? Er ist ein echter *Kahuna,* was das Surfen anbelangt.«

Er hielt inne und zuckte die Achseln. »Wo war ich? Ach ja. Der Iolani-Palast ist das ›Alltagskapitol‹. An manchen bedeutenden, *nui* wichtigen Feiertagen fliegen der *Ali'i* und sein Hof zum alten Kapitol auf der Großen Insel. Aber meistens ist das hier der Ort, an dem König Kam seine Geschäfte erledigt.«

»Das ist jetzt König Kamehameha V., richtig?«

»Genau, Bruder.« Der Ork zeigte auf eine Stelle auf der anderen Straßenseite. »Wollen Sie König Kam I., Kamehameha den Großen, sehen? Da ist er.«

Ich schaute dorthin, wohin er zeigte, und sah die große Statue. Sie zeigte einen perfekt proportionierten Mann mit mahagonifarbener Haut und edlen Zügen, der einen Speer hielt. Er trug einen gelben Umhang und einen seltsamen runden Kopfschmuck. Beide Kleidungsstücke schienen aus Federn zu bestehen. »Tolle Montur«, stellte ich fest.

»Die traditionelle Bekleidung des *Ali'i*«, sagte Scott. »König Kam trägt dasselbe Zeug bei offiziellen Anlässen.« Er hielt inne. »Nach allem, was ich gehört habe, ist diese Statue übrigens ein lebensgroßes Abbild. Kam der Große war ein ziemlich großer Junge.«

Ich sah mir die Statue noch einmal genauer an. Ich schätzte, daß sie mindestens zwei Meter zwanzig groß war – ohne den Kopfschmuck. »Sie haben recht, ein großer Junge«, pflichtete ich ihm bei. »Gibt es Trollblut im Stammbaum des Königs?«

Scott kicherte vor sich hin und fuhr weiter.

Unsere letzte Station war vielleicht einen Block vom Palast entfernt, die andere Seite der Regierungsgeschäfte. Scott zeigte auf ein großes Stahlbetongebäude, dessen vertikale Linien an klassische Säulen und Wasserfälle erinnerten. Über einer mächtigen Doppeltür hing eine massive Scheibe aus Metall – der Farbe nach Bronze – mit einem Wappen. »Das ist das *Haleaka'aupuni*«, verkündete Scott. »Ich glaube, das könnte man mit ›Regierungsgebäude‹ übersetzen. Hier sitzt das Parlament, und hier erledigen auch die Verwaltungsbeamten und Datenschieber ihren Kram.«

Mir fiel einiges von dem Material ein, daß ich im Flugzeug durchgesehen hatte. »Liegt der König immer noch mit dem Parlament im Clinch?« fragte ich.

Der Ork bedachte mich mit einem nachdenklichen Blick. »Sie sind nicht so ahnungslos, wie ich gedacht habe, Bruder«, sagte er mit einem Anflug von Respekt. »Ja, König Kam und die Hitzköpfe von der *Na Kama'aina* innerhalb des Parlaments schlagen sich immer noch gegenseitig den Schädel ein.« Wir bogen um eine Ecke und fuhren eine andere Seite des Regierungsgebäudes entlang. Scott zeigte nach vorn. »Da ist ein Teil der Wählerschaft dieser Hitzköpfe.«

Ich sah hin.

Es war keine große Demonstration – ich habe in Seattle bei Protestaktionen gegen die Erhöhung der Fahrpreise für die Monobahn größere Menschenmengen gesehen –, aber sie hatte etwas an sich, etwas, das ich nicht eindeutig benennen konnte, das mich aber auf den Gedanken brachte, sie sei gut organisiert. Vor den Stufen des Regierungsgebäudes hatten sich vielleicht hundert Leute versammelt. Nicht viele im großen Ereignisrahmen, aber jedesmal, wenn der Nachrichten-Kameramann, der auf der obersten Treppenstufe stand, mit seiner Kamera über die Menge schwenkte, rückten sie enger zusammen. Damit die Menge dichter und daher größer aussah, wenn die Bilder heute abend über den Sender gingen, wurde mir klar. Das war ein zu stark ausgeprägtes Medienbewußtsein für eine »spontane Versammlung«. Was sich hier meinem Blick darbot, konnte durchaus die hawai'ianische Version von etwas sein, das ein alter Kollege bei Lone Star einmal ›Miet-Mob‹ genannt hatte – professionelle Agitatoren oder eine Gruppe, die zumindest von professionellen Agitatoren angeführt wurde.

Bei den Demonstranten schien es sich durchweg um Polynesier zu handeln. Eine Menge Orks und Trolle und nur wenige Menschen und Zwerge als Farbtupfer. (Aber keine Elfen, jedenfalls sah ich keine. Interessant...) Viel bronze- oder mahagonifarbene Haut, fast ausschließlich schwarze Haare. Die meisten trugen mehr oder weniger dasselbe wie Scott – dasselbe wie ich, was das betraf –, aber manche waren auch mit den traditionellen Kostümen der Ureinwohner bekleidet. Eine Menge Stroh und Gras und Federn. Die meisten Transparente waren zu klein, um sie aus dieser Entfernung lesen zu können, aber eines konnte ich erkennen. *»E make loa, Haole?«* las ich Scott laut vor.

Er runzelte die Stirn, dann schnaubte er verächtlich, ohne jedoch zu übersetzen.

»Was heißt das?« hakte ich nach.

»Es heißt: ›Stirb, Anglo‹«, gab er schließlich zu. »Wie ich schon sagte, Hitzköpfe.«

Ich deutete auf die Menge. »Gehören diese Leute zur ALOHA?«

Scott lachte. »Sind Sie *lolo,* Bruder? Glauben Sie, ich würde einem Haufen ALOHA-Schlägern mit einem *Haole* im Wagen so nah auf die Pelle rücken?« Er hielt inne, und als er weiterredete, klang seine Stimme ernster. »ALOHA hat für diese Art *Kanike* nichts übrig, Mr. Dirk. Friedliche Demonstrationen? Die sind nicht ihr Stil. Sie jagen Drek in die Luft, *so* verbreiten sie ihre Ideen.«

»Dann also zur *Na Kama'aina?*«

Er zuckte die Achseln. »Die Anführer, sicher – einer oder zwei von ihnen, die Burschen, die dafür gesorgt haben, daß die Nachrichtenfritzen hier sind. Der Rest? Das sind nur Schwachköpfe, die mitmachen, weil sie nichts Besseres mit ihrer Zeit anzufangen wissen.«

Einige der Demonstranten am hinteren Ende der Menge hatten sich zu der an ihnen vorbeirollenden Limousine umgedreht. Eine Frau hatte dieselben Gesichtstätowierungen wie der Maori in der Bar. Anstatt des schwarzen Kunstleders trug sie jedoch nur ein Lendentuch und eine Art Rock aus getrocknetem Schild oder einem ähnlichen Drek. »Über die Kostümwahl kann ich mich nicht beschweren«, bemerkte ich, und Scott pfiff anerkennend.

»Manche Leute entwickeln eine Idee in ihrem Kopf, und daran halten sie unter allen Umständen fest«, sagte er. »Die Kostüme. Der Versuch, die alten Sprachen zu sprechen ... oder was sie für die alten Sprachen *halten* – manche sind ausgestorben, aber das hält die Hitzköpfe nicht davon ab, so zu tun.« Er schnaubte verächtlich. »Sehen Sie sie sich an. Flüchtlinge aus den *Luau*-Shows für die Touristen ... nur daß diese *Ule* nicht wissen, daß die Show vorbei ist.«

Ich blinzelte in gelinder Überraschung angesichts der Vehemenz in seiner Stimme. »Denken Sie das auch über wie-hieß-er-noch-gleich?« fragte ich nach einem Augenblick leise.

»Te Purewa?« Er hielt inne. Dann: »Mehr oder weniger«, gab er zu. »Ich glaube nicht, daß er sich schon dazu hergegeben hat, Transparente zu schwingen, aber ...« Er zuckte die Achseln.

»Te Purewa ist nicht sein richtiger Name, oder?«

Scott stieß ein bellendes Lachen aus. »Worauf Sie sich verlassen können. Mark Harrop ist sein richtiger Name, können Sie sich das vorstellen? Mark *Harrop,* um Himmels willen. Vor ein paar Jahren hat er sich überlegt, daß er Maori-Blut in den Adern hat – vielleicht zwei, drei Tropfen – und den Namen aus irgendeinem Buch ausgesucht.«

Ich schwieg fast eine Minute lang, in der Scott um die nächste Ecke bog und zurück in Richtung Waikiki und Diamond Head fuhr. Schließlich fragte ich freundlich: »Was ist mit Ihnen, Scott? Haben Sie keine Sympathien für die *Na Kama'aina?* Sie sind doch polynesischer Abstammung, oder nicht?«

Er antwortete nicht sofort, und ich fragte mich, ob ich ihn beleidigt hatte. Dann lächelte er ein wenig verlegen. »Ich bin ein *Kama'aina*«, sagte er. »Ein ›Kind des Landes‹ – zu einem Viertel, aber ich habe es von beiden Seiten meiner Familie. Meine Mutter war eine Nene-*Kahuna*.«

»Nei-nei?« fragte ich.

»Nene, eine hawai'ianische Gans«, erklärte er. »Sie sieht wie eine kanadische Gans aus – aber sie ist nicht ausgestorben, hat Krallen an den Füßen und mag vulkanisches Gestein. Eines der hiesigen Totems.

Jedenfalls«, fuhr er fort, »kann man ein *Kama'aina*, ein Eingeborener, sein, ohne der *Na Kama'aina* anzugehören, wenn Sie verstehen, was ich meine.«

»Und Sie haben nicht das Bedürfnis, einen hawai'ianischen Namen anzunehmen und mit einem Grasröckchen herumzulaufen?«

»Gras verursacht mir Juckreiz.« Er hielt inne. »Ich habe schon einen Hawai'ianischen Namen«, fügte er einen Augenblick später leise hinzu. »Ich brauche nicht erst einen anzunehmen. Meine Mutter hat mir einen gegeben.«

Ich wartete, aber er schwieg. »Und?« hakte ich schließlich nach.

Er seufzte. »Der Name, der mir gegeben wurde, lautet *Ka-wena-'ula-a-Hi'iaka-i-ka-poli-o-Pele-ka-wahine-'ai-honua*.« Der Bandwurm ging ihm von der Zunge wie ein ruhig fließender Bach.

»Heiliger Drek«, verkündete ich, als ich sicher war, daß er fertig war.

»Ja, schon ein ziemlicher Mundvoll.«

»Und der Name bedeutet?«

»›Das von Hi'iaka im Busen Peles, der erdverschlingenden Frau, gemachte rote Leuchten des Himmels‹, wenn Sie das glauben können.«

»Sie müssen einen Schreibkrampf bekommen, wenn Sie mit Ihrem Namen unterzeichnen.«

Er lachte. »Darum hat mich mein Vater ja auch Scott genannt«, erklärte er.

7

Meine innere Uhr schien sich endlich an den Zeitunterschied und alles andere gewöhnt zu haben. Ich schlief ein, als ich zu Bett ging, und ich wachte auf, als ich es wollte, ein paar Minuten bevor mein Wecker klingelte. Ich wälzte mich aus dem Bett und fühlte mich wie neugeboren – oder zumindest runderneuert –, dann öffnete ich die Vorhänge und sah ein paar Minuten lang aus dem Schlafzimmerfenster. Die Sonne glitzerte über dem azurblauen Meer, und die wenigen Wolken unterstrichen lediglich die Tiefe und Klarheit des Himmels. Ein weiterer drekkiger Tag im Paradies.

Als ich mich anzog, fielen mir zum erstenmal die beiden Holos an den Schlafzimmerwänden auf. Eines zeigte Waikiki, wie ich es am Tag zuvor von einem Punkt irgendwo am Westende der Bucht gesehen hatte – eine Ansicht von Diamond Head in der Ferne, Leuten am Strand und einem großen Trimaran, der vor der Küste ankerte. Das andere Hologramm wies eine sepiafarbene Tönung auf, als sei es von einem alten Schwarzweiß-Foto gemacht worden. Ein dunkelhäutiger Eingeborener schob ein Kanu aus der Brandung auf den Strand. Irgendwie wirkte irgend etwas an der Aufnahme vertraut. Ich verglich die beiden im Geiste, und plötzlich ging mir auf, daß beide Holos vom gleichen Aussichtspunkt aus aufgenommen worden waren! Das sepiafarbene mußte aus dem neunzehnten Jahrhundert stammen. Dort war Diamond Head… mit nichts als Dschungel bis zum Strand und nur ein paar winzigen Häusern in der Bucht. Ich betrachtete wieder die zeitgenössische Aufnahme – ja, der Holograf hatte Aufnahmewinkel und Komposition genau kopiert. Faszinierend.

Es war acht Uhr dreißig, als ich mich fertig angezogen hatte, und mein Magen erinnerte mich daran, auf keinen Fall das Frühstück ausfallen zu lassen. Also fuhr ich mit dem Fahrstuhl nach unten und frühstückte in Gesellschaft der kleinen beigen Tauben auf der Außenterrasse.

Ich war bei der dritten Tasse Kaffee und fragte mich, ob noch Platz für eine weitere Waffel war, als ich die Anwesenheit von jemandem neben mir spürte. Einer der zurückhaltenden Hotelangestellten hielt mir ein kleines Mobiltelekom hin. »Mr. Tozer?«

Ich nickte ihm zu, und er verschwand außer Sicht, während ich das Telekom von Bereitschaft auf Betrieb schaltete. »Hallo?«

»Guten Morgen, Mr. Dirk.« Natürlich war es Scott. »Ich hoffe, Ihnen ist heute ein wenig nach Geschäft.«

Ich hätte ihn fast nach den Einzelheiten gefragt, aber im letzten Augenblick schaltete sich meine natürliche Vorsicht – noch besser, meine Paranoia – ein. »Wann?« fragte ich lediglich.

Ich wartete vor dem Hotel, als der Rolls dreißig Minuten später vorfuhr. Scott, der heute einen hervorragend geschnittenen Geschäftsanzug trug, stieg aus und hielt mir die Tür zum Fond auf. (Offenbar war es heute nichts mit vorne fahren...) Während ich es mir auf dem Sofa gemütlich machte, glitt er wieder auf den Fahrersitz, startete den Wagen und fuhr los.

»Okay, Scott«, sagte ich, sobald wir im Verkehr steckten, »erzählen Sie. Wer, was, wo, wann und warum.«

Er drehte sich ganz kurz zu mir um. (Wenigstens hatte er die Kevlarplex-Trennscheibe unten gelassen.) »Sie haben eine Verabredung mit Mr. Ekei Tokudaiji«, sagte er schlicht.

»Wer ist das?«

Der Ork zuckte die breiten Schultern. »Ein wichtiger Mann in dieser Gegend. Mehr kann ich Ihnen nicht sagen.«

Tja, Drek, da wäre ich vielleicht auch noch von allein darauf gekommen. »Wohin fahren wir?«

»Kaneohe Bay. Mr. Tokudaiji hat dort ein ... ein *Haus.*«

Ich runzelte die Stirn. Die Freundlichkeit, die Redseligkeit waren von Scott abgefallen. Das ging über ein bloßes geschäftsmäßiges Auftreten hinaus. Es war so, als stünde der Ork unter ziemlichem Streß. War ein Besuch bei diesem Tokudaiji so gewagt, sogar für einen verdammten Chauffeur? Wie wichtig *war* dieser Bursche? »Warum konnten wir das nicht schon gestern erledigen?« fragte ich.

»Wie ich schon sagte, Mr. Tokudaiji war gestern geschäftlich auf den äußeren Inseln«, erklärte Scott geduldig. »Er ist absolut nicht verpflichtet, Sie überhaupt zu empfangen. Er könnte Sie einfach wegpusten lassen, und niemand könnte ihm deswegen an den Karren fahren.«

Ich verdaute das erst einmal, während Scott den Rolls auf die nordwärts führende Autobahn lenkte, die bald in einen Tunnel mündete, der durch eine Hügelkette führte. Entweder wußte Scott nicht, auf wessen Geheiß ich arbeitete – dieser Tokudaiji würde nicht *mich* wegpusten lassen, sondern Jacques Barnard, den geschäftsführenden Leiter von Yamatetsu Nordamerika – oder Tokudaiji war tatsächlich ein *sehr* bedeutender Mann.

»Sind Sie bewaffnet?« fragte Scott plötzlich.

Die Seco fühlte sich plötzlich schwer an meiner Hüfte an. »Ja«, sagte ich zögernd.

»*Tststs*«, machte Scott. »Das hätte ich Ihnen wohl sagen sollen. Sie müssen die Kanone im Wagen lassen, wenn Sie zu Mr. Tokudaiji gehen.«

Einen Drek werde ich ... Das *wollte* ich sagen, aber ich seufzte lediglich und hielt den Mund. »Ich weiß nicht, ob mir gefällt, wie sich die Sache entwickelt.« Für einen Augenblick tauchte der alte Scott in seinem Lächeln wieder auf. »Hey, Bruder, zumindest kommen Sie um eine Leibesvisitation herum.«

Die Autobahn führte wieder ans Tageslicht, und die ganze Landschaft hatte sich verändert. Die Nordseite der Insel war viel üppiger bewachsen als der Süden, was auf mehr Regen hindeutete. (Hatte ich nicht irgendwo gelesen, daß das Wetter wegen der sich ständig ändernden Winde auf den Inseln im letzten halben Jahrhundert verrückt spielte? Tja, wie auch immer.) Die Autobahn beschrieb eine Kurve und verlief jetzt, dem Stand der Sonne nach zu urteilen, nach Nordwesten, um dann wieder nach Nordosten zu schwenken und einen Berghang hinabzuführen. Direkt im Norden lag eine Art Vorgebirge mit etwas an seinem Fuße, das wie eine militärische Anlage aussah. Auf der Westseite des Vorgebirges öffnete sich die Küstenlinie zu einer derartig schönen Bucht, daß sie fast nicht wirklich sein konnte. »Mr. Tokudaiji hat einen ziemlich netten Ausblick, wenn Sie mich fragen«, sagte Scott, der wiederum meine Gedanken zu lesen schien.

Wir verließen die Autobahn und folgten einer holprigen kleinen Straße, die dem Verlauf der Bucht folgte. Nach ein oder zwei Kilometern bog Scott in einen unbeschilderten Weg ein, und die Qualität der Straße verbesserte sich drastisch. Eine Privatstraße, vermutete ich... und ein flüchtiger Blick auf eine Überwachungskamera in einem Hibiskusstrauch, die dem Wagen mit ihrer Linse folgte, bestätigte die Vermutung einen Augenblick später. Ich klopfte meine Tasche ab, um mich zu vergewissern, daß ich Barnards Chip nach alledem nicht verlegt hatte, und schnallte ein wenig widerwillig das Halfter der Seco ab. »Sie können die Kanone einfach dort im Wagen lassen«, schlug Scott vor. »Da ist sie sicher.«

Der Rolls hielt vor einem Sicherheitsgatter, aber einem, wie ich es noch nie gesehen hatte. Kein elektrischer Kettenzaun, kein Stacheldraht, kein Metalltor auf Rollen. Statt dessen standen wir vor einer großen Palisade – das ist das beste Wort, was mir dafür einfällt – aus sorgfältig lackiertem dunklen Holz. Die eigentliche

Ausfahrt war ein Torbogen im japanischen Stil. Ich sah das Motiv, das in den Bogen und in das Doppeltor eingearbeitet war, und mich überlief ein schwaches Frösteln. Eine Chrysantheme war das Schlüsselmotiv, das sich überall wiederholte. Einfach allererste Sahne.

Während wir warteten, nahm ich das Tor und die Palisade genauer unter die Lupe. Zwar sah alles wie die Kulisse aus einem alten Kurosawa-2D-Film – vielleicht *Ran* – aus, aber man brauchte kein Genie zu sein, um zu vermuten, daß alles wesentlich sicherer war, als es den Anschein hatte. Vielleicht bestanden die Fassade des Tors und des Zauns tatsächlich aus echtem Holz – wäre mir nicht das Chrysanthemen-Motiv aufgefallen, hätte ich auf billigeres Makroplast gesetzt –, aber darunter verbarg sich mit Sicherheit wesentlich widerstandsfähigeres Material. Zumindest eine anti-ballistische Legierung, wahrscheinlich gepanzerter Stahlbeton. Obwohl es so aussah, als würden die geschnitzten Torpfosten wie Kegel umfallen, wenn Scott den Rolls in das Tor fuhr, hätte ich viel Geld darauf verwettet, daß sogar ein leichter Panzer Schwierigkeiten bekommen würde, Ekei Tokudaijis erste Verteidigungslinie zu durchbrechen.

Nach vielleicht einer Minute – genug Zeit für das Sicherheitspersonal, den Wagen mit vermutlich jeder verfügbaren Frequenz des elektromagnetischen Spektrums abzutasten – öffnete sich ein kleines Seitentor, durch das zwei Gestalten traten. Sie trugen teure Anzüge, nicht die uralte japanische Rüstung, mit der ich halb und halb gerechnet hatte, aber ihre Gesichter, ihr Verhalten und ihre Körperhaltung wären in einem Samurai-Film nicht fehl am Platze gewesen.

Keiner der beiden trug sichtbare Waffen, aber einer bezog trotzdem eine perfekte Stellung, um dem anderen Feuerschutz zu geben. Der zweite näherte sich der Fahrerseite. Scott ließ das Fenster herunter und bedachte den Wächter mit einem förmlichen Nicken. *»Konichiwa«*, sagte der Fahrer, dann redete er weiter Japanisch, und zwar schneller, als ich mit meinen begrenzten Kenntnissen dieser Sprache folgen konnte. Ich hörte einmal *Tokudaiji-sama* und ein paarmal – glaube ich – meinen eigenen Namen, aber darüber hinaus wurde ich nicht schlau aus dem Wortschwall.

Als Scott fertig war, nickte der Wächter. »Fahren Sie weiter«, sagte er in akzentfreiem Englisch und trat zur Seite, um sich seinem Kollegen anzuschließen. Das Doppeltor schwang lautlos auf, und der Rolls fuhr an.

Außerhalb des Anwesens hatte man dem Wald gestattet, mehr oder weniger wild zu wuchern. Drinnen schien alles – die Lage jedes Baums und Strauchs, sogar die Proportionen des gewundenen Fahrwegs – mit mathematischer Präzision angelegt worden zu sein. Ich hatte das Gefühl, durch die tropische Version eines japanischen architektonischen Gartens zu fahren … was ich natürlich auch tat.

Ich stieß einen tiefempfundenen Seufzer aus und bedachte Scott mit einem mürrischen Blick. »Sie hätten mir ruhig sagen können, daß Tokudaiji ein verdammter *Oyabun* der Yakuza ist«, stellte ich fest.

»Hey, verschonen Sie mich mit diesem Stinkeblick«, protestierte er. »Das war nicht meine Idee, Bruder. Ich befolge nur meine Befehle.«

»Was für eine originelle Entschuldigung«, murmelte ich.

Das Wohnhaus des *Oyabun* schmiegte sich an den steilen Hang eines mit Grün bewachsenen Hügels. Der Yakuza-Boß hatte sich offenbar einen guten Architekten besorgt – jede Linie des Hauses und der dazugehörigen Anbauten und Nebengebäude harmonierte perfekt mit den Konturen des umliegenden Geländes. Wie viele Millionen Nuyen mochte ein Besitz wie dieser wohl kosten? fragte ich mich. Jedenfalls mehr, als ich in meinem ganzen Leben je sehen würde.

Als wir vor dem Haus vorfuhren, hielt ich nach weiteren dieser Samurai in Anzügen Ausschau, wie sie uns am Tor in Empfang genommen hatten. Ich sah keine, spürte jedoch ihre Anwesenheit. Eine Minute lang passierte überhaupt nichts. Scott stellte den Motor des Rolls ab, aber er öffnete weder die Tür, noch rührte er sich. Ich dachte mir, daß er wissen mußte, was er tat, also konzentrierte ich mich auf dieselbe Art des Nichtstuns. Wiederum stellte ich mir vor, wie unsichtbare Finger aus elektromagnetischer Energie den Wagen und unsere Leiber abtasteten und Nieten, Zahnfüllungen und dergleichen mehr zählten.

Schließlich trat eine Gestalt aus der Vordertür des Anwesens – ein weiterer Samurai im Anzug – und blieb ein paar Meter vor dem Wagen stehen. Als sei dies sein Zeichen – was es wahrscheinlich auch war –, stieg Scott aus, ging um den Wagen und öffnete mir die Tür. Ich stieg aus dem klimatisierten Komfort des Wagens aus, und die Hitze und Luftfeuchtigkeit – und der unverkennbare Geruch nach Dschungel – trafen mich wie ein Schlag.

»Bleiben Sie einfach cool, okay?« flüsterte Scott, ohne die Lippen zu bewegen. Ich schnaubte verächtlich. Womit, zum Henker, rechnete er denn? Daß ich ohne jeden Grund durchdrehte und den Samurai mit bloßen Händen umzulegen versuchte? Ja, klar. Einen Moment lang fühlte sich meine linke Hüfte ohne das Gewicht der Seco schrecklich einsam. Scott bezog Stellung zu meiner Linken und einen Schritt hinter mir, während ich auf den Samurai im Armanté-Anzug zuging.

Als ich noch ein paar Schritte von ihm entfernt war, drehte er sich wortlos um und ging in Richtung Haus, wobei er offensichtlich erwartete, daß ich ihm folgte. Mit einem Achselzucken tat ich es. Wir gingen durch eine breite Doppeltür – in die ebenfalls das Chrysanthemen-Motiv eingeritzt war, für den Fall, daß es einem Besucher bisher entgangen war – und in das Atrium des Hauses.

Und ›Atrium‹ ist genau das richtige Wort. Das Haus

war im Stil einer römischen Villa mit einem offenen Mittelbereich angelegt. Ich nehme an, ich erwartete etwas mehr in Richtung eines japanischen Steingartens mit Fischteich und *Koi.* Falsch, Chummer. Keine Steine im Sand, keine genetisch veränderten Karpfen. Das Atrium war mit Marmor eingefaßt und enthielt eine Reihe von Bänken sowie eine Handvoll Statuen im klassischen Stil. (Plötzlich fiel mir der architektonische Garten im Hintergrund von Barnards Telekombild ein. Teilten sich er und Tokudaiji denselben Innenarchitekten oder was?) Im grellen hawai'ianischen Sonnenlicht *strahlte* der weiße Marmor geradezu.

Unser Samurai-Führer wandte sich nach links durch einen ... nun, wäre dies eine Kirche gewesen, hätte ich es Kreuzgang genannt – ein Gang, der nach der Seite zum Atrium hin offen war. (Seltsame Mischung aus Stilen und Symbolen in diesem Haus. Aber irgendwie schienen sie zu verschmelzen, und die Verbindung klappte.) Aus dem Nichts erschienen zwei weitere Samurai, die Scott und mir in einigen Schritten Abstand folgten. Wiederum waren keine Waffen zu sehen. Doch wiederum überzeugte mich ihre Körperhaltung davon, daß sie keine Waffen brauchten, um mit allem fertigzuwerden, was unterhalb eines verdammten Dzoo-noo-qua rangierte.

Den halben Kreuzgang entlang spielten wir Folgt-dem-Führer, bis wir nach links abbogen und durch eine weitere massive Holztür gingen. (Keine Chrysanthemen auf dieser, als hätte das eine Rolle gespielt.) In dem Raum dahinter – einem kleinen Vorzimmer in gedämpften Farben, sehr ernst, sehr elegant – erwarteten uns zwei weitere Anzug-Samurai. Die beiden neuen zückten Scanner und tasteten jeden Zentimeter meines Körpers ab. Dabei waren sie sehr höflich – so höflich, wie man eben sein kann, wenn man so etwas tut – und murmelten ständig: »*Sumimasen, chotto,* entschuldigen Sie bitte.« Nicht einmal berührten sie mich – kein Abklopfen, keine

Durchsuchung meiner Taschen. Der Vorgang dauerte ein paar Minuten, und augenscheinlich waren sie mit dem Ergebnis zufrieden und zuversichtlich, daß ich keine Kanone im linken Ohr oder eine Handgranate in der Wange versteckt hatte. Beide Samurai verbeugten sich förmlich und mit einem letzten ›*Sumimasen*‹ und konzentrierten ihre Aufmerksamkeit auf einen resigniert dreinschauenden Scott.

Seine Befürchtungen hinsichtlich einer Leibesvisitation waren unbegründet – sie berührten ihn nicht einmal. Zugegeben, sie waren ein wenig zudringlicher im Hinblick darauf, wie nah sie ihm mit den Scannern kamen, und er bekam auch kein einziges ›*Sumimasen*‹ zu hören, aber der Vorgang hatte nichts Auf- und Eindringliches an sich. Einer der Samurai, ein älterer Bursche mit stellenweise ergrautem Haar und hohlen Wangen entwickelte ein besonderes Interesse für die Anstecknadel, die Scott in seinem Revers trug. Für mich sah sie wie ein hawai'ianisches Götzenbild aus, ein dickbäuchiger kleiner Bursche mit großen, geweiteten Augen aus Sterling-Silber. Der alte Samurai tastete die Anstecknadel nicht mit seinen Detektoren ab, sondern starrte sie lediglich eine Zeitlang mit einem leicht verwirrten Stirnrunzeln an. Dann zuckte er die Achseln und setzte seine Untersuchung fort. Ich warf Scott einen fragenden Blick zu. Der große Ork zuckte ebenfalls nur die Achseln.

Schließlich war das Abtasten und Untersuchen vorbei, und die Tür auf der anderen Seite des Vorzimmers schwang auf. Einer der Armanté-Samurai bedeutete uns hindurch. Während ich vortrat, bezog Scott wieder links und einen Schritt hinter mir Stellung. Ich trat durch die Tür …

Und blieb wie angewurzelt stehen. Ich bin schon immer auf Bücher abgefahren. *Echte* Bücher, diejenigen aus Papier und Druckerschwärze, diejenigen, die man in den Händen halten kann, diejenigen, die gebunden sind und einen Einband haben. (Sicher, ich weiß, es ist der Inhalt, der zählt – man kann ein Buch nicht nach seinem Äußeren beurteilen, drekcetera – aber wenn Sie das schiere, sinnliche Vergnügen, ein Buch zu öffnen und darin zu blättern, bisher noch nicht verstanden haben, werden Sie es wahrscheinlich nie tun ... und nie wissen, was Ihnen entgeht.) Als Bibliophiler ist es immer schon mein Traum gewesen, eine Bibliothek zu haben – einen Raum, der ausschließlich Büchern gewidmet ist. Wenn ich mir diesen Raum vorstellen müßte, hätte er ein paar große Fenster für natürliches Licht, aber jeder andere Quadratzentimeter Wand würde von Bücherregalen eingenommen. Es würde einen Sessel speziell zum Lesen geben – vorzugsweise einen großen alten Ohrensessel (obwohl ich wahrscheinlich nachträglich eine Massageeinheit einbauen lassen würde) –, ein paar kleine Tischchen für Karaffen mit Single-Malt Scotch und vielleicht zwei oder drei andere (kleinere) Sessel, falls ich jemals Freunde in mein Allerheiligstes einladen würde.

Sehen Sie sich die Beschreibung noch einmal an. Sie traf genau auf den Raum zu, den wir jetzt betraten, und zwar bis hin zu der Kristallglas-Karaffe mit einer rauchigen, bernsteinfarbenen Flüssigkeit auf einem Nebentischchen. Meine erste Reaktion war: *»Ja, genau.«* Meine zweite: »Es gibt keine Gerechtigkeit.« Und dann unterdrückte ich beide und konzentrierte mich ganz auf den Burschen, der in dem Ohrensessel saß und uns musterte.

Er sah alt und gebrechlich aus, mit Knochen so dünn und zerbrechlich wie die eines Vogels und bleicher und pergamentdünner Haut. Er war fast kahl, und seine Hände – die er nachdenklich vor den Lippen verschränkt hatte – waren knochig und fleischlos. Aber es waren seine Augen, die meine Aufmerksamkeit erregten und fesselten: dunkle, durchdringende Augen, die Augen eines Falken. Intelligenz und Wachheit funkelten in diesen Augen wie aus Fenstern zur Seele eines jungen und lebenssprühenden Mannes, die sich nur zufällig im Körper eines Achtzigjährigen aufhielt. Die Kraft seiner

Persönlichkeit strahlte in Wellen von ihm aus. Hier, erkannte ich, war ein Mann, den man respektieren mußte – vielleicht sogar fürchten, aber auch mögen.

Ich spürte Scotts Anwesenheit neben mir. Hinter uns hörte ich das Klicken, als sich die Bibliothekstür schloß. Ich blinzelte, und zum erstenmal nahm ich Notiz von dem Adjutanten – noch ein Samurai aus dem einundzwanzigsten Jahrhundert –, der schweigend hinter dem Sessel des *Oyabun* stand.

Mr. Ekei Tokudaiji schwieg ein paar Augenblicke, während seine Augen mein Gesicht musterten und – zumindest fühlte es sich so an – die Tiefen meiner Seele ausloteten. Schließlich verzogen sich seine dünnen Lippen zu einem freundlichen Lächeln. »Mr. Montgomery«, sagte er. Seine Stimme war weich wie Samt, nicht laut – aber das brauchte sie auch nicht zu sein – und völlig akzentfrei. »Willkommen. Bitte.« Er deutete auf einen Sessel – einen weiteren Ohrensessel aus Leder, aber kleiner als seiner –, der seinem gegenüberstand.

»Vielen Dank«, antwortete ich.

Der Yakuza-Boß beobachtete mich, während ich mich setzte. Mir fiel auf, daß der *Oyabun* nicht einmal einen flüchtigen Blick auf Scott warf, als existiere der Chauffeur überhaupt nicht. (Nein, korrigierte ich, als sei Scott ebenso irrelevant für unsere Unterhaltung wie ein Möbelstück ... oder auch sein eigener Adjutant.)

Ich ließ meinen Blick ostentativ durch das Zimmer schweifen und nickte beifällig. »Nette Einrichtung.«

Er lächelte, als freue ihn meine Bemerkung, als bedeute es ihm auf die eine oder andere Weise etwas. »Vielen Dank.« Er deutete auf die Bücher. »Ein Mann braucht eine Zuflucht, wo ihn die großen Gedanken der Vergangenheit vor dem Chaos der Welt abschirmen.« Er hielt kurz inne. »Ich entschuldige mich für ...« Er neigte den Kopf in Richtung Vorzimmer. »Eine Notwendigkeit. Das sollte keine Herabsetzung sein.«

»Ich habe es auch nicht so aufgefaßt.« Ich zwang mich

dazu, mich zu entspannen, abzuwarten. Bei diesem einleitenden, bedeutungslosen Protokoll, das offenbar allen Besprechungen auf höherer Ebene zugrunde lag, fühlte ich mich nie wohl. Warum nicht einfach zur Sache kommen und voranmachen? Aber es war das Spiel des *Oyabun*, und daher waren es auch seine Regeln.

»Wie geht es Mr. Barnard?« fragte Tokudaiji einen Augenblick später.

»Er ist müde«, erwiderte ich, als ich mich an Barnards Aussehen auf dem Telekomschirm erinnerte. »Aber er hat eine nette Wohnung in Kyoto.«

»Eine zauberhafte Stadt«, sagte der *Oyabun* mit einem leichten Neigen des Kopfes, »mit sehr viel Geschichte und Kultur. Waren Sie schon einmal dort, Mr. Montgomery?«

Noch ein hochrangiger Pinkel, der sich nach meinen Reisen erkundigte. Was war das, ein Trend? Ich schüttelte den Kopf. »Ich habe es nie geschafft.«

Wiederum schwieg der *Oyabun* einige Augenblicke, in denen er mich mit festem Blick musterte. Dann nahm ich eine subtile Veränderung in seinen scharfen Augen wahr und wußte, daß wir jetzt zum Geschäft kamen. »Ich hörte, Mr. Barnard habe eine Nachricht für mich«, sagte Tokudaiji ruhig, »und zwar eine, die er nicht der Matrix anvertrauen wollte.«

»Das ist richtig, Sir.«

Der Yak lächelte freundlich. »Worum geht es wohl, was meinen Sie?«

Ich schüttelte den Kopf. »Glauben Sie wirklich, Mr. Barnard würde das einem bloßen Boten anvertrauen?« Drek, dachte ich – man braucht nur lange genug bei diesen Leuten herumzuhängen, und schon *redet* man wie sie …

»Natürlich nicht, natürlich nicht.« Tokudaiji streckte die Hand aus.

Als Reaktion darauf griff ich in meine Tasche, um den Chip in seinem Plastiketui herauszuholen.

Und das war der Augenblick, in dem der Drek zu dampfen anfing. Ich *spürte,* daß hinter mir etwas geschah. Ich hörte nichts, ich sah nichts, ich roch oder schmeckte nichts – es war *etwas anderes,* aber es war auch absolut unbestreitbar. Ich spürte es direkt im Kern meines Wesens, wie das Schaudern einer Hochdruckwelle, nur innerlich anstatt äußerlich.

Magie. Ich wußte, daß es das war. Irgendwie wußte ich es.

Ich wandte den Kopf nach links. Aus dem Augenwinkel sah ich Scott unter seine Jacke greifen. Der kleine dickbäuchige Bursche auf seinem Revers strahlte ein seltsames inneres Leuchten aus, und ich spürte, daß das Schaudern von ihm ausging.

In diesem Augenblick schien sich der Zeitablauf zu verändern. Alles schien auf Zeitlupe zu wechseln wie in einem alten 2D-Film von Sam Peckinpah.

Tokudaijis Augen weiteten sich vor Überraschung und Besorgnis. Hinter ihm griff sein Adjutant nach seiner Kanone. Selbst in Zeitlupe bewegte sich der Samurai noch blitzschnell.

Aber nicht schnell genug. Der Samurai hatte seine großkalibrige Pistole kaum aus dem Schulterhalfter heraus, als sein Gesicht in einer nassen roten Wolke verschwand und er hintenüber fiel. Das Krachen eines Schusses dröhnte in meinem linken Ohr, und ich zuckte vor der Mündungsflamme von Scotts Roomsweeper zurück. (Scotts *Roomsweeper?* Wie, zum Henker, hatte er einen verdammten *Roomsweeper* durch die Kontrolle geschleust?)

Immer noch in Zeitlupe, spürte ich meinen eigenen Körper instinktiv reagieren. Ich kam aus dem Sessel hoch wie auf Sprungfedern, während die rechte Hand automatisch zu meiner linke Hüfte zuckte.

Tokudaiji bewegte sich ebenfalls, eine seiner skelettdünnen Hände tauchte in seine Tausend-Nuyen-Jacke. Sein Blick begegnete meinem, und in einem Aufblitzen augenblicklichen Verständnisses wußten wir beide, daß er zu langsam war.

Aus dem Augenwinkel sah ich Scotts Roomsweeper herumrucken und wieder Feuer spucken. Der Schuß – ein Geschoßhagel, keine einzelne Kugel – traf den Yakuza-Boß mitten im Gesicht, schleuderte das, was von seinem Schädel noch übrig war, in den Ledersessel zurück und verspritzte Blut und Gewebe durch den Raum. Meine Nase füllte sich mit den Gerüchen der Schießerei: Kordit, Blut, Drek…

Ich war auf den Beinen, wirbelte herum und tastete immer noch nach der Kanone, die nicht da war. Der Zeitablauf wechselte wieder auf normal, als Scott die qualmende Mündung des Roomsweeper herumschwang und auf eine Stelle zwischen meinen Augen richtete.

8

... Und er sagte: »Verschwinde hier, Bruder, ich decke dich, solange ich kann.«

Durch die Tür zum Vorzimmer hörte ich die Alarmgeräusche – gedämpft, aber trotzdem hörbar. Wenn ich diese Geräusche hören konnte, hatten die Samurai auf der anderen Seite der Tür *mit Sicherheit* das zweimalige Donnern des Roomsweeper gehört. Offensichtlich war die Tür versperrt, und der Öffnungsmechanismus befand sich irgendwo hier in diesem Raum – wahrscheinlich in der Nähe von Ekei Tokudaijis blutbespritzter Hand –, sonst wären Scott und ich längst mit Blei vollgepumpt.

»Mach, verdammt noch mal, daß du hier rauskommst, *Ule*«, bellte der Ork noch einmal.

Ich wußte nicht, ob ich mir in die Hose machen, mir die Augen zuhalten oder meine Armbanduhr aufziehen sollte. (Tatsächlich blieben mir nur noch zwei Möglichkeiten, weil ich glaube, daß ich eines dieser drei Dinge bereits getan hatte, als der erste Schuß neben meinem Kopf losging.) Mein Mund bewegte sich, und ich glaube, ich sagte etwas Zwingendes und Markiges wie »Gaah?« Meine rechte Hand irrte immer noch irgendwo an meiner linken Hüfte herum – offensichtlich auf der Suche nach der Seco, die auf der hinteren Sitzbank des Rolls lag –, also bereitete ich dem ein Ende, indem ich sie zur Faust ballte.

»*Kukae!*« fluchte Scott frustriert. Er fuhr herum und gab zwei ohrenbetäubende Schüsse auf das nächste Fenster ab. Der erste überzog das Panzerglas mit Sprüngen. Der zweite fegte es in das Laub dahinter. (Anmerkung: Manche Sorten Panzerglas sind keinen Pfifferling wert, wenn der Schuß von *innen* kommt.) »Mach endlich *voran!*« brüllte Scott. Er bückte sich, hob die Pistole auf, die der tote Adjutant zu ziehen versucht hatte, und warf sie mir zu. Instinktiv pflückte ich sie aus der Luft.

Schließlich setzten meine Reflexe ein, und ich machte endlich voran. Drei Schritte Anlauf, dann ein Hechtsprung durch das Fenster, um mich zu ducken und den Fall draußen geschmeidig abzurollen. Alles hätte auch Sahne geklappt, hätte nicht der verdammte Hibiskusstrauch direkt vor dem Fenster gestanden. Aus einem leisen Ducken mir Abrollen wurde ein lautes Rascheln und Knacken, aber zumindest fing der blühende Strauch meinen Schwung auf und verhalf mir zu einer (relativ) weichen Landung.

Ich kam geduckt wieder hoch und sah mich hektisch um. Niemand war hinter mir her, noch nicht. Ich lud die Pistole durch – eine brutal aussehende Browning Automatik, ein mir unbekanntes Modell – und überprüfte das Magazin. Laut Anzeige voll, sprich vierzehn Schuß plus einer im Lauf. Mit dem Gefühl, ein widerlich großes Fadenkreuz auf dem Hinterkopf zu haben, entfernte ich mich von dem zerschossenen Fenster.

Gerade noch rechtzeitig. Hinter mir hörte ich einen Knall, das scharfe Knattern leichter automatischer Waffen und dann ein gotterbärmliches *Wumm*, das sich anfühlte, als sei ich gerade von einem Troll geohrfeigt worden. Ich ging zu Boden – eigentlich nicht meine Idee, aber die Druckwelle traf mich voll –, und aus dem Augenwinkel sah ich einen schmutzig-roten Feuerball durch das Fenster lecken und wieder verschwinden. Ich kroch auf dem Bauch weiter durch das Blattwerk, während Splitter, Holzstücke und Gewebefetzen um mich herum niedergingen. Als ich mich ein meiner Ansicht nach einigermaßen vernünftiges Stück vom Haus entfernt hatte, richtete ich mich auf und versuchte mich zu beruhigen.

Okay, was, zum Henker, war eigentlich passiert? Scott hatte meinen Kontakt erledigt, das war passiert. Und jetzt war er tot.

Er *mußte* tot sein, oder nicht? Als Tokudaijis Samurai eine Granate in die Bibliothek geworfen hatten …

Nein, das ergab absolut keinen Sinn. Nach allem, was sie wußten, mochte ihr Boß, ihr *Oyabun,* durchaus noch am Leben sein. Sie hätten nicht den ganzen Raum gesprengt, nur für alle Fälle.

Was bedeutete, Bruder Scott hatte es selbst getan, nicht wahr? Wahrscheinlich mit irgendeiner in der Bauchhöhle versteckten Bombe. Ein Selbstmord-Kommando. Er hatte gewartet, um noch ein paar von Tokudaijis Leuten anzulocken, dann hatte er sich in die Luft gesprengt, um einige von ihnen mitzunehmen.

Warum, zum Teufel, war ich dann aber noch am Leben?

Später, sagte ich mir entschlossen, *denk später darüber nach.* Ich hatte im Moment weiß Gott genug am Hals, worüber ich mir Gedanken machen mußte, wie zum Beispiel, wie ich mit intakter Anatomie vom Anwesen des *Oyabun* wegkam. Mittlerweile würden alle Samurai Tokudaijis von dem Anschlag wissen. Sie wußten, daß zwei Leute hineingegangen waren, ein Chauffeur und irgendein blaßhäutiges Subjekt namens Montgomery. Sie würden auf hundertachtzig und *gewiß* nicht in der Stimmung sein, die Entschuldigung zu akzeptieren, »Hey, Chummer, ich hatte nichts damit zu tun …« Danke, Scott. Und heißen Dank auch dir, Jacques Barnard, du verdammter Hurensohn.

Ich mußte verschwinden, und zwar schnell. Seit der Schießerei war immer noch nicht mehr als eine Minute vergangen, und die Explosion, die die Bibliothek in Schutt und Asche gelegt hatte, war erst Sekunden alt. Tokudaijis Samurai würden nach Instinkt und gemäß ihrer Ausbildung vorgehen – wahrscheinlich beide hochentwickelt –, aber die Situation konnte sich nur verschlimmern, wenn sie die Möglichkeit hatten, nicht nur zu reagieren, sondern auch noch *nachzudenken.* Wenn sie schließlich ihre Gedanken wieder beisammen haben würden, hätte ich liebend gerne ein paar Staaten zwischen ihnen und mir gehabt. Ich versuchte mich zu orientieren und kroch dann weiter, weg vom Haus und mitten durch ein großes Blumenbeet.

Es dauerte nicht lange, bis mir die Büsche ausgingen und ich offenes Gelände vor mir hatte. Etwa zehn Meter offenes Gelände, wie sich herausstellte, das mich von einem ziemlich dicht aussehenden Dschungel trennte. Ideal. Ich sah mich rasch um und brach aus meiner Deckung hervor.

Was einen Armanté-Samurai zu Tode erschreckte, der gerade um die Ecke meines Blumenbeets bog. Er war schnell wie ein geölter Blitz und schwang seine MP herum, um mich in zwei Hälften zu zerlegen. Aber die Angst hatte mich so aufgepeppt, daß ich noch schneller war. Außerdem hielt ihn vermutlich die Tatsache, daß er einen Irren mit wild rollenden Augen und Hibiskuszweigen im Haar vor sich sah, noch ein oder zwei Millisekunden auf. Ich schob die rechte Schulter vor und sprang ihn mit der Absicht an, sie ihm in die Brust zu rammen. Er tänzelte gerade noch rechtzeitig zurück, also hämmerte ich ihm den Unterarm gegen den Hals.

Den *linken* Unterarm. Den Unterarm des übermenschlich starken Cyberarms, für dessen Implantation Jacques Barnard bezahlt hatte. Luftröhre, Zungenbein und Nackenwirbel *knirschten* unter dem brutalen Zusammenstoß mit von Kunsthaut verkleidetem Titan. Der Samurai flog in eine Richtung, seine MP in eine andere und ich in eine dritte, wobei ich nur ganz kurz innehielt, um ihm, um ganz sicherzugehen, noch eine Kugel aus der Browning in die Brust zu jagen. In vollem Lauf tauchte ich in den Dschungel ein. Hinter mir hörte ich das *wupp-wupp-wupp* eines kleinen Helikopters, der gerade angeworfen wurde.

Fragen Sie mich nicht, wie, zum Teufel, ich dort heil herausgekommen bin, Chummer, ich könnte es Ihnen nicht sagen. Ich schaffte es, aber ich glaube nicht, daß ich mich je an die Einzelheiten erinnern werde. Ganze Zeitabschnitte, Minuten um Minuten, waren für mich weiße Flecken. Ich weiß, daß ich durch tropischen Dschungel kroch. Ich weiß, daß ich mörderischen Samurai auswich. Ich weiß, daß ich schließlich eine verdammte *Palme* emporkletterte, um über eine verdammte Stahlbetonmauer zu springen. Ich weiß, daß ich durch mehr Dschungel rannte – wie weit ich rannte, weiß ich nicht –, mir dabei die Klamotten zerfetzte, die Scott für mich besorgt hatte, und mir fast den Knöchel gebrochen hätte. Ich weiß, daß ich schließlich auf einer schmalen öffentlichen Straße in einer Wohngegend herauskam, wo ich einen Wagen aufbrach und im wesentlichen machte, daß ich *weg*kam. Aber die Bilder – die Erinnerungen – sind unzusammenhängend wie Szenen eines schlecht geschnittenen SimSinn-Films – desorientierend und verwirrend.

Ich fuhr in meinem gestohlenen Wagen, einem winzigen dreirädrigen Chrysler-Nissan Buddy, der schon bessere Zeiten gesehen hatte, ungefähr in westlicher Richtung, als die Reaktion einsetzte. Ich lenkte den Wagen an den Straßenrand, stellte den Elektromotor ab und riß die Tür gerade noch rechtzeitig auf, um mein Frühstück auf die Straße zu würgen. Meine rechte Hand zitterte, als hätte ich Schüttelfrost. Meine linke bewegte sich nur ruckhaft, was das Cyber-Äquivalent desselben war. Mir war kalt, und meine Haut spannte, als sei sie mir zwei Nummern zu klein und gerade erst aus dem Kühlschrank geholt worden.

Schockzustand, das war es, gekoppelt mit den sehr realen Symptomen einer ›Adrenalin-Überdosis‹. Solange es dauerte, war ich unfähig, irgend etwas zu empfinden, und beinahe unfähig zu *denken*. Wenn Ekei Tokudaiji mit seinem aufgeplatzten Schädel zu mir gekommen wäre, hätte ich ihm wahrscheinlich seine verdammte Hand geschüttelt.

Das Zittern und die Übelkeit und das Frösteln vergingen schließlich, wie das immer so ist. Nach zehn oder fünfzehn Minuten war ich wieder einigermaßen normal, wenn man von den dumpfen, pochenden Kopfschmerzen und dem komischen Gefühl im Magen vom Adrenalin-Kater absah. *Ich werde zu alt für diesen Drek*, sagte ich mir. Ich war kein junger Löwe mehr. Drek, ich war fünfunddreißig und ging auf die sechsunddreißig zu... und fühlte mich im Moment ein halbes Jahrhundert älter. Ich war dabei, meinen Biß zu verlieren. Ich war dabei? Teufel, ich hatte ihn längst verloren. Wie lange hatte ich in Tokudaijis Bibliothek gebraucht, um die Tatsache zu registrieren, daß Scott mich nicht auch geeken würde?

Es lag aber nicht nur am Alter und an den nachlassenden Fähigkeiten, oder? Dahinter steckte noch mehr. Ich betrachtete meine linke Hand und ballte sie immer wieder zur Faust.

Ich schleppte sie immer noch mit mir herum, nicht wahr? Die seelische Last des Megadreks unter Fort Lewis, des Unternehmens, das mich einen Arm und Hawk, Rodney und die anderen so viel mehr gekostet hatte. Ich war noch immer durch sie beeinträchtigt. Mein Timing stimmte nicht, meine Instinkte waren... ja, waren sie tatsächlich verschüttet, oder war es nur so, daß ich ihnen nicht mehr vertraute? Ich wußte es nicht. Als der erste Schuß neben meinem Ohr losgegangen war, waren die Empfindungen, die mich gelähmt hatten, nicht die Empfindungen des Augenblicks gewesen – falls das überhaupt einen Sinn ergibt. Sie waren mit dem Nachhall der Empfindungen jener *längst vergangenen* Momente beladen gewesen, als Freunde um mich herum gestorben waren und mein Arm zu Holzkohle verbrannt war. Irgendwie hatte ich mich davon nie wirklich erholt. Es war, als hätte ich in Fort Lewis viel mehr als meinen Arm verloren. Einen Teil meines Selbstverständnisses, einen Teil meiner Weltsicht, vielleicht... einen Teil meiner Seele? *Dieser* Verlust war es, der verhindert hatte, daß ich alles hinter mir ließ und weiter meinen Weg ging.

Ich hätte die Dinge anders angehen können, wurde mir plötzlich klar. Was sagen die Leute immer, wenn man einen Sturz mit dem Motorrad hat? Steig *sofort* wieder auf das verdammte Ding, schwing dich wieder in den Sattel. Hatte *ich* mich nach meinem ›Sturz‹ wieder in den Sattel geschwungen? Kein Gedanke, *Omae*. Ich hatte Seattle verlassen und war in das beschaulichere Cheyenne geflohen. Und dort hatte ich mir einen Ruf als Meister der minimalen Bloßstellung aufgebaut. War ich wieder auf den Hobel gestiegen? Nein, Chummer, es war so, als sei ich davor weggelaufen und nie wieder auch nur in die Nähe von irgendwas gegangen, das schneller als Schrittempo fährt. Meine Entscheidung, und damals war sie mir vernünftig erschienen. Aber jetzt war ich aus meiner gemütlichen Null-Bloßstellung-Zone heraus, und ich würde für diese Entscheidung *büßen*.

Ich ließ den Motor des C-N Buddy wieder an und fuhr weiter. Ich war immer noch viel zu nahe am Tatort. Ich mußte mich beeilen, mußte Entfernung zwischen mich und Tokudaijis Samurai legen. Außerdem mußte ich die Situation durchdenken und mich für die weitere Vorgehensweise entscheiden, aber ich konnte beim Nachdenken ebensogut fahren wie ins Leere starren.

Zehn Minuten später war ich auf der Route 83, der Küstenstraße, die die Insel umrundet. Bei anderer Gelegenheit hätte ich die Aussicht genossen. Jetzt bemerkte ich sie kaum, so viel ging mir im Kopf herum.

Was, zum Henker, war dort im Haus des *Oyabun* eigentlich abgegangen? In was, zum Teufel, war ich da nur hineingeraten?

Offensichtlich in eine Verschwörung, den *Oyabun* zu geeken – das zu erraten war nicht weiter schwierig. Barnard hatte mich als eine Art Trojanisches Pferd benutzt, nicht wahr? Mich benutzt, um durch Tokudaijis

Abschirmung zu dringen, um den Yak-Boß herauszulocken, um Scott in seine Nähe zu bringen, so daß er ihn hatte umlegen können.

Und mehr als das. Offensichtlich hatte Barnard – mit den Ressourcen Yamatetsus im Rücken – die magischen Voraussetzungen geschaffen, damit Scott, der Attentäter, seinen Job erledigen konnte. Den Illusionszauber, oder was es gewesen war, der es ihm ermöglicht hatte, einen verdammten *Remington Roomsweeper* durch die scharfen Kontrollen zu schleusen. Den Anti-Schild-Zauber, den er benutzt haben mußte, um die magische Barriere einzureißen, mit der sich ein wichtiger Mann wie der *Oyabun* selbstverständlich umgab. Das notwendige Mana hatte sich in einem Zauberfokus oder einem Fetisch befunden, zum Beispiel in dem dickbäuchigen kleinen Burschen auf Scottys Revers. Scott mußte seinerseits ein Magier oder Schamane gewesen sein – wahrscheinlich letzteres, vermutete ich, da er wohl in die Fußtapfen seiner Mutter getreten war –, um das Mana zu aktivieren (so verstand ich es jedenfalls), aber er selbst brauchte gar nicht so viel magischen Saft zu haben.

Also war ich die Deckung gewesen, die Tarnung, unter der der Attentäter nahe genug kam, um die Zielperson umzulegen. Okay, das konnte ich nachvollziehen.

Aber warum hatte Scotty mich nicht auch weggepustet?

Das war die Vierundsechzigtausend-Nuyen-Frage, nicht wahr? Drek, wenn er seine Karten richtig gespielt hätte, wäre er – vielleicht – sogar entkommen. Er legt Tokudaiji und seinen Adjutanten mit dem Roomsweeper um und putzt mich dann mit einer anderen Waffe weg. Dann behauptet er, *ich* sei der Attentäter und er zu langsam gewesen, um mich zu erledigen, bevor ich zum Schuß gekommen sei. Klar, vielleicht hätte es nicht geklappt. Klar, Tokudaijis Samurai hätten wahrscheinlich zuerst geschossen und dann die Leichen ausgefragt. Aber er hätte zumindest eine Chance gehabt, wenn auch eine dünne. Statt dessen hatte er sich mit einer Bauchbombe umgebracht. Warum hätte er es nicht darauf ankommen lassen sollen und vielleicht – nur vielleicht – überleben können?

Warum atmete ich also noch? Gute Frage, Chummer, auf die es zwei mögliche Antworten gab. Erstens: mich umzulegen, war ein Teil des Jobs, den Scotty einfach nicht hatte erledigen wollen. Mit anderen Worten, meine gewinnende Persönlichkeit hatte gereicht, um einen Konzernkiller dazu zu bringen, einen Teil seines Kontrakts nicht zu erfüllen. Ja, ganz bestimmt. Zweitens …

Zweitens mich am Leben zu lassen, gehörte mit zum Plan. Ein lebender Dirk Montgomery würde Jacques Barnards Zwecken besser dienen als ein toter Dirk Montgomery.

Warum? Wer, zum Teufel, konnte das ahnen? Vielleicht ging Barnard davon aus, daß ich wertvolle Yakuza-Ressourcen band und den Yak-Soldaten eine muntere Jagd lieferte, während … Während *was?* Mir gefiel die Logik nicht, die hinter diesem Gedankengang steckte. Wie Barnard die Sache sah, würde er nur davon *profitieren,* wenn er mich am Leben ließ. Das bedeutete, die Tatsache, daß ich noch lebte und eine Rechnung mit ihm zu begleichen hatte, stellte weder für ihn noch für seine Pläne eine signifikante Bedrohung dar. (Kein sehr vorteilhafte Einschätzung meiner Fähigkeiten, *neh?*) Nein, wie er die Sache sah, würde ich ihm *helfen* … natürlich ohne es zu wissen. Und – das war das Bestürzendste daran – ich konnte mir ums Verrecken (buchstäblich) nicht vorstellen, *wie* …

Drek! Einfach wunderbar, und es kam immer besser. O Junge.

Stop, Augenblick mal, da war irgendwas, was ich übersah. Irgendwas, was einfach nicht richtig klang. Ich fuhr langsamer und ließ den Motorradfahrer vorbei, der mir mit seinem gyro-stabilisierten Feuerstuhl dicht auf der Pelle hing und mir beim Überholen den Finger zeigte.

Es war die Bauchbombe, nicht wahr? Die mir zu denken gab. Sie können mich hoffnungslos naiv nennen (ich bin schon Schlimmeres genannt worden, das können Sie mir glauben), aber ich hatte versteckte Bomben und Selbstmordkommandos immer mit ideologisch motivierten Fanatikern in Verbindung gebracht – mit anderen Worten, mit sprücheklopfenden Irren. *Nicht* mit Konzernkillern. Die hatte ich immer als kalte und logische Typen betrachtet, die alles bis ins kleinste Detail planen und einen Job erst dann übernehmen, wenn eine 99,99%ige Chance besteht, daß sie es überleben. Drek, Konzernleute – ob Manager oder Killer – werden vom persönlichen Profit getrieben, oder nicht? Ich bin noch nie der Ansicht gewesen, daß Treue bis in den Tod zur Konzernwelt gehört. Man erledigt seinen Job, weil man dafür bezahlt wird – in vielen Fällen sehr gut bezahlt wird –, nicht weil man aufrichtig an das *glaubt*, was der Konzern tut. Welcher Bursche, der noch ganz richtig im Kopf ist, würde für die Gerechte Sache des Yamatetsu-Konzerns sterben?

Aber genau das hatte Scott anscheinend getan. Wo war das Profit-Motiv in seiner Handlungsweise? Es ist nicht ganz leicht, die Früchte seiner Arbeit zu genießen, wenn man von einem Kilo C12 in der Bauchhöhle zerfetzt worden ist. Übersah ich hier irgendwas? Steckte hinter Scottys Handlungsweise mehr als das Offensichtliche?

Oder – und das war wirklich ein häßlicher kleiner Gedanke – hatte Bruder Scott vielleicht gar nicht gewußt, daß er mit einer Bauchbombe unterwegs war? Oder daß sie explodieren würde, als sie hochging? Vielleicht hatte er gar nicht gewußt, daß er auf einem Selbstmordkommando war. Vielleicht hatte er eigentlich damit gerechnet, sich den Weg freizuschießen ... möglicherweise mit mir im Schlepptau.

Ja, das ergab tatsächlich einen Sinn. Ich konnte mir mühelos vorstellen, wie irgendein Yamatetsu-Agent das Geschehen überwachte – vielleicht durch eine Wanze irgendwo an oder in Scotts Körper – und auf den richtigen Augenblick wartete, den kleinen roten Knopf an dem Sender neben sich zu drücken. Und Scott geht hoch und mit ihm jeder Beweis, der zur verantwortlichen Partei führen könnte. (Einer dieser Beweise ist natürlich ein gewisser Dirk Montgomery...) Das würde auch erklären, warum Scotty mich gehen ließ: weil er damit rechnete, daß wir beide entkommen würden. Der einzige Grund, warum ich noch lebte und über all das nachdenken konnte, war der, daß der Agent bei der Überwachung geschlafen und den Knopf ein paar Sekunden zu spät gedrückt hatte.

Da kam Freude auf. Die Sache wurde dadurch *richtig* heikel, nicht wahr? Wenn meine Schlußfolgerungen auch nur annähernd korrekt waren, war ich ein lebender, atmender Beweis, der die Ermordung des *Oyabun* direkt mit Jacques Barnard in Verbindung bringen konnte. Also mußte ich mir jetzt nicht nur wegen der Yakuza-Vergeltungstrupps Sorgen machen, mir waren auch noch meine theoretischen Yamatetsu-Agenten auf den Fersen, die die losen Enden ihres Unternehmens verknüpfen wollten. Ach ja, und obendrein kam die Hawai'ianische Nationalpolizei hinzu. Wahrscheinlich ist Mord hier im Königreich gegen das Gesetz, und vielleicht interessierte sich die Polizei für die Angelegenheit. Plötzlich war ich sehr gefragt, nicht wahr?

Also, was, zum Henker, sollte ich jetzt tun? Ich fuhr den C-N Buddy an den Straßenrand und starrte auf den Pazifik, während mich die Verzweiflung überrollte wie eine kalte, dunkle Flutwelle. Wohin sollte ich jetzt gehen?

Ich war aufgeschmissen – richtig und wahrhaftig aufgeschmissen.

Meine Möglichkeiten – gingen wir sie eine nach der anderen durch. Ich konnte ins Diamond Head Hotel zurückkehren – *Null!* Im Grunde Selbstmord. Yamatetsu würde dort ebenso auf mich warten wie die Yakuza, wenn ihre Schädel nicht völlig hohl waren. Meine einzige Hoffnung, diese Begegnung zu überleben, bestand darin, daß die Yaks und die Konzernleute zu beschäftigt damit waren, sich gegenseitig zu geeken, um mich zu geeken. Keine sonderlich aussichtsreiche Wette.

Ich konnte zum Awalani-Flughafen rasen, das erste Suborbitalflugzeug nehmen und machen, daß ich hier wegkam. Schließlich hatte ich immer noch mein Blanko-Konzernticket, nicht wahr? Klar, ich konnte an Bord eines Flugzeugs gehen und meinen ganzen Kummer zurücklassen – *Null!* Aus Erfahrung wußte ich, wieviel Sicherheit diese Vögel umgab. Es gab einfach nicht die geringste Chance, daß Barnard – oder auch die Yaks – nicht erfahren würde, daß ich in dem Flugzeug saß, das ich genommen hatte. Auf dem Awalani, mitten im Flug oder auf meinem Zielflughafen würde ich ein sanftes Tippen auf der Schulter verspüren, das schockierender ist als ein Schlag in die Zähne. Man würde mich verschleppen und mir eine Kugel in den Kopf verpassen. Oder wer weiß, vielleicht wurde ich auch in Stein verwandelt und durfte mich den Statuen anschließen, die ich bei meinem Telekomgespräch mit Barnard im Hintergrund gesehen hatte.

Je mehr ich es mir überlegte, desto aufgeschmissener war ich. Ich hatte nicht richtig zugehört, als Scotty mir erzählte, warum es so wenig Möchtegerns in den Schatten von Hawai'i gab – kein Spielraum, falls einmal etwas schiefging. Jetzt machte ich selbst die Erfahrung, daß er recht gehabt hatte, und das Gefühl gefiel mir überhaupt nicht.

Welche Möglichkeiten hatte ich? Gab es einen anderen Weg, die Inseln zu verlassen? Spontan wollte mir keiner einfallen. Gab es einen Ort, an dem ich mich verkriechen konnte, bis Gras über die Sache gewachsen war? Spontan wollte mir keiner einfallen. Gab es jemanden, der Kontakte und Hilfsmittel hatte und mir helfen konnte? Spontan wollte mir keiner …

Augenblick mal. Vielleicht gab es doch jemanden. Es war ziemlich weit hergeholt, aber wenn die Dinge anfangen, verzweifelt auszusehen, ist ›Risikovermeidung‹ kein Thema mehr.

»*Kia ora!*« übte ich, als ich wieder losfuhr, und versuchte dabei, genau den richtigen Anflug von Streitlust in meine Stimme einfließen zu lassen. »*Kia ora!*«

9

Doch bevor ich Bruder Te Purewa – geborene Mark Harrop – im ›Cheeseburger im Paradies‹ meine Aufwartung machte, gab es noch ein paar andere Dinge, um die ich mich kümmern mußte. Als da war, mich mit allen Hilfsquellen in Verbindung zu setzen, die sich als nützlich erweisen mochten, selbst wenn sie sich nicht auf den Inseln befanden.

Als ich mich heute morgen für die Tour in Scottys Limousine fertigmachte, hatte ich überlegt, ob ich meinen Taschencomputer mitnehmen sollte oder nicht. Drek, ich hatte gedacht, daß die Anlage im Rolls meinen Taschencomputer bei weitem in den Schatten stellen würde, sollte ich unterwegs irgendwelche Daten oder Kommunikationsverbindungen brauchen. Aber aus alter Gewohnheit – und meinetwegen auch einem Gespür für die Tücken des Lebens – hatte ich das kleine Ding eingesteckt.

Den Geistern sei dank für Gewohnheiten und Gespür. In einem kleinen Dorf namens Kaaawa hielt ich an und benutzte eine öffentliche Telekomzelle vor einem baufälligen Lebensmittel/Eiskrem/Touristen-Krims-Krams-Laden. Erster Punkt auf der Tagesordnung – nachdem ich das Transpex so polarisiert hatte, daß mich niemand sehen konnte – war das Unbrauchbarmachen der Videokamera, was ich auf höchst effektive Weise tat, indem ich die Linse mit dem Kolben der Browning einschlug, die ich geerbt hatte. Dann zückte ich meinen treuen Compi, stöpselte ihn in den Dateneingang des Telekoms und startete das hochentwickelte – und scheußlich illegale – Spiegel-und-Rauch-Programm, das mein alter Chummer Quincy (wann hatte ich den Burschen zuletzt gesehen?) – lang, lang ist's her – auf die EPROM-Chips des kleinen Geräts gespielt hatte. Telekom und Compi klickten und summten ein paar Sekunden, während Quincys Code das LTG-System verführte. Mit einem Piepen, bei dem es sich um das elektronische Äquivalent zu »Nimm mich, Geliebter, aber sei sanft« handelte, gab das Telekom dem drängenden Flehen des Compis nach, und schon gehörte mir eine sehr kleine Ecke des PA/HI-RTG.

Eins nach dem anderen. Indem ich das unschuldige, vertrauensselige Telekomsystem davon überzeugte, daß ich ein autorisierter leitender Manager des Hawai'ianischen Telekommunikations-Konzerns war, richtete ich eine private und gesicherte Mailbox im automatischen E-Mail-System des HTK ein. (Unglücklicherweise handelte es sich nur um eine zeitweilige Einrichtung. Ich hatte weder die Zeit noch die Mittel für eine permanente Mailbox. Irgendwann, in ein oder zwei Monaten, würde irgendein Wachhund-Programm anfangen zu bellen, wenn es bemerkte, daß niemand für die Mailbox bezahlte, obwohl sie noch aktiv war. HTK würde sie augenblicklich schließen, aber bis dahin war mir das vermutlich völlig egal. In ein oder zwei Monaten war ich entweder tot oder nicht mehr auf den Inseln.) Bei dieser Mailbox handelte es sich um das elektronische Äquivalent eines ›toten Briefkastens‹ auf dem Gebiet der Spionage. Leute konnten dort für mich Nachrichten hinterlassen, und ich konnte sie nach Belieben abrufen, aber theoretisch gab es keine Möglichkeit für eine interessierte Partei wie Jacques Barnard, meinen tatsächlichen Aufenthaltsort aufzuspüren, auch wenn er die Mailbox auffliegen ließ.

Zweiter Schritt: Kontakt mit den Personen aufnehmen, von denen ich wollte, daß sie mir Nachrichten hinterließen. Für die erste war das simpel. Eine der tollen kleinen Utilities auf meinem von Quincy frisierten Compi ermöglichte mir, eine Textbotschaft durch eine Reihe kalter Relais zu einem gewissen Telekom im tiefsten, dunkelsten Renton zu schicken. Die Nachricht enthielt keine Namen, nichts, was Absender oder Empfänger kompromittieren könnte. Die Nachricht ging an den Präsident der Demolition Man Building Servives Inc. Der Text bestand aus der digitalen Adresse meiner neuen Mailbox, natürlich zyklisch verschlüsselt (wofür ich mich wiederum bei Quincy bedanken konnte, für immer und ewig, Amen). Wie ich es sah, würde nur ein noch lebender Mensch die Anspielung verstehen und wissen, wer ihn zu erreichen versuchte. Wenn Argent in den Sprawl zurückkehrte, würde er die Botschaft erhalten und über den toten Briefkasten hoffentlich Kontakt mit mir aufnehmen.

Für die zweite Person war es schwieriger, aber wiederum halfen mir Quincys Programme. Nach wenigen Minuten hatte ich einen simplen kleinen Arbeitssklaven von einem Smartframe zusammengeschustert, das ich durch die Matrix in das Cheyenner LTG jagte. Einmal dort angekommen, würde das Frame nach Erwähnungen einer Sharon Young suchen und ihr eine Nachricht übermitteln.

Die Nachricht selbst war problematischer als die für Argent. Young und ich hatten nicht einmal den Ansatz eines gemeinsamen Hintergrunds, und wir benutzten auch keinen gemeinsamen Code wie Argent und ich. Meine Botschaft mußte drei Kriterien erfüllen. Erstens mußte sie mich identifizieren, ohne Namen zu nennen. Zweitens mußte sie meine Mailbox-Adresse codiert mitteilen. Und drittens mußte der Schlüssel für diesen Code auf eine Weise enthalten sein, mit der nur Sharon Young etwas anfangen konnte, so daß sie in der Lage war, die Adresse zu entschlüsseln.

Ich hatte mein Hirnschmalz ziemlich strapazieren müssen, aber schließlich war mir etwas eingefallen, das seinen Zweck erfüllen *sollte*. »Bin mittlerweile direkt exponiert«, begann die Botschaft, indem ich Bezug auf unser Gespräch im Buffalo Jump nahm. »Unterhaltung nötig über außergewöhnliche Spesen. Bestätige Zahlungsbedingungen: letzter Liefertermin achtundvierzig Stunden, zwanzig Prozent für zwölf, zehn für achtzehn.« Und darunter stand der verschlüsselte Zeichensatz, bei dem es sich um die Adresse meiner Mailbox handelte.

Raffiniert. *Zu* raffiniert? Die Zahlungsbedingungen, die ich in der Botschaft nannte, waren im Hinblick auf unsere tatsächlichen Vereinbarungen völlig daneben, und ich hoffte, Young würde das bemerken und die Bedeutung der Veränderungen erkennen. Nehmen Sie die Zahlen, die ich genannt hatte: 48, 20, 12, 10, 18. Natürlich waren sie der Schlüssel für die Adresse: 48201-21018. Clever, *neh?* Wir würden es sehr bald herausfinden. Ich vergewisserte mich noch einmal, daß alles koscher war, dann benutzte ich den Compi, um dem Telekomsystem mitzuteilen, es solle die Vorgänge der letzten zehn Minuten vergessen. Ich stöpselte meinen Compi aus, kletterte zurück in den winzigen Buddy und fuhr mit dem kleinen Dreirad zurück Richtung Honolulu.

Es ging bereits auf den Abend zu, als ich in Ewa ankam. Vielleicht lag es daran, daß ich zu abgelenkt war, um die Straßenschilder richtig lesen zu können. Wenn einem ein Megakonzern *und* die Yakuza auf den Fersen sind, ist es leicht, Kapaa und Kapua zu verwechseln und sich total zu verfahren. Die Sonne versank bereits im Ozean, eine dieser spektakulären Ansichten, für deren Anblick Touristen viel Geld bezahlen, und alles, woran ich denken konnte, war: »*Beeil* dich doch endlich!« Im Schutz der Nacht würde ich mich viel besser fühlen.

Ich stellte den Buddy ein paar Blocks vom ›Cheeseburger im Paradies‹ entfernt ab, wobei ich alle Fähigkeiten einsetzte, die mir zur Verfügung standen, um mich zu vergewissern, daß mir niemand ein unnormales Maß an Aufmerksamkeit widmete. Ich schien keine Schatten zu haben, aber es ist ein Grundsatz der Straße, daß man niemals jemanden ausmacht, der einen *mit Erfolg* beschattet, richtig? Auf dem Weg zu der Kneipe sah ich mein Spiegelbild im Schaufenster eines Ladens. Mein geblümtes Hemd war an einer Seite zerrissen, meine Hose wies an einigen Stellen Flecken einer Substanz auf, von der ich hoffte, daß es sich um Lehm handelte (und nicht etwa um Überreste von Tokudaijis geplatztem Schädel), und ich hatte immer noch Hibiskuszweige in meinen verdammten Haaren. Ich mußte zugeben, daß ich schon besser ausgesehen hatte. Ich nahm alles an Schadensbegrenzung vor, was mir unter diesen Umständen möglich war – praktisch nichts, um ehrlich zu sein –, und schlenderte dann in das ›Cheeseburger im Paradies‹.

Die Kundschaft sah genauso aus wie am Tag zuvor, als Scott mir zwei Bier ausgegeben hatte – dieselben hartgesichtigen Einheimischen, dieselben Straßenratten, die der Stripshow keine Aufmerksamkeit schenkten. Derselbe Ork mit denselben schartigen Hauern war hinter der Bar, und er bedachte mich mit einer gehörigen Portion dessen, was Scott ›Stinkeblick‹ genannt hatte, als ich hereinkam. Andererseits war ich der einzige *Haole* vor Ort, und Sie können Ihre *Okole* verwetten, daß ich das auch spürte. Ich war nicht in meinem Element, ein Fisch auf dem Trockenen, und die Gäste im ›Cheeseburger im Paradies‹ würden dafür sorgen, daß ich das nicht vergaß.

In diesem Augenblick hätte ich mich am liebsten umgedreht, um wieder in der Dämmerung zu versinken, wo niemand versuchte, Löcher in mich zu starren. Das ging natürlich nicht, also schlenderte ich weiter, als gehöre mir der Laden. Ich dachte immerzu an die schwere Browning in meinem Gürtel – nicht, daß man dieses Gerät so leicht vergessen konnte –, um jenen Gästen, die gerne ›Entdeckt die Kanone‹ spielten, die Arbeit zu erleichtern. Die Nische, in der Scott und ich am Tag zuvor gesessen hatten, war leer, also glitt ich hinein und lehnte meinen Rücken fest gegen die beruhigend solide wirkende Wand. Nun, da ich mich so sicher fühlte, wie das unter diesen Umständen überhaupt möglich war, sah ich mich nach Bruder Te Purewa um.

Nein, er war nicht da. (Drek, natürlich nicht. Das alte Montgomery-Glück blieb sich treu, dachte ich angewidert.) Ich glaubte, einen oder zwei von den Burschen wiederzuerkennen, mit denen er gestern aufgelaufen war, aber ich konnte mich auch irren. Ein in Leder gekleideter hawai'ianischer Ork mit lausigem Benehmen sieht für das ungeübte Auge aus wie der andere.

Eine Kellnerin kam zu mir – nicht dieselbe wie gestern, aber sie hätten Schwestern sein können –, die ihre ›Ja, *was* denn?‹-Miene aufgesetzt hatte.

Ich seufzte. »Bring mir ein Dog«, sagte ich zu ihr. Und richtete mich auf eine längere Wartezeit ein.

Den Geistern sei Dank brauchte ich nicht so lange zu warten, nicht viel länger als eineinhalb Stunden. Währenddessen trank ich ungefähr eineinhalb Liter Black-Dog-Bier und schwitzte etwa die doppelte Menge an kaltem, stinkendem Angstschweiß aus. Ein paar Tische mit hartgesichtigen Einheimischen bedachten mich mit spekulativen Blicken. Ich wußte, sie hatten bei meiner Ankunft mitbekommen, daß ich bewaffnet war, aber sie näherten sich langsam dem Punkt, an dem die Chancen nicht schlecht standen, daß sie dem *Haole* auf den Zahn fühlen würden, nur um festzustellen, ob er die Hardware, die er bei sich hatte, auch benutzen konnte.

Gegen neunzehn Uhr kam Te Purewa hereinstolziert, und ich war so froh ihn zu sehen, daß ich ihm mit Freuden die Zunge – oder auch jeden anderen Körperteil – herausgestreckt hätte, wenn das bewirkte, daß er mich wohlwollender betrachtete. Er sah mich in dem Augenblick, in dem er zur Tür hereinkam, und seine finstere Miene verstärkte den Stinkeblick-Quotienten um einen beträchtlichen Faktor. Ich warf einen Blick auf die hartäugige Kellnerin – ich hatte ihr bereits erklärt, was sie tun sollte, und ihr ein so hohes Trinkgeld zugesteckt, daß sie sich vielleicht tatsächlich daran erinnerte – und nickte ihr zu.

Ich konnte nicht hören, was sie sagte – wahrscheinlich etwas wie: »Siehst du den durchgeknallten *Haole* da drüben in der Nische? Er sagt, er will dir einen ausgeben. Solltest du zufällig deinen Kredstab fallen lassen, verpaß ihm 'nen Tritt, bevor du dich bückst, um ihn aufzuheben, ja?« –, aber das spielte eigentlich keine Rolle. Te Purewa – Mark Harrop – warf mir einen schmetternden Blick unter seinen buschigen schwarzen Brauen hervor zu, aber ich sah ein neues Element in seinem Blick – Neugier.

Er kam nicht sofort zu mir – das wäre selbstverständlich nicht cool gewesen, und Coolsein ist alles. Er zögerte es gute fünfzehn Minuten hinaus, bevor er zu mir schlenderte, um mich aus kürzerer Entfernung anzufunkeln. Ich warf einen bedeutungsvollen Blick auf den Stuhl mir gegenüber, aber er setzte sich nicht. Das Schweigen dehnte sich, dann grunzte er: »Maletina sagen, du mit mir reden wollen.«

»*Kia ora,* Te Purewa«, erwiderte ich. »Was trinkst du?«

Er zögerte, dann zuckte er die stämmigen Schulter. »Wodka.«

Ich nickte der Kellnerin, Maletina, zu, die in der Nähe geblieben war, wahrscheinlich, um sich den Spaß nicht entgehen zu lassen, wenn der kräftige Pseudo-Maori beschloß, den *Haole* zu Brei zu schlagen. Sie bedachte mich mit einer weiteren Kostprobe des Stinkeblicks, schob jedoch in die ungefähre Richtung der Bar ab.

»Wir hatten gestern einen unglücklichen Start«, sagte ich in gemessenem Tonfall, während wir auf seinen Drink warteten. »Ich hatte nicht die Absicht, dich zu beleidigen.« Ich ließ mein bestes entwaffnendes Lächeln aufblitzen. »Wir dämlichen Touristen, wissen es eben nicht besser, *neh?*«

»Dämliche Touristen oft enden mit eingeschlagenem Schädel«, knurrte er. Aber trotz dieser demonstrativen Härte sah ich, daß er eigentlich lachen wollte. Zum erstenmal seit einiger Zeit gestattete ich mir den Luxus, ein wenig Hoffnung zu empfinden.

Dann kam Maletina mit dem Drink des Pseudo-Maori. Er sah aus wie ein Dreifacher, was nicht zuletzt an der Tonne Eis im Glas lag. Maletina spielte offenbar »Nimm den *Haole* aus«, aber ich beschwerte mich nicht. Ich hob mein Glas Dog und versuchte mich an Scotts Trinkspruch zu erinnern. »*Okolemuluna*«, sagte ich schließlich.

Te Purewa hob sein Glas ebenfalls. »Gleichfalls.« Er trank die Hälfte des Wodkas in einem Zug, dann blies er die Wangen auf und stieß ein zufriedenes Grunzen aus. Sein hartes Funkeln war ein wenig weicher geworden.

»Du kennst Scott schon eine ganze Weile, nicht?« fragte ich nach einer angemessenen Pause.

Der Möchtegern-Maori zuckte die Achseln. »Ganze Weile, klar«, stimmte er zu. Er lächelte. »Zusammen getrunken, *Pilikia* – Ärger – gemacht und so. *Aikane* – Freund.« Plötzlich verengten sich seine Augen mißtrauisch. »Wo Scott hin, *Ule,* häh? Wo?«

Es gab keine schonende Art, ihm die Neuigkeit beizubringen – zumindest keine, die mir das gewünschte Ergebnis liefern würde. »Er ist tot«, sagte ich gerade heraus. »Irgendein Kerl namens Tokudaiji hat ihn umlegen lassen.«

Er war halb aus seinem Stuhl, und seine Hand griff nach einer Ausbuchtung unter seiner Lederjacke. Ich knallte den Lauf meiner Browning gegen die Unterseite des Tisches – ich hatte die Kanone aus dem Gürtel gezogen, während er sich mit seinem Wodka beschäftigte –, und als ich wußte, daß ich seine Aufmerksamkeit hatte, entsicherte ich die Waffe. Der Art nach zu urteilen, wie sich seine Augen bei dem metallischen *Klick* weiteten, wußte er mit dem Geräusch etwas anzufangen. Langsam zog er die Hand von seiner Waffe zurück und setzte sich wieder auf seinen Stuhl. Aber sein Blick wich nicht von meinem Gesicht, und ich *spürte* die Wut, die er im Moment hinunterschluckte.

»*Haole,* du tot«, flüsterte er. »Du *pau,* klar? Vielleicht nicht sofort. Aber irgendwann du *pau.*«

Es war nicht leicht, so zu tun, als ließe mich so viel Haß kalt, aber mir gelang ein unbeschwertes Achselzucken. »Da hast du recht, Te Purewa«, sagte ich glatt. »Ich war bei Scott, als er gegeekt wurde. Glaubst du nicht, daß Tokudaiji mich auch umlegen lassen wird, um den Job zu beenden? *Natürlich* bin ich tot, Bruder. Aber glaubst du, ich hätte Angst vor *dir,* wenn Yakuza-Samurai hinter mir her sind?«

Das drang zu ihm durch, wie ich es gehofft hatte. »Die Yakuza?« Er blinzelte. »*Der* Tokudaiji? Er *Da kine* ... er *Oyabun. Nui* großer Yak.«

»*Das* hast du erfaßt«, bestätigte ich.

»Yaks Scott umgelegt? Tokudaiji meinen *Aikane* umgebracht?«

»Genau das ist passiert.« Ich hielt inne. »Ich weiß nicht, was dahintersteckt, Te Purewa. Ich bin nach Hawai'i gekommen, um eine Botschaft zu überbringen – Scott wußte, wem ich sie überbringen sollte, ich nicht. Heute habe ich zum erstenmal von Ekei Tokudaiji gehört. Ich muß mehr wissen. Was kannst du mir über ihn sagen?«

Es hatte funktioniert, das sah ich. Die vielen Schocks – Scotts Tod, die Identität seines Mörders (zumindest in meiner Version der Geschichte), dann das offene Eingeständnis, daß ich seine Hilfe brauchte – hatten ihre Aufgabe erfüllt. Te Purewa wußte nicht genau, was er von mir halten sollte. Letzten Endes mochte er zu dem Schluß kommen, daß der *Haole* sterben mußte. Aber für den Augenblick hatte ich seinen Widerstand gebrochen.

Der Beinahe-Maori blinzelte wieder. Dann sagte er: »Auf den Inseln sind haufenweise Japaner.« Mir fiel auf, daß sein Akzent und die Stärke seines Pidgin-Dialekts längst nicht mehr so ausgeprägt waren, als habe er über die Mühe, sich zu erinnern, seine polynesische Herkunft vergessen. »Du weißt Bescheid über die Yakuza, ja? Sie sind traditionell die ›Beschützer der Leute‹. Wenn irgendein Herr zuviel *Pilikia* macht, können die Leute zu den Yaks gehen und sagen: ›Helft uns mit diesem *Ule*‹, und die Yaks tun es. Auch heute noch. Gibt zwar keine Herren mehr, aber dafür Konzerne und Bullen und Politiker und so, ja?

Also haben die Japaner, das gewöhnliche Volk, *nui* Respekt vor den Yaks, ja?« fuhr er fort. »Die Yaks sagen ihnen, kein Sorge, keine *huhu,* wenn sie aufgebracht sind. Sie beruhigen sie also auch.

Ist mit *Na Kama'aina* passiert, ist mit ALOHA passiert ...«

Ich hob die Hand, um ihn zu unterbrechen. »Augenblick. *Was* ist mit *Na Kama'aina* und ALOHA passiert?«

Te Purewa schnaubte. »Konzerne raus, *Haoles* raus, ja? Der ganze *Kanike,* genauso.« Er zögerte und runzelte wieder die Stirn. »Scott hat dir davon nichts erzählt? Scotty hatte 'ne Menge für den ALOHA-*Kanike* übrig.«

Jetzt blinzelte ich. *Hatte er nicht, oder?* Aber jetzt war nicht die Zeit, das zuzugeben. »Ja, davon hat er kurz erzählt«, sagte ich beruhigend, »aber kaum Einzelheiten. Ich war ja der dämliche *Haole,* klar?«

Er kicherte, und ich wußte, daß ich sein Mißtrauen wieder beschwichtigt hatte ... fürs erste. »ALOHA versucht, großen *Pilikia* zu machen«, fuhr Te Purewa fort, »großen Ärger, jeder *huhu,* ja? Ein paar Yaks sagen: ›Na und? Nicht *unser* Problem, Kumpel.‹«

Ich glaubte, langsam zu verstehen – zumindest einiges davon. »Aber nicht Tokudaiji?«

»Du hast's erfaßt, *Hoa*«, stimmte er vehement zu. »Tokudaiji sagt, ALOHA-Kram alles *Kanike,* gibt keinen Sinn, ja? Hawai'i *braucht* Konzerne. Hawai'i braucht *Haoles* – wenigstens ein paar.« Er schnaubte wieder.

»Hawai'i braucht Geld, Bruder, *das* weiß ich ganz sicher. Wenn's keine Konzerne mehr gibt, wo kommt dann das Geld her, häh? Wo kommt das Essen her? Können schließlich nicht die Landschaft essen.«

Ich nickte zögernd. »Also haben ALOHA und *Na Kama'aina* versucht, die Leute zum bewaffneten Aufstand gegen die Konzerne aufzustacheln, richtig? Und dann hat sie Tokudaiji wieder beruhigt?«

»Die *Japse* beruhigt«, korrigierte Te Purewa. »Japse die einzigen, die ihm richtig zuhören.« Der Möchtegern-Maori hielt inne, und seine Miene nahm einen entschlossenen Ausdruck an. Ich glaubte zu wissen, was er als nächstes fragen würde.

Ich behielt recht. »Was Scotty getan, daß er umgelegt wurde, häh?« fragte er mich leise. »*Oyabun* auf Zehen getreten? ALOHA-Drek gebetet? *Oyabun* ganz *pupule* gemacht – total sauer gemacht, ja?«

Was, zum Henker, irgendwann mußte ich es ihm ohnehin sagen. »Das könnte man sagen«, stimmte ich zu.

»Was Scotty *Oyabun* getan, häh?«

»Er hat ihn umgelegt«, sagte ich.

Ich war schon hier gewesen, und ich haßte es.

Nun, nicht *genau* hier, aber an genügend Orten wie diesem, daß mir die Umgebung auf deprimierende Weise vertraut war. Nach einer Weile ist eine Ein-Zimmer-Bude wie die andere – irgendwie verschmelzen sie im Gedächtnis zu einer einzigen. Zugegeben, es gab Unterschiede – in dieser gab es Küchenschaben anstelle von Ratten, und ich sehnte mich nach einer Klimaanlage anstatt nach einer Heizung. Aber abgesehen davon – null Unterschied.

Ich lag auf der ausgeleierten Matratze und wälzte mich umher, um eine Stellung zu finden, in der sich so wenig Federn wie möglich in meinen Körper bohrten. Ich starrte an die Decke.

Wo war ich hier nur hineingeraten? (Diese Frage war

mir ebenfalls auf deprimierende Weise vertraut.) Ich glaubte jetzt, einen Anhaltspunkt zu haben. Ich glaubte, mir zumindest einen Teil der Geschichte zusammenreimen zu können. Plötzlich sah es nicht mehr so aus, als wüßte ich *einen Drek* darüber, was wirklich abging. Ich seufzte.

Zumindest hatte ich jetzt eine Hilfe. Einen zeitweiligen Verbündeten. Te Purewa natürlich. Ich konnte mich nicht zu sehr auf ihn verlassen. An irgendeiner Stelle fielen ihm vielleicht ein paar der Ungereimtheiten in der Geschichte auf, die ich ihm aufgetischt hatte, und dann würde er mit einigen seiner übergroßen Freunde vorbeikommen, um mir richtig auf den Zahn zu fühlen. Nein, es war besser, wenn ich mein Glück nicht allzusehr auf die Probe stellte.

Doch im Augenblick hatte sich dieser neue Verbündete mehr als bezahlt gemacht. Ich brauchte eine Bleibe – er hatte mir eine Bleibe besorgt, ein Zimmer in einer abgewrackten Pension am Rande der Innenstadt von Ewa. Ich brauchte einen fahrbaren Untersatz – er hatte mir einen fahrbaren Untersatz besorgt, eine fünfzehn Jahre alte 250er Suzuki. Ich brauchte ein Schießeisen – er hatte mir ein Schießeisen besorgt, einen Colt Manhunter, von dem er Stein und Bein schwor, daß er nicht registriert war und sich in keiner ballistischen Datenbank befand. Und ich brauchte Schlaf. Dabei half er mir nicht.

Aber natürlich konnte ich nicht schlafen. Ich war noch zu aufgewühlt von dem Attentat und den Folgen, und die Gedanken drehten sich in meinem Kopf wie ein Propeller. Immer wieder ging ich die Ereignisse durch und versuchte die Puzzleteile an die richtigen Stellen zu schieben, so daß alles einen Sinn ergab. Tolle Aussichten.

Ein paar Stunden lang hatte alles so einfach ausgesehen. Ein Konzernattentat auf Tokudaiji – von Barnard initiiert – mit mir als Tarnung und Scott als Attentäter – natürlich beide entbehrlich und via Bauchbombe zu beseitigen. Ungefähr so einfach und klar, wie heutzutage etwas sein kann, *neh*?

Aber so einfach konnte es nicht sein. Zum einen schien Tokudaiji, der *Oyabun*, ein bedeutender Befürworter der Konzerne zu sein … wenn ich Te Purewa in diesem Punkt vertrauen konnte. Wenn ALOHA und die anderen Hitzköpfe versuchten, die Bevölkerung gegen die Megakonzerne aufzuwiegeln, war es Tokudaiji, der alles daransetzte, um sie wieder zu beruhigen. Also mußte es in Barnards bestem Interesse sein – in Yamatetsus bestem Interesse und im besten Interesse aller Megakonzerne, die einen Haufen Kreds aus Hawai'i herauszogen –, Tokudaiji am Leben zu lassen. Jetzt, wo er nicht mehr da war …

Nun, Te Purewas Interpretation der Situation – und ich mußte ihm zustimmen – sah so aus, daß Tokudaijis Tod bedeutende Auswirkungen haben würde. Das Attentat würde als Unternehmen eines Megakonzerns betrachtet werden. Gerüchte in dieser Hinsicht kursierten schon auf den Straßen, während ich noch Dog mit dem Pseudo-Maori trank. Was würde die Bevölkerung – und insbesondere die zahlreiche (und ziemlich einflußreiche) *japanische* Bevölkerung daraus machen? Die bösen, hinterhältigen, gemeinen und widerlichen Megakonzerne hatten gerade einen wichtigen ›Beschützer des Volkes‹ beseitigt. Plötzlich würde es für ALOHA und *Na Kama'aina* viel einfacher sein, die Bevölkerung gegen die Konzerne aufzuwiegeln, richtig? Ich konnte mir mühelos gegen Anlagen und Personal von Konzernen gerichtete Vergeltungsmaßnahmen vorstellen.

Warum – warum und nochmals *warum* – sollte Barnard den *Oyabun* aus dem Weg räumen lassen? Es sei denn, er *wollte* die Einheimischen gegen die Konzerne aufwiegeln.

Wie paßte *das* zusammen? Tatsächlich ziemlich gut.

Zuerst wird der *Oyabun* umgelegt. Dann werden die Einheimischen provoziert. Dabei gehen ein paar Ressourcen der Megakonzerne verloren. Dann – natürlich mehr aus Sorge, denn aus Wut – werden weitere Einheiten Konzernsicherheit verlegt, Privatarmeen, um die Inseln zu ›befrieden‹. Wenn man schon dabei ist, kann man auch gleich die Regierung absetzen, die sich als unfähig erwiesen hat, die Interessen der Megakonzerne zu schützen. Zum Teufel, derartiger Drek ist auch früher schon erfolgreich abgezogen worden. Fragen Sie mal einen Historiker.

War es dann *das?* War ich in eine Verschwörung – eine *weitere* Verschwörung, um Himmels willen – verwickelt, die souveräne Regierung der verdammten Hawai'i-Inseln abzusetzen und einen Plutokraten auf den Thron zu setzen? Sanford B. Dole im neunzehnten Jahrhundert, Jacques Barnard im einundzwanzigsten …?

Alle Fakten paßten zusammen – oder ich konnte sie zurechtbiegen –, aber ich mußte zugeben, daß es bestenfalls Indizienbeweise gab. Drek, wie ich es nur allzu oft tue, hielt ich mich fit, indem ich von Schlußfolgerung zu Schlußfolgerung sprang. Die ›Konzerncoup‹-Theorie beantwortete einige Fragen, ließ aber ein paar verwirrende Zweifel offen. Diese Zweifel nagten weiter an mir, während die rostigen Bettfedern unter meinem Rücken quietschten. Insbesondere mußte ich immer wieder an die beachtliche Diskrepanz denken, die zwischen Te Purewas Schilderung der politischen Überzeugungen seines Freundes Scott und der Art und Weise lag, wie Scott sich mir präsentiert hatte. Als wir die Demonstranten vor dem Regierungsgebäude sahen, hatte er kein Mitgefühl, keine Solidarität mit ihnen zum Ausdruck gebracht. *Warum nicht,* wenn er laut Te Purewa ein überzeugter Anhänger von *Na Kama'aina*/ALOHA war?

Konnten Barnard und Yamatetsu auf irgendeine Weise mit ALOHA im Bett liegen?

Ich wälzte mich herum, und etwas bohrte sich in meine Hüfte. Keine Bettfeder, sondern etwas anderes …

Und mit dem Ausruf: »Du bist ein verdammter *Idiot!*«

schoß ich kerzengerade in die Höhe und wühlte in meiner Tasche. Und dort war es, wo ich es unbewußt hineingesteckt hatte, als mir der erste Schuß des *Roomsweeper* in den Ohren dröhnte.

Das Etui mit dem Chip, den Barnard mir für Tokudaiji gegeben hatte.

10

Meine Finger zitterten leicht, als ich den Chip in den Einleseschlitz des Uralt-Telekoms auf meinem Zimmer schob. Meine aufkeimende Hoffnung unterdrückend, rief ich das Inhaltsverzeichnis des Chips auf. Eine einzige Datei – BARNARD.TXT. Ziemlich vielsagend, *neh?* Ich gab den Befehl ein, die Datei unter anderem Namen zu kopieren – falls es einen Schutzvirus gab, der das Original löschte, wenn jemand damit herumspielte –, dann versuchte ich die Kopie, nicht das Original, zu öffnen.

Auf dem Bildschirm erschien ein Gewirr aus graphischen Symbolen – lachende Gesichter, griechische Buchstaben und ähnlicher Drek –, und der Lautsprecher gab eine Salve von Piepslauten von sich. Nun, *das* war nicht besonders schwer vorauszusehen gewesen, oder? Die Datei war verschlüsselt, so codiert, daß eine neugierige dritte Partei – wie ich zum Beispiel – sie nicht lesen konnte.

Okay. Die Frage lautete jetzt, wie ›robust‹ die Verschlüsselung war. Es gibt tausend verschiedene Möglichkeiten, eine Datei zu verschlüsseln. Vielleicht ein Dutzend davon sind allgemein verbreitet. Dieses Dutzend rangiert von »Theoretisch nicht zu knacken« (praktisch gesehen, gibt es keine Verschlüsselung, die sich nicht knacken läßt) bis zu »Unsicher wie eine mit Klebeband verschlossene Safetür«. Mein nächster Schritt würde ausschließlich von der Art der Verschlüsselung abhängen, die Barnard für diese Botschaft gewählt hatte.

(Augenblick mal. Verriet mir nicht schon die Tatsache etwas, daß es überhaupt eine Botschaft gab? Wenn die ganze Geschichte von der Ablieferung einer Botschaft Schwindel und lediglich Tarnung war, warum sollte ich mir dann die Mühe machen… Aber nein, das paßte nicht zusammen. Barnard konnte nicht wissen, ob ich mir den Chip nicht ansah, bevor ich ihn ablieferte. Irgendwas mußte darauf sein, um das Trojanische Pferd zu beruhigen.)

Ich ließ den Text zum Anfang der verschlüsselten Datei zurückrollen und sah mir die Kopfzeile an – die Zeichenkette, die der Entschlüsselungs/Darstellungs-Software im wesentlichen verrät: »Dies ist eine Botschaft, die so und so verschlüsselt ist und an der und der Stelle beginnt.« Dann stöpselte ich meinen Compi in die Datenbuchse des Telekoms und ließ eines von Quincys emsigen Programmen auf die Kopfzeile los.

Das Ergebnis wurde auf dem kleinen Schirm des Taschencomputers sichtbar, und ich fluchte. Verschlüsselung mit öffentlichem Schlüssel, 70-Bit-Code. Es hätte schlimmer kommen können ... aber nicht viel.

Ich weiß nicht, ob sie sich mit der Verschlüsselung mit öffentlichem Schlüssel auskennen, aber es ist ein elegantes System, das jetzt seit fast achtzig Jahren benutzt wird. Jeder, der dieses System benutzt, hat zwei Schlüsselcodes (in dieser Inplementierung sind beide 70 Bit lang, was einer 22stelligen Zahl entspricht): einen Privatschlüssel, den er niemandem verrät, und einen öffentlichen Schlüssel, den er Gott und der Welt mitteilen oder sogar veröffentlichen kann. Heute funktioniert das System im wesentlichen folgendermaßen: Wenn Adolf Barney eine Geheimbotschaft schicken will, verschlüsselt Adolf die Botschaft unter Benutzung zweier Schlüssel: seinem eigenen Privatschlüssel und Barneys öffentlichem Schlüssel. Um die Botschaft zu entschlüsseln, benutzt Barney ebenfalls zwei Schlüssel: seinen Privatschlüssel und Adolfs öffentlichen Schlüssel. Theoretisch kann nur Barney die Botschaft lesen, weil nur Barney seinen Privatschlüssel kennt. Als Dreingabe weiß Barney, daß die Botschaft von Adolf stammt – oder zumindest, daß sie mit Adolfs Privatschlüssel verschlüsselt worden ist –, andernfalls hätte er die Nachricht nicht entschlüsseln können. Klar wie Kloßbrühe? Gut, dann können wir fortfahren.

Der Witz ist, daß es den bei der Entwicklung dieses Systems vorherrschenden Verschlüsselungstheorien zufolge theoretisch unmöglich war, ein derartiges Verschlüsselungssystem innerhalb der mutmaßlichen Lebensdauer des Universums zu knacken. Aber die Theorien haben sich gewandelt – wie das eben ihre Art ist. Heutzutage behaupten ein paar helle Köpfe, daß es mit Hilfe der Eiji-Rekursion und anderer Schwarzer Magie möglich ist, einen 70-Bit-Code auf einem schnellen Computer in ein paar Tagen zu knacken. Was der Grund dafür ist, warum sich im Jahre 2056 nur noch wenige Leute mit weniger als *85*-Bit-Codes zufriedengeben. (Sollte mir die Tatsache, daß Barnard ein weniger sicheres System benutzte, irgend etwas sagen? Und wenn ja, was ...?)

Fazit? Einem novaheißen Entschlüsselungsfachmann *sollte* es möglich sein, Barnards Datei in einem Zeitraum irgendwo zwischen vierundzwanzig und zweiundsiebzig Stunden zu knacken. Das Problem?

Ich hatte gerade keinen novaheißen Entschlüsselungsfachmann zur Hand. Mit einem Seufzer dachte ich an einige der Hilfsquellen, die mir in Seattle zur Verfügung gestanden hatten. Rosebud, die Zwergin, ein halblegaler Technofreak mit einer Rechenkapazität direkt im Schädel, die einem MultiVAX entsprach. Und für größere Herausforderungen der Ex-Decker Agarwal... aber mittlerweile waren beide tot, nicht wahr? Tieferer Seufzer.

Und hier, mitten im verdammten Pazifik? Niemand, Chummer. *Noch* tieferer Seufzer. (Okay, okay, sagen Sie's nicht, ich weiß es selbst: Ich könnte alles auf virtuellem Weg erledigen, alles durch die Matrix zu dem Entschlüsselungskünstler jagen, der mir vorschwebt, und all das, ohne meine Bude zu verlassen, bla-bla-bla. Im Prinzip korrekt. Aber wenn Ihr Leben auf dem Spiel steht,

Chummer, will man manchmal *wirklich* die direkte Kontrolle, die nur von Angesicht zu Angesicht möglich ist. Kapiert? Also verschonen Sie mich damit.)

Und die Moral von der Geschichte? Ich mußte den novaheißen Entschlüsselungsexperten *suchen*, den ich brauchte, und zwar unter Benutzung der begrenzten Ressourcen, die mir zur Verfügung standen. Was bedeutete, traurig, aber wahr, Te Purewa, und damit hatte es sich. *Tiefster* Seufzer.

Der Pseudo-Maori war besser als gar nichts, aber er war bestimmt nicht die brandheiße Hilfsquelle, auf die ich gehofft hatte. Scotts Vorstellung nach zu urteilen, hatte ich ihn für einen Teilzeit-Schieber gehalten. Wie nannten sie diese Leute hier? – *Kalepa*, das war es – mit einem ganzen Stall von Kontakten. Daneben, Chummer. Gut, er war SINlos und überlebte dadurch, daß er komische Jobs übernahm und unter dem Tisch bezahlt wurde … was ihn nach den Maßstäben einiger Leute zu einem Shadowrunner machte. Er kannte tatsächlich ein paar Schieber, aber nur gesellschaftlich – jedenfalls ging ich davon aus. Übersetzung? Er lebte in den Schatten, gehörte aber nicht zu ihnen, wenn Sie den Unterschied begreifen. Vielleicht hatte er schon ein paar Leute mit den Talenten getroffen, nach denen ich suchte, aber wahrscheinlich war ihm das gar nicht bewußt.

Trotzdem war er die einzige Eintrittskarte in die Schattengemeinde Honolulus, die ich im Augenblick hatte. Wenn mir eine Möglichkeit einfiel, ihn dazu zu bringen, seine Fühler auszustrecken – und es gleichzeitig vor den verschiedenen Parteien, die mich tot sehen wollten, zu verheimlichen –, würde ich sie wahrnehmen müssen. Dazu bedurfte es einigen Nachdenkens … was wiederum einigen Schlaf erforderte. Mein Hirn war nur noch Sojapaste. Ich streckte die Hand aus, um das Telekom auszuschalten …

Und hielt inne. Was machte es schon, ich konnte ebensogut meine Mailbox überprüfen, wo ich einmal dabei war. Es war nicht besonders wahrscheinlich, daß Argent oder Sharon Young sich schon gemeldet hatten, aber ein Blick konnte nicht schaden. Unter Benutzung der hübsch versteckten Hintertür, die Quincys Programm in HTKs System eingerichtet hatte, erhielt ich Zugang zu meiner Mailbox und forderte das Inhaltsverzeichnis an.

Wunder über Wunder, es wartete tatsächlich eine Botschaft auf mich: nicht ausschließlich Text, sondern sogar mit Stimme. Kein Absender – wie nicht anders zu erwarten, und die Absendeadresse gehörte einem der zahlreichen anonymen E-Mail-Dienste, die in der Karibischen Liga blühen und gedeihen. Neugierig drückte ich auf Abspielen.

»Mr. Montgomery, wir müssen miteinander reden.«

Meine linke Hand zuckte vor und hieb so hart auf die Pausentaste, daß das Makroplastgehäuse einen Sprung bekam. Ach, Drek... wie, zum Teufel, hatte er mich so schnell gefunden?

Die Stimme gehörte natürlich Jacques Barnard, dem Kerl, der mir diesen Drek eingebrockt hatte, und der mich jetzt zweifellos aus dem Spiel nehmen wollte... auf Dauer und endgültig. Einen Moment lang starrte ich das Telekom mit echter Angst an.

Dann unterdrückte ich die Aufwallung und schnaubte angewidert über meine Reaktion. Was, zum Henker, glaubte ich eigentlich? Daß Barnard aus dem verdammten Telekom gekrochen kam, wenn ich den Rest der Nachricht abspielte? Reiß dich zusammen, Montgomery. (Ein weiterer Beweis, daß meine Reaktionen im Eimer waren, flüsterte mir eine innere Stimme zu. Halt verdammt noch mal die Klappe, fauchte eine andere innere Stimme die erste an.) Ich drückte auf Zurückspulen und dann auf Abspielen.

»Mr. Montgomery, wir müssen miteinander reden.« Die Aufnahme war so kristallklar, als stünde Barnard neben mir – kein Knistern, keine Beeinträchtigung des Klangs. Zweifellos einer der Vorteile, sich die besten

Übertragungsleitungen der Konzernklasse leisten zu können. »Ich bin sehr besorgt wegen der Ereignisse und Ihrer Reaktion darauf, Mr. Montgomery«, fuhr er kalt fort. »Sie müssen *sofort* Kontakt mit mir aufnehmen und mir die genauen Einzelheiten im Hinblick auf das Ableben … unseres gemeinsamen Freundes schildern. Ich bin sehr enttäuscht, daß Sie es bisher noch nicht für nötig befunden haben, sich mit mir in Verbindung zu setzen, und frage mich, ob ich Ihr Verhalten als Beweis für Ihre Komplizenschaft an … den Ereignissen interpretieren soll. Nehmen Sie so schnell wie möglich Kontakt mit mir auf, und zwar unter Benutzung der bekannten Verfahrensweise. Wir haben einiges zu besprechen und zu planen.«

Barnards Stimme hielt kurz inne, um dann mit eisigem Unterton fortzufahren. »Ich rechne damit, sehr bald von Ihnen zu hören, Mr. Montgomery. Habe ich mich klar genug ausgedrückt?« Die Aufzeichnung endete mit einem Klicken.

Ich starrte auf den leeren Telekomschirm. Was, zum Teufel, sollte ich nun *davon* halten? Wenn ich Barnards Botschaft für bare Münze nahm, wußte er nicht mehr über das Warum und Wozu des Anschlags auf Tokudaiji als ich. Falls ich ihm glaubte, hatte er sich unwillkürlich – und durchaus nicht unbegründet – gefragt, ob ich Tokudaiji nicht selbst umgelegt hatte, und zwar aus Gründen, die nur ich kannte. Falls ich ihm glaubte, forderte er mich auf, mich mit ihm in Verbindung zu setzen, damit ich ihn über Tokudaijis Tod ins Bild setzte und wir unseren nächsten logischen Zug planen konnten.

Falls. Das war das Schlüsselwort, nicht wahr? Falls ich ihm glaubte, wollte er, daß ich aus meinem Versteck kam, so daß er Schadenskontrolle betreiben konnte. Falls ich ihm *nicht* glaubte, wollte er *auch*, daß ich aus meinem Versteck herauskam, so daß er Schadenskontrolle betreiben konnte … indem er mir das Hirn aus dem Schädel pusten ließ. Warum waren diese Dinge niemals leicht und eindeutig?

Nun, zumindest brauchte ich mich nicht sofort zu entscheiden. Mr. Jacques Barnard, der hochrangige Yamatetsu-Exec, würde nirgend wohingehen, oder? Ich konnte eine Auszeit nehmen und die Konsequenzen durchdenken. Außerdem konnte ich versuchen, jemanden zu finden, der mir die Botschaft entschlüsselte, und sehen, ob mich das weiterbrachte. Aber im Moment…

Ich ließ mich wieder auf das Bett fallen und versuchte zu schlafen.

An Barnards Botschaft war mehr daran, als ich ursprünglich gedacht hatte, nicht wahr?

Der Luftzug in meinem Gesicht war erfrischend wie nur irgend etwas, als ich mit ›meiner‹ Suzuki zum ›Cheeseburger im Paradies‹ fuhr, und er half mir dabei, die geistigen Spinnweben und Überreste diverser Alpträume zu vertreiben. Bei einem Tempo von sechzig Stundenkilometern war die Lufttemperatur beinahe erträglich. Aber wenn ich wegen einer roten Ampel oder einer Verkehrsstockung anhielt, waren die Straßen von Ewa wie Heizöfen oder vielleicht auch Kochplatten, die ganz auf die Zubereitung von gegrillten *Haoles* zugeschnitten waren. Der kleine Benzinmotor des Motorrads heulte und dröhnte, wenn ich Gas gab. (Jemand hat mir mal erzählt, daß es noch vor sechzig Jahren unmöglich war, aus einem Motor mit 250 Kubikzentimetern 100 PS herauszuholen. Vielleicht haben sich im Laufe der Zeit doch wenigstens ein paar Dinge verbessert.)

Auf meiner Fahrt durch den zähflüssigen Nachmittagsverkehr dachte ich mit gerunzelter Stirn angestrengt nach. Barnard hatte mir eine Nachricht geschickt… und die Tatsache, daß sie sich in meiner gesicherten Mailbox befand, war eine Botschaft für sich, nicht wahr? Ich hatte nur zwei Leuten die Adresse gegeben: Argent und Sharon Young. Argent würde sich lieber ein Bein abhacken, als dem Yamatetsu-Konzern bei *irgendeiner* Sache zu helfen, das wußte ich. Damit blieb Young…

... Die, nun, da ich darüber nachdachte, in Cheyenne auf Barnards verdammter Gehaltsliste gestanden hatte. *Drek!* Das hatte ich *gewußt*. Barnard hatte es mir indirekt selbst gesagt: Der Kontrakt, den Young mir angeboten habe, sei indirekt mit diesem ganzen verdammten Hawai'i-Drek verbunden. Und ich hatte Young die Adresse meiner gesicherten Mailbox gegeben ... und damit indirekt auch Barnard. Wenn ich diese Geschichte heil überstand, ohne etwas so schlimm zu verpfuschen, daß man mich geekte, würde ich einen verdammten Freudentanz aufführen, das schwor ich.

Ich parkte die kleine Suzuki in der Gasse hinter dem Cheeseburger im Paradies und schlenderte in die Kneipe. Ich vermute, meine zwei vorangegangenen Besuche qualifizierten mich als Stammgast, da der Barmann, kaum daß er mich sah, damit begann, mir einen halben Liter Dog zu zapfen. Während ich mich an meinen Stammtisch setzte, brachte mir Maletina das eiskalte Glas und stellte es vor mich hin. Zur Abwechslung sah sie heute nicht so aus, als wolle sie mir in die Eier treten. Drek, sie redete sogar mit mir. »Te Purewa sagt, er kommt später. Vielleicht bringt er sogar 'n paar Leute mit, die du kennenlernen willst.«

Ich dankte ihr und lächelte freundlich ... obwohl ich eigentlich wie ein Rohrspatz fluchen wollte. Also kam Te Purewa später mit ein paar Leuten, die ich kennenlernen wollte, ja? Ich hatte ihn am Telekom gefragt, ob er seine Fühler ausstrecken könne – *sehr* vorsichtig –, um einen Entschlüsselungskünstler aufzutreiben, der mit einem 70-Bit-Code fertigwurde. Offenbar hatte er sich sofort an die Arbeit gemacht ...

... Und dann der verdammten Kellnerin davon erzählt. Drek! Wem hatte er es noch erzählt? Seiner Freundin? Dem Kerl, der ihm die Haare schnitt? Dem Yak-Soldat, der in seiner Nachbarschaft wohnte ...?

Mein erster Gedanke war, die Kurve zu kratzen, aus dem ›Cheeseburger im Paradies‹ zu verschwinden und nie wieder herzukommen. Kurzfristig im Hinblick auf ein langes Leben vermutlich die klügste Entscheidung... aber ich mußte längerfristig denken. Ich brauchte den Entschlüsselungskünstler. Und, was noch viel wichtiger war, ich brauchte die Leute, die der Entschlüsselungskünstler kannte. Jeder Code-Knacker, der mit einem 70-Bit-Code fertigwurde, *mußte* ganz einfach bessere Kontakte zur richtigen Schattengemeinde haben als Te Stupido Purewa. Also mußte ich cool und in der Kneipe bleiben. Zumindest war das mein Gedankengang in dem Augenblick.

Das bedeutete natürlich nicht, daß ich aus mir eine große leuchtende *Haole*-Zielscheibe machen mußte. Ich sah mir den Laden an, genauer, als ich das bisher getan hatte. Unter Berücksichtigung der Tatsache, daß dies eine Kneipe in einem der übleren Stadtteile war, die in dem Ruf stand, ein Treffpunkt für Shadowrunner zu sein.

Ja, da war sie, ich war ganz sicher. Die Überwachungskamera, deren Weitwinkelobjektiv den gesamten Raum erfaßte, und die in dem (scheinbar defekten) Rauch/Staub-Verzehrer über der Bar angebracht war. Wie die Kameras an den meisten ähnlich gearteten Orten war auch diese gut getarnt, um niemanden in Versuchung zu führen. Wenn Gossenpunks zu tief ins Glas schauen, scheinen offensichtliche Überwachungskameras oft als Aufforderung zu Zielübungen interpretiert zu werden.

Eine Überwachungskamera implizierte natürlich einen Raum, in dem jemand saß, der sich die Daten ansah, welche die Kamera lieferte. Ich nahm meinen halben Liter Dog und machte mich auf den Weg zum Barmann.

Haben Sie schon mal zwei Stunden damit verbracht, sich eine Kneipe durch das verzerrende Weitwinkelobjektiv einer Überwachungskamera anzusehen, während

Sie an einem heißen Tropentag in einem fensterlosen Raum ohne Ventilator oder Klimaanlage sitzen und Black-Dog-Bier trinken? Ich kann Ihnen die Mühe ersparen. Sie können ganz genau dieselbe Wirkung erzielen, indem sie sich Zwanzig-Zentimeter-Nägel in die Schläfen hämmern, und müssen nicht mal für das Bier bezahlen.

Ich rieb mir die Augen und massierte meine schmerzenden Schläfen. Der Mann war unglaublich verständnisvoll gewesen, als ich ihn gebeten hatte, sein Büro benutzen zu dürfen – natürlich erst, nachdem ich ihm den Kontostand auf meinem Kredstab gezeigt hatte –, und ich fühlte mich tatsächlich verdammt viel sicherer, vermittels elektronischer Hilfsmittel nach Te Purewa Ausschau zu halten. Wenn jedoch gerade jetzt in diesem Augenblick ein Yak hereingestürmt wäre, um mir den Schädel wegzuballern, hätte ich mich bei ihm bedankt, da mir das Aspirin ausgegangen war.

Okay, auf der Habenseite stand, daß ich tatsächlich ein besseres Gefühl für die Klientel dieser Kneipe entwickelte. Nehmen Sie zum Beispiel die beiden dort. In einer dunklen Ecke saß ein übergewichtiger Mann mittleren Alters mit einem fetten Toupet… Pardon, ich glaube, die gesellschaftlich akzeptierte Bezeichnung lautet ›Alternativhaar‹, nicht wahr? Er machte einen umständlichen – und wahrscheinlich sinnlosen – Versuch, bei einer gelangweilt aussehenden Schnalle zu landen, von der ich annahm, daß sie mit zwei ›Alternativbrüsten‹ ausgestattet war. Und dort drüben hockten zwei Jugendliche, die offensichtlich minderjährig waren, sich aber alle Mühe gaben, erwachsen auszusehen, während sie es *fast* vermieden, die Tänzerin anzustarren, die sich auf der Bühne eigenhändig einer gynäkologischen Untersuchung unterzog. Näher zur Tür saß eine alte Eingeborene – vogeldürr, und genauso gebrechlich aussehend wie Tokudaiji –, die den Drink auf dem Tisch vor sich ignorierte, da sie ins Nichts starrte. (Nun, aus diesem

Winkel sah es tatsächlich so aus, als starre sie direkt in die Kameralinse. Natürlich ein Zufall, aber trotzdem unheimlich.)

Die Kneipentür öffnete sich. Das Licht reichte nicht, um Einzelheiten auf dem Monitor zu erkennen, aber ich machte drei relativ große Silhouetten aus. Te Purewa und seine Chummer? Die drei Gestalten traten ins Licht, und ich war *ernstlich* froh, daß ich in diesen Beobachtungsposten investiert hatte.

Es waren Japaner. Alle drei Menschen, aber jeder von ihnen hätte sich jederzeit für eine Beförderung zum Troll melden können. Sie trugen konservative Geschäftsanzüge. Ihre Cyberaugen glitzerten unnatürlich auf dem Bildschirm, als sie sich in der Kneipe umsahen.

Drek, hätten diese Burschen nicht versuchen können, sich zumindest ein wenig an die hiesige Kleiderordnung anzupassen. Was einem konservativen Geschäftsanzug im ›Cheeseburger im Paradies‹ noch am nächsten kam, war eine maßgeschneiderte, gepanzerte schwarze Lederjacke. Aber ich konnte mich eigentlich nicht beschweren, oder? Wenn die Yak-Soldaten – was, zum Henker, sollten sie sonst sein? – sich die Mühe gemacht hätten, sich zu verkleiden, wären sie mir vielleicht gar nicht aufgefallen. Ich gratulierte mir für meine Weitsicht, mich hier hinten einzurichten. Falls die Yaks die geringsten Anstalten machten, einen Blick ins Hinterzimmer zu werfen, blieb mir immer noch massenhaft Zeit. Ich konnte zur Hintertür hinaus, mich auf meine Suzuki schwingen und Gas geben, bevor sie auch nur am Barmann vorbei waren. Perfekt, nicht wahr?

Wenn alles so verdammt perfekt war, wie kam es dann, daß plötzlich die Tür hinter mir aufflog und jemand rief: »Ganz ruhig, *Hoa!*«

Ich fuhr auf meinem Stuhl herum und versuchte den Manhunter zu ziehen, den Te Purewa mir besorgt hatte. Aber ich starrte in die Mündungen zweier großkalibriger Waffen und gab den Versuch augenblicklich auf. Ich zeigte meine leeren Hände und versuchte es mit einem zaghaften: »Okay, okay, wir bleiben alle schön cool, ja?«

Es dauerte ein oder zwei Sekunden, bis ich die Gestalten hinter den Kanonen zur Kenntnis nahm. Es waren keine Yakuza-Killer, wie ich erwartet hatte … oder wenn doch, hatte die Yakuza-Zweigstelle Hawai'i wesentlich mehr für Frauen und *Kawaruhito* übrig als ihre Kollegen auf dem Festland. Die Gestalt zur Linken war ein Ork mit noch breiteren Schultern als Scott. Er trug Jeans und eine ärmellose schwarze Lederweste, die für seinen dermalgepanzerten Oberkörper ein paar Nummern zu klein war. Rechts von ihm stand eine Frau – ebenfalls ein Ork, aber gertenschlank und mit Muskeln wie Stahlkabel. Sie trug eine dunkle Hose und ein Aloha-Hemd, aber das Muster des Hemds wies eine nicht zu übersehende Ähnlichkeit mit dem auf Großstadt-Tarnanzügen auf. Beide hatten ihre Kanonen – Savalettes mit einem glänzenden Chromstahl-Überzug – auf meinen Kopf gerichtet.

»Zieh deine Waffe«, schnappte die Frau. »Mit zwei Fingern. Langsam. Los jetzt!«

Ich gehorchte – was, zum Teufel, sollte ich wohl sonst tun? – und zog den Manhunter mit Daumen und Zeigefinger der linken Hand. Dann ließ ich ihn fallen und versetzte ihm einen Tritt, so daß er in Richtung der beiden Messerklauen rutschte.

Zu meiner Überraschung entspannten sie sich sichtlich, kaum daß ich es getan hatte, sicherten ihre Waffen und halfterten sie. Ich spürte, wie mein Mund aufklappte, und der Mann kicherte, als er meine Kanone aufhob. »Hey, *shaka*, Bruder, wir wollten nur nicht, daß du was Unüberlegtes tust. Kapiert?«

»Wir sind Chummer von Marky«, fügte die Frau hinzu. Es dauerte einen Augenblick, bis ich begriff, wer ›Marky‹ war – Mark Harrop alias Te Purewa.

Mit einem scharfen Kopfnicken deutete sie auf den Monitor – und indirekt auch auf die Yak-Soldaten. »Willst du mit uns kommen oder auf *die da* warten?«

»Nichts wie raus hier, *Hoa*«, sagte ich aus tiefstem Herzen. Als ich mich erhob, warf ich noch einen Blick auf den Monitor. Die alte Frau in der Kneipe starrte immer noch in die Kamera, und einen bestürzenden Augenblick lang hatte ich das Gefühl, daß sie direkt in meinen Schädel sah.

Sobald wir aus dem Büro heraus und auf dem schmalen Flur waren, der zu der Gasse führte, zeigte die Frau auf ihren Begleiter und sagte: »Das ist Moko. Ich bin Kat.«

»Ich bin …«, begann ich.

Aber sie ließ mich nicht zu Wort kommen. »Geschenkt, *Hoa*. Ich weiß alles, was ich wissen muß. Du bist ein Chummer von Marky, das reicht.« Sie warf Moko einen fragenden Blick zu und erhielt ein bestätigendes Nicken als Antwort. Nach dieser Zurechtweisung – demnächst muß ich mir wirklich einen Straßennamen zulegen – nickte ich ebenfalls.

Als folge er einem spontanen Einfall, warf Moko mir meinen Manhunter zu, und ich fühlte mich wie ein Kind, das seine Windel nach der Wäsche zurückbekommt. Ich schob ihn wieder in meinen Gürtel.

Wir gingen nach draußen in die Gasse. Neben meiner Suzuki waren zwei neue Feuerstühle geparkt. Eine Yamaha Rapier II mit Doppelturbine – einer der neusten Kamikaze-Roller. Von zwei gegenläufigen Turbinen angetrieben, sah sie so schlank und scharf und geradezu tödlich aus wie … nun, wie ein Rapier, würde ich sagen. Daneben stand eine riesige, brutal aussehende Honda Viking, die in einem häßlichen Mattschwarz mit blutroten Rändern lackiert war. Instinktiv spielte ich ›Rate den Fahrer‹ und ordnete Moko der Viking und Kat der Rapier zu.

Und lag völlig daneben. Moko schwang sich auf die schlanke Rapier und startete die Turbinen, die mit einem schrillen Jaulen zum Leben erwachten. In der Zwischenzeit hatte sich Kat einen Vollvisier-Helm aufgesetzt und eine gepanzerte Motorradjacke angezogen. (Mokos einzige Konzession an die Fahrsicherheit bestand darin, sich seine ärmellose Weste zuzuknöpfen.) Einen Moment später saß Kat rittlings auf der Viking – tatsächlich nicht so sehr ›rittlings‹, sondern eher ›gemütlich in den Tiefen‹ – und ließ die Maschine an. Der bullige 1800-Kubikzentimeter-Motor dröhnte, um dann zufrieden zu schnurren, als hätte das Motorrad gerade eine 250er Suzuki verspeist.

»Steig auf und folge uns«, sagte Kat.

Gehorsam stieg ich auf, und als sie losfuhren, folgte ich ihnen. Rücksichtsvollerweise fuhren sie mit einer Geschwindigkeit, mit der meine kleine Suzuki fertig wurde, ohne durchzudrehen. Wir hielten uns ein paar Blocks an Gassen, dann bogen wir auf die Hauptstraße.

Wir fuhren zehn, vielleicht fünfzehn Minuten ... und nach den ersten fünf hatte ich hoffnungslos die Orientierung verloren. Wir waren immer noch im Herzen Ewas, schätzte ich, aber wo *genau?* Tja, ich nehme an, es spielte wohl keine Rolle. Schließlich schaltete Moko, der direkt vor mir fuhr, seinen rechten Blinker ein – das erstemal während der Fahrt, daß er sich mit solchen Nettigkeiten abgab –, und ich bremste angesichts der Kurve ab. Die zwei führenden Motorräder legten sich weit auf die Seite, so daß die Auspuffrohre der Viking fast über den Asphalt schrammten, und fuhren direkt auf das geschlossene Rolltor eines Lagerhauses zu ...

Das sich gerade rechtzeitig für sie öffnete, um hineinzufahren. Ich hing zu weit zurück, und die Tür schloß sich bereits wieder, als ich gerade noch durchhuschte. Das Motorengedröhn der Viking wurde vom Metalldach des Lagerhauses zurückgeworfen, bis es wie ein halbzölliges MG bei Dauerfeuer klang. Langsam rollten die führenden Motorräder durch die leere Lagerhalle und in eine kleine Nische an der gegenüberliegenden Wand. Ich folgte ihnen und stellte den Motor ab, als Kat sich mit dem Finger über die Kehle fuhr. Ein paar Sekunden lang hallte das Dröhnen der Viking noch in meinen Ohren nach.

Der Boden bewegte sich unter mir, und fast wäre mir die Suzuki umgekippt, da ich sie noch nicht aufgebockt hatte, während sich die ›Nische‹ langsam erhob. Ein Lastenaufzug. Während der Aufzug seine Reise fortsetzte, stiegen die beiden Orks ab, und Kat setzte den Helm ab und schälte sich aus ihrer Lederjacke. Schließlich hörte der Boden auf, sich zu bewegen, und die beiden Shadowrunner – was konnten sie sonst sein, *neh*? – führten mich in den niedrigen ersten Stock des Lagerhauses.

Er war wie eine große Einsatzzentrale eingerichtet, das sah ich sofort. An einer Wand befand sich die ›Waffenkammer‹ – ein ganzes verdammtes Arsenal mit den verschiedensten Handwerkszeugen der Zerstörung an Haken. In einer Ecke stand eine anspruchsvoll aussehende Kommunikationseinheit. In einer anderen eine Sammlung von Computern und verschiedenen anderen Tech-Spielzeugen, die durch das Medusenhaupt diverser Steckverbindungen miteinander gekoppelt waren. Moko führte mich zu einem Kartentisch – einem Hi-Tech-Spielzeug mit einer komplizierten Anordnung von in die Tischplatte eingebauten Bildschirmen und Anzeigen – und ließ sich dann auf einen Drehstuhl fallen.

Zum erstenmal seit langer Zeit spürte ich, wie sich meine Muskeln entspannten. Ich befand mich unter Profis. Ich konnte die ›Schwingungen‹ fühlen, und ich erkannte sie. Ich wußte, Argent, der einzige Überlebende der verblichenen und betrauerten Wrecking Crew, würde sich hier heimisch fühlen.

Und als ich mich entspannte, registrierte mein Gehirn endlich verschiedene Signale, die gewisse Teile meines Körpers schon seit einiger Zeit aussandten. Ein wenig verlegen sprach ich Kat an. »Wo ist das … äh … das …« Sie kicherte und zeigte in eine Richtung.

Dieser Teil der Einsatzzentrale war ebenfalls ziemlich anspruchsvoll. Ich erledigte meine unmittelbaren Bedürfnisse und betrieb noch ein wenig Schadensbegrenzung im Hinblick auf mein Äußeres, bevor ich wieder herauskam.

Ein weiteres Mitglied des Teams – zumindest nahm ich das an – wartete bereits, um die Einrichtung zu benutzen. Wiederum ein Ork, wiederum mit polynesischem Einschlag. Seine großen Augen verengten sich, als er mich sah – an einem Ort wie diesem plötzlich einem Fremden zu begegnen war wahrscheinlich ebenso beunruhigend, wie einen unbekannten Touristen zu Hause auf dem Klo zu erwischen –, aber dann sah ich Begreifen dämmern. Ich trat zur Seite, um ihn eintreten zu lassen …

Aber er ging nicht, jedenfalls nicht sofort. »Du warst mit Scott zusammen, ja?« fragte er mich ohne Vorrede. Seine Stimme klang wie ein Haufen Steine in der Radkappe eines fahrenden Wagens.

Ich zögerte, dann gab ich es zu: »Ja.«

»Wie ist er abgetreten?«

Ich warf einen Blick auf den Besprechungstisch, wo Moko und Kat waren, in der Hoffnung, dort eine Erleuchtung zu finden. Aber sie waren in ein Gespräch miteinander vertieft. Ich zuckte die Achseln und sagte: »Durch eine Bauchbombe, glaube ich.«

»Ja, aber zuerst hat er den *Oyabun* erwischt, ja?«

»Das hat er«, bestätigte ich.

Der Ork lächelte. »Gut. Dann ist er aufrecht gestorben, so, wie er abtreten wollte.« Und er ging an mir vorbei aufs Klo.

Ich blinzelte überrascht. Das war gewiß nicht die Reaktion, die ich erwartet hatte. Aber mir blieb keine Zeit, genauer darüber nachzudenken, da Kat »Hoi!« rief und mich zu sich winkte.

Mittlerweile hatte sich den beiden eine dritte Person angeschlossen. Der Hautfarbe nach ein Hawai'ianer oder Polynesier, aber kein Ork, sondern ein Elf, spitze Ohren und halbmondförmige Augen inklusive. (Zum erstenmal fiel mir auf, wie wenige Elfen ich hier auf Hawai'i bisher gesehen hatte.) Abgesehen von der Hautfarbe hätte er in Seattle keineswegs fehl am Platz gewirkt ... oder auch in Cheyenne, was das betraf. Er trug nicht das, was ich bei mir als ›tropische Abenteuerausrüstung‹ bezeichnete, sondern engsitzendes schwarzes Leder, das mit modischen Acessoires wie Ketten, Beschläge und Metallplatten verziert war. Seine Pseudo-Irokesen-Frisur ließ Stirn und Schläfen frei, und im Licht der Deckenlampen glitzerten drei Datenbuchsen und Chipschlitze.

Kat deutete auf den Elf. »Poki«, sagte sie. Ich nickte grüßend. Der Elf sah nur direkt *durch mich hindurch*, zu cool, um auch nur meine Existenz zur Kenntnis zu nehmen. *Wie allzu viele Elfen*, fügte ich im stillen hinzu.

»Ich höre von Marky, daß du einen Chip hast, den du entschlüsselt haben willst, ja?« sagte Kat.

Ich zögerte einen Augenblick. Dann – darauf hatte ich schließlich gewartet, nicht wahr? – griff ich in meine Tasche und holte das Chipetui heraus. Ich legte es auf den Tisch und versetzte ihm einen Stoß, so daß es zu Poki rutschte.

Er hob es auf, wobei er sich wiederum weigerte, meine Anwesenheit zur Kenntnis zu nehmen. Es war Kat, die er fragte: »Was liegt an?«

»Siebzig-Bit-Code, öffentlicher Schlüssel«, sagte ich zu ihm.

Das brachte ihn tatsächlich dazu, mich *an-*, anstatt *durch mich hindurch* zu sehen. »Ach ja?« Er grinste, und sein schlankes Gesicht nahm plötzlich einen raubtierhaften Ausdruck an. »Fleisch für die Bestie, *Hoa*. Bis wann?«

»So schnell wie möglich«, sagten Kat und ich beinahe gleichzeitig.

Der Elf nahm das Chipetui. »Wann werdet ihr mir endlich mal was *Schwieriges* besorgen?« fragte er Kat mit einem entschieden boshaften Kichern. Und damit schlenderte er zur Computer-Ecke.

11

Die nächsten sechs Stunden saß ich abseits in einer Ecke und sah dem Schattenteam – wenn es einen Namen hatte, dann verrieten sie ihn mir (wie vorauszusehen) nicht – zu, wie es seiner Arbeit nachging. Poki, der elfische Decker, hockte die ganze Zeit vor seinen Computern und sang tonlos drei Jahre alten Shag Rock mit, der über eine seiner sekundären Datenbuchsen direkt in sein Hirn gespeist wurde. Die anderen ... nun, sie erledigten ›Shadowrunner-Kram‹. Der Ork, den ich vor dem Klo getroffen hatte – er hieß Zack, wie ich mittlerweile erfahren hatte –, war so eine Art Waffenmeister des Teams und schien seine Aufgabe, die tödlich aussehenden Waffen aus dem Arsenal des Teams auseinanderzunehmen und zu reinigen, außerordentlich zu genießen. Eine chinesische Zwergin – ihren Namen habe ich nie erfahren – half ihm von Zeit zu Zeit, um zwischendurch zu Poki zu gehen und seinen Schultern bei der Arbeit eine Tiefenmassage zu verpassen. Moko schlief die meiste Zeit in einer Hängematte, die zwischen zwei Stützpfeilern aufgehängt war. Kat und eine andere Orkfrau – Kat nannte sie Beta – hatten ein paar Taschencompis zusammengeschaltet und schienen Verwaltungsarbeit zu erledigen. (Ich hatte noch nie darüber nachgedacht, aber ich nehme an, daß sich selbst Schattenteams dieser freudlosen Aufgabe nicht entziehen können.)

Von den sieben Leuten im Einsatzraum hatte nur ich nichts zu tun, wenn man unterstellte, daß Mokos gegenwärtige Beschäftigung darin bestand, dringend erforderlichen Schlaf nachzuholen. Ich kann Wartezeit nicht besonders gut totschlagen, besonders dann nicht, wenn ich mein Leben in die Hände von Leuten lege, die ich im Grunde gar nicht kenne. Die Warterei gab mir ausreichend Gelegenheit, die Dinge zu durchdenken und zu bedeutenden Schlußfolgerungen zu kommen, aber mein Verstand war zu scharfem, analytischem Denken augenblicklich einfach nicht in der Lage. Ich konnte meine Gedanken nicht daran hindern, daß sie sich überschlugen, obwohl sie sich ständig im Kreis drehten und denselben ausgelatschten Pfaden folgten. Ich wünschte, ich hätte schlafen können, aber ich wußte, daß mir dieses Glück nicht beschieden sein würde.

Nach etwa vier Stunden summte der Empfänger in der Kommunikationseinrichtung des Teams. Beta eilte hin und streifte sich ein Kopfset über. Ich sah, wie sich ihre Lippen bewegten, als sie Worte formulierte, aber ich konnte nicht das geringste, weder von der ankommenden noch der ausgehenden Kommunikation hören. Nach einer Minute oder zwei setzte sie das Kopfset ab und ging wieder zu Kat. Beta warf einen Blick in meine Richtung, bevor sie mit Kat sprach, aber ich starrte bereits ins Leere und schenkte den Vorgängen scheinbar nicht die geringste Aufmerksamkeit. Ich hielt den Atem an, lauschte angestrengt und wünschte mir vorübergehend Cyberohren und verstärkte Periphersicht.

»Er ist dran«, hörte ich Beta sagen.

»Neheka?«

Beta schüttelte den Kopf. »Der große Wurm«, korrigierte sie. (Oder jedenfalls *glaubte* ich, daß sie das sagte. Es hätte auch ›der Bücherwurm‹ oder ›der große Turm‹ oder sogar ›der Hosengurt‹ heißen können, echt ...) Was Beta auch gesagt hatte, es reichte, um Kat von ihrer Verwaltungsarbeit loszueisen. Sie eilte zum Kopfset, das wie üblich seinen Job erledigte, so daß ich keine einzige Silbe des Gesprächs verstehen konnte, das länger als fünf Minuten dauerte.

Als Kat fertig war und die Verbindung unterbrochen hatte, begutachtete ich aus dem Augenwinkel ihre Miene und Körpersprache, während sie zurück zum Kartentisch und den zusammengeschalteten Compis ging. Ohne Resultat. Vielleicht haben Hawai'ianer auch ihre eigene *Körper*sprache.

Etwa zwei Stunden nach dem Gespräch mit dem ›Hosengurt‹ stieß Poki plötzlich einen beachtlichen Schlachtruf aus. Ich war augenblicklich auf den Beinen und lief zu ihm. Kat kam mir jedoch zuvor – verchippt? fragte ich mich –, und zu ihr sagte der Decker: »Erledigt.«

»Ja?«

Poki bedachte mich angesichts meiner Skepsis mit einem gemeinen Lächeln und sagte: »Hey, Opa, Siebzig-Bit-Codes sind ein alter Hut. Wo warst du in der letzten Zeit?«

Ich schüttelte den Kopf. Gibt es *irgendwas,* das sich nicht so schnell ändert, daß man nicht mehr Schritt halten kann? Der Elf hatte einen Konzern-Code in weniger als einem *Viertel* der Zeit geknackt, die ich dafür veranschlagt hatte. Wo soll das noch hinführen, etcetera etcetera drekcetera. Ich streckte die Hand nach dem Chip aus, aber der Decker zeigte nur auf den hochauflösenden Bildschirm.

Ich warf Kat einen bedeutungsvollen Blick zu, und sie reagierte sofort. »Hast du ein paar Sekunden Zeit, um dir mal den Speicher meines Compis anzusehen, Poki?« fragte sie. »Könnte sein, daß er sich einen Virus eingefangen hat.«

Der Decker sah einen Moment lang hell empört aus, und er öffnete den Mund, um zu maulen. Aber dann sah er den harten Glanz in Kats Augen, schluckte seinen Protest hinunter und nickte. (Ich hatte mir schon gedacht, daß Kat in diesem Laden das Sagen hatte, aber es war nett, eine kleine Bestätigung zu bekommen.)

»Ja, okay«, sagte er, obwohl seine Stimme mir und allen anderen verriet, daß es *nicht* okay war. Er stand auf, stöpselte sich aus und folgte Kat zum Besprechungstisch … doch nicht, ohne mir zuvor eine gehörige Portion Stinkeblick zu gönnen. Ich bedachte ihn dafür mit meinem besten ›Hey, ich bin nur ein harmloser Idiot, der *wahrscheinlich* nicht den gesamten Speicherinhalt deiner Computer löscht‹-Lächeln und setzte mich auf den Stuhl, der gerade frei geworden war.

Es dauerte ein paar Sekunden, bis ich aus dem Benutzer-Interface des Computers schlau geworden war. (Klar, moderne Systeme folgen angeblich denselben Grundsätzen, aber nur, weil man einen Volkswagen Elektro fahren kann, heißt das noch lange nicht, daß man sich hinter dem Steuer eines fünfhundert Stundenkilometer schnellen Formel-U-Rennwagens sofort heimisch fühlt, richtig?) Als ich glaubte, alles im Griff zu haben, kontrollierte ich zuallererst, wie viele Kopien des Chipinhalts Poki gespeichert hatte. Soweit ich sehen konnte, gab es nur die eine: eine Kopie der Datei im Arbeitsspeicher, deren Inhalt auf dem Schirm angezeigt wurde. Unglücklicherweise war die entscheidende Formulierung »soweit ich sehen konnte«. Wenn ein nova-heißer Decker eine Sicherheitskopie vor einem Amateur wie mir verstecken wollte, würde ihm das auch so sicher wie nur was gelingen. Nachdem ich in puncto Sicherheit getan hatte, was ich konnte, las ich die Nachricht auf dem Bildschirm.

Offenbar hatte Barnard nie gelernt, wie man prägnante Briefe schrieb. (Andererseits bedeuten die Pro-Bit-Gebühren für elektronische Nachrichtenübermittlung einem Konzernpinkel natürlich auch nicht ganz so viel.) Die Botschaft von Jacques Barnard für den verstorbenen Ekei Tokudaiji füllte drei Bildschirmseiten. Ich las sie zweimal, Wort für Wort, dann ging ich sie noch einmal im Hinblick auf ihren allgemeinen Inhalt durch.

Wenn man bedachte, was ich dem Text an sinnvoller Bedeutung entnahm, hätte sich Barnard auch auf zwei oder drei Zeilen beschränken können. Hätte man mich gebeten, eine Zusammenfassung des Briefes à la Oberschule zu liefern, wäre etwa Folgendes dabei herausgekommen: »Setzen Sie fort, womit Sie gerade im Hinblick auf das angesprochene Thema beschäftigt sind, und vergessen Sie nicht, daß andere, nicht identifizierte Leute Schritte unternehmen könnten, um sie daran zu hindern. Einen schönen Tag noch.«

Seufz. Damit hätte ich wohl rechnen müssen. Es gibt mehr Möglichkeiten, Bedeutung zu verschleiern, als die Benutzung eines 70-Bit-Codes. Unklare Redewendungen, kryptische Bezugnahmen, die niemandem etwas sagen, außer den beiden Gesprächspartnern, Anspielungen auf so interessante Dinge wie »unser Gespräch vom 18. 12. 55« und »die Angelegenheit, die unserem gemeinsamen Freund solche Sorgen bereitet« …

Abgesehen von meiner simplen Zusammenfassung konnte ich tatsächlich eine Sache mit einer gewissen Sicherheit aus der Botschaft schließen. Nämlich: Tokudaiji und Barnard waren sich nicht fremd, und ihre Interessen hatten sich in der Vergangenheit mehrfach überschnitten. Das war alles, was ich nach der Lektüre der Nachricht mit Sicherheit wußte.

Natürlich konnte ich eine ganze Reihe von Vermutungen anstellen. Erstens, nach allem, was Te Purewa – ›Marky‹ für diese Leute – mir erzählt hatte, schien es einigermaßen logisch zu sein, daß es sich bei »womit Sie gerade beschäftigt sind« darum handelte, die Bevölkerung zu beschwichtigen, wenn *Na Kama'aina* und ALOHA sie aufzuwiegeln versuchten. Und zweitens …

Zweitens … Was diesen Punkt betraf, war ich absolut nicht sicher, aber ich wurde das Gefühl nicht los, tief im Magen und sehr beunruhigend, daß diese Botschaft *kein* Schwindel war, den man nur ersonnen hatte, um einen so gut wie toten Kurier beziehungsweise ein Trojanisches Pferd zu beruhigen. Wenn mich jemand aufgefordert hätte, auf den verantwortlichen für Tokudaijis Tod zu wetten, hätte ich noch vor gar nicht allzu langer Zeit einen Haufen Kreds auf einen gewissen Jacques Barnard gesetzt. Und jetzt? Keine Wette, Chummer. Klar, ich bin dafür bekannt, daß ich mich irre, aber ganz tief drinnen, wo sich die Instinkte zu Wort melden, glaubte ich es einfach nicht mehr.

Was, zum Teufel, ging also vor?

Ich vergewisserte mich, daß sich der Chip, den ich Poki gegeben hatte, noch im Chipschlitz des Compis befand, dann kopierte ich den entschlüsselten Text darauf, vergewisserte mich, daß sich der Text jetzt tatsächlich auf dem Chip befand, und löschte die Datei aus dem Speicher. Dann ließ ich den Chip wieder in das Etui gleiten, das ich in meine Jackentasche steckte.

Kat und Poki beobachteten mich, als ich zum Besprechungstisch zurückging. »Danke«, sagte ich mit einem an die Adresse des Deckers gerichteten Nicken. Dann konzentrierte ich meine Aufmerksamkeit auf Kat. »Ich muß zurück in meine Bude in Chinatown.« Natürlich log ich in bezug auf die Lage meines Unterschlupfs und achtete genau darauf, ob das eine Reaktion hervorrief.

Ich sah keine – das heißt, von einem mißbilligenden Stirnrunzeln abgesehen. »Dein Versteck ist nicht sicher«, stellte sie fest. »Die Yaks haben es vielleicht schon entdeckt.« Sie beschrieb eine einladende Geste mit der Hand. »Bleib einfach hier, *Hoa,* hier bist du geschützt. Was hältst du davon? Wenn du dich aufs Ohr legen willst …«

Ich schüttelte den Kopf. »Ich habe Sachen dort, die ich brauche«, log ich treuherzig. »Wenn ich sie nicht bekomme, bin ich tot. Nicht sofort, aber ziemlich bald.«

Sie warf einen Blick auf Moko, der immer noch in seiner Hängematte lag. »Ich kann Moko schicken …«

»Ganz schlecht«, warf ich ein. »Die Sachen sind gesichert. Es sei denn, ich schneide mir den Daumen ab und gebe ihn Moko mit …« Ich zuckte die Achseln und ließ den Gedanken in der Luft hängen.

Kat dachte darüber nach. Die Tatsache, daß sie bei meiner Implikation, ich würde ein Daumenabdruck-Sicherheitssystem benutzen, mit keiner Wimper zuckte, verriet mir etwas mehr über die Hilfsmittel der Gruppe.

»Moko kann mit dir kommen«, schlug sie einen Augenblick später vor.

Ich schüttelte den Kopf. »Das hieße, Ärger geradezu herauszufordern, oder nicht?« stellte ich fest. »Schließlich kann man nicht gerade sagen, daß Moko ein unauffälliger Typ ist.« Daraufhin mußte sie lächeln, und ich wußte, ich hatte gewonnen. »Ich setze mich mit euch in Verbindung, sobald ich meine Sachen habe«, sagte ich zu ihr, um ihr die Niederlage zu versüßen. »Gib mir ein kaltes Relais, unter dem ich euch erreichen kann.«

Kurz darauf nickte sie einmal und leierte ein paar Zahlen herunter, die ich mir merkte. »Mach sein Motorrad fertig«, sagte sie zu Zack. Dann wandte sie sich wieder an mich. »Ich hoffe, du weißt, was du tust, Bruder.«

»Ich auch«, erwiderte ich inbrünstig, und das waren die ersten wahren Worte, die ich in den letzten Minuten von mir gegeben hatte.

Ich mußte fast zehn Minuten lang im Kreis durch Ewa fahren, bevor ich auf einen Orientierungspunkt stieß, den ich kannte. Von dort aus brauchte ich nur noch weitere fünf Minuten bis zu meiner Bude.

Natürlich war ich vorsichtig, als ich hineinging. Ich hielt es nicht für sonderlich wahrscheinlich, daß die Yak-Soldaten meine Bude unter Beobachtung hatten, aber man vertraut sein Leben nicht blindlings so flüchtigen Dingen wie ›Wahrscheinlichkeiten‹ an. Im Treppenhaus und im Flur hielten sich keine ungewöhnlich aussenden Leute auf, und als ich die Tür zu meinem Zimmer erreichte, waren alle Markierungen, die ich hinterlassen hatte, noch an Ort und Stelle. Zum erstenmal zuversichtlich, daß ich tatsächlich das Richtige tat, ging ich hinein und sperrte die Tür hinter mir ab.

Dann verflüchtigte sich die Zuversicht. Ich wußte, was ich zu tun hatte – oder vielmehr, was ich *glaubte*, zu tun zu haben –, aber das machte es nicht leichter. Bisher war ich gut damit gefahren, meinen Instinkten zu trauen, aber eines Tages würden sie mich im Stich lassen, endgültig und abrupt. Ich setzte mich vor das Telekom, zog den Manhunter aus dem Hosenbund und legte ihn auf den Tisch neben die Tastatur. Dann starrte ich einfach nur ein paar Minuten lang auf den Schirm.

Hatte ich den Mumm, es zu tun? Hatte ich den Mumm, es *nicht* zu tun? Drek, ich *haßte* diese Fragen. Schließlich akzeptierte ich, daß a) ich eigentlich gar keine Wahl hatte, und b) wenn ich alles richtig machte, sich dadurch die Gefahr, in der ich mich befand – ohnehin bereits maximal –, nicht wesentlich erhöhte. Ich seufzte, und dann tippte ich die LTG-Nummer ein, die ich damals in Cheyenne auf meinem Anrufbeantworter vorgefunden hatte.

Ich zuckte und zappelte, während sich das Telekom durch die Zwischenstationen des kalten Relais klickte. Schließlich blinkte das Klingelzeichen auf dem Schirm auf. Etwas verspätet rechnete ich mir aus, wie spät es gerade in Kyoto, Japan, war. Kurz vor Mitternacht, wenn ich nicht irgendwo eine Zeitzone übersehen hatte. Würde sich Mr. Jacques Barnard noch in seinem Büro aufhalten? Ich bezweifelte es. Wenn nicht, würde der Anruf dann weitergeleitet werden, oder würde ich diese hassenswerteste aller Stimmen hören, diejenige, die sagt: »Bitte hinterlassen Sie Ihre Nachricht nach dem Signalton«?

Das Klingelzeichen erstarb, aber der Schirm blieb leer. Dann hörte ich das elektronische Klicken eines weiteren Relais. Nach einigen Sekunden nahm ein Bild auf dem Schirm Gestalt an, und ich starrte in das Gesicht von Jacques Barnard.

Er war wohl zu Hause. Hinter ihm, ein wenig unscharf, war eine nächtliche Stadtlandschaft zu sehen, und zwar aus beachtlicher Höhe – wie zum Beispiel vom Penthouse eines Wolkenkratzers in der Innenstadt. Er war wach und aufmerksam, aber er sah geistig erschöpft aus. Als ich ihn aus Cheyenne angerufen hatte, schien er in vier Jahren um eine Dekade gealtert zu sein. Jetzt kamen weitere fünf Jahre hinzu. Er lehnte sich zurück, wischte sich ein imaginäres Staubkorn von der Manschette seiner kastanienfarbenen, samtenen Smokingjacke – eine verdammte *Smokingjacke* – und bedachte mich mit einem Lächeln, das mich an Haie und Barrakudas erinnerte.

»Mr. Montgomery«, sagte er. »Ich freue mich, daß Sie es für richtig befunden haben, Kontakt mit mir aufzunehmen. Würden Sie mir bitte einen großen Gefallen tun und mir sagen, *was, zum Teufel, eigentlich los ist?*«

Innerlich zuckte ich angesichts der Wildheit seiner Worte zurück. Ich hatte noch nie erlebt, daß Barnard die Beherrschung verloren hatte, und hätte nie gedacht, daß ich es je erleben würde. Ich wünschte, das Vergnügen wäre mir erspart geblieben. »Tokudaiji ist tot«, sagte ich zu ihm.

»Das habe ich mitbekommen«, sagte er kalt. »Ich gehe davon aus, daß Sie nicht dafür verantwortlich sind …«

»*Das* sehen Sie ganz richtig«, sagte ich inbrünstig. Dann fuhr ich fort, indem ich ihm kurze Zusammenfassung dessen gab, was vorgefallen war. Er unterbrach mich nicht und stellte auch keine Fragen, aber ich sah ihm an, daß es hinter seinen Augen mit 1000 Umdrehungen pro Minute arbeitete. »Ich dachte, Scott gehörte zu Ihrer Mannschaft«, beendete ich meinen Bericht.

»Eine vernünftige Annahme«, bestätigte er zögernd, »zumal ich von derselben ausgegangen bin.« Er hielt inne. »Wie ist der … der Tenor auf den Inseln in dieser Angelegenheit?«

»Ich weiß es nicht direkt«, sagte ich, »aber ich kann mir zusammenreimen, wie sich die Dinge entwickeln. Sie haben Tokudaiji benutzt, um ALOHAs ›Konzerne raus‹-Rhetorik zu kontern, nicht wahr? Wenn sich herumspricht, daß er von einem Konzernkiller umgelegt wurde« – ich hob die Hand, um dem unvermeidlichen Widerspruch zuvorzukommen – »ich weiß, Sie sagen,

Scott hat nicht auf Yamatetsus Anweisung gehandelt, aber wer wird das glauben?«

»Sogar *Sie* hatten einige Schwierigkeiten, es zu glauben«, warf er beißend ein.

Das brauchte ich nicht zu bejahen. Er konnte es mir zweifellos ansehen. »Jedenfalls«, fuhr ich verbissen fort, »werden die Hitzköpfe der ALOHA alle Möglichkeiten ausreizen, die sich ihr dadurch bieten. ›Konzerne beseitigen Beschützer des einfachen Volkes‹ und den ganzen Drek. Sie haben die Leute hinter sich und werden Ihnen ernstlichen Kummer bereiten können.«

»Sie wären *außergewöhnlich* dumm, wenn sie es versuchten«, sagte Barnard entschieden. »Es gibt Personen innerhalb der Konzernsphäre, die weniger ... *zurückhaltend* sind als ich. Und viele von ihnen haben gute Verbindungen zum Zürich-Orbital und dem Konzern-Gerichtshof.« Er hielt inne. »Dennoch stimme ich mit Ihrer Analyse überein.«

»Tja, da wird mir ganz warm ums Herz«, sagte ich sarkastisch. »Holen Sie mich schleunigst hier raus, Barnard. *Sofort*. Hawai'i wird mir langsam zu heiß, wenn Sie mir das Wortspiel verzeihen.«

Barnard lächelte, aber seine Miene verriet keinen echten Humor. »Ich fürchte, das ist augenblicklich nicht möglich«, sagte er kategorisch. »Vielleicht in ein oder zwei Wochen ...«

»Ich bin schon in ein oder zwei *Tagen* tot.«

»Nicht, wenn Sie die Fähigkeiten einsetzen, die mich bei unserer ersten Begegnung so beeindruckt haben«, stellte er fest. Normalerweise bin ich ebenso empfänglich für Schmeicheleien wie jeder andere, aber diese traf mich eher wie ein Schlag ins Gesicht. Aber ich behielt meine Reaktionen unter Kontrolle. »Es gibt noch eine weitere unbedeutende Angelegenheit, bei der ich Ihre Hilfe zu schätzen wüßte«, fuhr er fort.

»Eine *weitere* ...?« lachte ich laut auf. »Scheren Sie sich zum Teufel, Barnard, und zwar mit samt dem Besen, auf dem sie hereingeritten sind. Ihre letzte ›unbedeutende Angelegenheit‹ reicht schon aus, um mich zu geeken.«

»Ich verstehe Ihre Animosität«, sagte Barnard einsichtig. »Ich könnte Ihnen versichern, daß ich weder den Wunsch noch die geringste Ahnung hatte, daß sich die Dinge so entwickeln würden… aber natürlich würden Sie mir nicht glauben.« Er hielt inne.

»Mr. Montgomery«, fuhr er fort, indem er sich ein wenig vorbeugte, »es ist außergewöhnlich wichtig, daß wir uns einigen. Hier stehen wichtigere Dinge auf dem Spiel als der Tod eines *Oyabun*… und mit *Sicherheit* wichtigere als das Schicksal eines ehemaligen Shadowrunners aus der Sioux Nation.« Sein Mund verzog sich zu einem ironischen Lächeln. »Wichtigere als der Vizepräsident eines Megakonzerns, wenn wir schon dabei sind.

Sie müssen noch einen Kontakt herstellen, Mr. Montgomery.«

»Auf keinen Fall«, antwortete ich. »Nicht nach dem letzten. Drek, soll ich zum Beispiel mit dem Gebietsleiter von Renraku ›Kontakt aufnehmen‹, zusehen, wie er umgelegt wird, und dann den Rest meines kurzen Lebens damit verbringen, auch noch vor den Roten Samurai wegzulaufen? Keine Chance.«

»Das ist bedauerlich«, sagte er traurig. »Wirklich bedauerlich. Wenn das Ihr letztes Wort ist…«

»Das ist es.«

»… Dann ist Ihr Tod unvermeidlich. Gefolgt vom Tod anderer – vielleicht *vieler* anderer. Aber…«

Er ließ den Gedanken in der Luft hängen wie einen Köder vor der Nase eines Fisches. Ich haßte mich dafür, aber ich wollte dieses ›aber‹ hören.

»Aber«, fuhr Barnard zögernd fort, »falls Sie mir in dieser Angelegenheit helfen, wären Sie in der Lage, den Aufruhr zu besänftigen, den all das verursacht hat. Sie würden das Leben unzähliger anderer retten. Und nebenbei stünden Sie unter dem Schutz jener, die heraus-

zufordern sich selbst die Yakuza-Soldaten zweimal überlegen würden. Sobald sich die Lage beruhigt hat, ist es kein Problem – absolut kein Problem –, sie von den Inseln zu … *evakuieren* und zu einem Ort Ihrer Wahl zu bringen. Und das, wie ich hinzufügen möchte, *mit* der Dankbarkeit Yamatetsus, die sich in finanzieller und anderer Hinsicht äußern würde.«

Drek, ich wußte, ich hing am Haken, und wußte, daß Barnard es wußte. Eigentlich blieb mir keine Wahl, oder? »Stirb sofort, oder komm vielleicht mit heiler Haut aus der Sache heraus.« Alles in allem irgendwie keine so schwierige Entscheidung, *neh?*

Ich seufzte resigniert. »Mit wem soll ich Kontakt aufnehmen?«

»Mit einem Herrn namens Gordon Ho.«

Das mußte ich erst einmal verarbeiten. »Mit Gordon *Ho?* Mit König Kamehameha, dem Fünften? Dem verdammten *Ali'i?* Was, zum Teufel, fällt ihnen ein? *Jesus!*«

Barnard beobachtete mich gelassen, während ich mich langsam wieder beruhigte. »Genau den meine ich.«

»Warum verlangen Sie nicht einfach von mir, daß ich Dunkelzahn eine verdammte Pizza oder was bringe?«

»Ich verstehe Ihre Reaktion«, sagte Barnard gelassen, »aber Sie müssen auch die Bedeutung von alledem verstehen. Es ist wichtig – *ungeheuer* wichtig –, dem *Ali'i* zu versichern, daß die Konzerne mit dem Attentat auf Ekei Tokudaiji nichts zu tun haben. Was der Wahrheit entspricht.«

»Rufen Sie ihn doch einfach an, um Himmels willen.«

»Unmöglich«, konterte Barnard. Seine Stimme war völlig ruhig und kontrolliert, und in diesem Augenblick haßte ich ihn dafür.

»*Warum?* Drek, Barnard, Sie sind *Yamatetsu,* bei allen Geistern. Wie viele Komm-Satelliten besitzt Yamatetsu? Schicken Sie ihm eine verschlüsselte Nachricht …«

Er unterbrach mich wiederum. »Unmöglich«, wiederholte er. »Tatsächlich sogar aus mehreren Gründen. Der erste ist der, daß mit an Sicherheit grenzender Wahrscheinlichkeit ein Treffen von Angesicht zu Angesicht erforderlich sein wird, um seine Zweifel zu beseitigen.«

»Dann treffen *Sie* sich doch mit ihm!«

Barnard kicherte. »Ich wünschte, ich könnte, wirklich. Ich bin Gordon Ho schon mehrfach begegnet – er und mein Sohn sind gemeinsam auf die Universität gegangen –, und ich würde es begrüßen, wenn ich die Möglichkeit hätte, mich wieder einmal mit ihm zu unterhalten.« Das mußte ich erst einmal verdauen. Ich hatte nicht einmal gewußt, daß Barnard einen Sohn hatte, konnte mir nicht vorstellen, daß er etwas so Normales tat, wie Kinder in die Welt zu setzen. »Aber leider ist die politische Situation augenblicklich so, daß sich ein hochrangiger Konzern-Exec keinen Besuch beim *Ali'i* des Königreichs von Hawai'i leisten kann. Was wissen Sie über die politische Situation auf den Inseln?«

»Ich hatte andere Dinge im Kopf, falls Ihnen das noch nicht aufgefallen ist«, stellte ich trocken fest.

Der Pinkel kicherte erneut. »Vermutlich.« Er hielt kurz inne. »Aber Sie wissen, wie Gordon Hos Vater – Danforth Ho, König Kamehameha IV. – den Thron bestiegen hat?«

Ich glaubte zu wissen, worauf er hinaus wollte. »Unter anderem durch Abmachungen mit den Megakonzernen.«

»Korrekt. Viele von Danforths Ratgebern sprachen sich gegen Abmachungen mit den … den Konzern-*Teufeln* aus. Anfangs waren sie völlig außer sich, als Ho die Abmachungen traf. Und sie waren geradezu aus dem Häuschen, als er nach der Abspaltung zu diesen Abmachungen stand.

Haben Sie von der *Na Kama'aina* gehört?«

»Natürlich. Ich bin noch nicht völlig hirntot.«

»Das habe ich auch nie geglaubt«, sagte Barnard schmeichlerisch. »Dann werden Sie auch wissen, daß es immer noch eine große und auch mächtige *Na Kama'aina*-Fraktion in der Regierung gibt.«

Ich nickte. Das stimmte mit den Daten überein, die ich mir während des Herflugs im Suborbitalflugzeug angesehen hatte.

»Der *Ali'i* muß wirtschaftliche Realitäten mit populären Standpunkten vereinbaren«, fuhr Barnard glatt fort. »Er darf nicht als den Konzerninteressen nahestehend *wahrgenommen* werden und muß trotzdem den Status quo aufrechterhalten. Können Sie sich vorstellen, wie die *Na Kama'aina*-Opposition ein privates Treffen – und es würde privat sein *müssen* – zwischen König Kamehameha V. und dem hochrangigen Vertreter eines Megakonzerns mit ausgedehnten finanziellen Interessen auf den Inseln ausschlachten würde?«

Okay, ich konnte es mir vorstellen. Es gefiel mir nicht – ich knirschte mit den Zähnen, so wenig gefiel es mir –, aber ich konnte es mir vorstellen. Ich versuchte es mit einem letzten Einwand. »Aber er ist doch der verdammte *König*, oder nicht? Er kann tun, was er verdammt noch mal will.«

»Er *ist* der König«, stimmte Barnard zu, »aber in einer konstitutionellen Monarchie mit einer gewählten Legislative.«

Der Punkt ging an ihn. Jeder, der in der Schule gewesen ist, weiß, was mit einer konstitutionellen Monarchie passiert, wenn das Parlament die Nase voll hat. Fragen Sie nur die Windsors, ehemals die Königliche Familie des Vereinigten Königreichs. Barnard hatte eine Schlacht gewonnen, aber ich war nicht bereit, den ganzen Krieg verloren zu geben. »Dann schicken Sie ihm eine Nachricht«, versuchte ich es noch einmal.

Er lachte. »Glauben Sie wirklich, daß elektronische Kommunikationsverbindungen, und seien es auch die eines Königs, abhörsicher sind? Es besteht die Möglichkeit – nein, eigentlich die Gewißheit –, daß die *Na Kma'aina*-Fraktion der Regierung die gesamte Kommunikation des *Ali'i* überwacht und aufzeichnet. In welcher Beziehung würde sich eine angeblich geheime Botschaft vom Exec eines Megakonzerns von einem Privatbesuch unterscheiden?

Nein, Mr. Montgomery, noch einmal, die Botschaft muß persönlich abgeliefert werden, und zwar von jemandem, den ich verleugnen kann.«

Da war es schon wieder. Was, zum Teufel, hatte ich nur an mir? Stand mir ein Spruch – »Hi! Mich kann man verleugnen. Macht mich fertig« – in einer Leuchtschrift auf der Stirn, die nur Konzern-Pinkel lesen konnten? »Falls ich es tue – ich sage nicht, daß ich es tue, aber *falls* –, wie, zum Teufel, soll ich vorgehen?« wollte ich wissen. »Soll ich einfach zum Palast gehen und sagen: ›Ich habe eine Geheimbotschaft für König Kam. Ach ja, *und erzählt es keinem.*‹ Na klar. Ich brauche eine Art Eintrittskarte.«

»Die kann ich Ihnen nicht geben«, antwortete Barnard sofort. »Aus den bereits genannten und auch noch anderen Gründen.« Er lächelte in dem Wissen, daß er gewonnen hatte. »Jemand mit Ihren Talenten sollte keine Schwierigkeiten haben, eine Privataudienz zu arrangieren.«

Ja, klar. »Wollen Sie damit sagen, daß Sie nichts tun können, um mir zu helfen?«

»Nichts, worauf Sie sich so sehr verlassen sollten, daß Sie andere Möglichkeiten außer acht lassen können«, korrigierte er rasch. »Durch verschiedene andere Quellen werde ich den *Ali'i* wissen lassen, daß er den Besuch eines gewissen Dirk Montgomery erwarten soll und es ihn vermutlich interessieren wird, was er zu sagen hat.« Er zuckte die Achseln – ein wenig entschuldigend, fand ich. »Aus offensichtlichen Gründen dürfen diese Botschaften nicht zu … *auffällig* sein, falls Sie verstehen, was ich meine. Aber sie könnten Ihnen den Weg ebnen.«

»Also das ist es? Ich soll zum verdammten König gehen und ihm sagen, ›Hey, Bruder, Yamatetsu hat den Yak *nicht* umgelegt, auf Ehre und Gewissen.‹ …?«

»Ohne den Sarkasmus ... ja.«

Ich schüttelte den Kopf. Es wurde immer besser. Oh, Junge. »Ich denke darüber nach.«

»Denken Sie nicht zu lange nach«, warnte er mich. »Es gibt verschiedene Fraktionen, die Sie tot sehen wollen. Zum einen natürlich die Yakuza, zum anderen die *tatsächlichen* Mörder Tokudaiji-*sans*.«

»Und die wären ...?«

Barnard blinzelte. »ALOHA. Ich dachte, das wäre offensichtlich. Sie würden gerne dafür sorgen, daß Sie nicht mehr bezeugen können, daß es *kein* von Konzernen initiiertes Attentat war.«

Diese Möglichkeit hatte ich noch nicht vollständig durchdacht, aber, zum Teufel, sie klang auf eine häßliche Art und Weise logisch.

»Denken Sie schnell«, betonte der Exec noch einmal, »und *handeln* Sie. Es ist nicht nötig, deswegen noch einmal Kontakt mit mir aufzunehmen. Ich werde durch andere Kanäle entweder von Ihrem Erfolg oder von ihrem bedauerlichen Ableben erfahren.«

»Sie haben eine nette Art, mit Worten umzugehen, hat Ihnen das schon mal jemand gesagt?« Ich knirschte so heftig mit den Zähnen, daß ich damit rechnete, der Zahnschmelz würde absplittern.

»Haben Sie noch Fragen, Mr. Montgomery?«

Ich erwog eine Klugscheißer-Antwort, entschied mich jedoch dagegen. »Nur eine«, sagte ich nach einem Augenblick des Nachdenkens. »Nicht zur Sache gehörig, nehme ich an, aber ich bin neugierig. Sie sagten, Sharon Young erledige einen Job für Sie in Cheyenne, der mit diesem Drek in Verbindung stünde. *Wie?*«

Er lächelte schwach. »Ich habe mich schon gefragt, wann Sie darauf zu sprechen kommen würden. Die Person, die ich Ms. Young nachzuspüren auftrug – Jonathan Bridge, falls Sie sich noch erinnern –, hat Verbindungen zu den Inseln. Tatsächlich ist er unter dem Namen ›Kane‹« – er sprach es *CAH-nay* aus – »einer der höherstehenden menschlichen und metamenschlichen Anführer ALOHAs.«

Ich blinzelte überrascht. »Augenblick mal«, sagte ich. »›Einer der höherstehenden menschlichen und metamenschlichen Anführer‹? Was, zum Henker, soll das jetzt wieder bedeuten?«

»Der wirkliche Anführer ALOHAs ist eine gefiederte Schlange«, sagte er zu mir. »Ein Vasall des Großdrachen Ryumyo, wenn sich mein Geheimdienst nicht irrt.«

»Also wird die Gruppe, die Ihnen Kummer bereiten will, von einem verdammten *Drachen* geführt?« Ich schüttelte den Kopf. »Erinnern Sie mich doch bitte, nicht mehr in Ihrem Hinterhof herumzuhängen, Barnard. Ich mag Ihre Spielgefährten nicht.«

Der Pinkel kicherte wieder. Dann wurde sein Gesicht todernst, und etwas Kaltes und Häßliches krampfte sich um meinen Magen. »Da ist noch eine Sache, die ich Ihnen erzählen sollte, Mr. Montgomery«, sagte er ruhig. »Hinter dieser Angelegenheit steckt mehr, als Sie begreifen können... oder, um aufrichtig zu sein, mehr, als *ich* begreifen kann. Es hat den Anschein, als seien einige... *ehemalige Bekannte* von Ihnen in die Sache verwickelt.«

»Was soll das jetzt wieder heißen?«

»Ich gehe davon aus, daß diese Leitung nicht sicher ist.« Er formulierte es nicht als Frage. »Dann kann ich Ihnen nur sagen, daß es den Anschein hat, als habe Adrian Skyhill einiges Interesse am Ausgang dieser Angelegenheit.

Guten Tag, Mr. Montgomery.« Und der Bildschirm wurde schwarz.

12

Das konnte nicht Barnards Ernst sein.

Oder doch? Ich saß auf dem Torquemada-Bett in meiner Bude und starrte die Wand an.

Es konnte nicht sein Ernst sein …

Warum, zum Teufel, hatte er es dann gesagt? Es gab nur eine Möglichkeit, wie ich seine Worte interpretieren konnte, und bei allen Geistern, Barnard mußte das gewußt haben. Adrian Skyhill …

Erinnerungen stiegen in mir auf – an das Entsetzen und die Schmerzen und die Tode und das Chaos unter Fort Lewis vor vier Jahren. Fragmente *Des Traums*. O Gott.

Insektengeister. Was konnte er *anderes* gemeint haben? Dr. Adrian Skyhill – ehemals leitender Manager von Yamatetsus Anlage für Integrierte Systemprodukte in Fort Lewis – war ein Schamane gewesen. Ein *Insekten*schamane. Er, oder jemand wie er, hatte die Königin der Wespengeister beschworen. Dieselbe Königin, die Toshi, Hawk, Rodney und viele andere getötet hatte. Dieselbe Königin, die meinen linken Arm weggebrannt hatte. Dieselbe Königin, die über das … das *Nest*, ist wohl das richtige Wort, herrschte, das versucht hatte, meine Schwester Theresa zu *assimilieren*. Jesus im Himmel. Wie, zum Teufel, waren *Insektengeister* in diese Sache verwickelt?

Verdammt noch mal, hatten die Wanzen im Moment nicht genug andere Dinge um die Fühler? Die Pogrome. Die ›Säuberung‹ der Universellen Bruderschaft in ganz Nordamerika. Und – um Himmels willen – die Übernahme Chicagos …

Meine einzige Begegnung mit Insektengeistern hatte mich zum Krüppel gemacht. Ich hatte nur überlebt, weil andere ihr Leben geopfert hatten, um die Königin zu vernichten. Mit übermenschlicher Anstrengung bezwang ich meine Furcht, drängte sie zurück. Barnards Worte waren etwas, das ich besser nicht vergaß, das ich mir zu Herzen nahm...

Aber erst später. Einstweilen waren keine Insektengeister oder Insektenschamanen in der Nähe (nicht wahr?). Ich steckte immer noch bis zum Hals im Drek, aber in diesem Augenblick machte die mutmaßliche Beteiligung von Insektengeistern den Drek nicht tiefer. Ich ließ mich aufs Bett zurückfallen und richtete mein blickloses Starren von der Wand auf die Decke.

Also wollte Barnard, daß ich Kontakt zu dem *Ali'i* aufnahm. Wie, zum Teufel, sollte ich das anstellen? Bei all dem Honig, den Barnard mir um den Bart geschmiert hatte, regte sich in mir das unangenehme Gefühl, daß er im Moment mehr Vertrauen in meine Fähigkeiten hatte als ich. Ich konnte hoffen, daß seine Einschätzung besser war als meine, aber das half meiner lausigen Selbstachtung nicht im geringsten.

Wie sollte ich König Kamehameha V. kontaktieren... ohne dabei gegeekt zu werden? Ich brauchte Hilfsmittel. Vielleicht Kat und diese anderen Shadowrunner...

Bei diesem Gedanken heulten plötzlich alle möglichen Alarmsirenen in meinen Eingeweiden auf. Ich hielt inne und durchdachte es. Was war es nur, das mich so sehr störte? Zum Teil etwas, das Barnard gesagt hatte, aber es spielten auch noch andere Elemente hinein. Ich ließ das Telekomgespräch noch einmal vor meinem geistigen Auge Revue passieren.

Es waren Barnards Bemerkungen über ALOHA, die mich störten, das wurde mir sofort klar. Warum? Er hatte gesagt, einer der Unterbosse von ALOHA sei Kane alias Jonathan Bridge. Der wahre Oberbonze sei eine gefiederte Schlange, die ein Vasall des Großdrachen Ryumyo war oder auch nicht war.

›Der Hosengurt‹. ›Der große Wurm‹. Eine ziemlich anständige Beschreibung Ryumyos, *neh?* Was implizierte, wenn man das alles für bare Münze nahm, daß Kat und ihre kleinen Freunde …

… Zu ALOHA gehörten. Und plötzlich fielen auch ein paar andere verwirrende Puzzleteile an ihren Platz. Zacks Reaktion, als er von Scotts Tod gehört hatte – seine Interpretation vom Tod durch eine Bauchbombe als ›aufrechtes Sterben‹. Das paßte gewiß in das Schema ideologisch motivierter Terroristen, nicht wahr? Hinzu kam die Tatsache – die ich schon fast vergessen hatte –, daß Kat und die anderen, die mir angeblich nur deshalb halfen, weil ich ein Freund Te Purewas war, nicht sonderlich viel über Te Purewa zu *wissen* schienen. Sie nannten ihn ›Marky‹, nicht bei dem neuen polynesischen Namen, den er angenommen hatte. Wenn sie wirklich enge Chummer von ihm waren, was sie hatten durchblicken lassen, würden sie dann nicht seine ziemlich ernsthaften Wünsche respektieren und ihn Te Purewa nennen (und ihm vielleicht von Zeit zu Zeit die Zunge herausstrecken).

Alles nur Spekulationen, Montgomery, sagte ich mir entschlossen, *reine Spekulationen*. Es gab nicht eine Sache, auf die ich den Finger legen und sagen konnte: ›Beweis‹. Interessante Hinweise, vielleicht. Indizien – nun, noch nicht einmal das. Wer weiß – vielleicht zog Te Purewa seine Mehr-Maori-als-die-Maoris-Schau nur bei neuen Bekanntschaften ab und hatte nichts dagegen, wenn enge Chummer ihn mit dem vertrauten ›Marky‹ anredeten. Und selbst wenn es sich bei dem Ausdruck, den Beta benutzt hatte, tatsächlich um ›der große Wurm‹ – und nicht ›der Hosengurt‹ – handelte, war es dann gerechtfertigt, den logischen Sprung zu machen und Ryumyo dahinter zu vermuten? Genau, Chummer.

Dennoch war es eine Möglichkeit, die ich berücksichtigen mußte. Also keinen Kontakt mehr mit Kat und ihrer Truppe. Und dann jagte mit ein jäher Gedanke einen kalten Schauer über den Rücken: Ich mußte schleunigst aus dieser Bude verschwinden und eine andere Bleibe finden. Kat hatte Zack gesagt, er solle mein

Motorrad fertig machen. Was, wenn seine Wartungsarbeiten auch die Anbringung eines Senders beinhaltet hatten? Also mußte ich nicht nur diese Bude aufgeben, sondern auch die Suzuki, wenn ich schon einmal dabei war. Mit einer allgemeinen Verwünschung, die sich gegen Konzerne, Yaks, Terroristen, Könige und das ganze verdammte Königreich Hawai'i richtete, sprang ich auf und ging zur Tür.

Ich durfte mich *wiederum* bei Chummer Quincy bedanken. Ein weiteres seiner reizenden kleinen Spielzeuge, mit denen er meinen Taschencompi aufgepeppt hatte, war die Software, die mir gestattete, in Null Komma nichts gleich das nach beglaubigten Kredstäben Beste anzufertigen. Man schiebt einen echten Kredstab – die Art mit persönlichen Daten und dem ganzen Drek darauf – in einen Eingabeschlitz und einen ›leeren‹ Kredstab in den anderen. Die Software transferiert Kreds von dem persönlichen Kredstab auf den leeren. (Okay, schon gut, ich weiß, daß das *jeder* Compi kann. Das Merkmal, das Quincys Code von der üblichen Software unterscheidet, ist die Tatsache, daß er dabei alle ›Überweisungsbelege‹ löscht. Bei einem Kredtransfer archivieren normalerweise sowohl der ›Spender‹-Stab als auch der ›Empfänger‹-Stab die Einzelheiten der Transaktion. Jeder mit dem richtigen Werkzeug – hauptsächlich Cops – kann diese Art Transfer mühelos zurückverfolgen. Mit Quincys Spielzeug *glauben* beide Stäbe, daß sie die entsprechenden Daten archivieren... aber keiner tut es. Sucht man später nach Überweisungsbelegen, findet man keine. Und, *nein,* die Software ist nicht gut genug, um Kreds auf einen leeren Stab zu transferieren, ohne dem anderen die entsprechende Summe abzuziehen. Selbst Quincy kann keine Wunder wirken.)

Und genau das tat ich. Ich verbarg mich wie ein Penner im Eingang eines mit Brettern vernagelten Hauses und transferierte ein paar hundert Nuyen von ›Brian Tozers‹ Kredstab auf einen jungfräulich leeren. Zuversichtlich, daß ich keine breite, grell leuchtende elektronische Spur hinterlassen würde, der Yaks, ALOHA und andere Schurken folgen konnten, machte ich mich daran, eine neue Bleibe zu finden.

Erster Punkt auf der Tagesordnung war mein Abgang aus Ewa. Ich hätte nur zu gerne die kleine Suzuki genommen – mittlerweile war sie mir richtig ans Herz gewachsen –, aber ich konnte nicht absolut sicher sein, sie von allen etwaigen Sendern befreit zu haben. Also nahm ich Den Bus – das stand jedenfalls in gelber Leuchtschrift auf der Seite, Der Bus, falls ihn jemand mit, sagen wir, Der Kunstgalerie oder irgendwas verwechselte – und fuhr nach Waipahu. Offensichtlich handelte es sich dabei um eine weitere nicht mehr als eigenständige Stadt existierende Gemeinde wie Ewa, die kürzlich vom Moloch Honolulu geschluckt worden war.

Wenn ich nicht auf die Straßenschilder geachtet und den Fahrer Des Busses mit idiotischen Fragen genervt hätte, wäre mir gar nicht aufgefallen, daß ich Ewa verlassen hatte. Waipahu sah genauso aus, wie Renton an einem Tag mit guter Luft, und das bewirkte, daß ich mich gleich heimisch fühlte.

Ich zog in ein Hotel namens Ilima Joy. Auf einem Schild draußen standen die Übernachtungsgebühren pro Tag, Woche oder Monat, aber den spärlich gekleideten Individuen nach zu urteilen, die mich auf dem Weg dorthin liebebedürftig ansprachen, würde der Laden wahrscheinlich bestens floriert haben, hätte er seine Zimmer stundenweise vermietet. Ich nahm mir eine ›Wohlbehagen-Suite‹ – mit anderen Worten, ein Zimmer mit eigenem Klo, Telekom und Kochplatte – und gab meinen ›blinden‹ Kredstab ab, um eine Woche im Voraus zu bezahlen (für 350 Nuyen geradezu spottbillig). In den meisten Teilen der Welt ist es gesetzlich vorgeschrieben, daß Hotelgäste irgendeine Art Ausweis vorlegen. Ich hielt einen meiner unwichtigeren Falschausweise bereit – nicht gut genug, um damit einen Kredstab zu bekommen oder durch den Zoll zu gelangen, aber *mit Sicherheit* gut genug, um mich im Ilima Joy einzutragen. Die Mühe hätte ich mir sparen können. Der gelangweilt aussehende Mann am Empfang gab mir lediglich einen Schreibstift und sagte mir, ich solle auf dem druckempfindlichen Schirm des ziemlich mitgenommen aussehenden Gästebuch-Computers unterschreiben. Ich widerstand dem Drang, mich unter ›A. Lias‹ oder einem ähnlichen Namen einzutragen, sorgte aber dafür, daß meine Unterschrift selbst mit Computerunterstützung völlig unleserlich war. Ich nahm die schmuddelige Magnetkarte von dem Burschen entgegen, ging die zwei Treppen hinauf und fand schließlich Zimmer 301.

Wenn das eine Wohlbehagen-Suite war, fragte ich mich sofort, wessen Wohlbehagen sollte sie dann steigern? Nicht meines, Chummer, das war mal sicher. Das Klo war privat und nur für mich – wahrscheinlich deshalb, weil niemand anderer eines wollte, das nicht funktionierte –, und die Tür zu seinem Kabuff fehlte. Die Kochplatte funktionierte dagegen offensichtlich, nach den Brandflecken an der Wand und auf der Arbeitsplatte zu urteilen. Ich konnte mir nicht vorstellen, sie auszuprobieren. Und das Telekom funktionierte ebenfalls, auch wenn es auf hinausgehende Anrufe beschränkt war (die zweifellos unten am Empfang registriert und in Rechnung gestellt wurden). Trotzdem war es alles, was ich im Augenblick brauchte.

Erster Punkt auf der Tagesordnung war, die legalen Möglichkeiten in Erfahrung zu bringen, an den *Ali'i* heranzutreten ...

Nein, *erster* Punkt auf der Tagesordnung war, ein wenig Schlaf zu bekommen. Gejagt zu werden, zehrt an einem, Chummer, das können Sie mir glauben. Es war weniger mein Körper, der müde war, sondern vielmehr mein Geist, meine Seele. Schlaf ist eine Waffe – jemand (Argent vielleicht?) hatte mir das mal gesagt –, und ich kam zu dem Schluß, daß es an der Zeit war, sich dieser Waffe zu bedienen.

Die Sonne ging gerade über den Wolkenkratzern der Innenstadt von Honolulu auf – oder zumindest nahm ich das an. Das Fenster meiner Wohlbehagen-Suite im Ilima Joy blickte auf eine ekelhafte Gasse und die Rückseite einer weiteren heruntergekommen Absteige.

Jetzt war es an der Zeit, die legalen Möglichkeiten in Erfahrung zu bringen, an den *Ali'i* heranzutreten … und sei es auch nur zu dem Zweck, sie auszuschließen. Ich hatte irgendwie im Hinterkopf, daß einige Monarchien – ich weiß nicht, wo ich das aufgeschnappt habe – der Bevölkerung immer erlaubt haben, sich direkt mit ihrem Herrscher in Verbindung zu setzen – ›Harold rufen‹ oder wie, zum Teufel, der Fachausdruck hieß. Wer weiß, vielleicht gab es bei König Kamehameha V. eine ähnliche Sitte. Ich schaltete das Telekom ein und blätterte durch das Inhaltsverzeichnis.

Ich brauchte nicht lange, um die Nummer des Informationsschalters im Iolani-Palast zu finden. Ich wählte die Nummer und mußte mir dann eine Bandaufzeichnung anhören, die mir Anfangszeiten von Besichtigungen und anderen, ähnlich nutzlosen Drek nannte. Erst als die Durchsage beendet war, hatte ich die Möglichkeit, mit einer Person aus Fleisch und Blut aus der Information zu reden.

Tja, was soll ich Ihnen sagen – es gab tatsächlich eine einfache Prozedur, wie Bürger des Königreichs von Hawai'i eine Audienz bei ihrem *Ali'i* bekommen konnten. Das sagte mir jedenfalls der plastikgesichtige Mann von der Information durch sein Modepuppen-Lächeln hindurch. Ich brauche lediglich meinen Namen und meine SIN zu nennen und einen Termin zu vereinbaren. Auf dem Terminplan des Königs sei sogar noch eine freie Stelle … im Frühjahr '57. Falls ich diesen Termin wahrnehmen wolle, brauchte ich nur alle Vorbereitungen für die notwendigen Sicherheits- und Hintergrund-Überprüfungen zu treffen … natürlich legte ich auf.

Was nun? Fast eine Stunde lang zermarterte ich mir

das Gehirn. Drek, wenn das hier Seattle gewesen wäre, hätte ich mit ziemlicher Sicherheit ein Treffen mit Gouverneur Schultz vereinbaren können. Aber das hätte einen ganzen Haufen Schattenkontakte und Hilfsquellen erfordert, über die ich hier auf den Inseln einfach nicht verfügte. Zurück zum Inhaltsverzeichnis, und diesmal schlug ich die Nummer des Verwaltungsbüros des Iolani-Palasts nach. Wiederum wählte ich die Nummer.

Mit demselben Ergebnis. Ein höflicher Funktionär verriet mir, daß es *selbstverständlich* möglich sei, dem *Ali'i* eine Nachricht zu übermitteln. Ich brauchte lediglich Name und SIN zu nennen, alle Vorbereitungen für die notwendige Hintergrundüberprüfung zu treffen... natürlich legte ich auf.

Der alte geistige Brunnen schien langsam auszutrocknen. Einer abwegigen Eingebung folgend, rief ich sogar die Einträge unter dem Namen ›Ho‹ auf. Als sich der erste von sieben Bildschirmen mit Namen und LTG-Nummern füllte, war ich der Verzweiflung nah. Natürlich legte ich auf.

Ich brauchte eine Pause, ich brauchte irgendwas, um meine Synapsen auf Trab zu bringen. Wenn ich wirklich strenge Sicherheitsmaßstäbe anlegen wollte, durfte ich das verdammte Zimmer nie verlassen, aber das würde einfach nicht klappen. Ich brauchte etwas zu essen, und – was noch wichtiger war – ich brauchte Kaffee. (Zufällig war das eine Sache, die mir hier wirklich gut gefiel. Niemand schien von Soykaf auch nur gehört zu haben. Sogar in Cafés wurde echter Kaffee serviert. Wohltat über Wohltat.) Also schlenderte ich nach unten und in das rattenverseuchte Café neben dem Ilima Joy.

Und hätte fast einen Herzinfarkt erlitten, als ich ein Gesicht entdeckte, das ich kannte. Drüben in der hintersten Ecke an einem Tisch vor einer Tasse Kaffee, müßig das Kommen und Gehen der Gäste beobachtend. Es war dieselbe kleine vogelbeinige Frau, die ich im ›Cheeseburger im Paradies‹ gesehen hatte. Ihre Augen ruhten auf meinen, als ich hineinging, und mir wäre fast ein kindisches Mißgeschick passiert. Es dauerte einen Augenblick, bis ich mich wieder beruhigt hatte. *Zufall, um Himmels willen,* sagte ich mir eindringlich. Es *mußte* Zufall sein. Das hier war schließlich ein freies Land, oder? Kleine vogelbeinige Frauen konnten ihren Kaffee trinken, wo sie wollten. Gut, sie schien meinem Gesicht ein unangemessenes Maß an Aufmerksamkeit zu widmen, aber das war nur meine Paranoia, die verrückt spielte. »Die Schuldigen fliehen, wo es keine Verfolger gibt«, und so weiter. Drek, sie hatte zuvor nicht einmal mein Gesicht gesehen, oder? Sie war gestern nicht da gewesen, als ich ins ›Cheeseburger im Paradies‹ gegangen war, und ich selbst hatte sie nur auf dem Monitor der Überwachungskamera gesehen. Trotzdem kostete es mich viel mehr Überwindung, ihr den Rücken zuzudrehen und zur Theke zu schlendern, als dies wahrscheinlich hätte der Fall sein dürfen.

Ich blieb nicht sehr lange dort – nicht nur wegen der vogelbeinigen Frau, obwohl ihre Anwesenheit gewiß nicht half. Ich trank ein paar Tassen ausgezeichneten Kaffee, mampfte ein als *Ono* bezeichnetes Sandwich – offenbar eine Fischart, obwohl es sich der trockenen Konsistenz nach zu urteilen auch um irgendein styroporartiges Verpackungsmaterial gehandelt haben könnte – und ging dann. Auf dem Weg durch die Lobby und die Treppe herauf mühte ich mich nach allen mir zu Gebote stehenden Regeln der Kunst festzustellen, ob mir jemand folgte. Niemand, insbesondere nicht Mrs. Vogelbein. Den Geistern sei Dank für kleine Wohltaten. Ich kehrte auf mein Zimmer zurück und sperrte die Tür ab.

Falls ich gehofft hatte, der kleine Abstecher ins Café würde meinem Hirn etwas entlocken – zum Beispiel einen Einfall –, wurde ich gründlich enttäuscht. Ich setzte mich vor das Telekom – wo ich versuchte, Körper und Geist davon zu überzeugen, daß es an der Zeit war, sich wieder an die Arbeit zu machen –, aber dann starrte ich es lediglich gute fünf Minuten lang an. Sich mit einem König zu treffen… wie stellt man so etwas an? Und noch dazu *schnell?*

Das Telekom klingelte, und ich erschrak so sehr, daß ich fast mit dem Stuhl hintenüber gekippt wäre. Ich starrte auf den Bildschirm. Ja, das Icon verriet mir, daß ich einen Anruf empfing… trotz des Schildes an der Wand über dem Gerät, das besagte: KEINE EINGEHENDEN GESPRÄCHE. Ich blinzelte das Schild an.

Und dann drückte ich die entsprechende Taste, um den Anruf entgegenzunehmen. Was konnte ich sonst tun?

Es war nicht Barnard, wie ich halb und halb erwartet hatte. Es war auch nicht Kat oder Moko oder ein städtisch aussehender japanischer Killer, wie ich halb und halb befürchtet hatte. Nein, es war ein hübscher polynesischer Mann ungefähr meines Alters. Er hatte ausgeprägte Gesichtszüge mit der Art von Nase, die man als ›klassisch‹ bezeichnen konnte, und Augen so hart und dunkel wie Feuerstein. Er trug sein schwarzes Haar lang, schulterlang im Nacken, ein wenig kürzer an den Seiten, und war perfekt frisiert. Ich konnte nichts von seiner Kleidung erkennen, aber unter dem Kinn war etwas, bei dem es sich um einen Kragen im Konzernstil handeln mochte. Er lächelte mich an und zeigte dabei perfekte Zähne. »Mr. Montgomery«, sagte er mit einem schwachen Akzent, der irgendwie britisch klang, »bitte legen Sie nicht auf. Ich habe gehört, daß Sie mit mir reden wollen.«

»Und wer, zum Teufel, sind Sie?« fragte ich, wenngleich ich das unbestimmte Gefühl hatte, es bereits zu wissen.

»Mein Name ist Gordon Ho«, sagte der Mann gelassen. »Vielleicht kennen Sie mich auch als König Kamehameha V.«

13

König Kamehameha. Hol mich der Teufel.

»Eure Majestät«, sagte ich zögernd – war das die korrekte Anredeform? –, während ich versuchte, meine Gedanken zu ordnen, die sich in Panik überschlugen. Dann platzte ich mit der Frage heraus, die mir auf der Zunge lag – wahrscheinlich nicht das Diplomatischste, was man zu einem verdammten König sagen konnte, aber egal. »Wie, zum Teufel, sind Sie an diese Nummer gekommen?«

König Kamehameha V. lächelte. »Überlegen Sie selbst, Mr. Montgomery«, schlug er gelassen vor. »Das Königreich Hawai'i ist ein souveräner Staat, und ich bin das Oberhaupt seiner Regierung. Zwar können sich unsere Fähigkeiten nicht mit denen anderer Staaten wie zum Beispiel der UCAS messen, aber sie sind trotzdem ziemlich beachtlich.« Sein Lächeln wurde ein wenig breiter. »Jedenfalls reichen sie mit Sicherheit aus, um die Nummer von jemandem herauszufinden, der in den letzten Stunden mehrfach die Vermittlung im Palast in Anspruch genommen hat.« Das Lächeln verzerrte sich und wurde zu einer ironischen Grimasse. »Zumindest *einige* Mitglieder des militärischen Geheimdienstes dieses Staats sind mir noch treu ergeben.«

Darüber dachte ich einen Augenblick nach. Keine Frage, Chummer, ich spielte *weit* außerhalb meiner Liga. Ich dachte, ich hätte mich ganz gut abgesichert – gut genug, um mir neugierige Konzerne und Yaks und Terroristen vom Leib zu halten. *Nicht* gut genug, um den militärischen Geheimdienst eines verdammten Staats kaltzustellen. Jesus im Himmel …

Ich nickte zur Bestätigung oder vielleicht auch zur Kapitulation. »Okay. Also …?«

»Also, warum rufe ich sie an?« Der König zuckte die

Achseln. »Ich hatte gedacht, das würden *Sie mir* sagen, Mr. Montgomery. Ich hörte von ... verschiedenen Quellen ... daß Sie mit mir über eine Sache von größter Bedeutung reden wollen.«

Das verblüffte mich jetzt doch. Sicher, Barnard hatte gesagt, er werde den König ›durch verschiedene andere Quellen‹ – seine Ausdrucksweise – darauf vorbereiten, daß ein gewisser Dirk Montgomery versuchen würde, ein Treffen zu arrangieren. Doch ich hatte keine sofortige Reaktion erwartet – nun, ich hatte *überhaupt keine* Reaktion erwartet, um die Wahrheit zu sagen. Und ich hatte ganz gewiß nicht erwartet, daß sich der verdammte *Ali'i* persönlich die Zeit nehmen und die Mühe machen würde, um mit *mir* Kontakt aufzunehmen.

»Das stimmt, Euer Majestät«, sagte ich zögernd. »Äh ... ist das die korrekte Anredeform?«

Das entlockte auf Gordon Hos Gesicht wieder ein Lächeln. »Eigentlich nicht«, sagte er. »Die korrekte Anredeform lautet *e Ku'u lani* – ›O mein Königlicher‹ –, aber ich klebe nur an den alten Formen, wenn die *Kahunas* zugegen sind.« Sein Lächeln verblaßte, und seine Miene wurde zu der eines berufsmäßigen Pokerspielers oder, wie mir plötzlich auffiel, eines Konzern-Execs. »Ich habe beträchtliche Zeit und Mühe darin investiert, ein Gespräch mit Ihnen zu arrangieren, Mr. Montgomery«, fuhr er mit ruhiger und gelassener Stimme fort. (*Ja, klar,* dachte ich, *vielleicht die Zeit und die Mühe irgendwelcher Lakaien.*) »Nennen Sie mir einen Grund, warum ich noch mehr Zeit und Mühe in Sie investieren sollte.«

Ich zögerte. »Das ist keine sichere Leitung«, stellte ich schließlich fest, »jedenfalls nicht an diesem Ende.«

»Dessen bin ich mir bewußt«, sagte Ho trocken. »Aber ich bin sicher, daß Sie einen Weg finden, dieses Problem zu umgehen, habe ich recht?«

Wiederum zögerte ich, als ich mir überlegte, womit ich auf einer potentiell kompromittierten Leitung noch durchkommen und trotzdem sein Interesse wecken konnte. »Den Nachrichten zufolge haben sich kürzlich einige schwerwiegende Vorfälle ereignet«, begann ich.

»Stimmt.«

Ich ließ meine Stimme so beiläufig wie möglich klingen, als ich eine scheinbar unzusammenhängende Bemerkung einstreute. »Ach, übrigens, der Vater eines Universitätskommilitonen sagt hoi.«

Er blinzelte verwirrt. Dann verengten sich seine Augen, als er den Zusammenhang herstellte... oder zumindest *hoffte* ich, daß er das tat. »Ja«, sagte er nachdenklich, »ja, warum sollte er mich nicht grüßen?

Wollen Sie immer noch persönlich mit mir reden?«

Ich schluckte. »Ja, *e Ku'u lani*«, sagte ich, wobei mir die Betonung völlig danebenging. »Oder vielleicht wäre es auch besser, wenn wir unser Gespräch über eine sichere Leitung führen würden.« Das widersprach zwar Barnards Anweisungen, aber es war nicht sein Hintern, der im Wind hing.

»Unannehmbar«, erwiderte der *Ali'i* sofort. »So etwas wie eine völlig sichere Leitung gibt es nicht, was Sie auch wissen sollten. Wenn die Dinge, über die Sie zu reden wünschen, wahrhaftig bedeutsam sind, dann ist ein persönliches Gespräch die einzige Möglichkeit, die in Frage kommt.«

»Ich bin nicht sicher, ob ich mich sehr wohl dabei fühlen würde, einfach zum Palasteingang zu schlendern«, stellte ich fest.

»Aber genau das müssen Sie tun«, sagte er kalt. »Wenn diese Sache wirklich wichtig ist, werden Sie es genauso angehen.«

»Ich würde neutralen Boden vorziehen«, versuchte ich es noch einmal.

»Natürlich würden Sie das, aber das ist ebenfalls unannehmbar. ›Neutral‹ für Sie bedeutet potentiell feindlich für mich.« Das ließ ich mir rasch durch den Kopf gehen. Standen die Dinge in der politischen Arena bereits so schlecht? »Sie werden den Palast besuchen«, wiederholte er, »und sich um« – er wandte den Blick ab – »ein Uhr heute mittag beim Empfang melden. Damit haben Sie zwei Stunden Zeit, um sich zu überlegen, ob Sie meine Einladung annehmen, Mr. Montgomery.« Er lächelte frostig. »Würde Ihnen das passen?«

Nein, es paßt mir, verdammt noch mal, absolut nicht, wollte ich sagen. »Es gibt noch andere Faktoren...«

»Die gibt es immer«, unterbrach er. »Aber ich überlasse es Ihnen, sich damit so zu befassen, wie Sie es für richtig halten.«

Toll. Danke, Kam. Ich mußte es noch einmal versuchen. »Wenn Sie sich denken können, in welcher Angelegenheit ich mit Ihnen reden will...«

Und wiederum unterbrach er mich. »Wollen Sie damit andeuten, daß der *Ali'i* des Königreichs Hawai'i persönliche Vergeltungsmaßnahmen gegen Sie ergreifen könnte?« fragte er eisig.

»Nun... mit einem Wort, *ja*.«

»Dann haben Sie mein Wort, daß das nicht der Fall ist.«

»Ich will Sie wirklich nicht beleidigen, *e Ku'u lani*, aber...«

»Sie brauchen etwas Greifbareres als mein Wort – als das Wort des Abkömmlings von König Kamehameha dem Großen, ist es das?« Sein Lächeln war wieder da, aber jetzt hatte es etwas Gemeines an sich. »Dann reicht vielleicht *das*.«

Sein Blick blieb auf mich gerichtet, und seine Lippen bewegten sich. Ich konnte nichts hören, vielleicht, weil er einen Geräuschdämpfer oder was benutzte. Sein Barrakuda-Lächeln wurde breiter.

Und einfach so, mir nichts, dir nichts, *schoß* etwas durch das Fenster meiner Bude und knallte neben mir gegen die Wand. Instinktiv warf ich mich zu Boden und kroch durch das kleine Zimmer, um mich gegen die Wand unter dem Fenster zu drücken. Ein paar Sekunden lang blieb ich einfach, wo ich war, und hyperventilierte.

König Kams Gesicht war immer noch auf dem Telekomschirm, obwohl ich wußte, daß ich mich außerhalb des Aufnahmebereichs der Videokamera befand. »Ist das eine ausreichende Bekräftigung meines Wortes, Mr. Montgomery?« fragte er meinen leeren Stuhl.

Botschaft laut und deutlich erhalten, o mein Königlicher: *Wenn ich Sie tot sehen wollte, wären Sie es längst.* »Völlig ausreichend«, sagte ich in dem vergeblichen Versuch, meiner Stimme einen ruhigen Klang zu verleihen.

»Dann also um ein Uhr. Ich erwarte ein interessantes Gespräch.« Und damit verabschiedete sich König Kamehameha V.

Ich zog einen Schuh aus und warf ihn auf die Telekomtastatur, und das Gerät schaltete sich ab. Es vergingen weitere drei Minuten, bevor ich mich in der Lage fühlte aufzustehen.

Drek, ich war erledigt. Nein, ich war mehr als erledigt, so viel mehr, daß ich leicht zwanzig Jahre brauchen würde, um von hier nach dort zu gelangen. Ich spielte mit der Regierung eines souveränen Staates. Mit einer verdammten *Regierung*. Welche Hilfsmittel konnte eine verdammte *Regierung* auf ein Fingerschnippen ihres Herrschers einsetzen? Massive elektronische Abhör- und Aufspüranlagen zum einen. Einen verdammten Scharfschützen zum anderen. Was, zum Teufel, sonst noch? Ich wußte es nicht, und ich *wollte* es auch gar nicht wissen.

Ich schob den kleinen Finger durch das Kugelloch im Fenster – wobei ich mich an der scharfen Glaskante schnitt. Ein sauberer Rand, absolut kreisrund – ein wenig größer als neun Millimeter im Durchmesser, schätzte ich. Die Kugel war so schnell gewesen, daß sie sich durch das Fenster gebohrt hatte, ohne daß das spröde Material gesprungen, geschweige denn gesplittert war. Das Kugelloch in der gegenüberliegenden Wand war etwas größer und so tief, daß ich das Ende nicht mit dem Finger ertasten konnte. Es war eine tragende Wand – was auch gut so war, weil sich die Kugel andernfalls durch meinen und mehrere andere Räume gebohrt hätte, bevor sie in einer Wand oder Kochplatte oder jemandes Schädelknochen zur Ruhe gekommen wäre. (Aber natürlich hatte der Schütze wahrscheinlich *gewußt,* daß es sich um eine tragende und somit verstärkte Wand handelte.)

Okay, ich hatte verstanden. Ich war nicht tot, was bedeutete, daß mich ein Besuch im Iolani-Palast wahrscheinlich auch nicht umbringen würde. Nach meinem Gespräch mit Gordon Ho wurden die Karten natürlich neu verteilt. Wenn er der Ansicht war, daß ich ihm nicht alles sagte, was ich wußte, oder ihm nicht die Antworten gab, die er hören wollte, hatte ich keine Möglichkeit, ihn davon abzuhalten, mich nach unten in einen kleinen dunklen Raum zu schicken – Paläste hatten Verliese oder so etwas, nicht wahr? –, wo große Männer die Fragen unter weniger angenehmen Umständen wiederholen würden. Einfach Sahne.

Vielleicht sollte ich mich einfach ganz schnell verabschieden. Vielleicht würden mir Kat und die anderen – ALOHA oder nicht – dabei helfen, in den Schatten unterzutauchen. Vielleicht – und das war ein *großes* Vielleicht – würde es mir gelingen, den Fraktionen, die bereits hinter mir her waren, einen Schritt voraus zu bleiben. Ach ja, dazu kam noch das Yamatetsu-Vergeltungsteam, das Barnard mir auf den Hals hetzen würde, wenn er erfuhr, daß ich seine Botschaft nicht dem *Ali'i* überbracht hatte. Ich war ziemlich gut im Untertauchen, das wußte ich ... aber auf lange Sicht war mit ›ziemlich gut‹ kein Blumentopf zu gewinnen. Ich schätzte meine Chancen, eine Woche zu überleben, mit fünfzig zu fünfzig ein. Einen Monat – meinetwegen fünfundzwanzig zu fünfundsiebzig. Ein Jahr? Vielleicht eins zu zehn. Lange genug, um auf all das zurückzublicken und zu lachen? Da waren die Überlebenschancen eines Schneeballs in einer Plasmaschmelze besser, Chummer.

Es sah ganz danach aus, als würde ich dem Iolani-Palast in ungefähr einer Stunde einen Besuch abstatten, nicht wahr?

Das Telekom – dasjenige, welches angeblich keine Gespräche entgegennahm – klingelte erneut. Ich funkelte es an. Als es sich hartnäckig weigerte, sich in seine atomaren Bestandteile aufzulösen, seufzte ich. Gordon Ho, der mir noch ein paar zusätzliche Anweisungen geben wollte? Wie auch immer. Ich setzte mich vor die Tastatur und drückte auf die entsprechenden Knöpfe, um den Anruf entgegenzunehmen.

Es war nicht Gordon Hos Gesicht, das auf dem Bildschirm erschien. Nein, wenn ich ein Gesicht beschreiben müßte, welches in allen Facetten das genaue Gegenteil von demjenigen König Kams war, würde es nicht weit weg von demjenigen des Mannes sein, den ich vor mir sah. Glatte Haut, die so blaß war, daß sie durchscheinend wirkte. Silbernes Haar, lang und fließend. Augen von der Farbe des arktischen Eises in Global Geographics Trideoshows – vielleicht blau, vielleicht grün, vielleicht grau, je nach Licht und eigener Stimmung. Hohle Wangen, kleine Nase, kleiner Mund. Und alterslos. Wenn ich aufgefordert worden wäre, sein Alter zu schätzen, hätte ich gesagt, irgendwo zwischen zwanzig und hundert. Instinktiv betrachtete ich seine Ohren – keine Spitzen, also war er kein Elf.

Sein Äußeres hatte etwas… nun, Beunruhigendes, besser kann ich es nicht beschreiben. Es war streng, zurückhaltend, distanziert… und zwar auf eine fast unmenschliche Weise. Ich wollte lieber nicht darüber nachdenken, was diese Augen schon gesehen haben mochten.

»Mr. Montgomery«, sagte er. Seine Stimme war… *seltsam*… dünn, quäkend, fast piepsig, aber auch stark, etwa so, wie ein Stilett zugleich zierlich und tödlich ist.

»Tut mir leid«, sagte ich in dem Versuch, mich herausfordernd zu geben, »aber den Preis dafür, meine Nummer herauszufinden, hat schon jemand anders gewonnen. Wer, zum Teufel, sind *Sie?*«

»Ein Freund.« Diese Erklärung wurde weder von einem Lächeln noch irgendeiner anderen Miene begleitet.

»Jetzt hätte ich Ihnen fast geglaubt. Sind Sie sicher, daß Sie nicht die falsche Nummer erwischt haben? Den falschen Montgomery?«

»Ich glaube ja.« Wiederum kein Lächeln, wenngleich ein Unterton in seiner Stimme lag, bei dem es sich um distanzierte Belustigung handeln mochte. »Ich habe eine Botschaft für Sie, Mr. Montgomery. Im Grunde eine Warnung.«

»Ich *will* keine ...«

Seine Stimme wurde nicht lauter, aber sie schnitt mir ebenso wirkungsvoll das Wort ab wie eine Garotte. »Eine freundliche Warnung, Mr. Montgomery. Ich rate Ihnen gut zuzuhören.«

Mein Bedürfnis, mich herausfordernd zu präsentieren, hatte stark nachgelassen, also zuckte ich nur die Achseln.

»Ohne eigenes Verschulden sind Sie in Dinge verwickelt worden, die viel zu schwerwiegend für Sie sind«, sagte das strenge Gesicht. (*Ohne Drek, Sherlock,* konnte ich mir gerade noch verkneifen.) »Ein lange schwelender Konflikt spitzt sich hier auf Hawai'i zu. Die Streitkräfte sammeln sich.«

»ALOHA und die Konzerne. Kein Drek.«

»Ja, die auch.« Mr. Pergamentgesicht hielt inne. »Selbst wenn man die Dynamik eines Konflikts vollkommen versteht, ist es oft schwierig, sich nicht von ihm überwältigen zu lassen ... überwältigen und zermalmen. Wenn man nicht weiß, worum es bei dem Konflikt in Wahrheit geht, ist es normalerweise unmöglich.«

»Dann sagen Sie es mir.«

Diesmal lag die Belustigung – kalt, distanziert, aber unverkennbar – ganz eindeutig in seiner Stimme. »Ich glaube nicht, nicht jetzt. Ich will Ihnen nur nahelegen, sich meine Worte zu Herzen zu nehmen. Beenden Sie Ihre Beteiligung an Dingen, die sich Ihrer Kontrolle entziehen und Ihr Begriffsvermögen übersteigen. Mit anderen Worten... halten Sie sich raus, Mr. Montgomery. Ganz und gar.«

»Das würde ich tun, wenn ich die Möglichkeit hätte«, antwortete ich aufrichtig.

»Dann verschaffen Sie sich die Möglichkeit.«

»Wer, zum Teufel, sind Sie überhaupt?«

»Wie ich schon sagte, ein Freund«, wiederholte der Mann sanft.

»Und Sie sagen mir, Sie wissen, was vorgeht?« Er nickte. »Ja, klar«, schnaubte ich. »Beweisen Sie es, wenn Sie wollen, daß ich Ihnen Beachtung schenke.« Erst, als ich die Worte ausgesprochen hatte, fiel mir der letzte ›Beweis‹ ein, den man mir geliefert hatte. Aus einem Reflex heraus warf ich einen Blick auf das Schußloch im Fenster.

Und so entgingen mir die ersten Augenblicke der Verwandlung. Als ich den Blick wieder auf den Schirm richtete, zerflossen die Umrisse des Gesichts bereits, veränderten sich – verwandelten sich. Nichts, was ich auf jenem Schirm sah, überstieg die Möglichkeiten eines talentierten Burschen mit einem Cray-Amiga Submicro unter FX Oven... aber tief im Innern *wußte* ich, daß das, was ich sah, kein Trick, kein Spezialeffekt war. Der Schädel des Mannes dehnte sich aus und verlängerte sich. Die eisigen Augen schwollen an, rutschten weiter auseinander, wanderten auf die Seiten des Schädels. Sein Mund öffnete sich und wies plötzlich dolchartige Zähne auf. Hinter den Zahnreihen bewegte sich etwas – eine schwarze Zunge, die wie die einer Schlange gespalten war.

»Ist das Beweis genug?« fragte der Drache.

14

Der große Wurm. Der verdammte Hosengurt.

Er mußte es sein, nicht wahr? Ryumyo, der verdammte Großdrache. Jesus Christus im Himmel. Wie war das noch gleich mit dem Untertauchen?

Meine Hände zitterten, was es mir erschwerte, den Wagen kurzzuschließen, den ich gerade stahl – einen netten, unauffälligen Volkswagen Elektro, der hier und da große Rostflecken aufwies. Ich wischte mir mit dem Handrücken den Schweiß aus den Augen und versuchte, mir nicht in die Hose zu machen.

Ein netter entspannender Ausflug auf die Inseln. Liefern Sie eine Botschaft ab, legen Sie sich ein bißchen Sonnenbräune zu, kippen Sie sich ein paar Mai-Tais hinter die Binde, und schon ist alles erledigt. So hatte Barnard die Sache dargestellt.

Ja, *genau*. Ryumyo, der verdammte Drache, hatte es treffend formuliert, nicht wahr? »Sie sind in Dinge verwickelt worden, die viel zu schwerwiegend für Sie sind«, hatte er zu mir gesagt. Ohne Drek. Konzerne, Yaks, Terroristen, meine Güte. Und jetzt noch Könige und verdammte *Drachen* ... Ach ja, und wir dürfen auch die Insektengeister nicht vergessen, oder? Meine Tanzkarte war bereits voll, und trotzdem tauchten immer mehr Gäste auf dem Ball auf. Zum Teufel damit und wieder zurück. In einem früheren Leben muß ich etwas *echt* Schlimmes gewesen sein – Nonnenschänder, vielleicht, Massenmörder oder vielleicht auch Steuereintreiber –, um so ein drekkiges Karma verdient zu haben.

Endlich gelang es mir, den Elektro davon zu überzeugen, daß ich den richtigen Code hatte, und der kleine Elektromotor des Volkswagen sprang an. Ich versuchte mit quietschenden Reifen anzufahren, aber der Sarg auf Rädern jaulte lediglich anklagend auf und rollte im

Schrittempo los. (Laut irgendeiner Volkswagenpropaganda, die ich vor einer ganzen Weile gesehen hatte, soll der Elektro angeblich eine Höchstgeschwindigkeit von 75 Stundenkilometern erreichen. *Sicher*, Chummer. Die Ingenieure von Volkswagen müssen das verdammte Ding von einer Brücke gestürzt haben, um auf diese Zahl zu kommen.) Ich lenkte den Elektro nach Osten und gondelte durch den Mittagsverkehr.

Ihr Geister... Ich hätte nichts lieber getan, als den freundlichen Rat des netten Drachen anzunehmen und mich schleunigst von alledem abzusetzen. Ich hatte es schließlich nicht darauf angelegt, meine Nase in anderer Leute Angelegenheiten zu stecken. Wenn ich jetzt einen falschen Schritt machte, war meine Nase vermutlich der größte Teil meiner Anatomie, den man noch ganz vorfinden würde. Vielleicht nach meinem Gespräch mit König Kamehameha V. Ja, klar.

Ich war zehn Minuten zu früh für meine Verabredung – Audienz? –, als ich in das öffentliche unterirdische Parkhaus einen Block vom Iolani-Palast entfernt einfuhr. Ich verabschiedete mich ohne großes Bedauern von dem Elektro – Volkswagens Ergonomie-Gurus mußten die Ausgestaltung des Kopfraums einem Haufen Kobolden überlassen haben – und nahm den Fahrstuhl nach oben.

Und dort blieb ich stehen und lauschte ein oder zwei Minuten lang meinem Puls, der einen wilden Rhythmus in meine Ohren hämmerte. Logik kämpfte gegen Instinkte. Meine Instinkte rieten mir, alle Schliche zu benutzen, die ich kannte, nach Schatten und Verfolgern Ausschau zu halten, auf meinen Hintern zu achten und mich meinem Ziel zu nähern, ohne gesehen zu werden. Die Logik sagte mir, daß das ein Haufen Drek war. Ich würde in einen verdammten *Palast* schlendern. Dort würden mir meine Schliche eine Menge nützen. Und überhaupt, erinnerte ich mich, während ich den Schnitt betrachtete, den das Schußloch in der Scheibe an meinem Finger hinterlassen hatte, Gordon Hos Scharfschütze hatte mir einen überzeugenden Beweis geliefert, daß der *Ali'i* mich noch nicht tot sehen wollte. Dennoch dauerte es gute zwei Minuten, bis die Logik das Gejammer der Instinkte unterdrückt hatte. Schließlich ging ich über die Straße – wo ich fast von einem Kurier auf einem Motorrad über den Haufen gefahren worden wäre, obwohl ich Grün hatte – und zum Iolani-Palast.

Das Gebäude an sich war von einer mindestens einen halben Hektar großen Rasenfläche umgeben, die fast unanständig grün und lebendig aussah. Es sah nicht groß genug für das Kapitol eines souveränen Staates aus. Drek, man konnte kaum mehr als hundert Bürokraten und Datenwälzer darin unterbringen. Aber dann sah ich in die andere Richtung auf das *Haleaka*-irgendwas, das große Stahlbeton-Regierungshaus. Ich nehme an, daß es sinnvoll war, die alltäglichen Regierungsgeschäfte von dem symbolischen, feierlichen Drek zu trennen. Das schmiedeeiserne Tor zum Palastgelände war offen und wurde von vier Wachen flankiert – alles große Jungens, Trolle und Orks in weißen Uniformen, die in der strahlenden Sonne fast blendeten. (*Dumm,* dachte ich zuerst, aber dann wurde mir klar, daß diese Burschen nur Symbolcharakter hatten. Wenn man den ganzen Tag draußen in Habachtstellung in der glühenden tropischen Sonne stand, war weiße Kleidung wesentlich sinnvoller als ein dunkler Tarnanzug. Die *eigentlichen* harten Burschen würden sich außer Sicht aufhalten, irgendwo im Schatten, aber durchaus in der Lage, in Sekundenschnelle zu reagieren, wenn es Ärger gab.) Ich schlenderte hindurch. Einer der Trolle bedachte mich mit meiner täglichen Dosis Stinkeblick, und ich sah, wie seine dicken verhornten Knöchel auf dem Kolben seines H&K-Sturmgewehrs weiß wurden. Chummer, ich *lächelte* nur. Im Augenblick standen Trolle mit Sturmgewehren ganz unten auf meiner Liste mit Dingen, um derentwillen ich mir in die Hose machte.

Ich schlenderte die Auffahrt entlang, die niedrige

Treppe hinauf und dann durch die Eingangstür. Und in die segensreiche Kühle eines Lobby/Empfangsbereichs. Scott hatte mir erzählt, der Iolani-Palast sei ungefähr hundertfünfzig Jahre alt, und jetzt konnte ich es tatsächlich *spüren*. Nicht daß das Haus heruntergekommen aussah. Weit gefehlt, er wurde offenbar perfekt instandgehalten. Aber die Geschichte, die sich durch seine Türen, die Treppe hinauf und über den dunklen Holzboden gewälzt hatte, lag förmlich in der Luft.

Es gab vier weitere weißgekleidete Parade-Wachen – wiederum Trolle –, eine in jeder Ecke des Raumes. Weitere Stinkeblicke. Vor mir stand ein riesiger Empfangstresen aus demselben dunklen Holz wie der Fußboden. Dahinter saß eine junge polynesische Frau, deren Attraktivität durch die Tatsache, daß sie ein Ork war, nicht im geringsten beeinträchtigt wurde. Kein Stinkeblick von ihrer Seite. Sie betrachtete mich mit einem Willkommenslächeln, das mich unter anderen Umständen vielleicht dazu veranlaßt hätte, im Kreis zu laufen, ein Rad zu schlagen und den Mond anzuheulen. Ich ging zu ihr. »Ich heiße Dirk Montgomery«, sagte ich zu ihr.

»Ja?« Dann blinzelte sie und warf einen Blick auf ihren in das Pult eingelassenen Computerbildschirm. »Ah, ja«, sagte sie strahlend. »Ich bitte um Verzeihung, Mr. Montgomery, Sie werden *selbstverständlich* erwartet. Wenn Sie noch einen Augenblick warten würden ...« Ihre Augen verdrehten sich, und erst jetzt fiel mir das Glasfaserkabel auf, daß sie mit dem Computersystem in ihrem Empfangspult verband. Ein paar Sekunden später strahlten mich ihre dunklen Augen wieder an. »Mr. Ortega kommt sofort«, sagte sie.

Als sie ›sofort‹ sagte, hatte sie auch ›sofort‹ gemeint. Ich hatte ihr kaum gedankt, als sich eine Tür in der Wand hinter ihr öffnete und ein Pinkel zum Vorschein kam.

Kein ›Pinkel‹ wie in ›Konzern‹. Nein, ›Pinkel‹ wie in Zoé oder bei einem anderen Modedesigner der Spitzenklasse. Als Mr. Ortega durch die Tür schritt, war es sein Anzug, der mir als erstes auffiel. Der Mann darin wirkte wie ein Anhängsel. Ein teiggesichtiger kleiner Bursche mit blasser Haut und Pfeffer-und-Salz-farbenem Haar. Er wirkte irgendwie staubig, wie ein Bibliothekar, der ein paar Jahre unter seinen Bücherstapeln begraben gewesen war. Aber der Anzug und die Augen – granithart wie die des *Ali'i*, dachte ich plötzlich – reichten aus, um mich davon zu überzeugen, daß dieser Bursche ein hohes Tier sein mußte.

Jene Augen betrachteten mich von Kopf bis Fuß, taxierten mich … und verengten sich, als gefielen ihm die Schlußfolgerungen nicht besonders, die er daraus zog. »Mr. Montgomery«, sagte er höflich, doch ohne menschliche Wärme. Er streckte eine dünne Hand aus. »Ihre Waffe, bitte.«

Aus dem Augenwinkel sah ich, wie sich die Wachen versteiften, als ich – *sehr* langsam und mit der linken Hand – unter mein Hemd griff und den Manhunter herauszog. Ich sicherte die Waffe, wobei ich sogar so weit ging, das Magazin herauszunehmen, bevor ich ihn Ortega gab. Er nahm ihn voller Abscheu, als hätte ich ihm einen toten Fisch angeboten, und gab ihn der Orkfrau hinter dem Empfangstresen, die ihn in einer Schublade verschwinden ließ. »Natürlich bekommen Sie sie beim Verlassen des Palastes zurück«, sagte Ortega. Dann drehte er sich um und ging auf die Tür zu, wobei ich der Haltung seiner schmalen Schultern die Erwartung entnahm, ihm zu folgen.

Und ich folgte ihm, durch die Tür – zweifellos durch eine umfangreiche Batterie von Metalldetektoren und Chemoschnüfflern – und in eine Art Vorzimmer mit drei Türen. Ortega drehte sich wieder zu mir um und musterte mich erneut von Kopf bis Fuß. »Ja, nun«, sagte er schließlich, »natürlich müssen Sie für eine Audienz mit dem *Ali'i* Jacke und Krawatte tragen.« Ich hätte fast laut aufgelacht – zuletzt hatte ich so einen Spruch gehört, als ich mich in Seattle in ein Restaurant namens La Maison d'Indochine zu schleichen versucht hatte –, unterdrückte jedoch meine Belustigung. Adjutant, Maitre d' – bei genauerem Nachdenken gibt es wohl wenig Unterschiede zwischen den beiden. Ich beobachtete den laseräugigen kleinen Mann – überrascht, daß er nicht einmal ansatzweise polynesisch aussah –, während er einen in die üppig vertäfelten Wände eingelassenen Schrank öffnete und ein paar Kleidungsstücke herausholte. »Größe eins-null-fünf dürfte passen.« (Das schien eine Woche zu sein, in der mir andauernd Leute mit dem Augenmaß eines Herrenausstatters über den Weg liefen.) Er gab mir einen Zweireiher – dunkelblau mit konservativen smaragdgrünen Nadelstreifen – und eine weiß und marineblau gemusterte Krawatte. Und dann wartete er.

Der Kragen meines Tropenhemds war nicht für eine Krawatte gemacht, und wenn die Größe der Jacke tatsächlich eins-null-fünf war, hatte ich zugenommen. Aber ich behalf mich, so gut ich konnte, und drehte mich vor Ortega einmal wie ein Model im Kreis. »Ja«, sagte er trocken – ich nahm an, ein gewisser Sinn für Humor war in dieser Saison nicht *de rigeur* – und drehte mir wieder den Rücken zu.

Ich folgte ihm durch noch eine Tür und einen kurzen Flur. Wir blieben vor einer weiteren Tür stehen – diesmal aus einem dunklen, dynamisch gemaserten Holz – und warteten. Er drehte sich wieder zu mir um, betrachtete mich noch einmal von oben bis unten – sein Stirnrunzeln verriet mir, daß ihm das, was er jetzt sah, auch nicht besser gefiel – und begann mit einer Vorlesung über das Protokoll. »Der *Ali'i* wird Sie begrüßen«, sagte er. »Bis dahin werden Sie den Blick abwenden. Sie reden nur, wenn Sie angesprochen werden, und dann werden Sie sich auf Antworten auf die Fragen des *Ali'i* beschränken. Sie werden nicht ...«

Mr. Protokoll wurde durch ein Klicken unterbrochen,

als sich die Tür hinter ihm öffnete. Er warf mir einen finsteren Blick zu – offenbar konnte er Unterbrechungen nicht leiden –, drehte sich jedoch um und flüsterte dem Weißbekleideten, der die Tür geöffnet hatte, etwas zu. Nach einem leisen Wortwechsel trat Ortega beiseite und bedeutete mir einzutreten. Das tat ich, wobei ich mir gewünscht hätte, eine kleine Münze zur Hand zu haben, um sie ihm als Trinkgeld zu geben (und ihn *echt* sauer zu machen). Ich trat durch die Tür …

… Und in einen Thronsaal. Ich meine einen *echten* Thronsaal, richtig mit Thron auf einem niedrigen Podest am anderen Ende. Die Gestalt auf dem Thron zog meinen Blick wie ein Magnet an. Ein bronzehäutiger Kriegsgott – das war mein erster Eindruck. Hochgewachsen, muskulös, in der Blüte seines kraftstrotzenden, vitalen Lebens. Er trug im wesentlichen dasselbe wie die Statue Kamehamehas des Großen, die Scott mir gezeigt hatte: Lendentuch, einen Umhang aus leuchtend gelben Federn über den Schultern und einen ausladenden Kopfschmuck, der ebenfalls mit Federn bedeckt war. Seine Brust war nackt, sehr muskulös und hier und da mit Tätowierungen von geometrischer Musterung verziert. Hätte er einen Speer oder eine Keule in den großen Händen gehalten, wäre das völlig angemessen gewesen. Tatsächlich handelte es sich jedoch bei dem Gegenstand in seinen Händen um einen Taschencomputer, auf dessen Tastatur er bei meinem Eintreten eifrig herumhämmerte. Als sich die Tür klickend hinter mir schloß, sah er auf, und seine granitharten Augen schienen mich zu durchbohren.

Es war Gordon Ho – so lange, ein paar Sekunden, hatte ich gebraucht, um ihn in seiner Pracht zu erkennen. Gordon Ho, König Kamehameha V., *Ali'i* des Königreichs Hawai'i. Als ich ihn auf dem Telekomschirm sah, hatte ich den Eindruck eines jungen, aufstrebenden Konzern-Execs. Das Telekom hatte weder seine Größe vermittelt – knapp unter zwei Meter, also nicht ganz die Statur Kamehamehas des Großen, aber trotzdem ein großer Junge –, noch war es seiner … *Aura* gerecht geworden. (Ich hasse dieses Wort, aber es ist das einzige, das paßt.) Ich konnte seine Persönlichkeit, seine Willenskraft, *spüren* wie die Hitze eines Glutofens. Das war meine erste Begegnung mit einem König, und mir wurde klar, daß an diesem Monarchie-Drek vielleicht doch mehr war als ein Titel und – möglicherweise – inzuchtbedingte Geburtsfehler.

Er wandte den Blick von mir ab und richtete ihn wieder auf seinen Computer, und das schien mich von einem Bann zu befreien. Zum erstenmal seit meinem Eintreten war ich in der Lage, mir den Rest des Raumes ansehen.

Er war nicht groß, dieser Thronsaal, etwa von der Größe eines Sitzungssaals. Der Boden bestand aus Hartholz, die Wände waren mit demselben gemaserten Holz vertäfelt, aus dem auch die Tür bestand, durch die ich eingetreten war. An der Wand hinter dem *Ali'i* hing ein großes Wappen oder Siegel oder so etwas – kreisrund mit einem Ring von Worten am Rand. *Ua mau ke ea a ka aina i ka pono,* konnte ich entziffern … was auch immer das zu bedeuten hatte. In der Mitte des Siegels befand sich eine Art Emblem, das eine hibiskusähnliche Blume, einen Baum, der wie ein Banyan aussah, und – ganz ehrlich – eine verdammte *Gans* beinhaltete. Das Siegel wurde von Vorhängen aus schwerem, kastanienbraunem Samt eingerahmt.

Links neben König Kamehameha befand sich noch ein weiterer Mann auf dem Podest – stehend. Die einzige Sitzgelegenheit in dem Raum war der Thron, der vom *Ali'i* ausgefüllt wurde. Es war ein älterer Mann, hager und runzlig, und er sah aus, als sei er aus nußbraunem Holz geschnitzt. Er trug ebenfalls einen Umhang – keine Federn, nur einfacher roter Stoff –, ein Lendentuch und darüber hinaus ein Stirnband mit einer Feder am Hinterkopf, die sich – einsam und verloren, wie ich fand –

nach vorn neigte. Irgendein Ratgeber, dachte ich mir sofort. Wie hatte Scott diese Burschen genannt? *Kahunas,* das war es. Der *Kahuna* sah nur ein paar Jahre jünger aus als Gott persönlich, aber er hatte denselben stählernen Blick wie Gordon Ho. Kein Bursche, der mit sich spaßen ließ.

Zwei Weißgekleidete flankierten das Podest, und ein weiterer wachte über mich und Ortega, der sich mir angeschlossen hatte. Diese Burschen hielten tatsächlich Speere in den Händen, aber mir entging nicht, daß in dem Halfter an ihrem Gürtel großkalibrige Kanonen steckten.

Und dann waren da noch die drei ... Besucher? Bittsteller? Wie sollte man sie nennen? Sie standen vor dem Podest, den Blick abgewandt, wie ich es zu tun vergessen hatte. Alle drei Menschen, alle Polynesier ... und alle Pinkel (diesmal im Konzernsinn). Einer von ihnen drehte sich um und warf mir einen bösen Blick zu – mittlerweile hatte ich den Stinkeblick ziemlich satt –, bevor er sich wieder auf das Blickabwenden konzentrierte.

Der *Ali'i* sah von seinem Computer auf und musterte einen der Pinkel mit scharfem Blick. »Gibt es sonst noch etwas, das ich in dieser Angelegenheit hören sollte?«

Der Pinkel sah auf und sagte förmlich: »Nichts mehr, *e Ku'u lani.*«

»Gut«, sagte der König mit einem Nicken. »Dann werden Sie meine Entscheidung binnen vierundzwanzig Stunden hören.«

Einer der drei Pinkel – er sah jünger aus als die anderen – öffnete den Mund, um Einwände zu erheben, aber der Blick, den ihm der *Ali'i* zuwarf, ließ ihn innehalten, bevor er überhaupt angefangen hatte. Der junge Pinkel trat mißmutig von einem Fuß auf den anderen, dann machte er sich ebenfalls wieder ans Blickabwenden.

Der *Ali'i* warf einen Blick in meine Richtung, und ich glaubte, ein schwaches Lächeln zu erkennen. »Mr.

Montgomery«, sagte er. Das war keine Frage, also schwieg ich. Sein Blick wanderte zu Ortega neben mir. »Bitte führen Sie Mr. Montgomery in mein Privatbüro.«

Ortega versteifte sich. »*E Ku'u lani,* ist das schicklich?«

Oha, Fehler. Der königliche Stinkeblick unterscheidet sich ganz erheblich von der Allerweltsart, und ich war froh, daß diese Kostprobe jemand anderem galt. Überraschenderweise war es der hagere *Kahuna,* der sagte: »Es ist Sache des *Ali'i,* zu entscheiden, was schicklich ist und was nicht.« Der Verweis wurde mit leiser Stimme erteilt, die kaum mehr als ein Flüstern war, aber Ortega zuckte zusammen wie unter einem Peitschenhieb.

Der Adjutant/Maitre d' nickte und schien seinen vorstehenden Adamsapfel verschlucken zu wollen. Er tippte mir auf den Arm, und ich folgte ihm wieder zur Tür hinaus.

Während er mich durch die Eingeweide des Palastes führte, sagte er kein Wort, was mir nur recht war. Schließlich blieb er vor einer weiteren Tür aus üppig gemasertem Holz stehen, nickte dem unerläßlichen Weißgekleideten zu, der die Tür bewachte, und öffnete sie. Wortlos bedeutete er mir einzutreten, und diesmal folgte er mir nicht. Ich wartete, bis sich die Tür hinter mir geschlossen hatte, bevor ich mir den Raum genauer ansah.

Ein Konzernbüro, eingerichtet mit allem, was gut und teuer war – das war mein erster Eindruck. Überall Tech – nicht aufdringlich oder überladen, aber immer zur Hand. Alles und jedes, um einem schwer beschäftigten Exec das Leben leichter oder bequemer zu machen. Eine riesige Holo-Einheit an einer Wand, eine dieser HiTech-Anlagen, die automatisch eine Vielzahl von Taschencomputern per Infrarot-Verbindung zusammenschaltet und ein Dutzend Leute Zeichnungen und Anmerkungen eingeben läßt. Eine Telekom/Kommunikationsanlage, für die man schon einen Elektroingenieur brauchte, um sie nur einzuschalten. Ein elektrostatischer Drucker, der kaum größer war als die Blätter, auf denen er druckte.

Und – Gott sei Dank für wenigstens *eine* Sache, mit der ich mich auskannte – eine schicke kleine Kaffee/Espresso-Maschine auf einer Anrichte.

Ich hatte wohl damit gerechnet, daß die Einrichtung des königlichen Privatbüros der des Thronsaals ähneln würde: dunkles, poliertes Holz, schwere Vorhänge, diese Art Drek. Netter Versuch, aber daneben. Der Raum war luftig und heiter, in blassen Pastellfarben gehalten, die den Raum größer machten, als er eigentlich war. Schreibtisch und Anrichte bestanden aus Makroplast in einem kontrastierenden Pastellton. Die Stühle – es gab vier davon, einen hinter dem Schreibtisch und drei davor – waren nicht die antiken Ungetüme, die ich erwartet hatte, sondern die neusten selbstregulierenden Modelle.

Hinter dem Schreibtisch war ein großes Fenster, das einen Blick auf die Berge im Norden der Stadt gewährte. Es sah aus, als sei ein Gewitter im Anzug, da sich über den zerklüfteten Gipfeln schwarze Wolken zusammenballten. Ich schüttelte den Kopf und war versucht, zum Fenster zu gehen und das Material zu berühren. Es waren keine Farbveränderungen zu sehen, die ich immer mit extra verstärkten antiballistischen Legierungen in Verbindung brachte. Wenn dieses Fenster aus normalem Transpex bestand, konnte jeder dahergelaufene Penner mit einem Gewehr den verdammten *Ali'i* umlegen, indem er ihm eine Kugel durch den adeligen Kopf jagte. Hey, Augenblick mal… Was stimmte nicht an diesem Bild?

Einiges. Erstens… dieser Raum konnte kein Außenbüro sein. Wenn ich nicht völlig die Orientierung verloren hatte – möglich, aber nicht wahrscheinlich –, befand sich dieses Zimmer mitten im ersten Stock des Iolani-Palasts.

Zweitens: der Blick auf die Berge, der sich mir darbot, war vom Palast aus einfach unmöglich. Klar, man konnte die Berge sehen… aber nur zwischen Konzernwolkenkratzern, von denen im ›Fenster‹ keiner zu sehen war. Eine raffinierte Holo-Anzeige, das mußte es sein – wie das ›Fenster‹ in Adrian Skyhills Büro in Fort Lewis, wie mir plötzlich einfiel. Das Gefühl des *Déjà vu* ließ mich erschauern. Ich setzte mich auf einen der Besucherstühle und versuchte mich zu entspannen, während ich wartete.

Ich brauchte nicht lange zu warten – sehr angenehm, da ich mich ohnehin nicht entspannen konnte. Die Tür hinter mir öffnete sich, und ich sprang instinktiv auf.

Gordon Ho, König Kamehameha V., hatte sich wiederum verändert. Es lag nicht nur an seiner Kleidung, obwohl er anstelle seiner Amtstracht schrecklich teure Freizeitkleidung trug. Nein, seine ganze Art – seine Aura, um dieses alberne Wort zu benutzen – war wie verwandelt, als hätte er mit dem Ablegen der äußeren Zeichen seiner Königswürde auch die Kraft der Persönlichkeit abgelegt, die ich im Thronsaal gespürt hatte. War diese Kraft auf einen magischen Einfluß zurückzuführen, der vielleicht in den Kopfschmuck eingearbeitet war?

Nein, korrigierte ich meine Einschätzung gleich darauf. Die Kraft war immer noch da. Sie glitzerte in seinen Augen. Es war nur so, daß Gordon Ho wie jeder gute Exec zwischen Zeremonie und Geschäft unterschied.

»E Ku'u lani«, begann ich.

Ho bedeutete mir, mich zu setzen. »Ich sagte Ihnen bereits am Telekom, es sind die *Kahunas*, die auf die alten Formen fixiert sind, nicht ich.« Er setzte sich auf den Stuhl hinter dem Schreibtisch und lehnte sich behaglich zurück. Dann betrachtete er mich fast eine Minute lang. Sein forschender Blick war nicht feindselig – mehr neugierig als alles andere, dachte ich –, aber dadurch fühlte ich mich nicht besser. Ich rutschte nervös auf meinem Stuhl hinunter und spürte, wie mir ein dünnes Schweißrinnsal die Rippen herunterlief. Ich versuchte seinem Blick standzuhalten, aber es dauerte nicht lange, bis ich den Blick abwenden mußte. Ich richtete ihn auf alles mögliche – das ›Bildfenster‹ hinter ihm, den Schreibtisch, die Holoeinheit –, nur nicht auf diese Granitaugen.

Schließlich rührte sich der *Ali'i,* und ich spürte, wie die Intensität seines Blickes nachließ. »Mr. Montgomery«, sagte er zögernd, beinahe nachdenklich. »Derek Montgomery.« Er lächelte. »Ich weiß ein wenig über Sie, Mr. Montgomery. Geboren am 22. Juli 2019 in Seattle, Washington – damals war es noch der amerikanische Bundesstaat Washington, nicht wahr? Eine jüngere Schwester. Beide Elternteile getötet.« Sein Tonfall war so, als lese er etwas vor, wenngleich er den Blick immer noch auf mein Gesicht gerichtet hatte. Erst als ich ein schwaches künstliches Glitzern auf seiner Hornhaut bemerkte, wurde mir klar, daß ihm irgendeine Einheit im Schreibtisch meine persönlichen Daten direkt vor die Augen projizierte. »Besuchte die Universität von Washington«, fuhr er fort, »machte jedoch keinen Abschluß. Wählte eine Laufbahn bei Lone Star Security Services.« Er bedachte mich mit einem trockenen Grinsen. »Eine *verkürzte* Laufbahn«, fügte er ironisch hinzu, »die damit endete, daß Sie den Konzern unter wenig freundlichen Umständen verließen.

Seitdem« – er zuckte die Achseln – »eigentlich ziemlich wenig. Gelegentliche Hinweise, daß Sie Ihre Dienste verschiedenen Individuen und sogar einigen Konzernen zur Verfügung gestellt haben. Aber kaum konkrete Daten.

Bis zu Ihrem Tod im Jahre 2052, bestätigt durch Genabdruck und Gebißvergleich.« Eine buschige Augenbraue hob sich fragend. »Interessant, Mr. Montgomery. Ich habe mich noch nie mit einem Toten unterhalten.«

Ich zuckte die Achseln … und versuchte mir nicht anmerken zu lassen, wie schockiert ich über die Leichtigkeit war, mit der er Hintergrundinformationen über mich ausgegraben hatte. Geburtsdatum, Geburtsort, Familiendetails, beruflicher Werdegang … all das hätte aus den öffentlichen Datenbanken herausfallen müssen, als ich nach meinem Bruch mit Lone Star meine SIN gelöscht hatte. Ich hatte immer gedacht, ›gelöscht‹ bedeute genau das – man existiert nicht mehr, es gibt keine Verbindung mehr zwischen dem, der man einmal war, und dem, der man ist, und keinen problemlosen Weg, diesen Drek danach noch aufzuspüren. Leben heißt lernen, nehme ich an.

Der *Ali'i* beugte sich vor. »Sagen Sie, Mr. Montgomery, was will ein Toter auf Hawai'i?«

Ich zögerte. Drek, Barnards Anweisungen waren zu ungenau gewesen. Ja, ich sollte König Kam eine bestimmte Nachricht überbringen, aber was sollte ich ihm sonst noch sagen oder auch nicht sagen? »Er versucht etwas gegen die Friedhofsblässe zu tun«, antwortete ich und versuchte Zeit zum Nachdenken zu gewinnen.

Daraufhin kicherte er leise. »Nun, vielleicht kommen wir darauf später noch zurück.« Er hielt inne, dann veränderte sich seine Stimme – Zeit fürs Geschäft. »Sie ließen durchblicken, Sie hätten eine Nachricht für mich. Von wem, Mr. Montgomery?«

»Von Jacques Barnard«, sagte ich. »Dem geschäftsführenden Leiter oder so bei Yamatetsu.«

»Ich kenne Jacques Barnard«, bestätigte er, »und zwar als einen untadeligen Mann. Ich nehme an, Sie haben erst kürzlich mit ihm geredet. Gefällt ihm Chiba?«

»Kyoto«, korrigierte ich.

»Natürlich, Kyoto. Ich frage mich … hatten Sie je Gelegenheit, sein Anwesen in Beaux Arts zu sehen?«

»Ich habe seinen Übungsraum gesehen … aber der war in Madison Park.«

»Richtig. Und wie geht es seiner reizenden Frau – Marie, war das nicht ihr Name?«

Ich seufzte. »Ich habe seine Frau nie kennengelernt und kenne auch ihren Namen nicht«, sagte ich ein wenig matt. »Zwei Fragen von dreien beantwortet. Heißt das, ich habe den Hauptgewinn verpaßt?«

Der *Ali'i* stutzte, und sein Blick schien mich auf dem Stuhl festzunageln. »Machen Sie immer so viele Witze, Mr. Montgomery?« fragte er gelassen.

Ich blinzelte und sagte ihm – zu meiner Überraschung – die Wahrheit. »Nur, wenn ich eine Scheißangst habe.«

Darüber lächelte er. »Ich glaube, ich verstehe.« Wiederum eine Pause. »Also gut, Mr. Montgomery. Ich glaube an Ihre lauteren Absichten.«

Sehr rücksichtsvoll von dir, du verdammter *Hurensohn,* sagte ich *nicht* zu ihm. Ich nickte nur.

»Wie lautet also Jacques' Nachricht?«

Mir fiel kein eleganter Weg ein, um den heißen Brei herumzureden, also gab ich die Botschaft ganz direkt weiter. »Ich soll Ihnen versichern, daß er mit dem Anschlag auf Ekei Tokudaiji nichts zu tun hat.«

Daraufhin schossen Gordon Hos Augenbrauen in die Höhe. »Tatsächlich?«

»Honto«, bestätigte ich. »Tatsächlich.«

»Was glaubt Mr. Barnard dann, wer dafür verantwortlich ist?«

»ALOHA«, stellte ich fest. »Wer sonst?«

Der *Ali'i* lächelte wiederum. »Eine ganze Reihe von Leuten, würde ich meinen. Schließlich war Tokudaiji-*san* ein *Oyabun* der Yakuza. Aber ich glaube auch, daß Sie mit ALOHA recht haben.« Sein harter Blick wurde weicher. »Vielen Dank, Mr. Montgomery«, sagte er. »Betrachten Sie Ihre Nachricht als überbracht. Ich habe nie wirklich geglaubt, daß Yamatetsu hinter dieser Geschichte steht, aber es ist gut, eine weitere Bestätigung zu bekommen.

Ich wäre sehr daran interessiert, Einsichten zu hören, die Jacques in bezug auf die Entwicklung hat«, fuhr er fort, jetzt allerdings eher im Konversationston. »Einige meiner Quellen melden bereits zunehmende öffentliche Unterstützung für ALOHA auf der Straße. Und im Parlament übt die Oppositionspartei zunehmenden Druck aus. Ich würde gerne mit Jacques persönlich reden, aber …« Er zuckte die Achseln. Dann veränderte sich sein Lächeln, und sein Blick bohrte sich wieder in mich. »Vielleicht können Sie mir dabei helfen, Mr. Montgomery«, sagte er mit täuschender Beiläufigkeit.

Ach, Drek, nicht *schon* wieder ...

Meine Gedanken mußten sich auf meinem Gesicht gespiegelt haben, weil Gordon Ho kicherte. »Sie sehen aus, als sei es schon wieder einer dieser Tage.«

»Eines dieser Jahrzehnte«, korrigierte ich.

»Das ist wohl nicht gerade Ihre bevorzugte Art, Ihren Aufenthalt hier auf den Inseln zu verbringen, indem Sie Botschaften überbringen, nicht wahr?« Er zögerte, und plötzlich stand echte Neugier in seinen Augen. »Wie sind Sie eigentlich in diese Sache hineingeraten, Mr. Montgomery?«

»Reines Glück, würde ich sagen.« Ich seufzte. Was sollte es – wenn irgend etwas an meiner Beteiligung ein Geheimnis war, war es nicht *mein* Geheimnis, und außerdem war ich der Ansicht, daß ich Barnard nichts mehr schuldig war.

Also erzählte ich ihm die Geschichte – die gekürzte Version, die in Cheyenne begann, nicht die komplette Saga, die beinhaltete, wie ich Barnard ursprünglich kennengelernt hatte. Wahrscheinlich sollte ich das nicht tun, dachte ich, während ich vor mich hin plapperte, aber, Drek, es gibt Zeiten, wenn man einfach mit jemandem reden muß, wer es auch ist. Ich sah nicht, welchen praktischen Schaden das anrichten konnte. Mein Leben lag ohnehin in König Kams Hand, und ich konnte mir keine Möglichkeiten vorstellen – nun, jedenfalls nicht viele –, wie er die Dinge für mich schlimmer machen konnte, als sie ohnehin schon standen. Außerdem schien sich Gordon Ho jetzt, wo er diesen gefiederten Drek nicht mehr trug, gar nicht mehr so sehr von mir zu unterscheiden, und ich fühlte mich irgendwie veranlaßt, ihn zu mögen.

(Was mir, um die Wahrheit zu sagen, eine höllische Angst einjagte. Irgendwie hatte ich mich auch veranlaßt gefühlt, Barnard zu mögen, nicht wahr? Und wohin hatte mich *das* gebracht ...?)

Als ich geendet hatte, nickte der junge *Ali'i* zögernd. »Die direkte Beteiligung Ryumyos ist einigermaßen beunruhigend«, sagte er. (*Einigermaßen* beunruhigend? Die Untertreibung des Jahrhunderts, *e Ku'u lani* ...) »Natürlich immer vorausgesetzt, es *war* Ryumyo, mit dem Sie geredet haben.«

»Ein Drache sieht irgendwie aus wie der andere«, räumte ich trocken ein.

»Genau.« Ho hielt kurz inne. »Aber vielleicht war es auch überhaupt kein Drache. Ja, ich weiß, er hat wie einer ausgesehen, aber viele *Kahunas* und hermetische Magier könnten eine Illusion erzeugen, die nur ein anderer Zauberkundiger durchschauen könnte.«

Ich mußte blinzeln. Dieser Gedanke war mir bisher noch gar nicht gekommen.

»Aber ob Ryumyo tatsächlich persönlich beteiligt ist oder nicht, ich glaube, die ALOHA-Verbindung ist ziemlich gewiß«, schloß der *Ali'i*. Er betrachtete mich nachdenklich. Dann öffnete er eine seiner Schreibtischschubladen, nahm einen kleinen Gegenstand heraus und hielt ihn mir hin. »Nehmen Sie das, Mr. Montgomery.«

Ich nahm den Gegenstand und betrachtete ihn. Es war eine Anstecknadel, der Größe nach zu urteilen fast eine Brosche. Kunstvoll gestaltet, so daß sie dem Wappen ähnelte, das ich hinter dem Thron des *Ali'i* gesehen hatte, lag sie schwer in meiner Hand. »Gold?«

Hos dunkle Augen funkelten. »Nur vergoldet. Tut mir leid.« Er deutete auf die Anstecknadel. »Damit stehen Sie offiziell unter dem Schutz des *Ali'i,* Mr. Montgomery. Soweit Mitglieder des Regierungsdienstes betroffen sind, weisen Sie sich damit als Träger meiner Autorität aus – zumindest eines Teils davon.«

Ich schnaubte. »Sie meinen, Sie haben mich gerade zu einer Art Cop gemacht?«

»So könnte man es sehen«, bestätigte der *Ali'i* mit einem Lächeln. »Wenn Sie dieses Abzeichen vorzeigen, können Sie von allen Dienern der Krone – Regierungsstellen, sogar von *Na Maka'i,* der Polizei – Kooperation erwarten. Nicht jedoch vom Militär.« Er zuckte die Achseln. »Es könnte sogar sein, daß es sich Tokudaiji-*san*s Sicherheitspersonal zweimal überlegt, bevor es sie niederschießt, wenn es das sieht«, fügte er nachdenklich hinzu. »Schließlich war Tokudaiji-*san* auf seine Weise auch ein Diener der Krone, und seine Hilfe ist nicht unerwidert geblieben.«

Ich warf einen skeptischen Blick auf das Abzeichen in meiner Hand. Vielleicht hatte der *Ali'i* recht, vielleicht würden Tokudaijis Samurai ... ich weiß nicht, patriotische Loyalität gegenüber der Krone oder ähnlichen Drek ... empfinden und beschließen, mich nicht umzulegen, wenn sie dieses Ding sahen. Vielleicht auch nicht. Ich würde mich gewiß nicht darauf verlassen. Ich hatte schon einmal in einer früheren Phase meiner Karriere den Fehler begangen zu glauben, ein Abzeichen könnte mich beschützen, und ich hatte nicht lange gebraucht, um herauszufinden, wie sehr ich mich getäuscht hatte. Dennoch konnte es nicht schaden. Ich nickte dankend und befestigte das Abzeichen an meiner Hemdtasche.

Hos Blick wich nicht von meinem Gesicht. »Ich würde Ihnen keine Situation aufzwingen, die Sie unangenehm fänden ...«

Ich beendete den Gedanken für ihn. »... Aber es wäre Ihnen ganz recht, wenn ich Barnard mitteilte, daß Sie auf Ideen warten.« Ich seufzte wiederum. »Also schön, ich werde mal sehen, was ich tun kann ... wenn ich mich dafür nicht zu weit vorwagen muß.« Drek, *schon* wieder Botenjunge. Warum, ach, warum nur begreifen die Leute *nie,* daß es keine gute Idee ist, die Überbringer von Nachrichten umzubringen?

»Das weiß ich zu schätzen, Mr. Montgomery. Also ...« Ho hielt inne, als es an der Tür klopfte. »*Hele mai.*«

Die Tür öffnete sich, und ein Funktionär – nicht Ortega, wenngleich er sein graugesichtiger polynesischer Halbbruder hätte sein können – betrat den Raum. *»Kala mai ia'u, e Ku'u lani«*, begann er, dann bemerkte er mich und unterbrach sich auf der Stelle. Er sah den *Ali'i* mit einer ›Was, zum Henker, soll ich jetzt machen?‹-Miene an.

Gordon Ho kicherte. »Dieser Mann genießt mein Vertrauen«, sagte er gelassen. »Sie haben einen Bericht für mich?«

»'Ae, e Ku'u lani«, sagte der ältere Mann nickend. *»I luna o ka Puowaina.«*

»Auf Englisch, bitte«, sagte der *Ali'i* scharf.

Der Funktionär sah beinahe so schockiert aus wie Ortega im Thronsaal. Nur um mich zu vergewissern, daß er verstand, schlug ich das Revers der Jacke zurück, die Ortega mir geliehen hatte, so daß er mein Hilfssheriffs-Abzeichen klar und deutlich sehen konnte.

Er sah es auch, und ich konnte ihm ansehen, wie wenig er von der ganzen Sache hielt. Aber wenigstens gelang es ihm, sich zu beherrschen. *»Ae, e Ku'u lani.«* Ja, o mein Königlicher, natürlich.

»Die« – er warf mir einen Seitenblick zu, und ich konnte förmlich *sehen*, wie er das, was er gerade hatte sagen wollen, im Geiste abänderte – »die *Vorgänge* auf dem Puowaina scheinen zu eskalieren, *e Ku'u lani*. Die jüngsten Ereignisse sind ziemlich beunruhigend – so hat es der Chef der *Na Maka'i* formuliert, ›ziemlich beunruhigend‹. Der ... *Grad der Aktivität* ist gestiegen.«

»Aber daraus kann nichts erwachsen, richtig?« fragte Ho.

Der Funktionär schien sich plötzlich *echt* unbehaglich zu fühlen ... und das nicht nur wegen meiner Anwesenheit. »Die *Kahunas* glauben es nicht, *e Ku'u lani.*«

»Sie *glauben* es nicht?« Ho klang überrascht.

»Das haben sie mir gesagt, *e Ku'u lani.*«

»Interessant. Natürlich setzt die *Na Maka'i* die Untersuchungen fort?«

»Ja, *e Ku'u lani,* sie hat das ganze Gebiet abgesperrt.«

»Gut.« Der *Ali'i* nickte beifällig. »Haben Sie sonst noch etwas zu berichten?«

»Im Moment nicht, *e Ku'u lani.*«

»Dann bedanke ich mich.« Ho entließ ihn mit einem Nicken.

Sobald der Funktionär die Tür hinter sich geschlossen hatte, lehnte sich der *Ali'i* zurück und schüttelte den Kopf.

»Worum geht es?« fragte ich.

Ho seufzte. »Um den Puowaina«, sagte er. Dann wartete er.

»Die Punschschüssel«, sagte ich nach einer kleinen Pause.

»Genau«, bestätigte er. Er drehte sich auf seinem Stuhl und zeigte auf einen Gipfel der Holo-›Berge‹ hinter sich. »Dort. Der Puowaina liegt genau im Norden der Stadt. Sein Name bedeutet ›Berg der Opfer‹ und bezieht sich auf die alten Religionen. Es scheint, als nehme jemand diesen Namen ein wenig ernster als wünschenswert.«

»Opfer?« fragte ich.

Der *Ali'i* nickte. »Bedauerlicherweise sind solche Dinge nicht ganz unbekannt«, räumte er ein. »Auf Hawai'i gibt es ebenso Randkulte wie in den UCAS. In den ersten acht Jahren nach meiner Thronbesteigung gab es ein halbes Dutzend... *Zwischenfälle* dieser Art. Tieropfer – hauptsächlich Hunde und Schweine, die Opfertiere, die in den alten Religionen gewöhnlich geopfert wurden. Normalerweise wären die Opfer eben genau das und nicht mehr: ein unglückliches Tier, dem die Kehle durchschnitten und das dann verbrannt wird. Ein- oder zweimal gab es Hinweise darauf, daß jemand magische Aktivitäten mit diesen Opfern zu verbinden suchte – unvollständige hermetische Kreise und ähnliche Dinge.« Er zuckte die Achseln. »Meine *Kahunas* haben mir versichert, daß die Leute, die diese Rituale vollzogen haben, völlig auf dem Holzweg waren. Das magische Drum und Dran hätte nie funktioniert.

Aber die Dinge ändern sich«, fuhr er mit leiser Stimme fort. »Haben Sie sich schon mal überlegt, daß Randreligionen – Kulte, könnte man sagen – immer dann um sich greifen, wenn ein Volk Sorgen hat? Es stimmt«, bestätigte er mit einem Nicken. »Überlegen Sie es sich selbst. Das UFO-Fieber vor einem Jahrhundert auf der Höhe des Kalten Krieges. Das Wuchern sogenannter Medien und Löffelverbieger in Rußland nach dem Zusammenbruch der UdSSR. Die ›Kirche Christi des Genetikers‹ in den Wirren der Zeit der VITAS-Epidemie. Die Faszination für Reinkarnation in den Zehnern ...«

Ich nickte ob des letzten Beispiels. Ich erinnerte mich, einmal gelesen zu haben, daß zwei – in Worten, *zwei* – Betrüger eine Karriere auf der Behauptung aufgebaut hatten, die Reinkarnation von Proto-Angst-Rocker Kurt Cobain zu sein.

»Die Bruderschaft des Ewigen Jetzt«, fuhr der *Ali'i* fort, »in den Jahren vor dem Vertrag von Denver. Die Universelle Bruderschaft – *diese* Perversion –, als sich in den UCAS der ›Zukunftsschock‹ so richtig bemerkbar machte. Und hier? Hier opfern die Leute auf der Punschschüssel Hunde und Schweine und Ziegen.« Er lächelte trocken. »Ich nehme an, das läßt sich als Kritik an meiner Herrschaft auffassen.«

»Dann greift es um sich?« fragte ich.

»Genau. Sechs oder sieben Opfer in den ersten acht Jahren meiner Regierung. Dann, in den letzten beiden Jahren ... wollen Sie raten?« Ich schüttelte den Kopf. »Siebzehn Vorfälle. Nein«, korrigierte er sich rasch, »mittlerweile achtzehn.« Er seufzte. »Verrückte.«

Aus irgendeinem Grund war ich mir dessen plötzlich nicht so sicher. »Ihr Polizeichef scheint die Angelegenheit ernster zu nehmen«, stellte ich fest.

»Es ist sein Beruf, alles ernster zu nehmen ... und sei es auch nur, weil die Leute, die diese Opfer durchführen, vielleicht eines Tages zu dem Schluß kommen könnten, daß sie über Schweine und Hunde hinaus sind.«

Ich wartete, doch der *Ali'i* fuhr nicht fort. Tja, wenn ein König beschließt, einem nicht alle seine Gedanken mitzuteilen, was, zum Teufel, kann man dann tun? Nach einer Weile lächelte Ho. »Vielen Dank für Ihre Mitarbeit, Mr. Montgomery«, sagte er warmherzig. »Ich habe unsere Unterhaltung sehr genossen. Bitte unternehmen Sie alles in Ihrer Macht Stehende, um sich mit Mr. Barnard in Verbindung zu setzen. Und halten Sie mich über alles, was Sie erfahren, auf dem laufenden. Einverstanden?«

»Wie nehme ich Kontakt auf?«

»Hier.« Er gab mir eine Visitenkarte – kein Name, keine Adresse, nur eine LTG-Nummer. »Dieser Knoten leitet Sie auf meine Privatleitung um, und zwar unabhängig davon, wo ich mich gerade aufhalte. Sollte ich aus irgendeinem Grunde unabkömmlich sein, wird sich niemand melden.« Er zögerte. »Aber berücksichtigen Sie bitte, daß ich mich nicht für die absolute Sicherheit der Verbindung verbürgen kann.« Er grinste trocken. »Die Kommunikationsanalyseteams meines Geheimdienstes waren in letzter Zeit ziemlich eifrig.«

»Einverstanden«, sagte ich.

König Kamehameha V. drückte einen verborgenen Knopf an seinem Schreibtisch, und Sekunden später kam ein Funktionär, um mich hinauszubegleiten. Ich tauschte Jacke und Krawatte bei Ortega gegen meinen Manhunter ein, und dann verließ ich den Iolani-Palast. Das Abzeichen des *Ali'i* war ein beruhigendes Gewicht an meiner Hemdtasche. Ich war der Ansicht, daß es vielleicht zuviel Aufmerksamkeit erregte, wenn ich es offen trug, aber ich wollte es auf jeden Fall bei der Hand haben.

Was, zum Teufel, sollte ich jetzt tun? Mit Barnard Kontakt aufnehmen – das wollte Ho ... aber zumindest im Augenblick war mir eher danach, mich in sicherer

Entfernung von Yamatetsu und allen anderen Megakonzernen aufzuhalten.

Wie durch Zauberei wurden meine Augen von den Bergen angezogen, die den Honolulu-Sprawl überragten. Dort war die Punschschüssel – der Puowaina. Ach, was soll's, ich hatte im Augenblick ohnehin nichts Richtiges zu tun, oder?

Ich kehrte dem Palast den Rücken und hielt nach einer Bushaltestelle Ausschau.

15

Von meiner Datensuche im Suborbitalflugzeug wußte ich noch ein wenig über die Punschschüssel – Puowaina. Wie der *Ali'i* angedeutet hatte, war dieser Berg ein megawichtiger Ort in der alten hawai'ianischen Religion gewesen. Oben auf dem Puowaina – dem Berg der Opfer – hatten die alten Hawai'ianer immer ihre Menschenopfer dargebracht, um ihre Götter zu beschwichtigen. Wer *waren* diese Opfer gewesen? Freiwillige? Verbrecher? Jungfrauen, die speziell für diesen Zweck herangezüchtet worden waren (was für eine idiotische Verschwendung)? ›Kriegsgefangene‹ von anderen Inseln? Fragen Sie mich was Leichteres, Chummer. Ich wußte nur, daß all das mit der Ankunft der *Haoles* – der Priester, Missionare und Ananas-Plutokraten –, die das Land selbstverständlich ›zivilisiert‹ hatten, beendet worden war.

Ich nehme an, Pele, die Göttin der Erde und der Vulkane, regte sich schließlich darüber auf, daß sie niemand mehr mit Blut beschwichtigte, aber es dauerte eine Weile, bis sie deswegen etwas unternahm. (Sie wissen ja, wie das mit Göttinnen ist: nie einen freien Augenblick …) Im Jahre 2018 brach der Haleakala aus, ein riesiger Vulkan auf der Insel Maui. Ein Kamm auf der Westseite des Vulkans stürzte ein, und ein gewaltiger Lavastrom löschte die Luxushotels und Touristenfallen von Wailea und Keokea aus. (In Reiseführern wird die Gegend – eine Wüste aus erstarrter Lava – immer noch als ›Pompeii des Pazifiks‹ bezeichnet.)

Auf jeden Fall war Puowaina im zwanzigsten Jahrhundert zu einem Militärfriedhof für die Vereinigten Staaten geworden – dem Nationalen Gedenkfriedhof für den Pazifik, eine Art ›Arlington West‹. Wie nicht anders zu erwarten, änderte sich das nach der Sezession. Die

Regierung unter Gordon Hos Daddy exhumierte alle Leichen – über 26 000 – und schickte sie – mit allen gebührenden Ehren – zum Festland zurück. (Das ärgerte natürlich mehr als nur ein paar Amerikaner, aber nach den Thorhämmern, die auf den Flottenverband von Pearl Harbour abgeschossen worden waren, wagte es niemand, den amerikanischen Standpunkt allzu energisch zu vertreten.)

Und dort setzte mich Der Bus mitten an einem glühendheißen hawai'ianischen Nachmittag ab, am Puowaina. Die Gegend war mittlerweile ein öffentlicher Park. Ein netter Ort, ein alter erodierter Vulkankrater, der wie eine große Schüssel geformt war. Grasbewachsen und grün – hieß das künstliche Bewässerung? Nicht notwendigerweise, nahm ich an –, mit Bäumen und Blumen – etwa vierzig Hektar Frieden nur zwanzig Minuten vom Druck der Innenstadt entfernt. Vom Kraterrand, stellte ich mir vor, mußte man einen spektakulären Blick auf Honolulu in all seiner Pracht haben, aber ich machte mir die Mühe gar nicht erst. Unmittelbarere Dinge erregten meine Aufmerksamkeit.

Die Streifenwagen der Hawai'ianischen Nationalpolizei – zwei davon – waren tropisch weiß mit Regenbogen-Logos auf den Türen, nicht blau und gold wie die von Lone Star Seattle. Aber es bedarf mehr als nur einer grellen Lackierung, um einen Chrysler-Nissan Patrol One nicht brutal und bedrohlich wirken zu lassen. Nur die Hälfte der Blinklichter in den Lichtleisten der beiden Fahrzeuge waren eingeschaltet, aber ich mußte meine Augen dennoch vor dem Lichtgewitter abschirmen. Ein paar Cops – wie hatte Scott sie genannt? *Na Maka'i*, genau – hockten in der Nähe eines kleinen Gehölzes blühender Bäume und schienen vage mit etwas beschäftigt zu sein, das in den Bereich der Gerichtsmedizin gehörte. Ein weiterer uniformierter Beamter saß mit dem Rücken an einen Baum gelehnt auf dem Boden. Mit seinem spitzen kleinen Schädel sah er aus, als sei er auf

Drogen oder Chips, aber ich wußte es besser. Ich kannte diesen leeren Gesichtsausdruck, da ich ihn nur allzuoft auf den Gesichtern von Beamten der Abteilung für Paranormale Untersuchungen gesehen hatte – ›Apus‹ für Leute wie mich, die zum gemeinen Fußvolk gehörten –, die während meiner Zeit beim Star an einigen Untersuchungen beteiligt gewesen waren. Okay, dachte ich, also war wenigstens ein Cop-*Kahuna* damit beschäftigt, sich auf der Astralebene nach Beweisen umzusehen. Außer diesen dreien war nur noch ein weiterer Cop anwesend. Er war ein großer Bursche – ein Mensch, aber mit einem Bauch, der dem eines Sumo-Ringers würdig gewesen wäre –, und er redete mit ein paar einheimischen Jugendlichen in Shorts. Möglicherweise Zeugen?

Na Maka'i hatte den Tatort im wesentlichen genauso abgesperrt, wie man es uns beim Star beigebracht hatte. Wo Bäume, Picknickbänke und dergleichen standen, hatten die Cops das universelle gelbe Polizei-Klebeband zwischen ihnen gespannt. Im offenen Gelände hatten sie die Teleskopstützen benutzt, die jeder Streifenwagen auf diesem Planet irgendwo im Kofferraum hat. Ich ging hin, und als ich die Absperrung erreichte, hob ich das gelbe Klebeband hoch und duckte mich darunter hinweg. Ich machte noch einen Schritt auf die beiden Cops zu, die auf dem Boden hockten ...

Und stieß mir Nase und Stirn an einer unsichtbaren Barriere, die so unnachgiebig wie eine Betonmauer war. »Drek«, grunzte ich. Instinktiv versuchte ich, einen Schritt zurückzutreten.

Denkste. Hinter mir war jetzt ebenfalls eine unsichtbare Mauer. Und als ich es überprüfte, auch eine links und eine rechts von mir. Es war, als befände ich mich in einer unsichtbaren und etwas zu kleinen Telekomzelle. Ein paar Sekunden lang bot ich die alte Straßenpantomime dar, indem ich die Hände flach gegen unsichtbare Mauern preßte. Dann krümmte ich mich und hielt mir die Ohren zu, als irgendwo hinter meiner linken Schulter eine Alarmsirene zu jaulen anfing. Drek, warum nicht? Unsichtbare Mauern – warum dann nicht auch ein unsichtbarer Einbruchs-Alarm?

Ich sah hilflos mit an, wie der sumobäuchige Cop von den Jugendlichen abließ und durch das Gras auf mich zu kam. *»Mai ne'e«,* bellte er. »Rühr dich nicht, *Haole.*« Ich schnaubte verächtlich. Als hätte ich dazu die Möglichkeit gehabt. »Was willst du hier?«

»Ich bin hier, um mit euch zu reden«, sagte ich gelassen. Und ich zeigte auf das Abzeichen an der Tasche meines Tropenhemds.

Der Cop war gut, das mußte ich ihm zugestehen. Der Ausdruck absoluter und totaler Entrüstung hielt sich nur einen Sekundenbruchteil in seinem Gesicht, bevor er eine Miene höflicher Beflissenheit aufsetzte. *»Aloha, e Ku'u haku«,* grollte er. Dann schnauzte er etwas anderes, scheinbar ins Leere. Ich wäre fast gestürzt, als die unsichtbaren Mauern, die mich umgaben, plötzlich verschwunden waren.

»Vielen Dank, Officer ...?«

»Konstabler Saito, Sir. Was kann ich für Sie tun?«

»Führen Sie mich herum«, schlug ich vor. »Was ist hier vorgefallen?«

Der sumobäuchige Cop nickte und führte mich über den Rasen zu der Stelle, wo die beiden Gerichtsmediziner immer noch herumstocherten. Einer der beiden sah zu mir auf und holte Luft, um zu maulen, doch Konstabler Saito brachte ihn mit einem grimmigen Blick zum Schweigen. »Schon wieder Opfer, Sir«, sagte Saito unnötigerweise. Er zeigte auf einen aus flachen Steinen, die ehemals die Umrandung eines Blumenbeets gebildet hatten, improvisierten Altar. Irgend etwas war auf diesem Altar verbrannt worden – etwas, das einen Haufen geschwärzter, bröckeliger Knochen hinterlassen hatte.

»Was war es?« fragte ich.

»Pua'a«, antwortete einer der Gerichtsmediziner, um dann zu übersetzen: »Ein Schwein, Sir. Ein Ferkel.«

»Und noch etwas anderes.« Die Stimme kam aus dem Nichts, von einer Stelle einen Meter rechts von mir. Ich erschrak und versuchte dann vorzugeben, daß nichts passiert sei. Magier – sie lassen sich immer wieder neue Methoden einfallen, damit ich Zustände bekomme.

»Was soll das heißen?« fragte ich.

»Hier ist noch etwas anderes getötet worden«, erläuterte die körperlose Stimme des Magiers. »Kein Schwein.«

»Ein Metamensch?«

»Ich bin nicht sicher«, sagte die Stimme. Ich warf einen Blick auf den *Kahuna* und sah, daß er die Stirn gerunzelt hatte. »Es ist abgeschirmt.«

»Was heißt das, ›abgeschirmt‹?«

Diesmal kam die Stimme aus dem Körper des *Kahuna,* der sich gerade erhob. »Hier hat es noch einen Todesfall gegeben«, erklärte er, »das kann ich spüren. Ich weiß aber nicht, was gestorben ist ... und ich müßte eigentlich in der Lage sein, es herauszufinden.«

Ich nickte, als verstünde ich tatsächlich, was er sagte. »Aber nur das Schwein ist verbrannt worden?«

»Nur das *Pua'a«,* bestätigte der Schamane ungeduldig.

Die Gerichtsmediziner waren offenbar mit dem Sammeln ihrer Knochen- und Asche-Proben fertig und tasteten jetzt die Altarsteine mit einem UV-Laser mit geringer Intensität ab, um latente Abdrücke zu Tage zu fördern. Viel Glück, Jungens – die Hitze des Feuers hatte höchstwahrscheinlich alles Verwertbare ausgelöscht.

Ich kehrte dem Altar den Rücken und sah mir die Umgebung an. Irgendein kompliziertes Muster war in den Rasen geschnitten – nein, nicht geschnitten, erkannte ich plötzlich – *gebrannt* worden. Die Linien waren scharf umrissen und überraschend dünn. So etwas ließ sich nicht dadurch erreichen, daß man Benzin verschüttete und es dann anzündete, wie ich zuerst gedacht hatte. Man benötigte etwas, das viel schneller und heißer brannte. *Hmmm,* dachte ich – jemand hatte sich hier einige Mühe gemacht.

Ich trat zurück, um mir einen besseren Gesamtüberblick über das Muster zu verschaffen. Zwei konzentrische Kreise um den Altar, der den Mittelpunkt bildete, einer vielleicht zehn Meter im Durchmesser, der andere elf. Der einen Meter breite Ring zwischen den beiden Kreisen wurde von vier Linien in vier Sektoren eingeteilt. Ich begutachtete den Sonnenstand und schätzte – ja, die vier ›Speichen‹ schienen ungefähr mit den Kardinalrichtungen des Kompasses übereinzustimmen. In dem Ring befand sich ein Dutzend seltsamer, eckiger Symbole, die jedoch nicht eingebrannt, sondern aus kleinen, sorgfältig angeordneten weißen Kieselsteinen gebildet worden waren. Ich sah mich um – nein, wie ich vermutet hatte, gab es im Puowaina-Park keine offensichtliche Bezugsquelle für die Kiesel.

Der Cop-*Kahuna* war mit der astralen Begutachtung des Tatorts offenbar fertig und fotografierte jetzt sorgsam jedes der geheimnisvoll aussehenden Symbole. Ich ging zu ihm und wartete darauf, daß er mich zur Kenntnis nahm. Sein Stirnrunzeln verriet mir, daß er nicht wollte, aber ich sah, wie sein Blick zu meinem Abzeichen huschte. »Ja, Sir?« fragte er schließlich. (Das ›Sir‹ schien ihm körperliche Schmerzen zu bereiten.)

Ich deutete mit der Fußspitze auf die konzentrischen Kreise. »Was ist das? Ein hermetischer Kreis? Irgendeine Art von Medizinhütte?«

Er wollte die Augen verdrehen, das sah ich, aber es gelang ihm, den Impuls zu unterdrücken. Er zuckte die Achseln. »Weder noch«, sagte er, dann weniger gewiß: »Nicht wirklich.«

»Was dann?« Ein weiteres Achselzucken. »Ist das hermetisch oder schamanisch?«

Einen Moment lang sah er so aus, als fühle er sich unbehaglich. Er zuckte wiederum die Achseln.

Was interessant war. Weder hermetisch noch schamanisch ... oder vielleicht *sowohl* hermetisch *als auch* schamanisch, wenn das überhaupt einen Sinn ergab. Drek, irgendwann hatte doch jeder eine dieser lockerflockigen Diskussionen über die Struktur der Magie mitbekommen – die Hypothese, daß Magie Magie ist und sonst nichts. Daß die Unterscheidung zwischen hermetisch und schamanisch völlig künstlich ist und nur vom (meta)menschlichen Verstand getroffen wird, aber nicht dem Mana inhärent ist. War es das, was diese Symbole darstellten? Oder waren sie ganz einfach bedeutungslos – hatte irgendein durchgedrehter Möchtegern-Magier irgendwas kopiert, das er im Trid gesehen hatte?

»Wofür würde man so etwas benutzen?« fragte ich den *Kahuna*.

»*Ich* würde es für gar nichts benutzen«, schnauzte er.

Ich seufzte. »Wofür würde es dann irgend jemand benutzen? Wofür *könnte* man es benutzen?« korrigierte ich rasch, um weiteren Haarspaltereien zuvorzukommen.

»Keine Ahnung.«

Ich warf dem *Kahuna* einen durchdringenden Blick zu. Jetzt fühlte er sich wirklich unbehaglich, und das machte ihn mürrisch. (Magier aller Couleur *hassen* es, zuzugeben, daß sie nicht alles wissen – das habe ich schon vor langer Zeit gelernt.) »Sie müssen doch irgendeine Vorstellung haben«, hakte ich nach. »Es muß Sie an etwas erinnern. Was *könnte* es sein?«

Einen Moment lang bedachte er mich nur mit dem Stinkeblick. Dann sah ich, wie sich der Ausdruck in seinen Augen änderte, als er aufgab. »Könnte eine Art von Beschwörungskreis sein«, murmelte er. »Könnte!«

»Um Geister zu beschwören? Sie meinen, der Magier oder Schamane oder was auch immer steht in dem Kreis ...«

»Nein«, unterbrach er mich mit einem Blick, der den Gedanken eindeutig vervollständigte – *du dämlicher Idiot*. »Der Beschwörer steht *außerhalb* des Kreises, das

Ding, das beschworen wird, *innerhalb* … bis der *Kahuna* es rausläßt. Okay?«

»Und was würde man mit so etwas beschwören? Elementare? Geister? Was?«

Ein undefinierbarer Ausdruck huschte über sein Gesicht. »*Nichts*«, sagte er fest. »Man könnte damit *nichts* beschwören. Keine Elementare, keine Geister, okay?« Und – Sheriff-Abzeichen oder nicht – er machte kehrt und ließ mich stehen. Ich sah ihm nach, wie er in einen der Patrol One stieg, die Tür schloß und dort mit mürrischer Verdrossenheit einfach sitzen blieb.

Interessant. Was hatte der Funktionär dem *Ali'i* noch gemeldet? Bis jetzt sei der magische Hokuspokus in Verbindung mit den Opfern auf dem Puowaina bedeutungslos gewesen. Aber diesmal waren die *Kahunas* nicht sicher gewesen. Das war gleichbedeutend mit einer ziemlich signifikanten Veränderung im Verlauf der Dinge, oder? Die Reaktion des Cop-*Kahuna* paßte jedenfalls sehr gut zu dieser Analyse.

Also war dieser Ritualkreis-Drek dem Kram *ähnlich,* den die Mystiker für Beschwörungen benutzten – ähnlich, aber nicht gleich. Hätte ich mehr über Magie gewußt, hätte mir das vielleicht eine Menge gesagt. In gewisser Hinsicht ist es schon bedauerlich. Anders als viele Leute, die ich kenne, bin ich nicht magophob – wie, zum Teufel, kann man in der Sechsten Welt überhaupt magophob sein, können Sie mir das verraten? –, aber ich bin mit Sicherheit auch kein Zauberfreak. Ich glaube, die meiste Zeit, die ich je mit einem echten praktizierenden Magier verbracht habe, war, als ich in Seattle mit Rodney Greybriar zusammengearbeitet habe … bevor er gegeekt wurde, natürlich.

Tja, Magie hin oder her, die Gesetze der Logik mußten mehr oder weniger gleich bleiben, *neh?* Vielleicht brauchte ich nur etwas gesunden Menschenverstand.

Was muß man tun, um einen Geist oder sonstwas zu beschwören? Nein, gehen wir noch einen Schritt weiter zurück. Wo hängen Geister und ihresgleichen herum, wenn sie nicht beschworen werden? Offensichtlich irgendwo anders. Auf der Astralebene vielleicht, oder auf einer der ›Metaebenen‹ (was, zum Teufel, das auch sein mag ...). Sie zu beschwören, bedarf es einiger Mühe. Es bedarf magischer Kraft, und es kann – nach allem, was ich gehört habe – einen Magier echt auslaugen, die großen Jungens in die materielle Welt zu zerren.

Warum? Offensichtlich – nun, zumindest ist es für mich offensichtlich – gibt es irgendeine Barriere zwischen der materiellen Welt und den anderen Ebenen. Nein, geben wir ihr eine pseudo-mystische Bezeichnung – sagen wir, es gibt einen Vorhang zwischen dieser Welt und den anderen oder vielleicht auch einen Schleier. Okay, also irgendeine Art von Vorhang. Klar, das war auch logisch, weil die Leute andernfalls einfach von dieser Welt in irgendeine abgefahrene Metaebene stolpern könnten, ohne die geringste Absicht dazu zu haben oder überhaupt mitzubekommen, daß es passiert ist.

Um also etwas zu beschwören, muß man logischerweise diese Barriere niederreißen – den Vorhang wegziehen –, sonst würde es einfach nicht funktionieren, *neh?* Könnte der verrückte Kreis *dafür* gedacht gewesen sein? Um den Vorhang zwischen dem, was wir lächerlicherweise die wirkliche Welt nennen, und jenen anderen Ebenen zu öffnen – oder vielleicht auch zu schwächen? Eine interessante Hypothese ... und nun, wo ich darüber nachdachte, keine besonders beruhigende.

Drek ... verbinden wir diesen Gedanken mit einem anderen, der mir gerade gekommen war. Als der Cop-*Kahuna* gesagt hatte, er würde mit diesem Kreis nichts beschwören, könnte er da gemeint haben, daß (Meta-)Menschen so etwas nicht benutzen konnten? Und wenn ja, wer konnte es dann?

Wie wäre es mit den Freunden von Adrian Skyhill? Den verdammten Insektengeistern? Sie waren irgendwie in die Sache verwickelt – wenn ich Barnard glauben sollte, und ich hatte keinen Grund, ihm im Moment nicht zu glauben.

Toll. Hatte ich nicht irgendwo gelesen, daß gewisse Orte auf der Erde – normalerweise alte ›Stätten der Macht‹ – eine hohe Mana-›Hintergrundstrahlung‹ hatten, die magische Aktivitäten erleichterten? Offensichtlich Mount Shasta. Möglicherweise der Kratersee. Warum nicht auch Puowaina?

Sollten die Insektengeister versuchen, die Macht des Berges der Opfer einzusetzen, um Hawai'i dasselbe anzutun, was sie Chicago angetan hatten? Um Horden ihrer Art aus der Hölle hervorzubringen, die sie ausgespien hatte?

Oder war ich ein paranoider Irrer, der sich Bewegung verschaffte, indem er *echt* abwegige Schlußfolgerungen zog? (Geh zurück, geh *weeeiiit* zurück ...)

Ich schüttelte den Kopf. Es war absolut sicher, daß ich es nicht herausfinden würde, indem ich einfach hier herumstand und mir das Hirn zermarterte. Vielleicht hatten die Jugendlichen – diejenigen, die Sumo-Saito befragt hatte – irgendwas von Bedeutung gesehen.

Aber die Jugendlichen waren verschwunden, als ich mich umsah. Die Jungens von der Gerichtsmedizin hatten ihre Arbeit beendet und stiegen gerade in den Wagen mit dem immer noch schmollenden *Kahuna*. Saito stand neben der offenen Fahrertür seines Wagens und beobachtete mich – wobei er seinen Unwillen *fast* verbarg –, falls der *Haole* seine Zeit mit weiteren idiotischen Fragen verschwenden wollte. Ich winkte ihm zu und signalisierte ihm, daß er fahren konnte, wenn er wollte. Er wollte, und ich blieb zurück, um den Staub seiner Abfahrt einzuatmen. Mit einem Seufzer machte ich mich auf den Weg zur Bushaltestelle.

Ich spürte Blicke auf mir ruhen, jenes unheimliche Gefühl, von dem die Akademiker behaupten, daß es nicht existiert, das aber jeden Nichtakademiker schon oft beschlichen hat. Ich blieb stehen und sah mich um.

Er stand völlig regungslos da, lehnte gelassen am Stamm irgendeines blühenden Baumes und beobachtete mich. Er war dünn wie ein Florett und schien ein Gefühl von aufgestauter Energie, von explosiver Bewegung auszustrahlen. Er war ein Elf, dessen war ich mir fast sicher. Aus dieser Entfernung konnte ich seine Ohren nicht sehen, aber die Morphologie sah richtig aus. Seine Augen waren hinter einer jener radikal gestalteten Sonnenbrillen verborgen, die damit werben, daß sie einem Schuß aus einer Schrotflinte vom Kaliber 12 standhalten – was nur so lange beruhigend ist, wie sich der Bursche, der einen beharkt, darauf beschränkt, auf die Sonnenbrille zu zielen –, aber ich *spürte* seinen Blick auf mir ruhen. Ich hob fragend eine Augenbraue.

Er löste sich von dem Baum und kam zu mir geschlendert – langsam, lässig, aber zielstrebig. (Ein Widerspruch, das stimmt. Aber genau so bewegte er sich – mit der tödlichen Lässigkeit eines Raubtiers.) Ich betrachtete ihn von Kopf bis Fuß, als er sich näherte.

Schlankes Gesicht, hohe Wangenknochen, eine Nase, für die ein Adler töten würde. Er trug sein Haar – rot, mit silbergrauen Strähnen durchsetzt – lang und zu einem Pferdeschwanz zusammengebunden, der ihm bis zur Mitte des Rückens reichte. Er war dunkel gekleidet – schiefergraues Kunstseidenhemd, schwarze, an den Oberschenkeln weite und nach unten enger werdende Hose. Teure Kleidung von hoher Qualität, aber vom Stil her anachronistisch. Wann haben *Sie* zum letztenmal ein völlig zugeknöpftes Hemd ohne Krawatte und lockere Manschetten gesehen? Es war fast so, als sei der Elf direkt den virtuellen Seiten von *Gentlemen's Monthly Online* entsprungen, aber einer zwanzig Jahre alten Ausgabe. Instinktiv spielte ich ›Finde die Kanone‹. Kein Glück – wenn er etwas Größeres als die allerwinzigste Hold-Out bei sich hatte, hatte er eine erstklassige Möglichkeit gefunden, die Kanone zu verstecken.

Er blieb in nicht allzu großer Entfernung von mir stehen, und musterte mich nun seinerseits von oben bis unten. Es dauerte nicht länger als eine Sekunde, und dann lächelte er.

Plötzlich wurde mir klar, daß ich mich vor diesem Elf fürchtete.

Es war eine bestürzende Erkenntnis. Drek, er hatte nichts übermäßig Bedrohliches an sich. Sein Lächeln schien aufrichtige Belustigung auszudrücken und kein Machtlächeln zu sein, das darauf abzielte, zu beeindrucken oder einzuschüchtern. Seine Körpersprache war, nun, ich wußte nicht so recht, was ich davon halten sollte, aber *sie* war auch nicht bedrohlich.

Doch die Furcht war echt, Chummer. Aus irgendeinem Grund verursachte er mir ein ebenso frostiges Gefühl in den Eingeweiden wie ein Eiswasser-Einlauf. Manche Leute mag man auf den ersten Blick. Andere nicht. Nie zuvor war mir jemand begegnet, vor dem ich mich automatisch *gefürchtet* hatte. Ich glaube aber, daß es mir gelang, einen neutralen Gesichtsausdruck zu bewahren.

Der Elf nickte grüßend – eine Geste mit dem formellen Anflug der Alten Welt. »Mr. Montgomery«, sagte er. Seine Stimme war ein Musikinstrument, fast unmenschlich perfekt in Timbre, Tonfall und Klangfülle. Jede Trideopersönlichkeit hätte für so eine Stimme seine Mutter eigenhändig erwürgt. »Ich hatte mir schon gedacht, daß ich Sie hier treffen würde.«

»Dann wissen Sie mehr darüber als ich«, sagte ich wahrheitsgemäß.

Er fand das amüsant, und sein Lächeln wurde breiter. »Nun, diese Möglichkeit besteht immer, nicht wahr, Mr. Montgomery? Oder darf ich Sie Derek nennen?«

»Warum nennen Sie mich nicht Brian Tozer?« sagte ich. Dann – was sollte es? – »Aber Dirk tut's auch. Sie sind an der Reihe.«

Der Elf nickte wieder, diesmal war es fast eine Verbeugung. »Quentin Harlech, zu Ihren Diensten. Aber Sie können mich Quinn nennen.«

Ich ignorierte diese offensichtliche Eröffnung.

Harlech setzte seine kugelsichere Sonnenbrille ab – blaue Augen, schärfer als eine Monofaserklinge – und sah sich ostentativ in der Gegend um. »Ziemlich faszinierend, nicht wahr?« bemerkte er leichthin.

Ich zuckte die Achseln. »Wenn man es versteht, würde ich sagen.«

Da lachte Harlech. Es war nicht das finstere Gackern, das ich irgendwie erwartet hatte, sondern ein kehliges, *freies* Lachen, das aufrichtige Belustigung ausdrückte. »Ja, natürlich, Dirk, natürlich. Werden Sie mit interessanten Berichten zurückkehren?«

»Hä?« Natürlich war das keine übermäßig gewitzte Antwort, aber es war alles, was mir im Moment dazu einfiel.

Quinn kicherte wieder. »Berichte, Derek, Sie wissen schon. Für jene, die Sie geschickt haben. Bestellen Sie ihnen Grüße von mir, wenn Sie sie weitergeben, ja? Aber das würden Sie ohnehin tun, auch ohne meine Aufforderung, nicht wahr?«

Ich schüttelte zögernd den Kopf. »Entschuldigen Sie die dämliche Frage, aber sind wir beide im gleichen Film? Oder verwechseln Sie mich vielleicht mit einem anderen Dirk Montgomery?«

Der Elf seufzte und stieß einen mißbilligenden *Tststs*-Laut aus. »Unehrlich gesprochen, Mr. Montgomery«, sagte er. Seine Stimme klang mehr enttäuscht als alles andere. »Welch plumpe Verstellung. Das steht Ihnen nicht gut zu Gesicht, Sir.«

Ich zeigte ihm meine leeren Handflächen. »Chummer«, sagte ich ruhig, »ich habe nicht die leiseste Ahnung, wovon Sie reden.«

»Natürlich nicht, natürlich nicht«, sagte Quinn gönnerhaft und lachte wieder. »Und natürlich wissen Sie auch nicht, daß das Spiel begonnen hat«, fuhr er sarkastisch fort. »Sie wissen nicht, daß Ihre Tarnung aufgeflogen ist und daß Sie Ihre Zeit verschwenden. Dafür habe ich gesorgt. Das sollten Sie Ihrem Herrn *wirklich* mitteilen.« Sein Blick huschte über mein Abzeichen, und ich sah, wie sich seine Miene unmerklich veränderte. »Ihren *beiden* Herren«, fügte er hinzu.

Bevor ich ein Wort sagen konnte, wandte er sich mit einem endgültigen »Ich wünsche Ihnen noch einen guten Tag, *Makkaherinit*« ab.

»Hey, Augenblick mal«, rief ich ihm nach.

Oder jedenfalls versuchte ich es ihm nachzurufen. Ich versuchte Luft zu holen ... und konnte es nicht. Ich versuchte mich zu bewegen ... und konnte es nicht. Ich versuchte zu blinzeln ... und konnte es nicht.

Offenbar Magie – ein mächtiger Lähmungszauber. Harlech mußte ihn gegen mich gewirkt haben, um sich Zeit für seinen Abgang zu verschaffen. Jedenfalls dachte ich mir das später. Im Augenblick ging mir nur ein Gedanke durch den Kopf.

Ich war, verdammt noch mal, *gelähmt*, und ich war, verdammt noch mal, *entsetzt*. Ihr Geister, waren *Sie* schon mal gelähmt? Ich kann Ihnen sagen, es ist ganz und gar nicht so, wie man es sich vorstellt ... oder jedenfalls nicht so, wie *ich* es mir vorgestellt hatte. Vielleicht gibt es Lähmungszauber, die nur willkürliche Muskelbewegungen unmöglich machen und die unwillkürlichen unbeeinträchtigt lassen. Dieser nicht. Ich konnte nicht atmen, weder ein noch aus, und ich konnte nicht einmal meinen Puls hören. Jede Muskelfaser meines Körpers schien in der Stellung erstarrt zu sein, die sie innegehabt hatte, als Harlech seinen Zauber, oder worum es sich handelte, gewirkt hatte.

Ich sah ihn weggehen. Dann verschwand er aus meinem Gesichtsfeld, und ich konnte die Augen nicht bewegen, um ihm zu folgen. Ich war wie festgenagelt, starrte auf ein Stück Wiese und einen blühenden Baum – der Baum war ein wenig unscharf, und ich konnte meine Augen nicht einmal fokussieren –, und ich fragte mich, ob das der letzte Anblick meines Lebens sein würde. Der

Elf hatte implizit durchblicken lassen, daß ihm nichts an meinem Tod lag, was bedeutete, daß er den Zauber irgendwann aufheben würde … aber auch schnell genug? Wie gut war seine Schätzung der Anoxie-Toleranz eines über dreißigjährigen ehemaligen Shadowrunners, der nicht in bester Verfassung war? Wenn er den Zauber schließlich aufhob und meine Herzgefäße ihre Arbeit wieder aufnahmen, wieviel meines Hirns würde dann aufgrund des Sauerstoffmangels bereits abgestorben sein? Kein sehr angenehmer Gedanke …

Mein Gesichtsfeld verengte sich, und kleine verschwommene Sterne tanzten vor meinen Augen. Mit wachsender Verzweiflung versuchte ich noch einmal, Atem zu holen …

Und ich wollte verdammt sein, wenn es diesmal nicht funktionierte. Ich füllte meine Lungen, ein gewaltiges jubilierendes Inhalieren. (Wer sagt, der Orgasmus sei die beste Erfahrung der Welt? Ich weiß es besser, Chummer, es ist *Atmen* …) Mein Herzschlag setzte wieder ein, ein gleichmäßiges Hämmern in meinen Ohren. Ich ließ mich auf Hände und Knie fallen und genoß einfach das Gefühl, daß Brust und Zwerchfell taten, was sie tun sollten. Die kleinen verschwommenen Sterne lösten sich auf, und mein Gesichtsfeld dehnte sich langsam wieder aus, und schließlich ließ auch das Entsetzen nach. Als ich wieder an etwas anderes als mein persönliches Überleben denken konnte, war der Elf spurlos verschwunden.

16

Ich saß hinten in Dem Bus und beobachtete mürrisch die Auswahl der (Meta-)Menschheit, die mit mir in dem Fahrzeug saß. Die meisten waren wohl Angehörige der hawai'ianischen Arbeiterklasse, aber es gab eine signifikante Minderheit jüngerer Leute, die ich provisorisch als Söhne und Töchter von Konzern-Urlaubern klassifizierte. (Wußten Mama und Papa Pinkel, daß ihre kleinen Lieblinge in einem verdammten *Bus* fuhren, anstatt sich in einer Limousine herumkutschieren zu lassen? Nicht, daß es eine Rolle spielte...) Der ›Kürzlich Verstorben‹-Look schien wieder in Mode zu sein: gebleichte Haut, schwarz gefärbtes Haar und Make-Up, das den Augen einen eingefallenen Ausdruck verlieh. Alles, was durchstochen werden konnte, war durchstochen. Das einzige, was diese Jung-Pinkel vom Abschaum des Sprawl unterschied, war die Qualität – und offensichtliche Kostspieligkeit – ihrer Kleidung. Ja klar, sie trugen die angesagten Motorradjacken und verwaschenen und eingerissenen Jeans. Aber die Jacken waren aus *echtem* und nicht aus künstlichem Leder, und sie hatten ihre Jeans offensichtlich vorgebleicht und eingerissen gekauft.

Und dann die T-Shirts und Sweatshirts, die sie unter den Jacken trugen – mit Logos von gerade angesagten Konzernen übersät. Ich kenne mich mit Mode nicht aus, echt nicht, aber ich weiß, wie sich ein gerade angesagtes Label auf den Preis auswirkt. Ich seufzte. Im großen Plan der Dinge besteht der einzige Unterschied zwischen Kühen und einigen Leuten darin, daß Kühe sich nicht dumm und dämlich dafür bezahlen, ein Brandzeichen verpaßt zu bekommen. Vielleicht ist es an der Zeit, uns (Meta-)Menschen alle zu plätten und den Küchenschaben eine Chance zu geben...

Alles in allem war es auch weiterhin einer von diesen Tagen. Ohne eigenes Verschulden war ich in die Angelegenheiten von Königen, Konzernen und Dracoformen verwickelt worden. Ich war Zeuge eines Attentats geworden, man hatte wiederholt auf mich geschossen, und ich war unter dem Einfluß eines Lähmungszaubers beinahe erstickt. Und der Tag war noch längst nicht vorüber.

Ich brauchte eine Auszeit. Was ich von allen Dingen, die ich mir vorstellen konnte, im Augenblick am meisten wollte, war, in meine Bude zurückzukehren, mich ins Bett zu legen und vierundzwanzig Stunden lang an der Matratze zu horchen. Vielleicht sahen die Dinge ein wenig besser aus, wenn ich aufwachte.

Das Problem: Ich hatte im Moment keine Bude. Oder präziser – ich hatte zwei Buden, aber beide waren so kompromittiert, wie es nur eben möglich ist. Vielleicht sollte ich einfach zurück zum Iolani-Palast fahren, um politisches Asyl bitten und mich der Gnade des *Ali'i* ausliefern. Vielleicht brauchte König Kamehameha V. einen *Haole*-Höfling oder einen Eunuch oder irgendwas.

Irgendwann holte ich meinen Taschencomputer heraus und durchforstete seinen Speicher. Ich hatte immer noch ein paar falsche Identitäten auf einigen Chips gespeichert. Sie entsprachen in ihrer Qualität alle derjenigen, die ich beim Einschreiben ins Ilima Joy nicht benötigt hatte: gut genug für Routine-Drek, aber mit Sicherheit Selbstmord, wenn ich versuchte, damit zu reisen.

Ich versuchte mich an meinen Einzug in das Ilima Joy zu erinnern. *Hatte* ich eine dieser Identitäten benutzt? Ich wußte, daß der Bursche hinter dem Empfang nicht nach einem Ausweis gefragt hatte, aber ...

Aber war auf dem Kredstab, mit dem ich bezahlt hatte, nicht für alle Fälle eine Identität gespeichert? Ich glaubte schon. Okay, also gingen wir davon aus, daß die Identität ›Emory Archambault‹ kompromittiert war.

Rasch machte ich mir einen weiteren ›blinden‹ Kredstab, diesmal unter dem Namen ›Mike Bloemhard‹. Als das erledigt war – eine Angelegenheit von Minuten –, fing ich an, auf die Haltestellen zu achten, um herauszufinden, wo genau ich mich befand.

Zwanzig Minuten später und nach zweimaligem Umsteigen befand ich mich in einem Bus, der über den Highway 99 in nordwestlicher Richtung fuhr. Als ich in Pearl City ankam – offensichtlich älter als Ewa, aber besser instandgehalten –, stieg ich aus und klapperte die Nebenstraßen nach einer Absteige ab. Im Westen brannte sich ein weiterer perfekter Sonnenuntergang einen Weg hinter die Skyline. Die tropische Dämmerung ist immer sehr kurz, und zehn Minuten später schaltete sich die Straßenbeleuchtung ein, um die Nacht zurückzuhalten.

Vielleicht war Pearl City doch keine so gute Wette gewesen, überlegte ich mir nach einer weiteren halben Stunde. Alle Hotels, die ich entdeckt hatte, sogar diejenigen abseits der größeren Straßen, waren überraschend hochklassig. Gut, sie waren alt, aber sie waren ernsthaft aufgemöbelt wie das New Ritz Hotel in Seattle und verkauften ihr Alter als Plus. Läden, die derart viele Kreds in das Äußere investierten, kleckerten normalerweise auch nicht im Elektronik-Bereich. Es bedurfte keiner sonderlich umfangreichen Überprüfung, um herauszufinden, daß ›Mike Bloemhard‹ ebenso Fiktion war wie ›Neil der Orkbarbar‹. Einen Moment lang erwog ich, Den Bus zurück nach Ewa zu nehmen – zumindest wußte ich, daß es dort ein paar schummrige Absteigen gab –, verwarf die Idee dann jedoch sehr rasch wieder. Wenn Kat und ihre Freunde mein Motorrad mit einem Sender versehen hatten, war es einfach ein zu großes Risiko, mich auch nur in die Nähe der Stelle zu wagen, wo ich die Suzuki abgestellt hatte. Also ging ich weiter.

Ich muß müde gewesen sein – das ist die einzige Entschuldigung, die ich vorbringen kann –, müde und seelisch mitgenommen. Andernfalls, bilde ich mir ein, hätte ich den Renault-Fiat Eurovan bemerkt, der sich an mich herantastete.

Der kotzgrüne Lieferwagen war kaum mehr als zehn Meter entfernt, als meine Großhirnrinde endlich schaltete und ihn als etwas einstufte, worüber man sich Gedanken machen mußte. Und keinen Augenblick zu früh. Aus dem Augenwinkel sah ich, wie das Fenster in der Beifahrertür heruntergelassen wurde, und registrierte die Bewegung im Innern. Meine Reflexe übernahmen das Kommando, und ich warf mich flach auf den Bürgersteig.

Die Waffe, mit der der Beifahrer des Lieferwagens auf mich zielte, ging los – mit einem dumpfen *Wumm* anstelle des üblichen Knatterns –, und ich spürte, wie etwas die Luft über meinem fallenden Körper zerteilte. Ein Kunstfasernetz erschien – magisch, wie es schien – und machte einen Zeitungskiosk ein oder zwei Meter hinter mir bewegungsunfähig.

Ich schlug hart auf dem Bürgersteig auf und rollte mich ab, um die Aufprallwucht zu mildern. Meine Kleiderpracht wurde erneut herabgemindert, aber wenigstens bewahrte mich die leichte Panzerung darunter davor, allzuviel Haut zu verlieren. Ich sprang auf und hechtete in die Deckung eines geparkten Wagens. Der Manhunter lag entsichert in meiner Hand, und ich hatte den Finger am Abzug, aber ich blieb unten, außer Sicht. Der Kerl in dem Eurovan hatte seinen ersten Schuß mit einer Netzkanone abgegeben, was bedeutete, daß er mich lebend wollte – zumindest im Augenblick. In dieser Situation war es nicht sinnvoll, das Feuer zu erwidern, weil die Angelegenheit dadurch leicht auf eine tödlichere Ebene eskalieren konnte. Vorsichtig hob ich den Kopf über die Motorhaube des Wagens, hinter dem ich hockte.

Und alle nicht tödlichen Wetten waren augenblicklich

ungültig. Die Seitentür des Eurovan glitt auf, und in der Dunkelheit dahinter leuchteten drei Laserzielrohre. Ich warf mich flach auf den Boden, als der Wagen von einem Kugelhagel durchlöchert wurde und ich von Transpex-Splittern der zerschossenen Scheiben überschüttet wurde. Über das Knattern der automatischen Waffen hinweg hörte ich, wie eine weitere Tür des Eurovan geöffnet wurde. Die Beifahrertür? Wahrscheinlich – der Bursche mit der Netzkanone nutzte den ›Feuerschutz‹ seiner Kameraden aus, um sich an mich heranzupirschen und mich zu erledigen.

Im Geiste ging ich meine taktischen Möglichkeiten durch. Es dauerte nicht länger als einen Sekundenbruchteil – es gab nur zwei, und nur eine davon beinhaltete, am Leben zu bleiben. Bevor ich zu sehr darüber nachdenken und vor Angst starr werden konnte, zwang ich mich auf die Beine, zog den Kopf ein und *rannte*. Weg von dem Wagen und mit Schlenkern und Haken, aber mehr auf Tempo und darauf bedacht, Land zu gewinnen. Ich wollte so geduckt wie möglich laufen, um ein kleines Ziel zu bieten, aber Geschwindigkeit war wichtiger als alles andere. Ohne mich umzudrehen, gab ich vier ungezielte Schüsse aus dem Manhunter über die Schulter ab.

Kugeln pfiffen an meinem Kopf vorbei. Querschläger jaulten durch die Dunkelheit. Ich spürte, wie etwas an meinem Hemdkragen zupfte – also *das* ging jetzt entschieden zu weit.

Auf dieser Straßenseite waren die Gebäude, im wesentlichen kleinere Industrieanlagen, durch schmale Gehwege voneinander getrennt. Ich täuschte rechts an, dann bog ich scharf nach links ab und stürzte mich kopfüber in eine dieser dunklen Passagen. Ich schrie vor Schmerzen auf, als etwas gegen mein linkes Schulterblatt prallte – ein Liebesgruß von einem Baseballschläger. Die Wucht des Schlages reichte, um mich aus dem Gleichgewicht zu bringen, und mein rechter Ellbogen stieß heftig gegen eine Mauer. Ich jaulte auf, meine rechte Hand und der dazugehörige Unterarm fühlten sich an, als seien sie in geschmolzenes Blei getaucht worden, aber ich rannte weiter.

Die Knallerei hinter mir ging weiter – keine *Wumm*s mehr, sondern das Knattern richtiger Kugelspritzen –, aber nichts kam auch nur in meine Nähe. Ich rannte den Weg entlang wie ein gedopter Sprinter und warf mich nach rechts, als ich das Ende erreichte.

Eine Gasse – eine widerliche, abfallübersäte verdammte Gasse. Obwohl ich wußte, daß ich die Luft dafür eigentlich nicht erübrigen konnte, fluchte ich laut. War ich eine Ausnahme, oder schien sich das Leben *aller* um dreküberhäufte Gassen und Müllcontainer zu drehen? Ich rannte weiter. Das Geballer hinter mir war verstummt, aber ich konnte die stampfenden Schritte der Verfolger hören. Ich riskierte einen Schulterblick und wurde durch den Anblick zweier Gestalten belohnt, die aus dem Gehweg stoben. Eine war groß und massig und hatte kilometerbreite Schultern. Die andere war klein und drahtig. Moko und Kat, zwei der Runner, die mit dem ›großen Wurm‹ in Verbindung standen? Ein ziemlich sicherer Tip. Beide gaben ein paar Schüsse in meine Richtung ab, aber die Sicht war Drek und die Entfernung zu groß. Ich rannte weiter, bis sich die Luft wie Messer in meine Lungen zu bohren schien, wenn ich einatmete.

Fragen gingen mir im Kopf herum. Erstens… wie, zum Teufel, hatten sie mich gefunden? Vielleicht hatten sie einen Sender an meinem Motorrad angebracht, aber ich hatte mich von ihm getrennt…

Augenblick mal. Ein Sender am Motorrad war ein offensichtlicher Schachzug, aber ich hatte Kat und den anderen auch reichlich Gelegenheit gegeben, *mir* eine Wanze zu verpassen, oder? Teufel, heutzutage ist das kein Problem mehr, nicht bei all diesem mikrominiaturisierten Drek auf dem Markt. Ein beiläufiges Schulterklopfen, und schon hat man jemandem einen selbsthaftenden Spürer von der Größe eines Stecknadelkopfs verpaßt.

Wenn das der Fall war, konnte das ›Warum‹ nur mit Ryumyo zu tun haben – immer vorausgesetzt, daß es tatsächlich Ryumyo gewesen war, der den Verwandlungstrick auf meinem Telekomschirm vorgeführt hatte – und mit seiner Warnung, daß ich mich um meine eigenen Angelegenheiten kümmern solle. Und was hatte ich praktisch sofort danach getan? Ich war zum verdammten *Ali'i* gerannt, oder? Keine besonders gute Methode, sich aus allem Ärger rauszuhalten. Als dem großen Wurm klargeworden war, daß ich seinen freundlichen Rat in den Wind schlug, hatte er beschlossen, Kat und ihre kleinen Freunde loszuschicken, um die Dinge ein für allemal zu regeln. (Und was sollte die Netzkanone, wenn sie in dem Augenblick, als der nicht tödliche Angriff fehlgeschlagen war, das Feuer mit ihrer Artillerie eröffneten? Offensichtlich hatten die ALOHA-Runner vor, mich auf jeden Fall umzulegen, aber ihr Plan sah vor, mich einzukassieren, um mir dann an einem stillen, abgelegenen Ort in aller Ruhe eine Kugel durch den Kopf zu jagen. Als ich mich rücksichtsloserweise geweigert hatte, mich einkassieren zu lassen, waren sie zu Plan B übergegangen: die ganze Gegend dem Erdboden gleichzumachen.)

Kat und Moko waren mir immer noch auf den Fersen, vielleicht fünfzig Meter hinter mir, aber sie schlossen jetzt auf. (Angst und Adrenalin können wunderbare Dinge bewirken, aber sie können *nicht* unzählige Monate Stubenhocken ausgleichen.) Sie ballerten nicht mehr wild in der Gegend herum. Drek, das brauchten sie auch gar nicht. Sie wußten, daß sie mich letzten Endes einholen würden. In Panik zu geraten schien im Augenblick der einzig logische Plan zu sein, also befolgte ich ihn. Ich sah mich hektisch nach einem Platz um, der genug Deckung bot, um mich ihnen zum letzten Gefecht zu stellen.

Und da wurde hinter mir wieder das Feuer eröffnet. Aber nicht von Moko und Kat – von jemand anderem. Die beiden ALOHA-Runner waren mit irgendwelchen Maschinenpistolen bewaffnet. Das Knattern und die Feuergeschwindigkeit waren unverkennbar. Die Kanonen, die jetzt losballerten, waren etwas ganz anderes mit einer viel höheren Feuergeschwindigkeit. Keine Minikanonen – dem Klang der Schüsse nach zu urteilen, waren es kleinkalibrige Waffen –, aber Waffen mit einer ähnlichen Feuergeschwindigkeit, die klangen, als werde ein riesiger Reißverschluß geschlossen. Normale MPs knatterten als Antwort darauf, aber die Reißverschlüsse meldeten sich wieder zu Wort, und die MPs verstummten.

Ein Teil von mir wollte wissen, was, zum Teufel, hinter mir in der Gasse vorging. Wer sich, zum Henker, mit Kat und Moko anlegte. Der logischere Teil meines Verstandes schrieb die Frage als bedeutungslos ab. Alles, was meine Verfolger eliminierte, war gut, oder? »Der Feind meines Feindes ist mein Freund«, und der ganze Quatsch …

Die Gasse mündete in eine Nebenstraße. Diesmal bog ich nach links ab und wurde dann langsamer. Hinter mir war alles still – keine Schüsse, keine Laufschritte. Waren Kat und Moko erledigt, oder hatten sie nur die Verfolgung aufgegeben? Im letzteren Fall konnten sie – oder bei genauerem Nachdenken auch ihre Freunde – mich immer noch aufspüren, indem sie den hypothetischen Sender benutzten, der sie überhaupt erst zu mir geführt hatte. Drek, ich mußte das Ding loswerden, und zwar *schnell* … aber mitten auf der Straße einen Striptease aufzuführen, war aus verschiedenen offensichtlichen Gründen taktisch nicht sehr klug.

Mein Herz hämmerte in meinen Ohren, und meine Oberschenkel fühlten sich an, als hätte sie jemand mit einem Schlagstock bearbeitet. Hätte ich ein Abendessen zu mir genommen, wäre ich jetzt wahrscheinlich damit beschäftigt gewesen, es wieder von mir zu geben. Ich trabte weiter, wobei ich mir darüber klarzuwerden versuchte, was ich als nächstes tun sollte …

… Und trat gerade noch rechtzeitig auf die Bremse, um nicht die Gestalt über den Haufen zu rennen, die aus den Schatten vor mir trat. Ich riß den Manhunter hoch.

Nein, ich *wollte* den Manhunter hochreißen, aber mein rechter Arm war von dem Schlag gegen den Ellbogen wie gelähmt. Meine linke Hand entriß die Waffe meiner tauben rechten. Ich schaltete das Laserzielrohr ein und richtete den roten Punkt auf den Kopf der Gestalt.

Dunkle, wie flüssig aussehende Augen weiteten sich voller Panik. Ein geschmackvoll zurechtgemachter Mund öffnete sich in fassungslosem Staunen.

Die Elfe vor mir war wunderschön. Knapp zwei Meter groß, gertenschlank und ein Gesicht, das sich am besten mit den Worten ›warum Männer kämpfen‹ beschreiben läßt.

Hure, Freudenmädchen, Sex-Arbeiterin – so hatte ich sie sofort abgestempelt, aber dann sah ich ihre Kleidung. Sie trug eine Konzernmontur der Spitzenklasse. Ein Kostüm, das wahrscheinlich genauso viel gekostet hatte wie ein Kleinwagen. Polierter Titanschmuck: Ohrringe, Halskette, dazu passende Armreifen. Diese Armreifen blitzten im Licht der Straßenlaternen auf, als sie mir ihre leeren Hände zeigte. »Nicht schießen. Bitte!«

Instinktiv senkte ich den Manhunter. Der vernünftigere Teil meines Verstandes wußte, daß das eine schlechte Idee war, aber plötzlich schien der Edle-Ritter-Hirnlappen das Kommando übernommen zu haben. Kaum hatte ich meine Kanone gesenkt, als sie eine ihrer Handflächen auf meine Brust richtete.

Und mich dann tatsächlich *erschoß*. An ihrem Armband blitzte eine Flamme auf, und ein Schmerz trieb sich in meine Brust, eine lange, weißglühende Nadel der Qual, die durch den leichten Körperpanzer stach, als sei er gar nicht da. Ich versuchte den Manhunter wieder anzulegen, mit gleicher Münze zurückzuzahlen, aber das Ding wog plötzlich ein paarhundert Kilo.

Ich war noch dabei, mir einen witzigen Spruch passend zu meinem Abgang zu überlegen, als mich die Schwärze überkam wie eine Flutwelle und mich abwärts trug, tief, tief abwärts.

17

Licht. Morgen.

Ich lag dort – wo das auch war – eine unmeßbare Zeitlang und starrte einfach zu dem weichen Licht hinauf, das von nirgendwoher zu kommen schien. Wenn dies der Tod war, gefiel er mir irgendwie. Keine Schmerzen, keine Sorgen, keine Ängste. Auch keine richtigen Gedanken und schon gar kein analytisches Wissen um die Zukunft. Ich war nur das ewige, lebende *Jetzt* und sorgte mich ebensosehr um Vergangenheit und Zukunft wie ein verdammtes Kaninchen. Es war angenehm, und eine ich weiß nicht wie lange Weile ließ ich mich einfach treiben.

Natürlich war dieser Zustand nicht von Dauer – das sind die guten Sachen nie. Viel zu früh wurde ich mir meines Körpers bewußt. Des trägen Pochens meines Herzens. Der langsamen, rhythmischen Tätigkeit meiner Lungen. Der Berührung weicher Laken und einer festen Matratze unter meinem Rücken.

Und des pochenden Schmerzes einer Einstichwunde mitten auf meiner Brust.

Diese Erkenntnis bereitete dem zeitlosen Dahintreiben ein Ende, das kann ich Ihnen sagen, Chummer. Als hätte die Bewußtwerdung des Schmerzes eine Art Schleuse geöffnet, wurde mein Verstand von Erinnerungen an die Vergangenheit und Ängsten vor der Zukunft überflutet. Ich glaube, an dieser Stelle habe ich gewimmert. Jemand hatte mich geschnappt, und zwar glatt und sauber. Die Elfen-Schnalle hatte mich mit ihrem Aussehen und ihrer Körpersprache abgelenkt und mir dann einen Narkosepfeil in die Brust gejagt. Gute Taktik mit viel Voraussicht und Planung. Damit blieben aber immer noch eine Menge wichtiger Fragen offen.

Wer? Und, was noch wichtiger war, warum? Zuerst das »Wer«, entschied ich.

Moko und Kat? Wohl eher nicht, Chummer. Eine schnelle Vorbeifahrt war mehr ihr Stil. (Drek, wäre ich eine Millisekunde langsamer gewesen, hätten sie Erfolg gehabt und ich wäre jetzt tot.) Ryumyo? Wohl eher nicht. Kat und ihre Freunde waren mit einiger Sicherheit auf seinen Befehl hinter mir her. König Kamehameha? Wohl eher nicht. Er hatte mich im Iolani-Palast in den Klauen gehabt und mich ziehen lassen. Harlech, der Elf? Wohl eher nicht, und zwar aus denselben Gründen. Blieb noch …

Blieb noch die verdammte Yakuza, oder? Die Yaks konnten so brutal und direkt wie jeder andere auch sein, wenn es die Umstände rechtfertigten, aber sie konnten auch ein sauberes, elegantes Ding abziehen, wenn sie wollten. Wie die Sache mit der Elfen-Schnalle und ihrem Armband.

Und das beantwortete das ›Warum‹ nur zu gut. Ich hatte ihren *Oyabun* umgelegt … oder zumindest war ich in an seinem Tod ziemlich stark beteiligt. Die Yaks hatten schon immer viel von Racheaktionen, Lektionen und unmißverständlichen Botschaften gehalten. Das bedeutete, die Tatsache, daß ich noch lebte, war nicht notwendigerweise beruhigend. Es bedeutete lediglich, daß sie vorhatten, sich für meinen Tod Zeit zu nehmen.

Welche Freude.

Mein Körper entzog sich noch der völligen Kontrolle durch den Verstand, aber schließlich gelang es mir, mich aufzurichten und mich umzusehen. Ich befand mich allem Anschein nach in einem Krankenhaus- oder Klinik-Zimmer. Dafür sprachen zumindest das Elektro-Bett und die antiseptischen weißen Wände. Außer dem Bett gab es keine Möbel – keine Stühle, keinen Nachttisch, nichts, das als Waffe oder Gelegenheit hätte dienen können. Und es gab auch kein Fenster.

Die Tür befand sich rechts von mir und schloß bündig mit der Wand ab. Keine Klinke, nur eine Vertiefung zum drücken, was bedeutete, daß sich die Tür nach außen öffnete. Was wiederum bedeutete, daß der alte Trick, sich hinter der Tür zu verbergen und die erste Person flachzulegen, die einem einen Besuch abstattet, nicht in Frage kam. Natürlich war die Tür verschlossen.

Und das war es, was den Raum betraf. Kein Wandschrank, keine Tür zu einem angrenzenden Raum. Nicht einmal eine Lampe an der Decke, sondern nur die normalen, in die Deckenfliesen eingelassenen Lichtleisten.

Ich warf das Laken zurück, das mich zudeckte. Natürlich war ich nackt. Das überraschte mich nicht. Es war lediglich ein weiterer Zug im vertrauten Sicherheitsspiel. Meine Häscher wußten, wieviel schwerer es ist, heroisch und kreativ zu sein, wenn man nackt ist. Mit einem lautlosen Fluch nahm ich das dünne Bettlaken und wickelte es mir um die Hüften. Besser wie ein Flüchtling von einer Toga-Party aussehen, als meine Unzulänglichkeiten in aller Öffentlichkeit zur Schau zu stellen, dachte ich mir. Dann schlich ich im Raum umher, auf der Suche nach … nun, nach allem, was mir dabei helfen konnte, hier rauszukommen. Ich wußte nicht genau, was das sein konnte, aber wahrscheinlich würde ich es wissen, wenn ich etwas sah.

Meine Häscher ließen mir nicht viel Zeit. Das Klicken eines sich öffnenden Magnetschlosses ließ mich mitten im Herumschleichen erstarren. Ich war an der Wand, die der Tür gegenüberlag, und somit viel zu weit weg, um sie so rechtzeitig zu erreichen, daß ich versuchen konnte, den Helden zu spielen. (Und natürlich hatten meine Häscher das gewußt, da sie mich per Überwachungsmonitor beobachtet hatten, und ihren Auftritt entsprechend geplant.) Ich sammelte das bißchen Würde, das mir noch geblieben war, richtete mich zu voller Größe auf und bereitete mich darauf vor, dem ersten Yak-Soldat, der durch die Tür kam, mit einer gewaltigen Dosis gebieterischen Stinkeblicks zu begegnen.

Aber es war kein Yak-Soldat, der durch die Tür kam. Zumindest nicht das, was *ich* mir unter einem typischen

Yak-Soldaten vorstellte. Sie war Elfe und Polynesierin – dreimal daneben, soweit es die Yaks, die ich kenne, betrifft: männlich, menschlich und japanisch ist mehr ihr Stil. Sie bedachte mich mit einem höflichen, aber kühlen Lächeln und sagte: »Guten Morgen, Mr. Montgomery.«

(Ich seufzte. Was war nur los? Hinz und Kunz kannte meinen Namen...)

Die Elfe sah kompetent und selbstsicher aus. Sie trug keine offensichtlichen Waffen – vernünftig, da es durchaus vorstellbar war, daß ich ihr eine Waffe abnehmen und selbst benutzen konnte –, aber sie wirkte gelassen und bereit, wie eine Expertin in der Kunst der waffenlosen Selbstverteidigung. Sie trug konservative Konzernmode – nicht extravagant oder protzig, aber trotzdem ziemlich teuer.

Aus dem Augenwinkel registrierte ich eine Bewegung im Flur vor der Tür. Dort draußen waren zwei weitere Gestalten. Ich sah keine Einzelheiten, aber ich war sicher, daß *diese* beiden gut bewaffnet und bereit waren, von ihren Waffen Gebrauch zu machen, wenn ich Anstalten machte, die Elfen-Schnalle anzugreifen. Ich seufzte wieder und blieb einfach, in mein Laken gehüllt, mitten im Raum stehen.

»Hier«, sagte sie, indem sie einen kleinen Koffer aus einem weichen Material auf das Bett warf. »Ziehen Sie sich bitte an, Mr. Montgomery«, fuhr sie emotionslos fort. »Jemand wird kommen und Sie abholen.« Und damit wandte sie sich ab und ging hinaus. Die Tür schloß sich hinter ihr, und das Magnetschloß klickte, als es einrastete.

Ich ging zum Bett und ließ mich schwer darauf fallen. Ein paar Minuten lang starrte ich den Koffer an, als rechnete ich damit, daß ihm Fangzähne wachsen und er nach meiner Kehle schnappen würde. Was, zum Teufel, ging hier überhaupt vor? Vielleicht waren es gar nicht die Yaks, die mich einkassiert hatten. Wenn ich nichts Bedeutsames übersah – keine so abwegige Möglichkeit, wie ich zugeben mußte –, konnten die Yaks kein anderes Interesse an mir haben als das, mich auf so blutige und langwierige Weise wie möglich umzubringen. Dieses Spielchen konnte eigentlich nicht beinhalten, mir zuvor Kleidung zu bringen, oder doch?

Ich schüttelte den Kopf. Dann öffnete ich den Koffer.

Wäre dies ein altmodischer Action-Spionage-Film gewesen, hätte es sich bei der Kleidung im Koffer um ein erstklassig geschnittenes Dinnerjacket mit schwarzer Krawatte und Lacklederschuhen gehandelt. Fehlanzeige, Chummer. Der Koffer enthielt einfache, tropentaugliche Freizeitkleidung: Hemd, Hose, Schuhe und Unterwäsche. Übrigens alles in meiner Größe – oder zumindest nahe genug daran. Wie vorauszusehen, kein Körperpanzer und ganz eindeutig nichts, was sich als Waffe benutzen ließ. Sogar die Schuhe waren offenbar nach dem Gesichtspunkt ausgewählt worden, ihre Tauglichkeit als Waffe zu minimieren, falls ich ein Experte in Savat war. Die Schuhe bestanden aus einem groben, juteähnlichen Stoff, die Sohlen aus Seil. (Ohne Drek – aus Hanfseil.) Aber sie waren einigermaßen bequem, und mehr war im Moment nicht wichtig. Außerdem enthielt der Koffer meine Brieftasche, meinen Compi und alle meine Kredstäbe.

Also zog ich mich an. Das Überstreifen des Hemdes machte mich mit einem komplexen Schmerzspektrum bekannt, das seinen Ursprung in der Region meines linken Schulterblattes zu haben schien. Ich holte tief Luft, ließ die Schulter kreisen … und bereute es augenblicklich. Der Schmerz war so stark, daß ich mich beinahe auf den Hintern gesetzt hätte. Ich versuchte es noch einmal mit Luftholen, diesmal jedoch vorsichtiger.

Okay, die Schmerzen waren schlimm, aber mehr von der matten, pochenden Art, die eine größere Quetschung verursacht. Mein leichter Körperpanzer hatte die kinetische Energie des Schlags auf einen so großen Bereich verteilt, daß er meine kostbare Haut nicht weiter beschädigt hatte. Die Tatsache, daß es sich bei den Schmerzen nicht um messerscharfe Stiche handelte, verriet mir außerdem, daß meine Rippen nicht gebrochen waren. Sei dankbar für die kleinen Freuden, sagte ich mir.

Kaum hatte ich mich angezogen, als das Magnetschloß wieder klickte. (Ja, ich stand ganz eindeutig unter Beobachtung.) Dieselbe Elfen-Schnalle erschien in der Tür, unterstützt von denselben zwei Gestalten im Flur hinter ihr. »Kommen Sie bitte mit, Mr. Montgomery«, sagte sie.

Ich kam. Was, zum Teufel, hätte ich sonst tun sollen? Ich folgte der Konzern-Schnalle aus dem Zimmer auf den Flur, wobei ich mich einen guten Schritt hinter ihr hielt. Die beiden Schatten – ebenfalls Elfen, aber von erstaunlich kräftiger Statur für diesen Metatyp – hängten sich seitlich versetzt an mich. Beide trugen Taser am Gürtel und hielten übergroße Betäubungsstäbe in den Händen. Cool bleiben, Brüder, wollte ich ihnen sagen, ich habe nichts Gewalttätiges vor, wenn ihr mich nicht dazu zwingt. Aber ich hielt meine Zunge im Zaum.

Wir gingen durch den Flur, die Elfen-Schnalle voran, ich in der Mitte und meine beiden bewaffneten Begleiter am Schluß. Einrichtungsmäßig sah es immer noch wie in einem Krankenhaus aus, aber ich brauchte nicht lange, um diese Schlußfolgerung zu verwerfen. In Krankenhäusern – zumindest in denjenigen, die ich besucht habe – hasten immer antiseptisch aussehende Leute mit Taschencomputern und -scannern hin und her. Überall liegt der typische Krankenhausgeruch in der Luft – der sich zu gleichen Teilen aus Desinfektionsmitteln, Urin, Angst und Verzweiflung zusammensetzt –, und immer fordern Lautsprecherdurchsagen Dr. Soundso auf, dieses und jenes zu tun. Hier nicht. Wir waren allein auf dem Flur, meine Begleiter und ich. Die Luft war vollig geruchlos, und das lauteste Geräusch war das Tap-tap der Stöckelschuhe der Elfen-Schnalle auf den Acrylfliesen des Fußbodens.

Wir gelangten an eine T-Kreuzung und wandten uns nach links. Ein idealer Platz für ein Schwesternzimmer, wenn dies ein Krankenhaus gewesen wäre. Hier befand sich jedoch lediglich eine Reihe von drei Fahrstühlen. An einem öffneten sich die Türen, als wir uns näherten, und die Elfe bedeutete mir, stehenzubleiben.

Hätte ich fliehen wollen, wäre dies der ideale Zeitpunkt gewesen. Etwas, das ich schon sehr früh während meiner Ausbildung beim Star gelernt habe, ist die Tatsache, daß das Betreten eines Fahrstuhls mit einem Gefangenen – ebenso wie das Einsteigen in einen Wagen – eine Handlung ist, die gute Technik erfordert, wenn man nicht will, daß der Gefangene die Situation ausnutzt. Die Technik der drei Elfen *war* gut. Einer meiner beiden stämmigen Begleiter ging mit bereitgehaltenem Betäubungsstab hinein. Dann winkte mich die Schnalle hinein. Der zweite Muskelmann folgte, wobei sein Betäubungsstab ganz leicht meine Nierengegend berührte. Erst als ich im Fahrstuhl und an der Leine war – ein Betäubungsstab in den Nieren und ein anderer vor dem Schritt ist nicht gerade ein Anreiz dafür, eine Dummheit zu versuchen –, betrat die Konzernschnalle den Aufzug.

Hey, sie hätten sich die Mühe sparen können, wenn sie mich einfach gefragt hätten. Einen Fluchtversuch zu machen, wo ich nicht einmal wußte, wo ich mich befand und in welche Richtung ich fliehen sollte, schien im Moment keine vernünftige Option zu sein.

Nehmen Sie zum Beispiel die Tatsache, daß das ›Krankenhaus‹ offenbar zwei Etagen unter der Erde lag – zumindest der Kontrolleiste des Fahrstuhls nach zu urteilen. Drek, wenn ich vorher einen Fluchtversuch unternommen hätte, wäre ich wahrscheinlich eine Feuerleiter *hinunter*gerast und ziemlich schnell am Ende meiner Möglichkeiten angelangt.

Die Tür schloß sich seufzend, die Konzernschnalle drückte auf den AUFWÄRTS-Knopf, und los ging's. Augenblicke später öffneten sich die Makroplasttüren wieder, und unsere Gesellschaft verließ den Aufzug.

Und betrat anscheinend den Empfangsbereich eines offenbar ziemlich vornehmen Konzerngebäudes. Haufenweise Chrom, haufenweise polarisierte Spiegelbeschichtung, haufenweise Techno-Prunk. All das Drum und Dran, was man normalerweise erwartete: Holos von Pinkeln an den Wänden, die mit Politikern und anderen Gaunern schmusten; Wartezimmermöbel, die mehr kosteten, als eine Eigentumswohnung in der Seattler Innenstadt; Empfangstresen mit bildhübscher Empfangsdame, die ins System eingestöpselt war; ein großes Konzern-Logo an der Wand hinter besagtem Empfangspult. Ich konzentrierte mich zunächst einmal auf dieses Logo.

TIC stand dort in schnörkeliger stilisierter Schrift. Und darunter in kleineren Buchstaben – fast wie ein nachträglicher Einfall – die Erklärung: Telestrian Industries Corporation.

Telestrian. Bei welcher Gelegenheit hatte ich diesen Namen schon gehört?

Ich glaubte mich zu erinnern. Handelte es sich nicht um einen in Tir Tairngire beheimateten Konzern mit einer Arcologie irgendwo in Portland? Nicht viele Aktivitäten außerhalb Tirs – hatte ich jedenfalls *geglaubt*. Diese Anlage schien auf das Gegenteil hinzudeuten. Der Name wäre mir nicht bekannt vorgekommen, hätte es nicht vor ein paar Monaten diesen Schlamassel im Zuge einer personellen Umstrukturierung des Elfenkonzerns gegeben, über die in den Medien lang und breit berichtet worden war.

Die Empfangsdame hinter dem Tresen – natürlich eine Elfe – bedachte mich im Vorbeigehen mit einem Fünfzehn-Gigawatt-Lächeln. Es schien überhaupt keine Rolle zu spielen, daß ich von zwei Muskelmännern begleitet wurde, die mir beide mit einem Betäubungsstab im Rücken herumstocherten. Ich hatte den Eindruck, daß sie mir selbst dann noch ihr vielgeübtes Lächeln zugeworfen hätte, wenn ich splitternackt und in Flammen durch die Lobby gerannt wäre.

Meine Freunde und ich gingen weiter, am Empfangstresen vorbei und in das Atrium des TIC-Gebäudes.

Ich blieb wie angewurzelt stehen – was mir zwei schmerzhafte Nierenstöße einbrachte, die ich aber kaum zur Kenntnis nahm. Ich habe noch nie sonderlich auf die typische Konzernarchitektur gestanden. Zu viele Konzerne scheinen auf den alten Macho-Drek nach dem Motto »Ich habe den größten Architekten« abzufahren und zu vergessen, daß in ihren Monumenten für zu viele Kreds und mit zu wenig Geschmack tatsächlich Leute leben und arbeiten müssen. Nicht TIC – wenigstens nicht hier.

Alles war hell und luftig, das Atrium nach oben zum azurblauen Himmel hin offen. In allen drei Etagen des Gebäudes gab es seitlich zum Atrium hin offene Gänge. In diesen Gängen gingen Leute ihren Konzerngeschäften nach. Während ich mir das alles ansah, griff ein Bursche im ersten Stock über das Geländer und pflückte sich eine Blüte von einem der blühenden Bäume – genau, *Bäume* –, die im Atrium wuchsen. Er beroch die Blüte anerkennend und steckte sie sich dann ins Knopfloch, bevor er weiterging. Vögel zwitscherten und tschilpten, die auf den Ästen und Zweigen über mir hockten, und es roch nach Parfüm.

Unter einem der Bäume stand ein kleiner Konferenztisch. Ein halbes Dutzend konzentriert wirkende Konzerntypen diskutierten irgendwas – diskutierten es ziemlich hitzig, ihrer Körpersprache nach zu urteilen. Ich konnte jedoch nicht das geringste von dem verstehen, was sie sagten. Der ›Konferenzraum‹ war offenbar mit Geräuschunterdrückern ausgestattet.

»Ist ja schon gut«, sagte ich übellaunig, als mir meine beiden Begleiter wieder in den Rücken stießen, und wir gingen weiter. Zum anderen Ende des Atriums und eine

Rolltreppe in den ersten, dann eine weitere Rolltreppe in den zweiten und obersten Stock hinauf.

Der oberste Stock – die Exec-Suite. Das wußte ich sofort. Der perlgraue Teppichboden war flauschiger. Die Kunst an den Wänden war zurückhaltender, eleganter und offenbar teuer. Die Leute, die vorbeigingen, waren besser gekleidet. (Verstehen Sie mich nicht falsch: Auch im Erdgeschoß trugen die Leute Anzüge, die ebensoviel wie ein Wagen kosteten. Der einzige Unterschied im zweiten Stock war das *Modell* des Wagens – Jackrabbit oder Westwind.) Ich konnte die Kreds beinahe in der Luft riechen.

Wir gingen einen der seitlich offenen Gänge entlang, um uns dann vom Atrium abzuwenden und ernsthaftes Pinkel-Land zu betreten. Wir näherten uns einer großen Doppeltür, die aus echtem Mahagoni und nicht aus Duraplast mit Holzmaserung bestehen mußte. Die Türen öffneten sich lautlos, als wir sie erreichten. Die Konzern-Schnalle schlenderte mit mir im Kielwasser hindurch. Die beiden Muskelmänner kamen jedoch nicht mit, da sich die Türen unmittelbar hinter mir wieder schlossen. Was natürlich massive Sicherheit auf dieser Seite der Türen implizierte. Mindestens Überwachungskameras und wahrscheinlich Geister oder Elementare an sehr kurzer Leine. Da traf es sich ganz gut, daß ich im Moment nichts Ungehöriges plante.

Die Elfen-Schnalle ging weiter, an verschiedenen Bürotüren vorbei – alle aus Mahagoni, alle ohne Namensschilder. Wenn man nicht wußte, wo sich das Büro befand, in das man wollte, gehörte man ganz einfach nicht hierher. Noch ein paar Biegungen und eine weitere Doppeltür. Diesmal ganz und gar aus Transpex, aber mit irgendeinem chromatischen Überzug, der die Türen wie große schillernde Seifenblasen aussehen ließ. Wiederum öffneten sich die Türen, als wir uns näherten, und wiederum schlossen sie sich unmittelbar hinter uns.

Offenbar das Ende der Fahnenstange. Die Elfe blieb

mitten in dem Vorzimmer oder Warteraum stehen und deutete schweigend auf eines der korallenfarbenen Ledersofas. Und dann, immer noch ohne ein Wort zu sagen, machte sie kehrt und ging wieder durch die Seifenblasentüren hinaus.

Aus einer Laune heraus versuchte ich ihr zu folgen. Wie vorauszusehen, öffneten sich die Türen für mich nicht so wie für sie.

Okay, also war ich von Profis geschnappt und zu einem hohen Konzernpinkel gebracht worden, der mir etwas mitteilen wollte... vermutlich. (Es sei denn, TIC war eine Yak-Fassade und dies das Vorzimmer zur Folterkammer.) Ich erinnere mich, einmal gelesen zu haben: »Das Leben ist nur eine Aneinanderreihung mieser Erfahrungen.« Falsch. Es ist eine Wiederholung ein und derselben miesen Erfahrung.

Ich wanderte zurück in die Mitte des Wartezimmers und sah mich gründlich um. Die Seifenblasentüren nahmen den größten Teil einer Wand ein. In der Mitte der gegenüberliegenden Wand befand sich eine einzelne Holztür. (Nicht Mahagoni. Etwas, das noch üppiger aussah und eine noch stärkere Maserung aufwies. Vielleicht eine einheimische Holzsorte?) Auch an dieser Tür gab es kein Namensschild. Aber sie brauchte auch keines. Ich kann die Bürotür des Oberbonzen auch ohne äußerliche Hinweise erkennen.

An den anderen beiden Wänden standen Sofas in einem zarten Korallenrot, die perfekt zu den pastelligen Tapeten und Teppichen paßten. An den Wänden hingen drei große Gemälde.

Ja, ich meine *Gemälde*. Flache Dinger ohne 3D-Effekt. Farbe, die per Hand auf irgendein Hintergrundmaterial aufgetragen worden war. Dieser Tage sehr selten und deswegen ganz allgemein *sehr* teuer. Aus Neugier – und weil ich im Moment nichts weiter zu tun hatte – ging ich zu dem nächsten Gemälde und betrachtete es genauer.

Merkwürdiger Drek, Chummer. Es zeigte eine Unterwasserszene komplett mit Korallen, kleinen Fischen in leuchtenden Farben und glücklich lächelnden Delphinen. (*Delphine?* Ich nehme an, das war ein Hinweis auf das Alter des Bildes. Delphine sind schon vor längerer Zeit ausgestorben, weil sie sich einfach nicht an die Konzentration giftiger Stoffe anpassen konnten, die wir in ihre Ozeane kippten. Und Sie können darauf wetten, daß sie schon lange vor dem Ende nicht mehr gelächelt haben.) So weit, so gut, würde ich sagen. Aber dann wurde es verdreht. Auf dem Meeresgrund gab es Säulen im griechischen Stil, Tempel und anderen Quatsch – sogar *Pyramiden,* um Himmels willen! –, und die glücklich lächelnden Delphine schwammen zwischen ihnen herum. Hmm.

Ich ging weiter zum nächsten Gemälde. Im wesentlichen dasselbe: dieselben Korallen, dieselben Ruinen, dieselben glücklich lächelnden Delphine. Nur, daß diesmal vom Innern der Ruinen eine Art Leuchten ausging. Und vielleicht sahen die Delphine auch noch eine Winzigkeit glücklicher aus, ich weiß es nicht.

Das dritte Gemälde, und wieder genau dasselbe, nur noch mehr davon. Und diesmal war über dem leuchtenden Eingang zu einer der Pyramiden irgendein seltsames Symbol in das Gestein gemeißelt. Eine Mischung aus dem Auge des Horus und dem Warnzeichen für Bio-Gefahren, so sah es aus, aber ich habe von Kunst keine Ahnung, also ist es möglich, daß ich mich irrte. Verdrehter Kram. Atlantis?

Ich beugte mich vor, um mir die Signatur anzusehen: ein unentzifferbares Gekritzel, das ›*Andrew Annen*-irgendwas‹ heißen konnte oder auch nicht. Das Datum war 1996.

»Was halten Sie davon, Mr. Montgomery?«

Der heisere Kontraalt ertönte direkt hinter mir. Ich versuchte meine Schließmuskeln unter Kontrolle zu behalten und mühte mich, meine Bewegungen weltmännisch und gewandt aussehen zu lassen, als ich mich umdrehte.

Die dunkle Holztür hatte sich lautlos geöffnet, und ebenso lautlos war eine Elfe aus dem Zimmer dahinter getreten. Sie war groß und schlank, und ihr feines blondes Haar war zu einem Knoten geflochten, der sich der Schwerkraft zu widersetzen schien. Ihre Augen waren blaß – hellblau oder vielleicht grau. Sie trug ein breitschultriges Kostüm, das aus flüssigem Gold zu bestehen schien. Auf einer Epaulette war das Markenzeichen des Modeschöpfers – das stilisierte Z von Zoé. Auf der anderen war das Logo von Telestrian Industries Corporation.

Die Elfe lächelte mich an und streckte die Hand aus, die ich reflexhaft ergriff. Ihr Händedruck war fest, ihre Haut kühl und seidenglatt. »Ich habe schon wieder das Gefühl, daß ich im Nachteil bin«, sagte ich so gelassen zu ihr, wie es mir möglich war. »Sie kennen meinen Namen ...«

Sie lächelte. »Ich wollte nicht unhöflich sein, Mr. Montgomery.« Unter den richtigen Umständen hätten sich beim Klang dieser Stimme meine Zehen krümmen mögen. Aber im Moment war ich dazu nicht in der Stimmung. »Ich heiße Chantal Monot.« Sie sprach den Namen sehr französisch aus.

Ich zermarterte mir das Hirn nach allen Einzelheiten über TIC, an die ich mich noch erinnern konnte. »James Telestrians ... Schwiegertochter?« riet ich, indem ich den Namen des Oberbosses des gesamten TIC-Imperiums nannte.

Das Lächeln der Elfe wurde breiter. »Der Nepotismus ist in unserer Gesellschaft nicht *so* ausgeprägt«, schalt sie mich leichthin. »Nicht *jeder* Exec ist mit James verwandt. Viele, aber nicht alle.«

Das akzeptierte ich mit einem Nicken. »Und Ihre Stellung, Ms. Monot, ist ...?«

»Ich bin Präsidentin und geschäftsführende Leiterin der Telestrian Industries Corporation, Abteilung Südpazifik.«

Ich blinzelte. Also schön ... Es zahlt sich immer aus,

wenn man weiß, mit welcher Etage man zusammenarbeitet. (In diesem Fall mit der höchsten.)

Monot deutete mit dem Kopf auf das Gemälde und wiederholte ihre Frage. »Was halten Sie davon, Mr. Montgomery?« Sie kicherte. »Und, *bitte*, kommen Sie mir nicht damit, Sie hätten keine Ahnung von Kunst, wüßten aber, was Ihnen gefällt.«

Da das genau das war, was ich ihr hatte sagen wollen, dachte ich einen Augenblick darüber nach. »Kräftige Farben und eine ziemlich gute Technik«, sagte ich schließlich. »Aber neben der falschen Einrichtung wirkt es zu überwältigend.«

In anscheinend aufrichtiger Belustigung zog sie eine Augenbraue hoch. »Und das Thema?«

Ziemlich daneben schien nicht die politisch korrekte Antwort zu sein, also entschloß ich mich zu: »Interessant.«

»Ja«, stimmte sie mit schelmischem Lächeln zu. »Nicht wahr?«

Drek, das ist einer der Gründe, warum ich es geradezu *hasse*, mich mit Elfen abzugeben. Nein, Korrektur – mit *einigen* Elfen. Es ist diese ständige ›Ich weiß etwas, das du nicht weißt, bäh‹-Haltung, die so vielen Elfen eigen ist. Ziemlich nervig.

Chantal Monot deutete auf die offene Tür. »Bitte«, sagte sie. »Es gibt da ein paar Dinge, die ich gerne mit Ihnen besprechen würde.«

Natürlich gab es die. Ich zuckte die Achseln und ging ihr durch die Tür in ihr Büro voran.

Ich wußte, wie Diamond Head von Westen aussah – von der Honolulu-Seite. Jetzt bekam ich den Krater von der anderen Seite zu sehen, und ich mußte zugeben, daß der Anblick ebenso umwerfend war. Das TIC-Gebäude war nur drei Etagen hoch, aber es schien auf einer Klippe oder einem Vorsprung errichtet worden zu sein, so daß es nichts gab, was der Präsidentin den Blick auf den alten, erodierten Krater versperrte.

Während ich noch starrte, nahm Monot hinter dem großen Schreibtisch Platz. Sie deutete auf einen der bequem aussehenden Besuchersessel, und ich setzte mich. »Tee?« fragte sie. Bevor ich annehmen oder ablehnen konnte, wandte sie sich einem silbernen Samowar auf der Anrichte neben sich zu und füllte zwei Tassen. Tatsächlich sogar Gläser, also im russischen Stil. Sie reichte mir eines. Ich roch daran, kostete und verzog anerkennend das Gesicht. Haben Sie schon mal *echten* Oolong-Tee probiert? Nicht? Schade für Sie.

»Es war mir ernst, was das Thema der Gemälde draußen betrifft«, sagte Monot schließlich. »Ist Ihnen schon mal aufgefallen, wie weit verbreitet die Legende von einem versunkenen Kontinent, eigentlich sogar einer versunkenen Welt, ist?«

Ich zuckte die Achseln. »Das hat mich eigentlich noch nie um den Schlaf gebracht«, mußte ich zugeben.

»Aber es ist interessant. Was wissen Sie über Lemuria?«

Wiederum zuckte ich die Achseln. »Stammen dort die Lemuren her?«

Ich hatte eigentlich eine witzige Antwort geben wollen, aber sie nickte beifällig. »In gewisser Weise, ja. Wußten Sie, daß die Wissenschaftler, bevor die Geologen das Phänomen der Kontinentaldrift entdeckten, ziemlich verwirrt ob der Tatsache waren, daß man versteinerte Lemurenknochen auf zwei verschiedenen Kontinenten fand, die durch Tausende Kilometer Ozean voneinander getrennt sind? Wie waren die Lemuren von einem Kontinent zum anderen gekommen ... wenn es nicht irgendwann einmal eine Landbrücke gegeben hatte, einen Kontinent mitten im Ozean, der die beiden verbunden hatte? Da es keine derartige Landbrücke gab, lautete die einzig logische Schlußfolgerung, daß sie vor Jahrhunderten oder Jahrtausenden versunken sein mußte.«

Ich beschloß, bei meiner Antwort auf die Frage nach den Gemälden zu bleiben. »Interessant.« (Tatsächlich hätte mir die Sache kaum gleichgültiger sein können, aber ich dachte mir, es sei wohl das beste, sich in bezug auf die abwegigen Überzeugungen der Präsidentin und geschäftsführenden Leiterin der Telestrian Industries Corporation, Abteilung Südpazifik, diplomatisch zu verhalten.)

»Nicht wahr?« stimmte sie zu. »Was ich noch interessanter finde, ist die Tatsache, daß die Legenden über Lemuria indirekt auch die Inseln von Hawai'i miteinbeziehen. Wissen Sie, wer diese Inseln ursprünglich kolonisiert hat, Mr. Montgomery?« Ich schüttelte den Kopf, und sie beantwortete ihre eigene Frage. »Polynesier aus Tahiti. Einigen Überlieferungen zufolge fuhren sie auf der Suche nach ihrem versunkenen Kontinent über das Meer. Einige behaupten sogar, daß dieser versunkene Kontinent eines Tages wieder aus dem Wasser auftauchen wird, und zwar mit dem Vulkan Haleakala als höchster Erhebung.«

Sie lächelte rätselhaft. »Es ist interessant, wie verschiedene, scheinbar untereinander nicht in Beziehung stehende Faktoren tatsächlich miteinander verbunden sind, wenn man unter die Oberfläche schaut.« Sie hielt inne, und ich wußte, daß sie jetzt zum Geschäft kam. Der ganze Drek über Lemuren und versunkene Kontinente war nur die Einleitung.

»Wie Sie, Mr. Montgomery«, fuhr Monot nach einem Augenblick fort. »*Sie* scheinen einer dieser Faktoren ohne Bezug zu sein. Aber Sie sind *nicht* ohne Bezug nicht wahr? Tatsächlich sind Sie direkt oder indirekt mit vielen verschiedenen ... nun, nennen wir sie *Fäden* ... verbunden.«

Ich schnaubte. Während ihres Lemurengeschwafels hatte sich in meiner Brust ein beklemmendes Gefühl aufgebaut. Jetzt wurde mir klar, worum es sich bei diesem Gefühl handelte – Wut. »Hören Sie«, sagte ich scharf, »ich habe genug von diesem ganzen vagen und obskuren Geheimnisvolle-Andeutungen-Quatsch, verstanden? Jeder redet mit mir, als wüßte ich viel mehr über die Vorgänge, als das tatsächlich der Fall ist, und das geht mir gewaltig auf die Nerven. Barnard hat es getan, Ho hat es getan, dieser verfluchte *Ryumyo* hat es getan, Harlech hat es getan, und jetzt tun *Sie* es …«

Ich hielt mitten in meinem Vortrag inne, als Monot eine schlanke Hand hob. Ihre Brauen zogen sich zu einem Stirnrunzeln zusammen. »Wer?« fragte sie.

Es dauerte einen Augenblick, bis ich die gedankliche Schleife zurück vollzogen hatte. Ich zählte sie an den Fingern ab. »Barnard, Ho, Ryumyo, Harlech …«

»Harlech«, wiederholte sie, indem sie mich erneut unterbrach. »Wer war das?«

Ich zögerte. Monots Miene hatte einen seltsamen Ausdruck angenommen – einen Ausdruck, der mich vermuten ließ, daß sie es ganz genau wußte und ihr das nicht im geringsten gefiel. »Quentin Harlech«, sagte ich. »Er sagte, ich solle ihn Quinn nennen.«

Sie erbleichte ein wenig und murmelte etwas vor sich hin. Es hätte eine Wiederholung des Namens sein können, den ich ihr genannt hatte, aber in der Reihenfolge, wie man den Namen in einer Datenbank finden würde, den Nachnamen zuerst. Oder es hätte auch etwas anderes sein können. (Es war wieder ›Großer Wurm‹/›Hosengurt‹-Zeit …)

»Das ist der Bursche«, bestätigte ich. Obwohl ich nicht die geringste Ahnung hatte, was los war, versuchte ich, meiner Stimme einen selbstbewußten Tonfall zu verleihen. Wenn irgend etwas Monot aus dem Gleichgewicht gebracht hatte, konnte ich das vielleicht zu meinem Vorteil ausnutzen. »Aber was soll das Theater?« fragte ich. »Er ist auch ein Elf.«

Chantal Monots blasse Augen blitzten vor Zorn. Dann gewann ihre professionelle Kontrolle die Oberhand, und sie zwang sich zur Gelassenheit. »Er mag ein Elf sein«, sagte sie schließlich, »aber Elfen reden nicht mit einer Stimme. Insbesondere nicht bei einer Angelegenheit, die so wichtig ist wie diese.« (Wichtig, *neh?* Ich merkte mir dieses Juwel von einer Auskunft zwecks späterer Betrachtung.)

Ich zuckte die Achseln. »Nach allem, was ich gehört habe, steht sich TIC *so*« – ich hielt zwei gekreuzte Finger hoch – »mit der Tir-Regierung. Manchmal ist Ihr Konzern ein Instrument der Politik für die Tir-Nation. Und wenn das nicht ›mit einer Stimme reden‹ ist …«

Sie unterbrach mich schon wieder. »Wir mögen ein Instrument der Politik für die *Führung* Tirs sein«, korrigierte sie mich kalt, »aber nicht für die *Nation*.« (Und ich merkte mir auch das. Im Moment ergab es keinen Sinn, aber vielleicht später …)

Monot starrte aus dem Fenster auf Diamond Head. Die Felswand war in das rötliche Licht des frühen Morgens getaucht. Nach etwa einer Minute wandte sie sich wieder an mich. »Sie haben also mit … *Quinn Harlech* gesprochen, Mr. Montgomery, nicht wahr? Was hat er ihnen erzählt?«

»Ich bin nicht so recht schlau daraus geworden«, sagte ich ihr wahrheitsgemäß. »Er sagte, er würde in irgendeiner Angelegenheit die Katze aus dem Sack lassen. Was mich betrifft, soll er es ruhig tun – ich habe nichts damit zu tun.«

Monot nickte zögernd. »Hat er gesagt, wie?«

»Soviel ich weiß, nein.« Dann zögerte ich. »Jetzt, wo ich darüber nachdenke, ließ er durchblicken, daß er es schon getan hätte.«

»Und ich nehme an, er wußte von Ihrer Verbindung zu Gordon Ho.«

Ich nickte. »Er wußte es tatsächlich.« Er hatte mein Abzeichen gesehen – das jetzt verschwunden war – und schien ganz genau zu wissen, was es bedeutete.

Offenbar waren das keine guten Nachrichten. Chantal Monot sah plötzlich wie eine ziemlich bekümmerte Elfe aus. Nach ein paar Augenblicken des Nachdenkens seufzte sie. »Vielen Dank, daß Sie vorbeigeschaut haben, Mr. Montgomery. Ich weiß Ihre Offenheit zu schätzen.«

Ich schnaubte. »Wenn Ihnen an Offenheit gelegen war, hätten Sie die auch ohne Narkosepfeil bekommen können«, stellte ich fest.

Monot hatte zumindest den Anstand, ein wenig verlegen auszusehen. »Ich entschuldige mich dafür, Mr. Montgomery, aber unsere Agentin« – damit mußte sie die Schnalle mit den Armbändern meinen – »schätzte Ihre geistige Verfassung als gefährlich ein, sowohl für sie als auch für sich selbst.« (Übersetzung: so verängstigt, daß ich kurz davor gestanden hatte, mir in die Hose zu machen. Zugegeben.) »Sie traf die situationsbedingte Entscheidung, Sie lieber außer Gefecht zu setzen, als etwas erheblich Unangenehmeres für alle Beteiligten zu riskieren.«

Okay, das konnte ich verstehen. Wäre es *mein* Job gewesen, ein Treffen mit einem irre blickenden Kerl zu arrangieren, der gerade pistolenschwenkend aus einer Gasse gestürzt kam, hätte ich ihn wahrscheinlich auch auf der Stelle flachgelegt. Das hieß jedoch nicht, daß es mir gefallen mußte.

Monot drückte eine Taste des anspruchsvollen Telekoms, das in ihren Schreibtisch eingebaut war. »Ein Fahrer wird Sie zu einem Ort Ihrer Wahl bringen«, sagte sie.

»Augenblick mal«, sagte ich. »War das schon alles? Sie lassen mich verfolgen und narkotisieren und entführen … und das war es? Keine weiteren Fragen?«

Monots Blick hatte etwas Freudloses an sich. »Die Fragen, die ich hatte, sind nicht mehr relevant.«

Ich glaube, ich blinzelte überrascht … und dann noch einmal begreifend. »Wollen Sie mich nicht einmal davor warnen, die Nase in Angelegenheiten zu stecken, die zu groß für mich sind?«

Die Elfe sah ehrlich traurig aus, als sie sagte: »Ich glaube, dafür ist es viel zu spät, Mr. Montgomery.«

18

Und so kam es, daß ich wieder in einem verdammten Rolls Phaeton herumkutschiert wurde. Es war fast zu viel verdammtes *Déjà vu* für mich. Wenn der Fahrer die kugelsichere Trennscheibe heruntergelassen, sich zu mir umgedreht und mich mit Scotts Gesicht angegrinst hätte, würde ich es gelassen hingenommen und ihm einen verdammten Drink angeboten haben.

Kaum hatten wir das TIC-Gelände verlassen – das Gebäude sah von außen genauso toll aus wie von innen –, wollte der Fahrer wissen, wohin er mich bringen solle. Diese Entscheidung erforderte einiges Nachdenken. Alle Buden, in denen ich untergekrochen war, waren auf die eine oder andere Art aufgeflogen, und meine Einladung zu einer Besprechung mit Chantal Monot hatte die Suche nach einer neuen unterbrochen. Ich grübelte ein paar Minuten darüber nach, während der Fahrer den Kapiolani-Park umkreiste. Schließlich gab ich es auf und tat, was ich wahrscheinlich von Anfang an hätte tun sollen. Ich fragte den Fahrer.

Drek, es ist gar nicht *so* unlogisch, oder? Taxifahrer kennen immer die besten Bars, die besten Restaurants, die besten Absteigen und die besten Orte, um in Schwierigkeiten zu gelangen. Und wenn man es genau nimmt, unterscheidet sich ein Konzernchauffeur gar nicht so sehr von einem Taxifahrer, oder?

Ich schilderte dem Chauffeur meine Erfordernisse – unauffällig, keine neugierigen Fragen – und ließ *ihn* darüber nachdenken. Kaum eine Minute später nickte er, und wir fuhren in Richtung Waikiki.

(Augenblick mal: War es kein riesiges Sicherheitsloch, den Chauffeur einzuweihen? Nun ja, rein vom Standpunkt der Geheimhaltung aus betrachtet, war es ein idiotischer Zug. Aber praktisch gesehen? Wenn Monot und ihre Kollegen bei TIC mich tot sehen wollten, wäre ich es längst. Wenn sie wissen wollten, wohin ich ging, hatten sie mehrere Stunden lang Zeit gehabt, mir eine Wanze zu verpassen – in irgendeine Körperöffnung, wenn sie ganz sichergehen wollten –, die ich nie finden würde. So, wie ich es sah, erhöhte sich mein Risiko dadurch, daß ich den Chauffeur einweihte, nicht im geringsten. Tatsächlich verringerte es sich, indem es mir ersparte, über unerwünschte Komplikationen zu stolpern, wie letzte Nacht geschehen.)

Der Phaeton rollte in westlicher Richtung nach Monsarrat und bog dann nach rechts auf die Kalakaua Avenue. Wir fuhren in das glitzernde Herz Waikikis, dann bog der Chauffeur wieder rechts ab und fuhr eine Rampe in ein unterirdisches Parkhaus hinunter. Der Wächter in seinem kleinen Häuschen tippte grüßend an seine Mütze, als er den Fahrer sah, und hob die unzerbrechliche Schranke. Ohne langsamer zu werden, rollte die Limousine in das Parkhaus hinein.

Wir hielten direkt vor einer Fahrstuhlreihe. Ein großes Wappen identifizierte den Bau als New Foster Tower.

Ich klopfte an die Transpex-Trennscheibe und bedachte den Fahrer mit dem ›Was ist *nun* los?‹-Blick.

»Ms. Monot hat hier immer für TIC einige Zimmer reserviert«, erwiderte der Chauffeur via Interkom, »um unerwartete Besucher unterbringen zu können.« (Ich dachte mir, daß ich wohl in diese Kategorie paßte…) »Zimmer neunzehn-null-fünf steht Ihnen so lange zur Verfügung, wie Sie es brauchen.«

Ich hob eine Augenbraue. Sobald der Fahrer gewußt hatte, wohin er fahren wollte, konnte es für ihn nicht mehr viel Aufwand gewesen sein, das Computersystem des Wagens mit dem des Hotels zu verbinden und mich einzuschreiben, aber… »Was ist mit dem Schlüssel?« fragte ich.

»Er ist bereits auf Ihren Daumenabdruck programmiert«, antwortete der Fahrer.

Ach, tatsächlich? Das bedeutete, Monot hatte meinen Daumenabdruck in das TIC-Computersystem eingescannt, während ich mein Narkosepfeil-Nickerchen hielt, und meine Daten waren einem mobilen Computersystem wie zum Beispiel dem in einer Limousine zugänglich. Der Fahrer hatte offensichtlich Kontakt mit dem Zentralsystem von TIC aufgenommen und veranlaßt, daß mein Daumenabdruck dem Sicherheitssystem im New Foster Tower übermittelt wurde. Effektiv wie die Hölle.

Aber es gefiel mir nicht, nicht im geringsten. Während meiner gesamten Karriere habe ich mir immer die größte Mühe gegeben, persönliche Daten wie Fingerabdrücke aus Konzernaufzeichnungen herauszuhalten. Ich kann mir zu viele Möglichkeiten vorstellen, wie man mit dem Leben einer Person herumspielen kann, sobald man einmal Zugang zu derartigen Daten hat. Natürlich konnte ich im Moment nicht das geringste dagegen tun. Wenn ich etwas Zeit – und etwas Geld – übrig hatte, würde ich mir neue Fingerabdrücke besorgen müssen.

Ich öffnete die Wagentür, stieg aus und ging zum Fahrstuhl. Als ich das leise Surren eines elektrischen Fensterhebers hinter mir hörte, drehte ich mich um.

»Hier, man sagte mir, die sollte ich Ihnen zurückgeben.« Der Fahrer warf mir zwei Gegenstände zu, die ich ein wenig unbeholfen auffing. Mein Sheriff-Abzeichen von König Kamehameha V. Und, was wesentlich wichtiger war, meinen Manhunter. Ich holte Atem, um ihm zu danken, aber er hatte das Fenster bereits wieder geschlossen und fuhr los. Auch gut – ich besaß ohnehin nichts Bares, um ihm ein Trinkgeld zu geben.

Zimmer 1905 im New Foster Tower war nicht annähernd so luxuriös wie mein Zimmer im Diamond Head. Damit stand es immer noch eine gewaltige Stufe über allem anderen, wo ich bisher in meinem Leben abgestiegen war. Die gesamte Wohlbehagen-Suite im Ilima Joy hätte ins Badezimmer gepaßt – zumindest fast –, und obwohl das Bett nicht *ganz* so groß war, um eine Orgie im römischen Stil darin veranstalten zu können, konnte ich mir nicht vorstellen, daß ich Gelegenheit haben würde, über diese Tatsache enttäuscht zu sein.

Die Aussicht war ebenfalls nett – eine Südwestlage mit Blick auf Mamala Bay. Die Hotels auf der anderen Seite der Kalakaua Avenue – diejenigen, die tatsächlich am Wasser standen –, waren zu hoch, um mir einen Blick auf Waikiki Beach zu gestatten. Sie waren jedoch terrassenförmig angelegt: Die Gebäude zwischen mir und dem Ozean waren niedriger als der New Foster Tower ... wie vermutlich diejenigen hinter dem Tower höher waren. (Gute Planung, nun, wo ich darüber nachdachte.) Das bedeutete, daß ich zwar nicht den Strand, aber immerhin das Meer und sein unglaubliches Blau sehen konnte. Während ich aus dem Fenster sah, rauschte gerade ein großer hochseetüchtiger Trimaran unter vollen Segeln vorbei. Sein grellfarbener Spinnaker schien in einem eigenen Licht zu brennen. Zum erstenmal seit *langer* Zeit sah ich Hawai'i tatsächlich mit den Augen eines Touristen und nicht mit denen eines Schatten-Burschen, der um sein Leben lief.

Aber es dauerte nicht lange. Die Zeit drängte. Bude im New Foster Tower oder nicht, meine Eier steckten immer noch in einem ziemlich engen Schraubstock. Es wurde Zeit, etwas dagegen zu unternehmen.

Auch das Telekom in Zimmer 1905 konnte sich mit demjenigen im Diamond Head nicht messen, aber das spielte keine Rolle. Im Moment brauchte ich nur die grundlegendsten Funktionen. Ich stöpselte meinen von Quincy frisierten Compi ein und etablierte schnell mein eigenes Äquivalent eines blinden Relais – eine einfache Veränderung der Programmierung des Telekoms, so daß es an Botschaften, die ich verschickte, keine korrekte ›Absendeadresse‹ mehr anhängen würde. Als ich mit meinen Versuchen, die Sicherheit zu erhöhen, zufrieden war, machte ich einen Anruf.

Jacques Barnard hob beinahe augenblicklich ab. (Tat der Bursche je *irgend* etwas anderes, als in der Nähe eines Telekoms herumzuhängen?) Seine Miene umwölkte sich in dem Augenblick, als er mich erkannte, und er öffnete den Mund, um zu maulen, doch ich kam ihm zuvor. »Ich will weg, Barnard«, schrie ich beinahe. »Sofort, Chummer, okay? Sie haben mir diesen Schlamassel eingebrockt, also holen Sie mich jetzt auch *raus.*«

Der Exec blinzelte einen Moment lang sprachlos. Ich nehme an, als Vizepräsident oder so wird man nicht sonderlich oft angeschrien. Dann zogen sich seine Brauen zu einer *sehr* finsteren Miene zusammen, und er knurrte: »Sie besitzen tatsächlich die Frechheit ...«

»Das ist nicht alles, was ich besitze«, unterbrach ich ihn erneut. »Sie sind mir was *schuldig*, okay? Das haben Sie selbst gesagt, und jetzt nehme ich Sie beim Wort. Ich habe hier ein paar Dinge über Yamatetsus Unternehmungen erfahren, die ein wenig unerwünschte Aufmerksamkeit erregen könnten, *karimasu-ka?*« Das war natürlich ein reiner Bluff. Ich hatte nichts gegen Yamatetsu in der Hand – zumindest nichts, was ich benutzen konnte. Aber Barnard brauchte das nicht zu wissen.

Nicht, daß der Schachzug erfolgreich gewesen wäre. Seine finstere Miene verzog sich zu einem ebenso finsteren Lächeln. »Das bezweifle ich, Mr. Montgomery. Das bezweifle ich ernstlich. Und was meine Schulden betrifft? Nun, ich betrachte jede Schuld, in der ich bei Ihnen gestanden haben könnte, als dadurch getilgt, daß Sie die Sicherheit verletzt haben.«

Das ließ mich ein wenig ruhiger werden. »Sagen Sie das noch mal. Ich soll die Sicherheit verletzt haben?«

Barnard betrachtete mich beinahe mitleidig. »Ich hatte mehr von Ihnen erwartet, Mr. Montgomery.« Und damit streckte er die Hand aus, um die Verbindung zu unterbrechen.

»*Warten Sie*«, bellte ich. »Warten Sie noch einen Augenblick, okay?« Barnards Miene nahm einen Ausdruck überstrapazierter Geduld an, aber wenigstens legte er nicht auf. »Ich ziehe hier keine Schau ab«, sagte ich so aufrichtig, wie ich konnte. »Ich weiß nicht, wovon, zum Teufel, Sie reden.«

»Das bezweifle ich ernstlich.«

»Es *stimmt* aber, verdammt noch mal«, schrie ich zurück. »Sagen Sie mir, wovon, zum Teufel, Sie reden. Und wenn ich dann tatsächlich ›die Sicherheit verletzt‹ habe, werde ich schniefen und kriechen und Ihnen mittags im Zentrum von Kyoto den Hintern küssen oder was Sie sonst wollen. Aber im Augenblick weiß ich ehrlich nicht, wessen Sie mich, verdammt noch mal, beschuldigen.«

Barnard stieß einen tiefen Seufzer aus. »Der *Ali'i*, Mr. Montgomery«, sagte er müde. »Ihre Besprechung mit dem *Ali'i*. Sie sollte doch vertraulich sein.« Er zögerte. »Oder vielmehr sollte die Tatsache vertraulich sein, daß Sie als mein Agent fungierten.

Und was haben Sie getan? Kaum hatten Sie den Palast verlassen, als Sie auch schon in alle Welt hinausposaunten, Sie seien Abgesandter eines Konzerns und übermittelten König Kamehameha V. persönliche Botschaften vom Konzern-Gerichtshof. Haben Sie überhaupt eine Ahnung, welchen Schaden das angerichtet hat?«

Ich schüttelte den Kopf. »Einen *Drek* habe ich getan!« konterte ich. »Reiner, unverfälschter *Kanike*, okay? Ich habe niemandem was gesagt. Suchen Sie woanders nach Ihrem gottverdammten Sicherheitsleck.«

Barnards Stimme war täuschend ruhig, und seine Miene hatte jetzt einen kalten, emotionslosen Ausdruck angenommen. »Aber das habe ich schon getan, Mr. Montgomery. Ohne jeden Erfolg. *Sie* sind das einzig mögliche Leck.«

»Einen *Drek* bin ich!« schrie ich wieder.

»Wenn nicht Sie, wer dann?«

»Wie wäre es mit Ho selbst?«

»Ho?« Barnard lachte laut auf. »Das ist das letzte, was Ho durchsickern lassen würde. Wenn die Opposition im Parlament ihre Karten richtig spielt – und es gibt keinen Grund, etwas anderes zu erwarten –, verliert er seinen Thron ... und wahrscheinlich noch mehr. Versuchen Sie es noch einmal, Mr. Montgomery, ja?«

»Jesus, ich *weiß* nicht ...« Ich stutzte mitten in meinem Ausbruch. Vielleicht wußte ich es doch. »Kennen Sie jemand namens Quentin Harlech?« fragte ich.

»Der Name sagt mir nicht das Geringste.«

»Dann sollten Sie ihn vielleicht durch Ihre Computer und Datenbanken jagen und Ihre Legionen verdammter *Informanten* darauf ansetzen, Barnard. Ich wette, daß Harlech derjenige ist, der die Bombe hat platzen lassen.« Ja ... während ich noch sprach, war ich mit jeder Sekunde mehr davon überzeugt, daß es tatsächlich der merkwürdige Elf gewesen sein mußte. Hatte er mir nicht gesagt, er wolle mich auffliegen lassen? Da hatte ich noch nicht gewußt, wovon er überhaupt redete, aber jetzt wurde die Sache langsam klarer.

Barnards Miene ließ keinen Zweifel daran, daß er mir nicht glaubte. Aber zumindest schien er nicht mehr ganz so überzeugt davon zu sein, daß ich ihn verkauft hatte. »Ich überprüfe den Namen«, sagte er zögernd.

»Und während Sie das tun«, schlug ich vor, »könnten Sie mir eigentlich erzählen, was, zum Teufel, hier eigentlich vorgeht. Okay, es ist also durchgesickert, daß König Kam mit den Megakonzernen redet. Na und?«

Barnard seufzte wieder und schüttelte den Kopf. »Haben Sie denn überhaupt nicht auf die politische Entwicklung auf den Inseln geachtet?«

»Wie ich Ihnen schon mal gesagt habe, hatte ich bis vor kurzem andere Dinge im Kopf«, sagte ich trocken.

Diese Bemerkung würdigte er keiner Antwort. »Gordon Hos Position hängt von einer Art Balanceakt ab«, fuhr er fort, als hätte ich gar nichts gesagt. »Auf der einen Seite die Megakonzerne, auf der anderen gewisse Fraktionen in seiner eigenen Regierung.«

»*Na Kama'aina«*, warf ich ein, nur um ihm zu zeigen, daß ich nicht völlig hirntot war.

»*Na Kama'aina*, ja. Wenn die *Na Kama'aina*-Fraktion der Bevölkerung beweisen kann, daß ihr König vor den Megakonzernen kriecht, wird ihn das Volk absetzen. Wenn andererseits die Konzerne unzufrieden mit Hos Bemühungen sind, ein stabiles Geschäftsklima aufrechtzuerhalten, werden *sie* ihn absetzen.«

Ich nickte. Da waren sie wieder, die Ananas-Plutokraten, *neh?* »Und was passiert gerade?«

»Ersteres natürlich«, sagte Barnard kategorisch. »Die Ereignisse sind offenbar manipuliert worden, um eine konzernfeindliche Stimmung zu erzeugen – im Volk als ganzem, aber vor allem innerhalb verschiedener militanter Gruppierungen ...«

»ALOHA.«

»Natürlich. Selbstverständlich wissen Sie, daß das Attentat auf Tokudaiji-*san* als Konzernmanöver gebrandmarkt wird.

Und es haben noch andere ... *provokative Handlungen* stattgefunden.«

Daraufhin blinzelte ich. Ich hatte nichts gehört, aber wie ich Barnard schon gesagt hatte, war ich vor kurzem mit anderen Dingen beschäftigt gewesen, wie zum Beispiel Drachen und Kugelhagel.

Barnard fuhr fort: »Und jetzt hat Ihre Enthüllung, daß ...«

»Ich war es nicht, verdammt!«

»Es spielt kaum eine Rolle«, stellte er fest. »Die Enthüllung, daß der *Ali'i* Privatunterredungen mit Vertretern der Megakonzerne führt, ist an sich schon schädlich genug, unabhängig von der Quelle.«

»Aber, verdammt, er *muß* sich doch manchmal mit Vertretern von Megakonzernen treffen«, stellte ich fest.

»Natürlich. Aber es ist die Geheimhaltung, die Ihre

Handlungen umgibt, die sie so schädlich macht. Wenn Gordon Ho tatsächlich im besten Interesse des Volkes handelt – und nicht das eigene Nest polstert, indem er private Zugeständnisse an die Megakonzerne macht –, warum ist dann eine derartige Geheimhaltung erforderlich?

Bedenken Sie die Situation«, fuhr Barnard fort. »Wie würden *Sie* ein heimliches Treffen zwischen dem Oberhaupt Ihrer Regierung und dem persönlichen Abgesandten eines bedeutenden Megakonzern-Execs interpretieren, hmm?«

Okay, verdammt, ich hatte begriffen. Natürlich würde meine Paranoia greifen, und ich würde daraus schließen, daß der Regierungs-Oberbonze einen privaten Handel abschloß und dem Konzernabgesandten in den Arsch kroch. »Aha. Und was läuft jetzt?«

»Genau das, was man erwarten konnte«, sagte Barnard grimmig. »Die Abgeordneten der *Na Kama'aina* üben Druck auf den *Ali'i* aus. Andere wiegeln die Bevölkerung gegen ihn auf.«

»Irgendwelche Gewalttätigkeiten?«

»Noch nicht.« In seiner Stimme lag ein häßlicher Anflug von Unvermeidlichkeit.

»Was ist mit ALOHA?«

»Natürlich sind Policlub-Mitglieder an den Propagandaaktionen beteiligt, wie nicht anders zu erwarten«, erläuterte Barnard. »Aber bis jetzt scheinen sie sich ziemlich bedeckt zu halten.«

»Aber Sie rechnen nicht damit, daß dieser Zustand von Dauer ist.«

»Nein.«

»Und was dann?«

Barnard zuckte die Achseln und sah plötzlich noch älter aus, als ich es von unserem letzten Gespräch in Erinnerung hatte. Er hätte ebensogut an Schwindsucht oder irgendeiner häßlichen Mangelkrankheit leiden können. (*Drek,* fragte ich mich, *warum unterziehen sich die*

Leute nur der Mühe, die Konzernleiter emporzuklettern, wenn es sie so fertigmacht?) »Das hängt davon ab«, sagte er leise.

»Wovon?«

»Von ALOHAs Aktionen. Von Gordon Hos Nachfolger, wenn er tatsächlich gestürzt wird. Die Megakonzerne reagieren nicht besonders freundlich auf eine Bedrohung ihrer Unternehmungen.«

»Sie würden Hawai'i übernehmen?«

Barnard nickte. »Wenn sie dazu gezwungen würden, ja.«

»Also könnte alles den Bach runtergehen?« Ich beugte mich vor. »Dann holen Sie mich, verdammt noch mal, hier *raus*, Barnard. Das ist nicht mein Land. Es ist nicht mein Kampf, und es ist auch nicht meine Angelegenheit, okay?«

»Unannehmbar«, schnappte er augenblicklich. »Ich brauche jemanden vor Ort, der mich über die Entwicklung auf dem laufenden hält.«

Ich hieb mit der Faust auf den Tisch. Das Telekom erbebte. »Zum *Teufel* mit Ihnen, Barnard!« schrie ich. »Sie brauchen mich nicht. Sie haben Gott weiß wie viele Spione und Spitzel und Informanten!«

Er nickte. »Und alle werden mich belügen, wenn es in ihrem Interesse ist.«

»Und ich würde Sie nicht belügen, wenn es in meinem Interesse wäre? Kommen Sie zu sich!«

»Natürlich würden Sie mich belügen, wenn Sie dazu gezwungen wären, Mr. Montgomery«, stimmte Barnard mir mit einem Lächeln zu. »Aber Ihre Interessen unterscheiden sich von denen meiner normalen Kontaktleute, und Ihre … äh … *Befangenheit* … wird sich ebenfalls von derjenigen der anderen unterscheiden. Die Wahrheit wird vermutlich irgendwo zwischen Ihrer Beschreibung und derjenigen der anderen liegen.«

»Ja, einfach toll. ›Hängen wir Dirk Montgomerys Hintern in den Wind, damit wir *seine* Lügen mit den Lügen der anderen Spitzel vergleichen können.‹ Danke vielmals, Mr. Barnard.«

Meine Wut ließ ihn völlig kalt. Tja, Drek, warum auch nicht? Meine ganze Maulerei war aus seiner Sicht der Dinge ebenso bedeutungsvoll wie das Miauen einer neugeborenen Katze. »Vielleicht kommt es ja auch gar nicht erst so weit«, stellte er gelassen fest. »Wer weiß, Mr. Montgomery? Vielleicht behalten die kühleren Köpfe die Oberhand.« Er versuchte mich zu überzeugen, war aber selbst ziemlich weit davon entfernt, schrecklich überzeugt zu klingen.

Die Explosion weckte mich gegen vier Uhr in der Früh aus meinen unruhigen Träumen.

Zuerst wußte ich nicht, daß es eine Explosion war. Tatsächlich wußte ich nicht einmal, was mich geweckt hatte. Ein paar Sekunden lang lag ich einfach nur im Bett und starrte an die Decke. Aber dann ließ eine zweite Erschütterung, die von einem dumpfen Knall begleitet wurde, das Transpex-Fenster erbeben. Ich war augenblicklich auf den Beinen und lief zum Fenster.

Der zweite Feuerball war noch nicht erloschen, eine schmutzigrote Feuerblume, die auf der dunklen Erde erblühte. Er leuchtete weit rechts auf, als ich aus dem Fenster sah – also im Westen. Was lag in dieser Richtung? Zum einen der Flughafen, aber ich glaubte nicht, daß die Explosion so weit entfernt stattgefunden hatte. (Drek, wenn doch, mußte es ein *unglaublicher* Knall gewesen sein …) Ich zermarterte mir das Hirn.

Ja, genau … Mir fiel Scotts Schnellrundfahrt durch Groß-Honolulu wieder ein. Vor der Küste von Honolulu lag eine Insel – Sand Island oder etwas vergleichbar Uninspiriertes –, bei der es sich um eine Art Freihandelszone für Konzernaktivitäten handelte. Nach allem, was ich noch von der Geographie wußte, war Sand Island in etwa die richtige Strecke entfernt. ALOHA war nicht faul gewesen.

Denken Sie darüber nach – welche Erklärung konnte es sonst geben? Zwei Explosionen? Trotz allem, was man im Trideo und in den Sims zu sehen bekommt, fliegt Drek nicht einfach von allein in die Luft – zumindest nicht sehr oft. Wenn irgendwas hochgeht, dann in der Regel deshalb, weil irgendein Bursche dafür gesorgt hat, daß es hochgeht.

Die Feuerblume in der Ferne verblaßte, und ich kehrte ihr den Rücken und ging wieder ins Bett. Am Abend zuvor hatte ich mich um neunzehn Uhr hingelegt, nachdem ich den ganzen Tag damit verbracht hatte, mich möglichst bedeckt zu halten, sprich, im Hotelzimmer zu bleiben. Das bedeutete, ich hatte bereits neun Stunden Schlaf gehabt – mehr als für mich üblich. Wie kam es dann, daß ich mich immer noch wie ein nasser Sack Drek fühlte? Offensichtlich lag es an den Nachwirkungen des Narkosepfeils, jedenfalls redete ich mir das ein. Die anderen Alternativen – ›zu alt‹, ›ich ließ nach‹, ›ausgebrannt‹, ›zu fertig, um es noch zu bringen‹ – waren einem guten Selbstbewußtsein weitaus weniger zuträglich.

Ich schnappte mir die Fernbedienung vom Nachttisch und schaltete das Trideo ein. Schnell zappte ich mich durch die Kanäle: eine Late-Late-Late-Show, ein Frühfilm, *Zelda schafft das Zürich-Orbital,* ein Vierundzwanzig-Stunden-Sportkanal (Was senden sie um vier Uhr früh? Es sah aus wie albanisches Badminton oder irgendein anderer Drek), zwei Quatschköpfe, die sich über Wirtschaftsfragen stritten, eine hirntote Komödie, zwei weitere Quatschköpfe, die sich stritten, aber diesmal auf Japanisch, und so weiter und so weiter. Ich entschied mich für einen Kanal – *Zelda* bekam den Zuschlag, so eine Überraschung – und wartete ab.

Vielleicht werde ich tatsächlich alt. Ich nickte ein, bevor Zelda sich auch nur durch die Hälfte der (bemerkenswert gut ausgestatteten) ›Konzern-Execs‹ in dem Billig-Porno gebumst hatte. Fanfarenartige Musik riß mich aus meinem leichten Schlummer, und ich gab mir alle Mühe, Augen und Verstand auf ein animiertes News-Bulletin-Banner zu konzentrieren, das über den Trid-Schirm tanzte.

Ich fasse zusammen, was ich sah. Wie so viele auf die Schnelle vor Ort gestrickte ›Sondersendungen‹, bestand auch diese zu einem Großteil aus »Tja, Marcia, wir wissen eigentlich nicht das Geringste über das, was hier vorgeht, aber wenigstens sind wir der erste Sender, der Ihnen das live mitteilt...« Nachdem ich oft genug umgeschaltet hatte, war ich jedoch in der Lage, mir das meiste zusammenzureimen.

Was den Ort betraf, hatte ich richtig gelegen: Die beiden Explosionen hatten tatsächlich in der Konzernzone auf Sand Island stattgefunden. Offenbar – das war zumindest die offizielle Version der Geschichte, die von einem Sprecher der *Na Maka'i* bestätigt wurde – hatten Terroristen die Sicherheit der Konzernzone durchdrungen und drei improvisierte ›Vorrichtungen‹ an verschiedenen Stellen angebracht. Unerschrockene Sicherheitsleute hatten eine der Bomben auf Mitsuhama-Gelände gefunden und entschärfen können, bevor sie hochgegangen war. Unglücklicherweise waren zwei andere ›Vorrichtungen‹ explodiert und hatten auf dem Gelände von Renraku und Monobe minimalen Schaden angerichtet. Es gab keine Todesopfer, der Schaden war extrem begrenzt, und der Sprecher der *Na Maka'i* war zuversichtlich, daß man die Schuldigen binnen weniger Stunden verhaften würde.

Ja, klar. Ich spielte ›Durchschaue die Lüge‹, und ich erwischte sie bei dreien. Erstens war an den ›Vorrichtungen‹ nichts ›improvisiert‹ gewesen – zumindest nicht nach dem Feuerball zu urteilen, den ich gesehen hatte. Wenn die Bombenleger das Ding nicht in einem Lastwagen hereingekarrt hatten, handelte es sich um eine äußerst effektive Bombe mit hoher Sprengwirkung.

Zweitens – wiederum nach dem Feuerball zu urteilen – war es einfach unmöglich, daß der angerichtete Schaden ›minimal‹ war. Bei einer Explosion, die drei Kilometer entfernte Transpex-Scheiben zum Beben brachte? Wer sollte das glauben?

Drittens – keine Todesopfer? Jetzt hört aber auf, ihr Mädels und Jungens von den Medien. In einem dieser mit ganz heißer Nadel vor Ort gestrickten ›Sondersendungen‹ hatte ich mindestens zwei Leichensäcke gesehen, die auf den Fleischtransporter geladen worden waren. Wenn man schon lügt, sollte man zumindest dafür sorgen, daß das eigene Trideomaterial einem nicht zu offensichtlich widerspricht.

Wie sich herausstellte, spendierte man mir noch etwas mehr als die offizielle Geschichte. Als ich mich durch die Kanäle schaltete, stieß ich auch auf einen, bei dem es sich um einen hiesigen Piratensender handeln mußte. Über den Produktionswert ließ sich streiten, und der Sprecher schien irgendeine Droge eingeworfen zu haben und machte einen ziemlich übergeschnappten Eindruck, aber zumindest vertrat er einen innovativen Standpunkt, was den Vorfall betraf.

Dem Piraten zufolge waren die Konzerne schuld an der ganzen verdammten Angelegenheit. Friedliche Demonstranten hätten außerhalb der Konzernzone von Sand Island protestiert, und gegen vier Uhr hätten die Sicherheitstruppen der Konzerne – ohne provoziert worden zu sein – das Feuer eröffnet. Erst dann, als Dutzende ihrer Kameraden verwundet oder tot waren, hätten einige der Protestierenden etwas – hier drückte sich der Sprecher nicht klar aus, was genau – getan, das die Explosionen verursacht hatte, und zwar als ›faire und gerechte Vergeltung‹ für das von den Konzernen angerichtete Blutbad.

Ja, klar. ›Friedliche Demonstranten‹, die ›für alle Fälle‹ Sprengladungen mit C12 bei sich haben? Erzähl mir mehr, Chummer.

Trotzdem, dachte ich, als ich wieder im Bett lag,

Barnard hatte einen interessanten Punkt angeschnitten, den man auch hier zur Anwendung bringen konnte. Wenn man zwei widersprüchliche Berichte hat, die aus zwei verschiedenen Quellen mit unterschiedlichen Interessen stammen, kann man davon ausgehen, das beide nichts anderes als ein Haufen Lügen sind. Die Wahrheit liegt wahrscheinlich irgendwo in der Mitte. Vielleicht waren tatsächlich ein paar relativ Unschuldige getötet worden ... entweder vor oder nach den Explosionen. (Drek, wenn ich ein Mitglied der Konzernsicherheit und die Anlage, die ich schützen sollte, gerade hochgegangen wäre, würde ich wahrscheinlich auch nicht mehr so streng darauf achten, ein Ziel zu identifizieren, bevor ich es aufs Korn nähme ...)

Wie nicht anders zu erwarten, versuchten also die herrschenden Mächte die ganze Sache herunterzuspielen, während die Hitzköpfe sie bis zum Gehtnichtmehr aufblähten. Ich sah bereits, wie sich die Dinge polarisieren würden. Gordon Ho und seine Anhänger würden die offizielle Linie vertreten – keine Todesopfer, minimale Schäden. *Na Kama'aina* und ALOHA würden dagegen die Sichtweise des Piratensenders verkaufen.

Mit einem Seufzer ging ich wieder ins Bett. Es sah nicht so aus, als würden sich die kühleren Köpfe durchsetzen.

19

Die Lage hatte sich noch verschlimmert, entdeckte ich, als ich beim Frühstück auf meinem Zimmer Trideo sah. Sicherheitstruppen von Monobe hatten die Bombenleger aufgespürt – oder jedenfalls einige bequeme ›Verdächtige‹ – und sich mit ihnen in den Straßen von Aiea eine rasende Verfolgungsjagd geliefert. Alle Verdächtigen waren erschossen worden, als sie versucht hatten, sich der Verhaftung zu widersetzen (na, klar). Was schlimmer war, alles in allem, war die Gesamtzahl der Todesopfer: vier Verdächtige getötet, zwei Unbeteiligte gegeekt, als ein MPUV ›Hummer‹ von Monobe in ihren Wagen gerast war, ein weiterer Unbeteiligter von verirrten Schüssen schwer getroffen – Zustand kritisch, Prognose miserabel –, plus vier weitere Zivilisten mehr oder weniger schwer verletzt. Teufel noch mal, wenn die Konzerne beschlossen hatten, sich besonders ins Zeug zu legen, um die Bevölkerung gegen sich aufzuwiegeln, konnte ich mir nicht viele effektivere Möglichkeiten vorstellen, die Sache anzugehen.

Außerdem brachten die Nachrichten Bilder von mehreren ziemlich üblen Demonstrationen gegen den *Ali'i* – eine direkt vor dem Iolani-Palast. Unter den Demonstranten mußte sich auch ein Magier oder Schamane befinden, weil die Statue von König Kamehameha dem Großen magisch verändert worden war, so daß ihre hervorstechendsten Merkmale jetzt hervorquellende Augen, eine heraushängende Zunge und ein Strick um den Hals waren. Nett.

Aus meiner Zeit bei Lone Star kenne ich mich mit Demonstrationen einigermaßen aus. Wie übel sie auch aussehen mögen, ihre tatsächliche Bedeutung hängt davon ab, wer daran beteiligt ist. Der durchschnittliche ›Mann von der Straße‹, der wirklich glaubt, was abgeht? Beunruhigend, Chummer. Professionelle *agents provocateurs* – der ›Mietmob‹? Weit weniger beunruhigend ... obwohl man auch so eine Demonstration nicht einfach ignorieren konnte. Was war es in diesem Fall? Ich wußte es nicht.

Als die Trideokamera wieder auf das magisch veränderte Gesicht Kamehamehas des Großen schwenkte, kam mir ein neuer Gedanke. Wußte Gordon Ho, was vorging? Ich meine nicht die Bomben und die Proteste und den Drek – natürlich würde er davon Kenntnis haben. Aber vielleicht wußte er *nicht*, daß irgend jemand – wahrscheinlich Harlech – meine Verbindung zum *Ali'i* ausposaunt hatte. Ich hatte ihm versprochen, ihm alles zu erzählen, was ich von Barnard über die Situation erfuhr, nicht wahr?

Und außerdem hatte ich den unangenehmen Verdacht, daß die Dinge um mich herum auseinanderbrachen, was in mir das starke Verlangen weckte, mit jemandem – *irgend* jemandem – darüber zu reden. Ho war nur zufällig derjenige, der am nächsten lag und daher am bequemsten war. Ich zückte die Visitenkarte, die der *Ali'i* mir gegeben hatte, ging zum Telekom und tippte die Nummer ein.

Ich wartete die üblichen Verzögerungen und das Geister-Klicken ab. Mittlerweile hatte ich mich an kalte Relais gewöhnt. Schließlich blinkte das Klingelzeichen auf dem Schirm auf. Ein paar Sekunden später wies ein letztes Klicken darauf hin, daß die Verbindung hergestellt war.

»*Ia wai?*« Der Schirm blieb leer.

Ich zögerte. Die Stimme klang nicht wie die von Gordon Ho ... oder war ich nur paranoid? »Ich will mit dem *Ali'i* sprechen«, sagte ich.

»*Ka?*« fragte die Stimme. Jetzt war ich sicher – es war *nicht* König Kamehameha V. »Wer ist da?«

Ich gab mir alle Mühe, eine ausdruckslose Miene zu bewahren, wobei ich mich im stillen dafür verfluchte, vor dem Anruf nicht die Videokamera ausgeschaltet zu haben. »Die Tatsache, daß ich diese Nummer kenne, bedeutet, daß ich Ihnen das nicht zu sagen brauche«, sagte ich kalt, indem ich den harten Konzernmann spielte. »Geben Sie mir den *Ali'i*. Sofort.«

»Ich fürchte, das ist unmöglich«, sagte die Stimme, meinen Tonfall Eiszapfen für Eiszapfen kopierend. »Der *Ali'i* ist im Augenblick indisponiert. Hinterlassen Sie Ihren Namen und entsprechende Kontaktinformationen, dann gebe ich alles an ihn weiter.«

Ich legte auf. Mit einem Seufzer lehnte ich mich in den Sessel zurück.

Zum Teufel damit, aber irgendwas konnte da nicht stimmen. Ho hatte gesagt, die Nummer auf der Visitenkarte würde zu ihm persönlich durchgestellt, wo er sich auch gerade befinden mochte. Wenn er aus irgendeinem Grund nicht antworten konnte – wenn er zum Beispiel ›indisponiert‹ war –, würde *niemand anders* abheben. Offenbar hatten sich die Regeln geändert. Vielleicht war ›indisponiert‹ nur eine höfliche Umschreibung für *›abgesetzt‹*. War Gordon Ho noch *Ali'i* des Königreichs Hawai'i?

Ich drehte mich um und starrte aus dem Fenster. Seit diese Sache begonnen hatte, kam ich mir vor wie eine Ratte in der Falle. Jetzt schien die Falle zu schrumpfen. Langsam gingen mir die Möglichkeiten und Alternativen aus. Eine Weile hatte ich mich von dem Gedanken zum Narren halten lassen, ich hätte einen mächtigen Schutzherrn in Gestalt des *Ali'i*. Nicht mehr, Chummer. Nach allem, was ich wußte, baumelte Gordon Ho vielleicht schon am Ende eines Strickes, und die Augen quollen ihm hervor und die Zunge hing ihm heraus wie bei der magisch veränderten Statue. Und selbst wenn das nicht der Fall war, standen die Wetten ziemlich gut, daß ihm wichtigere Dinge im Kopf herumgingen als die Leiden eines gewissen Dirk Montgomery.

Und Barnard? Drek, ich hatte ihn bereits nach Kräften bekniet, und er hatte beschlossen, mich als Gegengewicht für seine anderen Informanten ›im Lande‹ zu lassen. Wie konnte ich ihn davon überzeugen, mich rauszuholen? Durch Schluchzen und Jammern?

Vielleicht stellte ALOHA ein. Ich fragte mich, was wohl der derzeit gültige Tarif für ausgebrannte *Haole*-Runner war …

Das Telekom klingelte, und ich wäre fast rückwärts aus dem Sessel gekippt. Ich funkelte das Zeichen in der unteren Schirmecke, das besagte, daß ein Anruf kam, haßerfüllt an.

Wer hatte diese LTG-Nummer? Offensichtlich Monot und alle anderen, denen sie die Nummer bei TIC gegeben hatte. Und das waren auch schon alle … oder?

Ein wenig ängstlich drückte ich auf eine Taste, um den Anruf entgegenzunehmen, aber erst, *nachdem* ich die Videokamera ausgeschaltet hatte. »Ja?«

Der Schirm füllte sich mit einem Bild von Gordon Hos starken Gesichtszügen. »Mr. Montgomery?«

Ich schaltete eiligst die Kamera wieder ein. »Ich bin es«, sagte ich unnötigerweise. »Wo, zum Teufel, stecken Sie?« Und dann kam mir ein häßlicher Gedanke. »Und wie, zum Teufel, sind Sie an diese Nummer gekommen?«

Der *Ali'i* von Hawai'i bedachte mich mit einem müden Lächeln. Zum erstenmal fielen mir die Ringe unter seinen Augen und die Linien der Erschöpfung in seinem Gesicht auf. »Was Ihre zweite Frage betrifft, Mr. Montgomery, so habe ich Ihnen, glaube ich, schon einmal gesagt, daß mir einige Mitglieder meines Geheimdienstes noch treu ergeben sind. Glücklicherweise scheint sich daran nichts geändert zu haben. Was Ihre erste Frage betrifft, so würde ich lieber nicht darüber reden, und zwar aus Gründen, die offensichtlich sein dürften.«

»Was, zum Teufel, ist los, *e Kuw'u lani?*« fragte ich.

Sein müdes Lächeln wurde traurig. »Diese Anredeform ist nicht mehr angemessen, Mr. Montgomery.«

Ich nickte. »Eine Palastrevolte?«

»Mehr oder weniger. Der Thron ist von einem entfernten Cousin von mir bestiegen worden – natürlich ziehe ich die Formulierung ›usurpiert worden‹ vor –, der offenbar von gewissen Fraktionen innerhalb des Abgeordnetenhauses von langer Hand für diese Aufgabe aufgebaut worden ist.«

»Als Sprachrohr für die *Na Kama'aina*«, übersetzte ich.

»Natürlich.«

»Und was ist mit Ihnen?« fragte ich.

»Ich bin des Hochverrats angeklagt, was sonst? Wie hätte die *Na Kama'aina* sonst vorgehen sollen?« Er zuckte seine muskulösen Schultern. »Ich habe den Palast verlassen, kurz bevor der Befehl erging, mich zu verhaften.«

Ich schüttelte den Kopf. Die Dinge brachen auseinander. Das Zentrum gab nach und der ganze Drek. »Sie haben einige Leute bei sich?«

»Einige«, bestätigte er. »Vertrauenswürdige Freunde.«

»Und einen sicheren Aufenthaltsort?«

»Für den Augenblick, ja.«

Ich rieb mir die Augen, die sich plötzlich sehr müde anfühlten. »Und was geschieht jetzt?«

Der ehemalige *Ali'i* lächelte. »Ich glaube, darüber möchte ich im Moment lieber nicht reden, Mr. Montgomery«, sagte er ruhig. »Schließlich haben *meine* Leute diese Leitung kompromittiert ...« Er brauchte den Gedanken nicht zu Ende zu führen.

Ich seufzte. »Ja.« Was gab es sonst noch zu sagen? Die Dinge waren längst über meine Fähigkeit, sie zu beeinflussen, hinausgediehen – jedenfalls empfand ich es so. Ich trieb ohne Kompaß und ohne Ruder auf einem dunklen, leeren Ozean. »Tja«, sagte ich zu dem Ex-*Ali'i*, »wenn ich irgend etwas tun kann ...«

Er unterbrach mich sanft. »Deswegen habe ich Sie nicht angerufen, Mr. Montgomery.«

Ich blinzelte. »Oh.«

»Ich bin gebeten worden, Ihnen etwas auszurichten.«

»Von wem?« Plötzlich verwandelte sich trostloser Fatalismus in paranoide Zwangsvorstellungen.

»Von jemandem, der behauptet, Sie zu kennen.« Hos Stimme und Körpersprache verrieten nichts, auch wenn ich ihn noch so durchdringend anstarrte. »Von jemandem, der sich mit Ihnen treffen will. Natürlich liegt es an Ihnen, ob Sie einem Treffen zustimmen oder nicht.«

Herzlichen Dank zumindest *dafür*, dachte ich. »Wer ist es?« fragte ich noch einmal.

»Eigentlich sind es zwei Personen«, erwiderte Ho zögernd. »Das hat man mir zumindest gesagt. Anscheinend würden Sie insbesondere mit einer dieser beiden reden wollen.«

»Warum? Und wer, zum Teufel, sind sie?«

Ho schien meine Fragen nicht gehört zu haben. »Wenn Sie wollen, kann ich Ihnen dabei helfen, das Treffen zu arrangieren, Mr. Montgomery«, fuhr er fort. »Ein paar von meinen Leuten können die ... die *Parteien* ... zu jedem Treffpunkt begleiten, den Sie angeben, und garantieren, daß nichts Unerwartetes geschieht.«

»Ja, sicher, danke«, sagte ich abwesend. »Aber wer, zum Teufel, *sind* sie, hm?«

Er wirkte ein wenig unbehaglich. »Ich nehme an, daß Ihnen das etwas sagt. Mir sagt es jedenfalls nichts. Man hat mich gebeten, Ihnen mitzuteilen, daß Sie eine Botschaft von ›Freunden Adrian Skyhills‹ erwartet.«

Ach, einfach Sahne. Die verdammten *Wanzen*. Wunderbar, entzückend, welche Freude.

Natürlich stimmte ich dem Treffen zu. Drek, was sollte ich sonst tun? Schiere idiotische Neugier reichte als Motiv. Nach den Pogromen und all dem Drek, nach der Übernahme Chicagos durch die Insekten, nach der Enthüllung, daß Insektengeister und ihre Schamanen gleich nach dem Antichrist kamen ... mußte da ein Wanzenschamane nicht einen verdammt guten Grund haben, seine kostbare, eklige kleine Haut zu riskieren, indem er ein Treffen mit mir arrangierte? (Neugier ist doch etwas Wunderbares, *neh?* Denken Sie nur an all die segensreichen Dinge, die die Menschheit der Neugier zu verdanken hat – Atomwaffen, Biowaffen, Trideo-Sitcoms ...)

Als meine Entscheidung feststand, war es das Einfachste von der Welt, Gordon Hos Hilfsangebot anzunehmen. Ich konnte mir zwar nicht vorstellen, daß sich ein Wanzenschamane derartiger Mühen unterzog, nur um eine Null wie mich zu geeken, aber ich dachte mir, daß es auf keinen Fall schaden konnte, ein paar harte Typen dabei zu haben. (Und sei es aus keinem anderen Grund als dem, mich davon abzuhalten, *ihn* zu geeken. Ich war der Ansicht, daß ich den ›Freunden Adrian Skyhills‹ immer noch etwas dafür schuldete, was mit meiner Schwester Theresa geschehen war.) Und bei genauerem Nachdenken würde körperlicher Schutz nicht reichen, oder? Ich brauchte jemanden, der auch das astrale Ding beherrschte – vorzugsweise einen Schamanen und keinen Magier, ausgehend von der Annahme, daß sich gleich und gleich versteht. Ein Schamane auf meiner Seite war vielleicht in der Lage, jede beabsichtigte Gemeinheit, die der Wanzen-Bubi im Schilde führte, rechtzeitig zu erkennen und im Keim zu ersticken.

Also bat ich Ho um einen Schamanen und drei kräftige Leibwächter. Zwei von den Muskelmännern wollte ich schon vor dem Treffen bei mir haben. Der Schamane und die dritte Messerklaue konnten den oder die Wanzen-Bubis abholen und ihn/sie zum Treffpunkt begleiten. Ho war sofort einverstanden. Ich glaube, daß er fast ebenso neugierig war wie ich und von seinen Leuten erwartete, daß sie ihm hinterher einen vollständigen Bericht lieferten.

Was den Treffpunkt anbelangte, nun, warum nicht gleich hier auf Zimmer 1905 im New Foster Tower? Ich stellte rasch eine Kosten-Nutzen-Analyse hinsichtlich der Sicherheit an, und alles in allem schien das Risiko geringer zu sein, wenn ich blieb, wo ich war, und jeden unnötigen Aufenthalt auf den Straßen vor, während und nach dem Treffen vermied. Falls nötig, konnte ich hinterher aus dem Hotel ausziehen und mir eine andere Bleibe suchen. Von mir aus eine verdammte Gasse, wenn sich nichts anderes anbot.

Also wurde es so vereinbart. Das Treffen wurde auf achtzehn Uhr angesetzt. Eine Messerklaue und ein Schamane, beide von Ho gestellt, würden meine Gäste um diese Uhrzeit zu Zimmer 1905 führen. Zwei Stunden vor der vereinbarten Zeit würden die beiden anderen Messerklauen an meine Tür klopfen.

Meine Paranoia machte Überstunden, also sah ich durch den Spion in der Tür, bevor ich das Magnetschloß öffnete. Durch die verzerrende Linse betrachtet, konnte ich mir mühelos einbilden, daß ich die beiden Messerklauen schon einmal gesehen hatte. Zwar variieren Gesichtszüge und andere oberflächliche Einzelheiten, aber ich war immer der Ansicht, daß allen wirklich guten Leibwächtern eine gewisse Ähnlichkeit zugrunde liegt. Vielleicht ist es der Grad des Selbstvertrauens oder der Glaube an ihre Fähigkeiten. Oder vielleicht ist es auch die Erkenntnis, daß ihr Job von ihnen verlangen könnte, daß sie jederzeit töteten oder starben. Wie auch immer, ich habe immer ein unterschwellig unangenehmes Gefühl in Gegenwart solcher Leute. Natürlich war dies kein gesellschaftlicher Anlaß, und ich war froh, daß dieses Paar kompetent aussah.

Die größere der beiden Gestalten hielt etwas vor den Spion – ein Duplikat des Sheriff-Abzeichens, das ich immer noch in der Tasche hatte. Ich entriegelte die Tür und öffnete sie.

Die beiden Muskelmänner nahmen nicht einmal meine Anwesenheit zur Kenntnis. Lautlos wie Gespenster schienen sie sich in ihren dunklen Anzügen an mir vorbeizuteleportieren. Der kleinere der beiden – mit leichtem Schock registrierte ich, daß es sich um eine Frau handelte – schloß und verriegelte die Tür, während ihr größerer Begleiter einfach nur in der Mitte des Zimmers stand und sich mit einem Blick umsah, der so durchdringend wie ein medizinischer Laser war.

Nach einer halben Minute nickte er kaum wahrnehmbar und wandte sich schließlich an mich. »Mr. Montgomery«, sagte er mit einer Stimme, die so emotionslos wie ein Vocoder klang. »Ich bin Louis Pohaku. Meine Kollegin heißt Alana Kono.« Keiner der beiden machte Anstalten, mir die Hand zu schütteln, also nickte ich ihnen zu. »Haben Sie diesen Raum einer Sicherheitskontrolle unterzogen?«

»Sie sind die Experten«, sagte ich achselzuckend.

Pohaku warf seiner Partnerin einen Blick zu, dann teilten sie sich und fingen im wesentlichen an, das Hotelzimmer auseinanderzunehmen.

Ich sah ihnen bei der Arbeit zu. Pohaku war offenbar der Boß des Zwei-Personen-Teams, und er war schon seit einiger Zeit im Geschäft. Ich schätzte ihn auf Ende Dreißig, vielleicht ein paar Jahre älter als ich, und die Welt schien nicht gerade freundlich zu ihm gewesen zu sein. Sein Gesicht war hager, die Augen leicht eingesunken, die Haut ein wenig blaß. Drek, er sah aus wie eine wandelnde Leiche, die sich für den Abschlußball der High-School zurechtgemacht hatte. Aber er bewegte sich gut – auch wenn er nur durch das Hotelzimmer ging, fiel mir auf, daß seine Bewegungen präzise und geschmeidig waren. Er hatte keine offensichtlichen Cybermodifikationen, aber ich hätte einen Haufen Kreds darauf verwettet, daß seine Reflexe bis zu einem gewissen Grad aufgepeppt waren.

So groß und hager Pohaku war, so klein und angenehm gerundet war Kono. (Ich wagte das Wort ›pausbäckig‹ nicht einmal zu *denken*, weil sie mir dafür wahrscheinlich die Augen ausgekratzt hätte.) Breites Gesicht, dunkle, gelockte Haare und Kurven an den richtigen Stellen. Ihre Augen waren dunkel und lebendig, und der geringste Anflug eines Lächelns mußte sie fast zu einer Schönheit machen. Natürlich gehörte Lächeln nicht zu ihrem Job. Weibliche Attribute hin oder her, sie hätte ebensogut Pohakus seelenlose Klon-Schwester sein können.

Die beiden Leibwächter in ihren bis auf die Größe identischen dunklen Anzügen unterzogen das Zimmer einer gründlichen Inspektion. Sie probierten die versiegelten Fenster aus, sie überprüften Sichtlinien, sie tasteten jeden Millimeter Wand mit irgendwelchen elektronischen Detektoren ab, sie schlossen kleine schwarze Kästen an das Telekom an, sie schauten sogar – ich will Sie nicht hochnehmen – unter das Bett und probierten die Klospülung aus. Ein paarmal erwog ich, ihnen zu sagen, daß sie sich entspannen sollten. Drek, ich hatte bereits eine Nacht in diesem Zimmer verbracht. Ich hatte sogar das Klo benutzt, und meine Anatomie war noch intakt. Aber ich hielt den Mund. Schließlich waren sie die Profis, und von mir aus sollten sie ihren Spaß haben.

Schließlich waren sie fertig, und Pohaku kam zu mir. Ein Teil von mir erwartete ein knappes »Klo gesichert, *Sahib!*«, aber natürlich begnügte er sich mit einem kühlen Nicken. Meine Sicherheitsexperten waren mit der Situation zufrieden, also konnte ich es auch sein. Ich nahm mir ein Beispiel an Pohaku und erwiderte das Nicken, dann deutete ich wortlos auf das Sofa.

Ich habe mich noch nie wohl dabei gefühlt, darauf zu warten, daß irgend etwas über die Bühne geht. Ich fühlte mich noch unwohler bei dem Gedanken, das Zimmer mit den beiden emotionslosen Zwillingen zu teilen. Hätten Pohaku und Kono etwas ansatzweise Menschliches getan – gerülpst, ein Buch herausgeholt oder das (gesicherte) Klo benutzt –, hätte das die Dinge wesentlich vereinfacht. Kein Glück, Chummer. Sie saßen nur auf dem Sofa, einer an jedem Ende, stocksteif, den Blick ins Leere gerichtet.

Nein, das stimmte nicht ganz. Sie waren nicht weggetreten. Sie sahen zwar nicht mich oder einander an, aber sie hatten auch nicht dieses Tausend-Meter-Starren drauf, das ich immer mit Langeweile oder keinen Kaffee zum Frühstück assoziiere. Statt dessen huschte ihr Blick im Zimmer hin und her und ruhte nie lange auf einem Fleck, wie die Augen eines Piloten, der die Instrumente seines Flugzeugs überwacht. Ich erwog kurz, ein Gespräch anzufangen, verwarf die Idee aber ziemlich schnell. Statt dessen holte ich mir einen Fruchtsaft aus dem Kühlschrank, bot den Zwillingen jedoch keinen an. Wenn sie etwas wollten, konnten sie ihre diamantharten Schalen wenigstens so lange öffnen, um zu fragen. Dann ließ ich mich mit dem Saft in der Hand auf einem Sessel nieder und übte mich in Geduld.

Laut meiner inneren, subjektiven Uhr saßen wir dort so etwa knapp ein Jahr. (Meine *Armband*uhr sagte, daß es kaum länger als eineinhalb Stunden war, aber was wußte *sie* schon?) Ein paar Minuten vor dem offiziellen Zeitpunkt, an dem das Treffen stattfinden sollte, klopfte es an der Tür.

Pohaku und Kono waren so schnell auf den Beinen, daß ich ihre Bewegungen gar nicht mitbekam. (Genau, offenbar hatten beide aufgepeppte Reflexe.) Kono huschte durch das Wohnzimmer und bezog Stellung in einer kleinen Nische. Pohaku teleportierte sich wieder zur Tür. Wie durch Zauberei hielten sie plötzlich Waffen in den Händen, gemeine kleine Maschinenpistolen.

Pohaku sagte etwas, das ich nicht verstehen konnte – wahrscheinlich irgendein Codewort – und trommelte eine rhythmische Sequenz gegen die Tür. (Warum sah er nicht einfach durch den Spion? Überlegen Sie doch mal, Chummer. Der Kerl draußen wartet, bis die kleine Linse dunkel wird – was ihm verrät, daß sich das Auge des Burschen drinnen direkt davor befindet –, und jagt dann ein oder zwei Kugeln hindurch. Aua.) Die Antwort auf das Codewort bekam ich nicht mit, aber ich hörte das Klopfsignal von draußen. Es klang wie ein Zitat aus *Take Five*.

Entweder war es das richtige Zeichen, oder Pohaku stand auf Jazz. Die beiden MPs der Messerklauen verschwanden wieder, und Pohaku öffnete die Tür. Er trat zur Seite, als eine Gestalt eintrat, dann schloß und verriegelte er sie wieder. Ich betrachtete den Neuankömmling, und mein Magen vollführte einen eineinhalbfachen Salto.

Es war die verdammte vogelknochige Frau, die Alte, die ich durch die Überwachungskamera des Cheeseburger im Paradies und dann später noch einmal in dem Café neben dem Ilima Joy gesehen hatte. Sie trug genau dieselbe Kleidung wie bei den ersten beiden Malen, als ich sie gesehen hatte, einen formlosen Sack von einem Kleid, das früher einmal schwarz gewesen, mittlerweile aber zu einem dunklen Grau verblaßt war. Der Blick ihrer strahlenden Augen richtete sich auf mich und spießte mich auf wie einen Schmetterling. Dann richtete sie ihre Aufmerksamkeit wieder auf Pohaku, und die beiden unterhielten sich leise.

»Hey, Augenblick mal«, sagte ich laut, indem ich zu ihnen ging. Zwei Paar dunkle Augen – das eine eingefallen, das andere stechend und fast knopfartig – richteten sich auf mich. »Wer, zum Teufel, ist das?«

Die vogelknochige Frau warf mir ein flüchtiges wissendes Lächeln zu, doch es war Pohaku, der antwortete. »Sie haben um schamanische Unterstützung gebeten«, sagte er kategorisch.

»Sie?«

Ich hätte es nicht für möglich gehalten, aber seine Miene wurde noch kälter. »Akaku'akanene genießt das volle Vertrauen des *Ali'i*«, sagte er ernst, wobei er den Rest des Gedankens – *›und das sollte für deinesgleichen genügen‹* – unausgesprochen ließ.

Ich hob eine Hand. »Aka-wie?«

»Akaku'akanene.« Das kam von der vogelknochigen Frau. Ihre Stimme klang schneidend, durchdringend, abrupt. »Mein Name. Bedeutet ›Vision der Gans‹.«

»Aha.« Ich hielt kurz inne. »Hören Sie, ich will mich nicht wie ein paranoides Spatzenhirn aufführen, aber ...«

Akaku'akanene bedachte mich mit einem weiteren dieser flüchtigen Lächeln, die typisch für sie zu sein schienen. (Einen Moment lang legte mein Gedächtnis ein Bild meines alten Chummers Buddy über das Gesicht der Schamanin. Die Manierismen waren sich schmerzlich ähnlich. Mit einiger Mühe, schluckte ich meine Trauer hinunter.) »Bin ich Ihnen gefolgt?« fuhr sie für mich fort. »Ja.«

Ich schüttelte den Kopf. Das war nicht die Antwort, die ich erwartet hatte. Drek, ich hatte auf ein nettes, beruhigendes *»Seien Sie kein Idiot«* gehofft.

»Wie?« fragte ich. »Warum?« Dann kehrte ich wieder zu »Wie?« zurück. Mein erstes Gespräch mit Gordon Ho, *dem Ali'i,* hatte ich geführt, *nachdem* ich sie die beiden Male gesehen hatte. Woher, zum Teufel, hatte sie überhaupt gewußt, daß ich existiere?

»Warum?« wiederholte sie. »Nene hat von Ihnen gesungen.«

Ich wartete darauf, daß sie fortfuhr – daß sie etwas sagte, das auch einen Sinn ergab. Als sie das nicht tat, erwiderte ich: »Hä?«

»Nene hat von Ihnen gesungen«, wiederholte sie geduldig. »Sie sieht Ihren *'uhane*. Ihren Geist. Sie sind die Achse. Wichtige Dinge drehen sich um Sie.« Sie sagte all das, als sei es absolut offensichtlich, als sei ich ein Obertrottel, weil ich es nicht schon längst wußte.

Okay, ich nehme an, ich *war* ein Obertrottel. Ich wußte nicht, wovon, zum Teufel, sie redete. Nene ... das war eine Gans, oder? Ja, genau, die *nene* war diese hawai'ianische Gans – die mit den Krallen, die Vulkane oder irgendwas mag –, von der Scott erzählt hatte. Also hatte eine *Gans* mit dieser Frau geredet ...?

Oder vielleicht war Nene irgendeine einheimische Totem-Kreatur. Ja, das ergab zumindest einen gewissen Sinn. Im pazifischen Nordwesten sind Bär und Wolf ziemlich verbreitete Totems. In der Prärie bekommen Schlange und Koyote den Zuschlag. Unten in Florida wird Alligator bevorzugt. Warum dann nicht Nene in Hawai'i? Natürlich zerstreute diese Überlegung meine Zweifel nicht. Ich hatte mich mit der Vorstellung von Totems als reale diskrete Wesenheiten noch nie so recht anfreunden können. Ich glaube, ich habe sie im stillen immer als psychologische Konstrukte betrachtet, die Schamanen benutzen, um schlau aus der Magie zu werden, ohne ihnen eine reale, eigenständige Existenz einzuräumen. Ob Akaku'akanene mir folgte, weil ihr das eine Gans gesagt hatte oder eine Stimme in ihrem Kopf, ich fand die ganze Sache trotzdem ziemlich merkwürdig.

Tja, jedenfalls, nichts von alledem war im Moment wichtig. Sollte die alte Frau Vögeln zuhören, wenn sie wollte. »Was ist mit den Besuchern?« fragte ich sie.

»Sind draußen. Zwei.«

»Sauber?« fragte Pohaku.

»Nein«, antwortete Akaku'akanene, ohne zu zögern. »Aber sie sind unbewaffnet.« Pohaku blinzelte daraufhin. Ich fühlte mich gleich eine Spur besser, als ich sah, daß er die schamanische Weltsicht von Zeit zu Zeit ebenfalls ein wenig verwirrend fand.

»Und Lupo ist bei ihnen?« hakte der Leibwächter nach.

Akaku'akanene nickte.

Pohaku wandte sich an mich. »Fertig?«

Ich zuckte die Achseln. »Nein«, gab ich ehrlich zu. »Aber wir können trotzdem anfangen.«

Der Leibwächter nickte und gab Akaku'akanene ein Zeichen. Die alte Frau öffnete die Tür und ging wieder nach draußen. Ich hörte, wie Kono hinter mir eine andere Stellung bezog. Pohaku hatte wieder seine Waffe gezogen, deren Lauf zwar auf die Decke zeigte, die jedoch entsichert war. Ich ging wieder in die Mitte des Raumes und tat, was ich konnte, um mich auf das bevorstehende Treffen vorzubereiten. »Freunde von Adrian Skyhill.« Einfach Sahne.

Die Tür schwang auf, und ein weiterer Leibwächter mit derselben Statur wie Pohaku – das mußte Lupo sein – trat ein. Ein kleiner Mann folgte ihm.

Er war ein Mensch durchschnittlicher Größe und durchschnittlicher Statur. Sein Haar war mittelbraun, das Gesicht nichtssagend. Drek, wenn es so etwas wie Nichtwesenheiten gab, dann war er das beste Beispiel dafür, das mir in meinem ganzen Leben untergekommen war. Wäre ich auf der Straße an ihm vorbeigegangen, glaube ich nicht, daß ich ihn zur Kenntnis genommen hätte. Erinnert hätte ich mich auf keinen Fall an ihn. Das einzige Merkmal, das ihm so etwas wie Charakter verlieh, waren seine Augen.

Sie waren grau, bläßlich und wässerig grau. Sie glänzten, als sei er kurz davor zu weinen, oder als hätte er sie sich mit Glyzerin eingerieben. Und sie schienen nicht zu blinzeln. Jene Augen, die von einem ausdruckslosen Gesicht umgeben waren, ruhten auf mir, und ich verspürte den Drang, mich hinter einem Sofa zu verstecken.

Dann führte Akaku'akanene seine Begleiterin herein, und ich vergaß den graugesichtigen Mann.

»O Jesus Christus, *nein* ...« Meine Stimme war ein jämmerliches Winseln. Es hätte nicht viel gefehlt, und ich hätte mich auf den Boden gesetzt, die Hände vor das Gesicht geschlagen und geheult wie ein verdammtes Baby.

Das zweite Mitglied der Abordnung hatte dieselben glänzenden Augen wie der nichtssagende Mann, nur daß sie braun anstatt grau waren. Ich kannte diese Augen. Ich hatte sie lachen und weinen gesehen.

»Hallo, Bruderherz«, sagte meine Schwester Theresa.

20

Ach, *Jesus,* Theresa...« Ich fühlte mich, als sei mir alles Blut aus dem Körper gesogen und durch Eiswasser ersetzt worden. Ich fühlte mich, als seien mir die Fundamente meiner Welt unter den Füßen weggezogen worden. Ich fühlte mich wie ein Kind, das man gezwungen hatte, sich den enthaupteten Körper seiner Lieblingspuppe anzusehen. Ich fühlte mich wie... Wie konnte ich es auch nur mir selbst beschreiben?

Meine Schwester. Das einzige in meinem ganzen Leben, worauf ich stolz sein konnte – die eine idiotische Edle-Ritter-Reaktion, die wirklich etwas gebracht hatte –, war die Tatsache, daß ich Theresa aus jener kleinen Vorhölle unter Fort Lewis geholt hatte. Und ihr über die Alpträume und das posttraumatische Streß-Syndrom und all den Drek, der danach noch kam, hinweggeholfen hatte. Gesehen hatte, daß sie clean war, clean und *geistig gesund,* und sie dann ihr eigenes Leben hatte leben lassen.

Wofür? Wozu war das gut gewesen, können Sie mir das sagen? All die Leiden und Qualen... wofür? Drek, ebensogut hätte ich sie an jenem eitergelben Nabel im Nest von Fort Lewis und die astralen Parasiten – die Wespengeister – in ihrer Aura lassen können. Es war alles umsonst gewesen, das konnte ich in den glasigen Augen meiner Schwester erkennen. Die eine Sache in meinem Leben, von der ich geglaubt hatte, ich hätte sie richtig gemacht... jetzt hatte sich *die* auch in Drek verwandelt. Ach, zum Teufel damit. Ich konnte ebensogut meiner Linie treu bleiben, *neh?* Zumindest kann ich *darauf* stolz sein.

Der Körper meiner Schwester stand vor mir, ein Lächeln auf dem Gesicht. Irgend etwas sah mich aus jenen vertrauten Augen an, jenen Augen, die immer in der Lage zu sein schienen, dort Wunder und Schönheit zu sehen, wo ich nur Leiden und Gefahr sah. Irgend etwas… War Theresa noch da? War in dieser Hülle von einem Körper noch etwas von meiner Schwester übrig? Oder war sie weg, für immer verschwunden?

Es war fast so, als könne Theresa – oder das Ding, das jetzt in ihrem Körper steckte – meine Gedanken lesen. »Ich bin hier, Derek«, sagte sie leise. »Ich *bin* hier. Ich *bin* Theresa, aber ich bin noch mehr.«

»Warum?« Meine Stimme war ein heiseres Flüstern, die Lautäußerung eines Opfers der Folter.

Sie lächelte. Es war das Lächeln meiner Schwester, Theresas Lächeln. Es schmerzte so sehr, daß ich mir wünschte, ich könnte auf der Stelle sterben. »Warum?« wiederholte sie. Sie sah weg, und ihre Brauen kräuselten sich so, wie sie es immer taten, wenn sie angestrengt nachdachte. »Ich würde eine Million Worte brauchen, um es zu erklären«, sagte sie zögernd, »oder auch nur eines.«

»Eines?«

»Liebe«, sagte meine Schwester entschlossen. »Das ist die einzige Antwort, der Kern. Das Herzstück von allem.«

Ich schüttelte den Kopf. Ich wollte schreien, ich wollte wegrennen. Ich wollte sie packen und schütteln. Aber ich sagte nur leise: »Das verstehe ich nicht, Theresa.«

»Es ist ganz einfach, Derek, echt«, sagte sie mit sanfter, freundlicher Stimme. Ihr Tonfall ließ mich denken, daß sie es mir wirklich begreiflich machen wollte, aber konnte ich solchen Dingen wie Tonfall und Körpersprache trauen?

»Weißt du, wie es ist, wenn man geliebt wird?« fuhr sie fort.

»Natürlich.«

Sie hob ironisch eine Augenbraue. »Tatsächlich? Wirklich? Bedingungs- und vorbehaltlos? Um deiner selbst willen – für das, was du bist, nicht für das, was du tust?

Mit dem Wissen, daß nichts – *nichts!* – daran je etwas ändern kann, daß du diese Liebe nie verlieren kannst?«

Ich konnte mich nicht zu einer Antwort durchringen.

»Ich wußte es nicht«, fuhr sie traurig fort. »Mom hat uns geliebt ... aber nur, wenn wir uns anständig benahmen. Dad hat uns geliebt ... aber nur, wenn wir uns auszeichneten. War es nicht so, Derek?« Sie nahm meine Hand. Ich wollte sie abschütteln, konnte mich jedoch nicht rühren. »Wenn wir ›liebe‹ Kinder waren – wenn wir unser Leben so lebten, wie sie glaubten, daß wir es leben sollten –, dann wurden wir geliebt. Wenn nicht, entzogen sie uns ihre Liebe.«

»Sie haben uns immer geliebt, Theresa.« Ich *mußte* es sagen, obwohl ich nicht völlig davon überzeugt war, daß es stimmte.

»Vielleicht«, sagte sie mit der Andeutung eines Nickens. »Vielleicht haben sie das wirklich. Aber sie haben ihre Liebe nicht *ausgedrückt*, oder? Und für ein Kind zählt nur der Ausdruck. Für einen Erwachsenen vielleicht auch.«

»*Ich* habe dich immer geliebt, Theresa ...«

Meine Schwester drückte meine Hand. »Ich weiß, das hast du, Derek. Auf deine Weise – im Rahmen deiner Fähigkeiten – hast du mich geliebt. Und dafür werde ich dir immer dankbar sein und *dich* lieben. Aber ... das reicht nicht, nicht, wenn man mehr erlebt hat.«

Sie fixierte mich mit ihrem steten Blick. »Ich weiß, daß du mich liebst, Derek«, fuhr sie inbrünstig fort, »aber ich konnte deine Liebe nie *spüren*. Nicht direkt. Man *kann* Liebe nicht spüren. Was in den Liebesgeschichten und Trideofilmen und Liedern auch behauptet wird – man kann sie nicht spüren. Wenn die Leute sagen, sie ›spüren‹ Liebe, dann meinen sie in Wirklichkeit etwas in ihnen selbst, nicht wahr? Sie leiten die Liebe einer oder mehrerer anderer Personen ab. Sie registrieren, was die Leute zu ihnen sagen, wie sie reagieren und was sie tun, und daraus *schließen* sie, daß diese anderen Leute sie lieben. Und aus dieser Schlußfolgerung, aus dieser Ableitung, stammt das Gefühl, was die Leute ›geliebt werden‹ nennen.

Begreifst du, was ich sage, Derek? Es ist wichtig, daß du es begreifst. Das Gefühl, das wir als ›geliebt werden‹ bezeichnen, ist völlig unabhängig davon, ob man tatsächlich geliebt wird oder nicht. Verstehst du denn nicht? Wenn man tatsächlich von jemandem geliebt wird, aber man weiß es nicht – man zieht nicht die richtigen Schlußfolgerungen –, dann spürt man diese Liebe auch nicht. Wenn man von jemandem nicht geliebt wird, aber fälschlicherweise den Schluß zieht, daß man doch geliebt wird, spürt man die Liebe. Verstehst du? Man spürt überhaupt keine Liebe, sondern reagiert nur auf einen inneren Zustand, auf eine Schlußfolgerung, die man bezüglich der Außenwelt zieht.

Und mehr habe ich nie gespürt«, fuhr sie leise fort, »mehr spürt niemand. Ich habe nicht gewußt, daß noch etwas anderes existiert.«

»Bis ...«, flüsterte ich.

Meine Schwester nickte. »Bis ich die Liebe der Nestkönigin spürte«, sagte sie schlicht.

Ich konnte ihrem Blick nicht standhalten. Drek, ich konnte das alles nicht mehr ertragen – jemandem gegenüberzustehen, der so aussah und klang und sich anfühlte ... und Jesus, sogar so *roch* wie meine Schwester, und sich dann diesen Drek anhören zu müssen ... Ich wollte meine Hand wegziehen, aber ich hatte nicht den Mumm.

Sie drückte meine Hand wieder, fast so fest, daß es weh tat. »Hör mir zu, Derek«, sagte sie. *»Bitte.«*

»Warum?« wollte ich wissen. »Warum, zum Teufel, sollte ich? Damit du mich auch überzeugen kannst? Damit deine ... deine Nestkönigin meine Seele auch verschlingen kann?«

Das Gift in meiner Stimme ließ sie nicht zurückzucken und machte sie auch nicht wütend. Statt dessen sah sie traurig aus. »Das tun wir nicht«, sagte sie.

Ich krümmte mich bei diesem schrecklichen Wort. *Wir*.

Sie sah es, fuhr aber dennoch fort. »Wir bekehren nicht mit Gewalt – nicht mit Feuer und Schwert. Das ist die traditionelle Art, wie menschliche Religionen verbreitet werden, aber das hier ist keine Religion, Derek. Leute übernehmen diese Lebensweise, weil sie sie von sich aus wählen, weil es das ist, was sie in ihrem tiefsten Innern wirklich *wollen*.«

»Blödsinn«, fauchte ich, plötzlich wütend. »Als ich dich fand, hast du in einem verdammten Koma gelegen und hattest eine verdammte *Nabelschnur* in dir, Theresa. Das sieht für mich nicht nach freier Wahl aus.«

Meine Wut ließ sie kalt, und als ich das sah, schien sich mein Zorn einfach aufzulösen und ließ mich innerlich leer zurück. Sie zuckte die Schultern. »Ich kann mich nicht mehr daran erinnern, wie es dazu gekommen ist, Derek«, gab sie zu. »Aber ich erinnere mich noch daran, was ich fühlte, als ich dazugehörte.«

»Wie solltest du? Du lagst im Koma.«

Sie zuckte wiederum die Achseln. »Ich weiß nicht, wie, ich weiß nur, daß ich es tue.«

»Du hast nie darüber geredet. Weder mit mir noch mit den Ärzten und Therapeuten ...«

»Ich weiß. Vielleicht wollte ein Teil von mir nicht darüber reden – sich nicht daran erinnern oder es vielleicht auch nicht zugeben. Aber die Erinnerung daran war da, Derek, und ist es noch immer. Ich hatte nicht ständig Zugang dazu. Vielleicht hat sie sich in Träumen geäußert – Träumen, aus denen ich erwachte und mir die Augen ausheulte, weil ich mich so einsam und leer fühlte.

Ich bin gereist«, fuhr sie sanft fort. »Ich bin in andere Städte gereist. Ich habe mir die Leute angesehen, und die fühlten sich auch einsam und leer. Manche von ihnen wußten es. Die meisten von ihnen konnten sich nicht überwinden, darüber nachzudenken. Sie waren alle allein, alle waren *allein*. Und die Erinnerungen kamen mir immer öfter und wurden immer stärker. Und die Trauer wollte nicht verschwinden.«

»Also bist du zu ihnen zurückgegangen.« Meine Stimme klang in meinen Ohren wie ein kalter Wind, der über einen Friedhof fegt.

»Zuerst nicht«, korrigierte sie.

»Warum nicht, wenn dein Leben so furchtbar war?«

»Wegen dir, Derek. Weil ich Angst hatte, du würdest es nicht verstehen und nicht gutheißen.«

Ich verstehe es auch nicht und heiße es noch weniger gut, sagte ich nicht. Ich nickte nur wortlos.

»Und dann fiel mir etwas ein, etwas, das du mir gesagt hast«, fuhr sie fort, »und ich traf meine Entscheidung.«

Das schockierte mich. »Etwas, das *ich* dir gesagt habe?«

»Natürlich. Du hast mir einmal gesagt, daß ich mein Leben mit dem Ende vor Augen leben solle. Erinnerst du dich noch, Derek? Das hast du als eine Art Entscheidungshilfe vorgeschlagen. Daß ich mir vorstellen sollte, ich sei am Ende meines Lebens angelangt und schaue zurück. Würde es Reue geben? Würde ich auf dem Totenbett liegen und um eine Chance bitten, noch einmal zurückgehen und etwas tun zu können – etwas zu erleben, etwas zu *haben* –, was ich zuvor abgelehnt hatte? Erinnerst du dich noch, Dirk?«

Ja, natürlich erinnerte ich mich daran, jetzt, wo sie es mir wieder vorplapperte. Wieder eine dieser oberflächlichen Vereinfachungen, die ich anscheinend ganz spontan aus dem Ärmel schütteln konnte. Vielleicht glaubte ich sie sogar manchmal selbst. Wenn ich an meinem Computer saß und noch ein paar Zeilen Programmcode zu schreiben hatte und wußte, daß draußen über der Skyline von Cheyenne ein wunderbarer Sonnenuntergang stattfand, zum Beispiel. Woran werde ich mich erinnern, wenn ich auf dem Totenbett liege, fragte ich mich dann: an einen ergreifenden Sonnenuntergang oder an ein weiteres Dutzend Zeilen Programmcode? Wenn schon nichts anderes, so war es doch eine bequeme Entschuldigung dafür, Arbeit Arbeit sein zu lassen.

»Ich dachte daran, was du gesagt hattest«, fuhr Theresa fort. »Ich dachte ans Sterben. Und ich dachte daran zu sterben, ohne diese Liebe, dieses Dazugehören, je wieder zu spüren. Das konnte ich nicht ertragen.«

»Also bist du zu ihnen zurückgekehrt«, wiederholte ich.

»Tatsächlich sind sie zu mir gekommen«, korrigierte sie. »In Denver. Es war, als wüßten sie, daß ich da war und daß ich sie brauchte. Sie sind zu mir gekommen und haben mir angeboten, mich zu lieben und mich zu brauchen.«

»Und Besitz von dir zu ergreifen«, spie ich die Wörter förmlich aus, »und dir deine gottverdammte *Seele* zu stehlen!«

Meine Schwester sah mich traurig an. Es war eine ... eine *komplexe* Trauer, anders kann ich es nicht beschreiben: Bedauern, das mit Verständnis und etwas anderem vermischt war, bei dem es sich fast um Mitleid handeln konnte. Ich haßte den Ausdruck in ihren Augen. Ich *fürchtete* ihn.

»So ist es nicht, Derek.« Ihre Stimme war so sanft wie eine Brise, die in den Blättern einer Ulme rauschte. »Ich bin *ich*. Ich werde immer ich sein. Aber ich bin auch mehr. Ich *bin* die Nestkönigin. Ich *bin* die anderen Mitglieder des Nests. Und sie sind ich.

In einem gewissen Sinn werde ich niemals sterben. Solange ein Mitglied des Nests existiert, existiere *ich*. Ein Teil meiner Erinnerung – ein Teil dessen, was ich bin – wird weiterleben. Vielleicht ewig. Es gibt keinen Verlust, Derek, nicht einen. Es gibt nur einen *Gewinn*. Ich bin Theresa, so wie ich immer war ... nur noch *mehr*.«

Jetzt entzog ich ihr tatsächlich meine Hand und

schlug sie vor das Gesicht. »Nein«, sagte ich. Mehr nicht, nur »Nein«. Ich konnte mich nicht dazu überwinden zu sagen, was ich dachte – daß sie doch etwas verloren hatte. Wenn schon nichts anderes, so doch zumindest ihre Menschlichkeit. Und damit hatte sie auch die Fähigkeit verloren zu *wissen,* daß etwas verlorengegangen war.

Jemand berührte mich sanft am Arm. Nicht Theresa. Ich kannte ihre Berührung. Ich ließ die Hände sinken.

Es war der graugesichtige Mann, der Insektenschamane. Ich zuckte vor ihm zurück, als sei seine Hand ein weißglühendes Brandeisen, das meine Haut versengt hatte. Ich starrte ihn an, seine glasigen Augen, das Gesicht, das früher einmal einem Menschen gehört hatte. Ich hatte geglaubt, schon früher in meinem Leben gehaßt zu haben. Ich hatte mich geirrt. Ich glaube, ich lächelte, als ich nach dem Manhunter griff, der in meinem Hosenbund steckte.

Die Pistole lag in meiner Hand. Mein Daumen legte den Sicherungsflügel um, während ich die massige Kanone hochriß. Der Ziellaser leuchtete auf, und ich richtete ihn auf das rechte Auge des Schamanen. Das rubinrote Licht glitzerte auf der wäßrig aussenden Pupille. Ich krümmte langsam den Finger um den Abzug.

Und ließ kurz vor dem Druckpunkt los. Der Schamane hatte überhaupt nicht reagiert. Er beobachtete mich nur. Drek, seine Pupille schien sich unter dem Laserlicht nicht einmal verengt zu haben.

Plötzlich wurde mir die Situation im Zimmer bewußt. Die drei Leibwächter hatten alle ihre häßlich aussenden MPs gezogen. Kono und derjenige, den sie Lupo nannten, hatten den Schamanen im Visier. Pohakus Waffe pendelte zwischen mir und dem Schamanen hin und her, als wisse er nicht, was er tun solle. Die Frau, Akaku'akanene, starrte mich mit ihren strahlenden, vogelähnlichen Knopfaugen an. Ich glaube, sie verstand, was ich empfand – ich *glaube,* daß es sich bei dem Ausdruck in ihren Augen um Verständnis handelte. Doch da war auch Entschlossenheit. Ganz tief unten, in meinem tiefsten Innern, war ich davon überzeugt, daß ich gar nicht dazu in der Lage gewesen wäre, dem Insektenschamanen eine Kugel in den Kopf zu jagen, auch wenn ich es tatsächlich versucht hätte. Die letzte Person im Zimmer war Theresa. In ihren Augen stand etwas, das ich bei jemand anderem als aufrichtige Trauer hätte bezeichnen müssen.

»Bleibt cool, Leute«, sagte ich ruhig. Ich senkte meine Kanone und sicherte sie wieder. Um mir die Versuchung zu ersparen, drehte ich mich um, und warf sie aufs Bett. Dann wandte ich mich wieder an den graugesichtigen Insektenschamanen. »Nun?« sagte ich gelassen. »Sag deinen Spruch auf.«

Der kleine Mann nickte. »Sie befinden sich in einer interessanten Situation, Mr. Montgomery«, begann er. Seine Stimme war so grau, so unscheinbar – so leer – wie sein Gesicht. »Ohne es zu wollen, sind Sie in wichtige Ereignisse verwickelt worden.

Diese Ereignisse entwickeln sich bereits seit einiger Zeit«, fuhr er ruhig fort. »Der Anfang der Struktur ist gewoben« – seine Lippen verzogen sich zu einem Lächeln, das seine Augen nicht erreichte und keine menschliche Belustigung enthielt –, »nun, das Weben hat in der Tat lange vor Ihrer Geburt begonnen. Jetzt haben Sie die Umstände mitten in diese Angelegenheit hineinkatapultiert, und das Webmuster der Struktur hat sich dadurch verändert.«

Ich sah ihn an und schüttelte den Kopf. »Ich habe nicht die leiseste Ahnung, wovon du redest, Chummer«, sagte ich kategorisch.

»Das ist doch offensichtlich, oder nicht?« fragte der Schamane rhetorisch. »Sie sind in die Struktur eingewoben worden, Mr. Montgomery. Sie sind jetzt *Teil* des Teppichs der Ereignisse, nicht nur Beobachter. Es gibt Leute, die das spüren können.« Und jetzt warf er Akaku'akanene einen Seitenblick zu. »Das Weben der Struktur ist beinahe vollendet.«

Ich schnaubte. »Ich bin nicht in Stimmung für Philosophieunterricht, okay?« schnauzte ich. »Komm endlich zur Sache.«

Der Insektenschamane hielt inne, dann nickte er. »Auf den Inseln von Hawai'i gibt es mehrere Orte der Macht«, sagte er ruhig. »Puowaina, Haleakala, Honaunau Bay … unter anderem. Für jene mit dem Wissen und der Bereitschaft, den Preis zu zahlen, gibt es Möglichkeiten, Mana von diesen Orten abzuziehen. Es gibt jene, die diese Orte für ihre eigenen Zwecke nutzen wollen. Sie sehen in diesen Orten nicht mehr als Manavorkommen, aus denen sie sich mit magischer Energie versorgen können.«

»Ich dachte, das sei unmöglich«, warf ich ein.

»Für die meisten Magier und Schamanen ist es das auch«, bestätigte er. »Aber es gibt uralte Techniken, mit denen es möglich ist. Diese sind jedoch äußerst komplex und zeitraubend. Und alle sind mit einem bedeutenden Risiko verbunden.«

»Was für einem Risiko?«

»Macht jeglicher Art muß von *irgendwoher* kommen«, sagte der Schamane. »Innerhalb der Gäasphäre wird sie von lebendigem Material erzeugt – von der ›Biomasse‹. Aber gewisse Orte der Macht sind wie Leitungen zu anderen« – erhielt kurz inne, um nachzudenken – »anderen *Orten*«, fuhr er vorsichtig fort. »Durch diese Leitungen kann Mana fließen.«

Ich nickte. Das schien zumindest einen gewissen Sinn zu ergeben. Bis zu einem gewissen Grad paßte es zu den Gedanken, die ich mir nach meinem Besuch an der Opferstelle in der Punschschüssel gemacht hatte. »Ich verstehe«, sagte ich. »Ihr wollt nicht, daß diese Burschen die ganze Macht in die Finger bekommen, ist es das?«

Der Schamane schüttelte energisch den Kopf. »Das bereitet uns keine Sorgen. Auf lokaler Ebene ist die verfügbare Macht beträchtlich, aber im globalen Maßstab ist sie unbedeutend.«

»Ein taktischer Atomsprengkopf im Vergleich zu einer städtevernichtenden Interkontinentalrakete?« schlug ich sarkastisch vor, wobei ich an Chicago dachte.

Er überraschte mich, indem er nickte. »Eine brauchbare Analogie. Aber darum geht es uns nicht.« Ach, *nein?* dachte ich. »Es geht darum, daß die ... die *Orte*, von denen das Mana kommt ...« Er brach ab, als suche er nach dem richtigen Wort.

»Sie sind bewohnt, nicht wahr?« Die Worte waren bereits heraus, bevor ich mir noch des Gedankengangs bewußt wurde, der dahintersteckte. Erschreckend – und noch viel erschreckender, als der Insektenschamane nickte.

»Es gibt gewisse *Wesenheiten* an diesen anderen Orten«, stimmte er mit wohlabgewogenen Worten zu. »Dieselbe Barriere, die den freien Manafluß verhindert, verwehrt ihnen den Zugang zur Gäasphäre.«

»Und wenn man diese Barriere so sehr schwächt, daß man das Mana absaugen kann ...?« Diesmal brach ich ab.

Sein Schweigen reichte als Antwort.

»Was sind das für ›Wesenheiten‹?« wollte ich wissen.

Der Schamane zuckte die Achseln. »Ihre exakte Natur ist unterschiedlich und nicht vorhersehbar. Es reicht zu sagen, daß niemandem damit gedient wäre, sollte es ihnen gelingen, die Barriere zu durchdringen.«

Irgend etwas paßte hier nicht zusammen. »Das ist doch Blödsinn«, sagte ich zögernd. »Was ist mit den Burschen, die versuchen, das Mana abzusaugen? Wissen die denn nichts von diesen Wesenheiten?«

»Sie wissen von ihnen.«

»Und sie tun es trotzdem?«

»Vielleicht glauben sie, daß sie die Wesenheiten kontrollieren können«, sagte der graugesichtige Mann, »oder vielleicht auch abwehren, sobald die Barriere einmal geschwächt ist. In beiden Fällen irren sie sich. Die Wesenheiten werden sie überwältigen oder korrumpieren … wenn das nicht bereits geschehen ist.«

Ich hob die Hände, um ihn zum schweigen zu bringen. »Okay, kurze Pause, mal sehen, ob ich alles verstanden habe. Irgendwo, in irgendeinem Vulkan, pfuscht ein Schamane an dieser Barriere herum …«

»Dazu ist mehr als ein Schamane erforderlich«, warf der Graugesichtige ein. »Es gibt stabilisierende Kräfte, die ganz natürlich jeder verfrühten Schwächung der Barriere entgegenwirken. Diese Kräfte müssen erst überwunden werden.«

Verfrüht? Interessantes Wort. Ich würde später darüber nachdenken. »Okay, Zusatz zur Kenntnis genommen. Also pfuscht eine ganze Wagenladung Schamanen an dieser Barriere herum und versucht Mana abzusaugen. Und anstatt der Macht werden sie diese kosmischen Gemeinheiten bekommen, die … was? Was wird die Folge sein?«

»Leiden«, sagte der Schamane, dessen Stimme kalt und distanziert klang. »Tod. Verwüstung. Anfänglich nur auf den Inseln, aber glauben Sie mir, es wird sich ausbreiten.«

Ich nickte, als ob ich verstünde. »Und diese kosmischen Gemeinheiten werden euch Burschen auch das Leben zur Hölle machen, nehme ich an?«

Seine Augenbrauen hoben sich. »Den Angehörigen des Nests? Nein«, sagte er entschlossen. »Die Wesenheiten, die durchkommen, werden keine Zeit und Mühe auf uns verschwenden. Erst wenn keine geeignetere Beute mehr zur Verfügung steht.«

Mir gefiel das alles überhaupt nicht … natürlich immer vorausgesetzt, daß ich diesem elenden Burschen glaubte. Und tat ich das? Das Urteil stand immer noch aus. »Aha«, sagte ich neutral. Dann beugte ich mich vor und stieß ihm den Zeigefinger gegen die Brust. »Warum, zum Teufel, erzählst du mir das dann alles? So, wie du redest, hört es sich so an, als beträfe euch das überhaupt nicht. Warum kümmert ihr euch dann darum? Warum lehnt ihr euch nicht einfach zurück und genießt das verdammte Schauspiel?« Meine Wut war wieder da, ein kaltes Feuer, das in meiner Brust brannte. Ich spürte meinen Puls in den Schläfen hämmern. »Und wahrscheinlich wird es doch ein ziemlich nettes Schauspiel, oder nicht? Vielleicht könnt ihr noch was lernen, zum Beispiel, wie man Leiden, Tod und Verwüstung verbreitet.« Ich hielt um der besseren Wirkung willen kurz inne. »Oder vielleicht geht es euch ja auch genau darum. Ihr wollt nicht, daß jemand in euren Teich pißt, ist es das? Jeder, der von diesen kosmischen Gemeinheiten umgelegt wird, ist einer weniger, von dem ihr Besitz ergreifen oder den ihr umbringen oder in ein verdammtes Ungeheuer verwandeln könnt, richtig? Drek, ihr wollt einfach nur keine *Konkurrenz!*«

Der Schamane blieb völlig ungerührt. Auf seinen Wangen und seiner Stirn glänzten kleine Speicheltropfen – ich war *echt* dicht an ihn herangerückt –, aber er schien das entweder nicht zu bemerken, oder es war ihm egal. »Es ist nicht unsere Absicht, Tod und Leiden zu verbreiten«, sagte er ruhig.

»Erzählt das mal den Leuten in Chicago!«

»Wir haben keinen Atomsprengkopf zur Explosion gebracht«, erwiderte er gelassen – was um so aufreizender war, weil er natürlich recht hatte. »Wir haben uns nur verteidigt.«

»Na *klar!*«

»Sie kennen uns nicht, Mr. Montgomery ...«

»Und ich *will* euch auch gar nicht kennen!« konterte ich.

»... Aber Sie können mir glauben: Wir sind nicht Ihr Feind. Wir führen nichts Böses gegen die Metamenschheit im Schilde. Ganz im Gegenteil, wie Ihre Schwester bezeugen kann.«

»Laß meine Schwester aus dem Spiel, du Dreksack!«

»Unsere Ziele und Absichten sind unsere Sache«, fuhr er ungerührt fort. »Manchmal kollidieren sie mit den Zielen Ihrer Rasse. Meistens berühren sie sich nicht. Und manchmal – wie in diesem Fall – stimmen Ihre und unsere Interessen überein.«

»Und wahrscheinlich soll ich euch in dieser Hinsicht einfach vertrauen, ja?« wollte ich wissen.

»Das liegt an ihnen«, sagte der Schamane schlicht.

Ich hielt inne. Mein Verstand war ein wirbelndes Chaos einander widersprechender Gedanken. Ich wünschte mir irgendeinen Gott, an den ich glauben konnte, irgendeinen Großen Schiedsrichter, dem ich »Auszeit!« zurufen konnte. Fehlanzeige. Der Insektenschamane beobachtete mich immer noch mit glasigen Augen und ausdruckslosem Gesicht. Ich konnte einfach nicht wütend auf ihn bleiben, stellte ich fest, nicht ohne eine Reaktion von ihm. Es war so, als versuche man, einen Groll gegen eine Fußbank oder einen Türstopper aufrechtzuerhalten. Ich seufzte wieder. »Okay, *Hoa*«, sagte ich ruhiger. »Nehmen wir also einfach mal an, ich schlucke die Geschichte, die du mir aufgetischt hast. Was dann? Was wollt ihr von mir?«

Er antwortete sofort. »Machen Sie Ihren Einfluß geltend, um dieser Sache ein Ende zu bereiten, bevor sie zu weit geht.«

Ich lachte ihm ins Gesicht. »*Einfluß?* Chummer, du hast dir den Falschen ausgesucht, das kann ich dir sagen. Ich habe ungefähr so viel Einfluß wie ein verdammter Bauer in einem Schachspiel, so viel wie ...« Meine Vorstellungskraft ließ mich im Stich, also wedelte ich nur vielsagend mit den Armen. »Nichts, mit anderen Worten. Null. *Nada. Zero.* Verstanden?«

»Sie haben Einfluß«, erwiderte er. »Sie wollen es aus welchen Gründen auch immer nicht wahrhaben, aber Sie haben Einfluß.«

»Na *klar*«, schnaubte ich. »Ich bin in dieser Sache so wichtig wie Titten an einem Bullen.«

»So?« Die Augenbraue des Schamanen hob sich wieder. »Das ist aber nicht der Eindruck, den andere gewonnen haben.« Er sah sich ostentativ in der Suite um, wobei sein Blick langsam von einem Mitglied des Sicherheitspersonals zum anderen wanderte. »Das ist nicht der Aufenthaltsort einer Person, der es an Einfluß mangelt.«

»Die? Sie befolgen nicht meine Befehle. Es sind die Leute des *Ali'i.*«

Der Schamane nickte. »Und der *Ali'i* hört sich an, was Sie zu sagen haben. In seiner Interpretation der Ereignisse spielen Sie eine bedeutende Rolle. Andernfalls hätte er dieses Treffen nicht arrangiert.

Dasselbe gilt für den Yamatetsu-Konzern«, fuhr er entschlossen fort. »Wenn jemand Ihren Worten zuhört oder Ihre Handlungen verfolgt, dann haben Sie Einfluß. Und es gibt noch andere, nicht wahr, Mr. Montgomery?« fragte er. »Es gibt noch andere, die Sie als wichtig betrachten.«

»So wichtig, daß sie drohen, mich umzubringen, ja«, sagte ich sarkastisch.

»Dann sind Sie in der Tat wichtig«, konterte der Schamane, »was Ihnen auch sofort einleuchten wird, wenn Sie nur darüber nachdenken. Man warnt oder bedroht niemanden ohne Bedeutung oder ohne Einfluß. Man tötet ihn, oder man ignoriert ihn einfach.

Sie *haben* Einfluß«, schloß er. »Benutzen Sie ihn.«

»Ich weiß nicht, wie.«

»Sie werden es wissen.«

Meine Augen verengten sich. »Du erwartest tatsächlich, daß ich euch helfe?«

Der Schamane zuckte wiederum die Achseln. »Sie wollen, daß diese Sache aufhört. *Wir* wollen es. Ist das wirklich so schwer zu verstehen?«

»Warum« – ich gestikulierte vage mit den Händen, auf der Suche nach den richtigen Worten – »ergreift ihr dann nicht einfach Besitz von mir, wie ihr es bei Theresa getan habt? Dann brauchtet ihr mich nicht zu überzeugen, oder? Ich würde einfach Befehle befolgen wie eine gute kleine Drone.«

Wiederum prallten mein Spott und mein Zorn einfach an ihm ab. »Das ist nicht unsere Art«, sagte er ruhig. »Es muß freiwillig geschehen ... auf beiden Seiten. Sie müssen uns akzeptieren, aber wir müssen auch Sie akzeptieren.«

»Und ich habe die Aufnahmeprüfung nicht bestanden?« Der Schamane reagierte nicht. Also hatte ich von den Wanzen eine Fünf oder gar Sechs bekommen, wie? Den Göttern sei Dank für die kleinen Freuden – zumindest, wenn ich diesem Kerl glauben konnte.

Ich starrte ein paar Augenblicke aus dem Fenster. Meine Augen nahmen die Umgebung wahr, aber mein Verstand registrierte die Bilder nicht. Mehr Gedanken – Ängste, Zweifel, Hoffnungen, Träume – stiegen aus dem Sumpf meines Unterbewußtseins hoch. Ich versuchte sie zu ordnen, Vernunft von Irrationalität zu trennen. Schließlich wandte ich mich wieder an den Schamanen. »Was springt für mich dabei heraus, wenn ich es tue?« fragte ich.

Er blinzelte. »Die Wesenheiten werden nicht in der Lage sein, die Barriere zu durchdringen«, sagte er zögernd. »Sie werden nicht in der Lage sein, Jagd auf ...«

Ich schnitt ihm mit einer scharfen Geste das Wort ab. »*Nein*. Was springt für *mich* dabei heraus? Für mich persönlich?«

Wiederum hielt der Schamane inne. »An Bezahlung, meinen Sie?« Er klang verwirrt, als hätte ich ihn etwas gefragt, das er sich noch nicht überlegt hatte.

»Ich hatte mehr an *quid pro quo* gedacht«, fügte ich hinzu. »Ich tue etwas, das euch nützt, ihr tut etwas, das mir nützt. *Mir*. Nicht der Metamenschheit allgemein. *Mir*. Begriffen?«

Ich beobachtete seine Augen, während er versuchte,

den Gedanken zu erfassen. (Drek, wenn ich noch einen Beweis gebraucht hätte, daß die Insektengeister nichtmenschlich und absolut fremdartig waren, wäre er das gewesen. Der Gedanke an Bestechung eine Überraschung? Kaum zu glauben ...) Schließlich nickte er zögernd. »Vielleicht ließe sich etwas arrangieren.«

Ich packte ihn grob an der Schulter und zerrte ihn in eine Ecke des Raumes. Weg von den Sicherheitsleuten, weg von Akaku'akanene. Weg von Theresa. »Ich will *sie* zurück«, flüsterte ich heiser. »Meine Schwester.«

Er blinzelte. »Was?«

»Es ist ganz einfach. Ich erledige das für euch, ihr gebt mir meine Schwester zurück. *Normal,* verstanden? So, wie sie war, mit ihren eigenen Gedanken, ihrem eigenen Verstand und ihrer eigenen Seele. Ihr macht rückgängig, was ihr Theresa angetan habt.« Ich verschränkte die Arme. »Das ist mein Preis.«

Die starren Augen des Schamanen fixierten mich, als versuche er, meine Gedanken zu lesen. »Können wir darüber reden?« fragte er schließlich.

»Keine Verhandlungen«, flüsterte ich energisch. »So oder gar nicht. Ihr wollt, daß ich das erledige? Dann ist das mein Preis. Wenn ihr nicht mitspielt, setze ich all meinen Einfluß ein, um euch fertigzumachen, Chummer. Bei allem, was ihr tut, um diese kosmischen Widerlinge aufzuhalten, werfe ich euch Knüppel zwischen die Beine.«

»Aber diese Wesenheiten ...«

»*Sollen sie doch kommen!* Das interessiert mich alles nicht, wenn ich meine Schwester nicht zurückbekomme.« Ich brachte mein Gesicht wieder ganz dicht vor seines. »Verstanden, Wanzen-Bubi?«

Er dachte lange darüber nach – vielleicht zwei Minuten. Mir kam es eher wie zwei Stunden vor. Ich spürte, wie mir der Schweiß den Rücken hinunterlief und den Bund meiner Hose anfeuchtete, so groß war die Anstrengung, meine Knie vom zittern abzuhalten.

Schließlich nickte er einmal. »Ihre Schwester für Ihre Zusammenarbeit? Ja.«

»Dann haben wir eine Abmachung?« hakte ich nach.

»Wir haben eine Abmachung.«

Ich dankte allen Göttern, die gerade zuhörten, daß er nicht auf einem Handschlag bestand.

21

Okay, ich hatte also eine Abmachung. Jetzt war die Frage, wie, zum Teufel, ich meinen Teil davon erfüllen sollte. (Und wie, zum Teufel, konnte ich sicher sein, daß Wanzen-Bubi seinen Teil erfüllen würde? Heb dir diese Sorge für später auf, sagte ich mir.) Der Insektenschamane konnte mir erzählen, daß ich Einfluß hätte, bis er schwarz wurde. Wer weiß, vielleicht hatte er von seinem verdrehten, nichtmenschlichen Standpunkt aus betrachtet sogar recht, aber ich wußte nicht, wie, zum Teufel, ich ihn benutzen sollte.

Angenommen, er hatte recht und ein paar Schamanen pfuschten an dieser Barriere – was, zum Teufel, das auch war – an einem der Orte der Macht auf den Inseln herum. Schön, betrachten wir das als gegeben.

An *welchem* Ort der Macht? Puowaina? Haleakala? Hona-wie-auch-immer Bay? Oder an einem von Gott weiß wie vielen anderen?

Und wann wollten diese Schamanen ihre Missetat vollbringen? Heute nacht? Morgen? Nächsten Monat? Oder hatten sie bereits angefangen?

Also, was, zum Teufel, sollte ich tun? Von meinem ›Einfluß‹ Gebrauch machen, um Vorkehrungen zu treffen, daß alle Orte der Macht rund um die Uhr und bis in alle Ewigkeit bewacht wurden? Ja, klar.

Ich saß auf dem Sofa von Zimmer 1905 im New Foster Tower und starrte aus dem Fenster. Die Sonne war vielleicht vor einer Stunde untergegangen. Einige der hellsten Sterne – oder vielleicht waren es auch Satelliten – waren am schwarzen samtenen Himmel zu sehen. Der Rest konnte sich mit dem künstlichen Feuer der Stadt nicht messen.

Kono und Lupo hatten Theresa und den Insektenschamanen vor ein paar Stunden weggebracht.

Sie hatten nicht gesagt, wohin sie gingen, und ich hatte nicht gefragt. Theresa versprach, daß sie mit mir in Verbindung bleiben würde, und das reichte einstweilen. Kurz bevor er gegangen war, hatte Wanzen-Bubi mir einen Streifen Papier aus dem Thermodrucker eines Taschencomputers gegeben – eine hiesige LTG-Nummer, unter der ich Kontakt mit ihm aufnehmen konnte.

Damit blieben noch Pohaku und Akaku'akanene, um mir Gesellschaft zu leisten. Da mir im Augenblick nicht sonderlich nach Gesellschaft war, nahm ich mit Erleichterung zur Kenntnis, daß sie sich um ihre Angelegenheiten kümmerten. Der Leibwächter nahm in aller Ruhe seine Waffe auseinander, setzte sie dann wieder zusammen und schien sich dann auszuklinken und eine Runde zu schlafen. Die Schamanin hockte sich einfach im Lotussitz in eine Ecke und starrte leer ins Nichts – vielleicht redete sie mit Gänsen oder irgendwas.

Es war vielleicht neunzig Minuten nach Sonnenuntergang, als Pohaku plötzlich aufsprang – ohne Vorwarnung – und mich dabei fast zu Tode erschrak. Lautlos ging er zum Fenster und starrte hinaus und nach unten. Die Lichter der Stadt spiegelten sich in seinen Augen, während er stirnrunzelnd in die Nacht sah.

»Was ist?« fragte ich ihn.

»Ärger«, sagte er leise.

Einen Augenblick später war ich auf den Beinen und neben ihm, wo ich meine Augen anstrengte, um zu sehen, was ihm Sorgen bereitete. Nichts. Keine Feuerblumen, die auf Sand Island erblühten… oder auch sonstwo, was das betraf. Wenn ich die Stirn fest gegen das Transpex preßte, konnte ich nach unten auf die Kalakaua Avenue schauen und die Autos – wahrscheinlich zum größten Teil Konzernlimousinen – beobachten, die dort entlangfuhren und Lichtstreifen bildeten. Weiß auf der einen Seite, rot auf der anderen. Ich blinzelte.

Ein ganzes Stück weiter die Kalakaua Avenue hinauf schien es eine größere Ansammlung roter Rücklichter zu geben.

Nein, wurde mir plötzlich klar, bei dem roten Fleck handelte es sich *nicht* um die Rücklichter von Autos. Die Farbe stimmte nicht ganz, ebensowenig wie die Art und Weise, wie die Helligkeit zu- und abnahm.

Feuer. Vielleicht eine brennende Barrikade, vielleicht die Nachwirkungen einer Autobombe, ich wußte es nicht. Erst jetzt, als ich wußte, worauf ich mich konzentrieren mußte, konnte ich das entfernte, unterschwellige Gejaule von Sirenen hören. Und noch etwas anderes – vielleicht das Knattern von Schüssen, ich war mir nicht sicher. Aber eines wußte ich – heute nacht gab es Ärger im Paradies.

Hinter mir schüttelte Pohaku den Kopf. »*Lolo*«, murmelte er vor sich hin ... dann registrierte er meine Aufmerksamkeit und übersetzte. »Albern.«

Wenn ich gedacht hatte, der Leibwächter hätte soeben schnell auf einen Hinweis reagiert, der mir entgangen war, erlebte ich eine Überraschung. Es klopfte an der Tür, und bevor mein Verstand das Geräusch überhaupt vollständig registriert hatte, drückte sich Pohaku bereits an die Wand neben der Tür, seine MP im Anschlag und entsichert.

Akaku'akanene war ebenfalls hellwach und offenbar von ihren Zwiegesprächen mit der Vogelwelt zurückgekehrt. Pohaku nickte ihr rasch zu, und die Frau schloß ihre Knopfaugen. Einen Augenblick später öffnete sie sie wieder und verkündete: *»Hiki no.«*

Offenbar bedeutete das ›okay‹ oder ›Sahne‹ oder etwas in der Art, weil sich Pohaku sichtlich entspannte. Er hielt seine Kanone immer noch bereit, aber sein Finger lag jetzt nicht mehr am Abzug, sondern am Abzugsbügel. Er streckte die Hand aus, um die Tür zu öffnen, und trat dann beiseite.

Ich wollte etwas knurren, wie »Wessen verdammte

Suite ist das eigentlich?« oder ähnlichen Drek – bis ich sah, wer mein Besucher war.

Mehrere Besucher, um genau zu sein, aber nur einer von ihnen zählte. Er bedachte mich mit einem schiefen Grinsen, während seine persönlichen Leibwächter die Tür hinter ihm schlossen und verriegelten.

»*E Ku'u lani*«, begann ich.

Gordon Ho winkte ab. »Ich sagte Ihnen schon, daß diese Anrede im Augenblick unangemessen ist.« Sein Lächeln bekam eine schärfere Note. »Da wir beide Ausgestoßene sind, warum nennen Sie mich nicht einfach Gordon?«

Der Tatsache, daß sich seine Leibwächter versteiften, konnte ich entnehmen, daß ihnen das nicht gefiel, aber zum Teufel mit ihnen, wenn sie keinen Spaß vertrugen. »Dann bin ich Dirk«, sagte ich. Ich zögerte, dann fuhr ich fort: »Ich will ja kein großes Aufheben darum machen, aber …«

»Was, zum Teufel, mache ich hier?« beendete er den Satz für mich. Er zog seine Jacke aus – aus Leder und gepanzert, ein ziemlicher Unterschied zu seinen gefiederten Königsinsignien –, warf sie einem seiner Leibwächter zu und ließ sich auf ein Sofa sinken. Zum erstenmal fiel mir auf, wie erledigt er aussah. »*Irgendwo* muß ich mich aufhalten«, stellte er fest, »und da ich diesem Raum ohnehin bereits einen beachtlichen Prozentsatz der Leute, denen ich wirklich vertraue, zugewiesen hatte, dachte ich mir: ›Warum nicht?‹« Er seufzte und drehte seinen Kopf, als wolle er eine Verkrampfung in seinem Nacken lösen. »Sie haben nicht zufällig einen Scotch, oder?«

Mir ging auf, daß ich noch gar nicht nachgesehen hatte, ob es eine Minibar in der Suite gab – was nur zeigt, wie abgelenkt ich derzeit war. Dafür hatte Pohaku die Suite gründlich durchstöbert, und er öffnete einen Holzschrank neben dem Trideo, in dem sich eine gut bestückte Bar verbarg. »Machen Sie ruhig zwei«, sagte ich zu ihm. »Und wenn Sie schon dabei sind, Dreistöckige.« Dann pflanzte ich mich auf einen Armsessel gegenüber von Ho.

Pohaku bereitete die Drinks fast so schnell zu, wie er auf Gefahr reagierte, und brachte sie uns – Ho natürlich zuerst. Ich nippte und ließ die Magie des torfigen Schnapses auf meine verklebten Synapsen wirken. Der ehemalige König Kamehameha V. tat dasselbe, und ich konnte beinahe sehen, wie ein Teil der Anspannung von seinem Gesicht wich. Was, zum Teufel, hatte er vorgehabt, bevor er hierher gekommen war? Wohin geht ein König im Exil – *per definitionem* eine der auffälligsten Personen überhaupt –, um nicht aufzufallen?

Und was würde mit ihm geschehen, *wenn* er auffiele? fragte ich mich plötzlich. »Schutzhaft«? Oder eine Halskrausen-Party an der nächsten Straßenecke? Das hing wohl davon ab, wer ihn zuerst bemerkte. Kein Wunder, daß er ein wenig abgespannt aussah.

Wir bewahrten den Frieden, wir zwei, und zwar vielleicht fünf Minuten und hundert Milliliter Single-Malt Scotch lang. Dann seufzte Ho und bemerkte: »Tja, langsam wird es … *interessant* … dort draußen.«

Ich hatte beschlossen, daß ich nicht der erste sein würde, der zum Geschäft kam, doch nun, da er das Thema angeschnitten hatte, beugte ich mich vor. »Was, zum Teufel, geht dort draußen vor?« Rasch erzählte ich ihm von dem Feuer – oder was auch immer –, das wir vom Fenster aus gesehen hatten.

Er nickte müde. »Gegen die Konzerne gerichtete Gewalttaten«, sagte er ruhig. »Dazu kommt es mittlerweile überall in der Stadt … überall auf der Insel, wenn das, was ich gehört habe, stimmt.«

»Wie schlimm?«

»Bestürzend schlimm«, gab er zu. »Die Aktionen sind nicht gut organisiert – noch nicht –, aber in mancherlei Hinsicht ist ihnen dadurch noch schwerer zu begegnen.«

Ich nickte zustimmend. Wenn ziviler Ungehorsam – und darüber redeten wir ja gerade – organisiert war, konnte man ihn oft ersticken, indem man die Anführer kaltstellte. (Oder zumindest hatte man uns das auf der Lone Star-Akademie beigebracht.) Aber wenn es sich um spontane Aktionen des Mobs handelte? Ein Mob ist eine Kreatur mit ein paar hundert Beinen und ohne Verstand (wiederum ein Zitat aus meiner Akademie-Zeit), also gibt es keinen sauberen und leichten Weg, ihn lahmzulegen.

»Was ist passiert?« hakte ich nach.

Ho zuckte die Achseln. »Was ist *nicht* passiert?« sagte er deprimiert. »Autos werden umgestürzt und in Brand gesetzt – übrigens ist es wahrscheinlich das, was Sie gesehen haben. Scheiben werden mit Steinen eingeworfen. Manchmal auch mit Molotow-Cocktails. Ein paar Zwischenfälle mit Heckenschützen.«

Das schockierte mich. »Heckenschützen? So weit ist es schon?«

Der Ex-König lächelte, doch ohne jeden Humor. »Die Dinge schreiten rascher voran, als ich erwartet habe«, räumte er ein.

»Wie steht es mit Todesopfern?«

Er zuckte wiederum die Achseln. »Mir werden keine detaillierten Polizeiberichte mehr vorgelegt«, stellte er trocken fest, »aber ich gehe davon aus, daß es wahrscheinlich noch nicht sehr viele gibt.«

»Das wird sich ändern.«

»Ja«, stimmte er zu. Er schwieg einen Augenblick, dann fuhr er leise fort: »Von einem Zwischenfall habe ich gehört. Der Mob hat der Limousine eines Mitsuhama-Execs den Weg versperrt. Keine offene Gewalt, nur Drohungen ... aber seine Leibwächter haben überreagiert und das Feuer eröffnet.« Ich krümmte mich innerlich, als er fortfuhr. »Über dreißig Aufrührer tot ... und natürlich die Leibwächter und der Exec, als der Mob durchdrehte. Ich habe gehört, daß sie den Wagen umgestürzt und in Brand gesteckt haben, so daß er bei lebendigem Leib geröstet wurde.«

Es gerät außer Kontrolle. Bei diesem Gedanken lief mir ein kalter Schauer wie ein eisiger Wind über den Rücken. »Jemand steckt dahinter«, stellte ich fest. »Jemand wiegelt den Mob auf.«

»Natürlich«, sagte Ho. (Er sprach das begleitende ›*Sie Idiot*‹ nicht laut aus, aber seine Miene vermittelte es adäquat.)

»*Na Kama'aina,* richtig?«

»Anfänglich ja«, korrigierte Ho. »Aber sie haben ebenfalls die Kontrolle über die Situation verloren.« Er lächelte grimmig. »Es scheint, als hätten sie ihre Hunde nicht an einer so kurzen Leine, wie sie glaubten.«

Mir dämmerte es. »ALOHA«, hauchte ich.

»Natürlich. *Na Kama'aina* hat nie wirklich an die ganze feurige ›Konzerne raus‹-Rhetorik geglaubt. Dafür sind sie viel zu realistisch. Sie wollten sie – und auch ALOHA – nur als Hebel benutzen, um mich abzusetzen.« Er lächelte wieder, diesmal mit bitterem Humor. »Tja, *der* Teil des Plans hat funktioniert.

Aber jetzt hat ALOHA Blut gewittert. *Na Kama'aina* kann sie nicht mehr halten.« Er schüttelte den Kopf und runzelte die Stirn. »Ich frage mich, welche Rolle Ryumyo bei alledem spielt? *Weiß* er, was ALOHA tut, oder hat er auch die Kontrolle verloren?«

Ich hob die Hände. »Hey, fragen Sie nicht mich«, protestierte ich.

Wir schwiegen beide wieder, während wir unseren privaten Gedanken nachhingen. Hos Interpretation der Lage kam mir nur allzu plausibel vor. Abgesehen davon …

»Sie sagten, *Na Kama'aina* hätte nie hinter dem ›Konzerne raus‹-Drek gestanden?« fragte ich abrupt.

»Natürlich nicht«, sagte Ho überrascht. »Schließlich sind sie Realisten. Politiker, noch dazu ehrgeizige, aber trotzdem Realisten.«

»Aber …« Ich kam mir wie bei einer Wanderschaft

durch das geistige Äquivalent eines Mangrovensumpfes vor.

»Denken Sie darüber nach, Dirk«, beharrte der Ex-*Ali'i.* »Was passiert, wenn die Konzerne hinausgedrängt werden?«

»Sie würden sich wehren. Ein neuer Fall Sanford Dole.«

»Exakt. Aber nehmen wir mal an, die Konzerne könnten *tatsächlich* vertrieben werden. Was wäre dann?«

Ich zögerte. »Polynesien für die Polynesier, nehme ich an«, sagte ich zögernd.

»Das wird nicht geschehen«, konterte Ho entschieden. »Hawai'i war einmal ein Selbstversorger ... damals, als die Bevölkerung der gesamten Inselkette weniger als eine halbe Million betrug. Allein in Honolulu leben heute sechsmal so viele. Diese Nation kann sich im Augenblick einfach nicht selbst versorgen. Wenn die Konzerne vertrieben werden, verhungern die Inseln.«

Ich nickte. Das hatte Scott mir bereits vor scheinbar sehr langer Zeit erzählt. »Und das weiß *Na Kama'aina?*«

»Natürlich. Wie ich schon sagte, es sind Realisten.«

Eine weitere Idee spukte mir im Hinterkopf herum. Ich schloß die Augen und ermutigte sie mit einem weiteren guten Schluck Scotch herauszukommen, so daß ich sie begutachten konnte.

»Wenn die Konzerne tatsächlich ausgebootet würden«, fuhr ich zögernd fort, indem ich die Gedanken aussprach, wie sie mir kamen, »würde ein Machtvakuum entstehen, nicht wahr? Die Inseln sind strategisch wichtig – jedenfalls haben das die ehemaligen Vereinigten Staaten geglaubt. Also wird jemand kommen, um es auszufüllen. Japan vielleicht?«

Ho lächelte. »Mein Stab hat wesentlich länger gebraucht als Sie, um sich das zusammenzureimen«, sagte er ruhig. »Ja, natürlich. Konzerne raus, Japaner rein. Das ist der Grund, warum ich sagte, ›Polynesien den Polynesiern‹ wird nie geschehen. Weder die Megakonzerne noch die Japaner würden das zulassen.«

»Vielleicht ist *das* dann Ryumyos Motiv. Vielleicht will er Hawai'i für Japan.«

»Daran hatte ich auch schon gedacht«, sagte Ho. »Ryumyo scheint zwar in Japan zu *leben*, aber er und die japanische Regierung haben noch nie auf sonderlich freundlichem Fuß miteinander gestanden.«

»Das ist ein Argument«, gab ich zu. Und damit versanken wir beide wieder in unser privates Nachdenken. In gewisser Hinsicht war es lustig, das mußte ich zugeben. Obwohl der Drek um mich herum am dampfen war, war es beruhigend – in gewisser Weise angenehm –, jemanden bei mir zu haben, der von den Ereignissen ebenso königlich (kein Wortspiel beabsichtigt) überfahren wurde wie ich. Wie lautete noch das alte Sprichwort? »Gleich und gleich gesellt sich gern?« Wir schlürften unseren Scotch, und wir starrten auf den Teppich, und wir gaben uns unseren trübsinnigen Gedanken hin.

Das Telekom klingelte und riß mich aus meinen Grübeleien. Pohaku stand in der Nähe des Telekoms und warf mir einen fragenden Blick zu. Im Augenblick war mir nicht danach, mit einem Fremden zu reden ... insbesondere lag mir nichts daran, noch mehr schlechte Nachrichten zu hören. Ein oder zwei Sekunden lang erwog ich, es einfach klingeln zu lassen. Wahrscheinlich keine gute Idee. Nicht, daß viele Leute diese Nummer hatten (*hoffte* ich), also war es wahrscheinlich wichtig. Ich seufzte. »Ich gehe ran«, sagte ich zu Pohaku, indem ich mich aus dem Sessel hievte und zum Telekom ging.

Ich schaltete die Videokamera aus und nahm den Anruf an. »Ja?«

Der Schirm blieb leer – der Anrufer hatte seine Videokamera ebenfalls ausgeschaltet –, aber ich erkannte die Stimme sofort. »Mr. Montgomery?«

Tiefer Seufzer. Ich schaltete meinen Kamera ein. »Ich bin es«, sagte ich zu Barnard.

Einen Augenblick später füllte sein Gesicht meinen Schirm aus. Ich spürte, wie sich Pohaku neben mir versteifte. Offenbar hatte der Leibwächter in Barnard einen Konzernangehörigen und damit eine potentielle Bedrohung erkannt ... oder vielleicht war es auch nur professionelle Paranoia. »Haben Sie Neuigkeiten für mich?« fragte der Pinkel. »Gibt es Entwicklungen, über die ich Bescheid wissen sollte?«

»Haben Sie ein oder zwei Stunden Zeit?« fragte ich trocken. »Zunächst einmal hat man den Thron usurpiert. Ho ist geschaßt worden.«

»Tatsächlich? Gleichlautende Gerüchte waren mir bereits zu Ohren gekommen. Haben Sie dafür eine Bestätigung?«

Ich grinste. »Alle Bestätigung, die ich brauche«, antwortete ich.

»Der *Ali'i*, ist er in Sicherheit?«

»Im Augenblick schon, würde ich sagen.«

»Und dafür haben Sie auch eine Bestätigung?« hakte Barnard nach.

»Alle Bestätigung, die ich brauche«, wiederholte ich. »Er sitzt direkt neben mir und trinkt Scotch.«

Barnards Augenbrauen ruckten hoch. »*Honto?* Lassen Sie mich mit ihm reden.«

Sie hätten schon die ganze Zeit miteinander reden sollen, sagte ich *nicht*. Ich winkte lediglich Ho herüber und räumte meinen Stuhl für ihn. Dann trat ich beiseite, aus dem Aufnahmebereich der Videokamera heraus, aber ich blieb nahe genug, um das Gespräch der beiden mitzuhören.

»*Aloha*, Gordon«, hörte ich Barnard sagen. »*Pe-hia 'oe?*«

»*Aloha. Pona'ana'a*«, erwiderte der Ex-*Ali'i* leise. »*Et Gilles? Comment ça va?*«

»*Très bien, à tout prendre*«, sagte Barnard. »Er ist PR-Manager bei Yamatetsu-UK und auf dem Weg, die eigene Karriereleiter emporzuklettern.« Barnard hielt inne. »Er redet immer noch von seiner Universitätszeit mit dir.«

Gordon Ho lächelte – ein wenig traurig, wie ich fand. »Eine Zeit, in der man sich nur Gedanken um das nächste Semesterzeugnis oder darum machen mußte, ob man seine Freundin ins Haus schmuggeln kann, hat natürlich etwas sehr Anziehendes.«

Während die beiden weiter über alte Zeiten und ähnlichen Drek schwafelten, ging ich zurück zum Sofa und setzte mich wieder, um mich auf meinen Scotch zu konzentrieren. Ich konnte immer noch Gesprächsfetzen hören, wurde aber nicht sonderlich schlau daraus, da Ho und Barnard je nach Lust und Laune zwischen Englisch, Französisch, Hawai'ianisch und Japanisch hin und her wechselten. Nach einer Weile gab ich es ganz auf.

Nach einem vielleicht fünfminütigen Schwätzchen in vier Sprachen wandte sich Ho vom Telekom ab. »Dirk«, sagte er, indem er mich zu sich winkte. Ich rappelte mich auf und schloß mich dem *Ex-Ali'i* vor dem Telekom an, brachte jedoch diesmal meinen Drink mit, falls ich eine augenblickliche Stärkung brauchte.

»Und?« sagte ich zu Barnard.

»Bei unserer letzten Unterhaltung ließen Sie durchblicken, daß jemand namens Harlech Ihre Konzern-Connection und Ihre Verbindung zu Gordon verraten haben könnte.«

»Quentin Harlech, ja.«

Barnard runzelte die Stirn. »Ich habe noch keine Informationen über ein Individuum dieses Namens erhalten. Wissen Sie irgend etwas über ihn, daß mir weiterhelfen könnte?«

Ich dachte einen Augenblick nach und schüttelte dann den Kopf. »Nichts. Ich habe ihn nur einmal gesehen.«

Barnard nickte. »Noch eine Möglichkeit«, sann er nach einem Augenblick des Nachdenkens. »Fällt Ihnen jemand ein, der Hintergrund über ihn haben *könnte?*«

Tja, nun, da er es so formulierte … »Vielleicht können

Sie einiges von Chantal Monot erfahren«, schlug ich vor. Barnard schüttelte den Kopf, also führte ich das näher aus. »Telestrian Industries Corporation? Die Präsidentin der Abteilung Südpazifik?«

Ich sah die Erkenntnis in seinen Augen dämmern. »Monot, ja.« Dann vertiefte sich sein Stirnrunzeln. »Und wie kommt es, daß Sie Mademoiselle Monot kennen, Mr. Montgomery?« fragte er in trügerisch beiläufigem Tonfall.

Okay, schön, vielleicht hätte ich ihm mittlerweile davon erzählen sollen. Rasch schilderte ich mein Erlebnis mit TIC, wobei ich mit dem Narkosepfeil in der Brust begann und mit meiner ›Überführung‹ zum New Foster Tower endete. »Monot kannte den Namen«, beendete ich meine Ausführungen. »Zumindest glaube ich das.«

Barnard seufzte. »Telestrian Industries Corporation«, sagte er leise, während seine Miene einen komplexen Ausdruck annahm.

»Warum fragen Sie Monot nicht wegen dieses Harlech, wenn Sie ihn für so wichtig halten?« schlug ich vor.

Der Exec kicherte leise. »Ich bezweifle, daß sie mir viel erzählen würde.«

»Warum? Ihr Konzerne seid doch ganz dicke miteinander, oder nicht?«

Barnard sah mich an, als sei ich ein Kind, das mit seinem Toiletten-Training nicht weiterkam und immer noch in die Hose machte. »Megakonzerne sprechen nur selten mit einer Stimme, Mr. Montgomery«, sagte er kalt und kopierte damit unwissentlich Chantal Monots Bemerkung zu einem anderen Thema. »Auf einigen Gebieten arbeiten wir zusammen, das stimmt. Aber vergessen Sie nicht, daß wir in erster Linie in Konkurrenz zueinander stehen. Glauben Sie wirklich, daß ein Megakonzern einem anderen eine Information geben würde, die sich als Wettbewerbsvorteil erweisen könnte?«

Ich nickte ein wenig ernüchtert. Schon begriffen.

»Aber es ist trotzdem interessant«, fuhr Barnard einen Augenblick später nachdenklich fort. »Telestrians Abgeordnete am Konzern-Gerichtshof befanden sich ursprünglich in Übereinstimmung mit einer der größeren Fraktionen, die sich um die Hawai'i-Frage gebildet haben. Und jetzt hat sich Telestrian Industries völlig zurückgezogen... aus beiden Fraktionen in dieser Sache. Ich frage mich, ob da ein Zusammenhang besteht.«

»Augenblick mal«, warf ich ein.

Doch Gordon Ho kam mir zuvor. »›Fraktionen‹?« fragte er scharf. »Und was für eine ›Sache‹?«

Barnard lächelte freudlos. »Was glaubst du wohl, um was für eine Sache es geht, Gordon? Natürlich darum, wie man am besten auf die hawai'ianische Provokation reagiert. Schließlich hat es Angriffe auf Konzerneigentum – sowohl personelles als auch materielles – gegeben. Eine Freveltat wie diese kann man nicht durchgehen lassen, das wirst du begreifen. Der Konzern-Gerichtshof ist mehr oder weniger in zwei Lager gespalten, was die Frage angeht, wie man reagieren soll.«

»Was steht zur Auswahl?« fragte der Ex-*Ali'i*.

»Noch mal, was glaubst du wohl? Auf der einen Seite diplomatischer Druck – Sanktionen, Embargos und so weiter. Auf der anderen Seite... *direktere*... Aktionen.«

»Militärischer Art?«

»Die Anhänger direkter Aktionen sind sich uneins in diesem Punkt«, stellte Barnard fest. »Manche glauben, dieser Unsinn mit ALOHA dauere schon viel zu lange und man solle ihn ein für allemal beenden. Andere ziehen ›Vollstreckungsmaßnahmen‹ gegen Regierungsmitglieder vor.«

Ich warf einen Blick auf Ho und sah, daß er erbleicht war. Kein Wunder. Ich kannte den Ausdruck ›Vollstreckungsmaßnahmen‹. Er war normalerweise gleichbedeutend mit ›Attentat‹.

»Und wo stehst *du*, Jacques?« fragte der junge Ex-König leise. »Wo steht Yamatetsu?«

»In der Mitte, wo sonst?« sagte Barnard achselzuckend. »Wie sich herausgestellt hat, in einer sehr *einsamen* Mitte. Die ›Abwarten und Teetrinken‹-Haltung ist am Gerichtshof im Augenblick nicht sonderlich populär.«

»Was ist mit Donald?« fragte Ho abrupt.

»Dein Großonkel findet das alles ganz besonders unerquicklich«, antwortete Barnard. »Im Zürich-Orbital hat er kaum die Möglichkeit, den Kontakt mit den anderen zu vermeiden.«

Ich blinzelte. Also hatte Gordon einen Verwandten im Zürich-Orbital. Ich speicherte dieses kleine Juwel für eine zukünftige nähere Betrachtung ab ... vorausgesetzt, es gab eine Zukunft.

»Zu welcher Seite neigt der Gerichtshof?« fragte Ho.

Barnards Lächeln verblaßte. »Die Befürworter direkter Aktionen scheinen auf dem Vormarsch zu sein«, sagte er leise. »Man wird eine ... eine *Botschaft* senden. Eine Demonstration.« Barnard sah auf die Uhr. »Um Mitternacht lokaler Honolulu-Zeit. Wenn die Regierung dadurch nicht zur Räson gebracht werden kann ...« Er zuckte vielsagend die Achseln.

»Eine Demonstration«, wiederholte ich. Das Wort hatte einen beängstigenden Beiklang, einen bitteren Beigeschmack. »Was für eine Demonstration, Barnard?«

»Thorhämmer«, sagte er leise.

22

Wir standen Schulter an Schulter, der Ex-*Ali'i* und ich, die Nase nur Millimeter von der Scheibe des Fensters von Zimmer 1905 entfernt. Die respektablen Medien hatten kein Wort von der geplanten Demonstration des Konzern-Gerichtshofs verlauten lassen, aber die Nachricht hatte sich mit Sicherheit trotzdem wie ein Lauffeuer verbreitet. Zum Teil lag das an der Tatsache, daß eine Nachrichtensperre einfach unmöglich ist, wenn Parteien, die ein begründetes Interesse daran haben, eine Nachricht zu verbreiten – in diesem Fall die Konzerne –, ihre Botschaft direkt aus der Erdumlaufbahn senden können. Auf der Oberfläche stationierte Piratensender hatten gleichfalls ihren Teil dazu beigetragen und hämisch über die Versuche der hawai'ianischen Regierung berichtet, die Medien mundtot zu machen. Damals im Dunklen Zeitalter – in den achtziger und neunziger Jahren des letzten Jahrhunderts zum Beispiel – wäre es vielleicht möglich gewesen, den Geist in der Flasche zu lassen. Heutzutage? Keine Chance, *Hoa,* wie die Regierung sehr rasch feststellte.

Aus einigen Berichten, die dem *Ali'i* durch einige wenige Vertraute, die sich noch auf der Straße befanden, zugespielt worden waren, wußte ich, daß die Nachricht verbreitet worden war. Aber auch ohne diese Quelle hätte ich vermutet, daß die Leute Bescheid wußten. Normalerweise bestand die Kalakaua Avenue, von der ich ein Stück von meinem Fenster aus sehen konnte, bis zwei oder drei Uhr früh aus zwei Reihen sich langsam bewegender Scheinwerfer und Rückleuchten. Heute, ein paar Minuten vor Mitternacht, lag Waikikis Hauptstraße so gut wie verlassen da. Ich fragte mich kurz, wo wohl alle waren. Hatten sie sich verkrochen aus Angst, der Himmel könnte ihnen auf den Kopf fallen? Oder taten sie, was Gordon und ich getan hatten: einen guten Aussichtspunkt suchen, von dem aus man sich das Spektakel ansehen konnte?

»Dreiundzwanzig Uhr achtundfünfzig«, verkündete Pohaku hinter uns. Wie von demselben Gedanken beseelt, traten sowohl Ho als auch ich einen großen Schritt von der Transpex-Scheibe des Fensters zurück.

Es war eine perfekte Nacht dafür. Seit Sonnenuntergang hatten sich dunkle Wolken am südöstlichen Horizont zusammengebraut. Jetzt hingen sie ein Dutzend Kilometer vor der Küste schwer über dem Ozean, schwarz auf schwarz, und flackerten im Licht der Blitze eines Gewitters. Ein beeindruckender Hintergrund für etwas, das wahrscheinlich ein verdammt beeindruckendes Spektakel werden würde. Direkt über Honolulu und Mamala Bay war der Himmel klar. Ein paar Sterne funkelten in der Schwärze.

Auf ein Zeichen von Ho schaltete einer der Leibwächter alle Lichter in der Suite aus. Draußen, entlang der Kalakaua Avenue, hatten andere Leute offenbar dieselbe Idee. Überall gingen die Lichter aus. Ich blinzelte ein paarmal, um die Anpassung meiner Augen an die Dunkelheit zu beschleunigen.

»Wie wird die Reaktion ausfallen?« fragte Ho ruhig. Seine Stimme war so leise, daß ich nicht sicher war, ob er überhaupt etwas gesagt hatte.

Die Frage ging uns natürlich beiden im Kopf herum. Die kleine Demonstration der Megakonzerne war wie der Warnschuß eines Cops. Und wie man mir auf der Lone-Star-Akademie beigebracht hatte, provoziert ein Warnschuß *immer* eine Reaktion. Manchmal ist es diejenige, welche man provozieren wollte – bedingungslose Kapitulation, wenn der Gauner, den man verfolgt, plötzlich erkennt, daß man ihm auch eine Kugel hätte durch den Kopf jagen können. Manchmal ist es das genaue Gegenteil – eine Art ›Ach ja? Dann zum Teufel mit dir‹-Reaktion, die zu einer wüsten Schießerei führt. Ich wurde einfach den Gedanken nicht los, daß die hohen Tiere des Konzern-Gerichtshofs nicht sonderlich viel über diese zweite Möglichkeit nachgedacht hatten.

»Dreißig Sekunden«, verkündete Pohaku. Ich spürte eine Bewegung hinter mir, als die Leibwächter uns und damit auch der erhabenen Person ihres Ex-Herrschers so nah auf den Leib rückten, wie sie es wagten, um sich ihre eigenen Aussichtspunkte zu suchen. Im Geiste zählte ich rückwärts.

T minus drei, zwei, eins, null … Nichts. *Plus eins, plus zwei, plus drei …*

Ich war bei T plus fünf angelangt, als Gordon Ho neben mir leise aufkeuchte und auf den Himmel zeigte. Ein neuer Stern war aufgegangen, strahlend und grell. Er flackerte, er bewegte sich. Einen Augenblick lang hatte er eine räumliche Ausdehnung, war mehr als ein perfekter geometrischer Punkt …

Und dann regneten die Thorhämmer herab, absolut parallele Lichtbalken, die ein paar Kilometer vor der Küste vom Zenit in den schwarzen Ozean stachen. Man konnte sie unmöglich zählen, weil sie so schnell kamen und wieder verschwunden waren. Sie vermittelten einen Eindruck unglaublicher Schnelligkeit. Wie eine Salve Leuchtspurgeschosse aus Gottes eigenem Maschinengewehr, aber schneller als jedes Leuchtspurgeschoß, das ich je gesehen hatte … und wesentlich größer. An der Aufschlagsstelle gab es einen Lichtblitz, einen einzelnen Impuls, wie bei einer Explosion, nur ohne Feuerball. Ich glaube, das war der erschreckendste Teil der ganzen Demonstration. Unter jenen Lichtbalken hatte sich nichts befunden, nur Wasser. Trotzdem hatte die Aufschlagwucht der Thorhämmer ausgereicht, *um Funken auf dem Wasser des Ozeans zu schlagen*.

In weniger als einer Sekunde war alles vorbei. Ich stieß den Atem aus, den ich unbewußt angehalten hatte. *Mein Gott*, dachte ich schwerfällig, *wie schnell sind diese Dinger heruntergekommen?* Ich rechnete es rasch durch.

Angenommen, sie flogen mit Umlaufgeschwindigkeit, wenn sie in die Atmosphäre eintauchten. Wie hoch würde die liegen? So in etwa bei *35 000 Stundenkilometern* – mit anderen Worten, bei etwa 10 Kilometern *pro Sekunde,* vielleicht dem Zehnfachen der Geschwindigkeit einer Gewehrkugel. Und natürlich waren Thorhämmer viel größer als Gewehrkugeln. Man bezeichnete sie auch als ›schlaue Brecheisen‹. Angenommen, jeder Hammer hatte eine Masse von einem Kilogramm. Wieviel kinetische Energie enthielt ein Kilogramm Masse, das sich mit einer Geschwindigkeit von 10 000 Metern pro Sekunde bewegte? Wenn mich meine High-School-Physik nicht im Stich ließ – und ich nicht irgendwo eine Zehnerpotenz unterschlagen hatte –, entsprach das 100 000 000 Joule an Energie: *hundert Megajoule. Pro Brecheisen.* Und wie viele Brecheisen hatte die Salve beinhaltet, die wir gerade gesehen hatten?

Mir war kalt. Kein Wunder, daß die Pazifikflotte kehrtgemacht hatte, als die Megakonzerne ihr damals im Jahre 2017 einen Warnschuß vor den Bug gesetzt hatten.

Ich hörte ein Geräusch hinter mir und drehte mich überrascht um. Pohaku starrte aus dem Fenster, die Zähne in einer Grimasse der Wut gebleckt… und er *knurrte.* Ich zuckte die Achseln. Ich nehme an, daß mich die Sache wohl auch ziemlich auf die Palme gebracht hätte, wenn das mein Land gewesen wäre.

»Licht, bitte«, sagte Gordon Ho leise. Während einer der Leibwächter das Licht wieder einschaltete, wandte sich der Ex-*Ali'i* vom Fenster ab und ließ sich auf einen Sessel sinken. Er nahm ein Whiskeyglas vom Tisch neben sich – tatsächlich war es meines, aber ich würde ihm deswegen keinen Vortrag halten, nicht jetzt – und leerte es mit einem Zug.

»Wie wird die Reaktion ausfallen?« fragte er erneut, und diesmal wußte ich, daß die Frage an mich gerichtet *war.*

Ich zuckte die Achseln. »Sie kennen Ihr Volk besser als ich.«

Er lächelte darüber. »Das habe ich auch gedacht.« Er hielt kurz inne, dann fuhr er fort: »Es hängt davon ab, wie sehr ALOHA die Leute aufgewiegelt hat ... und wie verrückt ALOHA ist, wenn man es genau nimmt.

Es ist noch möglich umzukehren«, fuhr er mit einem Seufzer fort. »*Na Kama'aina* will keinen Krieg mit den Konzernen. Wenn die Regierung ALOHA zügeln kann, wenn sie weitere Provokationen verhindern kann, sollte es möglich sein, die Dinge wieder unter Kontrolle zu bekommen.«

Ich nickte. Was Ho sagte, ergab einen Sinn, aber es klang mir zu sehr wie Barnards Bemerkung von vor ein oder zwei Tagen, daß »sich vielleicht die klügeren Köpfe durchsetzen würden« oder so ähnlich. Offenbar hatten sie sich noch nicht durchgesetzt. Würde sich das ändern?

Ich sah wieder aus dem Fenster. Nun, da die Demonstration vorbei war, fuhren auch wieder Autos auf den Straßen. Nicht so viele wie üblich, aber zumindest sah Waikiki nicht mehr wie eine Geisterstadt aus. Aus westlicher Richtung – von Sand Island? fragte ich mich unwillkürlich – näherte sich eine kleine Gruppe Lichter, die vor der Dunkelheit des Himmels hell leuchteten. Hubschrauber – zwei oder drei. Vielleicht Konzern-Shuttles, die in die Stadt flogen, um VIP-Urlauber abzuholen und zum Flughafen zu bringen, wo sie die Inseln mit einem Suborbitalflugzeug verlassen würden? Ich wußte es nicht, und im Moment war es mir auch ziemlich egal. Ich wollte mich abwenden.

Ich sah es nicht direkt, sondern nur aus dem Augenwinkel. Ohne Warnung blitzte irgend etwas links von mir aufwärts, fast wie ein Thorhammer verkehrt herum. Die Lanze aus feurigem Licht erfaßte einen der Hubschrauber und verwandelte ihn in einen schmutzig orange-schwarzen Feuerball. Die verbliebenen Hubschrauber lösten ihre Formation auf, tauchten nach unten und löschten dabei ihre Positionslichter. Ein oder zwei Sekunden später waren sie nicht mehr zu sehen.

Ich drückte die Nase gegen das Fenster und sah in schockiertem Entsetzen zu, wie brennende Trümmer auf Straßen und Hausdächer fielen.

Gordon Ho hatte nichts gesehen, aber er *wußte,* daß etwas geschehen war. Er starrte mich an. »Was war das?«

Ich antwortete nicht sofort. Statt dessen ging ich zu ihm und ließ mich auf einen Sessel fallen. Schließlich sagte ich: »Es sieht nicht so aus, als wäre jetzt die richtige Jahreszeit für klügere Köpfe.«

Bei dem abgeschossenen Hubschrauber handelte es sich tatsächlich um einen Konzern-Vogel, das bestätigten Gordon Hos Informanten etwa eine Stunde später. (Ich hatte es mir schon gedacht, aber derzeit fühlte ich mich nicht besonders gut, wenn sich eine Prophezeiung von mir bestätigte.) Die Lanze aus feurigem Licht war eine Boden-Luft-Rakete vom Typ Parsifal gewesen, ein veraltetes Modell von Saeder-Krupp. Darin lag eine gewisse Ironie, da es sich bei dem Hubschrauber, den die Rakete erwischt hatte, um einen Saeder-Krupp-Vogel handelte.

Gordon Ho und ich standen wieder Schulter an Schulter vor dem Fenster von Zimmer 1905. Die Straßen unter uns waren jetzt bis auf einige wenige Sicherheitsfahrzeuge der Konzerne leer, die wie flammende Lichtstreifen vorbeisausten. Dafür waren mehr Helikopter in der Luft – eckige, brutal aussehende Kampfhubschrauber anstatt der stromlinienförmigeren unbewaffneten Transporter –, die herumschwirrten wie wütende Hornissen. Die meisten flogen ständig scharfe Manöver, falls irgendwo dort draußen noch ein Raketenteam lauerte, und ruckten wahllos nach rechts und links oder oben und unten. Manche setzten für alle Fälle noch Leuchtkugeln ab, sonnenhelle Lichtpunkte. Ich konnte keine Farben oder Insignien erkennen, also wußte ich nicht, wessen Kopter es waren, aber es war ganz klar, daß sie zu verschiedenen Konzernen gehörten. Ebenso klar war, daß besagte Konzerne nicht sonderlich effizient zusammenarbeiteten. Im Zeitraum von fünfzehn Minuten sah ich ein halbes Dutzend Beinahe-Zusammenstöße verschiedener Hubschrauber. Hin und wieder konnte ich – gedämpft durch die Doppelglasscheiben – das Knattern automatischer Waffen hören. Kämpften Angriffsteams von ALOHA tatsächlich gegen die Konzerntruppen, oder schossen die Sicherheitsleute der Konzerne aufeinander – die Boden-Version jenes chaotischen Ringelreihens am Himmel? Das ließ sich unmöglich sagen.

Schließlich wandte sich der Ex-*Ali'i* vom Fenster ab und kehrte zum Sofa zurück. Nach einer Weile schloß ich mich ihm an. Pohaku sah immer noch so aus, als suche er einen Vorwand, jemandem den Kopf abzureißen – *irgend* jemandem –, aber zumindest besaß er noch die Geistesgegenwart, unsere Gläser neu zu füllen.

Ho streckte sich und ließ Hals und Schultern kreisen. Mir fiel plötzlich auf, daß er so aussah, als sei er in den letzten Stunden um zehn Jahre gealtert. Tja, ich schätze, das kann passieren, wenn man zuerst abgesetzt wird und dann mitansehen muß, wie das eigene Land auf einen Krieg zutaumelt.

»Was nun?« fragte ich.

Ho sah mich an und lächelte. (Wenigstens *glaube* ich, daß es ein Lächeln sein sollte. Es sah mehr wie die Grimasse eines Mannes unter der Folter aus.) »Ich habe das Orakel-Geschäft aufgegeben«, sagte er. Dann verblaßte sein Lächeln, und seine Augen sahen plötzlich noch müder aus.

»Die Regierung hat nicht viele Möglichkeiten«, fuhr er ruhig fort. »Sie muß schnell handeln, damit ihr der Gerichtshof nicht zuvorkommt. Was bedeutet, sie kann nicht viel gegen ALOHA unternehmen.«

Ich nickte. Das ergab auf grimmige, häßliche Weise

einen Sinn. Einen militanten Policlub – mit anderen Worten und bei genauerem Hinsehen, eine Terroristengruppe – zu verfolgen und zu neutralisieren ist niemals eine kurzfristige Lösung. Man braucht Hilfsmittel, und man braucht Zeit. Die von der *Na Kama'aina* dominierte hawai'ianische Regierung mochte ersteres haben, aber Ho glaubte offenbar nicht, daß ihr die Konzerne letzteres im Übermaß einräumen würden … und ich gab ihm recht. Drek, bei genauerem Hinsehen stellte sich sogar die Frage, ob das Ausradieren eines militanten Policlubs auch auf lange Sicht überhaupt möglich war. Fragen Sie die FBI-Teams, die den Auftrag hatten, Humanis und Alamos 20K zu eliminieren. »Und welche Möglichkeiten sind das?« fragte ich.

Gordon Ho zuckte die Achseln. »Wenige.« Er seufzte. »Verhandlungen – aber das setzt voraus, daß die Konzerne ein Interesse daran haben zuzuhören, was in diesem Stadium keineswegs gewiß ist.

Oder eine Gegendrohung«, fuhr er mit bekümmerter Stimme fort. »Die Konzerne halten der Regierung eine Kanone an die Schläfe: Thor. Die Regierung muß ihre eigene Kanone ziehen.« Er zuckte wiederum die Achseln. »Ein Patt. Aber zumindest hätten dann beide Seiten etwas mehr Zeit, um zu verhandeln, bevor das Töten anfängt.«

Ich hob eine Augenbraue. »Einen Bluff, meinen Sie?«

»Ein Bluff würde nicht funktionieren. Die Gegendrohung muß schon Substanz haben.«

»Ja, *klar*«, schnaubte ich. »Die Konzerne bedrohen?« Die Vorstellung war so lächerlich, daß ich beinahe laut aufgelacht hätte.

Doch Ho fand das nicht komisch. »Sie wären überrascht, Dirk«, sagte er düster.

Jetzt *lachte* ich laut … und verstummte dann so abrupt, daß ich fast meine Zunge verschluckt hätte. Plötzlich fielen mir wieder die verrückten Sachen ein, die Scott mir bei unserem ersten gemeinsamen Frühstück erzählt hatte, die Geschichten über den verdrehten Drek, der am Sezessionstag abgegangen war. Drek, jetzt fiel mir auch wieder ein, daß mir bezüglich der Sezession einige bedeutende Fragen durch den Kopf gegangen waren.

Erstens, warum hatten die Vereinigten Staaten Hawai'i so bereitwillig aufgegeben? (Okay, sie hatten versucht zurückzuschlagen... *einmal*. Doch nach den Warnschüssen auf den Flottenverband hatten sie sich praktisch auf den Rücken gewälzt und sich tot gestellt. Kein Versuch, ihre Militärbasen zurückzuerobern.) Zweitens, wie hatte eine Bürgermiliz die *sogenannte* Zivile Bürgerwehr – eine durch und durch militärische Einsatztruppe – besiegen können? Die einzige Antwort, die überhaupt einen Sinn ergab, war ein großer Stock, mit dem die guten alten Vereinigten Staaten bedroht worden waren.

Ich wandte mich an Gordon Ho. »Raus damit«, sagte ich leise.

»Natürlich Magie«, antwortete er sofort. »*Nui* Magie. *Große* Magie.«

Ich hörte ein fast sublimes Klicken im Hinterkopf. »Orte der Macht«, sagte ich.

Der Ex-König nickte. »Natürlich«, bestätigte er. »Auf Hawai'i gibt es einige bedeutende.«

Ich spürte einen eisigen Hauch durch meine Seele wehen. »Sie unterhalten irgendein Projekt, nicht wahr? Und es hat schon vor der Sezession begonnen, richtig?«

»Natürlich«, sagte er wiederum. »Wir sind eine kleine Nation. Wir brauchen eine Art Gleichmacher.«

»Erzählen Sie mir davon.«

Ho zuckte die Achseln. »Ich glaube, es war die Idee meines Vaters. Er und sein *Kahuna* – sein schamanischer Ratgeber – haben sich die Einzelheiten ausgedacht. Natürlich hatten sie vom Großen Geistertanz in den Staaten gehört. Die Bundesregierung wollte die Details zurückhalten, aber Neuigkeiten sickern immer durch.

Als mein Vater und seine Ratgeber erfuhren, daß eine andere Gruppe von Ureinwohnern, die Amerindianer, Magie in großem Maßstab zu einer militärischen Waffe entwickelt hatten, sagten sie sich, wenn es in der Prärie funktionierte, warum dann nicht auch auf den Inseln?«

»Sie haben Ihren eigenen Großen Geistertanz aufgeführt«, sagte ich perplex.

Ho nickte. »Im wesentlichen ja. Natürlich gab es Unterschiede im Detail. Die hawai'ianischen Traditionen unterscheiden sich sehr von denjenigen, auf die sich Daniel Howling Coyote berufen hat. Aber die Prinzipien waren dieselben: eine Versammlung von Schamanen – *Kahunas* –, die ihre Lebenskraft benutzten, um ein großes Ritual mit Energie zu speisen.

Aber wir hatten einen großen Vorteil, über den Howling Coyote nicht verfügte«, fuhr der Ex-*Ali'i* fort. »Wir hatten die Orte der Macht, die Sie erwähnten. Die *Kahunas* konnten einen Großteil des benötigten Manas direkt aus dem Land gewinnen, anstatt auf ihre eigene Lebenskraft zurückgreifen zu müssen. Natürlich sind trotzdem einige gestorben, aber der Preis war für uns wesentlich geringer als für Howling Coyote.«

Mich schauderte. Die fast beiläufige Art, wie Ho über all das redete, ließ mich frösteln. Die Rituale, die er beschrieb, waren ›Blutmagie‹. Irgendwo hatte ich gelesen, daß der ›Preis‹ für den Großen Geistertanz in Dutzenden, vielleicht Hunderten von Schamanen gemessen wurde, die ihr Leben geopfert hatten, um das Ritual in Gang zu setzen. Offenbar war hier auf Hawai'i dasselbe geschehen: ›Wahre Gläubige‹ hatten im Prinzip Selbstmord begangen, um den Inseln zur Unabhängigkeit zu verhelfen.

»Wo hat das stattgefunden?« fragte ich. »Auf dem Puowaina?«

»Auf dem Berg der Opfer?« Hos Augenbraue zuckte. »Das wäre angemessen gewesen, oder? Aber damals wurde der vulkanische Krater des Haleakala ausgewählt, weil er eine höhere magische ›Hintergrundstrahlung‹ hatte, was das Ritual erleichterte.«

Irgend etwas anderes klickte in meinem Hinterkopf. Es war, als hätte ich mich in den letzten paar Tagen vergeblich mit einem Puzzle beschäftigt und nun plötzlich jemand angefangen, mir ein Teil nach dem anderen anzureichen. »Er dauert noch an, nicht wahr?«

»Der Tanz?« Ho schüttelte den Kopf. »Nein«, sagte er kategorisch. Dann: »Nicht als solcher.«

Ich blickte ihm in die Augen und sah, daß er sich darüber klar zu werden versuchte, was er mir erzählen sollte und was nicht. »Raus damit, *e Ku'u lani*«, sagte ich noch einmal.

Er zögerte einen Augenblick, dann sah ich, daß er zu einer Entscheidung gelangte. »Der Tanz endete mit der Sezession«, sagte er, »aber es gab einige interessante Konsequenzen. Aus irgendeinem Grund lag die Hintergrundstrahlung im Haleakala-Krater nach dem Tanz höher als zuvor. Tatsächlich sogar um ein beträchtliches höher. Natürlich wollten wir wissen, warum. Und wir wollten auch in Erfahrung bringen, wie sich diese zusätzliche Macht nutzen ließ. Mein Vater hat eine Forschungsstation am Kraterrand eingerichtet. Das Projekt erhielt den Codenamen ›Sonnenfeuer‹. Dem Projekt wurde ein Stab *Kahunas* zugeteilt, die herausfinden sollten, was mit der Hintergrundstrahlung geschehen war ...«

»Und wie man sie nutzen konnte«, fügte ich hinzu.

Er nickte unbehaglich. »Ja. Anfangs. Aber als ich den Thron übernahm, beschloß ich, mich von dieser Seite der Medaille fernzuhalten.«

»Warum, um Himmels willen?« wollte ich wissen.

Der Ex-*Ali'i* schaute noch unbehaglicher drein. »*Sie* hat mich überzeugt«, sagte er, indem er Akaku'akanene zunickte, die wieder ihren Lotussitz eingenommen hatte, ins Leere starrte und den Gänsen zuhörte.

»Sie?«

»Sie hat mich praktisch großgezogen, Dirk«, sagte er beinahe entschuldigend. »Natürlich hörte ich auf sie, wenn sie mich vor irgend etwas warnte.«

»Warum?« hakte ich nach. »Wo lag das verdammte Problem?«

Er sah weg, offenbar nicht in der Lage, meinem Blick zu begegnen. »Sie wußte es nicht«, gab er zu. »Nicht wirklich. Sie hatte nur so ein Gefühl. Man könnte es eine Vorahnung nennen.« Er zuckte noch einmal die Achseln. »Das hat mir gereicht, Dirk«, sagte er ernsthaft. »Schließlich kannte ich sie. Ich wußte, wie ihre Vorahnungen waren. Wenn sie spürte, daß etwas gefährlich war ... nun, mir hat das gereicht«, wiederholte er.

Wieder ein Klicken im Hinterkopf. »Das hat sich geändert, nicht wahr?«

»Gegen meinen Willen, ja«, bestätigte Ho. »Vor sechs Jahren hatte die *Na Kama'aina*-Fraktion im Parlament schließlich genug Einfluß gewonnen, um das Projekt Sonnenfeuer praktisch übernehmen zu können. Sie richteten das Hauptaugenmerk der Forschung vom schlichten Begreifen wieder auf Ausbeutung. Sie glaubten, das Königreich könnte die Macht, die der Haleakala repräsentiert, eines Tages gut gebrauchen.

Vielleicht hatten sie recht«, fügte er mit einem schiefen Blick aus dem Fenster und auf den fliegenden Zirkus der Hubschrauber über der Stadt hinzu.

Und dann kam das letzte Klicken in meinem Hinterkopf. Plötzlich war mir echt kalt, als hätte jemand die Klimaanlage des Zimmers an einen Industriekühlraum angeschlossen. »Das ist der große Stock, nicht wahr?« Ho blinzelte verwirrt, also führte ich das näher aus. »Das ist *Na Kama'ainas* Gegendrohung, die sie gegen die Konzerne einsetzen wird. Sie wollen Macht aus dem Haleakala ziehen.«

»Natürlich«, sagte er schlicht.

Ach, Drek ... Das *mußte* es sein, wovon Wanzen-Bubi geredet hatte, oder?

Die schreckliche Erkenntnis muß sich auf meinem Gesicht widergespiegelt haben, weil Ho fragte: »Was ist los, Dirk?«

»Wir müssen Projekt Sonnenfeuer stoppen, *e Ku'u lani*«, sagte ich zu ihm. »Wir *müssen* es stoppen, und zwar *sofort*.«

23

Gordon Ho blinzelte. Hinter ihm stand Pohaku, der mich anfunkelte.

»Es stoppen?« wiederholte er. »Projekt Sonnenfeuer stoppen? Warum? Ich gebe zu, ich hielt es tatsächlich für gefährlich. Aber es gibt Gefahren, und dann gibt es Gefahren, wenn Sie wissen, was ich meine.« Er deutete aus dem Fenster auf die Konzern-Kampfhubschrauber am Himmel.

Ich seufzte. »Vielleicht hätte ich Ihnen schon früher davon erzählen sollen«, sagte ich. Dann faßte ich das, was Wanzen-Bubi mir erzählt hatte, so kurz und bündig wie möglich zusammen.

Ho blieb während meines Berichts ruhig, stellte nicht einmal eine Frage. Aber er verstand, was ich ihm sagte, das konnte ich an der Art und Weise sehen, wie sich seine Augen verengten und seine Gesichtszüge verhärteten. Schließlich, nachdem ich etwa fünf Minuten lang geredet hatte, schloß ich: »So, wie ich es sehe, werden Ihre *Kahunas* vom Projekt Sonnenfeuer einen Haufen mehr bekommen als das, was sie bestellt haben.«

Der ehemalige König Kamehameha V. nickte nachdenklich. »*Falls* Sie glauben, daß Ihnen ein Insektenschamane die Wahrheit sagt«, bemerkte er zögernd.

Ich zuckte unbehaglich die Achseln. Das war der Dreh- und Angelpunkt der ganzen Geschichte, oder? Glaubte ich Wanzen-Bubi? »Eigentlich habe ich kaum eine andere Wahl.«

Ho sah weg, als wolle er meinem Blick nicht begegnen. Ich wußte, was jetzt kam. »Ich verstehe, Dirk«, sagte er leise. »Wirklich. Aber ...«

»Sie ist nicht Ihre Schwester«, sagte ich mit einer Stimme, die sogar in meinen Ohren kalt und düster klang.

Der Ex-König zuckte die Achseln. »Ich verstehe Ihre Besorgnis«, fuhr er fort, meinem Blick immer noch ausweichend. »Aber ich muß an mehr als eine Person denken. Die ganze Nation ...«

»Wird von diesen ›Wesenheiten‹ zur Schnecke gemacht werden«, unterbrach ich ihn scharf. »*Falls* Wanzen-Bubi die Wahrheit sagt. Drek, vielleicht lügt er wie gedruckt. Aber *ich* weiß es nicht und *Sie* auch nicht.« Ich beugte mich vor. »Sie haben recht, Sie müssen an Ihr Volk denken – an Ihr *ganzes* Volk. Sind Sie gewillt, es solch einem Risiko auszusetzen?«

Da fixierte mich Ho mit seinem Blick, und wieder spürte ich die immense Kraft seines Willens, seiner Persönlichkeit, die ich bereits erfahren hatte, als ich ihm im Thronsaal des Iolani-Palasts zum erstenmal begegnet war. »Sie vertreten Ihren Standpunkt sehr gut, Dirk«, sagte er gelassen. »Aber bin ich gewillt, es dem Risiko auszusetzen, das die Konzerne darstellen? Ich *weiß,* daß dieses Risiko existiert. Das, wovon Sie reden ...«

»Ist nicht unmittelbar, das stimmt«, sagte ich. »Drek, vielleicht ist es nicht einmal real. Aber zwischen den beiden gibt es einen verdammt großen Unterschied, *e Ku'u lani*. Mit Megakonzernen kann man verhandeln ...«

Ho mußte lächeln. »... und mit böswilligen ›Wesenheiten‹ nicht. Zugegeben.« Er seufzte. »Falls Ihnen mal irgend jemand erzählt, er wäre gerne Staatsoberhaupt ...«

»Dann sage ich ihm, er weiß nicht, wovon, zum Teufel, er redet«, beendete ich den Satz für ihn. »Also, wie wird Ihre Entscheidung ausfallen, *e Ku'u lani?*« Auf meiner Brust lag ein tonnenschwerer Druck, als greife eine eiskalte Faust in meinen Hals und versuche mir die Lunge von innen nach außen zu kehren. Ich fürchtete, ich wußte, in welche Richtung der Zug fahren würde. Drek, ich an seiner Stelle würde vermutlich ebenso entscheiden. Welche Bedrohung würde eine vernünftige Person als wichtiger betrachten? Eine, die jeder mit zwei

Augen erkennen konnte? Oder eine, die ausschließlich auf der Aussage eines seelenverschlingenden Insektenschamanen beruhte?

Ja, ich glaubte zu wissen, wie sich Gordon Ho entscheiden würde, entscheiden mußte. Und was, zum Teufel, würde *ich* dann tun?

Ich wäre fast von meinem Sessel aufgesprungen, als eine andere Stimme meinen Gedankengang unterbrach. »Der Insekten-*Kahuna* hat die Wahrheit gesagt.«

Wie zwei Marionetten an denselben Fäden flogen Hos und mein Kopf herum, um Akaku'akanene anzustarren. Die vogelknochige Frau saß immer noch in ihrem Lotus und starrte ins Leere. Nach allem, was sie bisher an Reaktion gezeigt hatte – oder auch jetzt zeigte –, hätte ich geschworen, daß sie zu sehr darin vertieft war, mit Gänsen zu reden, als daß sie auch nur ein Wort von dem, was wir gesagt hatten, mitbekommen haben konnte.

Gordon Ho beugte sich vor, und sein Blick bohrte sich förmlich in sie. »Sag das noch mal«, befahl er. Seine Stimme war leise, aber es war trotzdem ein Befehl.

In diesem Augenblick richtete Akaku'akanene ihren Blick tatsächlich auf ihren Herrscher. »Der Insekten-*Kahuna* hat die Wahrheit gesagt«, wiederholte sie gelassen. »Nach bestem Wissen und Gewissen.«

»›Nach bestem Wissen und Gewissen‹? Was soll das heißen?« hakte Ho nach.

Die Neneschamanin zuckte ihre hageren Schultern. »Er hat die Wahrheit gesagt, wie er sie sieht«, erläuterte sie fast beiläufig. »Er hat keine Tatsachen verdreht oder Dinge verschwiegen. Er hat nach bestem Wissen und Gewissen die Wahrheit gesagt. Das hat mir Nene verraten.«

»Aber er könnte sich irren«, setzte Ho nach.

»Gewiß«, gab Akaku'akanene bereitwillig zu. »Aber *er* glaubt das nicht.«

Der Ex-König verfiel in Schweigen, und ich konnte seinen Verstand fast arbeiten hören. Ungebeten produzierte mein Gedächtnis ein Bild von Theresa – von ihren glasigen, starren Augen. Alles in mir schrie danach, jedes Argument, das mir einfiel, vorzubringen, um Akaku'akanenes Sicht der Dinge zu unterstützen. Aber ich wußte, daß das der größte Fehler gewesen wäre, den ich im Moment begehen konnte. Ho mußte seine eigenen Schlußfolgerungen ziehen. Es war eines der schwierigsten Dinge, die ich je getan habe, aber irgendwie schaffte ich es, den Mund zu halten.

»Was glaubst *du, Makuahine?*« fragte er nach einer Zeitspanne, die mir wie eine Ewigkeit vorkam.

»Du weißt, was ich glaube, *e Ku'u lani*«, sagte die alte Frau achselzuckend. »Was ich immer gedacht habe und was ich dir immer gesagt habe. Du hast es vergessen, nicht wahr?«

Gordon Ho lächelte ein wenig schief. »Nein, *Makuahine,* ich habe es nicht vergessen.« Er wandte sich an mich. »Was wollen Sie in dieser Sache unternehmen, Dirk?«

Ich wollte mich in meinen Sessel zurücksinken lassen und einfach die Erleichterung genießen, die mich überkam. Aber dafür war später noch Zeit. »Das Projekt Sonnenfeuer stoppen«, sagte ich kategorisch.

Zu meiner rechten hörte ich einen Ausruf von Pohaku, den dieser jedoch rasch unterdrückte. Ho wandte sich an den Leibwächter und hob fragend eine Augenbraue. »Sie haben etwas zu sagen, Pohaku?« fragte er trocken.

Der Leibwächter schluckte sichtlich. »Nein, *e Ku'u lani*«, sagte er fest. »Ich … Nein. *Kala mai ia'u,* verzeihen Sie meine Unhöflichkeit.«

Ich warf dem Leibwächter einen scharfen Blick zu. *Von wegen, du hast nichts zu sagen,* dachte ich.

Der Ex-*Ali'i* redete weiter, und ich wandte mich von Pohaku ab. »Projekt Sonnenfeuer stoppen«, wiederholte er mit einem schiefen Grinsen. »Das klingt so einfach. Aber wie, Dirk? Ich bin nicht mehr *Ali'i,* vergessen Sie das nicht. Und die Regierungsfraktion, der die direkte Kontrolle über Projekt Sonnenfeuer untersteht, ist dieselbe Fraktion, die für meine Absetzung gesorgt hat. Irgendwie glaube ich nicht, daß sie sich einem Dekret fügen werden, das Projekt zu beenden, oder was meinen Sie?«

»Sagen Sie es ihnen nicht nur. *Tun* Sie es.«

»Und was schlagen Sie vor, wie ich das schaffen soll?«

Ich schluckte hart. Wir wußten alle, daß es darauf hinauslaufen würde, oder? »Schicken Sie mich«, sagte ich. »Bei allen verdammten Geistern, *ich* werde das Projekt stoppen.«

Er fixierte mich mit seinen stechenden, dunklen Augen. »Wie, Dirk?«

»Das spielt keine Rolle, oder?« konterte ich schroff. (Übersetzung – *ich habe nicht die leiseste Ahnung* …) »Geben Sie mir nur ein paar Leute und etwas Ausrüstung, und bringen Sie mich hin. Den Rest erledige ich.«

Hos Blick ruhte unverrückbar auf mir, und ich fühlte mich, als würden sich seine Augen tief in mein Gehirn brennen. »Sie haben Ihre Gründe dafür …«, sagte er zögernd.

»Du auch, *e Ku'u lani*«, warf Akaku'akanene ein.

Der Augenblick dehnte sich, bis ich kurz davor stand zu schreien. Doch dann nickte der Ex-*Ali'i* einmal. Er schien zu schrumpfen, als sei er – nur für einen Moment – einfach nur Gordon Ho und nicht König Kamehameha V. »Wissen Sie, Dirk«, sagte er leise, »abgesehen von Akaku'akanene sind Sie der einzige, der mich wie eine *Person* behandelt und nicht wie ein König. Sie sagen mir, was Sie glauben, und es ist Ihnen egal, ob ich Ihrer Meinung bin oder nicht. Haben Sie eine Ahnung, wie erfrischend das ist?«

Er seufzte, und seine Miene veränderte sich. König Kamehameha V. löste Gordon Ho wieder ab. »Was brauchen Sie?« fragte er mich.

Wenn Hos Möglichkeiten durch seine Absetzung eingeschränkt worden waren, bin ich nicht sicher, ob ich wissen wollte, wie allumfassend sie zuvor gewesen waren. Mit Ausnahme Jacques Barnards hatte ich es noch nie mit jemandem zu tun gehabt, der einen Militärtransporter, persönliche Ausrüstung und Personal mit einem einzigen Anruf herbeipfeifen konnte. (Es war schon komisch – Ho entschuldigte sich lang und breit dafür, daß er nur einen Militärtransporter zur Verfügung stellen konnte und sich das angebotene Personal auf Louis Pohaku, Alana Kono, Akaku'akanene ... und ein Taktisches Einsatzteam im SWAT-Stil beschränkte. *Nur!* Ich glaub's einfach nicht.)

Wir – Pohaku, Akaku'akanene und ich – fuhren mit dem Fahrstuhl nach unten. Der Ex-*Ali'i* hatte uns mit einem weiteren Anruf einen Wagen besorgt – einen Toyota Elite, wie sich herausstellte, der im Licht des unterirdischen Parkhauses wie polierter Stahl glänzte. Meine Begleitung und ich stiegen ein – Alana Kono wartete bereits im Wagen auf uns –, und schon brausten wir in westlicher Richtung über halb verlassene Straßen.

Es war nicht gerade das, was man als kameradschaftliche Fahrt bezeichnen würde. Akaku'akanene redete wieder mit den Gänsen und starrte ins Leere wie ein Chiphead. Alana Kono sah aus, als sei sie *vielleicht* zu einem freundlichen Gespräch bereit ... hätte ihr Boß, Pohaku, nicht seine beste Imitation der genervten Statue zum besten gegeben. Also seufzte ich nur, machte es mir in den Polstern so bequem wie möglich, versuchte mich zu entspannen ... und versuchte mir darüber klarzuwerden, in was, zum Teufel, ich mich wieder hineingeritten hatte.

Als wir auf den Kamehameha Highway fuhren und dann weiter nach Westen in Richtung Flughafen, fragte ich mich nebenbei, wie es wohl wäre, von jemandem abzustammen, nach dem sie verdammte *Autobahnen* benannten.

Der Flughafen rauschte an uns vorbei. Ich war weiß Gott kein Experte, was die Honoluluer Geographie betraf, aber ich erkannte einen Flughafen, wenn ich einen mit 200 Stundenkilometern an mir vorbeirasen sah. Ich beugte mich vor und hämmerte gegen die Trennscheibe aus Kevlarplex. »Hey, Mann!« schrie ich den Fahrer an. »Du hast die verdammte Abzweigung verpaßt« – ich zögerte einen Augenblick – »oder nicht?«

Pohakus Eisenhand auf meiner Schulter zog mich zurück. Er grinste mich höhnisch an und stellte fest: »Glauben Sie etwa, wir fahren zum zivilen Flughafen ... *e Ku'u haku?*« Sein Tonfall verwandelte die Respektbezeugung in ein übles Schimpfwort.

»Wohin dann?« stellte ich die Gegenfrage, in die ich so viel Sarkasmus legte, wie ich spontan erzeugen konnte.

Pohaku machte sich nicht einmal die Mühe zu antworten. Statt dessen wandte er sich ab und sah ostentativ aus dem Fenster des Elite.

Alana Kono berührte meinen Arm und warf mir ein leicht verlegenes Grinsen zu. Offenbar war sie endlich zu dem Schluß gekommen, daß nichts an ihrem Job dagegensprach, sich hin und wieder doch wie ein menschliches Wesen zu benehmen. »Zum Kaiao-Flugplatz, Mr. Dirk«, erklärte sie leise. »Die ehemalige Luftwaffenbasis Hickham.«

Ich lehnte mich zurück und versuchte so zu tun, als sei ich ebenso unbesorgt wie Akaku'akanene. Aber es war nicht leicht. Glaubte Gordon Ho tatsächlich, daß er noch Einfluß auf das Militär hatte?

Nach wenigen Minuten wurde der Elite langsamer, und wir fuhren eine langgezogene Linkskurve und kamen auf eine kleinere Verbindungsstraße. Ein paar hundert Meter rechts von uns konnte ich die Flutlichtmasten und Warnschilder eines militärischen Sperrgebiets sehen. Vor uns lag ...

Nun, nichts, was ich sehen konnte. Alles war pechschwarz… offenbar bis zum Horizont. Die einzige Lichtquelle waren die Scheinwerfer des Toyota.

Schließlich, nach einer weiteren Minute, erfaßten diese Scheinwerfer einen soliden Kettenzaun, dessen Abschluß obenauf haarfeine Linien aus gebrochenem Licht bildeten, die ich als Monofaserdraht identifizierte. Auf einem Schild am Zaun stand, »Lahui Mea Ki'ai o Hawai'i«. Das sagte mir im wesentlichen nichts, bis ich die Übersetzung in kleinen Buchstaben darunter sah: »Nationalgarde Hawai'i.«

Der Elite hielt vor dem massiven Tor an. Uniformierte Wachen stürzten aus einem gepanzerten Wachhäuschen, dann salutierten sie plötzlich vor dem Wagen – oder auch allem anderen, das sich zufällig in ihrem Blickfeld befand – und stürzten wieder in ihr Häuschen zurück. Das Tor öffnete sich lautlos, und der Elite beschleunigte hindurch.

Wir fuhren auf die Rollbahn einer kleinen Basis, bogen dann scharf links ab und hielten schließlich vor etwas, das wie ein Verwaltungsgebäude aussah. Ein uniformierter Unteroffizier – ein Troll, der mir zu geleckt aussah – öffnete die Tür der Limousine und salutierte wie aus dem Lehrbuch, als ich ausstieg. »Willkommen, Sir!« bellte er fast. »Wenn Sie mir bitte folgen würden…«

Glauben Sie mir – ich habe noch nie zu diesen Härtefällen gehört, die glauben, Glück sei, eine warme Kanone zu haben, aber…

Bei Gott, es fühlte sich gut an, die Hände um etwas mit ein wenig mehr Autorität als eine Pistole zu legen, das kann ich Ihnen sagen, Chummer. Der geleckte Troll herrschte über ein Arsenal, bei dem sich ein NRA-Heini in die Jeans gemacht hätte. Im wesentlichen hatte ich mir aussuchen können, was ich an Waffen und Rüstung aus der ausgedehnten Sammlung der Nationalgarde von Hawai'i haben wollte. Vollständiger Körperpanzer? Welche Größe, *Hoa?* Panther Sturmkanone? Mit oder ohne Smartverbindung, Sir?

Verstehen Sie mich nicht falsch – ich rastete nicht etwa aus. Es gibt Leute dort draußen, die glauben, daß sie von Natur aus fähig sind, mit jeder militärischen Hardware umzugehen. Aktive Kampfanzüge? Einmann-Minikanonen? Immer her damit!

Ich nicht. Drek, ich weiß noch ganz genau, wie sehr mein Gleichgewichtssinn darunter litt, als ich während meiner Ausbildung auf der Lone-Star-Akademie zum erstenmal eine schwere Sicherheitsrüstung anprobierte. Ich hätte mich fast auf die Nase gelegt, als ich aufzustehen versuchte. Jeder Verkäufer, der Ihnen sagt: »Jeder kann jede Art von Rüstung tragen, und zwar direkt aus dem Regal«, redet dummes Zeug, glauben Sie mir.

Also verbannte ich meine Ängste in die Tiefen meines Unterbewußtseins und zügelte meine plötzlichen Eingebungen. Keine schwere Sicherheitsrüstung und auch keine Minikanonen für mich. Ich suchte mir einen netten, vertrauten paßgenauen Körperpanzer der Klasse 3 aus und – okay, vielleicht übernahm ich mich damit ein wenig – ein Ares-Hochgeschwindigkeits-Sturmgewehr. Gewissermaßen als Nachschlag suchte ich mir noch eine nette Kampfweste aus – im wesentlichen ein Geschirr mit dem einzigen Zweck, darin eine obszöne Anzahl von Reserve-Magazinen unterzubringen –, dann war ich fertig.

Als ich aus der Waffenkammer kam, warteten meine ›Truppen‹ bereits auf mich: Pohaku, Kono und acht hart aussehende Militär-Typen.

Schön, okay, offenbar waren es nicht *meine* Truppen. Als ich unter der Last der tödlichen Artillerie und in dem Gefühl, wie eine billige Kopie von Slade dem Heckenschützen auszusehen, ins Freie stolperte, würdigten sie mich keines Blickes. Statt dessen schien sich ihre Aufmerksamkeit ausschließlich auf Pohaku zu konzentrieren. Einen Augenblick lang erwog ich, mich darüber zu beschweren, aber dann siegte doch mein gesunder Menschenverstand über die Überdosis Testosteron, die die Waffenkammer in mir freigesetzt zu haben schien. Was, zum Teufel, wußte ich schon von Truppenführung? Einen Drek, *das* wußte ich. Also war es besser, das jemandem zu überlassen, der sich zumindest für qualifiziert *hielt*.

Pohakus Miene verriet mir, daß er meinen Standpunkt teilte. Er nahm sich die Zeit, mir ein gemeines höhnisches Grinsen zuzuwerfen, dann wandte er sich an meine ›Truppen‹ und schnauzte: *»E hele!«* Das Kommando setzte sich im Laufschritt in Bewegung, wobei Pohaku die Nachhut bildete. Kono war ebenfalls dort, und sie bedachte mich mit einem, wie ich fand, mitfühlenden Lächeln. Aber dann rannte sie auch schon hinter der Kampfeinheit her.

Akaku'akanene lief nicht los, sondern wartete auf mich. Die Schamanin hatte weder Rüstung angelegt noch sich bewaffnet. Offensichtlich war sie mit ihrem formlosen Sack von einem Kleid zufrieden. Sie drehte sich zu mir um und bedachte mich mit einem Zahnlücken-Grinsen.

Prächtig. Moralische Unterstützung von jemandem, der sich mit Gänsen unterhielt. Ich drehte mich um und trabte hinter den kleiner werdenden Gestalten der Militär-Typen her.

Es ging auf das Rollfeld, und dort sah ich mein Kontingent in eine Merlin steigen, einem Senkrechtstarter mit Kipprotoren, der nach denselben Prinzipien gebaut ist wie ein Federated-Boeing Commuter, aber wesentlich kleiner ist. Ich warf einen Blick über die Schulter. Akaku'akanene hatte die Nachhut übernommen, aber ihr eigenes gemütliches Tempo angeschlagen. Die Merlin heizte bereits die Triebwerke auf, und ich erwog, irgend etwas zu brüllen, um die alte Schachtel auf Trab zu bringen…

Und dann erstarrte ich. Nicht meine Idee – jeder gottverdammte Muskel in meinem Körper verkrampfte sich augenblicklich. Ich schwankte einen Moment lang auf einem Bein und verlor dann das Gleichgewicht, während der Belag des Rollfelds auf mein Gesicht zuschwang.

In diesem Augenblick lösten sich meine Muskeln wieder aus der Starre, und ich fing mich mit jenen übertriebenen, rudernden Bewegungen, die man von Zirkusclowns erwartet. Leise vor mich hin fluchend, schaute ich mich um. Ich wußte, was ich sehen würde.

Und dort war er, wie erwartet. Quinn Harlech, oder wie, zum Teufel, er hieß. Er war in Schatten gehüllt... obwohl der Abschnitt des Rollfelds, auf dem er stand, gut beleuchtet war. Er trug irgendeine militärische Uniform, die aber schon ein paar Jahrzehnte aus der Mode war. Wäre sein Grinsen noch etwas breiter gewesen, hätte er seine beiden Spitzohren verschluckt, während er mir entgegenstolzierte.

Ich sah mich kurz um. Akaku'akanene war ein paar Meter hinter mir und sah wütender aus als eine nasse Katze. Sie war mitten im Schritt erstarrt und balancierte auf den Zehen eines Fußes und auf der Ferse des anderen. Sie konnte noch atmen, aber sie hatte keine feinmotorische Kontrolle mehr über Kehle und Mund – das wußte ich, weil ihre Versuche, zu fluchen und zu toben, wie »Aaaaah, *aaaaahhhh!*« klangen.

Quinn Harlech trat noch einen Schritt näher, und ich versuchte instinktiv, mein glänzendes, brandneues Ares-Sturmgewehr auf ihn anzulegen. Kein Glück. Ich konnte immer noch atmen – den Göttern sei Dank für größere Gefälligkeiten –, und ich konnte auch das Gleichgewicht halten, aber ich konnte *nicht* das Sturmgewehr auf die Brust des Elfs richten. Ich erwog einen Augenblick, ihm den Gewehrkolben durch das Gesicht zu ziehen ... und sofort verkrampften sich auch die Muskeln, die ich dafür gebraucht hätte.

»Ist ja schon gut«, knurrte ich. »*Was?*«

Harlech lächelte, aber es war nicht die selbstsichere Miene, an die ich mich noch von unserer letzten Begegnung erinnerte. Wenn überhaupt, sah er wie ein Teenager aus, der seinem Dad zu erklären versucht, wie es kommt, daß er Familie 3220 ZX umgelegt hat. *»Gerelan-o té-makkalos-ha, goro«*, sagte er. »Entschuldigen Sie meine Dummheit, Mr. Montgomery.« Er schüttelte den Kopf. »Ein Mißverständnis. Es ist lange her« – er runzelte die Stirn –, »*sehr* lange, daß ich etwas so gründlich mißverstanden habe.«

Ich versuchte wiederum das Sturmgewehr anzulegen. Nicht so sehr, weil ich ihn umlegen wollte, sondern nur, um zu sehen, ob ich es konnte.

Ich konnte nicht.

»Wovon, zum Teufel, redest du, Dreksack?« wollte ich wissen.

Harlech zuckte unbehaglich die Achseln. »Ich habe Sie falsch eingeschätzt, Mr. Montgomery«, sagte er. »Ich hielt Sie für einen destabilisierenden Einfluß. Statt dessen waren sie bemüht, die Lage zu stabilisieren. Ich habe Ihren Platz im *zarien* mißinterpretiert. Verstehen Sie?«

»Eigentlich nicht«, sagte ich.

»Ich war bemüht, eine Kraft auszuschalten, die das *securo ja-riné* unterstützte«, sagte er sehr ernst. »Das Chaos. Dafür hielt ich Sie. Tatsächlich hätten meine Handlungen das *se-curo-ja-riné,* das ich verhindern wollte, sehr gut herbeiführen können. Verzeihen Sie mir, *goro?*«

Ich schüttelte bedächtig den Kopf. »Vielleicht«, sagte ich. »Wenn ich je verstehe, wovon in aller Welt Sie überhaupt reden.«

»Lassen Sie mich helfen, die Dinge ins rechte Lot zu bringen.« Harlech streckte in einer flehentlichen Geste die Hand zu mir aus. »Das kann ich nämlich, müssen Sie wissen. Lassen Sie mich mit Ihnen kommen.«

Und da fing ich an zu lachen. »Sie machen wohl Witze.«

Seine monoklingenscharfen blauen Augen blitzten. »Ich weiß Dinge, die Sie nie wissen werden, Mr. Montgomery«, sagte er leise und eindringlich. »Ich kann Dinge vollbringen, die Sie nie werden vollbringen können. Dinge, ohne die Sie keinen Erfolg haben werden.«

»Dann bin ich erledigt, nicht?« konterte ich mit harscher Stimme. »Ich würde lieber einem Moloch den Hintern küssen, als Ihnen zu vertrauen, *Dreksack.*«

Ich konnte die plötzliche Wut des Elfs wie eine elektrische Ladung in der mich umgebenden Luft spüren. Aber dann spürte ich auch, daß er sie bewußt unterdrückte. »Lassen Sie sich zumindest von mir begleiten«, sagte er in vernünftigem Tonfall, indem er auf die Merlin deutete.

»Zum Teufel mit Ihnen«, sagte ich zu ihm. »Wenn Sie versuchen, den Vogel zu besteigen, lasse ich Sie auf der Stelle erschießen.«

Harlech senkte den Kopf und funkelte mich von unter seinen Brauen her an. In diesem Augenblick empfand ich echte Furcht. »Glauben Sie wirklich, Sie könnten das?« flüsterte er.

Aus dem Augenwinkel sah ich Akaku'akanene, die sich immer noch gegen die magische Kontrolle wehrte, die sie lähmte. »Vielleicht nicht, Quinn«, sagte ich im Plauderton. »Aber was wollen Sie wetten? Wollen Sie Ihr Leben darauf verwetten, daß Sie mich kontrollieren können *und* die Soldaten in dem Vogel ... und dazu noch *sie* davon abhalten können, Ihnen den Kopf abzureißen?« Ich deutete mit dem Kinn auf die Neneschamanin. »Wollen Sie darauf wetten, Quinn?«

Die Augen des Elfs verengten sich, und mir drehte sich der Magen um, als ich plötzlich davon überzeugt war, daß er es schaffen konnte. Aber dann hellte sich seine finstere Miene auf, und er zuckte unbeschwert die Achseln. »Ein Punkt für Sie, mein Freund«, sagte er. »Aber Sie werden feststellen, daß es schwierig wird, mich vom Haleakala fernzuhalten. Wir sehen uns wieder.«

Harlech wandte sich ab, und sein altmodischer Tarnmantel flatterte hinter ihm wie ein verkürzter Umhang. Noch einmal – wenn auch nur der Vollständigkeit halber – versuchte ich mein Sturmgewehr anzulegen.

Diesmal funktionierten meine Muskeln zur Abwechslung. Mein Finger berührte den Abzug, und der Ziellaser leuchtete auf, ein rubinfarbenes Glühwürmchen, das auf Harlechs Rückgrat ruhte …

Und in diesem Augenblick verwandelte er sich in ein prismatisches Flimmern. Einen Moment später war er verschwunden, als habe er nie existiert.

Mit einiger Mühe ließ ich den Abzug los, ein oder zwei Gramm vor dem Druckpunkt. Irgend etwas verriet mir, daß es bestimmt nicht das Klügste war, mitten in der Nacht eine Basis der Nationalgarde von Hawai'i niederzumähen.

24

Pohaku, Kono und das Militär-Team sahen ein wenig gereizt aus, als ich schließlich an Bord der Merlin kletterte, aber ich hatte nicht vor, ihnen zu erklären, was mich aufgehalten hatte. Was das betraf, so schien auch Akaku'akanene ziemlich reizbar zu sein, aber ich war auch nicht richtig in Stimmung, mit ihr zu reden.

Die Merlin war wie ein normaler Truppentransporter ausgerüstet, also mit einfachen, nach innen weisenden Sitzen auf beiden Seiten der Wandung. Als ich die Leiter emporkletterte, sah ich einen leeren Sitz vorne – als Dreingabe auch noch neben Alana Kono –, also zwängte ich mich an den Soldaten vorbei und ließ mich auf das kevlarverstärkte Material sinken. Ich befestigte den Vierpunkt-Sicherheitsgurt und verstaute dann das Sturmgewehr unter meinen Füßen, wobei ich den Tragriemen an einem Arretierbolzen festhakte. Aus dem Augenwinkel sah ich, daß mich Akaku'akanene mit einer soliden Portion Stinkeblick bedachte, während sie sich zum Heck des Flugzeugs begab, aber ich vermied es sorgsam, Augenkontakt mit ihr herzustellen.

Jemand draußen faltete die Leiter ein, bevor er die Einstiegluke zuknallte und verschloß. Die Motoren heulten auf, ein schrilles Turbinen-Jaulen, das direkt durch die Wandung drang und wie Eispickel in meine Ohren stach. Die Merlin erbebte und erzitterte und hob dann ab.

Natürlich war ich schon in einer Merlin und vergleichbaren Maschinen geflogen. Wer nicht? Also erwartete ich keine Probleme mit Flugkrankheit. Natürlich war ich nur mit der zivilen Version der Kipprotormaschine vertraut, die bequeme, nach vorn ausgerichtete Sitze und einen Haufen Fenster hatte. Die militärische Version? Sie hatte die unbequemsten Sitze, die ich je ausprobiert hatte, und überhaupt keine Fenster.

Keine Fenster. Haben Sie sich mal überlegt, was das bedeutet? Ein Kipprotor-Senkrechtstarter wie die Federated-Boeing Commuter oder eine Merlin startet und steigt wie ein Hubschrauber ... was bedeutet, daß sie im Steigflug grundsätzlich mit der Nase ziemlich steil nach unten zeigt. Wie wird das aber vom guten alten Sensorium interpretiert? Der Boden ist waagerecht, Chummer – das sagen die Augen, und das sagt auch das Gehirn, weil Böden immer waagerecht sind. Aber die Bogengänge im Ohr sagen, daß der Boden um mindestens 20 Grad geneigt ist. Und diese Diskrepanz zwischen dem, was das Hirn weiß, und dem, was die Bogengänge im Ohr sagen, ist es, die ernstliche Luftkrankheit verursacht. Typischerweise kann man sich davon befreien, indem man aus dem Fenster sieht und an Hand des Horizonts eine Wirklichkeitsüberprüfung vornimmt ...

Keine Fenster in einem Militärtransporter, Chummer. Ich fühlte mich ziemlich grün um die Kiemen, als Alana Kono zu meiner Rettung eilte. Zuerst glaubte ich, sie würde nur meinen Nacken massierem, aber dann nahm sie die Hand weg, und mir wurde klar, daß sie mir eines dieser Neoscopolamin-Narkosepflaster auf eine größere Arterie geklatscht hatte. Ich wollte ihr danken ... und die Wirkung des Neoskopolamins im Pflaster hatte schon so weit eingesetzt, daß sich mein dankbares Lächeln in ein lüsternes Schlafzimmergrinsen verwandelte. Die Messerklaue besaß den Anstand, zu erröten und sich abzuwenden.

Ich war *echt* froh über das Narkosepflaster, als die Merlin von den Steigflug in den Vorwärtsflug überging. Die Turbulenz war schon schlimm genug, aber noch schlimmer war das Wissen, daß Kipprotormaschinen wie Merlins während des Kippvorgangs ziemlich anfällig für Triebwerksaussetzer sind. Wenn die Triebwerke dabei ganz abgewürgt werden, gibt es keine Rettung mehr. Kein Gleitflug – die Tragflächen sind noch angestellt und geben keinen Auftrieb – und keine Autorotation – dasselbe gilt für die Rotoren/Propeller. Aber offensichtlich enthielt mein Narkosepflaster soviel Sorgenfrei, daß ich den Kippvorgang als ›ganz normale Angelegenheit‹ betrachten konnte.

Plötzlich wurde mir etwas klar, und ich wandte mich an Alana Kono. »Wissen Sie«, sagte ich irgendwie verlegen, »ich habe nicht die leiseste Ahnung, wo der Haleakala ist.«

Damit handelte ich mir ein weiteres höhnisches Grinsen von Pohaku ein – keine Überraschung von dieser Seite – und ein weiteres Lächeln von Kono. Aus ihrer gepanzerten Jacke zog sie einen Palmtop, klappte den Bildschirm auf und arbeitete einen Augenblick mit dem Stift. Dann gab sie ihn mir. »Hier«, sagte sie, indem sie auf die Karte zeigte.

Okay, da war die Kette der Hawai'i-Inseln, die auf dem Bildschirm plasmarot umrandet waren. Nicht, daß mir das viel geholfen hätte. »Und Honolulu ist...?« murmelte ich.

»Hier.« Sie berührte die Karte, und eine der Inseln – die zweite größere Insel am nordwestlichen Ende der Kette – leuchtete heller. »Das ist Oahu. Und das« – eine weitere Berührung mit dem Stift, und eine Insel, die ein wenig wie eine asymmetrische Hantel aussah, verdoppelte die Intensität ihrer Leuchtkraft – »ist Maui. Der Haleakala ist hier.« Sie zeigte auf die Mitte des größeren, unteren ›Tellers‹ der Insel.

»Und das ist... wie weit entfernt?«

Sie zuckte die Achseln. »Vielleicht zweihundert Kilometer?« Sie stieß mir sanft den Ellbogen in die Rippen. »Nicht weit.«

Ich nickte verdrossen. Neoscopolamin oder nicht, meine Eingeweide würden sich freuen, aus diesem Vogel herauszukommen, aber mein Verstand wäre *wesentlich* glücklicher gewesen, wenn ich gewußt hätte, was uns bei unserer Ankunft dort erwartete.

Durch die Flugzeugwandung konnte ich die beiden

Triebwerke der Merlin angestrengt arbeiten hören. Wir schienen immer noch zu steigen – zumindest waren meine Bogengänge davon überzeugt, daß die Nase leicht aufwärts gerichtet war –, aber den Triebwerken schien das nicht im geringsten zu gefallen. Warum? fragte ich mich grimmig. Gegenwind? Als ich zuletzt aus dem Fenster des New Foster Tower geschaut hatte, waren im Südosten Wolken aufgezogen, nicht wahr? Und laut Konos Karte war das die Richtung, in die wir flogen. Direkt in ein Gewitter? Ich schloß die Augen und versuchte zu horchen, ob Regen gegen das Flugzeug klatschte, aber das gequälte Heulen der Triebwerke machte mir das unmöglich.

Einfach toll, dachte ich. *Hätte König Kam uns keinen Vogel mit zwei ordentlichen Triebwerken besorgen können?* Dann fiel mir etwas ein, das ich während des Fluges zu den Inseln vor mittlerweile ach so langer Zeit gelesen hatte. Der Haleakala war ein ziemlicher Brocken von einem Berg, nicht wahr? Dreitausend Meter oder noch höher. Kein Wunder, daß die Merlin Mühe hatte. Sie war für Kurzstreckenflüge in geringer Höhe konzipiert, hatte mir mal jemand gesagt. Für diesen kleinen Vogel mußte es eine eisenharte Angelegenheit sein, sich auf eine derartige Höhe zu schrauben. Kein Wunder, daß sich die Triebwerke wie gequälte Seelen anhörten. Ich lehnte mich zurück und seufzte. Ich wußte nicht so genau, ob ich mich dadurch besser fühlte oder nicht.

Ich versuchte abzuschalten, dann, als das nicht klappte, bemühte ich mich, über etwas anderes nachzudenken, über *irgend* etwas, so daß ich mir keine Sorgen wegen der Triebwerke und des Gewitters machen konnte. Haleakala, dachte ich. ›Haus der Sonne‹. Ich erinnerte mich, auch das während des Hinflugs gelesen zu haben. *Hale* – ›Haus‹. *A* – ›von‹. *Ka* – ›der‹. *La* – ›Sonne‹. Simpel, *neh?*

Und überaus interessant. Es war mir im Gedächtnis haften geblieben wie so viele andere völlig irrelevante

Nebensächlichkeiten, weil mir etwas aufgefallen war, als ich es gelesen hatte. Das hawai'ianische Wort für Sonne lautete *La*. Und lautete das altägyptische Wort für Sonne nicht *Ra*? *La-Ra*. Ziemlich ähnlich, vor allem dann, wenn man die Möglichkeit ›phonetischer Lautverschiebung‹ berücksichtigte. War das nur Zufall? Schließlich gab es nicht so viele einsilbige Wörter, die die menschliche Kehle aussprechen konnte. Oder steckte noch mehr dahinter?

Ich fragte mich plötzlich, ob Chantal Monot diese Frage wohl beantworten konnte. Chantal mit ihren abgedrehten Vorstellungen von Lemuria und versunkenen Kontinenten und ihren Andrew-Annen-irgendwas-Gemälden. (Jetzt, wo ich daran dachte, fiel mir wieder ein, daß auf einigen von ihnen Pyramiden zu sehen gewesen waren. Pyramiden auf dem Grund eines tropischen Meeres ...)

Mit einem verächtlichen Schnauben schüttelte ich den Kopf und verdrängte all diese verrückten Vorstellungen. Manchmal ist es schlimmer, seine Gedanken ziellos umherstreifen zu lassen, als über Dinge nachzugrübeln, die einen zu Tode ängstigen.

Wir waren fast eine Stunde unterwegs, als die Turbulenzen ernsthaft begannen und mir die Grenzen von Neoscopolamin aufgezeigt wurden. Die Merlin hüpfte in Hundertmetersätzen auf und nieder wie eine aufgepeppte Achterbahn, und wenn ich geglaubt hatte, die Triebwerke hätten sich zuvor mächtig angestrengt, hatte ich noch keinen Triebwerkslärm gehört. Über das mechanische Kreischen hinweg konnte ich jetzt tatsächlich das Prasseln des Regens hören, der von mächtigen Windböen gegen die Wandung getrieben wurde. (Oder, Drek, vielleicht war es auch Hagel. Wie auch immer, es klang wie ein Schuß aus einem Roomsweeper mit einer Steinsalzladung.)

Die Soldaten in ihren Militärklamotten hatten keinen

Spaß an dem Flug. Natürlich hätten sie es vor einem *Haole*-Zivilisten wie mir nie zugegeben – Drek, wahrscheinlich hätten sie es nicht einmal untereinander zugegeben –, aber ich sah, wie ihre Kiefermuskeln hervortraten. Sie bissen die Zähne zusammen, um sich Klagen zu verkneifen, oder vielleicht auch, um ihr Abendbrot bei sich zu behalten. Sogar Pohaku sah jetzt so aus, als fühle er sich ein klein wenig unwohl. Mein eigenes Unbehagen war fast so etwas wie ein angemessener Preis dafür, den Beweis zu sehen, daß er tatsächlich ebenso menschlich war wie der Rest von uns. Alana Kono neben mir sah entschieden blaß aus. Aus dem Augenwinkel sah ich, wie sie ein weiteres Neoskopolamin-Pflaster herausholte und es sich auf den eigenen Nacken klatschte. Ich bedachte sie mit einem, wie ich glaubte, aufmunternden Grinsen, aber dem Ausdruck ihrer Augen nach zu urteilen, bekam ich es nicht ganz hin.

Und in diesem Augenblick sackte die Merlin durch. Ein oder zwei Sekunden lang schienen wir uns im freien Fall zu befinden. Kono stieß einen Schrei aus, und einer der Soldaten grunzte alarmiert. Der einzige Grund, warum ich nicht laut aufschrie, war der, daß ich mir so heftig auf die Zunge biß, daß ich salziges Blut schmeckte. Die Triebwerke jaulten wie Banshees, als die Merlin den Sturzflug abfing. Wir wurden ein paarmal ziemlich hart durchgeschüttelt, als würden wir von irgendwo über uns beschossen.

Drek, ich konnte nicht einfach sitzen bleiben. Ich griff nach unten, um meinen Vierpunktgurt zu lösen. Kono packte meine Hand und schüttelte den Kopf – offenbar traute sie sich nicht zu reden –, aber ich schob ihre Hand sanft, aber bestimmt weg und versuchte es noch einmal mit einem Lächeln, diesmal mit einem beruhigenden. Offensichtlich gelang es mir jetzt besser, weil sie nickte und wieder die Augen schloß.

Ich kam schwankend hoch, wobei ich nach allem griff, was mir unter die Finger kam, um mich nicht sofort auf den Hintern zu setzen – die Lehne meines Sitzes, den Helm eines grüngesichtigen Soldaten … und ich schaffte es irgendwie, auf den Beinen zu bleiben und mich sogar, nachdem ich Halt am durchgängigen Gepäcknetz über meinem Kopf gefunden hatte, nach vorn zu arbeiten. Eine leichte Schiebetür war alles, was den Transportraum von der Pilotenkanzel trennte, also öffnete ich sie.

Die Pilotenkanzel lag in völliger Dunkelheit. (Ich schätze, ich hätte damit rechnen müssen, aber es versetzte mir trotzdem einen Schock. Brauchte man keine Instrumente, um diesen Piloten-Drek durchzuziehen?) Einen Moment lang konnte ich nicht das Geringste erkennen, dann hatten sich meine Augen an die Dunkelheit gewöhnt, und ich machte vor mir zwei Silhouetten aus – dunkleres Schwarz vor dem Schwarz draußen. »Was ist los, zum Teufel?« wollte ich wissen.

Die Silhouette auf dem Sitz zur Rechten drehte den Kopf, und ich sah zwei kleine rote Stecknadelköpfe, wo sich Augen hätten befinden sollen.

Okay, auch das schockierte mich einen Moment lang, bis mir klar wurde, daß es sich bei den beiden Lichtpunkten um die Cyberaugen des Copiloten handelte. Reststrahlung seines aktiven Infrarot-Systems oder irgendwelcher Technodrek. *»Hele pela!«* fauchte mich der Copilot an. »Mach, daß du hier raus kommst, *Ule!*«

Ich ignorierte ihn und packte die Schulter der Gestalt auf dem linken Sitz. (Das mußte der Pilot sein, richtig?) »Was ist los, zum Henker?« fragte ich. Und gewissermaßen als Nachsatz: »Wie wär's mit etwas Licht in dieser Hütte?«

Einen Moment lang glaubte ich, der Pilot würde mir ebenfalls raten, mich zum Teufel zu scheren, aber dann nickte er. An den Steuerkonsolen leuchteten plötzlich überall Lämpchen, Anzeigen, Radarbilder und der übrige Kram auf, den (Meta-)Menschen brauchen, um Vogel zu spielen. In dem grellen plasmatischen Licht sah ich die Glasfaserkabel, die Pilot und Copilot mit den Kontrollen verbanden.

»Also, was ist los, zum Henker?« wiederholte ich meine Frage.

»Ino«, knurrte der Pilot. »Gewitter. *Mächtiges* Gewitter. Was haben Sie denn gedacht?«

Wie um zu betonen, was der Pilot gesagt hatte, vollführte die Merlin wieder einen ihrer Achterbahn-Durchhänger, so daß ich fast durch die Pilotenkanzel geschleudert worden wäre. Weder Pilot noch Copilot bewegten sich. Sie hatten die Arme locker vor der Brust verschränkt. Aber der plötzlichen Anspannung ihrer Gesichtsmuskeln konnte ich entnehmen, daß sie geistig ebenso hart arbeiteten, wie sie das körperlich getan hätten, wenn sie auf körperliche Kontrollen angewiesen gewesen wären.

»Sind so schlimme Gewitter normal?« fragte ich, als mein Herz wieder angefangen hatte zu schlagen.

»Auf keinen Fall, Bruder.« Diesmal antwortete mir der Copilot. »Sind nie so schlimm wie das hier, ja?«

»Aber was geht dann hier vor, zum Teufel?« hakte ich nach, obwohl ich befürchtete, die Antwort darauf bereits zu wissen.

»Etwas ganz Übles«, erwiderte der Pilot. »Direkt vor uns.«

»Wo sind wir überhaupt?«

»Passieren gerade Kihei, Flughöhe zwotausendneunhundertfünfzig Meter. Fluggeschwindigkeit zweihundert, relativ zum Boden eher fünfzig.«

Auf dieses kleinen Juwel von einer Information reagierten meine Eingeweide nicht gerade mit einem Freudensprung. Fluggeschwindigkeit 200, Geschwindigkeit relativ zum Boden 50 – das bedeutete, die kleine Merlin kämpfte gegen einen Gegenwind von 150 Stundenkilometern an.

Ich versuchte es mit einem raschen Rundumblick durch die Kanzel. Nichts – buchstäblich Drek. Der

Regen schlug schneller gegen die Windschutzscheibe, als die Wischer ihn entfernen konnten. Es war fast so, als würde das Flugzeug mit Kübeln überschüttet oder von einem Wasserwerfer unter Beschuß genommen. Dahinter war nur Schwärze. Kein Boden, kein Horizont, keine Sterne, nichts.

Ich deutete auf die Kanzel. »Habt ihr irgendein Instrument, das durch diesen Drek sehen kann?« fragte ich.

Niemand antwortete laut, aber die Anzeige auf einem der Konsolenbildschirme änderte sich. In computerverstärkten falschen Farben konnte ich die schroffen Hänge eines gewaltigen Berges sehen. Der Haleakala ragte vor uns auf – er mußte es sein.

Die Farben auf der Anzeige waren falsch, aber Kontrast und Konturen waren ebenfalls daneben. Es dauerte einen Augenblick, bis ich begriff. Ich sah den Berg nicht vermittels sichtbarem Licht. Diese Anzeige mußte von irgendeinem Infrarot-Sichtgerät erzeugt werden, das vermutlich unter dem Bauch der Merlin hing. Im wesentlichen sah ich Wärme.

Was dem Leuchten, das die Spitze des Berges auszustrahlen schien, eine bedrohliche Dimension verlieh. Auf dem Infrarotschirm blühte vor dem Hintergrund der Schwärze des Himmels eine amorphe Blume aus blassem Licht auf der Spitze des Haleakala. Das Licht waberte und schimmerte wie Global-Geographic-Trideos vom Nordlicht.

»Was, zum Teufel, ist *das?*« fragte ich, mit dem Finger auf die Anzeige deutend. »Ich dachte, der Haleakala sei ein untätiger Vulkan.«

»Ist er auch, Bruder«, sagte der Copilot. »Seit Zwanzig-achtzehn. Keine Ahnung, was das ist.« Er drehte sich zu mir um, und seine Cyberaugen leuchteten wie glühende Kohlen. »Besser, wir fliegen zurück, ja?« fragte er hoffnungsvoll.

Verdammt gute Idee. Trotzdem sagte ich: »Sie haben Ihre Befehle.«

Er wandte sich ab und murmelte irgend etwas auf Hawai'ianisch vor sich hin. Ich brauchte keinen Übersetzer, um die Bedeutung zu verstehen: Wär besser, wenn den *Haole* der Schlag treffen würde ... *und zwar sofort!*

Die Merlin hüpfte wieder auf und ab und schien in der Luft zu torkeln. Ich hielt mich an den Sitzlehnen der Besatzung fest und spreizte die Beine. Entweder ließ die Wirkung des Neoscopolamin in dem Narkosepflaster nach, oder die Angst drang jetzt durch das chemisch erzeugte Wohlbefinden. Es gefiel mir nicht, wo ich mich befand, Chummer, nicht im geringsten.

Wiederum torkelte die Maschine, und die linke Flügelspitze wurde tief nach unten gedrückt, bevor der Pilot gegensteuerte. In diesem Augenblick klatschte etwas gegen die Kanzel – es klang wie eine solide Wasserwand und nicht mehr wie einzelne Tropfen. Die Triebwerke heulten.

Und dann sah ich etwas, das nicht da sein durfte – konnte. Ein *Gesicht,* Chummer. Ein Gesicht, das sich gegen die Transpex-Kanzel preßte. Einen Moment lang da und dann wieder verschwunden, wobei es mit Augen in die Kanzel gestarrt hatte, die nicht menschlich waren, und dabei schauerlich grinste.

»Und was, zum Teufel, war *das?*« rief ich.

Einen kurzen Augenblick lang dachte ich – hoffte ich –, die Besatzung hätte nichts gesehen und meine Phantasie sei mit mir durchgegangen. Aber dann wurde diese Hoffnung zerstört, als sich der Copilot zu mir umdrehte, dessen Gesicht im Plasmalicht plötzlich aschfahl war. *»Uhane, Hoa«,* keuchte er. »Ein Geist. Ein Gewittergeist.«

Ach, einfach Sahne. Ich drehte mich um – wobei ich fast gestürzt wäre, als die Merlin wiederum einen wilden Hüpfer vollführte – und brüllte durch die Schiebetür. »Akaku'akanene! Schaff deinen gefiederten Hintern her, und zwar *sofort!*«

Die Neneschamanin brauchte nicht länger als fünfzehn Sekunden, um sich zu mir in die Pilotenkanzel zu gesellen, aber das war trotzdem genug Zeit für die Merlin, noch ein paar Dutzend Male zu schwanken und zu rucken und zu torkeln. Im Plasmalicht der Anzeigen glitzerten ihre Augen kalt wie Glasperlen. Sie sagte nichts, aber ihre Körpersprache vermittelte perfekt die verdrießliche Frage: *»Was?«*

Ich packte die Schulter des Copiloten. »Sagen Sie es ihr«, befahl ich.

Der Mann plapperte etwas auf Hawai'ianisch. Ich schnappte hier und da ein paar Worte auf – darunter auch *Uhane*, *Haole* und *lolo* –, aber das war es. Als er fertig war, nickte die vogelknochige *Kahuna*.

»Nene weist auf Gefahr hin«, sagte sie zu mir. »Ist viel Macht vor uns.«

Ohne Drek, Sherlock, konnte ich mir gerade noch verkneifen. »Was ist mit den Geistern?« wollte ich wissen.

»Ich spüre ihre Anwesenheit.« Sie sprach ganz ruhig, fast im Konversationston.

»Tja, Sahne für dich!« schnauzte ich. »Kannst du vielleicht auch eine Möglichkeit spüren, die loszuwerden?«

Sie zuckte ihre mageren Achseln. »Sie stehen Wache«, stellte sie fest.

»Das habe ich mir schon gedacht«, stellte ich trocken fest. »Kannst du sie nicht überreden, irgendwo anders Wache zu schieben?«

»Sie bewachen das Gefüge«, konterte die *Kahuna* mit plötzlich scharfer Stimme. »Sie bewachen die Struktur.«

Ich blinzelte. Wovon, zum Teufel, redete sie? Es sei denn … »Sie glauben, wir gehören zu dem Drek da?« ich zeigte wieder auf die geisterhafte Blume aus Licht auf der Infrarotanzeige. »Ist es das? Jesus, dann sag ihnen, daß wir dem ein Ende bereiten wollen, um Himmels willen!«

Akaku'akanene zuckte wiederum die Achseln. »Sie glauben mir nicht.«

Ich biß so fest auf die Zähne, daß meine Kiefermuskeln von einem stechenden Schmerz durchzuckt wurden. »Dann gib dir mehr Mühe«, knirschte ich.

Die Neneschamanin nickte und schloß die Augen. Die Merlin ruckte und bockte immer noch, aber irgendwie hielt sie perfekt das Gleichgewicht – als spüre sie jede Bewegung des kleinen Flugzeugs im voraus.

Ich wußte nicht, ob es meine Einbildung war, oder ob die *Kahuna* irgendwie mit ihrer Botschaft durchgedrungen war, aber nach ein paar Augenblicken hatte ich den Eindruck, als hätte das Rütteln nachgelassen. Die Zelle des Flugzeugs vibrierte immer noch, die Triebwerke heulten nach wie vor, aber zumindest schien jetzt das Rummelplatz-Auf-und-Ab unter Kontrolle zu sein. »Besser?« fragte ich den Piloten.

Er nickte. »Höhe dreitausendeinhundert. Fluggeschwindigkeit zwei-zehn, relativ zum Boden einhundert. Zehn Kilometer vor dem Ziel.« Er warf mir einen Schulterblick zu. »Irgendwelche Anweisungen für den Anflug?«

Ich gönnte ihm mein bestes Piraten-Grinsen. »Was nötig ist, um uns heil hinzubringen.«

»Das kannst du laut sagen, Bruder. Neun Kilometer.«

Auf der Infrarotanzeige ragte der Vulkan immer größer vor uns auf. Die Peripherie der Hitzeblume war immer noch amorph und an den Rändern ausgefranst. Aber zum erstenmal glaubte ich, eine Art innere Struktur ausmachen zu können. Sie schien von halbkreisförmigen Wellenfronten durchdrungen zu sein, die mich an das Kräuseln erinnerten, das ein ins Wasser geworfener Stein verursacht. *Irgend* etwas Bizarres ging in dem Krater vor, das stand fest.

Ich ging durch die Tür in die Passagierkabine zurück. »Wir sind noch acht Kilometer vom Ziel entfernt«, sagte ich zu ›meinen‹ Leuten. Einen Moment lang kam ich mir vor wie in einem alten 2D-Firm über Vietnam. »Ich glaube, es könnte das werden, was man eine ›heiße Landezone‹ nennt«, fügte ich trocken hinzu.

Das Flugzeug hallte von metallischem Kastagnetten-Geklapper wider, als die Soldaten ihre Waffen durchluden. Ich dachte an meine eigene Waffe, das ach so tolle Sturmgewehr, auf dem Boden unter meinem leeren Sitz. Etwas Tödliches zu haben, um sich daran festzuklammern, hätte mich eine Spur aufgemuntert, aber es hätte auch bedeutet, einen meiner beiden Haltepunkte aufgeben zu müssen, die mich davor bewahrten, mich der Länge nach auf dem Kabinenboden auszustrecken. Alles in allem hielt ich es für besser, mein Spielzeug später aufzuheben.

Als ich mich wieder zur Steuerkonsole umdrehte, hatte der Pilot die Infrarotanzeige gelöscht und das Bild durch einen komplexen Mischmasch aus Anflugvektoren, Windrichtungen und anderen Pilotendrek ersetzt. Ich nahm es ihm jedoch nicht übel. Bei genauerem Hinsehen war mir lieber, er wußte, was los war, als ich.

Neben mir zog Akaku'akanene immer noch ihren Balance-Akt ab. Sie hielt das Gleichgewicht besser als ich, obwohl sie sich nirgendwo festhielt. Ihre Augen waren immer noch geschlossen, und im Licht der Instrumententafeln konnte ich eine Schweißperle sehen, die ihr die Schläfe herunterlief. *Gott,* plötzlich wünschte ich mir, ich wüßte, was sie tat... natürlich auch, um zu begreifen, aber in erster Linie, um ihr zu helfen. Den Bewegungen der Merlin nach zu urteilen, hatte sie zumindest einige der Gewittergeister – oder worum es sich handelte – davon überzeugt, daß wir keine Gefahr für das ›Gefüge‹ oder die ›Struktur‹ darstellten. Wenn meine zusätzliche Konzentration dabei hätte helfen können, auch die übrigen zu überzeugen – oder diejenigen, die sie bereits überzeugt hatte, davon abzuhalten, ihre Meinung wieder zu ändern –, hätte ich sie ihr mit Freuden zur Verfügung gestellt.

Außerhalb der Kanzel, auf die der Regen immer noch unvermindert niederging, war die Schwärze ungebrochen. Wir befanden uns immer noch inmitten der Gewitterwolken, die sich vor ein paar Stunden zusammengeballt hatten. Im stillen dankte ich allen Göttern, die es geben mochte, daß es keine Blitze gab.

Ich hätte mich fast auf den Hintern gesetzt, als die Nase der Merlin steil aufwärts ruckte. Das Kreischen der Triebwerke hinter mir und zu beiden Seiten veränderte sich. Eine schematische Computerdarstellung auf der Steuerkonsole bestätigte, was ich mir bereits gedacht hatte: Die Flügel drehten sich wieder, und das Flugzeug wechselte von Vorwärtsflug auf Start/Lande-Modus. Wir befanden uns im Landeanflug. Ich holte Luft, um den Soldaten eine entsprechende Nachricht zuzurufen...

Und hätte fast meine Zunge verschluckt. Ohne Warnung durchstieß die Merlin die Decke aus wallenden schwarzen Wolken. Zum erstenmal konnte ich den Gipfel und die Krater des Haleakala mit eigenen Augen und ohne die Hilfe dazwischengeschalteter Infrarot-Kameras sehen.

Erster Eindruck: Ihr Geister, was für ein gottverlassenes Höllenloch von einer Einöde. Nichts wuchs. Nichts lebte – nichts schien *je* hier gelebt zu haben. Nur kahle Felsen – zerklüftete, steile Hänge. Schlacke-Kegel. Erhebungen aus verfestigtem Magma. Abschüssige Hänge, senkrechte Klippen... Kilometer um Kilometer Mondlandschaft. Einen Augenblick lang wußte ich nicht, warum ich an die Mondoberfläche gedacht hatte, aber dann fiel es mir wieder ein. Vor fast einem Jahrhundert, als die NASA ihr Mondauto testete, hatte sie sich den Haleakala-Krater als Testgelände ausgesucht, weil er der zerklüfteten Einöde des Mondes auf diesem Planeten am nächsten kam.

Zweiter Eindruck: Heiliger Drek, ich konnte Kilometer um Kilometer dieser Mondlandschaft sehen... und dazu hätte ich nicht in der Lage sein dürfen. Wir befanden uns auf dem Gipfel eines verdammten Berges in dreitausend Metern Höhe, und die Wolkendecke war so dicht, daß kein einziges Photon des Mondlichts eine Chance hatte, hierher durchzukommen. Und doch war die ganze verfluchte Gegend erleuchtet – nicht so hell wie der lichte Tag, aber ungefähr so wie bei Dämmerung.

Außerdem war die Beleuchtung ziemlich sonderbar: kalt, wesenlos, flackernd, abnehmend und zunehmend. Ich konnte den Ursprung des Lichts vor uns ausmachen – ein Gebiet, das wie das absolute Chaos aussah. Licht wogte und wallte in den Tiefen des Kraters, als sei es eine Flüssigkeit. Das Licht erstreckte sich in einer ätherischen Fächergestalt in den Himmel, und die Luft selbst schien in einem perlmuttartigen Glanz zu leuchten. Dies mußte die optische Entsprechung zu der Hitzeblume sein, die mir das Infrarot gezeigt hatte.

Inmitten des wallenden, wogenden Lichts befanden sich strahlend leuchtende Flecken, die sich nicht bewegten und viel heller waren als das wabernde Licht, das sie umgab ... aber irgendwie auch steril, ja tot wirkten. Es dauerte einen Augenblick, bis ich begriff, daß es sich bei diesen Flecken um künstliche Lichtquellen handelte, Bogenlampen, die von den *Kahunas* des Projekts ›Sonnenfeuer‹ aufgestellt worden waren, damit sie den Vorgang inszenieren konnten, der jetzt einen ziemlich fortgeschrittenen Eindruck machte.

Irgend etwas blitzte auf und raste mit unglaublicher Geschwindigkeit an der Kanzel der Merlin vorbei. Es schien sich um eine Masse aus reinem flüssigen Feuer von der Größe eines Männerkopfes zu handeln. Bevor ich irgendwelche Einzelheiten erkennen konnte, war es bereits vorbei und hinterließ einen blaugrünen Streifen blendender Helligkeit vor meinen Augen. Als hätte sich dadurch mein Sehvermögen an die Umgebung angepaßt, sah ich plötzlich, daß *viele* ... Dinge ... die zentrale Lichtmasse umschwirrten. Feuerbälle, unidentifizierbare Gestalten, die sich so schnell bewegten, daß mein Verstand nicht schlau daraus wurde. Sie schienen die zentrale Lichtmasse zu umkreisen, wie aufgepeppte Motten eine Fackel umtanzen würden. Und das schien ein treffender Vergleich zu sein. Ich wußte es natürlich nicht mit Sicherheit, aber ich wurde das Gefühl nicht los, daß es sich um ein Annäherungs-Ausweich-Verhalten handelte. Die *Dinger* – worum es sich dabei auch handelte – wurden von dem Drek, der in der Mitte des Kraters abging, zugleich abgestoßen und angezogen.

Dem *magischen* Drek, der dort abging. Tief im Innersten, wo die Wahrheit ruht, *wußte* ich, daß es Magie war, bevor mein Verstand nachzog und sich das mit Logik zusammenreimte. Ich konnte die Magie spüren, tief in mir, in dem, was ich lächerlicherweise meine Seele nenne – wie ich auch gespürt hatte, als Scotts Fetisch aktiv geworden war, kurz bevor er Tokudaiji-*san* den Schädel weggepustet hatte. Es war so ähnlich wie ein Schwindel, wie der Salto, den der Magen vollführt, wenn ein Super-Expreß-Lift für kurze Zeit in den freien Fall übergeht. Es war *so ähnlich,* weil es nicht mein Magen war, der Saltos vollführte, sondern … *etwas anderes.* Es war so, als hätte ich plötzlich, vorübergehend, neue Sinne entdeckt, und als riefen die Informationen, mit denen mich diese Sinne fütterten, eine Reaktion von einem Körperteil hervor, von dessen Existenz ich bisher nichts gewußt hatte.

Einen Augenblick später war es vorbei, als sei es nie geschehen, als habe diese plötzliche Erweiterung der Perspektive nie stattgefunden …

Für *mich* war es einen Augenblick später vorbei. Nicht so für Akaku'akanene.

Was bei genauerem Hinsehen auch logisch war. Wenn der Grad magischer Aktivität dort unten im Krater reichte, um einem Normalsterblichen wie mir in die Eingeweide zu fahren, was würde er dann mit jemandem anstellen, der durch diesen ganzen Mana-Drek tatsächlich durchblickte? Neben mir war Akaku'akanene plötzlich totenblaß und hatte die Augen weit aufgerissen. Sie öffnete den Mund, um zu stöhnen, und dann taumelte sie, als ihr außerordentlicher Gleichgewichtssinn plötzlich verschwunden zu sein schien. Ich hielt sie an der Schulter fest und zerrte sie wieder in eine aufrechte Stellung, einen Augenblick, bevor sie dem Piloten in den Schoß gefallen wäre. (Fahrzeugkontrollrig hin oder her, ich konnte mich des Eindrucks nicht erwehren, daß ihn der unangemeldete Besuch einer kleinen alten Dame in seinem Schritt so aus der Fassung gebracht hatte, daß seine Kontrolle über das Flugzeug zumindest ein wenig litt.)

Akaku'akanenes geweitete Augen fixierten mich, und ich spürte ihre Angst und ihr Ensetzen. Sie krächzte irgendwas auf Hawai'ianisch. Ich hatte den Ausdruck noch nie zuvor gehört, aber ihr Tonfall machte die Übersetzung zu einem Kinderspiel: »O heiliger verdammter *Drek* ...!«

Ich wußte, daß wir noch tiefer in der Tinte saßen, bevor es tatsächlich geschah. Wenn Akaku'akanene mit mir redete, bedeutete das, sie redete nicht mehr mit den Geistern, die uns offenbar geeken wollten. Die Merlin taumelte in der Luft, als *irgend etwas* gegen ihre rechte Tragfläche prallte. Das rechte Triebwerk kreischte wie eine aufgespießte Teufelsratte, und dann explodierte *etwas.* Aus dem Augenwinkel sah ich den flammenden Blitz zu meiner Rechten, dann rissen Splitter die Wandung des Flugzeugs auf. Hinten hörte ich jemanden schmerzerfüllt aufschreien.

Die rechte Tragfläche kippte augenblicklich nach unten, und diesmal konnte ich das Gleichgewicht nicht mehr halten. Ich knallte gegen die rechte Wandung und heulte auf, als etwas in meiner rechten Schulter knackte. Der Aufprall war so stark, daß mein Blickfeld verschwamm und sich meine Eingeweide in einem jähen Anfall von Übelkeit zusammenkrampften. An dieser Stelle hätte ich das Bewußtsein verlieren können, aber irgendwie klammerte ich mich daran fest und wehrte den Ansturm der Dunkelheit ab. Drek, wenn dies die letzten Augenblicke meines Lebens waren, wollte ich sie wachen Verstandes erleben.

Wir saßen ernsthaft in der Patsche, das war mir trotz meiner geistigen Desorientierung klar. Die Merlin verlor an Höhe, und zwar schnell. Irgendwie hatte es der Pilot geschafft, die rechte Flügelspitze wieder hochzuziehen, aber es war ihm einfach unmöglich, den angeschlagenen Vogel noch viel länger in der Luft zu halten.

Zum letztenmal funkelte mich der Copilot mit seinen glühenden Augen an und befahl: »Zurück nach hinten und anschnallen!«

Diesmal verspürte ich keinerlei Bedürfnis, mit ihm zu streiten. Ich rappelte mich auf und zog die federleichte Akaku'akanene mit mir. Dann taumelte ich durch die Tür in die Passagierkabine. Ich stieß die alte Frau in meinen alten Sitz neben Alana Kono. »Schnallen Sie sie an«, sagte ich zu der Messerklaue.

Die Merlin sackte durch, und mir war klar, daß ich selbst es nicht mehr bis zu einem freien Sitz schaffen würde, nicht mehr rechtzeitig. Akaku'akanenes Sitz befand sich ein ziemliches Stück weiter hinten. So, wie der Vogel in der Luft schwankte und taumelte, hatte ich nicht die geringste Chance, an den Beinen und Ausrüstungsgegenständen vorbeizukommen, die den Weg dorthin versperrten, und mich mit dem Vierpunktgurt anzuschnallen, bevor wir aufprallten. Instinktiv drehte ich mich um. Durch die Pilotenkanzel konnte ich den zerklüfteten, felsigen Boden sehen, der auf uns zurauschte. Drek, ich hatte noch weniger Zeit, als ich gedacht hatte ...

Jemand anders erkannte es ebenfalls – einer der jungen, auf Hochglanz polierten Soldaten, der Bursche, der neben Louis Pohaku saß. Er hieb mit der Faust auf den Öffnungsmechanismus seines Vierpunktgurts und sprang auf. »Setzen!« schrie er mich an, dann verlieh er seinem Befehl Nachdruck, indem er mich auf den Sitz stieß. Meine Finger fummelten an dem Gurt herum und versuchten ihn richtig umzulegen und zu schließen. Entschlossene Hände stießen meine beiseite und bewältigten den Vorgang viel schneller, als ich dazu je in der Lage gewesen wäre. In dem matten Licht sah ich dem Soldaten ins Gesicht. Er war noch ein Junge, höchstens zwanzig. Schneidig und eifrig. Er lächelte, als ich ihm zu danken versuchte.

Und dann schlugen wir auf.

25

Ich weiß nicht, wie lange ich bewußtlos war. Ein paar Sekunden, vielleicht fünf. Mein Hinterkopf fühlte sich zermatscht an, wo er gegen die Wandung geknallt war, und der Vierpunktgurt übte schmerzhaften Druck auf meine verletzte Schulter aus. Trotzdem, ich lebte noch, das allein zählte. Mein Wohltäter, der milchgesichtige Soldat …

Tja, er lebte *nicht* mehr. Ohne Halt war er beim Aufprall gegen die Wandung geschleudert worden. Er lag da wie eine verdrehte Puppe, den Rücken auf unmögliche Weise gebeugt und das Gesicht blutverschmiert. Ich sah weg und schluckte die Galle herunter, die in mir hochstieg.

Pilot und Copilot war es nicht besser ergangen, sah ich. Die Nase der Merlin war gegen einen hausgroßen Felsen geprallt und durch den Aufprall zusammengequetscht worden. Die Kanzel sah wie eine Szene aus *Splatterpunk VI* aus, da aus der Besatzung jegliche Ähnlichkeit mit einer menschlichen Gestalt herausgequetscht worden war.

Im hinteren Teil des Wracks schien sich einer der Soldaten unter Kontrolle zu haben. Es war ein älterer Mann, der mit der Waffe in der Hand aufgesprungen war und seinen Zug anbrüllte. (Ein Sergeant? Oder wurde im hawai'ianischen Militär ein Zug von einem anderen Dienstgrad kommandiert?) *»E hele!«* bellte er. »Los, los, *los!*«

Um mich herum griff jetzt die militärische Ausbildung. Die jungen Soldaten mußten fast so erschüttert sein wie ich, aber wenn man von einem Vorgesetzten angebrüllt wird, bedarf es keiner intellektuellen Leistung, um zu gehorchen. Tief verwurzelte Reflexe übernehmen. Soldaten befreiten sich von ihren Gurten, sprangen auf und überprüften ihre Waffen. Pohaku und Kono ebenfalls. Die einzigen, die nicht reagierten, waren ich selbst, Akaku'akanene und der tote Soldat, der zusammengekrümmt im Gang lag. Der Sergeant brüllte erneut ...

Und meine eigene Ausbildung meldete sich zu Wort wie ein Geist aus der Vergangenheit. Keine Militärausbildung, aber das Zweitbeste, Lone Star. Ich löste meinen Gurt, und meine Reflexe ließen mich aufspringen. Ich sah mich nach dem Ausgang um. Es gab nur die eine Tür in der Wandung, durch die wir eingestiegen waren. Das ergab nicht besonders viel Sinn, oder? Wie sollte man Kampftruppen ausladen – möglicherweise sogar unter Beschuß –, wenn einem dafür nur eine armselige kleine Ausstiegluke zur Verfügung stand?

Eine Erschütterung, die mir durch Mark und Bein fuhr, beantwortete diese Frage. Ich hatte dem hinteren Teil der Passagierkabine keine besondere Beachtung geschenkt. Zwar war mir aufgefallen, daß der Boden hinter den letzten Sitzen im Winkel von fünfundvierzig Grad nach oben zeigte, hatte das aber für ein konstruktionsbedingtes Merkmal gehalten und nicht weiter darüber nachgedacht. Jetzt begriff ich. Die aufwärts geneigte Metallwandung war zu einer abwärts geneigten Metallrampe geworden und von Explosivladungen vom Rest der Wandung abgesprengt worden. Bevor die Echos verklungen waren, hallten die Schritte der Soldaten auf dem Metall, als die Soldaten die Rampe hinunterrannten. Pohaku und Kono waren ihnen auf den Fersen, wobei die Frau lange genug innehielt, um mir noch einen vielsagenden ›Jetzt oder nie‹-Blick über die Schulter zuzuwerfen.

Währenddessen mühte sich Akaku'akanene mit dem Vierpunktgurt ab. Mit einem Seufzer ging ich in die Hocke und half ihr dabei, das Geschirr zu öffnen und die Riemen über ihre schmalen Schultern zu zerren. »*E hele*«, sagte ich zu ihr, und sie nickte. Während sie nach hinten zur Rampe eilte, holte ich mein Ares-Sturmgewehr unter dem Sitz hervor. Ich wollte ihr folgen, doch dann kam mir ein anderer Gedanke.

Die Soldaten waren mit ihren Sturmgewehren ausgerückt, aber viele von ihnen hatten ursprünglich auch noch andere Waffen bei sich gehabt. Nun, wo sich die Dinge hier oben im Haus der Sonne ziemlich übel entwickelt hatten, war es da nicht sinnvoll, mich noch nach einigen Dingen umzusehen, die mir vielleicht helfen konnten?

Es war hart, das Ekelgefühl zu überwinden, aber ich schaffte es, mich dem Soldat mit dem gebrochenen Genick so weit zu nähern, daß ich seine Bewaffnung sah. Haufenweise Granaten, aber die rührte ich nicht an. (Ich bin nie in ihrem Gebrauch unterwiesen worden, und um die Wahrheit zu sagen, ängstigten mich ›persönliche Sprengwaffen‹ zu Tode. Ich konnte mir viel zu leicht vorstellen, wie ich den Stift abzog und dann in Panik geriet ... und *den Stift* anstelle der Granate warf. *Wumm.*)

Aber ich sah auch etwas, das schon eher mein Kaliber war. In einem Spezialhalfter auf der rechten Seite steckte etwas, das wie die großkalibrigste Pistole der Welt aussah. Ich zog sie heraus und drehte und wendete sie in den Händen. Es war eine Granatwerfer-Pistole. Was sollte es sonst sein? Hinter dem Pistolengriff befand sich das Magazin, und die digitale Anzeige an der Waffe verriet mir, daß sechs Schuß nur darauf warteten, abgefeuert zu werden. Sahne. Ich vergewisserte mich *gründlich*, daß die Waffe gesichert war, bevor ich sie unter einen Halteriemen meiner Kampfweste klemmte. Ich nahm mir noch ein Magazin mit Granaten und schob es tief in eine Tasche. Dann trabte ich die Rampe hinunter ...

Und mitten hinein in den schlimmsten Trip eines Chipheads. Über mir wallten die schwarzen Wolken wie eine Flüssigkeit und wurden von einem heißen, trockenen Wind durcheinandergewirbelt, der mit unsichtbaren Händen an meiner Kleidung und meinen Haaren zupfte. Zerschmettertes Gestein bewegte sich und schwankte unter meinen Füßen, während ich das Gleichgewicht zu halten versuchte. Der ganze Vulkan schien unter einer tiefen, fast sublimen Vibration zu *beben*. Meine Eingeweide verkrampften sich, was mir dabei half, mir nicht in die Hose zu machen. Nicht aus Angst – Drek, natürlich hatte ich Angst, aber daran lag es nicht. Es war, als würde das Geräusch selbst meine Gedärme in brodelnden Aufruhr versetzen.

Die Merlin hatte sich in die Ausläufer eines hundert Meter hohen Schlackehügels gebohrt. Der abfallende Boden war mit Felsbrocken übersät, die in der Größe zwischen Geschirrspülmaschine und Haus rangierten. Das wabernde Licht, bei dem es sich um Projekt Sonnenfeuer handelte, war *dort unten* – vielleicht einen halben Kilometer entfernt, einen zerklüfteten Abhang hinab und auf dem geschwärzten und verkohlten Boden eines kleineren Kraters. Der große Lichtfächer – der Nimbus aus leuchtender Luft – ragte vor mir auf und wurde von den wallenden Wolken reflektiert. An seiner Basis, inmitten der leblosen Lichtpunkte der Bogenlampen, sah ich Gestalten, die sich bewegten.

Ein halber Kilometer – das sind 500 Meter, eine ziemliche Entfernung, um Einzelheiten zu erkennen. Aber vielleicht lag hier irgend etwas in der Luft – ob magisch oder nichtmagisch wußte ich nicht –, das die Dinge klarer machte. Die Gestalten waren winzig, aber ich konnte dennoch einige Wesenszüge ausmachen. Zum einen tanzten sie, ein rundes Dutzend von ihnen. Sie stampften und drehten sich, während sie das Zentrum des unnatürlichen, flüssigen Lichts umkreisten. Sie waren so gut wie nackt. Männer und Frauen gleichermaßen trugen lediglich Lendentücher und Kopfbedeckungen aus Gras. Die *Kahunas* des Projekts ›Sonnenfeuer‹.

Ein Dutzend Meter zu meiner Rechten standen Pohaku und Kono wie Statuen und starrten in fassungslosem Erstaunen auf das Spektakel. Ich ging zu ihnen und beschleunigte meine Schritte, als ich sah, daß sich der Sergeant Pohaku näherte. Ich schaffte es rechtzeitig, um den Sergeant fragen zu hören: »Wie lauten unsere Befehle?«

»*Dem* ein Ende zu bereiten«, schrie ich fast, indem ich nach unten auf den Tanz und auf das Licht zeigte. »Es ist mir egal, wie ihr das tut, aber *tut* es, *karimasu-ka?*«

Das Gesicht des Sergeants wurde zu einer steinernen Maske, und er wandte sich an Pohaku, als existiere ich nicht.

Ich packte ihn an der Schulter und zerrte ihn zu mir herum, und zwar mit der *linken* Hand, dem Cyberarm mit erhöhter Kraft. Abgebrühter Soldat oder nicht, bei Gott, er drehte sich zu mir um. »Hör gut zu, Bursche!« schrie ich ihn an. »Eure Befehle lauten, *dem ein Ende zu bereiten!* Dieser Befehl stammt direkt vom verdammten *Ali'i,* verstanden?« Ich fummelte in meiner Tasche herum und zückte das Sheriff-Abzeichen, das mir Ho bei unserer ersten Begegnung gegeben hatte. »Siehst du das?« bellte ich, wobei ich ihm das Ding so nah vor das Gesicht hielt, daß er schielte. »Vom verdammten *Ali'i,* ja? Und jetzt *los!*«

Der Sergeant tat, was jeder Militär-Typ *immer* tut, wenn er von jemandem laut genug und mit genügend Selbstvertrauen angeschrien wird. Er salutierte wie aus dem Lehrbuch, dann vollführte er eine zackige Kehrtwendung und trabte davon, während er seinen Leuten Befehle auf Hawai'ianisch entgegenbrüllte.

Ich konnte den Haß, den Pohaku in verdammten Wellen ausstrahlte, förmlich spüren, aber im Moment war mir nichts gleichgültiger als sein gekränktes Ego. Ich drehte ihm den Rücken und lief zu Akaku'akanene, die in den Krater starrte. »Was geht da unten vor?« wollte ich wissen. »Was, zum Teufel, treiben die da?«

In dem verrückten Hexenlicht, das in der Luft lag, sah ihr Gesicht wie das einer Leiche aus. »Sie schwächen den Schleier«, sagte sie in einem schaurigen

Flüsterton. »Und bereiten sich darauf vor, ihn ganz wegzuziehen.«

»Wie lange noch? Wie weit sind sie?«

»Weit«, antwortete sie schlicht.

»Dann sollten wir uns besser beeilen, oder?« Ich machte mich auf den fünfhundert Meter langen Weg den Geröllhang hinab und in den Krater, wo der Tanz stattfand. (*Was, zum Teufel, wirst du tun, wenn du dort ankommst?* fragte eine innere Stimme. *Halt verdammt noch mal das Maul!* antwortete eine andere innere Stimme höflich.) Um mich herum sah ich, daß die Soldaten ebenfalls den Geröllhang hinunterliefen. Kono und Akaku'akanene machten Anstalten, mir zu folgen. Pohaku stand immer noch unentschlossen im Schatten der abgestürzten Merlin. Nun, zum Teufel mit ihm, wenn er keinen Spaß verstand. Ich rannte weiter, verlor jedoch gegenüber den ausgebildeten und körperlich fitten Soldaten rasch an Boden.

Und da schlugen die Geister wieder zu – vielleicht dieselben, welche die Merlin zum Absturz gebracht hatten, vielleicht auch ein anderer Haufen. Sie stürzten sich wie Thorhämmer von oben auf uns herab – Feuer, Wind und Wasser und Gott weiß, was noch. Sie griffen zuerst die Soldaten an, die jungen, abgebrühten Männer und Frauen, die dem keuchenden, ehemaligen Polizeiinspektor, der völlig außer Form war und mit ihnen mitzuhalten versuchte, mühelos enteilt waren. Einige der Soldaten sahen die Geister kommen und hatten genug Zeit, ihre Waffen hochzureißen und zu schießen. Auf die meisten traf das nicht zu. Nicht, daß es einen Unterschied gemacht hätte. Salven von Leuchtspurgeschossen, Granaten, was auch immer – alles ging einfach durch die angreifenden Geister hindurch, als seien sie gar nicht da. Und dann waren die Geister zwischen den Soldaten, und das Gemetzel begann.

Ich drehte mich um und rief über die Schulter: »Akaku'akanene! Tu irgendwas!«

Die vogelknochige Schamanin blieb wie angewurzelt stehen, schloß die Augen und fing an zu singen. Doch es war zu spät für die Soldaten. Sie waren alle tot – oder so gut wie –, bevor sie auch nur die ersten Noten ihres krächzenden Liedes herausbekam. Unter mir amüsierten sich einige der Geister immer noch mit den Leichen ihrer Opfer – indem sie sie in kleine Stücke rissen, sie hoch in die Luft trugen und dann auf die Felsen fallen ließen oder sie mit Feuer verbrannten und ihre Munition zur Explosion brachten. Während ich vor Entsetzen wie erstarrt zusah, schienen einige der Geister mich und die anderen zum erstenmal zu bemerken. Sie ließen von den Leichen ab und eilten den Geröllhang herauf und uns entgegen.

Als sie kamen, hatte ich mein Sturmgewehr angelegt, aber ich versuchte erst gar nicht abzudrücken. Ich war tot, wenn diese Geister mich erreichten.

Natürlich erreichten sie mich nicht. Sie wichen von ihren geraden Linien ab und rasten in den Himmel wie Flugzeuge, die im letzten Augenblick hochzogen, bevor sie gegen ein zuvor unsichtbares Hindernis prallten. Unmenschliches Geschrei und Geheul hallte mir in den Ohren – die Wut und Enttäuschung der Geister darüber, nicht zu ihrer Beute vordringen zu können. Hinter mir sah ich, wie sich Kono und Pohaku ganz dicht um Akaku'akanene scharrten, und ich nahm an, daß sie die richtige Idee hatten. Was die Neneschamanin auch tat, ich wollte es nicht auf einen Test ihrer Reichweite ankommen lassen.

Über uns stürzten sich die Geister wieder aus dem Himmel herab auf uns, aber bevor sie uns erreichten, drehten sie erneut ab. Sekunden später umkreiste uns noch ein Dutzend mehr dieser verdammten Dinger, die die Luft mit ihrem Gekreisch erfüllten. Zu keinem Zeitpunkt näherten sie sich Akaku'akanene auf weniger als fünfzehn Meter, und mir wurde verspätet klar, daß sie dieselbe Annäherungs-Ausweich-Reaktion zeigten wie die Geister, die den entfernten Tanz umkreisten.

»Was, zum Teufel, *sind* sie?« fragte ich Akaku'akanene in einem heiseren Flüsterton.

Ich hätte Verständnis dafür gehabt, wenn die *Kahuna* mir nicht geantwortet hätte. Drek, bei mir mußte die Neugier immer hinter dem Überleben zurückstehen. Sie öffnete zwar nicht die Augen, unterbrach ihr Lied aber lange genug, um zu sagen: »Hütergeister.«

»Gewittergeister? Vulkangeister? Was?« hakte ich nach.

»Beides. Keines. *Hüter*geister.« Sie nahm ihr Lied wieder auf, und ich ließ sie in Ruhe.

Was, zum Teufel, sollte ich *jetzt* tun? Akaku'akanene war das einzige, was uns die ›Hütergeister‹ vom Halse hielt. Irgendwie glaubte ich nicht, daß sie mich in ihren Schutz einbeziehen konnte, während ich einen halben Kilometer durch die vulkanische Einöde trabte, um die Tänzer zu erreichen. (*Und was, zum Teufel, wirst du tun, wenn du dort ankommst?* fragte eine innere Stimme. *Halt verdammt noch mal das Maul!* antwortete eine andere innere Stimme.) Und ich konnte mir auch nicht vorstellen, wie sie den Schild (oder was es war) aufrechthielt, während sie neben mir hertrabte. Vielleicht konnte sie langsam gehen und trotzdem noch die Geister abwehren ... aber würden wir die Tänzer noch rechtzeitig erreichen?

»*Drek!*« rief ich frustriert. »Es sind doch *Hüter,* oder nicht? Kannst du ihnen nicht einfach sagen, daß sie uns in Ruhe lassen sollen?« Ich gestikulierte wild in Richtung der Tänzer. »Schließlich versuchen wir, dem ein Ende zu bereiten. Ich dachte, das wollten die Geister auch. Begreifen sie das denn nicht?«

Akaku'akanene nickte und unterbrach ihr Lied lange genug, um zu sagen: »Ja. Sie wollen die Struktur erhalten.«

»Warum sollten sie dann *uns* umbringen wollen?«

»Ich weiß es nicht.« Und wiederum setzte sie ihr rauhes Lied fort.

Sahne. Das einzige, was die Dinge noch verschlimmern konnte, war ...

Und wie als Antwort auf meinen Gedanken war er auch schon da. Quinn Harlech erschien vielleicht fünfzehn Meter unterhalb von mir, indem er in einem prismatischen Lichtschimmer materialisierte. Sogar auf diese Entfernung konnte ich spüren, wie jene zwei Laser, die er Augen nannte, Löcher in mich brannten. Seine Lippen verzogen sich zu einem spöttischen Grinsen, und er setzte zu einer (zweifellos vernichtenden) Bemerkung an.

Bevor er auch nur ein einziges Wort herausbekam, sah ich, wie sich seine Augen weiteten und aufwärts zuckten. Er warf die Arme in die Luft, und die Luft direkt über seinem Kopf flimmerte plötzlich wie vor Hitze.

Keinen Augenblick zu früh. Der Hütergeist, der sich mit Höchstgeschwindigkeit auf den Schädel des Elfs hatte stürzen wollen, prallte gegen Quinns magischen Schild und von ihm ab wie ein Basketball von einer Betonmauer. Der Elf beschrieb eine weitere, beiläufigere Geste, und der Geist stieß ein verzweifeltes Kreischen aus und wurde wie von unsichtbaren Krallen zerfetzt.

Er hatte weniger als eine Sekunde gebraucht, um sich des angreifenden Geistes zu entledigen, aber das war lange genug für die anderen Hütergeister – für diejenigen, die Akaku'akanenes magischen Schild umschwirrten –, um seine Existenz zur Kenntnis zu nehmen. Und, ihren Handlungen nach zu urteilen, zu dem Schluß zu gelangen, daß er eine größere Gefahr für ihre kostbare Struktur war als wir. Von dem Dutzend Geister, das uns umschwärmte, drehten die meisten ab und rasten auf Quentin Harlech zu.

Ich hörte den Elf in irgendeiner flüssigen, komplexen Sprache fluchen. Er streckte den angreifenden Geistern eine zur Klaue gekrümmte Hand entgegen. Die Hälfte von ihnen platzte auseinander und bespritzte das Gestein unter ihnen mit dem Geister-Äquivalent von Blut und Gedärmen. (Vielleicht Ektoplasma ...?) Die anderen ließ der Tod ihrer Gefährten anscheinend völlig kalt, da sie weiterrasten und dabei wie aufgepeppte Banshees kreischten. Quinn runzelte die Stirn. Er beschrieb eine weitere Geste, und ein weiteres halbes Dutzend Geister explodierte.

Damit hätten eigentlich alle erledigt sein müssen, doch plötzlich war der Elf von mehr kreischenden Geistern als zuvor umringt. Woher, zum Teufel, kamen sie?

Es dauerte einen Augenblick, bis ich begriff. Die Anwesenheit des Elfs zog Geister aus der Umgebung des eigentlichen Tanzes ab. Als ich genauer hinsah, stellte ich fest, daß sich ein beständiger Strom Geister von den Tänzern löste und zu Quinn flutete.

Er kämpfte gut, der belagerte Elf. Ich weiß nicht, wie viele Hütergeister er in ektoplasmische Fetzen zerriß und in Wolken aus Asche, Rauch oder herabregnenden Fröschen verwandelte. Dutzende. Aber für jeden, den er geekte, tauchten zwei neue auf. Nach einer halben Minute waren die Hütergeister so zahlreich geworden, daß ich den Elf nicht mehr sehen konnte.

Schließlich hörte ich ein scharfes »Drek!« aus dem Tumult der Geister. Dann flackerte ein strahlendes prismatisches Licht auf, das teilweise von den Schwärmen der Hütergeister verdeckt wurde, und ich wußte, daß Quinn geflohen war.

Als er verschwunden war, rechnete ich damit, daß die Geister ihre Aufmerksamkeit wieder auf uns konzentrieren würden.

Und, um aufrichtig zu sein, ich rechnete damit zu sterben. Es gab so viele von den verdammten Dingern – so viele, daß sogar Quinn Harlech zu dem Schluß gekommen war, daß Vorsicht der bessere Teil der Tapferkeit war. Wenn der Elf es nicht mit ihnen aufnehmen konnte, wie sollte uns dann Akaku'akanene vor ihnen schützen?

Doch sie kamen nicht. Sie wirbelten immer noch dort

in der Luft herum, wo der Elf gestanden hatte, als suchten sie nach ihm. Ich sah mich um. Kein Geist achtete auf uns – kein einziger. Und, Drek, damit war meine letzte Ausflucht dahin.

Plötzlich lachte ich. Auf dem Rollfeld auf Oahu hatte Quinn Harlech zu mir gesagt, er könne Dinge vollbringen, zu denen ich nie in der Lage sein würde, nicht? Dinge, ohne die ich niemals Erfolg haben konnte? Tja, das hatte er gerade bewiesen, oder? Er hatte die Geister abgezogen, die zwischen mir und meinem Ziel standen …

Bevor ich es mir anders überlegen konnte, umklammerte ich mein Sturmgewehr fester und machte Anstalten, den Geröllhang zu den Tänzern hinunterzulaufen.

26

Ich war bereits in vollem Galopp den Geröllhang hinunter, als ich einen Schrei hinter mir hörte. Ich blieb stehen und wirbelte herum.

Pohaku hatte Akaku'akanene in einer Art Schwitzkasten. Ihr sehniger Hals steckte in der Beuge seines linken Arms. In der rechten Hand hielt er eine kleine Pistole, eine Holdout, deren Lauf er der Neneschamanin an die Schläfe hielt.

»Bleib, wo du bist, *Haole*«, fauchte der Leibwächter.

Ich erstarrte. Alana Kono hatte ihre Kanone gezogen, und der rubinrote Punkt ihres Laserzielrohrs lag reglos auf der Stirn ihres ehemaligen Partners.

»Nicht!« schnauzte Pohaku die Frau an. Er warf einen vielsagenden Blick auf seine Holdout-Pistole. »Der Abzug funktioniert in beide Richtungen, okay? Ich drücke ab, sie schießt. Ich lasse los, sie schießt. Begriffen?«

Ach, Drek, ich hatte von Kanonen mit derartigen Vorrichtungen gelesen. Damals hatte ich nicht verstanden, warum jemand scharf auf so etwas sein sollte. Die einzige Anwendungsmöglichkeit, die ich mir vorstellen konnte, war ... tja, eine Situation wie diese. Ein Patt, bei dem man damit drohen konnte zu schießen, wie sich die Situation auch entwickelte. Bei dem man unabhängig von den reflexhaften Handlungen, die der Körper noch ausführt, nachdem er von Kugeln durchlöchert wird, *weiß,* daß die eigene Kanone noch einen Schuß abgibt. Toll.

Ich sah Akaku'akanene aus einer Entfernung von vielleicht zehn Metern ins Gesicht. Ihre dunklen Knopfaugen schauten gelassen drein, gefaßt. Sie mußte wissen, welche Gedanken mir durch den Kopf gingen.

Schade, altes Mädchen, du hast eine Menge Mumm. Aber

hier steht mehr auf dem Spiel als das Leben einer Frau. Nene sei deiner Seele gnädig... Ich veränderte den Griff um mein Sturmgewehr. Ein rascher Feuerstoß in Pohakus Kopf und darauf vertrauen, daß die Aufprallwucht der Kugeln seine Waffenhand wegschlagen würde, bevor die Pistole das Hirn der *Kahuna* verspritzen konnte...

»*Denk* nicht mal daran, Montgomery!« knurrte Pohaku. »Schau doch!«

Ich schaute.

Und fing wieder an zu schwitzen. Die meisten Hütergeister schwirrten immer noch an der Stelle herum, wo Quinn verschwunden war. Aber zwei von ihnen – große, widerliche, feurige – hatten ihre Aufmerksamkeit wieder auf uns gerichtet und umkreisten uns langsam in einer Entfernung von fünfzehn Metern von Akaku'akanene. *Drek!*

»Tu's nicht, Montgomery«, wiederholte Pohaku, indem er den Gedanken Ausdruck verlieh, die mir durch den Kopf gingen. »Wenn du mich erschießt, geeke ich sie, und dann zerreißen euch diese Dinger in der Luft. Wenn du versuchst, nach unten zu gehen, zerreißen sie *dich* in der Luft. Du hast gesehen, was sie mit den Soldaten angestellt haben.«

Ich hatte es gesehen, ja. Ich knirschte mit den Zähnen und senkte meine Waffe.

»Legt sie auf den Boden«, befahl Pohaku. »Ihr beide, Waffen auf den Boden.«

Kono und ich wechselten hilflose Blicke. Keine von uns wußte, was wir tun sollten. Langsam gingen wir in die Hocke, um unsere Waffen auf das schroffe vulkanische Gestein zu legen. »Und was jetzt?« fragte ich.

Pohaku grinste, wahrscheinlich das erstemal, daß sich auf seiner Miene eine andere Regung als Wut, Haß oder Spott abzeichnete. »Jetzt warten wir und sehen zu. Es dürfte ein interessantes Schauspiel werden.«

Ohne Drek. Ich sah bergab auf das wabernde, wirbelnde Licht. Die Intensität des Tanzes schien zugenommen zu haben. Der Fächer aus Hexenlicht leuchtete heller, und die Wellenfronten, die ihn durchliefen, schienen ausgeprägter zu sein. Elektrische Entladungen leckten über die tiefhängenden Wolken und warfen stroboskopische Blitze auf die Szenerie. In diesem Licht schienen sich einige der Felsen auf dem Geröllhang zu bewegen, langsam, wie vorsichtige Tiere. Natürlich war das nur meine fiebrige Einbildung.

Es mußte eine Möglichkeit geben, dieses Patt zu knacken. Ich brauchte nur Zeit, um nachzudenken. »Du gehörst zur *Na Kama'aina,* nicht wahr?« sagte ich, indem ich mich wieder zu Pohaku umdrehte. Eigentlich war mir weniger an einer Antwort gelegen, sondern mehr daran, ihn am reden zu halten.

Er schnaubte verächtlich. »*Na Kama'aina?* Feiglinge mit dem Herzen einer Taube, alle durch die Bank.«

»Dann zu ALOHA«, stellte ich fest.

»Natürlich. Genau wie Ka-wena-'ula-a-Hi'iaka-i-ka-poli-o-Pele-ka-wahine-'ai-ho-nua.«

Einen Moment glaubte ich, er hätte aus irgendeinem Grund den Verstand verloren und gerade angefangen, vor sich hin zu brabbeln. Aber dann sprachen einige der flüssig ausgesprochenen Silben eine Erinnerung in mir an. Das war doch Scotts Name gewesen, oder? Der Name, den Scott, der Chauffeur/Attentäter, von seiner Mutter bekommen hatte. (Von wegen, dachte ich plötzlich. Er hatte den Namen *selbst* angenommen, genauso wie Marky ›Te Purewa‹ Harrop, oder?)

»Also ALOHA«, wiederholte ich zustimmend. Ich hielt inne, während sich meine Gedanken überschlugen. »Dann gehe ich davon aus, daß ihr *Na Kama'aina* endlich überzeugt habt, sich eurem Anti-Konzern-Plan anzuschließen, richtig?« sagte ich schließlich, während ich einen vielsagenden Blick nach unten auf die Tänzer warf.

Pohaku lachte rauh. »Und sie haben verdammt lange dazu gebraucht, *Haole*. Aber jetzt geht es *echt* rund.«

Ich nickte zögernd. »Du *weißt,* daß ich verzweifelt

nach einem Ausweg suche«, sagte ich nach einer kleinen Pause. »Warum hast du nicht längst ein Ende gemacht und mich umgelegt?«

Er schnaubte. »In dem Augenblick, indem ich meine Kanone von ihrer Schläfe nehme, legt *sie* mich um.« Er deutete mit dem Kopf auf Kono.

Und umgekehrt, dachte ich grimmig. Die einzige Person mit zumindest etwas Handlungsfreiheit war Akaku'akanene selbst. Warum unternahm die Schamanin dann aber nichts? Konnte sie nicht irgendeinen Zauber wirken, ihm die Kanone aus der Hand schlagen und den Wichser erstarren lassen?

Nein, wurde mir klar. Er mußte eine Art magischen Schutz haben, irgendeine Barriere zur Abwehr von Zaubern oder *irgendwas* – wahrscheinlich per Zauber mit ihm verbunden, so daß sie Teil seiner Aura war. Also war Akaku'akanene ebenso zur Tatenlosigkeit verurteilt wie wir.

Hangabwärts konnte ich die Wellen der Magie spüren, die der Tanz erzeugte. Mein Magen verkrampfte sich und drehte sich um. Meine Eingeweide fühlten sich an, als seien sie voller Eiswasser. Zum Teufel damit, ich *mußte* irgend etwas unternehmen. Ich mußte etwas riskieren. Wenn ich Pohaku umlegte – und Akaku'akanene dabei nicht gegeekt wurde –, *konnte* mich die Schamanin vor den Hütergeistern abschirmen, während ich zu den Tänzern rannte ... Ich holte tief und energisch Luft und behielt mein Sturmgewehr im Augenwinkel. Ich würde nicht viel Zeit haben, um es richtig zu machen. Ich spannte mich ...

Und da flog *sie* in mein Blickfeld. Eine *nene* – eine verdammte Gans. Schreiend und mit den Flügeln flatternd, rauschte sie von rechts heran und scheinbar direkt auf Akaku'akanenes Kopf zu.

Pohaku reagierte instinktiv, indem er den Ellbogen hochriß, um sein Gesicht zu schützen. Den *rechten* Ellbogen, den Ellbogen seiner Waffenhand. Die Holdout-Pistole war nicht mehr auf die Schläfe der Schamanin gerichtet.

Der Zeitablauf schien auf Zeitlupe umzuschalten. Während ich nach meinem Sturmgewehr tauchte, sah ich die Gans heranrauschen. Pohakus Reaktion erfolgte einen Augenblick zu spät, und die Krallen des großen Vogels zerkratzten sein Gesicht. Er schrie vor Schmerz und Schreck auf und wich vor der Gefahr für seine Augen zurück.

Und dann schien alles gleichzeitig zu passieren. Kaum war der Lauf der Holdout-Pistole nicht mehr auf Akaku'akanenes Kopf gerichtet, als die Schamanin mit dem Ellbogen zustieß. Der harte Knochen versank tief in der Kehle des Leibwächters, stieß ihn zurück und brachte ihn aus dem Gleichgewicht. Fast gleichzeitig knallte ein Schuß, als Kono – die offenbar dieselbe Idee wie ich gehabt hatte – Pohaku eine Kugel durch den Kopf jagte. Und dann hatte ich das Ares-Sturmgewehr gepackt, und der Lauf kam hoch, während der Laserzielpunkt auf Pohakus stolperndem Körper tanzte. Ich zog durch, und das Gewehr knatterte nicht im Automatikmodus, sondern *kreischte* förmlich. Der Kugelhagel richtete Pohaku genauso zu, wie es eine Kettensäge getan hätte.

Und dann war es vorbei. Von uns dreien schien nur Akaku'akanene das, was gerade geschehen war, unbeeindruckt zu lassen. Sie bürstete sich über ihre bauschige Kleidung, als wolle sie ein störendes Stäubchen entfernen. Dann sah sie mich mit ihren dunklen, glitzernden Knopfaugen an und sagte leise: »Geh.«

Einen Drek werde ich, hätte ich fast gesagt. Dann sah ich die beiden Hütergeister, die uns die ganze Zeit umkreist hatten. Sie rauschten heran, fast so wie die Gans, die bereits wieder in den Schatten verschwunden war, welche sie ausgespien hatten. Akaku'akanene mußte in ihrer Aufregung ihren magischen Schild fallen gelassen haben. Instinktiv riß ich das Sturmgewehr wieder hoch, obwohl mir mein Verstand sagte, daß das sinnlos war.

Akaku'akanene hatte die Geister ebenfalls gesehen... und sie lächelte. Einer von ihnen schoß so nah an mir vorbei, daß ich seine Hitze spüren konnte. Der andere flog ebenso nah an Kono vorbei, die zurückzuckte und fast einen reflexhaften Schuß auf ihn abgegeben hätte. Beide ignorierten uns völlig, und fielen statt dessen über die bereits verstümmelte Leiche Pohakus her, um mit offensichtlicher Genugtuung den Vorgang der Zerstückelung fortzusetzen, den mein Feuerstoß eingeleitet hatte.

Während sich der Zeitablauf wieder normalisierte, klickte es in meinem Hinterkopf, und mir dämmerte die Erkenntnis. Okay, das war also der Grund dafür, warum uns die Hütergeister auch dann nicht in Ruhe gelassen hatten, als Akaku'akanene ihnen gesagt hatte, daß wir dem Tanz ein Ende bereiten wollten. Sie hatten gespürt, daß jemand in der Gruppe den Tanz schützen wollte – Pohaku, um genau zu sein. Vielleicht konnten die Geister nicht erkennen, wer von uns der Feind der Struktur war (vielleicht waren sie durch die Magiebarriere verwirrt worden, die die Messerklaue geschützt hatte). Oder vielleicht hatte der Widerspruch zwischen Akaku'akanenes Versicherungen und ihren eigenen Wahrnehmungen auch dazu geführt, daß sie beschlossen hatten, kein Risiko einzugehen und uns für alle Fälle alle zu geeken. Welche Möglichkeit auch zutraf, ich schien aus dem Gröbsten heraus zu sein.

Sozusagen.

Wiederum handelte ich, bevor ich die Möglichkeit hatte, mich durch langes Nachdenken zu lähmen. Ich bedachte Alana Kono mit meinem besten ›Zum Teufel mit der Welt‹-Lächeln und machte mich daran, den Geröllhang hinunter und zu dem einen halben Kilometer entfernten Tanz zu traben.

Schlechter Zug, Chummer, *echt* schlechter Zug. Ich hatte vielleicht hundert von diesen fünfhundert Metern zurückgelegt, als ich einen falschen Schritt machte, mir den Knöchel verdrehte und zu einem klassischen Abflug ansetzte, um auf Nacken und Schulter zu landen. Natürlich auf meiner *verletzten* Schulter. Ich tat, was jeder in dieser Situation getan hätte – ich schrie Zeter und Mordio, während ich eine elegante Rutschpartie den Geröllhang hinunter veranstaltete. Nach einer Zeitspanne, die mir wie eine Ewigkeit vorkam, wurde ich von einem autogroßen Felsbrocken aufgehalten.

Schön, okay, vielleicht war es doch kein ganz so schlechter Zug. Offenbar haben Babys, Betrunkene und übereifrige Schwachköpfe einen besonderen Schutzengel. Einen Augenblick nachdem ich vor der Rückseite des Felsens zur Ruhe gekommen war, rauschte von vorne eine riesige, tosende, flackernde Feuerwand darüber hinweg. Ich machte mich so klein, daß ich mich in meinem eigenen Bauchnabel verkriechen konnte, während die Hitzewelle über mich hinwegbrauste, die mir das Haar versengte und meine Haut spannte.

Es war in weniger als einer Sekunde vorüber, als habe es sich nur um einen einzelnen Feuerball gehandelt. Ich richtete mich auf und riskierte einen Blick über meinen rauchenden Felsbrocken.

Ich mußte die Aufmerksamkeit von mindestens einem der Tänzer erregt haben, soviel war sicher. Der Tanz dauerte an, aber einer der mit Lendentüchern bekleideten *Kahunas* hatte sich aus dem Kreis zurückgezogen und starrte in meine Richtung. Offensichtlich hatte er mit einem ziemlich häßlichen Feuerball-Zauber zugeschlagen. (Da kam mir ein ziemlich unangenehmer Gedanke: Waren die Tänzer in der Lage, Energie aus dem Haleakala zu ziehen, bei dem es sich ja um einen Ort der Macht handelte? Wenn ja, waren gerade alle Richtlinien hinfällig geworden, die ich bezüglich der Grenzen gelernt hatte, wieviel Energie ein Magier für sein Wirken verbrauchen kann, ohne vor Schwäche ohnmächtig zu werden.)

Tja, Drek, jetzt hatte *er meine* Aufmerksamkeit erregt. Ich legte das Sturmgewehr an und gab einen kurzen Feuerstoß ab. (Und verschoß dabei das gesamte Magazin. *Mann,* das Baby schoß vielleicht schnell!) Ich glaubte nicht, daß ich ihn getroffen hatte – wahrscheinlich hatte er irgendeine magische Barriere errichtet –, aber aus reinem Reflex duckte er sich trotzdem ... was ohnehin der Zweck von Sperrfeuer ist. Ich duckte mich wieder hinter meinen Felsblock.

Wiederum keinen Augenblick zu früh. Irgendwas – irgend*welche Dinge,* um genau zu sein – prallten gegen die andere Seite des Felsens. Der Härte des Anpralls nach hätte es sich um Kugeln handeln können, aber das Geräusch, das sie verursachten, war nicht ganz richtig. Splitter regneten auf meiner Seite des Felsens herunter, und einige fielen mir in den Kragen. Kalt, naß ... Eisstücke. Der Wichser schoß mit Eiszapfen oder irgendwas in der Art nach mir. Genau in dieser Sekunde kam ich zu dem Schluß, daß ich vielleicht doch ein Magophober war.

Das würde *nicht* leicht werden. Ich sah mich nach Alana Kono um. Eine zweite Kanone war hier unten Gold wert. Vielleicht konnten wir vorrücken, indem wir uns gegenseitig Feuerschutz gaben.

Fehlanzeige in dieser Hinsicht, das sah ich sofort. Mein Felsen hatten mich vor dem Superfeuerball geschützt. Kono hatte nicht so viel Glück gehabt. Sie war nur noch ein formloser Haufen, der sich nicht mehr rührte. Flammen leckten über ihren Körper und sandten eine schmierige Rauchfahne in den Himmel. Verdammt noch mal ...

Die beinahe sublime Vibration – das tiefe, kosmische *Pulsieren* – unter meinen Füßen (jetzt unter meinem Hintern) veränderte ihr Timbre, als habe sich ihre Frequenz um eine Oktave erhöht. Meine Eingeweide verkrampften sich wieder, und mein Blickfeld verschwamm, als sich die Vibrationen durch meinen Hintern, das Rückgrat hinauf und schließlich bis in den Schädel fortpflanzten. Wiederum konnte ich die Magie *spüren,* die 400 Meter von meinem Felsen entfernt gewirkt wurde, die fast grenzenlose Kraft, die hier nutzbar gemacht wurde. Vor wenigen Minuten hatte mir Akaku'akanene gesagt, die Tänzer seien weit mit ihrem Ritual gekommen. Jetzt brauchte ich keine Schamanin mehr, um zu erkennen, daß sich das Ritual seinem Höhepunkt näherte.

Ich mußte etwas tun, und zwar *sofort*! Was hatten mir noch Wanzen-Bubi und Akaku'akanene gesagt? Daß ich in diese ach so wichtige Struktur eingewoben war, von der sie immer schwafelten? Und daß ich Einfluß hatte und sich die Ereignisse um meine Person entwickelten (oder ähnlichen Drek)? Tja, der Zeitpunkt war gekommen herauszufinden, ob sie die Wahrheit gesagt oder mir *kanike* erzählt hatten.

Ich hockte mich mit dem Rücken gegen den feuerversengten und eisüberschütteten Felsen, nahm das Sturmgewehr in die linke Hand und stemmte den Kolben gegen die Rippen unter dem Arm. In die rechte Hand nahm ich die Granatwerfer-Pistole, die ich von meinem toten Wohltäter an Bord der Merlin requiriert hatte. (*Daisho,* dachte ich, als mir plötzlich mein Freund Argent einfiel. Er hätte meiner Waffen-Verteilung zugestimmt. Die automatische Waffe – die eine ganze Gegend im Nu völlig verwüsten kann – in die ungeübte Hand, mit der man nicht so treffsicher ist. Soll die größere Kraft des Cyberarms mit dem Rückschlag fertigwerden. Die Einzelschußwaffe in die Hand, mit der ich normalerweise schieße.)

Ich verdrängte diese Gedanken. Sie waren nur Versuche meines Hirns, den Moment aufzuschieben, in dem es in seine Atome zerlegt werden mochte. Ich vergewisserte mich, daß beide Waffen durchgeladen und entsichert waren. Und ich sprang hinter meiner Deckung hervor wie eine Tontaube auf einem Schießstand.

Der *Kahuna* erwartete mich. Kaum tauchte ich hinter dem Felsen auf, begann er mit einem schlurfenden Tanz, und ich sah, wie sich ein Nimbus der Kraft um ihn bildete. Mit derselben übernatürlichen Klarheit des Blicks, in deren Genuß ich schon zuvor gekommen war, sah ich ihn in einem häßlichen Lächeln die Zähne blecken.

Nun, sollte er sich *damit* vergnügen. Aus der Hüfte schoß ich eine Granate aus dem Werfer ab. Der Rückschlag war grotesk, und das Ding, das im Flugzeug in meiner Schulter geknirscht hatte, machte sich deutlich bemerkbar. Trotz des gewaltigen Rückschlags flog die Minigranate so langsam, daß ich ihre Flugbahn verfolgen und sehen konnte, wie sie unter dem Einfluß der Schwerkraft einen sanften Bogen beschrieb. Der Schuß war zu kurz, aber die Explosion und die Splitter mochten dem Schamanen dennoch so sehr zu denken geben, daß er vorübergehend vergaß, mich zu geeken.

Der Schuß war tatsächlich zu kurz. Oder zumindest wäre er zu kurz gewesen, wenn die Granate nicht zuvor gegen eine unsichtbare Barriere zwischen mir und dem Schamanen geprallt wäre, etwa fünf Meter vor meinem lendenbetuchten Gegenspieler. Die Granate explodierte und hüllte das ganze Gelände in eine Wolke dichten, schweren Rauchs. *Ach, Drek ...*. In meiner unendlichen Enttäuschung hätte ich den Werfer beinahe weggeschleudert. Ich hatte mir eine Waffe ausgesucht, die mit einem vollen Magazin verdammter *Rauchgranaten* geladen war! Wäre ich der Ansicht gewesen, meine Lebenserwartung betrage mehr als ein paar Sekunden, hätte ich mich wahrscheinlich für meine Dummheit geschämt. Ich hatte nicht einmal die verdammte Munition überprüft!

Wie ging der uralte Witz noch? *Tod ist besser als Versagen, weil man mit dem Versagen leben muß.* Die Chancen standen gut, daß sich dieses Problem für mich nicht stellen würde. Ich gab einen kurzen Feuerstoß mit dem Sturmgewehr ab, während ich vorwärtslief, obwohl ich wußte, daß die Kugeln von derselben unsichtbaren Barriere abprallen würden, die auch die Granate aufgehalten hatte. Aber welche andere Wahl hatte ich? Sollte ich einfach stehen bleiben und darauf warten, daß der Zauber des Schamanen durch die dichte Rauchwolke fuhr und mich geekte?

Augenblick mal ... *Durch* die dichte Rauchwolke?

Und da kam mir die Erkenntnis. *Ich konnte den Schamanen wegen des Rauchs nicht sehen.* Und wenn ich ihn nicht sehen konnte, *konnte er mich auch nicht sehen.* Und – letzter Schritt in der logischen Kette, die vielleicht meinen traurigen Hintern rettete – *Magie funktioniert nur bei direkter Sichtverbindung. Man kann nicht geeken, was man nicht sieht ...*

Ich glaube, ich jubelte in einer Art schrecklicher Freude, als ich die Granatpistole wieder hochriß und Granate um Granate gegen die unsichtbare Barriere vor dem *Kahuna* jagte, bis das Magazin leer war. Der Schamane begriff sehr rasch, was ich tat. Aus dem Nichts wehte plötzlich ein Hexenwind und peitschte über die zerklüfteten Felsen. Aber Rauchgranaten explodieren nicht einfach in einer Rauchwolke, und das war's. Nein, sie rauchen und qualmen noch für ein paar Sekunden nach der Explosion weiter. Der zahme Wind des Schamanen mochte den Rauch wegblasen, der bereits entstanden war, aber auf dem Boden zwischen ihm und mir lag mittlerweile ein halbes Dutzend Granaten, aus denen immer noch dichte Rauchwolken quollen.

Während ich die Granatwerfer-Pistole leerschoß, rannte ich über das offene Gelände, so schnell mich meine langen Beine trugen. Ich konzentrierte mich in erster Linie auf die Rauchwolke – und indirekt auch auf den zweifellos genervten *Kahuna* dahinter –, aber ich kam nicht umhin, zur Kenntnis zu nehmen, was sonst noch um mich herum vorging.

Was für meinen ungeschulten Verstand eine ziemlich nahe Annäherung an die Hölle war, die sich darauf vorbereitete, mit Pauken und Trompeten loszubrechen. Das Tempo des Tanzes hatte zugenommen, etwa von einem Menuett zu einem Chiphead, der zu Shag-Rock ausflippte und gleichzeitig an Schüttelfrost litt. Die Tänzer bewegten sich in einem zwanzig Meter durchmessenden Kreis gegen den Uhrzeigersinn. Um sie herum schimmerte die Luft vor Macht, als brenne jedes Molekül in seinem eigenen schwachen Hexenlicht.

Im Laufen fiel mir zum erstenmal auf, daß sich die pyrotechnischen Effekte nicht um den Kreis der Tänzer zentrierten, wie ich ursprünglich angenommen hatte. Nein, ganz und gar nicht. Der Feuerfächer – die Blume aus Licht und Hitze, die ich zuerst auf der Infrarotanzeige der Merlin gesehen hatte – hatte ihren Ursprung an einer Stelle, die gut fünfzig Meter vom Zentrum des Tanzes entfernt war. *Dort* lag das wirkliche Zentrum der Macht. Die Tänzer befanden sich am Rande seines Nimbus, aber der eigentliche Mittelpunkt lag *außerhalb* des Kreises.

Dort – in diesem Mittelpunkt – fanden die wirklich verrückten Sachen statt. Dort leuchtete die Luft mit solcher Intensität – nicht Helligkeit als solcher, sondern Intensität… und das *ist* ein Unterschied –, daß sie einen festen Eindruck machte: Gase, die so weit gekühlt wurden, daß sie kristalline Form annahmen, und dann leuchteten die Kristalle von innen. Über diesem Mittelpunkt wölbte sich die wogende, wirbelnde Wolkendecke nach unten, als sei das Zentrum des Leuchtens ein teilweises Vakuum, das Luft und Wolken aufsog. Elektrische Entladungen blitzten innerhalb der Wolkendecke und aus den Wolken herab zum Boden. Sie blitzten durch und inmitten der Dutzenden von Hütergeistern, die immer noch in ihrem Annäherungs-Ausweich-Schema um den Tanz und um den Mittelpunkt wirbelten. Meine Ohren waren vom Heulen und Kreischen jener Geister erfüllt. Hinzu kamen die titanischen Peitschenschläge der elektrischen Entladungen und das tiefe, fundamentale *Pulsieren,* das sich sowohl durch die Felsen als auch durch die Luft fortpflanzte.

Das Licht war zwar hell, aber die elektrischen Entladungen waren unendlich viel heller. Jedesmal wenn sie aufblitzten, ließen sie die Bewegungen im Krater erstarren wie das Blitzlicht eines Fotografen. Sie ließen meine Glieder erstarren, sie ließen die dahintreibenden Rauchwolken erstarren, sie ließen die Bewegungen der Tänzer erstarren …

Und sie ließen die Bewegungen der Felsen um mich erstarren. Denn die Felsen bewegten sich tatsächlich – langsam, unbeholfen. Ich konnte ihnen keine Aufmerksamkeit widmen, aber aus dem Augenwinkel nahm ich doch einige Einzelheiten wahr. Es waren Felsbrocken gewesen, das wußte ich. Aber – und das war eine Einzelheit – sie sahen nicht mehr wie unbelebte Felsbrocken aus. Nein, sie sahen wie große Tiere, wie titanische Hunde aus, die man im Zuge irgendeines gräßlichen Züchtungsexperiments mit dem Gestein der Erde gekreuzt hatte. Manchmal spürte ich ihre Blicke auf mir ruhen und die Intensität ihres Hasses. Aber ich spürte auch, daß sich dieser Haß nicht gegen *mich* richtete. Ich war unwichtig für sie, das wußte ich, nur ein weiteres Merkmal ihrer Umgebung wie die abgestürzte Merlin oder die Wolken am Himmel. Ihre Aufmerksamkeit konzentrierte sich ausschließlich auf den Tanz und auf die Kristallfeuer-Luft am Mittelpunkt. Sie bewegten sich langsam, aber unaufhaltsam. Irgendwann würden sie ihr Ziel erreichen – in meinem tiefsten Innern wußte ich das. Was würden sie tun, wenn sie dort ankamen? Sie haben mich verstanden, Chummer.

Und würden sie es rechtzeitig schaffen?

Die Zeit floß wieder zäh wie Leichtöl in der Tiefkühltruhe. Ich rannte, was das Zeug hielt, über die zerklüfteten Felsen. Ich hatte bereits mehr als vierhundert Meter zurückgelegt, so daß ich vielleicht noch fünfzig vor mir hatte, bis ich auf die Rauchwolke stieß. Ich rannte so schnell wie noch nie in meinem Leben.

Aber ich hatte trotzdem genug Zeit und Aufmerksamkeit übrig, um festzustellen, daß sich im Mittelpunkt etwas verändert hatte. Irgend etwas war da, inmitten der Kristallfeuer-Luft.

Oder genauer gesagt, irgend etwas war *nicht* da. Wäre die Kristallfeuer-Luft eine Wolkendecke gewesen, hätte ich gesagt, daß sich die Wolken geteilt hatten, so daß dahinter der schwarze, sternenbedeckte Himmel sichtbar wurde. Nur, daß die Lichter, die ich dort im Zentrum der Kristallfeuer-Luft sehen konnte, keine Sterne waren – Sterne bewegen sich und blinken nicht so. Und die Dunkelheit – sie vermittelte das Gefühl unendlicher Tiefe, wie dies der Nachthimmel tut, aber ich wußte, *wußte*, daß sie durch das Kristallfeuer begrenzt wurde. Vielleicht blicke ich tatsächlich in die unendliche Tiefe eines Himmels, dachte ich plötzlich.

Aber es war nicht der Himmel *dieser* Welt. Und darin bewegten sich *Dinge*.

Ich glaubte verrückt zu werden.

Wieder veränderte sich mein Zeitgefühl, und plötzlich pflügte ich mit Höchstgeschwindigkeit durch die dünner werdende Rauchwolke. Ich hielt meine Beine in Bewegung, aber ich riß das Sturmgewehr hoch.

Und da war der Schamane, direkt vor mir. Er war ein Stück vorangegangen, seit ich ihn zuletzt gesehen hatte, bis zu seiner magischen Barriere. Schlechter Zug. Eine verirrte Windbö hatte den Rauch in seine Richtung getrieben und ihn eingehüllt. In dem Augenblick, bevor ich ihn niederwalzte, sah ich, wie sich seine Augen – gerötet, tränend, verschwollen – weiteten. Er öffnete den Mund – vielleicht, um einen Zauber zu wirken, vielleicht, um ›Drek‹ zu rufen, ich werde es nie erfahren.

Meine Schulter schmetterte gegen seine Brust – meine verletzte Schulter, verdammt noch mal –, und ich warf ihn glatt um. Während er hintenüber fiel, zog ich ihm instinktiv die leere Granatwerfer-Pistole über die Schläfe. Und dann – wer den Schaden hat, braucht für den Spott nicht zu sorgen – zerfetzte ich ihm mit einem Feuerstoß aus meinem Sturmgewehr im Laufen die Eingeweide.

Die wirbelnde, wogende Masse der Hütergeister blieb hinter mir zurück. Das bedeutete, ich befand mich innerhalb der magischen Barriere, die sie davon abhielt, sich auf die Tänzer zu stürzen. Außerdem war ich auch durch die magische Barriere hindurch, die der getötete *Kahuna* zu seinem Schutz errichtet hatte. Das bedeutete …

Ich glaube, ich grinste, als ich sowohl in das Sturmgewehr als auch in die Granatwerfer-Pistole ein neues Magazin einlegte.

Dort waren die Tänzer, fünfundzwanzig Meter von mir entfernt, nicht mehr. Wenn sie überhaupt wußten, daß ich da war, konnten sie kein Iota ihrer Aufmerksamkeit von ihrem Tun abwenden. Zum erstenmal sah ich die Muster, die auf den Boden gezeichnet waren – Linien, die mit Asche oder Mehl gezogen waren, Reihen aus weißen Steinen, die zu komplexen Mustern arrangiert und von Holz, Knochen und Federfetischen durchsetzt waren –, und ich verstand ein wenig besser, was vorging.

Die Tänzer befanden sich selbst in einer Art Schutzkreis, der fünfundzwanzig Meter durchmaß, und in dem sich ihre Bewegungen abspielten. Und abseits des Tanzes gab es einen weiteren Schutzkreis, kleiner, aber komplexer … und, wie ich irgendwie spürte, auch viel *mächtiger*. Die Kristallfeuer-Luft, die Region der Dunkelheit, die ›Sterne‹, die *Dinger* – all das befand sich innerhalb dieses zweiten Kreises.

Und was bedeutete das alles? Kreise können Dinge einsperren oder Dinge aussperren – das ist so ungefähr alles, was ich über Beschwörungen weiß. Der kleinere, komplexere Kreis mußte den Zweck haben, Wanzen-Bubis ›Wesenheiten‹ zu binden, wenn sie durch das

›Tor‹ kamen, wie ich den Riß bei mir bezeichnete, den der Tanz in der Realität erzeugt hatte. (Und wenn ich Wanzen-Bubis und Akaku'akanenes Warnung ernst nahm, war er dieser Aufgabe nicht gewachsen.)

Was war dann mit dem Kreis, der die Tänzer umgab? Dort gab es nichts zum Einsperren, also mußte er dazu dienen, etwas *aus*zusperren. Eine Art magische kugelsichere Weste – ein Schutz für die Schamanen, falls es den Wesenheiten, die in diese Welt eindrangen, gelang, den Kreis zu durchbrechen, der sie halten sollte.

Nun, zum Teufel damit, sage ich.

Die Wesenheiten kamen noch nicht durch den Riß in der Realität, aber sie *würden* kommen. Davon war ich überzeugt. Die Tänzer hatten ein Portal zwischen unserer Welt und einer anderen geöffnet. Der Schaden war angerichtet. Jeden Augenblick würden ein oder mehrere von Wanzen-Bubis Wesenheiten – meine ›kosmischen Gemeinheiten‹ – durch den Riß springen oder kriechen oder fliegen, und dann war der Drek am Dampfen. Die Inseln von Hawai'i würden Höllenqualen erleiden …

Sollten also die Tänzer – die Wichser, die für diese drekkige Situation verantwortlich waren – ungeschoren davonkommen? Würden sie innerhalb ihres Schutzkreises in Sicherheit sein, während sich die kosmischen Gemeinheiten austobten?

Nicht, wenn *ich* dabei ein Wörtchen mitzureden hatte, Chummer, *das* kann ich Ihnen sagen.

Ich spürte, wie ich die Zähne zu einem furchtbaren Grinsen bleckte, als ich mit meinen beiden Waffen auf die Tänzer anlegte. Zuerst eine Granate, um sie wissen zu lassen, daß ihnen die Hölle bevorstand. Mein rechter Zeigefinger krümmte sich um den Abzug …

Und jeder verdammte Muskel meines Körpers erstarrte. Jeder einzelne. Ich atmete nicht mehr, und ich glaube, mein Herz hatte zu schlagen aufgehört. Wie zuvor auf dem Rollfeld von Kaiao war ich magisch gelähmt.

Zur Hölle mit dir, Harlech! wollte ich schreien, aber die Worte erschollen nur in meinem Kopf.

Zu meiner Linken erschien eine Gestalt. Sie *erschien* einfach – gerade noch nichts, im nächsten Augenblick da, *zack,* einfach so. Nicht Quinn Harlech. Ein polynesischer Mann, der dieselbe Uniform wie die anderen Tänzer trug – ein Lendentuch und einen Kopfschmuck aus Gras, und damit hatte es sich. Abgesehen von einem gemeinen Grinsen.

Ich *kannte* ihn, den Wichser. Ich hatte ihn schon gesehen, und da hatte er mehr oder weniger denselben Retro-Drek getragen: im Thronsaal des Iolani-Palasts, wo er links neben König Kamehameha V. gestanden hatte. Ich kannte diesen mageren, faltigen, nußbraunen Körper, der jetzt vor Schweiß glänzte. König Kamehamehas *Kahuna,* sein magischer Ratgeber. Wußte Gordon Ho, wie dicht er von Verrat umringt gewesen war? Nun, wenn nicht, war es ein klarer Fall, daß *ich* es ihm nicht mehr sagen würde.

Die Welt um mich herum schrumpfte bereits zusammen, da mein Hirn nach dem Sauerstoff schrie, den mein Herz ihm nicht schickte. Was für eine lausige Art abzutreten: so nah daran, und dann von einem alten Rattenfurz von einem Schamanen aufgehalten zu werden, der einfach im Schutz eines Unsichtbarkeitszaubers gewartet hatte, bis ich in seinen kleinen Hinterhalt gestolpert war. Was für ein drekkiger Abgang, zu ersticken, während alle Muskeln gelähmt waren …

Muskeln? Wie funktionierte dieser magische Drek überhaupt? Lähmte er die Bewegungsnerven, oder fror er die Muskeln selbst ein? Es gab nur einen Weg, das herauszufinden. Und, Drek, ich hatte einmal ein altes Buch gelesen, in dem es geklappt hatte …

Mit dem linken Arm – meinem kybernetischen Ersatzarm – schlug ich mit all der Kraft der Pseudomyomerfasern, Servomotoren und Cyber-Aktivatoren zu. Kein

Muskel bewegte sich – nur der technologische *Ersatz* für Muskeln.

Meine linke Hand und das Sturmgewehr, das sie hielt, bewegten sich so schnell, daß sie nur noch verschwommen zu sehen waren. Der Lauf krachte mit einem gräßlichen knirschenden Laut gegen den Hals des *Kahuna* und beschleunigte immer noch. Und ich will verdammt sein, wenn ich ihm nicht seinen gottverdammten Kopf sauber abtrennte! Der Körper des *Kahuna* stürzte in eine Richtung, sein Kopf flog in eine andere, und ich selbst fiel in eine dritte, da mich die Heftigkeit meiner eigenen Bewegung von den Beinen riß. Ich schlug schwer auf den Boden, was mir den letzten kümmerlichen Rest verbrauchter Luft aus den Lungen trieb, den sie noch enthielten. Ich holte schmerzhaft keuchend Luft …

Noch einmal: *Ich holte schmerzhaft keuchend Luft!* Die Schmerzen, die ich empfand, waren wie eine Wohltat. *Nur lebendige Menschen empfinden Schmerz.*

Mit dem Tod des *Kahuna* war auch die Wirkung seines Zaubers erloschen. Ich war wieder frei. Ich konnte atmen, ich konnte mich bewegen.

Ein paar Sekunden lang blieb ich einfach liegen und genoß das, ja *aalte* mich in dem Gefühl des Atmens. Dann erinnerte mich eine plötzliche Veränderung in der Vibration des Bodens daran, daß meine einzige Chance, auch weiterhin zu atmen – und was für eine kleine Chance es war –, in meinen eigenen Händen lag. Mit einem Knurren zwang ich mich auf Hände und Knie, dann in eine unsichere Hocke.

Der Tanz hatte seinen frenetischen Höhepunkt erreicht. Zwei der Tänzer lagen am Boden – ohnmächtig oder tot, konnte ich nicht sagen –, aber die anderen hampelten immer noch herum, als litten sie unter Zuckungen. Fünfzig Meter entfernt, im Mittelpunkt, hatte sich der Riß im Gefüge von … nun, von *allem* … noch weiter geöffnet. Ich spürte Kälte auf meinem Gesicht brennen. (Okay, ich *weiß*, daß Kälte nicht brennt.

Aber, Drek, genau das empfand ich ...) Irgendwas füllte das Tor aus, wollte hindurchkommen. Irgendwas ...

Ich zwang mich wegzusehen. *Mein Gott* ... Mein Verstand konnte nicht begreifen, was meine Augen gesehen hatten ... nicht *richtig*. Ich stand kurz vor dem schrecklichen Begreifen und hatte die unerschütterliche Überzeugung, daß ich in dem Augenblick, in dem ich tatsächlich begriff, unheilbar wahnsinnig werden würde.

Aber ich brauchte nicht zum Mittelpunkt zu schauen. Meine eigentlichen Ziele waren viel näher.

Ich legte mit der Granatwerfer-Pistole an und zielte sorgfältig. Der Kreis, der die Tänzer umgab, wurde von kleinen, aber kunstvoll aufgeschichteten Haufen aus weißen Steinen, geschnitzten Holzstatuen und Knochen geviertelt. Der nächste dieser Steinhaufen war weniger als dreißig Meter von mir entfernt. Ich korrigierte mein Ziel ein wenig und drückte ab.

Die Granate traf den Steinhaufen genau in der Mitte und explodierte. Diesmal kein Rauch. Das zweite Magazin, das ich mir geschnappt hatte, war mit Splittergranaten geladen. Ich hörte das fast sublime Flüstern der Splitter, die überall um mich herum durch die Luft pfiffen. Der Steinhaufen war bereits zu Drek zerborsten, aber was sollte es? Ich hatte noch fünf weitere Granaten, also schickte ich noch eine weitere hinterher.

Ich hatte eine Bresche in den Schutzkreis der Tänzer gesprengt. Irgendwie wußte ich das, ich konnte es *spüren*. Und sie wußten es auch. Sie verhielten in ihren Zuckungen und gafften – manche in meine Richtung, die meisten in Richtung des Tors, aber alle mit derselben Miene betäubten Entsetzens. Sie gafften.

Bis ich sie mit einem einzigen langen Feuerstoß aus meinem Sturmgewehr alle niedermähte. Sie fielen wie Kegel, sackten zusammen, während Blut und Gewebe spritzte. Ich lachte, ein Geräusch, das selbst für meine Ohren irrational klang. *Nun, das war* eine *Möglichkeit, die Tänzer vom Tanz abzuhalten* ...

Mein Job war noch nicht erledigt. Ich wandte mich dem Tor zu, wobei ich den Blick nicht auf den Riß im Gefüge von Raum und Zeit richtete, und verschoß die vier noch im Magazin verbliebenen Granaten. Wie zuvor zielte ich nicht auf das, was sich innerhalb des Schutzkreises befand, sondern auf den Kreis selbst. Die Minigranaten explodierten inmitten der weißen Steine, der geschnitzten und gefiederten Fetische, der Asche und des Mehls und schickten alles zur Hölle.

Irgendwas krachte gegen meinen Rücken und stieß mich zu Boden. Scharfkantiges Lavagestein schnitt mir Gesicht und Hände auf. Ich hob den Kopf, und das Blut lief mir bereits in die Augen und ließ meine Sicht verschwimmen.

Es war eines dieser großen Fels-Hunde-Dinger, das mich umgestoßen hatte. Es war nicht stehengeblieben, um mich zu beschnüffeln oder das Bein zu heben. Ein Dutzend oder mehr dieser Dinger flitzten dem Tor entgegen. Hatten sie sich zuvor noch mit der Geschwindigkeit eines Gletschers bewegt, so machten sie das jetzt mehr als wett. Gewaltige hüpfende Schritte überbrückten rasch die Entfernung.

Ihnen buchstäblich auf den Fersen folgte der wilde Tumult der Hütergeister, der bisher von der magischen Barriere der Tänzer abgehalten worden war. Wie ein heulendes, kreischendes Rudel verlorener Seelen fluteten sie über mich hinweg. Nicht dem Tor entgegen, das erkannte ich sehr rasch – vielmehr zu den Überresten der *Kahunas,* die ich niedergemäht hatte. Während die Hunde (oder worum es sich auch handelte) weiter zum Tor hasteten, fielen die Hütergeister über die Leichen und Beinahe-Leichen her und rissen sie in kleine blutige Fetzen, wobei sie mit gräßlicher Schadenfreude vor sich hin schnatterten und kreischten.

Die Hunde näherten sich dem Tor jetzt aus allen Richtungen. Zum erstenmal hörte ich das Geräusch, das sie verursachten – ein scheußliches, unnatürliches Kläffen, bei dem mir das Blut in den Adern gefror. Sie stürmten immer weiter, und ihre Masse verbarg den Schrecken des *Dings*, das durch das Tor kam.

Ich glaubte, sie würden sich kopfüber auf das *Ding* stürzen wie Wachhunde, die einem Eindringling an die Kehle gehen. Fehlanzeige, Chummer, das wäre zu vorhersehbar gewesen. Sie blieben alle gleichzeitig stehen und bildeten einen soliden Ring um das Tor, wo sie Schulter an Steinschulter hockten. Dann reckten alle wie auf ein geheimes Signal das klobige Maul gen Himmel und *heulten*.

Das Geräusch fuhr mir durch Mark und Bein bis tief in meine Seele und rührte jede Andeutung von Verzweiflung, Einsamkeit und Verlassenheit an, die ich je empfunden hatte – rührte sie an und erweckte sie wieder zum Leben. Ich hätte geweint – wäre in Tränen ausgebrochen, um nie wieder aufzuhören –, aber meine Seele litt so sehr, daß ich nicht weinen *konnte*. Da glaubte ich, sterben zu müssen. Wie konnte ein armseliges menschliches Wesen so viel Verzweiflung empfinden und *nicht* sterben?

Doch ich starb nicht. Irgendwie schlug mein Herz weiter, floß mein Blut weiter. Ich lag dort auf dem felsigen Boden und sah zu, wie die Hunde das Tor anheulten.

Und das Tor veränderte sich. Es erbebte und flimmerte, verlor an Schärfe. Blitze knisterten und krachten, aber jetzt *innerhalb* der endlosen Tiefen des Tores. Aktinisches Licht flackerte und ließ die Hunde scharf hervortreten, schwarz vor blendendem Weiß. Innerhalb des Tores schrie *irgend etwas*, vermischte seinen eigenen Verzweiflungsschrei mit dem Heulen der Hunde.

Mit einem letzten markerschütternden Knall brach das Tor zusammen. Die Kristallfeuer-Luft flimmerte, und ich sah, wie sich eine Schockwelle – eine perfekt kreisförmige Wellenfront – von ihrem Zentrum ausbreitete. Wie in all den alten 2D-Filmen von Atombombentests breitete sich die Schockwelle aus und komprimierte dabei die Luft vor sich zu einer solchen Dichte, daß sie undurchsichtig wurde.

Die Schockwelle erfaßte mich, und alles hörte auf.

Epilog

Und wiederum erlangte ich das, was wir lächerlicherweise Bewußtsein nennen, in einem Krankenhausbett wieder, wo ich mit leerem Blick eine nichtssagende weiße Decke anstarrte. Immer wieder dieselbe verdammte Geschichte …

Ich holte tief Luft und stöhnte ob der Schmerzen, die mir das verursachte, laut auf. Ich fühlte mich, als sei ein Troll mit Kampfstiefeln – mit liebevoller und wohlbedachter Sorgfalt – auf allen wichtigen Teilen meiner Anatomie *und* mehreren anderen Teilen herumgetrampelt, die ich bisher nicht als wichtig eingestuft hatte. Ich hatte *Schmerzen*. Überall, am ganzen Körper. Tief drinnen und auch äußerlich. (Außer, natürlich, in meinem linken Arm, aber sogar der schickte seine eigene verdrehte Analogie von ›Schmerz‹-Signalen an mein Gehirn.)

Nur lebendige Menschen empfinden Schmerzen, versuchte ich mich zu beruhigen. Es klappte nicht. Ich lag da und beneidete die Toten.

Ich nehme an, daß ich dann eingedöst bin, weil die Deckenlampen aus waren, als ich mir das nächstemal meiner Existenz bewußt wurde. Die einzige Beleuchtung kam aus der Richtung des Fußendes meines Bettes. Ein kalter, bläulich-weißer Lichtschimmer. Mondlicht?

Ich versuchte mich aufzurichten, tat dieses Vorhaben aber sehr rasch als schlechte Idee ab und gab es auf. Statt dessen mußte ich mich damit begnügen, den Kopf auf dem Kissen zu drehen, so daß ich aus dem Augenwinkel einen Blick in Richtung Fußende werfen konnte.

Jawoll, Mondlicht. Jemand hatte vergessen, die Rolläden vor meinem Fenster zu schließen, und ich konnte direkt in die Nacht hinaussehen. Der Vollmond hing hoch über den Wolken wie eine geisterhafte Galeone, die durch einen Archipel surrealistischer Inseln segelte.

Vollmond? Ich versuchte mich zu erinnern, welche Mondphase gewesen war, als Gordon Ho und ich am Fenster des New Foster Tower gestanden und die Thorhämmer beobachtet hatten. Ich stellte fest, daß ich mich nicht an Einzelheiten erinnern konnte – aus dieser Nacht oder auch aus allen anderen Tagen und Nächten, was das betraf. Irgendein Teil von mir wußte, daß mich das hätte beunruhigen *müssen,* aber im Moment hatte ich einfach nicht die Energie, um mehr als einen Gedanken darauf zu verschwenden. Ich war ziemlich sicher, daß Neumond oder fast Neumond gewesen war, obwohl ich es nicht ganz genau festlegen konnte.

Was bedeutete, daß ich *zwei Wochen* weggewesen war? Ich dachte an das letzte Mal, als ich nach längerer Bewußtlosigkeit in einem Krankenhaus aufgewacht war, und machte eine rasche geistige Bestandsaufnahme meines Körpers. Fühlte sich irgend etwas seltsam, taub oder – noch schlimmer – abhanden gekommen an?

Nein, wurde mir nach einem Augenblick gräßlicher Unsicherheit klar, und ich entspannte mich erleichtert. Alles fühlte sich im wesentlichen richtig an … was bedeutete, es schmerzte wie die Hölle. Wenn ich etwas verloren und die Ärzte es durch Chrom ersetzt hätten – wie das beim letztenmal der Fall gewesen war –, hätten sie sich nicht die Mühe gemacht, die posttraumatischen Schmerzen perfekt zu kopieren, oder?

Ich drehte den Kopf, um noch einen Blick auf den Mond zu werfen. Guter alter Mond, dachte ich benebelt. Den Göttern sei Dank, daß zumindest *du* unverändert bleibst. Unsere eigene Welt können wir ruinieren, wie wir wollen, aber wenigstens können wir nicht an dir herumpfuschen ... zumindest nicht so schlimm, daß wir es bemerken würden.

Ich schloß die Augen und lauschte eine Ewigkeit dem leisen Rauschen der Klimaanlage. Als ich die Augen wieder öffnete, war es Tag. Ich blinzelte, und es war wieder Nacht. Wie bei meinem verschwommenen Gedächtnis wußte ich, daß mich das hätte beunruhigen *müssen,* aber wiederum konnte ich kein Gefühl der Besorgnis oder der Empörung erzeugen. Alles zu seiner Zeit, und vielen Dank auch.

Wiederum zog der Mann im Mond seine Schau vor meinem Fenster ab, während ich dem Seufzen der Klimaanlage lauschte. Mehr konnte ich nicht hören – den künstlichen Wind im Zimmer und den echten Wind, der in den Palmen raschelte, draußen. Keine Explosionen, keine Schüsse, keine Schreie. Also mußte das Tor wohl geschlossen sein. Ich konnte mir nicht vorstellen, daß eine Nacht so friedlich verlaufen wäre, wenn jener Riß in der Realität nicht gestopft worden wäre.

»Das Tor *ist* geschlossen.«

Die leise Stimme, die irgendwo zu meiner Rechten erklang, hätte fast einen Herzstillstand bei mir verursacht. Ich stieß einen leisen Schrei aus und fuhr zusammen, als hätte mir jemand einen Peitschenschlag versetzt. Als mein Puls wieder unter fünfhundert gesunken war, drehte ich den Kopf nach rechts und fixierte die Silhouette – Schwarz auf tieferem Schwarz – einer sitzenden Gestalt. »Ich glaube nicht, daß ich laut gesprochen habe«, sagte ich anklagend.

Ich hörte Akaku'akanenes Lächeln mehr, als daß ich es sah. »Vielleicht solltest du dich auch weiterhin selbst überraschen, so, wie du es mit anderen tust.«

Einen Augenblick lang hatte ich an der verdrehten Grammatik ihrer Aussage zu knacken, dann gab ich es auf. »Wie?« fragte ich.

»Wieviel weißt du über die Wirkungsweisen der Magie?« begann die alte Frau.

Ich konnte mir ein Lächeln nicht verkneifen. »Hast du Elfenblut in dir?« fragte ich trocken.

Wiederum hörte ich, wie ihr Lächeln breiter wurde. »Warum? Weil ich eine Frage mit einer Frage beantworte?«

Ich seufzte. »Wortspiele später«, sagte ich. Dann wiederholte ich: »Wie?«

»Die Hüter«, sagte sie schlicht. Ich wartete auf eine Erläuterung, aber es kam keine.

»Du meinst, die Geister?«

»Ja, die Geister. Und auch andere Hüter. Hüter des Haleakala, Hüter der Struktur.«

Damit mußte sie die Fels-Hunde meinen, oder? Ich nickte. »Weiter, bitte.«

»Die *Kahunas* mußten die Hüter abhalten, um die Struktur zu entwirren.«

Wiederum wartete ich. Wiederum mußte ich nachhaken: »Und ...?«

Ich sah die Silhouette die Achseln zucken, als wolle sie sagen: »Das ist alles!«

Und ich nehme an, das war auch alles. Ich hatte die Schutzkreise der Tänzer ruiniert, so daß der Weg für die ›Hüter der Struktur‹ frei gewesen war, um ihr Ding abzuziehen. Simpel.

»Okay«, räumte ich ein, »schon kapiert. Aber« – ich deutete auf meinen Körper, das Bett, das Krankenzimmer – »was stimmt mit mir nicht? Ich fühle mich wie ausgekotzt.«

Einen Moment lang herrschte Schweigen, dann sagte Akaku'akanene leise: »Verstehst du die Kräfte, denen du nahe warst?«

Irgend etwas in ihrer Stimme erzeugte ein Kribbeln auf meiner Haut, aber ich gab trotzdem keine Ruhe. »Die Tänzer waren ihnen viel näher als ich«, stellte ich fest.

»Ja. Abgeschirmt durch Schutzvorrichtungen. Und bewandert in den Wirkungsweisen der Magie. Und du?« Sie schnaubte. »Du hast Glück, daß Nene über dich wacht.«

»Was hätte es mir getan?« Ich wollte es eigentlich gar nicht wissen, aber ich mußte einfach fragen. »Mich umgebracht?«

»Schlimmer«, sagte sie in einem Tonfall, der ein eisiges Flüstern war. »Viel schlimmer.«

Ich legte den Kopf in den Nacken und starrte an die Decke. Ich blinzelte. Nach einigen Momenten fiel mir etwas ein. »Hey«, sagte ich, »was war das für ein Trick mit Pohaku – diese Gans *ex machina?*«

Ich sah sie nicht an, aber ich spürte ihr Lächeln trotzdem. »Wenn der Geist singt, antwortet der Schamane«, sagte sie leise. »Aber manchmal ist es der *Schamane,* der singt.«

Typisches magisches Kauderwelsch, verkniff ich mir. Ich blinzelte ...

Und es war wieder Tag, und Akaku'akanene war verschwunden. Ich sah die alte Gans nie wieder.

Vielleicht war es der Besuch der alten Schamanin, oder vielleicht war es auch meine unbeugsame Willenskraft (na klar). Aber danach verbesserte sich mein Zustand drastisch. Zwei Tage nach Akaku'akanenes nächtlichen Auslassungen war ich auf den Beinen und unternahm erste Bewegungsübungen, und zwei Tage danach fuhr ich in einem elektrischen Rollstuhl zum Haupteingang des Krankenhauses – das Kuakini Central hieß, wie ich mittlerweile erfahren hatte. (Warum bestehen Krankenhäuser sogar noch heute darauf, daß Patienten das Gebäude nicht aus eigener Kraft verlassen dürfen? Damit andere potentielle ›Kunden‹ nicht glauben, sie seien tatsächlich geheilt ...?) Meine Eskorte – die Krankengymnastin, die mir für meine Rehabilitation zugewiesen worden war, eine große, joviale Orkfrau namens Mary Ann – drückte den Knopf für mich, der die Tür öffnete, und ich rollte in den Sonnenschein hinaus.

Sie beugte sich herunter und pflanzte mir einen feuchten Kuß auf die Stirn. (Wir waren ziemlich gut miteinander ausgekommen, Mary Ann und ich – das heißt, wenn sie mich nicht gerade zu einer weiteren Runde an irgendeiner Foltermaschine gezwungen hatte.)

»Und was nun?« fragte ich sie. »Und kann ich endlich aus diesem Ding aufstehen?«

Mary Ann bedachte mich mit einem ihrer besten Kinderschreck-Grinsen. »Sie sind nicht mehr im Haus«, stellte sie fest. »Und jetzt geben Sie uns unseren verdammten Rollstuhl zurück, *Hoa*.«

Ich kicherte, als ich mich aus den Tiefen des Rollstuhls löste. Dann holte ich Luft, um den ersten Teil meiner Frage zu wiederholen.

Doch sie kam mir mit einer Neigung des Kopfes zuvor. »Sie werden erwartet«, sagte sie leise.

Ich schaute in die Richtung, die sie angezeigt hatte. Eine Limousine – diesmal kein Phaeton – hatte am Randstein angehalten, und die hintere Tür öffnete sich mit einem hydraulischen Zischen. »Kein Platz für mich in deinem Haus?« fragte ich die Orkfrau in gespielt hoffnungsvollem Tonfall.

»Immer, Süßer«, gurrte sie. »Aber, weißt du, mein Mann, er ist irgendwie ziemlich empfindlich in diesen Dingen.«

Ich lachte lauthals. Es tat gut. »Tja, nichts liegt mir ferner, als mich in die Wonnen Ihres Eheglücks einzumischen.« Und dann setzte ich eine ernste Miene auf. »Danke, Mary Ann. Und das meine ich so, wie ich es sage.«

Sie umarmte mich. Und wenn Sie noch nie von einem Ork umarmt worden sind, der eine Ausbildung als Krankengymnast hat … Bruder, dann sind Sie noch nie umarmt worden.

Als ich wieder atmen konnte, lächelte ich ihr noch einmal zu und ging dann langsam die Stufen hinab und zur Limousine.

Alle Fenster waren getönt und polarisiert. Der Fahrer hätte, nach allem, was ich sehen konnte, ebensogut das *Ding* sein können, das versucht hatte, durch das Tor zu kommen. Ich seufzte. Nun, wenn jemand dort draußen in der großen weiten Welt meinen Tod wollte, würde er kaum für eine Limousine bezahlen müssen, um ihn zu arrangieren. Ich stieg ein und schloß die Tür hinter mir.

Die Kevlarplex-Trennscheibe zwischen den Vorder- und Rücksitzen war geschlossen – nicht weiter überraschend – und ebenfalls vollständig polarisiert. Ich konnte den Kopf des Fahrers nicht einmal als Silhouette sehen. Ich lehnte mich zurück, als die Limousine anfuhr, und wartete ab.

Nichts, also wartete ich noch etwas länger. Immer noch nichts. Diesmal klopfte ich gegen die Trennscheibe. »Was liegt an, Bruder?« fragte ich das Kevlarplex.

Mehr nichts. Ich bereitete mich gerade auf ein lauteres Klopfen vor, als sich der Telekomschirm in der Unterhaltungs-/Kommunikations-Konsole der Limousine erhellte und ein vertrautes Gesicht Gestalt annahm.

»Ich bin froh, daß Sie die Geschichte heil überstanden haben, Mr. Montgomery«, sagte Jacques Barnard.

Ich ließ mich in die üppigen Polster zurücksinken und betrachtete den Bildschirm. Ich sah, daß er sich in einem neuen Büro befand. Der Hintergrund war eine schlichte Wand, kein unscharfer Blick auf einen Garten mit Statuen. »Mehr oder weniger«, räumte ich ein. Und dann wartete ich. Der Miene des Pinkels konnte ich entnehmen, daß dies ganz eindeutig *kein* Höflichkeitsanruf war.

Barnard nickte, offenbar zufrieden, daß ich den Charakter dieser ›virtuellen Besprechung‹ erfaßt hatte. »Nun, Mr. Montgomery«, sagte er fröhlich, »es wird Sie freuen zu hören, daß die … *Konfusion* … des vergangenen Monats einen zufriedenstellenden Abschluß gefunden hat. Zufriedenstellend für alle Beteiligten, wie ich hinzufügen möchte.«

Ich nickte. »Aha.«

Er zögerte ein wenig, da er für einen Moment den Faden verlor. »Außerdem wird es sie freuen zu hören, daß König Kamehameha einen« – er machte eine theatralische Pause, da er nach dem richtigen Wort suchte – »einen *Gegencoup* inszeniert hat. Der *Ali'i* sitzt wieder auf dem Thron. Die *Na Kama'aina*-Fraktion in der Regierung ist schwer gedemütigt worden. Und soweit ich weiß, ist ALOHA so gut wie eliminiert worden.« Er lächelte großmütig. »Und das ist zum größten Teil Ihr Verdienst, Mr. Montgomery.«

Ich nickte. »Aha.« Barnard schien nichts mehr zu sagen zu haben, also fragte ich nach einer langen, etwas peinlichen Pause: »Also herrscht wieder der Normalzustand, *neh?*«

Er zuckte die Achseln. »Mehr oder weniger. Wiederum dank Ihnen, Mr. Montgomery.«

»Aha.« Ich legte wieder eine kleine Pause ein. »Und wie weit erstreckt sich dieser Dank, Mr. Barnard?«

Er gestikulierte überschwenglich, und sein Telekombild schien die gesamte Limousine einzuschließen. »*So* weit, zunächst einmal«, sagte er. »Die Rechnung für Ihren Krankenhausaufenthalt ist selbstverständlich beglichen worden. Und im Diamond Head Hotel ist auf Ihren Namen ein Zimmer für eine Woche reserviert.«

»Aha. Und der Rückflug zum Festland?«

»Wenn Sie Hawai'i verlassen wollen, wenden Sie sich einfach an einen meiner Leute«, sagte Barnard. »Der Fahrer wird Ihnen einen Chip geben, wenn er Sie am Hotel absetzt. Darauf befinden sich alle Kontaktinformationen … und alle erforderlichen Daten bezüglich eines Kontos bei der Züricher Gemeinschaftsbank im Orbital.«

»Aha.« Und wiederum legte ich eine kleine Pause

ein. »Und zukünftige Kontakte, Mr. Barnard? Zukünftige Jobs?«

Jacques Barnard bedachte mich mit einem seiner besten Konzern-Plastiklächeln. »Sollte sich eine entsprechende Notwendigkeit ergeben, wird einer meiner Leute Kontakt mit Ihnen aufnehmen, Mr. Montgomery. Verlassen Sie sich darauf.« Und damit erlosch das Bild auf dem Schirm.

Aha. Übersetzung: *Rufen Sie nicht uns an, wir rufen Sie an.*

Was war also mit Barnards Beteuerungen von Respekt, als er mich für diesen Job rekrutiert hatte? Von Zuneigung, um Himmels willen?

Jeder lügt.

Ich war wieder im Diamond Head Hotel. In einem anderen Zimmer, aber den Unterschied konnte man nur erkennen, wenn man einen Blick auf die Nummer an der Zimmertür warf. Ich warf die wenigen Dinge, die ich aus dem Krankenhaus mitgenommen hatte – im wesentlichen meine Zahnbürste – in eine Ecke. Dann setzte ich mich auf das Bett und starrte auf den Datenchip in seinem Etui, den der Chauffeur mir gegeben hatte, als er mich absetzte. Ein paarmal warf ich einen Blick auf das raffinierte Telekom in dem Zimmer, aber ich brachte ganz einfach nicht die Energie auf, den Chip einzulegen und mir seinen Inhalt anzusehen.

Also war es vorbei. Das Tor war geschlossen, die Konzerne waren zufrieden. *Na Kama'aina* aus dem Spiel, Gordon Ho wieder auf dem Thron …

Tja, Drek, warum soll ich es nicht zugeben: Ich versuchte ihn anzurufen. Gordon Ho, König Kamehameha V., *Ali'i* des Königreichs Hawai'i. Ich warf einen Blick in meine Brieftasche und stellte fest, daß sich die Visitenkarte, die er mir in seinem Büro im Iolani-Palast gegeben hatte, noch darin befand. Ich wählte die Nummer.

Anders als beim letztenmal nahm Ho das Gespräch persönlich entgegen. Als er sah, wer es war, lächelte er. Und dann, einen Augenblick später, war das Lächeln der emotionslosen Miene des Politikers gewichen. »Mr. Montgomery«, sagte er kühl.

Okay, ich wußte, worauf dieses Gespräch hinauslief, also ritt ich nicht darauf herum. Und der ganze *Kanike* von wegen ›in Verbindung bleiben‹? Genau das, Chummer – Blödsinn, schlicht und ergreifend. Politisch konnte er es sich gar nicht leisten, mit irgendeinem abgewrackten *Haole*-Shadowrunner befreundet zu sein. Er mußte sich von mir lossagen, und zwar ungeachtet aller Freundschaftsbeteuerungen.

Jeder lügt.

Und was sollte es, da ich einmal dabei war, rief ich die LTG-Nummer an, die Wanzen-Bubi mir auf dem Stück Thermaldrucker-Papier gegeben hatte. Eine Mail-Box – wie vorauszusehen. Ich hinterließ eine Nachricht, in der ich ein Treffen später am Nachmittag anregte – nun, vielleicht auch *verlangte* –, und zwar am Ostende von Waikiki Beach vor der Statue irgendeines Kerls mit einem Surfbrett, die ich an meinem ersten Tag auf den Inseln gesehen hatte.

Ich traf fünfzehn Minuten zu früh ein – ich konnte einfach nicht länger warten –, aber Wanzen-Bubi war mir zuvorgekommen. Der Insektenschamane saß auf einer Holzbank im Schatten der Statue, den Blick seiner glasigen Augen starr auf die Brandung gerichtet. Ich glaube nicht, daß er mich kommen hören konnte, und ich wußte, daß er mich nicht gesehen haben konnte, wenn er kein drittes glasiges Auge im Hinterkopf hatte. Trotzdem drehte er sich um, als ich noch fünfzehn Meter entfernt war, und sah mir zu, wie ich langsam auf ihn zukam.

Er stand auf, als ich nahe genug war, und wiederum war ich froh, daß er mir nicht die Hand reichte.

»Wir hatten eine Abmachung«, sagte ich kategorisch.

Er neigte den Kopf – Zustimmung vermischt mit Bedauern. Wie bei dem *Ali'i* wußte ich, worauf dieses Gespräch hinauslief. »Ja«, sagte er.

»Und? Wo ist meine Schwester?«

Der Insektenschamane zuckte fast entschuldigend die Achseln. »Nicht mehr da«, sagte er schlicht.

»Ihr könnt sie nicht mehr zurückholen.« Meine Stimme klang selbst in meinen Ohren seelenlos. »Ihr konntet es von Anfang an nicht, richtig?«

Der unauffällige Mann schüttelte den Kopf. Und dann drehte er sich um und ging weg.

Ich wollte schreien. Ich wollte ihm nach und ihm den Schädel einschlagen. Ich wollte die Pistole ziehen, die ich mitgenommen hatte und ihm das Magazin in den Rücken jagen. Ich wollte dieselbe Pistole gegen meine Schläfe richten und abdrücken. Statt dessen sagte ich aufrichtig: »Danke, daß Sie allein gekommen sind.«

Er zögerte einen Augenblick. Er sah sich nicht um, wofür ich ewig dankbar sein werde. Dann nickte er einmal und ging dann weiter, westwärts, der untergehenden Sonne entgegen.

Jeder lügt.

Es war wieder so wie im Krankenhaus. Gerade saß ich noch auf einer Holzbank und sah Wanzen-Bubi nach, der durch den Sand der untergehenden Sonne entgegenging. Ich blinzelte, und der Himmel war dunkel. In den Strandhotels von Waikiki brannten Lichter. Hinter mir auf der Straße fuhren Autos vorbei, deren Stereoanlagen hawai'ianische Musik spielten.

Ein Taxi blieb ein paar Augenblicke ein Dutzend Meter entfernt stehen. Die Fenster waren heruntergekurbelt, und die Stereoanlage dudelte. Ich erkannte das Lied – ›Hawai'i, My Home‹, von dieser Gruppe, die Scott an meinem ersten vollen Tag auf den Inseln für mich aufgelegt hatte. *Kani*-irgendwas. Die Mitglieder der Gruppe waren mittlerweile alle tot. Irgendwie passend.

Ich spürte die Anwesenheit einer anderen Person neben mir und drehte mich um.

Es war der Elf. Quentin Harlech, oder wie sein richtiger Name lautete. Eine Armeslänge von mir entfernt starrte er auf den nachtschwarzen Ozean.

»Wie lange sind *Sie* schon hier?« fragte ich, um dann gleich fortzufahren: »Geschenkt.«

Die Hotellichter glitzerten auf seinen Zähnen, als er lächelte. »Lange genug«, beantwortete die Frage, die ich gerade zurückgenommen hatte. Dann wartete er – um festzustellen, ob ich noch etwas sagen wollte, um festzustellen, ob ich versuchen würde, ihn zu geeken… ich weiß es nicht. Ich tat nichts dergleichen. Ich betrachtete nur den rosa unterlegten Horizont.

Schließlich sah ich die Silhouette seines Kopfes nicken. »Sie wissen nicht, was Sie getan haben, oder?« fragte der Elf leise. »Sie haben keine Ahnung, wie bedeutend es war, und Sie wissen auch nicht, warum es wichtig war. Aber Sie haben es trotzdem getan.«

Ich sah ihn nicht an, aber ich spürte seinen Blick auf mir ruhen. Ich kannte die Frage, die er stellte – die Frage, die in Worte zu kleiden er nicht über sich brachte. Aber ich wußte die Antwort darauf nicht. Ich zuckte die Achseln.

»Das dachte ich mir«, kommentierte er die Antwort, die ich ihm nicht gegeben hatte. »Ich glaube, ich kenne dich von früher, Derek«, fuhr er einen Augenblick später leise fort. »Vielleicht haben wir früher schon einmal Seite an Seite gekämpft.«

Jetzt drehte ich mich zu ihm um. »Chummer«, sagte ich, »Sie müssen verrückt sein. Vor Puowaina sind Sie mir noch nie unter die Augen gekommen.«

»Nicht unter *diese* Augen, nein«, stimmte er zu… falls es Zustimmung war. »Aber ich kenne dich, Derek.

Du stellst dich einer überwältigenden Übermacht. Und du besiegst sie … nur deshalb, weil du nicht weißt, daß es unmöglich ist.« Er lächelte – traurig, dachte ich plötzlich. »Du erinnerst mich an …« Seine Stimme verlor sich, und er richtete den Blick wieder auf das Meer. »Längst vergangene Zeiten«, flüsterte er fast unhörbar. Oder vielleicht war er es auch gar nicht, sondern ein Seufzen des Nachtwinds.

»Frage«, sagte ich nach einer langen Pause. »Sie haben versucht, das Tor zu schließen, nicht wahr?«

Quinn zuckte die Achseln. »Vielmehr zu verhindern, daß es je geöffnet wird.«

»Warum haben die Hütergeister Sie dann angegriffen?« Ich fixierte sein Gesicht. »*Warum*, Harlech?«

Zu meiner äußersten Verblüffung schien der Elf nicht in der Lage zu sein, meinem Blick standzuhalten. »Geschichte«, sagte er leise. »Ich habe …« Er brach ab und nahm einen neuen Anlauf. »Ich bin mit dieser Gefahr schon früher … *in Berührung gekommen*«, fuhr er fort. »Die Hütergeister spüren den Makel an mir.« Seine Lippen verzogen sich zu einem Lächeln. »Ich frage mich, wie sie auf *dich* reagieren würden, Derek, solltest du noch einmal dorthin gehen.«

»Dazu wird es nicht kommen.«

Quinn lachte leise. »Ich glaube, ich mag dich, Derek«, sagte er. »Einige meiner Zeitgenossen würden lachen, wenn sie mich das sagen hören könnten, aber … ich habe das Gefühl, daß du ein verwandter Geist sein könntest. Ist dir klar, wie selten das ist?«

Jetzt begegnete er meinem Blick. Ich sah … *etwas* … in seinen Augen. Hätte ich es nicht besser gewußt, hätte ich es für Neid gehalten oder vielleicht auch Sehnsucht. Sehnsucht nach etwas, daß vor langer, langer Zeit verlorengegangen war. Natürlich ein alberner Gedanke.

Ich schnaubte und wandte mich ab. »Scheren Sie sich weg, Harlech«, sagte ich. Dann schrie ich es, wobei ich ihn immer noch nicht ansah: »*Scheren Sie sich weg!* Okay? Verpissen Sie sich einfach.«

Ich konnte mich einfach nicht dazu überwinden, mich umzudrehen und ihn anzusehen. Ich wagte es nicht – ich hatte Angst vor dem, was ich in seinen Augen sehen mochte.

Ich spürte, wie er aufstand und einen Moment zögerte. Dann spürte ich, wie er sich von mir entfernte und in die Dunkelheit ging.

»Ich brauche Sie nicht!« rief ich ihm nach, ohne den Kopf zu drehen. »Ich brauche *niemanden!*«

Jeder lügt.

Selbst ich.

Glossar

Arcologie – Abkürzung für ›**Arc**hitectural Ec**ology**‹. In Seattle ist sie der Turm des Renraku-Konzerns, ein Bauwerk von gigantischen Ausmaßen. Mit ihren Privatwohnungen, Geschäften, Büros, Parks, Promenaden und einem eigenen Vergnügungsviertel gleicht sie im Prinzip einer selbständigen, kompletten Stadt.

Aztechnology-Pyramide – Niederlassung des multinationalen Konzerns Aztechnology, die den Pyramiden der Azteken des alten Mexiko nachempfunden ist. Obwohl sie sich in ihren Ausmaßen nicht mit der Renraku-Arcologie messen kann, bietet die Pyramide mit ihrer grellen Neonbeleuchtung einen atemberaubenden Anblick.

BTL-Chips – Abkürzung für ›**B**etter **T**han **L**ife‹ – besser als die Wirklichkeit. Spezielle Form der SimSinn-Chips, die dem User (Benutzer) einen extrem hohen Grad an Erlebnisdichte und Realität direkt ins Gehirn vermitteln. BTL-Chips sind hochgradig suchterzeugend und haben chemische Drogen weitgehend verdrängt.

Chiphead, Chippie, Chipper – Umgangssprachliche Bezeichnung für einen BTL-Chip-Süchtigen.

chippen – umgangssprachlich für: einen (BTL-)Chip reinschieben, auf BTL-Trip sein usw.

Chummer – Umgangssprachlich für Kumpel, Partner, Alter usw.

Cyberdeck – Tragbares Computerterminal, das wenig größer ist als eine Tastatur, aber in Rechengeschwindigkeit und Datenverarbeitung jeder Ansammlung von Großrechnern des 20. Jahrhunderts überlegen ist. Ein Cyberdeck hat darüber hinaus ein SimSinn-Interface, das dem User das Erlebnis der Matrix in voller sinnlicher Pracht ermöglicht. Das derzeitige Spitzenmodell, das *Fairlight Excalibur,* kostet 990 000 Nuyen, während das Billigmodell *Radio Shack PCD-100* schon für 6200 Nuyen zu haben ist. Die Leistungsunterschiede entsprechen durchaus dem Preisunterschied.

Cyberware – Im Jahr 2050 kann man einen Menschen im Prinzip komplett neu bauen, und da die cybernetischen Ersatzteile die ›Leistung‹ eines Menschen zum Teil beträchtlich erhöhen, machen sehr viele Menschen, insbesondere die Straßensamurai, Gebrauch davon. Andererseits hat die Cyberware ihren Preis, und das nicht nur in Nuyen: Der künstliche Bio-Ersatz zehrt an der Essenz des Menschlichen. Zuviel Cyberware kann zu Verzweiflung, Melancholie, Depression und Tod führen.

Grundsätzlich gibt es zwei verschiedene Arten von Cyberware, die **Headware** und die **Bodyware.**

Beispiele für Headware sind **Chipbuchsen,** die eine unerläßliche Voraussetzung für die Nutzung von **Talentsofts** (und auch BTL-Chips) sind. **Talentsofts** sind Chips, die dem User die Nutzung der auf den Chips enthaltenen Programme ermöglicht, als wären die Fähigkeiten seine eigenen. Ein Beispiel für ein gebräuchliches Talentsoft ist ein Sprachchip, der dem User die Fähigkeit verleiht, eine Fremdsprache so zu benutzen, als sei sie seine Muttersprache.

Eine **Datenbuchse** ist eine universellere Form der Chipbuchse und ermöglicht nicht nur Input, sondern auch Output. Ohne implantierte Datenbuchse ist der Zugang zur Matrix unmöglich.

Zur gebräuchlichsten Headware zählen die **Cyberaugen.** Die äußere Erscheinung der Implantate kann so ausgelegt werden, daß sie rein optisch nicht von biologischen Augen zu unterscheiden sind. Möglich sind aber auch absonderliche Effekte durch Gold- oder Neon-Iris. Cyberaugen können mit allen möglichen Extras wie Kamera, Lichtverstärker und Infrarotsicht ausgestattet werden.

Bodyware ist der Sammelbegriff für alle körperlichen Verbesserungen. Ein Beispiel für Bodyware ist die **Dermalpanzerung,** Panzerplatten aus Hartplastik und Metallfasern, die chemisch mit der Haut verbunden werden. Die **Smartgunverbindung** ist eine Feedback-Schaltschleife, die nötig ist, um vollen Nutzen aus einer Smartgun zu ziehen. Die zur Zielerfassung gehörenden Informationen werden auf die Netzhaut des Trägers oder in ein Cyberauge eingeblendet. Im Blickfeldzentrum erscheint ein blitzendes Fadenkreuz, das stabil wird, sobald das System die Hand des Trägers so ausgerichtet hat, daß die Waffe auf diesen Punkt zielt. Ein typisches System dieser Art verwendet ein subdermales **Induktionspolster** in der Handfläche des Trägers, um die Verbindung mit der Smartgun herzustellen.

Jeder Straßensamurai, der etwas auf sich hält, ist mit **Nagelmessern** und/oder **Spornen** ausgerüstet, Klingen, die im Hand- oder Fingerknochen verankert werden und in der Regel einziehbar sind.

Die sogenannten Reflexbooster sind Nervenverstärker und Adrenalin-Stimulatoren, die die Reaktion ihres Trägers beträchtlich beschleunigen.

decken – Das Eindringen in die Matrix vermittels eines Cyberdecks.

Decker – Im Grunde jeder User eines Cyberdecks.

DocWagon – Das DocWagon-Unternehmen ist eine private Lebensrettungsgesellschaft, eine Art Kombination von Krankenversicherung und ärztlichem Notfalldienst, die nach Anruf in kürzester Zeit ein Rettungsteam am Tat- oder Unfallort hat und den Anrufer behandelt. Will man die Dienste des Unternehmens in Anspruch nehmen, benötigt man eine Mitgliedskarte, die es in drei Ausführungen gibt: Normal, Gold und Platin. Je besser die Karte, desto umfangreicher die Leistungen (von ärztlicher Notversorgung bis zu vollständigem Organersatz). Das DocWagon-Unternehmen hat sich den Slogan eines im 20. Jahrhundert relativ bekannten Kreditkartenunternehmens zu eigen gemacht, an dem, wie jeder Shadowrunner weiß, tatsächlich etwas dran ist: Never leave home without it.

Drek, Drekhead – Gebräuchlicher Fluch; abfällige Bezeichnung, jemand der nur Dreck im Kopf hat.

ECM – Abkürzung für ›**E**lectronic **C**ounter**m**easures‹; elektronische Abwehrsysteme in Flugzeugen, Panzern usw.

einstöpseln – Bezeichnet ähnlich wie **einklinken** den Vorgang, wenn über Datenbuchse ein Interface hergestellt wird, eine direkte Verbindung zwischen menschlichem Gehirn und elektronischem System. Das Einstöpseln ist die notwendige Voraussetzung für das Decken.

Exec – Hochrangiger Konzernmanager mit weitreichenden Kompetenzen.

Fee – Abwertende, beleidigende Bezeichnung für einen Elf. (Die Beleidigung besteht darin, daß amer. mit ›Fee‹ auch Homosexuelle, insbesondere Transvestiten bezeichnet werden.)

geeken – Umgangssprachlich für ›töten‹, ›umbringen‹.

Goblinisierung – Gebräuchlicher Ausdruck für die sogenannte Ungeklärte Genetische Expression (UGE). UGE ist eine Bezeichnung für das zu Beginn des 21. Jahrhunderts erstmals aufgetretene Phänomen der Verwandlung ›normaler‹ Menschen in **Metamenschen.**

Hauer – Abwertende Bezeichnung für Trolle und Orks, die auf ihre vergrößerten Eckzähne anspielt.

ICE – Abkürzung für ›**I**ntrusion **C**ountermeasure **E**quipment‹, im Deckerslang auch Ice (Eis) genannt. Grundsätzlich sind ICE Schutzmaßnahmen gegen unbefugtes Decken. Man unterscheidet drei Klassen von Eis: **Weißes Eis** leistet lediglich passiven Widerstand mit dem Ziel, einem Decker das Eindringen so schwer wie möglich zu machen. **Graues Eis** greift Eindringlinge aktiv an oder spürt ihren Eintrittspunkt in die Matrix auf. **Schwarzes Eis** (auch Killer-Eis genannt) versucht, den eingedrungenen Decker zu töten, indem es ihm das Gehirn ausbrennt.

Jackhead – Umgangssprachliche Bezeichnung für alle Personen mit Buchsenimplantaten. Darunter fallen zum Beispiel Decker und Rigger.

Knoten – Konstruktionselemente der Matrix, die aus Milliarden von Knoten besteht, die untereinander durch Datenleitungen verbunden sind. Sämtliche Vorgänge in der Matrix finden in den Knoten statt. Knoten sind zum Beispiel: I/O-Ports, Datenspeicher, Subprozessoren und **Sklavenknoten,** die irgendeinen physikalischen Vorgang oder ein entsprechendes Gerät kontrollieren.

Lone Star Security Services – Die Polizeieinheit Seattles. Im Jahre 2050 sind sämtliche Datenleistungsunternehmen, auch die sogenannten ›öffentlichen‹, privatisiert. Die Stadt schließt Verträge mit unabhängigen Gesellschaften, die dann die wesentlichen öffentlichen Aufgaben wahrnehmen. Renraku Computer Systems ist zum Beispiel für die öffentliche Datenbank zuständig.

Matrix – Die Matrix – auch Gitter genannt – ist ein Netz aus Computersystemen, die durch das globale Telekommunikationsnetz miteinander verbunden sind. Sobald ein Computer mit irgendeinem Teil des Gitters verbunden ist, kann man von jedem anderen Teil des Gitters aus dorthin gelangen.

In der Welt des Jahres 2050 ist der direkte physische Zugang zur Matrix möglich, und zwar vermittels eines ›Matrix-Metaphorischen Cybernetischen Interface‹, kurz Cyberdeck genannt. Die sogenannte **Matrix-Metaphorik** ist das optische Erscheinungsbild

der Matrix, wie sie sich dem Betrachter (User) von innen darbietet. Diese Matrix-Metaphorik ist erstaunlicherweise für alle Matrixbesucher gleich, ein Phänomen, das mit dem Begriff **Konsensuelle Halluzination** bezeichnet wird.
Die Matrix ist, kurz gesagt, eine informations-elektronische Analogwelt.

Messerklaue – Umgangssprachliche Bezeichnung für einen Straßensamurai.

Metamenschen – Sammelbezeichnung für alle ›Opfer‹ der UGE. Die Gruppe der Metamenschen zerfällt in vier Untergruppen:
a) **Elfen:** Bei einer Durchschnittsgröße von 190 cm und einem durchschnittlichen Gewicht von 68 kg wirken Elfen extrem schlank. Die Hautfarbe ist blaßrosa bis weiß oder ebenholzfarben. Die Augen sind mandelförmig, und die Ohren enden in einer deutlichen Spitze. Elfen sind Nachtwesen, die nicht nur im Dunkeln wesentlich besser sehen können als normale Menschen. Ihre Lebenserwartung ist unbekannt.
b) **Orks:** Orks sind im Mittel 190 cm groß, 73 kg schwer und äußerst robust gebaut. Die Hautfarbe variiert zwischen rosa und schwarz. Die Körperbehaarung ist in der Regel stark entwickelt. Die Ohren weisen deutliche Spitzen auf, die unteren Eckzähne sind stark vergrößert. Das Sehvermögen der Orks ist auch bei schwachem Licht sehr gut. Die durchschnittliche Lebenserwartung liegt zwischen 35 und 40 Jahren.
c) **Trolle:** Typische Trolle sind 280 cm groß und wiegen 120 kg. Die Hautfarbe variiert zwischen rötlichweiß und mahagonibraun. Die Arme sind proportional länger als beim normalen Menschen. Trolle haben einen massigen Körperbau und zeigen gelegentlich eine dermale Knochenbildung, die sich in Stacheln und rauher Oberflächenbeschaffenheit

äußert. Die Ohren weisen deutliche Spitzen auf. Der schräg gebaute Schädel hat 34 Zähne mit vergrößerten unteren Eckzähnen. Trollaugen sind für den Infrarotbereich empfindlich und können daher nachts unbeschränkt aktiv sein. Ihre durchschnittliche Lebenserwartung beträgt etwa 50 Jahre.

d) **Zwerge:** Der durchschnittliche Zwerg ist 120 cm groß und wiegt 72 kg. Seine Hautfarbe ist normalerweise rötlich weiß oder hellbraun, seltener dunkelbraun. Zwerge haben unproportional kurze Beine. Der Rumpf ist gedrungen und breitschultrig. Die Behaarung ist ausgeprägt, bei männlichen Zwergen ist auch die Gesichtsbehaarung üppig. Die Augen sind für infrarotes Licht empfindlich. Zwerge zeigen eine erhöhte Resistenz gegenüber Krankheitserregern. Ihre Lebensspanne ist nicht bekannt, aber Vorhersagen belaufen sich auf über 100 Jahre.

Darüber hinaus sind auch Verwandlungen von Menschen oder Metamenschen in Paraspezies wie **Sasquatchs** bekannt.

Metroplex – Ein Großstadtkomplex.

Mr. Johnson – Die übliche Bezeichnung für einen beliebigen anonymen Auftraggeber oder Konzernagenten.

Norm – Umgangssprachliche, insbesondere bei Metamenschen gebräuchliche Bezeichnung für ›normale‹ Menschen.

Nuyen – Weltstandardwährung (New Yen, Neue Yen).

Paraspezies – Paraspezies sind ›erwachte‹ Wesen mit angeborenen magischen Fähigkeiten, und es gibt eine Vielzahl verschiedener Varianten, darunter auch folgende:

a) **Barghest:** Die hundeähnliche Kreatur hat eine Schulterhöhe von knapp einem Meter bei einem Gewicht von etwa 80 kg. Ihr Heulen ruft beim Menschen und bei vielen anderen Tieren eine Angstreaktion hervor, die das Opfer lähmt.

b) **Sasquatch:** Der Sasquatch erreicht eine Größe von knapp drei Metern und wiegt etwa 110 kg. Er geht aufrecht und kann praktisch alle Laute imitieren. Man vermutet, daß Sasquatche aktive Magier sind. Der Sasquatch wurde 2041 trotz des Fehlens einer materiellen Kultur und der Unfähigkeit der Wissenschaftler, seine Sprache zu entschlüsseln, von den Vereinten Nationen als intelligentes Lebewesen anerkannt.

c) **Schreckhahn:** Er ist eine vogelähnliche Kreatur von vorwiegend gelber Farbe. Kopf und Rumpf des Schreckhahns messen zusammen 2 Meter. Der Schwanz ist 120 cm lang. Der Kopf hat einen hellroten Kamm und einen scharfen Schnabel. Der ausgewachsene Schreckhahn verfügt über die Fähigkeit, Opfer mit einer Schwanzberührung zu lähmen.

d) **Dracoformen:** Im wesentlichen wird zwischen drei Spezies unterschieden, die alle magisch aktiv sind: Gefiederte Schlange, Östlicher Drache und Westlicher Drache. Zusätzlich gibt es noch die Großen Drachen, die einfach extrem große Vertreter ihres Typs (oft bis zu 50 % größer) sind.

Die Gefiederten Schlangen sind von Kopf bis Schwanz in der Regel 20 m lang, haben eine Flügelspannweite von 15 m und wiegen etwa 6 Tonnen. Das Gebiß weist 60 Zähne auf.

Kopf und Rumpf des Östlichen Drachen messen 15 m, wozu weitere 15 m Schwanz kommen. Die Schulterhöhe beträgt 2 m, das Gewicht 7,5 Tonnen. Der Östliche Drache hat keine Flügel. Sein Gebiß weist 40 Zähne auf.

Kopf und Rumpf des Westlichen Drachen sind 20 m lang, wozu 17 m Schwanz kommen. Die Schulterhöhe beträgt 3 m, die Flügelspannweite 30 m und das Gewicht etwa 20 Tonnen. Sein Gebiß weist 40 Zähne auf.

Zu den bekannten Großen Drachen zählt auch der

Westliche Drache *Lofwyr,* der mit Gold aus seinem Hort einen maßgeblichen Anteil an Saeder-Krupp Heavy Industries erwarb. Das war aber nur der Auftakt einer ganzen Reihe von Anteilskäufen, so daß seine diversen Aktienpakete inzwischen eine beträchtliche Wirtschaftsmacht verkörpern. Der volle Umfang seines Finanzimperiums ist jedoch unbekannt!

Persona-Icon – Das Persona-Icon ist die Matrix-Metaphorik für das Persona-Programm, ohne das der Zugang zur Matrix nicht möglich ist.

Pinkel – Umgangssprachliche Bezeichnung für einen Normalbürger.

Rigger – Person, die Riggerkontrollen bedienen kann. Riggerkontrollen ermöglichen ein Interface von Mensch und Maschine, wobei es sich bei den Maschinen um Fahr- oder Flugzeuge handelt. Der Rigger steuert das Gefährt nicht mehr manuell, sondern gedanklich durch eine direkte Verbindung seines Gehirns mit dem Bordcomputer.

Sararimann – Japanische Verballhornung des englischen ›Salaryman‹ (Lohnsklave). Ein Konzernangestellter.

SimSinn – Abkürzung für **Sim**ulierte **Sinn**esempfindungen, d. h. über Chipbuchsen direkt ins Gehirn gespielte Sendungen. Elektronische Halluzinogene. Eine Sonderform des SimSinns sind die BTL-Chips.

SIN – Abkürzung für **S**ystem**i**dentifikations**n**ummer, die jedem Angehörigen der Gesellschaft zugewiesen wird.

So ka – Japanisch für: Ich verstehe, aha, interessant, alles klar.

Soykaf – Kaffeesurrogat aus Sojabohnen.

STOL – Senkrecht startendes und landendes Flugzeug.

Straßensamurai – So bezeichnen sich die Muskelhelden der Straßen selbst gerne.

Trid(eo) – Dreidimensionaler Video-Nachfolger.

Trog, Troggy – Beleidigende Bezeichnung für einen Ork oder Troll.

Verchippt, verdrahtet – Mit Cyberware ausgestattet, durch Cyberware verstärkt, hochgerüstet.

UCAS – Abkürzung für ›**U**nited **C**anadian & **A**merican **S**tates‹; die Reste der ehemaligen USA und Kanada.

Wetwork – Mord auf Bestellung.

Yakuza – Japanische Mafia.